苏州市社科联重点委托项目研究成果

吴地文学发展史

丁国祥 著

苏州大学出版社

图书在版编目(CIP)数据

吴地文学发展史 / 丁国祥著. -- 苏州：苏州大学出版社, 2025.1. -- (江南文化研究丛书). -- ISBN 978-7-5672-4843-4

Ⅰ. I209.953.3

中国国家版本馆 CIP 数据核字第 20249LS941 号

| 书　　名 / 吴地文学发展史
| WUDI WENXUE FAZHANSHI
| 著　　者 / 丁国祥
| 责任编辑 / 刘　冉
| 助理编辑 / 闫莹莹
| 装帧设计 / 吴　钰
| 出版发行 / 苏州大学出版社
| 地　　址 / 苏州市十梓街 1 号
| 邮　　编 / 215006
| 电　　话 / 0512-67481020
| 印　　刷 / 苏州工业园区美柯乐制版印务有限责任公司
| 开　　本 / 787 mm×1 092 mm　1/16　印张 41.25　字数 697 千
| 版　　次 / 2025 年 1 月第 1 版
| 印　　次 / 2025 年 1 月第 1 次印刷
| 书　　号 / ISBN 978-7-5672-4843-4
| 定　　价 / 160.00 元

图书若有印装错误,本社负责调换

苏州大学出版社营销部　电话:0512-67481020

苏州大学出版社网址　http://www.sudapress.com

苏州大学出版社邮箱　sdcbs@suda.edu.cn

目　录

001　**绪论**

011　**第一章　吴地文学的兴起**

013　　第一节　吴地文学起源
020　　第二节　两汉时期吴地文学

029　**第二章　吴地文学的成长**

031　　第一节　魏晋乱世：进退的历史碰撞
035　　第二节　太康二陆
048　　第三节　退隐游仙与情迷玉台

059　**第三章　唐风嘹亮：吴地文学的别样精神**

061　　第一节　唐代前期的吴地诗文
070　　第二节　唐代后期的吴地诗文
085　　第三节　唐代的吴地小说家
093　　第四节　唐五代时期的吴地词人

097　第四章　吴地文学在两宋的辉煌

099　第一节　吴地奇才丁谓
104　第二节　吴地政治家兼文学家范仲淹
113　第三节　北宋中后期主要的吴地文人
117　第四节　两宋之间的吴地文坛巨匠
124　第五节　南宋中后期的吴地名家

129　第五章　宋代吴地文坛的旗帜范成大

131　第一节　多彩的人生经历
142　第二节　深沉的爱国情怀
150　第三节　真切的忧民之心
155　第四节　多彩的田园生涯
164　第五节　立体的个性情态
174　第六节　词家的才人伎俩

179　第六章　承继两宋的元代吴地文坛

181　第一节　元代前期的吴地文学
189　第二节　元代后期的吴地文学

199　第七章　明代前中期吴地文学的鼎盛呈现

201　第一节　高启与元明之际的吴地诗群
214　第二节　明中叶吴地诗文的全面繁荣
232　第三节　归有光与唐宋派

243　第八章　明代后期吴地文坛的辉煌

245　第一节　王世贞

- 250 第二节　瞿式耜
- 255 第三节　张溥及张采
- 265 第四节　陈子龙及松郡名家
- 280 第五节　明代后期吴地诸贤诗文词
- 298 第六节　明代吴地闺阁文学群体
- 305 第七节　明代的吴地文人笔记与文言小说

317　第九章　沈璟与明代吴地戏剧

- 319 第一节　昆剧兴盛与《浣纱记》
- 324 第二节　时政活报剧《鸣凤记》
- 328 第三节　沈璟的戏剧活动
- 339 第四节　吴江派戏剧创作活动
- 354 第五节　明季吴地剧坛

363　第十章　冯梦龙与明代吴地白话小说

- 365 第一节　冯梦龙的文学与学术人生
- 373 第二节　通俗小说的辉煌之作——"三言"
- 388 第三节　必然与偶然的碰撞——演义小说与笔记小说
- 395 第四节　智慧与趣味的纽结——《智囊》
- 402 第五节　情感与理想的交融——《情史》
- 411 第六节　真实与虚幻的交替——戏曲
- 415 第七节　民间文学作品的搜集整理
- 420 第八节　凌濛初与"二拍"

429　第十一章　钱谦益

- 431 第一节　钱谦益的波折人生
- 452 第二节　晚明士林领袖
- 457 第三节　明清之际的学界巨匠

467　　第四节　吴地诗文巨匠

479　第十二章　清代的吴地文坛

　　481　第一节　虞山诗群
　　488　第二节　吴伟业
　　494　第三节　娄东诗派
　　502　第四节　顾炎武及玉山诗家
　　506　第五节　朱鹤龄与松陵诗群
　　513　第六节　清代毗陵之诗踪文脉
　　521　第七节　清代的吴地词群
　　526　第八节　汪琬等散文家
　　534　第九节　清代吴地才女
　　540　第十节　清代吴地的小说创作
　　548　第十一节　清代吴地的文艺理论与批评

555　第十三章　李玉及清代吴地戏剧文学

　　557　第一节　清初吴地作者案头剧本的创作
　　565　第二节　李玉生平及其早期剧作
　　575　第三节　《千忠戮》
　　578　第四节　《清忠谱》
　　582　第五节　清代吴地剧坛重要作家

603　第十四章　近现代吴地诗文词与小说

　　605　第一节　近现代吴地诗坛
　　614　第二节　近代的吴地散文与小说
　　619　第三节　现当代吴地文苑

627 第十五章 吴地民间文学

629 第一节 吴地民间传说
634 第二节 吴地民间歌谣

638 征引书目

650 后记

绪论

吴地文学，是吴文化的重要体现，在中华五千年文明史上扮演着极为重要的角色，并且在许多方面引领着民族文化。吴地的中心地段苏州地区，更是诗赋雄州，文章渊薮。吴地的文学，由萌生到兴盛经历了一个漫长的过程，从涓涓细流到浩荡江河，不断创造出新的辉煌。

如果简单说吴地文学就是苏州文学或者说苏州地区的文学，范围的界定非常简单，稍微归纳一下苏州地区的行政变化历史就可以基本认定。但是，吴地作为一个地理概念，不仅有行政范围的历史变迁，更有语言文化上的融合与凝聚，需要从更大的范围来看待。

从文化史的角度来看，吴地文化经历了从融合进中原文化到在其中贡献重要份额的进程。当炎黄文化圈、蚩尤文化圈等已经高度发达并走向融合形成华夏文明的时候，吴地所在的九夷文化圈的文明进程才刚刚开始，因而被称为"南蛮鴂舌"[1]之地。也就是说，由于生活习性与语言的差异等，吴地文学并不是一经萌发就成为中国文学的组成部分的，而是逐渐融入的。所以，文学史教材或著作，在阐述中国文学的发源时，神话、原始歌谣、《诗经》《楚辞》是首先交代的，并没有怎么关注到吴地的文学。不怎么被关注，并非没有，只是没有被记录介绍而已。吴地文学一旦兴起，则如江河入海，壮阔博大。构成吴地文学壮观场面的主要力量，当然是吴地本土成长的作家。但是，途经吴地或流寓于此的外地作家，也留下了辉煌篇章，需适当考虑。这一方面，范培松、金学智两先生主编的《插图本苏州文学通史》是学习的榜样。由于历代行政区划的变动较大，只能依据作家生存时代的政区隶属关系确定他们的地域归属。如陆机与陆云，因西晋时期的云间属于吴地，故被视为吴地作家。更为重要的依据，则是语

---

[1]《孟子·滕文公章句上》，杨伯峻、杨逢彬导读、注译，岳麓书社，2021，第83页。

言，需要依据吴语区的范围界定，审视吴地文学的发展。从这个角度看，南宋以前的苏嘉杭地区，均可视为吴地。而南宋以后，由于中原语言的主导，杭州地区文学、文化和语言的独立性，就应该得到充分尊重。

吴地文学板块是中国文学整体的一个重要的组成部分，甚至可以说是中国文学发展的典型。虽然见诸文献记载的吴地文学作品，远不及中原文学作品的历史悠久，但从原始歌谣的发生与传承来看，吴地文学的发端与中原文学不相上下，都是中国文学起源的组成部分。而吴地文学的发展过程，同时也是其与中原文学交汇融合的过程。吴地文学作为华夏民族精神家园的主体构件之一，与中原文学及其他地区的文学创作一起，共同构建了中华古典文学的大厦。而由于吴地经济文化与社会发展的领先性，吴地文学在整个三千年中国文学史上，不仅有着壮观的场景，更有着继承与开创并重的引航意义。

一、吴地文学的板块范围

说到吴地，人们很容易想起今天江苏南部的苏州。不错，原先的吴地就是指苏州。但是，从地理上讲，吴地的范围应该更广。历史上的吴地，可以泛指长江下游东部的江南沿岸地区，大约相当于今天的苏州大市范围及浙江北部的部分地区与上海。比起地理上的概念，吴地更多的是一种文化象征，是诗人心中的意境化身。周邦彦有词曰"家住吴门，久作长安旅"[1]。由此亦可知，至少在北宋时期，钱塘，也就是今天的杭州是吴语区，属于吴地。但是，"靖康之变"以后，大量中原人士迁居杭州，不仅改变了这里的语言，更改变了这里的士林结构，因而就不能与湖州、嘉兴一样同属吴地。从文化与文学的视角出发，吴地主要是指以今天苏州大市范围为本体，向西包括无锡、常州甚至镇江东部的一些地方，向南涵盖浙北杭州（北宋以前）、湖州、嘉兴，向东包括上海的一个环太湖、沿长江而到达浙北山区的文学活动区域。相应的，吴地文学板块的范畴，也就在上述地区。当然，与行政区划变革和吴地区域含义变化相应，吴地文学的区域范畴也处于动态变化之中。这样的区域范畴，经济发达，气候宜人，物产丰富，人才集中，造就了繁富的吴地文学，也形成了文学史上独有的吴地书写。

[1] 谭新红、李烨含编著《周邦彦词全集：汇校汇注汇评》，崇文书局，2017，第42页。

二、吴地文学的地域性特征

与区域范畴相应的,是吴地文学活动区域内的地理气候环境,其直接影响了吴地文学的某些性状。刘安从五行的角度,解释地理环境对人的精神气质的影响:"土地各以其类生。是故山气多男,泽气多女;障气多喑,风气多聋。"[1]其中"山气多男,泽气多女",并不是说生男生女的事情,而是说自然环境与人的气质修养之间的关系。层峦叠嶂的环境中,巍峨阳刚的气势更易于形成。而河网纵横、小桥流水的氛围里,柔美秀丽的气质找到了温润的土壤。这一点,在吴地文学板块中可以明确看到。

首先,大致而言,相较于中原文学,吴地作家作品的文气温和软媚,比较倾向于柔美的审美取向,这与地域性的地理气候环境有着密切的关系。吴地并不缺乏崇山峻岭、茂林修竹,但更多的是款曲婉转的潺潺流水和四季分明的气候,有寒冬而不严寒,有盛夏而难得酷暑。于是,这里的文人很少有机会看到黄河远上或奔腾到海的壮观气势,也难以体会凌绝顶而小众山的感觉。唐人罗隐的《鹦鹉》这样写:"莫恨雕笼翠羽残,江南地暖陇西寒。劝君不用分明语,语得分明出转难"[2],其中说到"江南地暖",吴地处于江南,地理环境温润,这是吴地文学成长的重要环境因素之一,使得吴地文学的抒情叙事自然有一种中庸温和的柔美味道。

其次,吴地相对充足的年降水量,也影响了文人创作的境界构造。常规情况下,吴地年降水量在1 100毫米左右,四季分明,降水均匀而适时,不仅对于农作等极为有利,对于文人的心态及其文学活动也有不小的影响。北宋初年,山东人王禹偁任长洲知县,一首《点绛唇·感兴》是宋初词坛不多见的佳作。"雨恨云愁,江南依旧称佳丽。水村渔市,一缕孤烟细。 天际征鸿,遥认行如缀。平生事,此时凝睇,谁会凭阑意"[3]。烟雨迷蒙中,别有一种乡愁的寄托。吴地文学中的意象选择与情感表达,往往温润而缠绵。于是,吴地诗文词中,很容易产生雨巷中的油纸伞意象,透露出有声有色而点点滴滴的温润之气。

再次,吴地山不高而灵秀,水不深而柔美,文学作品中的山水意象并没有太多轩昂的气势与雄伟壮阔的姿态,更多的是灵动婉转的山丘和曲折

---

[1] 刘安编《淮南子·地形训》,胡亚军译注,二十一世纪出版社集团,2015,第43页。
[2] 雍文华校辑《罗隐集》,中华书局,1983,第46页。
[3] 唐圭璋编《全宋词》,中州古籍出版社,1996,第1—2页。

而去的溪水。吴山、天平山、灵岩山、穹窿山、虞山等，在诗人的笔下，无不透露出一种吴地山水的闲适与隽秀。因此说，吴地山水是吴地文学板块最重要特征的决定因素。还有，吴地常见的动植物在诗人的笔下，往往别有魅力。飞禽走兽是一种小而灵秀的存在，加上细腻温柔的蕴意，进而成为精致与深沉的结合。吴地的自然环境，对吴地文学的发展及其特色有着至关重要的作用。目前，学界研究的一个热点问题，就是文学抒写中的江南呈现，其中的吴地呈现更具有集中性和典型性。

最后，吴地文人的居住与活动环境，从城市到乡村小道，对于文学创作的格局也有不小的影响。不说遥远的过去，就在20世纪七八十年代，以苏州为代表的吴地城镇与乡村，道路狭窄而富有生活情趣，园林尤胜而充满诗情画意。从沧浪亭之寄情到怡园之通幽，从艺圃之玲珑到五峰园之奇巧，美不胜收，多以移步换形、巧夺天工为极致，而不以气象博大、道路畅达来取胜。若非富商大贾财大气粗，或达官显贵功名显赫，很难找到开间大或进深长的住宅；一般文士之家，即便是世家，居住环境的结构设计和住房内部的装饰布置多是小巧玲珑的。于是，育成了吴地文人细致精到的审美情趣，因此，他们对诗文词的意象选择与格局设计大多谈不上博大。如莫旦《苏州赋》的纵横开阖而气势夺人，实属难得。

三、吴地文学的心理性特征

吴地区域的人口构成，既有原住民，也有大量的移民，从文化上讲，既是融合性的，又有明显的地域特征，其文学创作中的情感气质很自然地打上了地方性烙印，即吴地形成的一种文化心理在文学上的呈现。一是文人沉浸于优雅闲适的生活情调之中，表现出浓郁的自足与欣慰。尤其是吴地文学极度繁荣的明清时期，园林的雅致、生活的富足、生活节奏的舒缓、儒商的结合等，在诗文词的叙写与舞台悠扬的管弦之中体现得尤为突出。二是吴地作家多具优雅的情态，特别关心身边的景物与个人的情趣，诗笔主要触角在于个人的感官。目力所及，心绪所关，娓娓道来，从容不迫。哪怕是送别，也有一种悠扬的离思。与秦观并称"二观"的泰州词人王观《卜算子·送鲍浩然之浙东》："水是眼波横，山是眉峰聚。欲问行人去哪边，眉眼盈盈处。　　才始送春归，又送君归去。若到江东赶上春，千万和春住。"[1]将江南水波的灵动、山色的潋滟,与美人的情态融合成一道回味无穷的羹汤。从长江以南的常熟、太仓、张家港(沙洲)、江阴,到浙江北部及浙东地区,山水就是这样妩媚。三是在作品中表现出来的敏感、纤细、稳定、平和的情态。唐代崔颢的《维扬送友还苏州》:"长安南下几程途,得到邗沟吊绿芜。渚畔鲈鱼舟上钓,羡君归老向东吴。"[2]崔颢没有写出这位友人为谁,但肯定是离开官场的苏州人。这位友人的满足感与解脱感,已经感染了崔颢,这是一种对乡情的敏感。张翰见秋风起而想起吴中的美味佳肴,是对季节的敏感,实际上也是对时局的敏感。徐祯卿《闲居》中说:"江湖极目频回首,何事风尘生百忧"[3],是因为闲而变得敏感,因而忧从中来。吴地文人还有一种与自然环境的山温水软相应的细腻,从观察到描绘均如此。"[吾谷],在阜城门外三里许虞山之阳,冈峦回抱,乔木郁然,霜后丹枫,望若锦绣,骚人韵士往往觞咏其下。"[4]常熟虞山的霜后枫叶,尚且魅力如此,天平山上的枫叶,岂非更易撩拨诗人敏感的神经!而且,作者描绘之时注入的情感也特别地细腻。"郡西天平山为诸山枫林最胜处。冒霜叶赤,颜色鲜明,夕阳在山,纵目一望,仿佛珊瑚灼海"[5]。然而,大多数吴地文人诗文词中的抒情议论,很难找到"刑天舞干戚,猛志固常在"[6]的气势,多是平和甚至柔弱的。对抗金名将岳飞,南宋以后历代文人的颂扬中多有愤慨之语,然朱之瑜在抗清失败后远走日本之际,面对岳飞画像,论其忠义文章,是"鄂侯精忠贯日,知勇绝伦,武而不黩,文而不靡"[7],然后感叹的只是岳飞生非其时,没有遇到宋孝宗、宋宁宗这样至少还有北伐行动的君王,并未因为岳飞的遭遇而愤怒。

四、吴地文学的市井气息

南北朝以后,吴地的经济发展速度,远非中原可比。反映到文化上,美景、美味、美天气之下的美好生活,也酿造出了更为美好的文化产品,

---

[1] 唐圭璋编《全宋词》,中州古籍出版社,1996,第183页。
[2] 彭定求等编《全唐诗》,中州古籍出版社,1996,第721页。
[3] 范志新编年校注《徐祯卿全集编年校注》,人民文学出版社,2009,第472页。
[4] 徐崧、张大纯纂辑《百城烟水》卷五,薛正兴校点,江苏古籍出版社,1986,第364页。
[5] 顾禄:《清嘉录》,来新夏点校,上海古籍出版社,1986,第149页。
[6] 陶渊明:《陶渊明集》,人民文学出版社,1986,第86页。
[7] 朱之瑜:《朱舜水集》,朱谦之整理,中华书局,1981,第571页。

并且与市井的结合更加密切。换言之，这一时期的吴地文学比中原文学更具有市井气和商业气。一方面，大量文人生活在经济发达、商业繁荣的都市，与商人关系密切，或者本身就是由儒而商，参与了一些经济活动；另一方面，商人财主主动与文人结合，将文人的雅致请到了自己的园林甚至斋室，形成了一种儒和商的融合。晚明杰出的地理学家徐霞客，家里就是由商而儒的情况，方有一定的经济实力助其远行。而常熟唐市商人柏起宗（小坡），家有园亭，经常邀请文人雅士聚会其中。明季应社成立之初，即常在柏园（今存飘香园即其中的一小部分）聚集。此际江南一带的商人，往往是藏书家和出版家，对文人极有吸引力。于是，小说、戏剧作品背景多为城市生活，其中出现的商人形象多是正面的。诗文中也经常出现咏叹或叙述商业经营活动的片段，赞美较多，士农工商已经平等甚至合体，没有高下之分。"三言""二拍"中的不少篇章，出现了商人、市民的形象。戏剧舞台上，以《清忠谱》为代表的作品，已经将清流、士流、商人、市民放到了一个背景之下，既是境界的提升，亦是对精神价值的跨越性呈现。

五、吴地文学的学术气息

人杰地灵的环太湖地区，尤其是吴中，不仅诗情画意独步天下，经史之学亦是高屋建瓴。反映到文学创作上，则作家往往是学者，作品也多有议论和学问。吴地文学板块中的作家学者，是逐渐增多的。魏晋时期到唐代，有些作家自身就是著名的学者，如陆龟蒙是个农学家。宋元以后，作家兼学者不在少数，如叶梦得、范成大、沈义父等。明清时期，大量的江南作家具有很强的学术背景，这是一个值得研究的文化现象。归有光是杰出的经学家，茅坤是文章学家，冯梦龙实际还是经学家兼史学家。而王世贞、顾炎武的学术成就，至今仍是学界研究的热点。张溥的学术成就，相对于他的短暂人生，可以说是不可想象的。虽然他的成果相当一部分并未留存，但仅《汉魏六朝百三家集》的梓行，足以河润学界。更何况张溥对每一家都有生平简介和作品评价，特别是联系文坛整体状况来判定作者的地位和文学特色，实有文学史编纂的开山意义。陈瑚、陆世仪、叶燮、汪琬、沈德潜、黄省曾、阮元、薛福成等，无不既是学界翘楚，同时又是文坛巨匠。文学作品中的议论化倾向和学术化表达，最为明显的表现就是大量咏史和用典，不胜枚举。举一例说明。彭定求《五人墓》：

偶泛蓬舠绕郭来，摩挲墓碣久徘徊。

> 重看俎豆登乡社，尚想干掫捍党魁。
>
> 白刃争撄千载烈，青云并附九京哀。
>
> 萧萧松柏凌秋爽，遗臭生祠安在哉！[1]

简单的叙事，深沉的议论，蕴含了明季惊心动魄的重大历史事件，千古是非心，公道在后人。康熙十五年（1676）状元彭定求的这首诗，虽然也属于咏史诗，却是小中见大，由近及远，交代了关联明朝灭亡的主要事件：宦官干政、朝廷党争与知识分子精神家园的崩塌。

六、吴地文学创作的家族性

进入21世纪以来，江南家族文化已然成为研究的热点，成果累累。以聚族而居的血缘关系为纽带，经济文化与艺术活动在江南文化板块中的家族性聚集，是一道亮丽的风景线。就文学创作而言，从"二陆"到"四皇""三张"等，无不呈现出江南家族文学的兴旺景象。"皇甫涍，字子安，长洲人。父录，弘治九年进士。任重庆知府。生四子，冲、涍、汸、濂。""兄弟并好学工诗，称'皇甫四杰'……吴人语曰：'前有四皇，后有三张。'"[2]其中，长兄皇甫冲诗名最盛。"三张"指张凤翼、燕翼、献翼兄弟，并负才名。嘉靖间，苏州诗坛最盛，人才最为集中，为天下之冠。前有"四皇"，后有"三张"，还有"四皇"的中表兄弟黄鲁曾、黄省曾，实为吴地"四才子"盛况之再现。

吴地文学世家的形成，一是由于经济基础的存在，子弟有条件致力于艺文。祖上的富有与好文，加之子孙的勤奋好学，逐渐形成文化世家，直接作用于文学的创作。苏州文氏家族的兴盛就是一个典型。二是教育与科举，形成了父子相传、兄弟共进的风气，进而成为一个家庭、一个家族的传统。于是，兄弟连捷、父子鼎甲等不是个例。长洲彭氏、文氏，昆山李氏，常熟翁家与蒋家，等等，均因科举连连成功而闻名于世。"吴门彭氏世进士，明长洲彭汝谐（万历丙辰）、孙国朝珑（顺治己亥）、曾孙定求（康熙丙辰）、宁求（壬戌）、元孙启丰（雍正丁未）、五世孙绍观（乾隆丁丑）、绍升（辛巳）、六世孙希濂（甲辰）、希洛（丁未）、希郑（己酉）、七世孙蕴辉（嘉庆己未）、蕴章（道光乙未）"[3]。虽然未必致力于文

---

[1] 彭定求：《彭定求诗文集》，黄阿明点校，上海古籍出版社，2016，第124—125页。
[2] 张廷玉等：《明史》卷二百八十七，中华书局，1974，第7374页。
[3] 顾震涛：《吴门表隐》，江苏古籍出版社，1999，第355页。

学,但家族传统影响到诗文成就,是不争的事实。三是联姻,因姻缘纽带关系而相互感召,形成了文化世家,又往往也是文学世家。叶氏家族、沈氏家族、张氏家族的联姻,家族成员在诗、文、词、戏剧甚至诗话和戏剧理论等方面的成就,均受到学界的广泛重视。四是家族藏书对于文学世家的形成也起到了辐射作用。吴地藏书,天下闻名,藏书总量几乎占据藏书界的七成以上,如世美堂、嘉业堂、铁琴铜剑楼、徐家汇藏书楼、八千卷楼、皕宋楼、天籁阁、传是楼、绛云楼、过云楼、凤基楼等,名家的藏书、抄书、刻书和校勘常集于一身,不仅学术上的经史与小学研究资源丰盛,文学上的借鉴与传布亦是有本可据。"娄东二张"既是藏书家,也是杰出的诗人、散文家。

吴地文学的发展演变,既是中国文学发展整体流变的一部分,又有吴地独有的风范。明朝初年,吴地文学即有迹象的士商融合、雅俗同流的取向,实是三百年后文学发展朝野离立并行之先兆。依托吴地快速崛起的社会经济以及人文精神的容量展拓,吴地文学从创作的文体、笔法、风格、取材到品评、传播,逐渐彰显出巨大张力。在这本地域文学史描述中,笔者未遵从文学史著述传统体例,而是侧重于作家作品的纵向接续以便更好地展现吴地文学的特殊魅力。至于那种遵循传统史学撰写范式,以时间为纵向脉络、以事件为横向坐标的吴地文学史,则有待对此有浓厚兴趣与志向的学者展开专门深入的探究。

吴地文学板块体量庞大,辉映古今,其中还有一道明亮的风景,就是群星闪耀的女性作家。从南朝时期的韩兰英,唐代的徐惠、李冶、杜秋到宋代的朱淑真,明代的沈宜修、张倩倩、叶小鸾,还有清代的徐灿、方维仪、纪映淮、席佩兰、章有湘、钱凤纶、钱敬淑、吴琪等,现当代女性作家更是才情独具。江南女性文学家,可千百计,其作品题材广泛,体裁齐备。蔚为壮观的闺阁文学,让学界敬重有加。资料性汇编如施淑仪《清代闺阁诗人征略》,概论性著述如谭正璧《中国女性文学史话》,断代或专题研究成果如段继红《清代闺阁文学研究》等,足见其价值,不容轻视。

第一章 吴地文学的兴起

近代文学史家论述中国文学的发展史，多从原始歌谣与神话开始，然后就是《诗经》《楚辞》、先秦说理散文与叙事散文，脉络很清晰。然而，为吴地文学探源，却极为困难。一般来说，文学的源头多在原始歌谣。而有关吴歌的记载与作品，根据顾颉刚《吴歌小史》所述，其最早出现已经到了战国时期。而此时中原地区的诗歌，已经兴盛了七八百年。楚地诗歌亦已进入兴盛时期，作品受到关注。何以吴地歌谣见诸记载是在战国时期？原因很简单，就是吴地文化与中原文化的交融较晚，关注与记载更是稀见。战国以前，零星的吴歌信息，散见于文献之中，弥足珍贵。随着汉代文学的全面繁荣，吴地作家的才情也逐渐呈现。

第一节　吴地文学起源

以环太湖流域为代表的吴地文学的起源与初步发展，不同于有清晰的文献记载与作品传承的中原文学，其内容散见于文献的零星记载，且作品的可信度较低。但首先，从民风、语言、音韵与诗歌歌谣特性综合考量，论之为吴地作品，不为臆断。《吴越春秋》所记载的《弹歌》，就是一首质朴的吴地歌谣。《吴越春秋》卷九：

范蠡复进善射者陈音。音，楚人也。越王请音而问曰："孤闻子善射，道何所生？"音曰："臣，楚之鄙人，尝步于射术，未能悉知其道。"越王曰："然愿子一二其辞。"音曰："臣闻弩生于弓，弓生于弹，弹起古之孝子。"越王曰："孝子弹者奈何？"音曰："古者，人民朴质，饥食鸟兽，渴饮雾露，死则裹以白茅，投于中野。孝子不忍见父母为禽兽所食，故作弹以守之，绝鸟兽之害。故歌曰'断竹续竹，飞土逐宍'之谓也。于是神农皇（黄）帝弦木为弧，剡木为矢，弧矢之利，以威四方。黄帝之后，楚有弧父。弧父者，生于楚之荆山，生不见父母。为儿之时，习用弓矢，所射无脱。以其道传于羿，羿传逢蒙，逢蒙传于楚琴氏。琴氏以为弓矢不足以威天下。当是之时，诸侯相伐，兵刃交错，弓矢之威不能制服。琴氏乃横弓着臂，施机设枢，加之以力，然后诸侯可服。琴氏传之楚三侯，所谓句亶、鄂、章，人号麇侯、翼侯、魏侯也。自楚之三侯传至灵王，自称之楚累世，盖以桃弓棘矢而备邻国也。自灵王之后，射道分流，百家能人，用莫得其正。臣前人受之于楚，五世于臣矣。臣虽不明其道，惟王试之。"[1]

依据赵晔的记录，这首《弹歌》很复杂，既是孝行的体现，又是弓箭的发源，产生的时代也有争议，更不用说地点。首先，作品产生的时间。刘勰说"黄歌断竹，质之至也"[2]，是说《弹歌》产生在黄帝时代。刘勰的依据今天已经无法看到，但说它是最古老的质朴歌谣，还是正确的。逯钦立说"《吴越春秋》所载越歌。率类汉篇。惟此歌质朴。殆是古代逸文。刘勰谓为黄歌，当别有据"[3]。

其次，作品产生的地域是否可以当作吴歌或吴地文学的肇始？关于吴的最早记录，是公元前11世纪中叶周武王灭商之后，访得泰伯之弟仲雍的三世孙周章，"周章已君吴，因而封之"[4]。而吴国的历史纪年，开始于公元前585年的寿梦称王。《弹歌》出现于黄帝之时，也就是华夏文化发源之初，当时并未形成很多的部落文明，当然也就不会有"吴越"的说法，东南沿海一带通属于"九夷"，不存在"吴越"的概念。所以，《弹歌》不是越国时期方出现的歌谣，而是九夷文学的最早作品之一，也是吴地文学的源头性篇章。

最后，就《弹歌》的内容而言，《吴越春秋》的记录已经混乱了，后世儒者加以附会，更成了孝行的榜样了。意思是，孝子不忍心让已故父母的遗体因遭到野兽的啃食而毁坏，所以造了弓箭守候在一旁，用弓箭将野兽赶走，这就是守孝。其实，葬亲守孝的礼仪兴起于春秋，孟子引用曾子的话说"生，事之以礼；死，葬之以礼，祭之以礼，可谓孝矣"[5]。既然已

---

[1] 赵晔撰，徐天祜音注《吴越春秋》卷九，苗麓校点，辛正审订，江苏古籍出版社，1999，第149—150页。
[2] 刘勰著，范文澜注《文心雕龙注》卷六，人民文学出版社，1958，第519页。
[3] 逯钦立辑校《先秦汉魏晋南北朝诗》，中华书局，1983，第1页。
[4] 司马迁：《史记》卷三十一，岳麓书社，1983，第238页。
[5] 《孟子·滕文公章句上》，杨伯峻、杨逢彬导读、注译，岳麓书社，2021，第73页。

经葬了就不会遭到野兽的啃食，所以，赵晔"孝子不忍见父母为禽兽所食，故作弹以守之，绝鸟兽之害"的说法没有依据。实际上，《弹歌》仅有八字：断竹、续竹、飞土、逐宍（古肉字，代指野兽），但包含了四个片段：采集原料（断竹）、制造弓箭（续竹）、射箭打猎（飞土）、取得成果（逐宍），是对原始社会生产情状的生动描写。作品中没有祈祷神灵的佑护，没有对圣贤的颂美，只是原始的记录；表现打猎的过程，急切而有收获，证明了狩猎在生存中的重要作用，透露了一个重要的信息：作品产生于狩猎的时代，农耕文明尚未兴起。

虽然包括苏州在内的九夷地区原始歌谣并未进入中原文明的主流，以歌谣表现生产生活的早期创作却已经出现，说明吴地的文化与中原文化同步发展，也是早期中华文化的组成部分。

寿梦称吴王二十多年后，涉及传位的问题。寿梦有四子：长诸樊、次余祭、三余眛、四季札。寿梦有传位季札的打算，但季札礼让了。公元前561年，寿梦死，诸樊继位。诸樊死，传余祭。余祭死，传余眛。兄终弟及，有必传季札之意。然余眛死，季札出逃，不愿继位。于是，吴人立余眛之子僚。吴王僚继位十三年，公元前514年，诸樊之子公子光使专诸刺杀吴王僚，继位，是为吴王阖闾。而季札三让的故事，广为流传。

季札（约前576—前484），姬姓，名札，又称公子札、延陵季子、延州来季子、季子，封于延陵（今江苏常州一带），是春秋末年品德高尚、具有远见卓识的政治家和外交家。卒后葬于上湖（今江阴申港），相传墓碑上"呜呼有吴延陵君子之墓"十个古篆字是孔子所写。孔子虽周游列国，但并无南下的记录，应是后人出于对季札的景仰，以及孔子对季札的赞美，方有此说。

但在文学史上，季札无疑是一个重要的文学评论家。

吴公子札来聘，见叔孙穆子，说之。谓穆子曰："子其不得死乎？好善而不能择人。吾闻'君子务在择人'。吾子为鲁宗卿，而任其大政，不慎举，何以堪之？祸必及子！"

请观于周乐。使工为之歌《周南》、《召南》，曰："美哉！始基之矣，犹未也。然勤而不怨矣。"为之歌《邶》、《鄘》、《卫》，曰："美哉，渊乎！忧而不困者也。吾闻卫康叔、武公之德如是，是其《卫风》乎？"为之歌《王》，曰："美哉！思而不惧，其周之东乎？"为之歌《郑》，曰：

"美哉！其细已甚，民弗堪也。是其先亡乎！"为之歌《齐》，曰："美哉，泱泱乎，大风也哉！表东海者，其大公乎！国未可量也。"为之歌《豳》，曰："美哉，荡乎！乐而不淫，其周公之东乎？"为之歌《秦》，曰："此之谓夏声。夫能夏则大，大之至也，其周之旧乎？"为之歌《魏》，曰："美哉，沨沨乎！大而婉，险而易行，以德辅此，则明主也！"为之歌《唐》，曰："思深哉！其有陶唐氏之遗民乎？不然，何忧之远也。非令德之后，谁能若是？"为之歌《陈》，曰："国无主，其能久乎？"自《郐》以下无讥焉。为之歌《小雅》，曰："美哉！思而不贰，怨而不言，其周德之衰乎？犹有先王之遗民焉。"为之歌《大雅》，曰："广哉，熙熙乎！曲而有直体，其文王之德乎？"为之歌《颂》，曰："至矣哉！直而不倨，曲而不屈，迩而不逼，远而不携，迁而不淫，复而不厌，哀而不愁，乐而不荒，用而不匮，广而不宣，施而不费，取而不贪，处而不底，行而不流，五声和，八风平，节有度，守有序，盛德之所同也。"见舞《象箾》《南籥》者，曰："美哉！犹有憾。"见舞《大武》者，曰："美哉！周之盛也，其若此乎？"见舞《韶濩》者，曰："圣人之弘也，而犹有惭德，圣人之难也。"见舞《大夏》者，曰："美哉！勤而不德，非禹其谁能修之？"见舞《韶箾》者，曰："德至矣哉！大矣，如天之无不帱也，如地之无不载也，虽甚盛德，其蔑以加于此矣。观止矣！若有他乐，吾不敢请已！"[1]

  季札观乐发生在鲁襄公二十九年，公元前544年。文学史上谈到《诗经》的形成，历来据此为例，说明孔子删诗一说不成立。因为吴公子季札到鲁国观乐，这次演出的顺序与"诗三百"基本一致，说明"诗三百"已经定型，而此际孔子仅七岁，不可能删诗。但季札观乐的更大价值，在于他对诗歌的评价认识，是最早见诸史料记载的系统性"诗三百"评论。

  《左传》的这段文字，依次记录了季札观赏《周南》《召南》《邶》《鄘》《卫》《王》《郑》《齐》《豳》《秦》《魏》《唐》《陈》《郐》《小雅》《大雅》《颂》的评论，足见季札是一位才华出众的文艺评论家。重点是，季札的评论虽然简明短小，但几乎都与作品表现的政治形势、社会背景相结合，无意中确立了一个文学评论的规范：以作品产生时代环境为基础解析评价作品，而不是用后人的标准审视前人的创作。"诗三百"是西周初年到春秋中

---

[1]《左传·襄公二十九年》，蒋冀骋标点，岳麓书社，1988，第251—253页。

叶七百年间的诗歌总汇，后来成为儒家经典，称为《诗经》。"十五国风"反映了周王朝版图内主要地域的风土人情与社会时政，从乐声（音乐）到歌声（诗歌）透露出各主要诸侯国的社会风貌。所以，音乐已经反映出当地的民风，诗歌的内容与气势更是展示了从诸侯到士卒的精神风貌。《秦风》中的战斗气息与昂扬精神，就被季札敏锐地捕捉到了，认为这是夏朝鼎盛的声音，也是华夏的声音，一定能够创造出周朝当年鼎盛的局面。这就是从文学作品中看到的时代的精神取向与前景，是对秦国未来的预料。"凡音者，生人心者也。情动于中，故形于声。声成文，谓之音。是故治世之音安以乐，其政和；乱世之音怨以怒，其政乖；亡国之音哀以思，其民困。声音之道，与政通矣"[1]。这就说明，音乐的音和声，是与时代环境和人生情感相通的，必然蕴含了时政与民情。透过音声辨别时政或民情，正是一种正确的批评方法。季札已经这样做了。尽管"诗三百"全部是乐歌，是歌唱的，"已经给一般笺注家弄成了干燥无味的政论和历史了"[2]，但那是宋元明三代的儒者附会的"杰作"，不是季札所为。

不过，季札自己还是一个重要的原型人物，有信誉与诚实的象征意义。司马迁记载："季札之初使，北过徐君。徐君好季札剑，口弗敢言。季札心知之，为使上国，未献。还至徐，徐君已死。于是乃解其宝剑，系之徐君冢树而去。从者曰：'徐君已死，尚谁予乎？'季子曰：'不然。始吾心已许之，岂以死倍吾心哉！'"[3]

季札去访问晋国，佩戴吴国的宝剑，顺道拜访了徐国国君。徐国国君看着季札的宝剑，虽然没有说什么，脸上的表情却很是欣赏，有想要宝剑的意思而没敢说出口。季札因为有出使的任务，没有将宝剑奉送，但是心里已经想好了，回头的时候送给他。季札出使晋国返回的时候再次经过徐国，但徐国国君却已经去世。于是，季子解下宝剑，挂在徐国国君墓前的树上。随从阻止他，说徐国国君已经去世，这宝剑还给谁呢？季札说："前些日子我拜访徐国国君，徐国国君观赏我的宝剑，嘴上没有说，但是他的表情是想要这把宝剑的。可是我因为有出使上国的任务，所以没有献给他。虽是这样，在我心里已经答应他了。如今只因他去世了，就不把宝剑

---

[1]《周礼·仪礼·礼记》，陈戍国点校，岳麓书社，1989，第424页。
[2] 朱谦之：《中国音乐文学史》，上海人民出版社，2006，第55页。
[3] 司马迁：《史记》卷三十一，岳麓书社，1998，第240页。

进献给他,这是违背了自己的心意。"这里的主角,都是君子。徐国国君心有意而口不言,是克制自己的欲望;季札心许之而终践行,是诚信。从季札的言行及其对诗乐的评判议论,初步展现了吴地艺文取向上的一种特色:细腻深邃。

吴地文学之源是涓涓细流,然亦有输出的作品,只是文献记载难以寻觅。《论语·子路》中记载孔子引用南方人的俗语:

子曰:"南人有言曰:'人而无恒,不可以作巫医。'善夫!"[1]

孔子周游列国,似乎到过很多地方。但孔子的足迹,仅限于今天的山东、河南和河北南部,并未走远。可是,这南人的话到了孔子耳际,并得到认可和引用,既有来头,也有价值。而孔门三千弟子、七十二贤中唯一的南方人则是言偃。

言偃(前506—?)字子游,又称叔氏,春秋末吴国(今江苏苏州)人,后人敬称他为"言子"。言偃出生、成长于吴地,成年后到鲁国就学于孔子,并在鲁国出仕,有所建树,是"南方夫子"。今常熟虞山言子墓,为省级文物保护单位。

按:《礼记·缁衣》中记载与此稍异——

子曰:"南人有言曰:'人而无恒,不可以为卜筮。'"[2]

此外,尚未引起世人足够重视的《河上歌》,是吴地文学缘起阶段的重要作品,见《吴越春秋》记载:

六月,欲用兵,会楚之白喜(伯嚭)来奔。吴王问子胥曰:"白喜何如人也?"子胥曰:"白喜者,楚白(伯)州犁之孙。平王诛州犁,喜因出奔,闻臣在吴而来也。"阖闾曰:"州犁何罪?"子胥曰:"白州犁,楚之左尹,号曰郄(郤)宛,事平王。平王幸之,常与尽日而语,袭朝而食。费无忌望而妒之,因谓平王曰"王爱幸宛,一国所知,何不为酒,一至宛家,以示群臣于宛之厚?"平王曰:"善。"乃具酒于郄宛之舍。无忌教宛曰:"平王甚毅猛而好兵,子必前陈兵堂下门庭。"宛信其言,因而为之。及平王往而大惊曰:"宛何等也?"无忌曰:"殆且有篡杀之忧,王急去之,事

---

[1] 康有为:《论语注》,中华书局,1984,第200页。
[2] 《周礼·仪礼·礼记》,陈戍国点校,岳麓书社,1989,第511页。

未可知。"平王大怒，遂诛郤宛。诸侯闻之，莫不叹息。喜闻臣在吴，故来，请见之。"阖闾见白喜而问曰："寡人国僻远，东滨海，侧闻子前人为楚荆之暴怒、费无忌之谗口。不远吾国，而来于斯，将何以教寡人？"喜曰："楚国之失虏，前人无罪，横被暴诛。臣闻大王收伍子胥之穷厄，不远千里，故来归命，惟大王赐其死。"阖闾伤之，以为大夫，与谋国事。吴大夫被离承宴，问子胥曰："何见而信喜？"子胥曰："吾之怨与喜同。子不闻《河上歌》乎？'同病相怜，同忧相救。惊翔之鸟，相随而集。濑下之水，因复俱流。'胡马望北风而立，越燕向日而熙。谁不爱其所近，悲其所思者乎！"被离曰："君之言外也，岂有内意以决疑乎？"子胥曰："吾不见也。"被离曰："吾观喜之为人，鹰视虎步，专功擅杀之性，不可亲也。"子胥不然其言，与之俱事吴王。[1]

伍员本是楚人，遭遇楚平王迫害，历经艰辛投奔吴国，得到吴王阖闾重用。多年之后，楚国亡臣白喜投奔到吴，得到伍员荐举，被阖闾封为大夫，与谋国事。但是，吴国大夫被离不喜欢白喜，认为不可深交，并责问伍员为何喜欢白喜。伍员引《河上歌》以答："同病相怜，同忧相救。惊翔之鸟，相随而集。濑下之水，因复俱流。"后面的"胡马望北风而立，越燕向日而熙。谁不爱其所近，悲其所思者乎"，应不是原歌谣的内容，是赵晔对歌谣的解析。后人误为一体，不当。

这首作品，可以认为是吴地的产物。伍员入吴多年，稔知吴地歌谣，在谈话中引用合情合理。如果引用楚地歌谣，则可能引来麻烦，伍员不能不考虑到这一点。作品四言为主，表明已经受到中原诗歌的影响，而不是楚地民歌的影响。另外，上述引文中点明了"胡马""越燕"两个意象，一南一北，透露了作品产生的立足之地介于二者之间，当是吴地。

此外，范成大《吴郡志》卷八"梧桐园"："梧桐园，在吴宫，本吴王夫差园也。一名琴川。语云'梧宫秋，吴王愁'"[2]，所引六字当是民谣的一部分，即非完篇，亦足珍惜。明代杨慎《古今风谣》称为"吴夫差时童谣"，不知所据。

又有《洞庭童谣》，是据《河图纬》诸书辑录而来，本身真伪难以稽

[1] 赵晔撰，徐天祜音注《吴越春秋》卷四，苗麓校点，辛正审订，江苏古籍出版社，1999，第34—35页。
[2] 范成大：《吴郡志》卷八，江苏古籍出版社，1999，第106页。

考。杜文澜认为是孔子所述，杨慎称之为《西海童谣》：

> 吴王出游观震湖，龙威丈人名隐居。
> 北上包山入灵墟，乃造洞庭窃禹书。
> 天帝大文不可舒，此文长传六百初，今强取出丧国庐。[1]

西海似乎指《山海经》中有西海，并非确指某个海域。吴王指春秋时吴王阖闾，公元前514—公元前496年在位。震湖就是指太湖。龙威丈人大概是当时的一个隐士，名叫"隐居"，"龙威"可能就是他的名号。包山是太湖中洞庭山的一座山峰名，在今金庭镇。灵墟是传说中藏有"灵宝五符"的地方，所谓大禹治水曾经得到神仙指点的地方，又名"林屋洞天"，至今依然是游人如织之地。禹书就是传说中大禹治水时神仙授予他的"金简玉字"，是天书。"天帝大文不可舒"是说神灵留下的重要文字，不可轻易打开，是"天机不可泄露"的意思。六百初，应为"百六初"，是古老的当地方言，意思为不露出或不拿出。国庐就是国家，此句暗示了吴王阖闾的下一代夫差亡国之事。整首歌谣是说吴王阖闾出去巡游，欣赏那烟波浩渺的太湖，太湖的洞庭山上住着一个名叫隐居的龙威丈人，他潜入包山的洞穴，偷出大禹藏在里面的灵符。可是，天地间的至文不可轻易泄露，这灵符要长期留存，直到清明之世才能取出，现在强行将它取出来的人将要丧失他的国土。其表达的内容，颇有后人叙写的痕迹，语言风格与句式规则，也不像是春秋末年的产物。然出于何时何地，也难以稽考。所以，仍认其为春秋末年的吴歌。作品虽然有些宿命论倾向，然也是对圣贤的真诚崇拜。民谣及传说故事描绘到大禹治水等故事，说明早期吴地作家已然具备开放的视野。

第二节 两汉时期吴地文学

前人常云秦世无文，唯李斯《谏逐客书》为经典。同样，从秦统一到西汉末的两个多世纪里，吴地文坛的本土作家也相对沉寂，而寓居吴地的作家的成就，则影响深远。首先是外来作家孙武，隐居在苏州穹窿山多年，一部《孙子兵法》数千年研究不透。其次是梁鸿，来到吴地，不唯有

---

[1] 杜文澜辑《古谣谚》卷二，周绍良校点，中华书局，1958，第28页。

优秀的作品如《五噫歌》《适吴诗》等，更留下了优美的故事。还有朱买臣，汉武帝时的文学侍臣，留下了至今仍然有教育意义的传说。但朱买臣到底是浙江会稽人还是苏州光福人，尚聚讼纷纭。即便是会稽人，到今天至少也是吴地的近邻，何况会稽郡曾是一个范围包括浙北、苏南的大郡。今苏州西南山中，朱买臣读书台及砍柴处等遗迹的指认，也不为无因。此外，西汉前期的苏州赋家严忌，以一篇《哀时命》奠定了其在文学史上的地位。

一、严忌

严忌（约前188—前105），本姓庄，名忌，尊称"庄夫子"。东汉时因避汉明帝刘庄讳，改为严姓，会稽吴（今江苏苏州）人，西汉前期辞赋家，以文才和善辩闻名于时。会稽，郡名，西汉前期的一个行政区，管辖范围相当于今天的浙江北部到江苏南部，治所在今天的苏州市。所以，涉及历史人物注明"会稽吴人"，即苏州人。"会景帝不好辞赋，是时梁孝王来朝，从游说之士齐人邹阳、淮阴枚乘、吴庄忌夫子之徒，相如见而说之。"[1]当时吴王刘濞号称尚文，一时名贤纷纷前往，其中不乏名家如邹阳、枚乘等。严忌也在其列，成为刘濞门客。后刘濞图谋反叛，严忌与枚乘等上书谏阻。刘濞不能纳谏，严忌遂离开吴王，投奔梁王刘武，颇得梁王厚遇。汉景帝前元三年（前154年），以吴王刘濞为首的"吴楚七国之乱"发生，仅仅三个月，就在周亚夫的精准打击下覆灭，吴王刘濞被杀。庄忌因较早脱离，投奔深受汉景帝宠爱的梁王刘武，故而未罹灾祸，其才识过人，于此可见。严忌晚年回故土，隐居以终。其墓园原在吴江铜锣，称严墓，20世纪50年代遭毁坏。严忌有辞赋二十四篇，今仅存《哀时命》一篇，收于《楚辞》之中。

哀时命之不及古人兮，夫何予生之不遘时。往者不可扳援兮，俫者不可与期。志憾恨而不逞兮，杼中情而属诗。夜炯炯而不寐兮，怀隐忧而历兹。心郁郁而无告兮，众孰可与深谋？欿愁悴而委惰兮，老冉冉而逮之。居处愁以隐约兮，志沈抑而不扬。道壅塞而不通兮，江河广而无梁。愿至昆仑之悬圃兮，采钟山之玉英。揽瑶木之櫾枝兮，望阆风之板桐。弱水汩其为难兮，路中断而不通。势不能凌波以径度兮，又无羽翼而高翔。然隐

---

[1] 司马迁：《史记》卷一百一十七，岳麓书社，1983，第833页。

悯而不达兮，独徙倚而彷徉。怅惝罔以永思兮，心纡轸而增伤。倚踌躇以淹留兮，日饥馑而绝粮。廓抱景而独倚兮，超永思乎故乡。廓落寂而无友兮，谁可与玩此遗芳？白日晼晚其将入兮，哀余寿之弗将。车既弊而马罢兮，塞邅徊而不能行。身既不容于浊世兮，不知进退之宜当。

冠崔嵬而切云兮，剑淋离而从横。衣摄叶以储与兮，左祛挂于榑桑。右衽拂于不周兮，六合不足以肆行。上同凿枘于伏戏兮，下合矩矱于虞唐。愿尊节而式高兮，志犹卑夫禹汤。虽知困其不改操兮，终不以邪枉害方。世并举而好朋兮，壹斗斛而相量。众比周以肩迫兮，贤者远而隐藏。为凤皇作鹑笼兮，虽翕翅其不容。灵皇其不寤知兮，焉陈词而效忠？俗嫉妒而蔽贤兮，孰知余之从容？愿舒志而抽冯兮，庸讵知其吉凶？璋珪杂于甑窐兮，陇廉与孟娵同宫。举世以为恒俗兮，固将愁苦而终穷。幽独转而不寐兮，惟烦懑而盈匈。魂眇眇而驰骋兮，心烦冤之忡忡。志欲憿而不儃兮，路幽昧而甚难。

块独守此曲隅兮，然欿切而永叹。愁修夜而宛转兮，气涫沸其若波。握剞劂而不用兮，操规矩而无所施。骐骥骙骙于中庭兮，焉能极夫远道？置猿狖于棂槛兮，夫何以责其捷巧？駟跛鳖而上山兮，吾固知其不能升。释管晏而任臧获兮，何权衡之能称？箟簬杂于廣蒸兮，机蓬矢以射革。负檐荷以丈尺兮，欲伸要而不可得。外迫胁于机臂兮，上牵联于罾缴。肩倾侧而不容兮，固狭腹而不得息。务光自投于深渊兮，不获世之尘垢。孰魁摧之可久兮，愿退身而穷处。凿山楹而为室兮，下被衣于水渚。雾露蒙蒙其晨降兮，云依斐而承宇。虹霓纷其朝霞兮，夕淫淫而淋雨。怊茫茫而无归兮，怅远望此旷野。下垂钓于溪谷兮，上要求于仙者。与赤松而结友兮，比王侨而为耦。使枭杨先导兮，白虎为之前后。浮云雾而入冥兮，骑白鹿而容与。

魂眐眐以寄独兮，汨徂往而不归。处卓卓而日远兮，志浩荡而伤怀。鸾凤翔于苍云兮，故矰缴而不能加。蛟龙潜于旋渊兮，身不挂于罔罗。知贪饵而近死兮，不如下游乎清波。宁幽隐以远祸兮，孰侵辱之可为？子胥死而成义兮，屈原沉于汨罗。虽体解其不变兮，岂忠信之可化？志怦怦而内直兮，履绳墨而不颇。执权衡而无私兮，称轻重而不差。摡尘垢之枉攘兮，除秽累而反真。形体白而质素兮，中皎洁而淑清。时猒饫而不用兮，且隐伏而远身。聊窜端而匿迹兮，嘆寂默而无声。独便悁而烦毒兮，焉发愤而抒情。时曖曖其将罢兮，遂闷叹而无名。伯夷死于首阳兮，卒夭隐而不荣。太公不遇文王兮，身至死而不得逞。怀瑶象而佩琼兮，愿陈列而无正。生天墬之若过兮，忽烂漫而无成。邪气袭余之形体兮，疾憯怛而萌生。愿壹见阳春之白日兮，恐不终乎永年。[1]

  汉赋经历了汉初骚体赋、西汉中叶到东汉中叶汉大赋、东汉中后期言情小赋三个发展阶段。严忌生活在西汉前期，其时主要流行骚体赋，但汉大赋已经逐渐形成。骚体赋继承屈原《离骚》的精神和表现手法，主要书写个人一时一地的感受和人生的郁闷，或表达对先贤哲人遭遇的同情和追思。贾谊《鵩鸟赋》与《吊屈原赋》，司马迁《悲士不遇赋》等作品，善于运用比兴手法，抒发作者怀才不遇的忧愤情感。《吊屈原赋》感叹屈原生不逢时，空怀壮志而徒叹奈何的苦闷，既是咏屈赋中的佳品，也是西汉前期汉赋的典范之作。《悲士不遇赋》属纯骚体，保持了由贾谊开创的西汉早期骚赋所具有的特点，《离骚》的痕迹甚为明显，感情真挚，篇幅精悍，是骚体赋中的佳品。《哀时命》既有《离骚》的精神蕴含，亦有《吊屈原赋》《悲士不遇赋》的幽怨，明确写出了贤者能人的无奈和奸佞小人的猖狂，忧患之情洋溢其中。作品想象丰富，议论纵横，情感充沛而句式有所变化，兼具西汉中叶汉大赋的语言特征，说明严忌生活的年代，汉赋已经成为文人抒情述怀的重要文体，不在诗歌之下。与严忌同游梁王之门的枚乘，就是汉大赋成熟的标志性作家，其《七发》虽不及司马相如《子虚赋》之手法夸张，但亦超乎常人的想象，是汉大赋的代表性作品。

  屈原的遭遇，两千多年来众说纷纭，但基本观点认为其因小人挑拨，怀才不遇，遭受楚怀王与楚顷襄王不公正的待遇。但对于其自身的选择与作品中的具体内涵，议论则有分歧。屈原身怀经邦济国之才，内议法则，外联诸侯，是杰出的政治家与外交家。然而，仕途止于三闾大夫，命途止于汨罗江，根源在于楚怀王的糊涂与楚顷襄王的偏执，更有靳尚、郑袖、子兰的挑唆。就个人而言，屈原的遭遇令人唏嘘，是悲剧。就政权而言，奸臣当道，小人得势，君上昏聩，国事日非，岂是赏心乐事？这几个方面的结合，形成了历朝历代乱象丛生最终改朝易代的铁律，也使历代正人君

---

[1] 洪兴祖：《楚辞补注》，白化文、许德楠、李如鸾、方进点校，中华书局，1983，第259—267页。

子在敏锐地察觉到之后,产生了与屈原的共鸣。因此,屈原也就成为文人抒发孤愤意绪的标杆。

所以,汉代前期骚体赋的盛行,尤其是追思屈原的作品屡屡出现,不仅是对屈原的同情与缅怀,也是对楚怀王、楚顷襄王、靳尚、郑袖、子兰等人的揭发与批判,在汉初具有特定的时代意义。严忌的《哀时命》,既是为屈原发声,也是作者自己忧愤情怀的宣泄,更有对时局的忧虑不安之情,是政治家的远见卓识。所以,王逸所述"忌哀屈原受性忠贞,不遭明君而遇暗世,斐然作辞,叹而述之,故曰《哀时命》"[1],并没有揭示出作者的深层用意。忠贞之心、经济之才、侍从之命、流落之运与不平之鸣完美结合,借屈原之悲剧,发心中之牢骚,方是严忌《哀时命》的真正命意,也是后世诗词文赋的常见寄意手法。

二、严助

相对于严忌的仕途蹉跎、晚年归隐,其子严助辉煌的一生因遭遇了酷吏张汤而以悲剧收场。

严助(?—前122年),"会稽吴人,严夫子子也,或言族家子也。郡举贤良,对策百余人,武帝善助对,繇是独擢助为中大夫。后得朱买臣、吾丘寿王、司马相如、主父偃、徐乐、严安、东方朔、枚皋、胶仓、终军、严葱奇等,并在左右"[2]。公孙弘任丞相,开东阁,召集贤人与谋议,讨论国家的大政方针,严助就在其中。此后严助出入朝堂,任中大夫。建元三年(前138年)东南地区发生战争,闽越举兵围东瓯,东瓯告急于汉,朝廷举棋不定。严助力主出兵,拯救东瓯,加强中央与地方的联系。事获成功,严助也得到汉武帝的赞赏。出任会稽太守后数年,颇有建树,被汉武帝召回长安。由于严助与淮南王刘安有交往,刘安反叛,严助受到牵连。汉武帝知道严助的忠心,认为他没有与淮南王共谋,无意惩处。无奈张汤设计,罗织罪名,严助被杀,相传归葬故里。其墓尚存,清人记载"今禾郡天宁寺后,别有汉将军严助墓"[3],今在浙江嘉兴辅成小学校园内,占地约2 000平方米。严助是西汉中期重要的辞赋家和经邦济国的人才,颇受少年天子刘彻眷顾。若非张汤竭力构陷,严助不至于罹难。故

---

[1] 洪兴祖:《楚辞补注》,白化文、许德楠、李如鸾、方进点校,中华书局,1983,第259页。
[2] 《汉书》卷六十四上,乾隆武英殿刻本。
[3] 徐崧、张大纯纂辑《百城烟水》卷四,薛正兴校点,江苏古籍出版社,1986,第292页。

而，后来严助好友朱买臣等巧妙周旋，终于使得刘彻令张汤自尽。而朱买臣也因此遭到刘彻怨恨，后被借故诛杀。严助才华上下闻名，内外关注，有赋三十五篇，惜人亡文佚，已不可见。唯有《谕意淮南王》一文及《上书谢罪》部分文字，因《汉书》收录而留存于世。严可均《全汉文》卷十九所收严助文，即此。严助富文采，曾与东方朔、枚皋、吾丘寿王、司马相如等相交游，作辞赋。仅《谕意淮南王》一段文字，亦可见其善于说理：

> 今者大王以发屯临越事上书，陛下故遣臣助告王其事。王居远，事薄遽，不与王同其计。朝有阙政，遗王之忧，陛下甚恨之。夫兵固凶器，明主之所重出也，然自五帝、三王禁暴止乱，非兵，未之闻也。汉为天下宗，操杀生之柄，以制海内之命，危者望安，乱者卬治。今闽越王狠戾不仁，杀其骨肉，离其亲戚，所为甚多不义，又数举兵侵陵百越，并兼邻国，以为暴强，阴计奇策，入燔寻阳楼船，欲招会稽之地，以践句践之迹。今者，边又言闽王率两国击南越。陛下为万民安危久远之计，使人谕告之曰："天下安宁，各继世抚民，禁毋敢相并。"有司疑其以虎狼之心，贪据百越之利，或于逆顺，不奉明诏，则会稽、豫章必有长患。且天子诛而不伐，焉有劳百姓苦士卒乎？故遣两将屯于境上，震威武，扬声乡，屯曾未会，天诱其衷，闽王陨命，辄遣使者罢屯，毋后农时。南越王甚嘉被惠泽，蒙休德，愿革心易行，身从使者入谢。有狗马之病，不能胜服，故遣太子婴齐入侍。病有瘳，愿伏北阙，望大廷，以报盛德。闽王以八月举兵于冶南，士卒罢倦，三王之众相与攻之，因其弱弟馀善以成其诛，至今国空虚，遣使者上符节，请所立，不敢自立，以待天子之明诏。此一举，不挫一兵之锋，不用一卒之死，而闽王伏辜，南越被泽，威震暴王，义存危国，此则陛下深计远虑之所出也。事效见前，故使臣助来谕王意。[1]

"吴楚七国之乱"虽然平定，地处长江中游的淮南王没有参与叛乱，得以保全，但淮南地广物丰，实力不可小觑，君王身在长安，焉能放心？于是，严助发挥了重要的作用，以具有不可辩驳的感染力的言辞，将汉武帝的威仪与功德在淮南王刘安面前彰显。可以说，是严助的说辞，稳住了刘安，暂时消除了淮南王刘安的野心。"虽汤伐桀，文王伐崇，诚不过此。

[1]《汉书》卷六十四上，乾隆武英殿刻本。

臣安妄以愚意狂言，陛下不忍加诛，使使者临诏臣安以所不闻，诚不胜厚幸！"这是刘安的真心话。"助由是与淮南王相结而还。上大说。"[1]

尽管很能干，有才华，能够为天子稳定江山，但皇上也有为难的时候，严助不幸成了牺牲品。"廷尉张汤争，以为助出入禁门，腹心之臣，而外与诸侯交私如此，不诛，后不可治。助竟弃市。"[2]

三、朱买臣

朱买臣（？—前115）字翁子，吴地文坛的又一奇士。其在文学史上的价值，不在于其作品，而在于其本人的传奇人生，具有特殊的文化价值。"泼水难收"的故事，家喻户晓。《汉书》卷六十四上记载：

> 朱买臣字翁子，吴人也。家贫，好读书，不治产业，常艾薪樵，卖以给食，担束薪，行且诵书。其妻亦负戴相随，数止买臣毋歌呕道中。买臣愈益疾歌，妻羞之，求去。买臣笑曰："我年五十当富贵，今已四十余矣。女苦日久，待我富贵报女功。"妻恚怒曰："如公等，终饿死沟中耳，何能富贵！"买臣不能留，即听去。其后，买臣独行歌道中，负薪墓间。故妻与夫家俱上冢，见买臣饥寒，呼饭饮之。

> 后数岁，买臣随上计吏为卒，将重车至长安，诣阙上书，书久不报。待诏公车，粮用乏，上计吏卒更乞丐之。会邑子严助贵幸，荐买臣，召见，说《春秋》，言《楚词》，帝甚说之，拜买臣为中大夫，与严助俱侍中。是时，方筑朔方，公孙弘谏，以为罢敝中国。上使买臣难诎弘，语在弘传。后买臣坐事免，久之，召待诏。

> 是时，东越数反复，买臣因言："故东越王居保泉山，一人守险，千人不得上。今闻东越王更徙处南行，去泉山五百里，居大泽中。今发兵浮海，直指泉山，陈舟列兵，席卷南行，可破灭也。"上拜买臣会稽太守。上谓买臣曰："富贵不归故乡，如衣绣夜行，今子何如？"买臣顿首辞谢。诏买臣到郡，治楼船，备粮食、水战具，须诏书到，军与俱进。

> 初，买臣免待诏，常从会稽守邸者寄居饭食。拜为太守，买臣衣故衣，怀其印绶，步归郡邸。直上计时，会稽吏方相与群饮，不视买臣。买臣入室中，守邸与共食，食且饱，少见其绶，守邸怪之，前引其绶，视其印，

---

[1]《汉书》卷六十四上，乾隆武英殿刻本。
[2]《汉书》卷六十四上，乾隆武英殿刻本。

会稽太守章也。守邸惊，出语上计掾吏，皆醉，大呼曰："妄诞耳！"守邸曰："试来视之。"其故人素轻买臣者入内视之，还走，疾呼曰："实然！"坐中惊骇，白守丞，相推排陈列中庭拜谒。买臣徐出户。有顷，长安厩吏乘驷马车来迎，买臣遂乘传去。会稽闻太守且至，发民除道，县长吏并送迎，车百余乘。入吴界，见其故妻、妻夫治道。买臣驻车，呼令后车载其夫妻，到太守舍，置园中，给食之。居一月，妻自经死，买臣乞其夫钱，令葬。悉召见故人与饮食诸尝有恩者，皆报复焉。

居岁余，买臣受诏将兵，与横海将军韩说等俱，击破东越，有功。征入为主爵都尉，列于九卿。

数年，坐法免官，复为丞相长史。张汤为御史大夫。始，买臣与严助俱侍中，贵用事，汤尚为小吏，趋走买臣等前。后汤以廷尉治淮南狱，排陷严助，买臣怨汤。及买臣为长史，汤数行丞相事，知买臣素贵，故陵折之。买臣见汤，坐床上弗为礼。买臣深怨，常欲死之。后遂告汤阴事，汤自杀，上亦诛买臣。买臣子山拊官至郡守，右扶风。[1]

  朱买臣事见诸史传，这是历史的真实。但朱买臣究竟是何方人士，却有争议。按照今天的行政区划，朱买臣是苏州吴中区光福人。今苏州穹窿山中，有"汉会稽太守读书之处"的大石盘，相传就是朱买臣发迹前砍柴途中读书的地方。"泼水难收"的故事，则是后人附会而成，虽是戏言，借鉴意义，值得重视。而朱买臣待人接物的处事之道以及他的成败存亡，教训深刻，当以为戒。

  先秦时期是中国文学的发轫期，自然也是吴地文学的萌芽期。虽然相对于中原文学，吴地文学略显单薄，但萌芽阶段的歌谣诗文，亦足可观。不仅文人的成长已经显露其壮志凌云的姿态，普通民众所作的歌谣也是别有风味。只可惜，因为语言与文字的对应度问题，记载稀见。

---

[1]《汉书》卷六十四上，乾隆武英殿刻本。

第二章 吴地文学的成长

先秦两汉时期，中国文学整体上已经是繁花似锦灿烂辉煌了。诗歌方面，不仅有大量的文人诗歌出现，成就惊人，更有大量感人肺腑的乐府诗存在，至今令人骄傲。文章方面，更是众多山斗争奇斗艳，论政、论史、论人、抒情、言志、论学术等，在诸多方面成为后世典范。特别是《史记》《汉书》中的人物传记，既是历史的记载，也是传记文学作品，后人几乎无法超越。相较于中原文学的蓬勃景象，吴地文学虽尚处于萌芽阶段，但已经具备了鲜明的地域特性，既有积极的进取精神，亦有高蹈的隐逸情怀，更有内涵的丰富深邃和表达形式的灵活多样，预示了尔后吴地文学发展的多元性。

第一节　魏晋乱世：进退的历史碰撞

从黄巾起义到西晋统一，中国社会经历了近百年的分裂与战乱，文化上的破坏与重建，与政权的更替交迭互为表里。从东汉建安年间到西晋太康年间，吴地的文学家在封建文化的建设中作出了重要的贡献，并在诗赋文章中体现出积极进取的呼唤与高蹈隐退的叹息的历史碰撞。

一、陆绩

三国时期的吴地文人，首先应该注意到经学家陆绩。

陆绩（188—219）字公纪，吴郡吴县（今江苏苏州）人也。少有大志而短命。精于易学，著述甚富。有《陆绩周易述》《陆氏易解》等，并注《京房易传》。自知亡日，乃为辞曰："有汉志士，吴郡陆绩。幼敦《诗》、《书》，长玩《礼》、《易》，受命南征，遘疾遇厄，遭命不幸，呜呼悲隔!"[1]四言八句，颇为典雅，可以视作一首结构完整而概括自己一生的四言诗。据史载，其父陆康为汉末庐江太守，时与诸侯袁术有来往。"绩年六岁，于九江见袁术。术出橘，绩怀三枚，去，拜辞堕地，术谓曰：'陆郎作宾客而怀橘乎？'绩跪答曰：'欲以遗母。'术大奇之。"[2]吴地陆家为豪门世族，见诸史载的陆氏名流，成百上千。陆绩的祖父陆褒，家道殷实，屡征不起，家居以终。陆绩有二子一女，长子陆宏，官会稽南部都尉；次子陆睿，官长水校尉。孙陆凯，东吴重臣。

二、张俨

张俨（？—266）字子节，吴郡吴县（今江苏苏州）人，少聪颖，弱冠即名扬吴中，博学多才而能应变。孙吴宝鼎元年（266）北上使晋，与羊祜、何桢等论难，卒于归途。严可均《全上古三代秦汉三国六朝文》收有《张俨集》一卷。另有传奇小说《太古蚕马记》一篇，实际上属于志怪，见于《五朝小说大观》。张俨这样的官员，留意于志怪故事编写，可见当时好之者甚众。该篇故事情节大胆出奇，完全出自臆想。马对人产生恋情，因而奔走，不辞辛劳。最终不获，伤心欲绝。情真意切，反而被杀。种种情节，几笔叙写，生动感人，亦有警示。而结尾处交代"故今世或谓蚕为女儿者，是古之遗言也"[3]，只是一说。

三、陆凯

陆凯（198—269）字敬风，吴郡吴县华亭（今上海市松江区）人，丞相逊族子，官至左丞相。孙皓徙都武昌，扬土百姓溯流供给，以为患苦，又政事多谬，黎元穷匮。凯上疏劝谏，文辞优美，情真意切，全文一千二百多字，堪比于诸葛亮《出师表》之拳拳之心：

臣闻有道之君，以乐乐民；无道之君，以乐乐身。乐民者，其乐弥长；乐身者，不久而亡。夫民者，国之根也，诚宜重其食，爱其命。民安则君安，民乐则君乐。自顷年以来，君威伤于桀、纣，君明暗于奸雄，君惠闭于群孽。无灾而民命尽，无为而国财空，辜无罪，赏无功，使君有谬误之愆，天为作妖。而诸公卿媚上以求爱，因民以求饶，导君于不义，败政于淫俗，臣窃为痛心。今邻国交好，四边无事，当务息役养士，实其廪库，

---

[1] 陈寿：《三国志》卷五十七，裴松之注，岳麓书社，1990，第1049页。
[2] 陈寿：《三国志》卷五十七，裴松之注，岳麓书社，1990，第1048页。
[3] 张俨：《太古蚕马记》，收入《五朝小说大观》，中州古籍出版社，1991，影印本，第32页。

以待天时。而更倾动天心，骚扰万姓，使民不安，大小呼嗟，此非保国养民之术也。

臣闻吉凶在天，犹影之在形，响之在声也，形动则影动，形止则影止，此分数乃有所系，非在口之所进退也。昔秦所以亡天下者，但坐赏轻而罚重，政刑错乱，民力尽于奢侈，目眩于美色，志浊于财宝，邪臣在位，贤哲隐藏，百姓业业，天下苦之，是以遂有覆巢破卵之忧。汉所以强者，躬行诚信，听谏纳贤，惠及负薪，躬请岩穴，广采博察，以成其谋。此往事之明证也。

近者汉之衰末，三家鼎立，曹失纲纪，晋有其政。又益州危险，兵多精强，闭门固守，可保万世，而刘氏与李乖错，赏罚失所，君恣意于奢侈，民力竭于不急，是以为晋所伐，君臣见虏。此目前之明验也。

臣暗于大理，文不及义，智慧浅劣，无复冀望，窃为陛下惜天下耳。臣谨奏耳目所闻见，百姓所为烦苛，刑政所为错乱，愿陛下息大功，损百役，务宽荡，忽苛政。

又武昌土地，实危险而瘠确，非王都安国养民之处，船泊则沉漂，陵居则峻危，且童谣曰："宁饮建业水，不食武昌鱼；宁还建业死，不止武昌居。"臣闻翼星为变，荧惑作妖，童谣之言，生于天心，乃以安居而比死，足明天意，知民所苦也。

臣闻国无三年之储，谓之非国，而今无一年之畜，此臣下责也。而诸公卿位处人上，禄延子孙，曾无致命之节，匡救之术，苟进小利于君，以求容媚，荼毒百姓，不为君计也。自从孙弘造义兵以来，耕种既废，所在无复输入，而分一家父子异役，廪食日张，畜积日耗，民有离散之怨，国有露根之渐，而莫之恤也。民力困穷，鬻卖儿子，调赋相仍，日以疲极，所在长吏，不加隐括，加有监官，既不爱民，务行威势，所在骚扰，更为烦苛，民苦二端，财力再耗，此为无益而有损也。愿陛下一息此辈，矜哀孤弱，以镇抚百姓之心。此犹鱼鳖得免毒螫之渊，鸟兽得离罗网之纲，四方之民襁负而至矣。如此，民可得保，先王之国存焉。

臣闻五音令人耳不聪，五色令人目不明，此无益于政，有损于事者也。自昔先帝时，后宫列女，及诸织络，数不满百，米有畜积，货财有余。先帝崩后，幼、景在位，更改奢侈，不蹈先迹。伏闻织络及诸徒坐，乃有千数，计其所长，不足为国财，然坐食官廪，岁岁相承，此为无益，愿陛下料出赋嫁，给与无妻者。如此，上应天心，下合地意，天下幸甚。

臣闻殷汤取士于商贾，齐桓取士于车辕，周武取士于负薪，大汉取士于奴仆。明王圣主取士以贤，不拘卑贱，故其功德洋溢，名流竹素，非求颜色而取好服、捷口、容悦者也。臣伏见当今内宠之臣，位非其人，任非其量，不能辅国匡时，群党相扶，害忠隐贤。愿陛下简文武之臣，各勤其官，州牧督将，藩镇方外，公卿尚书，务修仁化，上助陛下，下拯黎民，各尽其忠，拾遗万一，则康哉之歌作，刑错之理清。愿陛下留神思臣愚言。[1]

裴松之注又引《江表传》所载陆凯上表劝谏孙皓的文字，忧虑时运，远见卓识，老臣之心，怦然字里行间。可惜孙皓不能纳谏，终至灭亡。

四、周处

还有一位特殊的诗人，世人只知其改过的故事，少有人关注他的真正身世，这就是周处。周处（约236—297）字子隐，吴郡阳羡（今江苏宜兴）人，西晋大臣，东吴鄱阳太守周鲂之子。少时粗暴肆欲，为祸乡里。后来改过自新，拜访名人，发奋读书修为，出仕孙吴，功业胜过父亲。孙吴灭亡后，改仕西晋，拜新平、广汉太守，临民有方。入朝为散骑常侍，迁御史中丞，刚正不阿。元康七年（297），出任建威将军，帅师关中，讨伐齐万年叛乱，战死沙场。追赠平西将军，谥号为孝。《世说新语》里的故事：

周处年少时，凶强侠气，为乡里所患。又义兴水中有蛟，山中有邅迹虎，并皆暴犯百姓，义兴人谓为三横，而处尤剧。或说处杀虎斩蛟，实冀三横唯余其一。处即刺杀虎，又入水击蛟。蛟或浮或没，行数十里，处与之俱。经三日三夜，乡里皆谓已死，更相庆，竟杀蛟而出。闻里人相庆，始知为人情所患，有自改意。乃自吴寻二陆，平原不在，正见清河，具以情告，并云："欲自修改，而年已蹉跎，终无所成。"清河曰："古人贵朝闻夕死，况君前途尚可。且人患志之不立，亦何忧令名不彰邪？"处遂改励，终为忠臣孝子。[2]

这故事，人们耳熟能详。但其中一个细节，值得玩味。周处比陆云要

---

[1] 陈寿：《三国志》卷六十一，裴松之注，岳麓书社，1990，第1102—1104页。
[2] 余嘉锡：《世说新语笺疏》，周祖谟、余淑宜整理，中华书局，1983，第627页。

大二十六岁,居然很谦恭地接受陆云的教导,这就不简单了。不幸的是,周处在征战齐万年的过程中,遭到梁王司马肜的算计,战死沙场。当时,即元康七年正月,齐万年带兵七万,屯扎梁山(今陕西乾县城北),与西晋梁王司马肜和夏侯骏的朝廷部队形成了对峙局面。对于叛军来说,时间一长,很难支撑。所以,西晋军队只要按兵不动,也能取胜。可是,梁王司马肜曾经遭到周处的弹劾,借机报复,命周处率领五千人去攻打,结局可以预见。就这样,周处毅然出战,杀敌万余,最后在梁王司马肜和夏侯骏的袖手旁观之下,弹尽粮绝,殒命沙场。

周处临出战前,赋诗一首,可见将军此时的心境。"去去世事已,策马观西戎。藜藿甘粱黍,期之克令终。"[1]

第二节 太康二陆

当司马氏集团逐渐控制曹魏政权,禅让的"戏剧"即将上演之际,蜀汉政权与孙吴政权却在进行衰败竞赛,先后沦亡。孙吴政权为西晋击溃之后,至少国家出现了统一的局面,不能用一家一姓的成败存亡凌驾于国家民族的利益之上。但客观讲,陆逊之孙、陆抗之子陆晏、陆景、陆玄、陆机、陆云,并非承担政权存亡重任的军政人才。然陆机、陆云的文学才华与影响,亦可为陆家增光。今天的学界说到陆机、陆云,皆曰松江华亭人,似乎忽略了陆家祖上是苏州人的事实。实际上,陆家祖上居住在今苏州相城区,是地道的苏州人。汉末陆康任庐江太守时,与袁术有隙,即便主动拜访,不免受到嘲弄。由于袁术手握重兵,割据一方的形势已经明了。"淮南弟称号,刻玺于北方"[2],虽是后来之事,此前已有基础。所以,陆康令其族孙陆逊和儿子陆绩(陆逊虽是晚辈,但年龄长于陆绩)率领族人避居华亭谷,后来陆逊被封为华亭侯,遂为华亭人,其地旧属苏州,陆家亦是苏州人。按今天的行政区划,华亭属上海市松江区,旧时华亭之名,遂被逐渐遗忘。所以谈及陆机、陆云,多用"松江华亭人"表述。

---

[1] 房玄龄等:《晋书》卷五十八,中华书局,1974,第1571页。
[2] 曹操:《魏武帝集》,收入张溥辑《汉魏六朝百三名家集》第一册,江苏古籍出版社,2002,第675页。

一、陆机

陆机（261—303）字士衡，吴郡吴县华亭（今上海市松江区）人，西晋著名文学家、书法家。在孙吴时曾任牙门将，太康元年（280）吴亡时陆机年仅二十岁，遂退居故里，与弟陆云读书近十年。由于陆机多位前代宗亲在孙吴官居将相，功勋卓著，他深深感慨吴末帝孙皓毁坏祖业，丢了江山的罪过，写下《辨亡论》，综论孙权得江东、孙皓亡天下的原因，追述自己祖父、父亲的功业。后出仕西晋。太康十年（289），陆机兄弟来到洛阳，受到太常张华赏识，在公卿间热情揄扬，此后名声大振。时有"二陆入洛，三张减价"的说法[1]。"三张"是指张载、张协和张亢。文学史上介绍西晋太康文学，往往说"三张二陆两潘一左"。"两潘"为潘岳、潘尼叔侄，"一左"为左思。张溥说"俯首入洛，竟縻晋爵，身事仇雠，而欲高语英雄，难矣"[2]。陆机曾任平原内史、祭酒、著作郎等职，世称"陆平原"。就因为书生意气，得到名流权贵赞许便忘乎所以，从此陆机与陆云就不断牵扯到西晋政权内部的较量之中。等到张华遇害之后，兄弟察觉到官场的危险，但已经身不由己。后因卷入"八王之乱"，遭到报复，被夷三族。

陆机"黄耳传书"的故事，流传甚广。相传陆机在洛阳，豢养一只名犬，名叫黄耳，非常喜爱。由于很久没有过问苏州华亭的家事，便笑着对狗说多时没有得到家乡的消息了，能不能为他送封信到苏州的家里呢？狗摇着尾巴叫出声。于是陆机便写信用竹筒装着，挂在狗脖子上。狗沿路向南走，便到了苏州的家中。家里人看到这狗能够从洛阳跑到苏州，十分惊奇，便写了回信，让狗返回洛阳。从洛阳传信到苏州，再得到回信返回洛阳，完成了一次长途传书，前后只用了二十多天。

文学史上的陆机，不仅辞赋独步当世，诗歌亦入上品；不仅论说得到时流公认，书法也是一流。陆机诗文辞赋，颇多散佚。两晋南北朝时期，陆机的文集至少有近五十卷传世。隋唐时期，陆机的诗文集散佚凌乱，不见全璧。宋人著录，已经有十卷的说法，是从《文选》《艺文类聚》《玉台新咏》等数种类书总集中加以遴选编辑而成，断章残片已多。这个十卷本《陆机集》也已经失传，后赖明代陆元大予以翻刻，保存了宋刻原貌，错

---

[1] 房玄龄等：《晋书》卷五十五，中华书局，1974，第1525页。
[2] 张溥著，殷孟伦注《汉魏六朝百三家集题辞注》，人民文学出版社，1963，第132页。

讹亦一并继承。张溥编辑整理的《汉魏六朝百三名家集》中的《陆平原集》，也是依据陆元大本而来。于是，后来者做了大量的校正补辑工作。今传本，以中华书局版金涛声点校本最为完备。对于陆机文章的评价，张溥在题辞中说：

> 陆氏为吴世臣，士衡才冠当世，国亡主辱，颠沛图济，成则张子房，败则姜伯约，斯其人也。俯首入洛，竟縻晋爵，身事仇雠，而欲高语英雄，难矣！太康末年，衅乱日作，士衡豫诛贾谧，侥得通侯，俗人谓福，君子谓祸。赵王诛死，羁囚廷尉，秋风莼鲈，可早决几；复恋成都活命之恩，遭孟玖青蝇之谮，黑幰告梦，白帢受刑，画狱自投，其谁戚哉。张茂先博物君子，昧于知止，身族分灭，前车不远，同堪痛哭。然冤结乱朝，文悬万载，吊魏武而老奸掩袂，赋豪士而骄王丧魄，辨亡怀宗国之忧，五等陈建侯之利，北海以后，一人而已。排沙简金，兴公造喻，子患才多，司空叹美，尚属轻今贱目，非深知平原者也。[1]

"题辞"并没有赞美陆机的才华，也没有回顾其祖上的光彩，仅就其人生选择的悲剧展开议论。在张溥看来，陆机的选择，最好是张良那样，能为我报仇，我即为你效劳；或者像姜维那样，报答知己，信守承诺，直到奉献生命，青史留名。可是，陆机没有选择正确的出路，"俯首入洛，竟縻晋爵，身事仇雠"，贪图名利，不甘寂寞，落得个被杀的下场。张溥指出，陆机至少犯了三个错误：入洛是一错。西晋灭亡了东吴，作为吴之世臣，国亡主辱，学张良或姜维，才是正常人做的事情。陆机不仅未能殉国，反而俯首入洛，身事仇雠，不可理解。离刀俎而不去，是二错。陆机被投入大牢，命在旦夕，已经是严重的预警，获救后居然没有反应，依然贪恋爵位。前车之鉴不见，是三错。当年的知音张华，位高权重，居然被族诛，陆机识相，就应该赶快辞官归里，或许性命无忧。一错再错，兄弟二人的性命就此搭上，又牵连三族，可叹可悲。

陆机是西晋重要的辞赋家，是以赋体文字张扬比喻事物的高手，并用赋体论文，是杰出的文艺批评家。陆机赋今存二十七篇，比较有出色的有《漏刻赋》《羽扇赋》《思亲赋》等，多为短制，是典型的言情辞赋。即便其最长的《文赋》，也远不是汉大赋的体量。《豪士赋》《叹逝赋》虽篇幅较

---

[1] 张溥著，殷孟伦注《汉魏六朝百三家集题辞注》，人民文学出版社，1963，第132页。

长,亦不过千字。其《瓜赋》一篇,可见陆机才情:

> 佳哉瓜之为德,邈众果而莫贤。殷中和之淳祐(祜),播滋荣于甫田。背芳春以初载,迎朱夏而自延。奋修系之莫迈,延秀胝之绵绵。赴广武以长蔓,粲烟接以云连。感嘉时而促节,蒙惠沾而增鲜。若乃纷敷杂错,郁悦婆娑,发彼适此,迭相经过。熙朗日以熠耀,扇和风其如波,有葛藟之蔓及,相椒聊之众多。发金荣于秀翘,结玉实于柔柯,蔽翠景以自育,缀修茎而星罗。
>
> 夫其种族类数,则有括楼、定桃、黄瓤、白传、金文、蜜筒、小青、大班、玄骭、素碗、狸首、虎蹯,东陵出于秦谷,桂髓起于巫山。五色比象,殊形异端,或济貌以表内,或惠心而丑颜,或摅文而抱绿,或披素而怀丹。气洪细而俱芬,体修短而必圆。芳郁烈其充堂,味穷理而不餍,德弘济于饥渴,道殷流而贵贱。若夫濯以寒水,淬以夏凌,越气外敛,温液密凝,体犹握虚,离若剖冰。[1]

夏天吃瓜再平常不过,市场上的黄瓜、香瓜、西瓜、蜜瓜品种繁多,是菜肴,是水果,有些可以连皮吃,有些需要去皮享用。而陆机的这篇赋,不无夸张地说了瓜的德行、形状、品种、生长与效用,简直将瓜说成了道德高尚的君子。三百余字,包罗甚广,文辞奇特,语词绮丽,对偶成文而韵味十足,是一篇体物妙文。而陆机的《文赋》并序,则不仅是一篇文学作品,更是一篇赋体文论:

> 余每观才士之所作,窃有以得其用心。夫其放言遣辞,良多变矣,妍蚩好恶,可得而言。每自属文,尤见其情。恒患意不称物,文不逮意,盖非知之难,能之难也。故作《文赋》以述先士之盛藻,因论作文之利害所由,他日殆可谓曲尽其妙。至于操斧伐柯,虽取则不远,若夫随手之变,良难以辞逮。盖所能言者,具于此云尔。
>
> 伫中区以玄览,颐情志于典坟。遵四时以叹逝,瞻万物而思纷。悲落叶于劲秋,喜柔条于芳春。心懔懔以怀霜,志眇眇而临云。咏世德之骏烈,诵先人之清芬。游文章之林府,嘉丽藻之彬彬。慨投篇而援笔,聊宣之乎斯文。

---

[1] 陆机:《陆机集》卷第一,金涛声点校,中华书局,1982,第12—13页。

其始也，皆收视反听，耽思傍讯，精骛八极，心游万仞。其致也，情瞳昽而弥鲜，物昭晰而互进，倾群言之沥液，漱六艺之芳润，浮天渊以安流，濯下泉而潜浸。于是沈辞怫悦，若游鱼衔钩而出重渊之深；浮藻联翩，若翰鸟缨缴而坠层云之峻。收百世之阙文，采千载之遗韵，谢朝华于已披，启夕秀于未振，观古今于须臾，抚四海于一瞬。

然后选义按部，考辞就班，抱景者咸叩，怀响者必弹。或因枝以振叶，或沿波而讨源。或本隐以之显，或求易而得难。或虎变而兽扰，或龙见而鸟澜。或妥帖而易施，或岨峿而不安。罄澄心以凝思，眇众虑而为言，笼天地于形内，挫万物于笔端。始踯躅于燥吻，终流离于濡翰，理扶质以立干，文垂条而结繁，信情貌之不差，故每变而在颜；思涉乐其必笑，方言哀而已叹。或操觚以率尔，或含毫而邈然。

伊兹事之可乐，固圣贤之所钦。课虚无以责有，叩寂寞而求音。函绵邈于尺素，吐滂沛乎寸心。言恢之而弥广，思按之而逾深，播芳蕤之馥馥，发青条之森森，粲风飞而猋竖，郁云起乎翰林。

体有万殊，物无一量，纷纭挥霍，形难为状。辞程才以效伎，意司契而为匠。在有无而僶俛，当浅深而不让。虽离方而遁圆，期穷形而尽相。故夫夸目者尚奢，惬心者贵当，言穷者无隘，论达者唯旷。诗缘情而绮靡，赋体物而浏亮。碑披文以相质，诔缠绵而凄怆。铭博约而温润，箴顿挫而清壮。颂优游以彬蔚，论精微而朗畅。奏平彻以闲雅，说炜晔而谲诳。虽区分之在兹，亦禁邪而制放。要辞达而理举，故无取乎冗长。

其为物也多姿，其为体也屡迁。其会意也尚巧，其遣言也贵妍。暨音声之迭代，若五色之相宣。虽逝止之无常，故崎锜之难便。苟达变而识次，犹开流以纳泉。如失机而后会，恒操末以续巅。谬玄黄之秩叙，故淟涊而不鲜。

或仰逼于先条，或俯侵于后章；或辞害而理比，或言顺而义妨。离之则双美，合之则两伤。考殿最于锱铢，定去留于毫芒。苟铨衡之所裁，固应绳其必当。

或文繁理富，而意不指适。极无两全，尽不可益。立片言而居要，乃一篇之警策。虽众辞之有条，必待兹而效绩。亮功多而累寡，故取足而不易。

或藻思绮合，清丽千眠。炳若缛绣，凄若繁弦。必所拟之不殊，乃暗合乎曩篇。虽杼轴于予怀，怵他人之我先。苟伤廉而愆义，亦虽爱而必捐。

或苕发颖竖，离众绝致。形不可逐，响难为系。块孤立而特峙，非常音之所纬。心牢落而无偶，意徘徊而不能揥。石韫玉而山辉，水怀珠而川媚。彼榛楛之勿翦，亦蒙荣于集翠。缀《下里》于《白雪》，吾亦济夫所伟。

或托言于短韵，对穷迹而孤兴。俯寂寞而无友，仰寥廓而莫承。譬偏弦之独张，含清唱而靡应。或寄辞于瘁音，徒靡言而弗华。混妍蚩而成体，累良质而为瑕。象下管之偏疾，故虽应而不和。或遗理以存异，徒寻虚以逐微。言寡情而鲜爱，辞浮漂而不归。犹弦幺而徽急，故虽和而不悲。或奔放以谐合，务嘈囋而妖冶。徒悦目而偶俗，固高声而曲下。寤《防露》与《桑间》，又虽悲而不雅。或清虚以婉约，每除烦而去滥。阙大羹之遗味，同朱弦之清泛。虽一唱而三叹，固既雅而不艳。

若夫丰约之裁，俯仰之形，因宜适变，曲有微情。或言拙而喻巧，或理朴而辞轻。或袭故而弥新，或沿浊而更清。或览之而必察，或研之而后精。譬犹舞者赴节以投袂，歌者应弦而遣声。是盖轮扁所不得言，故亦非华说之所能精。

普辞条与文律，良余膺之所服。练世情之常尤，识前修之所淑。虽浚发于巧心，或受蚩于拙目。彼琼敷与玉藻，若中原之有菽。同橐籥之罔穷，与天地乎并育。虽纷蔼于此世，嗟不盈于予掬。患挈瓶之屡空，病昌言之难属。故踸踔于短垣，放庸音以足曲。恒遗恨以终篇，岂怀盈而自足。惧蒙尘于叩缶，顾取笑乎鸣玉。

若夫感应之会，通塞之纪，来不可遏，去不可止。藏若景灭，行犹响起。方天机之骏利，夫何纷而不理。思风发于胸臆，言泉流于唇齿。纷葳蕤以馺遝，唯毫素之所拟。文徽徽以溢目，音泠泠而盈耳。及其六情底滞，志往神留，兀若枯木，豁若涸流。揽营魂以探赜，顿精爽于自求。理翳翳而愈伏，思乙乙其若抽。是以或竭情而多悔，或率意而寡尤。虽兹物之在我，非余力之所戮。故时抚空怀而自惋，吾未识夫开塞之所由。

伊兹文之为用，固众理之所因。恢万里而无阂，通亿载而为津。俯贻则于来叶，仰观象于古人。济文武于将坠，宣风声于不泯。涂无远而不弥，理无微而弗纶。配沾润于云雨，象变化乎鬼神。被金石而德广，流管弦而日新。[1]

从《文赋》的论述内容来看，至少是陆机入洛多年之后，结合自己丰富的创作实践，又与中原文学之士深入交往和对中原文风充分认识之后的体悟。所以，《文赋》是赋体的文论。将文章与史学著述及哲学论著加以区分，进入文学自觉的境界，正是当时文人的一种取向。

首先，陆机有针对性地说明了《文赋》的写作缘起，是当时文士行文中往往词不达意，又缺乏韵味，只能依靠文辞的变化，卖弄才情，似乎已经得到了文章真谛。其实，这是一种对文的本质缺乏认识、尚未完成文笔分流的现象，所以陆机强调对于作文既要知之，又要能之。也就是说，《文赋》之作，所要解决的问题是，如何在行文中做到意称物、文逮意，及在文章写作中如何确切地表达客观事物，寄托作者思想情感，以及适当运用写作技巧。其次，陆机根据文学创作的特点和文章写作的一般规律，梳理了创作的过程，以及这个过程中的各个要素。而文学创作的要素，陆机最重视的是艺术构思，这是文学创作中的前期储备，包括表达内容、情感孕育、对万物的观察、对人情的体悟。此外，陆机肯定了丰富的知识、高尚的情怀、凌云的志向和充足的经验在文学创作中的作用。在创作过程中，陆机强调聚精会神，深思熟虑，笔下驱使万物，旁征博引，确切地表达出作者的思想情感。在具体写作上，陆机强调既要有高超的表现技巧，又要重视文辞的运用，不辞繁缛，不避华美，想象灵动，思绪纵横，意理清晰，体物浏亮。

尽管这只是陆机的个人之见，实际却代表了魏晋时期文坛的主流观点，是文笔之争到文笔分流的必然结果。即便对《文赋》片面强调艺术技巧的倾向，可以有所保留，但不能不说，这是一篇总结前人创作经验、追求文学自觉精神、系统阐述文学创作过程要素的美文，是魏晋辞赋中的极品。

陆机是西晋初年杰出的诗人，太康诗坛重要的作家。就现存的少量作品，可以清晰地看到陆机诗歌创作的演变轨迹：从孙吴灭亡到入洛出仕，主要表现亡国之痛；出仕西晋到遇害身死，诗歌中充满着人生的矛盾痛苦

---

[1] 陆机：《陆机集》卷第一，金涛声点校，中华书局，1982，第1—5页。

与对故土的深情眷恋。其中，不少作品透露出人生的苦闷与仕途的艰危，似乎已经觉察到身边的危机与人生的悲剧。对于陆机的诗歌，刘勰颇有微词："晋世群才，稍入轻绮，张潘左陆，比肩诗衢。"[1]然细看陆机的诗歌，不乏朴拙而又蕴含故国情怀。

吴趋行

楚妃且勿叹，齐娥且莫讴。四坐并清听，听我歌《吴趋》。
《吴趋》自有始，请从阊门起。阊门何峨峨，飞阁跨通波。
重栾承游极，回轩启曲阿。蔼蔼庆云被，泠泠祥风过。
山泽多藏育，土风清且嘉。泰伯导仁风，仲雍扬其波。
穆穆延陵子，灼灼光诸华。王迹隤阳九，帝功兴四遐。
大皇自富春，矫手顿世罗。邦彦应运兴，粲若春林葩。
属城咸有士，吴邑最为多。八族未多侈，四姓实名家。
文德熙淳懿，武功侔山河。礼让何济济，流化自滂沱。
淑美难穷纪，商榷为此歌。[2]

吴趋坊是今天苏州城内的一条小巷子，从阊门进城数武，左手即是。诗中不仅地名详细，相关故事点到，更将从泰伯到孙吴的历史走向隐隐道来，儒雅凋零，武力肆行，礼乐文德丧尽，强权争斗得志，历史的演变与美好的理想总是有不小的距离，有一种莫名的伤感。所以，即便动身奔赴洛阳，心中依然是忐忑忧虑。

赴洛二首·其一

希世无高符，营道无烈心。靖端肃有命，假楫越江潭。
亲友赠予迈，挥泪广川阴。抚膺解携手，永叹结遗音。
无迹有所匿，寂寞声必沉。肆目眇弗及，缅然若双潜。
南望泣玄渚，北迈涉长林。谷风拂修薄，油云翳高岑。
亹亹孤兽骋，嘤嘤思鸟吟。感物恋堂室，离思一何深。
伫立慨我叹，寤寐涕盈衿。惜无怀归志，辛苦谁为心！

赴洛二首·其二

羁旅远游宦，托身承华侧。抚剑遵铜辇，振缨尽祗肃。

---

[1] 刘勰著，范文澜注《文心雕龙注》卷二，人民文学出版社，1958，第67页。
[2] 陆机：《陆机集》卷第六，金涛声点校，中华书局，1982，第72页。

岁月一何易，寒暑忽已革。载离多悲心，感物情凄恻。
慷慨遗安愈，永叹废寝食。思乐乐难诱，曰归归未克。
忧苦欲何为，缠绵胸与臆。仰瞻凌霄鸟，羡尔归飞翼。[1]

又赴洛道中二首·其一

揔辔登长路，呜咽辞密亲。借问子何之，世网婴我身。
永叹遵北渚，遗思结南津。行行遂已远，野途旷无人。
山泽纷纡余，林薄杳阡眠。虎啸深谷底，鸡鸣高树巅。
哀风中夜流，孤兽更我前。悲情触物感，沉思郁缠绵。
伫立望故乡，顾影凄自怜。

又赴洛道中二首·其二

远游越山川，山川修且广。振策陟崇丘，安辔遵平莽。
夕息抱影寐，朝徂衔思往。顿辔倚嵩岩，侧听悲风响。
清露坠素辉，明月一何朗。抚枕不能寐，振衣独长想。[2]

  刚刚出发，远未到达洛阳，更没有到西晋的首都长安（今西安），就已经产生了"仰瞻陵霄鸟，羡尔归飞翼"的情思，透露出一种伤感与不得已。从《晋书·陆机传》里，看不出陆机的无奈，似乎积极奔走于公卿之间："机天才秀逸，辞藻宏丽，张华尝谓之曰：'人之为文，常恨才少，而子更患其多。'弟云尝与书曰：'君苗见兄文，辄欲烧其笔砚。'后葛洪著书，称'机文犹玄圃之积玉，无非夜光焉，五河之吐流，泉源如一焉。其弘丽妍赡，英锐漂逸，亦一代之绝乎！'其为人所推服如此。然好游权门，与贾谧亲善，以进趣获讥。所著文章凡三百余篇，并行于世。"然而，以陆氏家族在孙吴的地位与影响，陆抗仅存的两个儿子，能够在苏州平静地生活吗？虽说陆机二十岁尚未成熟，但已经担任吴国将领，西晋的统治者焉能不知？等了十年，若再不投怀送抱，后果可想而知。蜀汉政权的李密，不是也得到了司马氏集团的征召吗？没有足够的理由，拒绝征召的结局不难预料。但只要来了，表示了对新朝的接受与配合，就已经达到了统治者征召的目的。至于陆机兄弟没有及时离开的原因，不能简单归纳为对功名富贵的眷恋，文士群集的氛围、文坛领袖的眷顾、建功立业的愿望、朋友同

[1] 陆机：《陆机集》卷第五，金涛声点校，中华书局，1982，第39—40页。
[2] 陆机：《陆机集》卷第五，金涛声点校，中华书局，1982，第40—41页，诗题为作者自加。

道的情谊，以及不忍拒绝的心理弱点，共同作用于陆机兄弟的人生选择，也奠定了他们悲剧的基础。所以，从《猛虎行》中，方能见到陆机的真实情怀，即自己"功名无成、进退维谷的艰难处境"[1]：

> 渴不饮盗泉水，热不息恶木阴。恶木岂无枝，志士多苦心。
> 整驾肃时命，杖策将远寻。饥食猛虎窟，寒栖野雀林。
> 日归功未建，时往岁载阴。崇云临岸骇，鸣条随风吟。
> 静言幽谷底，长啸高山岑。急弦无懦响，亮节难为音。
> 人生诚未易，曷云开此衿？眷我耿介怀，俯仰愧古今。[2]

一句"志士多苦心"，几多古今无奈情，说明追随功名富贵，并不是陆机的主要动机，光宗耀祖更不是陆机的人生目标。因为陆氏在江南，丞相将军出了多位，陆机再努力，也不能超越自己的先辈。可是，又不能独标清高模仿伯夷、叔齐。"不食周粟"的后果，陆机当然很清楚，所以只能"眷我耿介怀，俯仰愧古今"。

诚然，陆机诗歌的题材是相当狭窄的，主要是乡情的抒发与无奈的叹息。对陆机而言，自由表达真情实感，并不是明智之举。所以，陆机选择了无聊的赠答与拟古，包括有意识创作一些乐府诗，有意识追求平实，依然"青山遮不住"而流入绮丽繁缛，实是才气使然。钟嵘《诗品》将陆机列入上品，正因为此。"晋平原相陆机诗，其源出于陈思。才高辞赡，举体华美。气少于公干，文劣于仲宣。尚规矩，不贵绮错，有伤直致之奇。然其咀嚼英华，厌饫膏泽，文章之渊泉也。张公叹其大才，信矣！"[3]

陆机的散文，存世不多。《辩亡论》将西汉贾谊的文气与魏晋辞藻结合，颇有寄托。此外，陆机在中国书法史上也有特别的地位。他的《平复贴》，是现存最早的古人墨迹，是书画艺术中的始祖性墨迹。根据启功先生的释文，书写的文字是"彦先赢瘵，恐难平复。往属初病，虑不止此，此已为庆。承使□（唯）男，幸为复失前忧耳。□（吴）子杨往初来主，吾不能尽。临西复来，威仪详跱。举动成观，自躯体之美也。思识□爱之迈前，执（势）所恒有，宜□称之。夏□（伯）荣寇乱之际，闻问不

---

[1] 陆机：《陆机集》"前言"，金涛声点校，中华书局，1982，第3页。
[2] 陆机：《陆机集》卷第六，金涛声点校，中华书局，1982，第62页。
[3] 钟嵘著，曹旭集注《诗品集注》，上海古籍出版社，1994，第132页。

悉。"[1]文笔颇似陆机文章辞赋风格，可能是写给朋友的书信残片，仅存九行八十六字，作者之外，涉及三人：贺循，字彦先，陆机的朋友，体弱多病，恐难平复；吴子杨，曾经到过陆机家，陆机并未重视他，这次要西行，复来相见，器宇轩昂，自有一种不同以往的壮美；夏伯荣，因为战乱而道路阻隔，没有他的消息。寥寥数语，对朋友的关切记挂之情，已然呈现。也有学者认为，文中提到的彦先应该是顾荣。顾荣（？—312）字彦先，孙吴丞相顾雍之孙，孙吴灭亡近十年后出仕晋朝，周旋于诸王之间，最终协助琅琊王司马睿，为拥护晋室南渡的江南世族领袖人物。贺循（260—319）字彦先，亦是孙吴名臣之后，其父贺邵官至孙吴中书令，不幸被孙皓枉杀。贺循虽然仕晋，常因身体欠佳而赋闲，最终得以保全。顾荣、贺循都是孙吴名臣之后，亦均是陆机好友。前者善于谋划且未见身体羸弱的记载，因此，《平复帖》中的彦先指后者可能性更大。

二、陆云

虽然相比较于陆机，陆云的影响有所不及，但是张华"伐吴之役，利获二俊"，不为无见。陆云（262—303）字士龙，陆机之弟，六岁能文，与兄俱以才名，虽然文章手法不及陆机，但议论见识不在陆机之下。其进退出处，几乎与陆机一致。也因卷入"八王之乱"而罹难，年仅四十二岁。陆云作诗，比较重视言辞藻饰，以短篇见长；陆云为文，旨意雅致，语言简练，感情诚挚，注重排偶。刘勰说"士龙朗练，以识检乱，故能布采鲜净，敏于短篇"[2]，可见才气在创作中的重要性。

陆云的文学成就，主要在于辞赋和诗歌。陆云自认为写作四言诗、五言诗有点难度，不是自己的强项，而对赋体文字比较能够把握。《晋书》称其有文章有三百四十九篇等，可惜乱世之后，陆云的作品保留下来的很少，仅有赋六篇，诗一百三十余首，另有书启颂诔等应用文数十篇。南宋徐民瞻辑有陆云诗文十卷，与陆机诗文合刻成《晋二俊文集》。明张溥《汉魏六朝百三家集》收录《陆清河集》二卷，并题词曰："士龙与兄书，称论文章，颇贵'清省'，妙若文赋，尚嫌'绮语'未尽。又云：'作文尚多，譬家猪羊耳。'其数四推兄，或云'瑰铄'，或云'高远绝异'，或云'新

---

[1] 陆机：《陆机集·陆机集补遗》，金涛声点校，中华书局，1982，第180—181页。
[2] 刘勰著，范文澜注《文心雕龙注》卷十，人民文学出版社，1958，第701页。

声绝曲',要所得意,惟'清新相接'。士衡文成,辄使弟定之,不假他人。二陆用心,先质后文,重规杳矩,亦不得已而复见耳。哲昆诗匹,人称如陈思白马。士龙所传,四言偏多,有皇思文诸篇,诵美祁阳,式模大雅,类以卑颂尊,非朋旧之体。余篇一致,间有至极,使尽其才,即不得为韦侯讽谏,仲宣思亲,顾高出补亡六首,则有余矣。宰治浚仪,善察疑狱,佐相吴王,屡陈说论,神明之长,谏诤之臣,有兼能焉。士衡枉死,遂同陨堕,闻河桥之鼓声,哀华亭之鹤唳,巢覆卵破,宜相及也。集中大文虽少,而江汉同名,刘彦和谓其'布采鲜净,敏于短篇,'殆质论欤?"[1]今有1988年中华书局出版黄葵点校本《陆云集》,最为完备。赋体作品中,陆云自我欣赏的作品是《岁暮赋》,其中既有岁月之叹,又有人生感慨,写出对乱世、岁暮、游子乡思等的复杂情思,可视为作者感情的真实流露。风格上既重辞采,又好模拟,与其兄风格相近。但《寒蝉赋》所表达的意义,远在《岁暮赋》之上。

伊寒蝉之感运,近嘉时以游征。含二仪之和气,禀乾元之清灵。体贞精之淑质,吐哼噬之哀声。希庆云以优游,遁太阴以自宁。

于是灵岳幽峻,长林参差。爰蝉集止,轻羽涉池。清澈微激,德音孔嘉。承南风以轩景,附高松之二华。黍稷惟馨而匪享,竦身希阳乎灵和。

唉乎其音,翩乎其翔。容丽蜩螗,声美宫商。飘如飞焱之遭惊风,眇如轻云之丽太阳。华灵凤之羽仪,睹皇都乎上京。跨天路于万里,岂苍蝇之寻常?

尔乃振修緌以表首,舒轻翅以迅翰。挹朝华之坠露,含烟煴以夕餐。望北林以鸾飞,集椮木以龙蟠。彰渊信于严时,禀清诚乎自然。

翩眇微妙,绵蛮其形;翔林附木,一枝不盈。岂黄鸟之敢希,唯鸿毛其犹轻,凭绿叶之余光,哀秋华之方零。思凤居以翘竦,仰伫立而哀鸣。

若夫岁聿云暮,上天其凉,感运悲声,贫士含伤;或歌我行永久,或咏之子无裳。原思叹于蓬室,孤竹吟于首阳。

不衔子以秽身,不勤身以营巢。志高于鸤鸠,节妙乎鸱鸮。附枯枝以永处,何琼林之迥條。惟雨雪之霏霏,哀北风之飘飘。

既乃雕以金采,图我嘉容。珍景曜烂,昕晔华丰。奇侔黼黻,艳比衮

---

[1] 张溥著,殷孟伦注《汉魏六朝百三家集题辞注》,人民文学出版社,1963,第135页。

龙。清和明洁,群动希踪。尔乃缀以玄冕,增成首饰。缨緌翩纷,九流容翼。映华虫于朱衮,表馨香乎明德。

于是公侯常伯,乃纡紫皴,执龙渊,俯鸣佩玉,仰抚貂蝉。饰黄庐之多士,光帝皇之侍人。既腾仪像于云阁,望景曜乎通天。迈休声之五德,岂鸣鸡之独珍。聊振思于翰藻,阐令问以长存。

于是贫居之士,喟尔相与而俱叹曰:寒蝉哀鸣,其声也悲。四时云暮,临河徘徊。感北门之忧殷,叹卒岁之无衣。望泰清之巍峨,思希光而无阶。简嘉踪于皇心,冠神景乎紫微。咏清风以慷慨,发哀歌以慰怀。[1]

成语"噤若寒蝉"人们并不陌生,来源于《后汉书·杜密传》,本意是指面对重要或关键的事件不敢发表自己的观点,像天冷时候的知了发不出声音一样。其实,古人对蝉的生长规律并不清楚,不了解雄蝉在夏季嘶鸣交配之后,即完成了生命旅程。而尚未完成生殖的雄蝉则会一直鸣叫,立秋之后声音逐渐嘶哑,直至慢慢死去。这个成语本来含有贬义,但使用过程中逐渐含有了可怜、同情与无奈的含义,这就是陆云《寒蝉赋》的主要蕴意。

陆云在这篇赋的序言里说:"昔人称鸡有五德,而作者赋焉。至于寒蝉,才齐其美,独未之思,而莫斯述。夫头上有绥,则其文也。含气饮露,则其清也。黍稷不食,则其廉也。处不巢居,则其俭也。应候守节,则其信也。加以冠冕,则其容也。君子则其操,可以事君,可以立身,岂非至德之虫哉! 且攀木寒鸣,贫士所叹。余昔侨处,切有感焉,兴赋云尔。"[2]这是理解这篇赋的钥匙,也是陆云的写作动机。在陆云笔下,蝉的德行是"含二仪之和气,禀乾元之清灵",仪容是"体贞精之淑质,吐哠噆之哀声",行为气质是"哼乎其音,翩乎其翔。容丽蜩蟟,声美宫商。飘如飞焱之遭惊风,眇如轻云之丽太阳。华灵凤之羽仪,睹皇都乎上京"。可是,蝉的命运却是"唯鸿毛其犹轻,凭绿叶之余光,哀秋华之方零。思风居以翘竦,仰伫立而哀鸣"。不是没有努力,而是没有台阶,寒蝉的命运,与陆氏兄弟的命运何其相似! 更与寒士生于乱世一样的悲催。于是,一篇体物小赋,演变成言情小赋,借助小小知了,诉说可怜身世。陆云尚且如

---

[1] 陆云:《陆云集》卷第一,黄葵点校,中华书局,1988,第21—23页。
[2] 陆云:《陆云集》卷第一,黄葵点校,中华书局,1988,第21页。

此,左思怎不悲呼? 在权贵横行、世族雄踞的年代,庶族才士焉有扬眉吐气之日。左思的叹息亦同于此,"郁郁涧底松,离离山上苗。以彼径寸茎,荫此百尺条。世胄蹑高位,英俊沈下僚。地势使之然,由来非一朝。金张借旧业,七叶珥汉貂。冯公岂不伟,白首不见招"[1]。而在陆云的蕴意中,还有一层难以察觉的身世之伤:南方流寓文人,难以见容;亡国名臣之后,处境危险;才华卓绝之士,不免遭妒;游走轩冕之间,命如秋蝉。不幸的是,一语成谶。

陆云虽然自称四言、五言非其所长,然现存诗篇,也多有可读。《答兄平原》,字里行间是兄弟之情、离别之思与相见之贵:

> 悠悠涂何极,别促怨会长。衔思恋行迈,兴言在临觞。
> 南津有绝济,北渚无河梁。神往同逝感,形留悲参商。
> 衡轨若殊迹,牵牛非服箱。[2]

第三节　退隐游仙与情迷玉台

如果说二陆所代表的是一种进取用世的精神,是"达则兼济天下"的选择,而最终以悲剧收场,张翰的抉择则是一种明智的保全之法,堪称是隐逸文化的代表。从黄巾起义到隋朝统一,将近四个世纪的分裂战乱,不仅对经济造成了极大的破坏,更导致大量人口的死亡。既有直接死于战火的悲哀,也有间接死于瘟疫与饥寒的痛苦。而文人所遭受的不仅有战乱、饥寒、疾病与死亡,更有超越肉体伤痛的精神戕害。文人在战乱与权力斗争过程中被裹挟、被利用,饱受精神与肉体的摧残。于是,不少文人对于历史的法则与人生的规则产生了怀疑,采取了逃避与游戏的态度。玄学风行、道教昌盛,佛门引来权贵、山林助长吟咏,这一切,都是魏晋时期政权更替与战乱频仍环境下的文人精神的集中体现。在曹魏政权向司马氏政权过渡的阶段,尤其是在司马氏家族内部的争斗中,不少文人莫名其妙被卷入,稀里糊涂被杀。因此,远离是非,逃避现实,成为不少文人的选择,并直接影响了南朝宋齐梁陈"换主"过程中诸多文士的人生抉择。其

---

[1] 逯钦立辑校《先秦汉魏晋南北朝诗》,中华书局,1983,第733页。
[2] 陆云:《陆云集》卷第四,黄葵点校,中华书局,1988,第89页。

中的代表性文人，则是苏州人张翰。而进入东晋南朝时期，香粉艳风之中，也不乏苏州才人的身影。

一、张翰

张翰（生卒年不详）字季鹰，吴县（今江苏苏州）人，孙吴大鸿胪张俨之子。孙吴灭亡时，还不到二十岁。有才情，善诗文，性格放纵豁达，时人比之为阮籍，号为"江东步兵"[1]。就其不告家人而跟随贺循入洛一事，可以想见其风采。

相传，东吴灭亡之后，有一次张翰在阊门附近的金阊亭听到清越琴声，循声找去，原来是会稽名士贺循泊船于阊门下，在船中弹琴。张翰和他素不相识，但是一见如故，顿有相见恨晚的知音之感，两人依依不舍。当张翰知晓贺循是去洛阳后，就临时决定也和贺循一起去洛阳，登船就走，连家人也没有告诉。从这一段记载可以推知，张翰的家应该是在苏州阊门附近。

到达洛阳之后，张翰为名流所知，荐举入朝。齐王司马冏执政，辟为大司马东曹掾。见祸乱方兴，以思莼鲈之味为由，辞官而归。张翰性至孝，遭母忧，哀毁过礼。《世说新语》记载："（张翰）在洛见秋风起，因思吴中菰菜羹、鲈鱼脍，曰：'人生贵得适意尔，何能羁宦数千里以要名爵！'遂命驾便归。"[2]临行诗笔一挥，写下了著名的《思吴江歌》，于是中国的诗学中就多了一个"莼鲈之思"的典故。钟嵘将张翰与曹魏何晏，晋孙楚、王赞、潘尼并举，称"季鹰《黄华》之唱，正叔《绿蘩》之章，虽不具美，而文彩高丽。并得虬龙片甲，凤凰一毛。事同驳圣，宜居中品。"[3]

思吴江歌

秋风起兮佳景时，吴江水兮鲈鱼肥。

三千里兮家未归，恨难得兮仰天悲。[4]

这首诗从内容到文辞，颇有"楚辞"意味，时间、地点、距离、感情，顺流而下，一气呵成。但其价值，不在于诗歌本身，而在于事件的影响极

---

[1] 余嘉锡：《世说新语笺疏》，周祖谟、余淑宜整理，中华书局，1983，第739页。
[2] 余嘉锡：《世说新语笺疏》，周祖谟、余淑宜整理，中华书局，1983，第393页。
[3] 钟嵘著，曹旭集注《诗品集注》，上海古籍出版社，1994，第222页。
[4] 逯钦立辑校《先秦汉魏晋南北朝诗》，中华书局，1983，第738页。

大，唐宋以来，诗人词家多有引用。辛弃疾《水龙吟·登建康赏心亭》"休说鲈鱼堪脍，尽西风、季鹰归未？"反用典故，表达的是无家可归或有家不能回的心情。

应该说，张翰的意义，在于代表了吴地的隐逸文化，是吴地文学中进取为天下，退隐全自身的典型。

稍后的另一位代表吴地隐逸文化的诗人是道士杨羲。

二、杨羲

杨羲（330—386）字羲和，少洁白，美姿容，好学，工书画。及长，性格沉稳憨厚，读书修道于茅山，假托神仙口授，制作大量道经秘籍如《上清大洞真经》等，是道教上清派创始人之一，宋宣和年间被敕封为"洞灵显化至德真人"。实际上，杨羲并没有潜心修道，反而与尘俗中权贵多有交往。经许谧荐举，杨羲进入琅琊王司马昱幕府，为司徒公府舍人，与官场人物周旋多年。司马昱即位后，杨羲即离开金陵，回到茅山继续修道以终。

杨羲的诗歌基本上是五言的仙歌，通过各种意象阐发仙境的美好与仙界的和谐，寄托了诗人对现实的不满与逃避之情。游仙诗起源很早，《远游》是第一首具有游仙特征的诗篇，但第一位以"游仙"为诗名的诗人是曹植。杨羲的游仙诗，既有精神上的追求，也有教义上的需要。毕竟杨羲在茅山修道读书十余年，崇尚道教是其本分。所以，诗歌中往往仙雾缥缈，令人眼花缭乱。但细细品味，诗人还是待在地上的凡人，只是借助于众仙畅游仙境的快乐，来引导人们摆脱人间的苦恼，寻求精神的寄托与快乐。应该说，遐想中的仙境是美好的，但描写仙境的诗人还在尘俗之中。因而，杨羲的诗歌中，也不缺乏权贵的影子。"公侯徒眇眇。安知真人灵"[1]，"公侯可去来。何为不能绝"[2]。这样的诗句据说是在右英夫人指示下写出来的，是神仙的旨意。在《九月三日夕云林王夫人喻作令示许长史》中，杨羲重点表现了在仙境修道的畅美与在人间煎熬的痛苦：

> 腾跃云景辕。浮观霞上空。霄鞯纵横舞。紫盖托灵方。
> 朱烟缠旖旄。羽帔扇香风。电号猛兽攫。雷吟奋玄龙。

---

[1] 逯钦立辑校《先秦汉魏晋南北朝诗》，中华书局，1983，第1111页。
[2] 逯钦立辑校《先秦汉魏晋南北朝诗》，中华书局，1983，第1113页。

> 钧籁昆庭响。金筑唱神钟。采芝沧浪阿。掇华八淳峰。
> 朱颜日以新。劫往方婴童。养形静东岑。七神自相通。
> 风尘有忧哀。陨我白发翁。长冥遗遐叹。恨不早逸踪。[1]

诗人用十六句描写仙境的飘逸，展现修道的美好。而人间是怎样？是有忧哀的地方，是跳不出的樊笼。所以，应该通过修仙来摆脱苦恼。同样，在《七月二十八日夕右英夫人授书此诗以与许长史》中，也是将仙境的和睦友爱与人间的是非患害比较，号召人们去修道：

> 世珍芬复交。道宗玄霄会。振衣寻冥畴。回轩风尘际。
> 良德映灵晖。颖根粲革蔚。密言多偿福。冲净尚真贵。
> 咸恒当象顺。携手同襟带。何为人事间。日焉生患害。[2]

再如《九月二十五日夜云林右英夫人授作》，虽然没有详细再现人间的是非艰难，仅仅十个字"岂似恣秽中。惨惨无聊生"，作者的态度已经明确：正确的选择是游仙，因为仙境实在是美好，人间实在是无聊，甚至是了无生趣。

> 绛景浮玄晨。紫轩乘烟征。仰超绿阙内。俯眄朱火城。
> 东霞启广晖。神光焕七灵。翳映泛三烛。流任自齐冥。
> 风缠空洞宇。香音触节生。手携织女儛。并衿匏瓜庭。
> 左徊青羽旗。华盖随云倾。晏寝九度表。是非不我营。
> 抱真栖太寂。金姿愈日婴。岂似恣秽中。惨惨无聊生。[3]

我们今天不必去研究仙境有多么美好，因为它根本不存在。但道教中人为了吸引信众，不仅创造了诸多美好的仙境"洞天福地"，让人们艰辛寻找，还创造了缜密的神仙谱系。其中的众女仙，以西王母的地位最高。道教的神谱中，女仙数量之多、地位之高，比起其他宗教，显得十分突出。云林右英王夫人即是其中之一。借助于仙女的口吻，用诗歌来感化世俗中人，是道教在魏晋南北朝时期常见的手法。由此亦可见，浊世中的士流，尽管不能忘记荣华富贵，也在追求功名利禄的道路上付出了惨痛的代价。

[1] 逯钦立辑校《先秦汉魏晋南北朝诗》，中华书局，1983，第1108页。
[2] 逯钦立辑校《先秦汉魏晋南北朝诗》，中华书局，1983，第1108页。
[3] 逯钦立辑校《先秦汉魏晋南北朝诗》，中华书局，1983，第1110页。

因此，宗教在这样的时段，便有了特殊的力量。

在权力交替的平静阶段，才子往往会有一些"出格"的举动，或惊人的语言，在文学史上留下一丝痕迹，张融就是这样一位吴地作家。

三、张融

张融（444—497）字思光，吴郡吴县（今江苏苏州）人，南朝萧齐文学家、书法家。初仕宋为封溪令，后举秀才，对策中第，为仪曹郎等职，后被萧道成辟为太傅掾、迁中书郎。入齐，官至黄门郎、太子中庶子、司徒左长史，世称"张长史"。相传张融形貌短丑，行止怪诞，善言谈而才思敏捷，有文集百余卷，均散佚。张溥辑有《张长史集》，收入《汉魏六朝百三家集》。张融的诗歌作品中，《别诗》写得情景交融，最具特色：

> 白云山上尽。清风松下歇。欲识离人悲。孤台见明月。[1]

孤月中天，孤台遥望，虽不见人，人在其中。既是孤台见孤月，亦是孤月照孤台，而台与月的"孤"，俱是审美主体的感受。若是不写孤月孤台，而写孤馆寒窗、冷雨凄风、寒灯鬼火，则悲剧色彩更浓。

从魏晋到南北朝，上自君王，下到流民，生命之脆弱，遭遇之难料，书在史册，有迹可循。生逢乱世的士流，游仙修道、寄迹山林、任诞狂狷、烧香拜佛、辩理谈玄，都是可以参考的选项。而一旦生活安宁，仙界无望，很多人还是回到了对人世间情趣的追逐。所以，在六朝宫体诗作家群中，也可以看到吴地作家的身影；兵戎相见的场景中，亦可见吴地作家的毛锥。稍后的丘迟，一篇《与陈伯之书》，脍炙人口。

四、丘迟

丘迟（464—508）字希范，吴兴乌程（今浙江湖州）人。八岁能文，初仕南齐，官至车骑录事参军。后入萧衍幕中，得到重用。萧衍代齐，建立梁朝，劝进文书均为丘迟所作。梁天监四年（505），随萧宏北伐，为其记室（掌章表记文檄的官员），以一封《与陈伯之书》，成功招降投奔北魏的原齐将领陈伯之。后拜中书郎、司徒从事中郎，卒于官。张溥所辑《汉魏六朝百三家集》中，有《丘司空集》。

南北朝时期，南方政权更替，数十年即发生一场，从东晋演变为宋、齐、梁、陈。北方，匈奴、鲜卑、羯、羌、氐等游牧部落联盟相互征伐，北

---

[1] 逯钦立辑校《先秦汉魏晋南北朝诗》，中华书局，1983，第1410页。

魏实现统一后,又分裂为东魏和西魏,随后又为北齐与北周所取代。从西晋灭亡到隋朝统一,近四个世纪,战火相连,百姓罹难,田园荒芜,人口锐减。交战双方,唯有厮杀,仁义不存。两军阵前,斗智斗勇,军事实力固然是决定胜败的主要因素,但是,阵前将领的态度往往引导了战役的走向。丘迟这封书信,无疑具有千军万马的力量。陈伯之由齐入梁,梁时为江州刺史,于梁武帝天监元年(502)叛降北魏。天监四年,武帝命临川王萧宏率军北伐,陈伯之领兵相抗。丘迟奉萧宏之命作此书。伯之得书之后,从寿阳率兵归梁。

丘迟的《与陈伯之书》,情理兼到,娓娓动人,虽是文字,却有动人肝胆的力量,为后世所重,是骈文中的佳作。

迟顿首陈将军足下:

无恙,幸甚幸甚。将军勇冠三军,才为世出,弃燕雀之小志,慕鸿鹄以高翔。昔因机变化,遭遇时主;立功立事,开国称孤。朱轮华毂,拥旄万里,何其壮也!如何一旦为奔亡之虏,闻鸣镝而股战,对穹庐以屈膝,又何劣邪!

寻君去就之际,非有他故,直以不能内审诸己,外受流言,沈迷猖獗,以至于此。圣朝赦罪责功,弃瑕录用,推赤心于天下,安反侧于万物。将军之所知,非假仆一二谈也。朱鲔涉血于友于,张绣剚刃于爱子,汉主不以为疑,魏君待之若旧。况将军无昔人之罪,而勋重于当代。夫迷途知反,往哲是与;不远而复,先典攸高。主上屈法申恩,吞舟是漏。将军松柏不翦,亲戚安居;高堂未倾,爱妾尚在。悠悠尔心,亦何可言。今功臣名将,雁行有序。佩紫怀黄,赞帷幄之谋;乘轺建节,奉疆埸之任。并刑马作誓,传之子孙。将军独腼颜借命,驱驰毡裘之长,宁不哀哉!

夫以慕容超之强,身送东市;姚泓之盛,面缚西都。故知霜露所均,不育异类;姬汉旧邦,无取杂种。北虏僭盗中原,多历年所;恶积祸盈,理至燋烂。况伪孽昏狡,自相夷戮;部落携离,酋豪猜贰。方当系颈蛮邸,悬首藁街,而将军鱼游于沸鼎之中,燕巢于飞幕之上,不亦惑乎?

暮春三月,江南草长,杂花生树,群莺乱飞。见故国之旗鼓,感生平于畴日,抚弦登陴,岂不怆恨!所以廉公之思赵将,吴子之泣西河,人之情也。将军独无情哉?想早励良规,自求多福。

当今皇帝盛明,天下安乐。白环西献,楛矢东来。夜郎滇池,解辫请职;朝鲜昌海,蹶角受化。唯北狄野心,倔强沙塞之间,欲延岁月之命耳!中军临川殿下,明德茂亲,揔兹戎重。方吊民洛汭,伐罪秦中。若遂不改,方思仆言。聊布往怀,君其详之。

丘迟顿首。[1]

六朝时,骈体文盛行。骈体讲究音律和谐、对偶工整、用典丰富、辞藻华美,有四四、六六、七七等句式,单句、对偶句经常交错使用。

陈伯之初为齐冠军将军。梁武帝登帝位,他在浔阳被招安,任江州刺史。天监元年(502),他受邓缮、戴永忠等人怂恿,起兵谋反,败而投降北魏。可见,此人意志薄弱,缺乏定力。天监四年,武帝命临川王萧宏率军北伐,陈伯之率兵相抗,恰逢丘迟为萧宏记室,奉命修书劝降伯之。在两军对峙、千钧一发之际,这一纸书信成了力挽狂澜的最后一线希望。为了达到这一目的,丘迟在遣词造句上费尽了心思。他首先阐明陈伯之当年归梁是英明之举,对比其在梁时的优越待遇与如今奔魏的屈膝卑微,还告之当今梁帝的贤明宽宏,以消除伯之的疑虑。之后,文中进一步述及陈伯之在梁的牵挂:"松柏不翦,亲戚安居;高台未倾,爱妾尚在"。梁朝如此厚待他的家人,怎能不勾起伯之的丝丝眷恋与深深愧疚? 接着,作者又分析敌我双方的形势,指出北魏政权内部相互倾轧,危机四伏,劝其看清大势所趋,迷途知返。此外,文中还贴切地运用了廉颇思故国、吴起恋故土等大量典故,精准贴切,字字扣动对方心弦。全文层层深入,晓之以理、动之以情,同时恩威并施,具有强烈的说服力与感染力。

比之其他吴地文人,梁朝萧氏父子兄弟的文章功力,既在于亲力亲为,也在于编选传播。

五、萧氏文学家族

梁武帝萧衍(464—549)字叔达,小字练儿,生于建康(今江苏南京),南兰陵武进县东城里(今属江苏丹阳市访仙镇),南朝梁政权的建立者。他原来是南齐君王的亲属,南齐中兴二年(502),齐和帝被迫禅让于萧衍,萧衍建立南朝梁,在位四十八年。萧衍对文学的巨大贡献,在于他颇留意文章诗赋,培养了两个才华卓著的儿子:萧统、萧纲。张溥辑《汉

---

[1] 丘迟:《丘司空集》,收入张溥辑《汉魏六朝百三名家集》第四册,江苏古籍出版社,2002,第612页。

魏六朝百三家集》中，有《梁武帝集》。

萧统（501—531）字德施，小字维摩，即昭明太子，梁武帝长子。五岁遍读五经。既长，信佛能文，遍览众经，引纳才士，读书东宫，商榷古今，以文章著述引导时风，编有《文选》，为现存最早诗文总集。张溥辑《汉魏六朝百三家集》中，有《梁昭明集》。

萧纲（503—551）字世缵，即梁简文帝。由于长兄萧统早死，被立为太子。太清三年（549），侯景之乱，梁武帝被囚饿死，萧纲即位，大宝二年（551）为侯景所害。《诫当阳公大心书》有言，"汝年时尚幼，所阙者学，可久可大，其唯学欤。所以孔丘言，吾尝终日不食，终夜不寝，以思，无益，不如学也。若使墙面而立，沐猴而冠，吾所不取。立身之道，与文章异。立身先须谨重，文章且须放荡"[1]，可见其文学思想，在于有学问、有知识、有生活积累，先做人，谨慎从事，后写文章，要思路开阔。张溥辑《汉魏六朝百三家集》中，有《梁简文帝集》。

萧绎（508—555）字世诚，小字七符，即梁元帝。所作诗赋轻艳绮靡，与兄纲相仿。著作颇多，散佚凌乱，张溥辑《汉魏六朝百三家集》中，有《梁元帝集》。《荡妇秋思赋》一篇，可见南朝风气：

荡子之别十年，倡妇之居自怜。登楼一望，惟见远树含烟；平原如此，不知道路几千？天与水兮相逼，山与云兮共色。山则苍苍入汉，水则涓涓不测。谁复堪见鸟飞，悲鸣双翼？秋何月而不清，月何秋而不明。况乃倡楼荡妇，对此伤情。于时露萎庭蕙，霜封阶砌；坐视带长，转看腰细。重以秋水文波，秋云似罗。日黯黯而将暮，风骚骚而渡河。妾怨回文之锦，君思出塞之歌。相思相望，路远如何？鬓飘蓬而渐乱，心怀愁而转叹。愁萦翠眉敛，啼多红粉漫。已矣哉！秋风起兮秋叶飞，春花落兮春日晖。春日迟迟犹可至，客子行行终不归。[2]

文辞优美，情深意切，游子思妇，古老主题，并无新意。唯贵为君王，情同百姓，亦有可取。《采莲赋》一篇，倒是有些生活情调：

---

[1] 萧纲：《梁简文帝集》，收入张溥辑《汉魏六朝百三名家集》第四册，江苏古籍出版社，2002，第210页。
[2] 萧绎：《梁元帝集》，收入张溥辑《汉魏六朝百三名家集》第四册，江苏古籍出版社，2002，第305页。

紫茎兮文波，红莲兮芰荷。绿房兮翠盖，素实兮黄螺。

于时妖童媛女，荡舟心许，鹢首徐回，兼传羽杯。棹将移而藻挂，船欲动而萍开。尔其纤腰束素，迁延顾步。夏始春余，叶嫩花初。恐沾裳而浅笑，畏倾船而敛裾，故以水溅兰桡，芦侵罗襷。菊泽未反，梧台迥见，荇湿沾衫，菱长绕钏。泛柏舟而容与，歌采莲于江渚。

歌曰："碧玉小家女，来嫁汝南王。莲花乱脸色，荷叶杂衣香。因持荐君子，愿袭芙蓉裳。"[1]

莲叶田田，情意绵绵。君王关注的，既不是朝纲不举，也不是民生凋敝，而是男欢女爱，歌舞追逐。作为常人，说不上有什么错；作为君王，则是用心偏废。

六、陆厥等南朝吴地文士

陆厥（472—499）字韩卿，少好属文，五言诗体甚新变，因父被杀悲恸而死。

其文以《与沈约书》最著名，与沈约探讨有关诗歌声律的问题。陆厥对诗歌的议论虽然很有见地，但创作实践却不能和理论完全吻合。其诗仅存十五首，多受时风熏染，有《中山王孺子妾歌》一首：

如姬寝卧内，班妾坐同车。洪波陪饮帐，林光宴秦余。
岁暮寒飙及，秋水落芙蕖。子瑕矫后驾，安陵泣前鱼。
贱妾终已矣，君子定焉如。[2]

这与"徐庾体"的意象选择颇为一致，侧重于内人、美人或歌姬的容貌歌喉，写到青年男女，则过于缠绵。陆厥也有唱和应教、应制、应令的作品，但基本上手法高超，内容空虚，是典型的形式主义风格。类似的为时风所染的吴地诗人，还有多位。

陆倕（470—526）字佐公，吴郡吴县（今江苏苏州）人。少勤学，善作文，州举为秀才。齐竟陵王萧子良招为西邸学士，历官议曹从事参军、庐陵王法曹行参军、太子中舍人、太子中庶子、鸿胪卿。所撰《新漏刻铭》

---

[1] 萧绎：《梁元帝集》，收入张溥《汉魏六朝百三名家集》第四册，江苏古籍出版社，2002，第304—305页。
[2] 徐陵编，吴兆宜注，程琰删补《玉台新咏笺注》卷第四，穆克宏点校，中华书局，1985，第166—167页。

《石阙铭记》，深为梁武帝嗟赏。张溥辑《汉魏六朝百三家集》中有《陆太常集》。陆倕的作品，文体丰富，涉及诗赋、表章、碑铭和书启等。今存作品，仅有诗四首，见逯钦立《先秦汉魏晋南北朝诗》。存文二十四篇，见严可均《全上古三代秦汉三国六朝文》。

张率（475—527）字士简，吴郡吴县（今江苏苏州）人，幼年聪颖，年十二能诗文，起家太子舍人，与同郡陆倕及任昉、沈约善。迁秘书丞，又出为新安太守。其《白纻歌辞》《相逢行》等，婉转缠绵，情致感人。

陆罩（517—?）字洞元，吴郡吴县（今江苏苏州）人，陆杲之子，南朝梁诗人。少笃学能文，今存诗四首，风格绮丽，属"宫体"，见《先秦汉魏晋南北朝诗》。其诗以《闺怨》最佳。

自先秦两汉到魏晋南北朝乱世，吴地的文学不仅融入了时代，是中国文学的组成部分，也随着时代的变换，呈现出新的面目。

第三章 唐风嘹亮:吴地文学的别样精神

隋王朝的建立与统一，结束了黄巾起义以来近四百年分崩离析的局面。隋王朝三十七年的短暂统治，仅两代君王，却对中国社会的走向贡献巨大。大而言之，隋王朝的建立，消灭了割据政权，平等士庶权利，疏通南北运河，开通丝绸之路，奠定了唐王朝走向鼎盛的基础。辛弃疾说："天下之势有离合，合必离，离必合，一离一合，岂亦天地消息之运乎？周之离也，周不能合，秦为驱除，汉故合之。汉之离也，汉不能合，魏为驱除，晋故合之。晋之离也，晋不能合，隋为驱除，唐故合之。唐之离也，唐不能合，五季驱除，吾宋合之。"[1]这虽是迷信的说法，但有一定的感染力。尤其是"驱除"的意义，是消除了主要的不利因素，为后世的鼎盛创造了条件。

唐王朝全面鼎盛，还有一个重要的基础，就是从开放的政治制度到旧典古籍的整理笺注，均呈现出极宽广的胸怀。唐代文学的全面繁荣，也是建立在这个基础之上的。在唐王朝存在的二百九十年时间里，吴地作家在诗歌、散文、小说方面，有着傲人的表现，是唐代文学全面繁荣的组成部分。与其他地区文学家不同的地方，在于吴地作家个体的触角，伸向了更多的领域。

第一节　唐代前期的吴地诗文

将唐诗的发展分为初唐、盛唐、中唐、晚唐，已经是学界共识。就唐王朝诗坛的整体状况，如此区分符合实际，也便于解说。但要讲述唐代的吴地诗歌，每一时段诗人的分布未必均匀，创作实际也未必是四个阶段性的呈现。将唐代吴地诗文的发展，笼统地分为前期和后期来叙述，比较符

---

[1]　辛弃疾：《稼轩集》，徐汉民编校，长江文艺出版社，1990，第366页。

合实际。

就诗歌而言，初唐诗坛上的隋代遗老如虞世南、王绩、李百药、杨素等，新生代诗人如沈佺期、宋之问、"四杰"、陈子昂等中，似乎并不见吴地诗人。但是，个别吴地诗人由隋入唐，仍可作为隋朝遗老诗人的代表，足以说明吴地诗坛由隋而唐的赓续无缝。

一、陈子良

陈子良（？—632），吴县（今江苏苏州）人，隋时为杨素记室。入唐，官右卫率府长史，与萧德言、庾抱，同为隐太子学士。诗歌创作是典型的由隋入唐官员的风调，既有时代的气息，也有六朝淫哇的痕迹。不同的是，离情别恨，出于真情。《七夕看新妇隔巷停车》："隔巷遥停幰，非复为来迟。只言更尚浅，未是渡河时。"[1]新媳妇从娘家归来，行路太急，以至于到家时天色未暗，作者隔了巷子也能看到。一者诗歌中写到了七夕这个特定的时间节点，点明了夫妇相会的意蕴。二者也写出了诗人的体会理解，是对新媳妇的赞赏。《送别》一首，则是传统的征夫思妇题材：

落叶聚还散，征禽去不归。以我穷途泣，沾君出塞衣。[2]

诗中塑造的形象很简单，行者征夫，送者其妻。夫妻离别，本是寻常。然而，征夫远去的地方，是塞外，是边疆战场，负伤残疾已是轻的，命丧沙场也是常事。所以，送别之际的感受，与永别无异。诗人以一个典型的细节：泪沾衣，写出了送别之际的无限伤痛。

二、董思恭

董思恭（生卒年不详），吴县（今江苏苏州）人，高宗时官中书舍人，初为右史，后知考功举，坐事流死岭表。所著篇咏，为时所重。今存诗二十首，多咏物之作。《守岁二首》其一：

暮景斜芳殿，年华丽绮宫。寒辞去冬雪，暖带入春风。
阶馥舒梅素，盘花卷烛红。共欢新故岁，迎送一宵中。[3]

年终岁末，传统的过年项目有守岁。除夕不眠，等待新年到来。此诗内容上并无新意，主要写年俗与过年场景，但更大的价值在于，这是唐太

---

[1] 彭定求等编《全唐诗》卷三十九，中州古籍出版社，1996，第282页。
[2] 彭定求等编《全唐诗》卷三十九，中州古籍出版社，1996，第282页。
[3] 彭定求等编《全唐诗》卷六十三，中州古籍出版社，1996，第407页。

宗到唐高宗之际成熟的五言律诗，标志着当时的五律，已经为诗人普遍接受。《其二》也很平淡，借景物写时序，还有些升平气象："岁阴穷暮纪，献节启新芳。冬尽今宵促，年开明日长。冰销出镜水，梅散入风香。对此欢终宴，倾壶待曙光。"是一首咏物诗，形象生动，层次清晰，描摹到位，如在目前，且关心到了雾、雪、云、风、露、虹、日、月等主要的自然物象，寄寓了自身的感受。《咏云》：

帝乡白云起，飞盖上天衢。带月绮罗映，从风枝叶敷。
参差过层阁，倏忽下苍梧。因风望既远，安得久踟蹰。[1]

身在帝乡，本是荣耀之事，而望远之际忽生感慨。虽然没有明确的缘故，然隐隐有种不祥的预感，不能踟蹰，须做出决断。其《昭君怨》二首，则是唐诗中较早关注王昭君的诗篇，颇有见地：

其一
新年犹尚小，那堪远聘秦。裾衫沾马汗，眉黛染胡尘。
举眼无相识，路逢皆异人。唯有梅将李，犹带故乡春。

其二
琵琶马上弹，行路曲中难。汉月正南远，燕山直北寒。
髻鬟风拂乱，眉黛雪沾残。斟酌红颜改，徒劳握镜看。[2]

王昭君的事迹，史载不过几十字，历来咏叹之作何止千百。而基本的情感则是同情王昭君的遭遇，而不是辨别是非。但唐宋以降，往往赋予昭君故事特殊的含义，颇值玩味。第一首的"唯有"二字，凸显了王昭君远行的孤独怅惘。第二首在一南一北的对举中强化了王昭君的悲伤。而从发髻眉黛与风雪的联系中凸显王昭君对环境变换的感受，不得不说诗人的想象力极强。历代诗人咏昭君，必写琵琶。但定型的琵琶是在南北朝时出现的。王昭君所弹奏的，应是西域的弹拨乐器与中原流行的长颈圆身乐器月琴、阮之类的结合体。

三、张旭

张旭（约685—747）字伯高，一字季明，吴郡（今江苏苏州）人，唐

---

[1] 彭定求等编《全唐诗》卷六十三，中州古籍出版社，1996，第408页。
[2] 彭定求等编《全唐诗》卷六十三，中州古籍出版社，1996，第407页。

代书法家，诗人。张旭出生于苏州一个富有的家庭，曾担任常熟县尉、左率府长史、金吾长史等，后世称之为"张长史"。张旭擅长草书，与书僧怀素合称"颠张醉素"，又与贺知章、张若虚、包融并称"吴中四士"。张旭好饮酒，与贺知章等人被杜甫称为"饮中八仙"。

张旭的狂草历来为人称道，但张旭的楷书也功底深厚，书学史上评价极高。怀素与颜真卿的书法，俱受张旭影响。"他的笔法传给了大书法家颜真卿，而僧怀素的书法，也是直接受他影响的。"[1]张旭使草书艺术在盛唐时期达到了一个高峰，他同时也是一位盛唐的诗人。

桃花溪

隐隐飞桥隔野烟，石矶西畔问渔船。

桃花尽日随流水，洞在清溪何处边。[2]

诗歌中见不到张旭的醉态，更不见酒后的狂态，隐约之间，却是一种孤寂落寞的愁态。

山行留客

山光物态弄春辉，莫为轻阴便拟归。

纵使晴明无雨色，入云深处亦沾衣。[3]

这是山林游赏的真实感受，随着海拔的升高，云雾缭绕，沾湿衣物。而诗人迷恋山中景物，不愿归去。此诗亦显示出诗人在钟爱山林之外，别有一种蕴藉而不能说出的心绪。

四、包融

包融（生卒年不详），润州延陵（今江苏丹阳）人，或云湖州人，"开元间仕历大理司直。与参军殷遥、孟浩然交厚。工为诗"。今存诗八首。

送国子张主簿

湖岸缆初解，莺啼别离处。遥见舟中人，时时一回顾。

坐悲芳岁晚，花落青轩树。春梦随我心，悠扬逐君去。[4]

先不说人，说鸟儿在人的离别之地发出善感的鸣叫。然后再写人，显

---

[1] 潘伯鹰：《中国书法简论》，上海人民美术出版社，1981，第106页。
[2] 彭定求等编《全唐诗》卷一百十七，中州古籍出版社，1996，第641页。
[3] 彭定求等编《全唐诗》卷一百十七，中州古籍出版社，1996，第641页。
[4] 彭定求等编《全唐诗》卷一百十四，中州古籍出版社，1996，第628页。

然舟中人依依不舍，频频回首。送的人又何尝不是伫立凝望！不然，何以见到舟中人的回顾？正是双方极为珍重这段友情，故而才有这样的举动。重点是，远行之人已然远去，而送别之人也就是作者自己，还没有离去，在送别的地方，坐了许久，直到不得不归去。回去之后还向春风祈祷，能够在梦中与朋友，这位张主簿相聚。情意殷殷，于此可见。

五、皎然

诗僧皎然（约720—约795），生活在盛中唐之际，俗姓谢，字清昼，吴兴（今浙江湖州）人，自称谢灵运的十世孙，在文学、佛学方面颇有造诣，于乱世中从容送别酬答，显示了闲适简淡的诗风。

皎然论诗，追求自然之趣，主张复古通变，不守一格，著有《诗式》。李壮鹰整理校勘并详加注释的人民文学出版社2003年出版的《诗式校注》，可见皎然的基本诗歌主张。"气高而不怒，怒则失于风流；力劲而不露，露则伤于斤斧；情多而不暗，暗则蹶于拙钝；才赡而不疏，疏则损于筋脉"[1]，蕴藉含蓄的审美追求与淡然的风格相统一，大约就是皎然诗歌的基本特征。《全唐诗》中收其作品七卷。今存诗四百七十首，多为简淡之作。

饮茶歌诮崔石使君

越人遗我剡溪茗，采得金牙爨金鼎。
素瓷雪色缥沫香，何似诸仙琼蕊浆。
一饮涤昏寐，情来朗爽满天地。
再饮清我神，忽如飞雨洒轻尘。
三饮便得道，何须苦心破烦恼。
此物清高世莫知，世人饮酒多自欺。
愁看毕卓瓮间夜，笑向陶潜篱下时。
崔侯啜之意不已，狂歌一曲惊人耳。
孰知茶道全尔真，唯有丹丘得如此。[2]

似乎人间烦恼，世上纷争，清茗一杯即可消融。可是，这位朋友喝了茶之后，是狂歌一曲，并未忘世。说明不论学什么，或者用什么来麻醉自

---

[1] 何文焕辑《历代诗话》，中华书局，1981，第27页。
[2] 彭定求等编《全唐诗》卷八百二十一，中州古籍出版社，1996，第5008页。

己,事实是无法逃避的。皎然自己,修行于山中,交往于世俗。既有僧道修行之友,亦有诸多官场人物。从皎然的送别唱和作品中,可见其交游甚广。

奉和陆使君长源夏月游太湖

庾公心旷远,府事局耳目。遂与南湖游,虚襟涤烦燠。
始知皇天意,积水在亭育。细流信不让,动物欣所蓄。
万顷合天容,洗然无云族。峭蒨瞩仙岭,超遥随明牧。
知公爱澄清,波静气亦肃。已见横流极,况闻长鲸戮。
中洲暂采蘋,南郡思剖竹。向夕分好风,飘然送归舳。[1]

这首诗,题下有个小注,说明这个时候的湖州地方长官是杨绾,而陆长源将赴任信州刺史,道经吴兴,和诗人一起畅游太湖。虽然太湖甚美,太湖周边物产丰富,太湖洞庭山还有优美的传说,但诗人关注的,却是时局,是"安史之乱"的平定情况。传来的好消息是,两京已经收复,意味着唐王朝的中央政府已经恢复正常运作,而安史叛军的灭亡必将不远。在关注平叛时事,注意边关动向之外,皎然还关注历史故事。

咏史

田氏门下客,冯公众中贱。一朝市义还,百代名独擅。
始知下客不可轻,能使主人功业成。
借问高车与珠履,何如卑贱一书生。[2]

将冯谖在一个历史的关键时刻发挥作用建立奇功的画面,与早先穷困潦倒的处境比堪,虽然发表的是皎然自己"下客不可轻"的观点,何尝不是对孟尝君的识人与气度的赞扬。

六、陆象先

陆象先(665—736),原名景初,象先为唐睿宗李旦所赐,吴县(今江苏苏州)人,早年历任扬州参军、洛阳县尉、监察御史、殿中侍御史、中书侍郎,并在太平公主的举荐下担任宰相,但他始终不肯依附太平公主。先天政变后,陆象先进封兖国公,出任益州长史、剑南道按察使。后历任

---

[1] 彭定求等编《全唐诗》卷八百十七,中州古籍出版社,1996,第4977页。
[2] 彭定求等编《全唐诗》卷八百十七,中州古籍出版社,1996,第4997—4998页。

蒲州刺史、太子詹事、工部尚书、刑部尚书、同州刺史等职。开元二十四年（736），陆象先病逝，追赠尚书左丞相，赐谥文贞，两《唐书》有传。在文学史上，陆象先最著名的影响是创造了一句话让文章大家屡屡引用，就是"天下本自无事，只是庸人扰之，始为繁耳"[1]，后来演变为俗语"天下本无事，庸人自扰之"。《全唐诗》录其作品一首，弥足珍贵。

奉和九日幸临渭亭登高应制得臣字

九秋光顺豫，重节霁良辰。登高识汉苑，问道侍轩臣。
菊花浮柜鬯，荚房插缙绅。圣化边陲谧，长洲鸿雁宾。[2]

此诗不仅因陆象先存诗无多而珍贵，还因唐人诗歌中应制诗佳品不太多，故而抄录于此，以见六朝至唐应制诗的基本风貌。

七、崔国辅

崔国辅，生卒年、字号均不详，吴郡（治今江苏苏州）人。开元十四年（726）与储光羲、綦毋潜等同榜进士，任山阴尉、应县令、许昌令。天宝初，入朝为左补阙，迁礼部员外郎，集贤直学士。天宝十一载（752）因事牵连，贬竟陵司马，三年之中，与陆羽酬唱往还，品评茶水，一时传为佳话。崔国辅和孟浩然、李白皆有交往，而于杜甫则有知遇之感。天宝十载杜甫献《三大礼赋》以求进身，玄宗诏试文章。崔国辅与于休烈以集贤学士为试官，对杜甫深加赞赏。杜甫《奉留赠集贤院崔于二学士》诗中说："昭代将垂白，途穷乃叫阍。气冲星象表，词感帝王尊。天老书题目，春官验讨论。倚风遗鹡鸰，随水到龙门。竟与蛟螭杂，空闻燕雀喧。青冥犹契阔，陵厉不飞翻。儒术诚难起，家声庶已存。故山多药物，胜概忆桃源。欲整还乡旆，长怀禁掖垣。谬称三赋在，难述二公恩。"[3]这里的崔学士，就是崔国辅。可见，杜甫献《三大礼赋》，是希望有人赏识并称述于朝堂，扬名于公卿之间，方能得到君王的赏识进而被留用，这个过程中，崔国辅起到了积极作用。

在盛唐诗人中，崔国辅以五言绝句著名，今存其诗四十五首，多写宫闱儿女之情，思绪婉转，又有南朝民歌遗意。殷璠在《河岳英灵集》说：

---

[1] 刘昫等：《旧唐书》卷八十八，中华书局，1975，第2877页。
[2] 彭定求等编《全唐诗》卷一百四，中州古籍出版社，1996，第597页。
[3] 杜甫撰，仇兆鳌注《杜诗详注》卷之二，中华书局，2015，第114—115页。

"国辅诗,婉娈清楚,深宜讽味,乐府数章,古人不能过也"[1]。其实,崔国辅的绝句,亦与王昌龄、王之涣相似,游历四方,瞻仰名胜古迹,借古人的成败而写自身的感慨,是崔国辅诗歌的重要主题。如《漂母岸》:

> 泗水入淮处,南边古岸存。秦时有漂母,于此饭王孙。
> 王孙初未遇,寄食何足论。后为楚王来,黄金答母恩。
> 事迹遗在此,空伤千载魂。茫茫水中渚,上有一孤墩。
> 遥望不可到,苍苍烟树昏。几年崩冢色,每日落潮痕。
> 古地多堙圮,时哉不敢言。向夕泪沾裳,遂宿芦洲村。[2]

韩信乞食漂母、胯下受辱的故事,家喻户晓。很多作品赞叹韩信的大度与包容,更有人颂扬漂母的慷慨与功德。但诗人来到留有韩信踪迹的地方,凭吊遗迹,发怀古之幽思;感叹遇合,叹自身之落魄,是怀才不遇的叹息。然而,诗人并未因一时的失意而颓废,依然充满希望,积极进取,不负盛唐的辉煌气象。他的边塞诗中,更体现了这样的精神。如《从军行》:

> 塞北胡霜下,营州索兵救。夜里偷道行,将军马亦瘦。
> 刀光照塞月,阵色明如昼。传闻贼满山,已共前锋斗。[3]

这首用乐府旧题写成的诗歌,与以往的《从军行》相类。乐府诗中的《从军行》,展示的是边境荒凉与悲壮,士卒的艰险与苦难。这首诗,首先把恶劣环境交代出来,是寒冷的塞外,冰天雪地。可是,环境只是自然的考验,严酷的形势却是战场上更令人揪心的。营州的情况不妙,需要紧急救援。军情火急,刻不容缓,将军率领部队连夜赶路,前往救援。很快,部队到达前线,冷月与刀光剑影之中,是唐军骁勇的身影。没有休整,没有补充草料,人饥马乏,投入战场,要的就是神速,达到救援的效果。本诗一方面具有画面感,从军情刻画到军事行动,是连续性的描写。全诗的深度在于"将军马亦瘦"一句,将军的战马居然"瘦",士兵的战马可以想见,征战的士卒情况更是不容乐观。为何? 大唐王朝对于军事上的准备,

---

[1] 王克让:《河岳英灵集注》,巴蜀书社,2006,第 268 页。
[2] 彭定求等编《全唐诗》卷一百十九,中州古籍出版社,1996,第 651 页。
[3] 彭定求等编《全唐诗》卷一百十九,中州古籍出版社,1996,651 页。

严重不足；对于将士的关怀，严重不够。而伟大之处在于，将士们并未因此懈怠了自己的职责，没有消极应对甚至当逃兵，而是义无反顾，冲锋陷阵。

闺怨、宫怨题材，是不少唐代诗人所关注的。崔国辅生活在盛唐开明的社会环境之中，《怨词》《古意》之类作品也有不少，几乎占其现存作品之半。大概那个时代，关注歌女技艺与叙写长安街上醉倒在胡姬酒楼一样流行。崔国辅写到女性殷殷之情的多数作品，男子或远行，或变心，导致了诗歌中大量出现女性的悲苦、哀怨和叹息。如《白纻辞二首》：

其一
洛阳梨花落如霰，河阳桃叶生复齐。
坐惜玉楼春欲尽，红绵粉絮裛妆啼。
其二
董贤女弟在椒风，窈窕繁华贵后宫。
壁带金釭皆翡翠，一朝零落变成空。[1]

第一首所表达的意蕴，与王昌龄的《闺怨》几乎一致，表明时人创作中的一种风尚。王昌龄《闺怨》："闺中少妇不曾愁，春日凝妆上翠楼。忽见陌头杨柳色，悔教夫婿觅封侯。"[2]环境优美，生活富足，可惜玉楼春尽，斯人远离，美人红妆，伤春悲啼。第二首主要表达富贵荣华的生活没有保障，一旦失宠，万事成空的悲哀。

咏史，也是诗人的必选。崔国辅的《王昭君》，巧妙融入了小说的内容。毛延寿画美人，故意将王昭君丑化，使之得不到汉元帝的召幸。而史上又有多少调和鼎鼐的能臣，遭遇小人拨弄而以悲剧收场。"一回望月一回悲，望月月移人不移。何时得见汉朝使，为妾传书斩画师"[3]，是对君王的深情，是对故国的眷恋，更是对奸佞的挞伐。而隐约间，岂不是还有对君王的讽刺！ 欧阳修说"耳目所及尚如此，万里安能制夷狄"，正是此意。

---

[1] 彭定求等编《全唐诗》卷一百十九，中州古籍出版社，1996，第653页。
[2] 彭定求等编《全唐诗》卷一百四十三，中州古籍出版社，1996，第787页。
[3] 彭定求等编《全唐诗》卷一百十九，中州古籍出版社，1996，第654页。

第二节　唐代后期的吴地诗文

从中唐到晚唐的吴地诗坛，不仅有唐代"新乐府运动"的先驱长寿诗人顾况，更有张籍、陆畅等，也是文学史家必须注目的诗人。陆贽的文章，集学术性与文学性于一体，亦为后人敬仰。陆龟蒙的诗歌虽颇有乡土气息，但更重要的是他对社会人生的理解认识，往往借助于某一特殊意向而展开议论，将严肃与诙谐熔于一炉，诚为大家手笔。

一、顾况

顾况（约730—806后）字逋翁，自号华阳山人。关于顾况的里居籍贯，颇有争议。《旧唐书》《唐才子传》《唐诗纪事》等注明其为苏州人，皎然称其为"吴地顾子"，所以顾况当是苏州人无疑。更何况其本人的诗文中，多以吴为故里。然吴的地理概念经常变化，涵盖地域相当于今天的浙北、苏南地区大部。今天的学者有说他是浙江海盐人，不排除顾况在海盐曾经长期逗留的可能性。也有顾况的祖辈曾经在海盐为官，顾况出生海盐的可能。但是，顾况的叔父住在苏州，顾况的童年在苏州度过，这是不争的事实。即便他是浙江海盐人，海盐亦属吴地，顾况是不折不扣的吴地文人。成年之后的顾况性耽山水，在茅山读书十年，颇有成就。此后外出求取功名，于唐肃宗至德二载（757）进士及第。数年幕府生涯之后，历官新亭盐监、著作佐郎等，因事被贬饶州司户参军。约于贞元十年（794）离饶州，晚年定居茅山，时常出游，直到元和末年尚在人世，属难得的长寿诗人。事迹见《旧唐书》本传、《唐诗纪事》和《唐才子传》。相传顾况曾经与白居易开过玩笑。据宋人魏庆之所编《诗人玉屑》记载，乐天初举，名未振，以歌诗投顾况。况戏之曰："长安物贵，居大不易。"及读至《原上草》，云："野火烧不尽，春风吹又生。"曰："有句如此，居亦何难？老夫前言戏之耳！"顾况饱读诗书，出入释老，融汇百家，造诣全面，是盛唐到中唐的杰出诗人、散文家、文艺批评家和书画家。有《顾逋翁诗集》四卷，《全唐诗》亦编录其诗四卷，存诗二百二十五首。有《华阳集》三卷，《四库全书》收录。

顾况的诗歌史地位，在于对乐府诗的继承与对"新乐府运动"的启迪。他介于盛唐李杜与中唐元白、韩孟之间，是盛唐向中唐过渡的重要诗人。他的作品与元结（719—772）类似，以首句一二字为标题，针对性地反映民生疾苦，形式上开白居易《新乐府》"首句标其目"并作小序的先例，手法上则继承了《诗经》以来的现实主义传统。所以，文学史家多以元结、顾况为中唐"新乐府运动"的先驱。

囝　　囝，哀闽也。

囝生闽方，闽吏得之，乃绝其阳。
为臧为获，致金满屋。为髡为钳，如视草木。
天道无知，我罹其毒。神道无知，彼受其福。
郎罢别囝，吾悔生汝。及汝既生，人劝不举。
不从人言，果获是苦。囝别郎罢，心摧血下。
隔地绝天，及至黄泉，不得在郎罢前。[1]

掠卖人口的罪恶勾当，居然还有悠久的历史，并且几乎涉及全球，中国古代也不例外。唐代的闽地地主、官僚、富商相勾结，经常掠卖儿童，摧残他们的身体，把他们变为奴隶。《囝》就是这种残酷行为的真实写照。诗人首先用小序交代了诗歌创作的背景，而这，正是理解本诗的关键。诗人前三句写闽童被掠为奴的状况：这种野蛮罪行出现的地区（闽方）、残害闽地儿童的凶手（闽吏）以及戕害儿童的方式（绝其阳），极其简练。于是，这些儿童就成了随意驱使的奴隶，从肉体到精神，极其痛苦。诗人没有描写具体的生活细节，只总写了奴隶的悲惨遭遇：为主人"致金满屋"，却被视如草木，两相比照之下突出了奴隶生活的不堪忍受。而更痛苦的是，诗人将两次离别加以对举，说出了一个惊人的事实：出卖儿童的不是别人，正是他的父亲（郎罢）。儿子被迫为奴，分别时父子痛不欲生。这位做父亲的后悔不该生男孩，生下后更不该养育他，在重男轻女的封建社会，十分反常。于是，不得不深思，是什么原因造成了这样的悲剧？ 小小儿童，别了父亲之后的遭遇，是非人的，不仅从事艰辛的劳作，为主人创造财富，更要接受"绝阳"的戕害，生不能与父亲形体相依，死不能与父亲灵魂相聚，承受着肉体、精神的双重痛苦。题注中说"哀闽也"，对闽地人民的不幸遭遇表示同情。诗人没有站出来议论，而是用白描手法，把血淋淋的事实展现在读者面前，让事实来说话，是《诗经》讽喻精神的再

---

[1] 彭定求等编《全唐诗》卷二百六十四，中州古籍出版社，1996，第1594页。

现。闽地方言"囝""郎罢"入诗,使诗歌在古朴之中更有强烈的地方色彩和针对性。严羽有云:"顾况诗多在元、白之上,稍有盛唐风骨处。"[1]风骨,正在于诗歌的反映现实与讽喻价值。所以,出现《公子行》《行路难三首》《宫词》《宿昭应》等作品,揭露贵族子弟的豪侈生活,讽刺封建帝王追求长生的愚昧行为,也颇有现实意义。

风月山水的吟叹,在顾况诗歌中占有不小的分量。如《小孤山》:

> 古庙枫林江水边,寒鸦接饭雁横天。
> 大孤山远小孤出,月照洞庭归客船。[2]

小孤山是长江上的著名景点,位于安徽省宿松县城东南六十千米的长江中,周围五百米,海拔七十八米,形态特异,奇险孤峰兀自耸立。古庙幽静,枫林飒飒,江水悠悠,宁静的环境让人感到一种空灵。林中寒鸦反哺,碧空鸿雁南飞,但见远近两座孤山,不免骤起思乡之情,在客船呜咽。好在正在驶向自己的家乡,即将回到温暖甜蜜的地方。尽管只是一首七绝,容量有限,诗人却关注到了十个意象,组成了一幅山水静谧而乡情浓郁的画面,不愧是诗人兼画家的手笔。

顾况的《李供奉弹箜篌歌》《刘禅奴弹琵琶歌》《李湖州孺人弹筝歌》等,通过丰富生动的比喻和环境气氛的渲染,对音乐的描绘相当出色。六言绝句《过山农家》,颇有情致:

> 板桥人渡泉声,茅檐日午鸡鸣。莫嗔焙茶烟暗,却喜晒谷天晴。[3]

《全唐诗》中留存的唐人六绝不过三十余首,整体价值不能与古风、七律等比拟。顾况这首写农家生产生活的情状,别有风味。诗人抓住一个细节:天晴晒谷,这是关乎农家生计的大事。尽管环境极为美好,人呼鸡鸣炊烟起,有山有水有小桥,都不重要。重要的是天色放晴,可以晒谷。山区耕地有限,能够种植谷物的地方不多,而在收获的季节,往往也是雨水频繁的时候,容易造成"烂秋"。收获季节,天气晴好,有利于谷物晒干收藏。因此,"却喜"二字,既是农家真实心情的写照,也是诗人与民同心的表现。

---

[1] 严羽著,郭绍虞校释《沧浪诗话校释》,人民文学出版社,1961,第161页。
[2] 彭定求等编《全唐诗》卷二百六十七,中州古籍出版社,1996,第1615页。
[3] 彭定求等编《全唐诗》卷二百六十七,中州古籍出版社,1996,第1612页。

顾况的赋及散文，现存三十九篇，也往往别有风韵，既有幽默诙谐的趣味，也不失端庄典雅的稳重，甚至已经出现了议论化学问化的倾向。某些篇章，明显可以看出，是作者的游戏之笔。如《仙游记》：

> 温州人李庭等，大历六年，入山斫树，迷不知路，逢见溪水。溪水者，东越方言以挂泉为溪。中有人烟鸡犬之候，寻声渡水，忽到一处，约在瓯闽之间，云古莽然之墟，有好田泉竹果药，连栋架险，三百余家。四面高山，回还深映。有象耕雁耘，人甚知礼，野鸟名鸲，飞行似鹤。人舍中唯祭得杀，无故不得杀之，杀则地震。有一老人，为众所伏，容貌甚和，岁收数百匹布，以备寒暑。乍见外人，亦甚惊异。问所从来，袁晁贼平未，时政何若。具以实告。因曰：愿来就居得否？云此间地窄，不足以容。为致饮食，申以主敬。既而辞行，斫树记道。还家，及复前踪，群山万首，不可寻省。[1]

有点《桃花源记》的意思，又像《幽明录》中记载的刘晨和阮肇的故事，结合他的《莽墟赋》《茶赋》等篇，可见表达的是一种隐逸情怀。《茶赋》：

> 稽天地之不平兮，兰何为兮早秀，菊何为兮迟荣。皇天既孕此灵物兮，厚地复糅之而萌。惜下国之偏多，嗟上林之不生。至如罗玳筵，展瑶席，凝藻思，开灵液，赐名臣，留上客，谷莺啭，宫女嚬，泛浓华，漱芳津，出恒品，先众珍，君门九重，圣寿万春，此茶上达于天子也。滋饭蔬之精素，攻肉食之膻腻。发当暑之清吟，涤通宵之昏寐。杏树桃花之深洞，竹林草堂之古寺。乘槎海上来，飞锡云中至，此茶下被于幽人也。《雅》曰："不知我者，谓我何求？"可怜翠涧阴，中有碧泉流。舒铁如金之鼎，越泥似玉之瓯。轻烟细沫霭然浮，爽气淡烟风雨秋。梦里还钱，怀中赠橘。虽神秘而焉求。[2]

今天看来，茶本寻常之物，而名品甚多，品类复杂，有所谓绿茶、红茶、白茶、黑茶、砖茶等，有所谓高山云雾、云南毛尖、云南普洱、狮山龙井、云和雪毫、苏州碧螺春、安吉白茶、太平猴魁、武夷山红茶、祁门

---

[1] 董诰等编《全唐文》卷五百二十九，中华书局，1983，第5371页。
[2] 董诰等编《全唐文》卷五百二十八，中华书局，1983，第5365页

红茶、黄山毛峰等，既有精贵上品，也有适合大众消费的普通茶种，加工手法与工艺，也各有不同。而在唐代，在顾况笔下，茶却别有一种清韵，是精神的寄托，是平和的象征，更是消除世虑超然物外的载体。顾况正话反说，表明隐逸山林、宁静淡泊的人生追求。通篇洋溢着茶有如此神妙，人生还有何求的满足感，掩盖的是文人对现实的不满，只是没有明说而已。

二、戴叔伦

戴叔伦（732—789）字次公，金坛（今江苏常州市金坛区）人。少时师事萧颖士，聪颖过人，得到师父赏识。"安史之乱"发生，戴叔伦流落江西一带，后在刘晏幕中任职数年，得到刘晏的推荐，出任新城令、东阳令、抚州刺史等，担任地方官期间，多有善政，颇得百姓拥戴。晚年上表自请归里，返乡途中客死清远峡（今四川成都北），返葬于金坛城南。元人辛文房说他"贞元十六年陈权榜进士"[1]，似无依据。流落数年，倒是事实。

山居
麋鹿自成群，何人到白云。山中无外事，终日醉醺醺。[2]
晚望
山气碧氤氲，深林带夕曛。人归孤嶂晚，犬吠隔溪云。
杉竹何年种，烟尘此地分。桃源宁异此，犹恐世间闻。[3]
题友人山居
四郭青山处处同，客怀无计答秋风。
数家茅屋清溪上，千树蝉声落日中。[4]

这类作品，既有山林幽深孤高的情态，更有诗人与山林融为一体的惬意与满足，将自己与草木置于面对面的场景之下，宛如对话，写出诗人对山野安逸生活的眷恋之情。

戴叔伦的《湘川野望》，含蓄表达了对历史的反思："怀王独与佞人谋，闻道忠臣入乱流。今日登高望不见，楚云湘水各悠悠。"[5]奸佞之

---

[1] 辛文房撰，周本淳校正《唐才子传校正》卷第五，江苏古籍出版社，1987，第156页。
[2] 彭定求等编《全唐诗》卷二百七十四，中州古籍出版社，1996，第1680页。
[3] 彭定求等编《全唐诗》卷二百七十三，中州古籍出版社，1996，第1669页。
[4] 彭定求等编《全唐诗》卷二百七十四，中州古籍出版社，1996，第1682页。
[5] 彭定求等编《全唐诗》卷二百七十四，中州古籍出版社，1996，第1684页。

人，对于忠臣良将是祸害，对于国家君王，同样也是。当年楚怀王的教训，又有多少君王能够吸取。不论是当下能不能见到君王，讽喻、婉谏君王，都是怀古咏史诗歌的重要主题。

大约诗赋过于消耗了江南文人的才情，以致隋唐时期，江南真正的文章高手，相对较少。或许，这正是为后代的全面兴盛积蓄力量。尽管隋唐时期江南文章并不耀眼，也不是阙如。张旭、钱起、沈千运、戴叔伦诸家，皆有妙文传世。而陆贽手笔，直追韩柳。

三、陆贽

陆贽（754—805）字敬舆，苏州嘉兴（今属浙江）人，唐代著名政治家、文学家。唐代宗大历八年（773）进士，历任监察御史、翰林学士、兵部侍郎。唐德宗贞元八年（792），迁中书侍郎、同平章事，即宰相。除弊政、宽民力，使国力上升。贞元十年，遭构陷后罢相。永贞元年（805）在忠州去世，年五十二。追赠兵部尚书，谥号宣。陆贽工诗文，尤长于制诰政论。奏议文章，排偶工整，条理精密，文笔畅达。有《陆宣公翰苑集》二十二卷。司马光《资治通鉴》中，罕见地引用了陆贽的奏疏多达三十九篇。

中华书局 2006 年，浙江古籍出版社 2013 年，分别出版有《陆贽集》。从《伤望思台赋》中可以看到，一代骈文大师的笔力，何其浑厚。

桃野之右，苍茫古原，草木春惨，风烟昼昏。揽予辔以跨躇，见立表而斯存，乃汉武戾嗣剿命地也，然后筑台以慰遗魂。吁！自古有死，胡可胜论？苟失理以横毙，虽千祀而犹冤。当武帝之季年，德不胜而耄及。浮诞之士叠至，诡怪之巫继集。忠见疑而莫售，谗因隙而竞入。忘嗜欲之生疾，意巫诅而是因。将搜蛊以涤沴，纵庸琐之奸臣。言何微而莫仇，冤虽毒而奚伸？构储后以挂殃，刬具寮与齐人！旋激怒而诛充，竟奔湖而灭身。异哉汉后！因奸邪之是诱，俾家嗣而罹咎。彼伤魂之冥冥，故筑台其何有？嗟尔戾嗣！盍入明以见志，遽兴戈而自弃？谅君父之是叛，虽窜身其焉置？

呜呼！一失其理，孝慈两坠，不其伤哉！夫邪不自生，衅亦有托。信其谗兴，利则妖作。恣鬼神之愆变，实人事之纷错。故子不语于怪乱，道亦贵乎淡泊，盖为此也。水滔滔而不归，日杳杳而西驰。时径往兮莫追，人共尽兮台隍，榛焉莽焉，俾永代而伤悲。[1]

能够将历史的成败得失与儒家的治理理念，融汇于骈偶文中，极为难得。具体到汉武帝暮年的多疑乱猜，导致卫太子蒙冤自杀，更是让人悲伤至极。陆贽的伤怀意绪，是否有隐含的意思，难以推断。但在盛唐，令人痛心的李隆基杀子事件，确实是存在的。

四、张籍

张籍（约767—约830）字文昌，吴郡（今苏州）人，贞元十五年（799）进士，历任太常寺太祝、国子监助教、秘书郎、国子博士、水部员外郎、主客郎中，仕终国子司业。世称张水部、张司业，与韩愈、白居易、孟郊、王建交厚，是中唐影响巨大的诗人。出仕前，张籍与王建等同在河北漳溪、鹊山一带求学近十年，随后漫游吴楚岭表荆襄数年。贞元十四年，张籍北游，经孟郊介绍，在汴州结识韩愈。韩愈为汴州进士考官，荐张籍，次年张籍在长安进士及第。元和元年（806）调补太常寺太祝，十年未变职位，亦一奇事。元和十一年，转国子监助教。十五年，迁秘书郎。长庆元年（821），因韩愈荐，为国子博士，后迁水部员外郎、主客郎中。大和二年（828）迁国子司业，人称张水部或张司业。今传本张籍作品，以中华书局2011年出版的《张籍集系年校注》三册，最为权威。

张籍的诗歌，由于经历复杂而未注意收纳，年代久远再加五代纷争，所以散佚甚多。四十岁以前，张籍流寓四方，作品留存不多，但阅历丰富，题材广泛。其后十年间，张籍主要创作大量的乐府歌词，颇有新意，是"新乐府运动"中的重要诗人。五十岁以后，不说官运亨通，至少他地位很高，生活稳定而富足，所以有足够的时间精力研究声韵，注重近体诗的创作。此外，学习民间作品，以口语入诗，也是张籍比较成功的地方。如《节妇吟》：

> 君知妾有夫，赠妾双明珠。
> 感君缠绵意，系在红罗襦。
> 妾家高楼连苑起，良人执戟明光里。
> 知君用心如日月，事夫誓拟同生死。
> 还君明珠双泪垂，恨不相逢未嫁时。[2]

---

[1] 陆贽：《陆贽集》"缉补"，刘泽民点校，浙江古籍出版社，2013，第276页。
[2] 张籍撰，徐礼节、余恕诚校注《张籍集系年校注》卷一，中华书局，2011，第53—54页。

张籍有韩门大弟子之称，此诗或有题下注云："寄东平李司空师道"，有借诗歌表心迹的意义。李师道是当时藩镇之一的平卢淄青节度使，又冠以检校司空、同中书门下平章事的头衔，其势可见一斑。中唐以还，藩镇割据，各藩镇用各种手段，勾结、拉拢文人和中央官吏。而一些不得意的文人和官吏也往往去依附他们。张籍是韩门大弟子，他主张统一、反对藩镇分裂的立场一如其师。这首诗便是一首为拒绝李师道的招揽而写的名作。通篇运用比兴手法，委婉地表明自己的态度。单看表面完全是一首抒发男女情事之诗，实际上却是一首政治诗，题为《节妇吟》，即用以明志。再如模仿民歌的《采莲曲》：

> 秋江岸边莲子多，采莲女儿凭船歌。
> 青房圆实齐戢戢，争前竞折漾微波。
> 试牵绿茎下寻藕，断处丝多刺伤手。
> 白练束腰袖半卷，不插玉钗妆梳浅。
> 船中未满度前洲，借问阿谁家住远。
> 归时共待暮潮上，自弄芙蓉还荡桨。[1]

莲叶田田，莲子青涩，采莲少女歌声荡漾，画面美不胜收。

但张籍诗歌最为著名的是《秋思》《野老歌》与《酬朱庆馀》等。《秋思》：

> 洛阳城里见秋风，欲作家书意万重。
> 复恐匆匆说不尽，行人临发又开封。[2]

一个细节，透露了身在他乡的游子复杂的情怀。全诗语言简练而蕴意丰富，乡关之情何止万千，难以言尽。信使即将出发，又恐未能尽情，再次打开。在简单的动作中，透露了无尽的心绪。

在担任水部员外郎期间，浙江秀才朱庆馀到长安参加进士考试，写了一首《近试上张水部》呈送张籍，意思是请他在公卿间揄扬。诗曰："洞房昨夜停红烛，待晓堂前拜舅姑。妆罢低声问夫婿，画眉深浅入时无？"以夫妻或男女爱情关系比拟君臣以及朋友、师生等其他社会关系，是在《楚辞》中就已经出现并在其后得到发展的一种传统表现手法，朱庆馀就是用

---

[1] 张籍撰，徐礼节、余恕诚校注《张籍集系年校注》卷一，中华书局，2011，第68页。
[2] 张籍撰，徐礼节、余恕诚校注《张籍集系年校注》卷六，中华书局，2011，第728页。

这种手法写的这首诗。张籍回赠一首，《酬朱庆馀》：

> 越女新妆出镜心，自知明艳更沉吟。
> 齐纨未是人间贵，一曲菱歌敌万金。[1]

既然朱庆馀以男女之情表现自己求取功名的心情，张籍也巧用之，借美女说朱庆馀。越地出美女，而朱庆馀恰好又是越州（治今浙江绍兴）人。诗中等于明确说朱庆馀有良好的先天素质，再加上后天的刻苦学习，自然是德才兼备，文质彬彬。虽然不是最时髦的，即前几名可能轮不上，但考取进士不是问题。

作为中唐"新乐府运动"中的诗人，反映社会现实，讽喻不公现象，固然是张籍诗歌的重要方面。如《野老歌》：

> 老农家贫在山住，耕种山田三四亩。
> 苗疏税多不得食，输入官仓化为土。
> 岁暮锄犁傍空室，呼儿登山收橡实。
> 西江贾客珠百斛，船中养犬长食肉。[2]

诗中可见百姓生存环境之恶劣，朝廷苛捐杂税之繁多，难以言表。诗歌中采取了两组对比：收橡实充饥与粮食在官仓腐烂浪费；忍饥挨饿的百姓与经常食肉的宠物犬。这老翁的家境：贫；居住：山上；土地：山田，有的版本作薄田，也就是贫瘠的土地；收成情况：苗疏税多；生存状态：不得食。更为严重的是，产出的粮食交给了官家，却化为土，而不是当作食物。所以，从这首诗中不仅可以看到严重的贫富不均，更能看到的是人祸之严重，以至于有人不如狗的叹息。于此，严重的社会问题已经清晰可见。所以，《征妇怨》《邻妇哭征夫》《杂怨》《寒食内宴》《洛阳行》等，从不同视角反映民生疾苦，揭露统治者的罪恶，诚是一个有责任心的文人发出的吟叹。

五、陆畅

陆畅（生卒年不详）字达夫，吴郡（今江苏苏州）人，唐宪宗元和元年（806）进士，官凤翔府少尹。曾居蜀，尝为《蜀道易》一诗以美韦皋。

---

[1] 张籍撰，徐礼节、余恕诚校注《张籍集系年校注》卷九，中华书局，2011，第973页。
[2] 张籍撰，徐礼节、余恕诚校注《张籍集系年校注》卷一，中华书局，2011，第22页。

云安公主出降，畅为傧相，才思敏捷，应答如流。陆畅为人潇洒不羁，元和末年尚在世。《全唐诗》录其诗一卷，多咏物之作。《惊雪》：

> 怪得北风急，前庭如月辉。天人宁许巧，剪水作花飞。[1]

没有写天寒，而"北风急"三字，已经寒意逼人。没有写下雪，"剪水作花飞"却是十足的降雪动态。少量写个人遭遇及感受的小诗，讽喻而真切。如《下第后病中》：

> 献玉频年命未通，穷秋成病悟真空。
> 笑看朝市趋名者，不病那知在病中。[2]

从诗题可知两个不幸的信息：下第、生病，这叫福无双至，祸不单行。更严重的是两相对比而生的伤感：献玉、未通，首先肯定自己的才华能力，不是顽石一块，可是，命未通，而且是连年如此。于是，穷形骸之劳，忍精神之苦，加以病痛缠身，悟出了穷达的真谛，也对前贤历经的磨难有了深切的体会。

六、陆龟蒙

陆龟蒙（？—约881）字鲁望，号天随子、江湖散人、甫里先生，姑苏（今江苏苏州）人，家住苏州临顿里。"五柳堂，宋胡稷言所居，在临顿里，陆鲁望旧址也。"[3]屡试进士不第，遂隐居松江甫里（今江苏省苏州市甪直）。四十多岁时，方应湖州刺史张抟之邀入幕，从此游幕将近十年，从未真正进入官场。晚年生病，退居甫里三年后卒，葬于甫里。今甪直有陆龟蒙墓，墓碑上有"唐贤甫里先生之墓"，是苏州市文物保护单位。陆龟蒙是个兴趣广泛而造诣多元的文人，有《笠泽丛书》《杂讽》《耒耜经》《小名录》《甫里集》等传世，宋叶茵辑有《唐甫里先生文集》。陆龟蒙与皮日休交友，世称"皮陆"，两人唱和诗以写景咏物为多。陆龟蒙不仅是文学家，更是一位农学家。在甫里，他有田百亩，曾亲自身扛畚箕，手执铁锸，直接参加田间劳动。躬耕南亩、垂钓江湖、吟诗作赋之外，陆龟蒙认真研究农具渔具，《耒耜经》是其研究江南农田耕作农具的专著，是中国有史以来独一无二的一本古农具专志，共记述农具四种，其中对被誉为我国

---

[1] 彭定求等编《全唐诗》卷四百七十八，中州古籍出版社，1996，第2981页。
[2] 彭定求等编《全唐诗》卷四百七十八，中州古籍出版社，1996，第2983页。
[3] 徐崧、张大纯纂辑《百城烟水》卷三，薛正兴校点，江苏古籍出版社，1988，第222页。

犁耕史上里程碑的唐代曲辕犁记述得最准确最详细，是研究古代耕犁最基本最可靠的文献，历来受到国内外有关人士的重视。《耒耜经并序》全文：

序曰：

耒耜者，古圣人之作也。自乃粒以来至于今，生民赖之。有天下国家者，去此无有也！饱食安坐，曾不求命称之义，非扬子所谓如禽兽者耶？

余在田野间，一日呼耕氓，就而数。其目怳若登农黄之庭，受播种之法。淳风泠泠，耸竖毛发。然后知圣人之旨趣，朴乎其深哉。孔子谓吾不如老农，信也。因书为耒耜经，以备遗忘，且无愧于食。

经曰：

耒耜，农书之言也！民之习通谓之犁。冶金而为之者，曰犁镵、曰犁壁；斫木而为之者，曰犁底、曰压镵、曰策额、曰犁箭、曰犁辕、曰犁梢、曰犁评、曰犁建、曰犁槃。木与金凡十有一事，耕之土曰墢。墢犹块也，起其墢者镵也，覆其墢者壁也。草之生，必布于墢，不覆之，则无以绝其本根，故镵卧而居下，壁偃而居上。镵表上利，壁形下圆。负镵者曰底，底初实于镵中，工谓之鳖肉。底之次曰压镵，背有二孔，系于压镵之两旁。镵之次曰策额，言其可以扞其壁也，皆贴然相戴。自额达于犁底，纵而贯之曰箭。前如桯而樛者曰辕，后如柄而乔者曰梢。辕有越，加箭，可弛张焉。辕之上又有如槽形，亦如箭焉，刻为级，前高而后卑，所以进退，曰评。进之则箭下，入土也浅，以其上下类激射，故曰箭。以其浅深类可否，故曰评。评之上，曲而衡之者曰建。建，犍也，所以枙其辕与评。无是，则二物跃而出，箭不能止。横于辕之前末曰槃，言可转也，左右系，以樫乎轭也。辕之后末曰梢，中在手，所执以耕者也。辕取车之胸，梢取舟之尾，止乎此乎？

镵长一尺四寸，广六寸。壁广长皆尺，微椭。底长四尺，广四寸。评底过压镵二尺，策减压镵四寸，广狭与底同。箭高三尺，评尺有三寸。槃增评尺七焉，建惟称绝。

辕修九尺，梢得其半。辕至梢中间掩四尺，犁之终始丈有二。耕而后有耙，渠疏之义也，散墢去芿者焉。耙而后有礰礋焉，有碌碡焉。自耙至礰礋皆有齿，碌碡觚棱而已。咸以木为之，坚而重者良。江东之田器，尽于是。

耒耜经终焉。[1]

《耒耜经》全篇不到七百字，所记农具是江南田器，即在农田里使用的工具，有犁、爬（耙）、礰礋和碌碡。可是，《耒耜经》传世之后，正确的理解注释却罕见，因为注释者实在不了解农活与农具，而了解的人却不会写。陆龟蒙这里说的耒耜，不同于北方的耕作农具，是专指在唐代得到改良而在江南广泛使用的曲辕犁，翻地的专用工具，牛拉人扶，这是影视作品中尚能见到的情景。江南地区初夏耕作的主要农活是夏收夏种，即收割麦子油菜，翻地插秧。这就用到了犁。翻地之后，需要暴晒数日，然后灌溉（注水），浸泡几个时辰之后用耖翻地，即水田里的土壤已经很松软，再翻一次就比较平整了。然后是耙，长方形农具，长六尺，宽三尺，横向前进，前翘后平，下有齿（木质或铁质），用于切碎土块。然后是礰礋，是在耙上加装一个多齿的转轴，用于搅起水底的杂草。最后是碌碡，就是平底的耙，用于将水田压平。完成这些工序，就可以在田里插秧了。《耒耜经》"叙述古雅，其词有足观者"[2]，既是一篇农经，也是一篇体物的妙文。

陆龟蒙既是诗人，更是散文家，是晚唐最杰出的小品文写手。作为诗人，陆龟蒙现存作品五百七十三首，数量已算可观。《别离》：

丈夫非无泪，不洒离别间。杖剑对尊酒，耻为游子颜。
蝮蛇一螫手，壮士即解腕。所志在功名，离别何足叹。[3]

不论从军征戍抑或求取功名，抛家却舍是常有的事。诗人承认丈夫有泪，但为了某种目的，必须忍住。因为人生，上自君王，下到庶民，都有遗憾。《吴宫怀古》：

香径长洲尽棘丛，奢云艳雨只悲风。
吴王事事须亡国，未必西施胜六宫。[4]

吴王已矣，多少史家将吴国灭亡的责任推到西施身上。其实，吴王夫差所做的事情，都是导致吴国灭亡的原因，不能只怪一个西施。历史的演

---

[1] 董诰等编《全唐文》卷八百一，中华书局，1983，第8417—8418页。
[2] 永瑢等：《四库全书总目》卷一百二，中华书局，1965，第854页。
[3] 彭定求等编《全唐诗》卷六百十九，中州古籍出版社，1996，第3865页。
[4] 彭定求等编《全唐诗》卷六百二十九，中州古籍出版社，1996，第3913页。

进并非以个人意志为转移,当年雄才大略的君主,昏聩平庸的帝王,一个个淹没在历史的长河中,有多少教训值得吸取。《京口》:

> 江干古渡伤离情,断山零落春潮平。
> 东风料峭客帆远,落叶夕阳天际明。
> 战舸昔浮千骑去,钓舟今载一翁轻。
> 可怜宋帝筹帷处,苍翠无烟草自生。[1]

六朝旧事,见诸吟咏者不胜枚举。当年刘义隆有志于封狼居胥,结局却是仓皇北顾。唯有潮起潮落,春草滋生。"陆鲁望江湖自放,诗兴宜饶,而墨彩反复黯钝者,当繇多学为累,苦欲以赋料入诗耳。陶潜诗胸中若不著一字者。弘景识字多,吮毫弥拙矣。参三隐君得失,可证林下吟功。"[2]不论咏物还是咏史,陆龟蒙总有更深的见解。而在散文特别是小品文中,更能见识陆龟蒙犀利的笔法。其《记稻鼠》与皮日休《鹿门隐书》的讽刺语调,颇为相似。《记稻鼠》:

> 乾符己亥岁,震泽之东曰吴兴,自三月不雨,至于七月。当时污坳沮洳者埃壒尘勃,槔桔支派者,扉屦无所污。农民转远流渐稻本,昼夜如乳赤子,欠欠然救渴不暇,仅得葩坼穗结,十无一二焉。无何,群鼠夜出,啮而僵之,信宿食殆尽。虽庐守版击,驱而骇之,不能胜。若官督尸责,不食者有刑,当是而赋索愈急,棘械束榜,棰木肌体者无壮老。

> 吾闻之于《礼》曰:"迎猫,为食田鼠也。"是《礼》缺而不行久矣。田鼠知之后欤?物有时而暴欤?政有贪而废欤?《国语》曰:"吴稻蟹不遗种。"岂吴之土,鼠与蟹更伺其事而效其力,歼其民欤?且《魏风》以《硕鼠》刺重敛,硕鼠斥其君也。有鼠之名,无鼠之实。诗人犹曰"逝将去汝,适彼乐土",况乎上揭其财,下啖其食,率一民而当二鼠,不流浪转徙聚而为盗何哉?《春秋》虫蝝生大有年皆书,是圣人于丰凶不隐之验也。余学《春秋》,又亲蒙其灾,于是乎记。[3]

《诗经·硕鼠》里的咒骂,仿佛穿越了一千五百年又有了回声。在陆龟蒙的笔下,稻鼠固然可恨。江南水乡遭遇旱灾,水稻需水而无水,农民

---

[1] 彭定求等编《全唐诗》卷六百二十四,中州古籍出版社,1996,第3889页。
[2] 胡震亨:《唐音癸签》卷八,上海古籍出版社,1981,第79页。
[3] 董诰等编《全唐文》卷八百一,中华书局,1983,第8408页。

想方设法引水浇水，祈求得到一点收获。可是稻谷刚刚长成，收获不及常年的一二成，还在夜间遭遇鼠灾，赶不走，打不完。双重天灾的打击下，农民得到的不是官府的救济，而是"赋索愈急，棘械束榜，棰木肌体者无壮老"。于是，陆龟蒙想到了儒家圣贤的教诲。而众多饱读诗书，在儒家经典润溉下成长的官员又在干吗？ 在伙同稻鼠，虐待百姓。于是，这些官员的人格，实际还在稻鼠之下。因为稻鼠出来偷吃是本能，而官府这时还在催租，则是人性的泯灭。再如《野庙碑》：

碑者，悲也。古者悬而窆用木。后人书之，以表其功德，因留之不忍去，碑之名由是而得。自秦汉以降，生而有功德政事者，亦碑之，而又易之以石，失其称矣。余之碑野庙也，非有政事功德可纪，直悲夫甿竭其力以奉无名之土木而已矣！

瓯、粤间好事鬼，山椒水滨多淫祀。其庙貌有雄而毅、黝而硕者，则曰将军；有温而愿、晢而少者，则曰某郎；有媪而尊严者，则曰姥；有妇而容艳者，则曰姑。其居处则敞之以庭室，峻之以陛级。左右老木，攒植森拱，萝茑翳于上，枭鸮室其间。车马徒隶，丛杂怪状。农作之，甿怖之，走畏恐后。大者椎牛，次者击豕，小不下犬鸡鱼菽之荐。牲酒之奠，缺于家可也，缺于神不可也。一朝懈怠，祸亦随作，輂孺畜牧栗然。疾病死丧，甿不曰适丁其时耶！而自惑其生，悉归之于神。

虽然，若以古言之，则戾；以今言之，则庶乎神之不足过也。何者？岂不以生能御大灾，捍大患，其死也，则血食于生人。无名之土木，不当与御灾捍患者为比，是戾于古也明矣。今之雄毅而硕者有之，温愿而少者有之，升阶级，坐堂筵，耳弦匏，口粱肉，载车马，拥徒隶者皆是也。解民之悬，清民之暍，未尝贮于胸中。民之当奉者，一日懈怠，则发悍吏，肆淫刑，驱之以就事，较神之祸福，孰为轻重哉？平居无事，指为贤良，一旦有天下之忧，当报国之日，则恇挠脆怯，颠踬窜踏，乞为囚虏之不暇。此乃缨弁言语之土木耳，又何责其真土木耶！故曰：以今言之，则庶乎神之不足过也。

既而为诗，以纪其末：

土木其形，窃吾民之酒牲，固无以名；土木其智，窃吾君之禄位，如何可议！禄位顾顾，酒牲甚微，神之飨也，孰云其非！视吾之碑，知斯文之可悲！[1]

野庙是民间供奉杂神的庙宇建筑，寄托了求福的心理。然而，接受人间烟火供奉的各路神仙，在人们遭受苦难之际，又在做什么呢？什么也没做，因为这些所谓的神仙，不过是"无名之土木"而已。同样，享受民脂民膏的官员，人们称之为父母官的人，又为百姓做了些什么？没有。但是，无名之土木只是无为而已，而有品阶有地位，享受人间供奉的官员，一旦供奉稍微不周到，就滥施淫威，还不如无名之土木。文章的最后议论部分，鞭辟入理，足以为当局者所警醒。

《马当山铭》一文，不是写山的奇险风景或赞美风物，点明小人之心比怪石林立的山峰更危险，才是文章的中心意思。"言天下之险者，在山曰太行，在水曰吕梁，合二险而为一，吾又闻乎马当。彼之为险也，屹于大江之旁。怪石凭怒，跳波发狂。日黯风劲，摧牙折樯。血和蛟涎，骨横鱼吭。幸而脱死，神魂飞扬。殊不知坚轮蹄者，夷乎太行。仗忠信者，通乎吕梁。便舟楫者，行乎马当。合是三险而为一，未敌小人方寸之包藏。外若脂韦，中如剑铓。蹈藉必死，钩牵必伤。在古已极，于今益彰。敬篆岩石，俾民勿忘！"[2]

七、羊昭业

羊昭业（生卒年不详）字振文，登进士第。羊昭业能诗，与皮日休、陆龟蒙等时相唱和。昭宗大顺中，与陆希声、司空图等十人，预修宣、懿、僖三朝实录。原有集，已佚。《皮袭美见留小宴次韵》一首，巧用典故，语言精练，对仗工稳，略有及时行乐的消极意绪：

> 泽国春来少遇晴，有花开日且飞觥。
> 王戎似电休推病，周颙才醒众却惊。
> 芳景渐浓偏属酒，暖风初畅欲调莺。
> 知君不肯然官烛，争得华筵彻夜明。[3]

不可否认，在唐代近三百年的历史上，还有不少文人在吴地短暂停留，写下了不少优美的诗篇，如张继一首《枫桥夜泊》脍炙人口，李白

---

[1] 董诰等编《全唐文》八百一，中华书局，1983，第8418—8419页。
[2] 董诰等编《全唐文》八百一，中华书局，1983，第8411页。
[3] 彭定求等编《全唐诗》卷六百三十一，中州古籍出版社，1996，第3924页。

《乌栖曲》与《苏台览古》贯通古今，李绅《过吴地二十四韵》别有情趣，皮日休长期逗留苏州与陆龟蒙唱和，常建的《题破山寺后禅院》"曲径通幽处，禅房花木深"广为传诵。在苏州任职刺史数年的大诗人白居易，不仅诗作中大量出现苏州名胜古迹，在长短句中也加以赞叹。《忆江南》三首的第三首"江南忆，其次忆吴宫。吴酒一杯青竹叶，吴娃双舞醉芙蓉，早晚复相逢"，可见苏州给白居易留下多深的忆念。苏州也没有忘记白居易治苏的政绩，尤其是修筑七里山塘的功勋，于是在苏州阊门外山塘街建造了白公祠。刘禹锡出任苏州刺史时，正值苏州遭遇水患，放粮免租是赈灾最有效的手段，组织生产自救是度过灾荒的长效措施，刘禹锡做到了。韦应物到苏州，勤政爱民，延揽文士，唱酬赋咏。解职之后留居苏州以终。他们对于苏州文学的贡献，不容忽视。苏州人建造三贤祠，祭奠先贤，在沧浪亭中的五百名贤祠中，留下三位苏州刺史的画像，正是苏州人不忘圣德的表现。

第三节　唐代的吴地小说家

按照鲁迅先生的说法，"小说亦如诗，至唐代而一变，虽尚不离于搜奇记逸，然叙述宛转，文辞华艳，与六朝之粗陈梗概者较，演进之迹甚明，而尤显者乃在是时则始有意为小说"[1]。"有意为小说"的一个重要标志，就是将小说写作的专业性呈现出来，作者以小说成就确立在文学史上的地位。苏州小说家沈既济就是这样一位文人，小说之外，并无其他文学成就可言。然仅仅两篇作品，奠定了他在文学史上不可忽视的地位。

一、沈既济

沈既济（约750—约797）字号未详，吴县（今江苏苏州）人，一说吴兴德清（今属浙江）人。在中唐的舞台上，沈既济并非呼风唤雨的人物，只有两篇作品，却产生了极其深远的影响。一是《任氏传》，二是《枕中记》。沈既济博览群书，才华卓著，唐德宗时受到宰相杨炎赏识推荐，授左拾遗、史馆修撰。杨炎被贬，他也被贬为处州司户参军。后复入朝，官终礼部员外郎。《枕中记》和《任氏传》是中唐传奇中创作年代较早的名篇，

---

[1]　鲁迅：《中国小说史略》，中国言实出版社，2020，第51页。

标志着唐传奇的创作进入全盛阶段。

《枕中记》颇有趣味，叙述唐玄宗开元年间，道士吕翁（或误以为就是吕洞宾，应属讹误，因吕洞宾生于沈既济之后）在邯郸道，于客舍中见少年卢生因功名不遂而失意长叹，就给他一个瓷枕。这时，客舍主人正在蒸黄粱饭。卢生就枕后，很快进入梦乡，恍惚中觉得枕内别有洞天，不久中进士，与大族崔氏成婚，历任中外显官，屡建功业，位崇望重，贵宠无比。其间因遭人忌害，也曾两度贬往岭南。后年逾八十，因病去世。一欠伸间，卢生醒来，见主人的黄粱饭尚未煮熟，方知五十余年风云际会、悲欢离合，不过是黄粱一梦。成语"黄粱一梦"，即来源于此。作品宣扬人生虚幻的思想，体现了对功名利禄的某种否定，寓有警世之意。篇中对唐代士子追求功名富贵的心理及统治阶级内部矛盾的描写，具有典型意义。《枕中记》在艺术上的主要价值，在于塑造出的卢生这个形象的典型性和小说结构上的套中套形式。

《任氏传》更是一篇奇特的小说，写人狐恋爱的故事。任氏是狐精所化的美女，与书生郑六相爱同居。郑六有才华而家贫，依居妻族。其妻之堂兄韦崟，几乎承担了郑六的日常开销。后来韦崟发现了郑六的婚外情，上门探访，正好郑六不在家。韦崟见任氏艳丽非常，欲强行非礼，但被任氏忠于郑六的情操感动而罢。后郑六终于得官，到外地任职，要求任氏随他赴官。任氏预卜此去有祸，但在郑六坚持之下，终于答应同去。结果在马嵬被猎犬咬死，为忠于爱情而殉身。作者感慨任氏虽为异物，却能深情不移，抗拒暴力，以理服人，情理备至，直到韦崟住手，惭愧悔罪。作品内容虽涉怪异，但通篇既有讽世之意，又有对纯洁而真诚爱情的向往，是对女性的赞美，有些细节也反映了当时社会和官场的某些真实情况。"既济既以史才见称于时，又时时出其余绪，为传奇志怪之体。观其写谲异而不失于正，讽世之语，情见乎辞矣。"[1]而人狐恋爱的故事，可以说是先驱性的。嵇元认为，"沈既济首开人狐恋小说先河"[2]，怪异情节前已有之，但叙述如此详尽而情致缠绵的，则是第一次出现。应该说，沈既济的人狐恋小说，是六朝志怪小说的发展，是唐代社会生活的折射，也是《聊斋志异》《阅微草堂笔记》之类作品的先导，在文学史上，具有开创性的价值。

[1] 汪辟疆校录《唐人小说》，上海古籍出版社，1978，第48页。
[2] 嵇元：《吴人沈既济首开人狐恋小说先河》，《姑苏晚报》2017年3月19日。

二、沈亚之

沈亚之(约781—约832)字下贤,吴兴(今浙江湖州)人,元和十年(815)进士,官秘书省正字、栎阳令、殿中丞御史等。后贬南康尉,调郢州掾,郢州任内去世。沈亚之诗文俱长,游韩愈之门,得时人激赏。然诗歌多散佚,仅留存二十余首。

沈亚之最为著名的作品,是小说《湘中怨解》《秦梦记》等诸篇。《湘中怨解》《异梦录》二篇写人神相遇与恋爱婚姻之事,虽荒诞不羁,然奇思妙想,似乎也是当时风气的反映。《秦梦记》中,沈亚之自梦入秦国,为秦穆公率兵伐晋,有功。幼女弄玉之夫萧史先死,秦穆公遂以弄玉嫁与沈亚之。后弄玉死,沈亚之遂辞别,回到大唐。故事的穿越,足够前卫。

> 太和初,沈亚之将之邠,出长安城,客橐泉邸舍。春时,昼梦入秦。主内史廖举亚之。秦公召至殿,膝前席曰:"寡人欲强国,愿知其方,先生何以教寡人?"亚之以昆彭齐桓对,公悦,遂试补中涓,使佐西乞伐河西。亚之帅将卒前攻,下五城。还报,公大悦,起劳曰:"大夫良苦,休矣。"居久之,公幼女弄玉婿萧史先死。公谓亚之曰:"微大夫,晋五城非寡人有,甚德大夫。寡人有爱女,而欲与大夫备洒扫,可乎?"亚之少自立,雅不欲遇幸臣蓄之。固辞,不得请。拜左庶长,尚公主,赐金二百斤。民间犹谓萧家公主。……[1]

故事的前三分之一,叙述沈亚之梦中入秦,建立功勋,深受秦穆公赏识,然后成了孀妇弄玉的丈夫,也就是秦穆公的女婿,尚公主,升官职,赏黄金,功名富贵一时俱来,广厦美女事事称心。果然"以华艳之笔,叙恍忽之情"[2]。事情固然涉及真人,但事出荒谬,理想美好而已。

沈亚之也是唐代重要的赋家和散文家,《全唐文》录其文五卷,数量已然可观。其《对省试策》第一道,谈教化赏罚,精干明了。第二道,洋洋数千言,论文武之道,涉及国运兴衰,强调军备的重要性和全面性,是其文韬武略的基本展现,可惜未有实践的机会。

三、陆长源

陆长源(?—799)字泳之,吴县(今江苏苏州)人。陆余庆孙,陆璪

---

[1] 汪辟疆校录《唐人小说》,上海古籍出版社,1978,第162页。
[2] 鲁迅:《中国小说史略》,中国言实出版社,2020,第55页。

子，善书法，恃才傲物，性格孤高。曾任建州刺史、信州刺史、汝州刺史等职，贞元十二年（796）任宣武军行军司马、检校礼部尚书。此时军士骄横，多为不法，陆将以军纪整顿，部将多有怨言。但陆长源性格刚硬不适变，又不为备。贞元十五年二月汴州兵乱，遇害，赠尚书右仆射，两《唐书》有传，著有《辨疑志》，《说郛》有收录。

陆长源是地方官吏中的能手，任职所在，多有建树。在福建任职期间，扩大城市建设，合理布局，使建州城门、道路，得到极大改善，至今遗迹尚存。长源能诗，惜存世不多，仅三首：《乐府答孟东野戏赠》咏芙蓉，《酬孟十二新居见寄》与《答东野夷门雪》写友情。倒是断句一则，意义深刻："忽然一曲称君心，破却中人百家产。"陆长源的小说，颇得六朝志怪风味。如《李恒》：

> 陈留男子李恒家事巫祝，邑中之人，往往吉凶为验。陈留县尉陈增妻张氏，召李恒。恒索于大盆中置水，以白纸一张，沉于水中，使增妻视之。增妻正见纸上有一妇人，被鬼把头髻拽，又一鬼，后把棒驱之。增妻惶惧涕泗，取钱十千，并沿身衣服与恒，令作法禳之。增至，其妻具其事告增。增明召恒，还以大盆盛水，沉一张纸，使恒观之。正见纸上有十鬼拽头，把棒驱之，题名云，此李恒也。惭惶走，遂却还昨得钱十千及衣服物。便潜窜出境。众异而问，增曰："但以白矾画纸上，沉水中，与水同色而白矾干。"验之亦然。[1]

巫祝欺骗事例，多有记载。而能够用科学的方法揭穿巫术的骗局，实属少见。本篇记载这样一则故事，告诉人们，要用冷静的思考、科学的方法对待封建迷信，而不是轻易上了诸如李恒这类骗子的当。再如《姜抚先生》：

> 唐姜抚先生，不知何许人也。尝著道士衣冠，自云年已数百岁。持符，兼有长年之药，度世之术，时人谓之姜抚先生。玄宗皇帝高拱穆清，栖神物表，常有升仙之言。姜抚供奉，别承恩泽。于诸州采药及修功德，州县牧宰，趋望风尘。学道者乞容立于门庭，不能得也。有荆岩者，于太学四十年不第，退居嵩少，自称山人。颇通南北史，知近代人物。尝谒抚，抚

---

[1] 李昉等编《太平广记》卷第二百八十八，中华书局，1961，第2291页。原书全为句号，标点为作者自加。

简踞不为之动。荆岩因进而问曰:"先生年几何?"抚曰:"公非信士,何暇问年几?"岩曰:"先生既不能言甲子,先生何朝人也?"抚曰:"梁朝人也。"岩曰:"梁朝绝近,先生亦非长年之人。不审先生,梁朝出仕,为复隐居?"抚曰:"吾为西梁州节度。"岩叱之曰:"何得诳妄?上欺天子,下惑世人。梁朝在江南,何处得西梁州?只有四平、四安、四镇、四征将军,何处得节度使?"抚惭恨,数日而卒。[1]

长生不老是古老的话题,更是诸多权贵向往的事情。这位姜抚自称数百岁,曾经劝唐玄宗服用常春藤,说可以长生不老。《新唐书·方技列传》记录此事。太学生荆岩用准确的历史知识,揭穿了姜抚的骗局,具有绝妙的讽刺与劝世意义。

四、蒋防

蒋防(792?—835?)字子微,义兴(今江苏宜兴)人,年少聪慧而好学,名扬里中。能诗赋,《全唐诗》录其诗12首。元和间,蒋防活跃于京师,与李绅等唱和,登上仕途,历官司封郎中、翰林学士等,在牛李党争中遭到排挤,出为汀州刺史、连州刺史,未几卒。其《霍小玉传》,为唐人小说经典之作。

作品写长安名妓霍小玉与少年进士李益相爱的故事,因为李益性格懦弱,意志不坚,接受严母安排的亲事,却又故意迁延,两头为难。至黄衫豪士心中不平,逼其与病中的小玉相见。一场悲剧,感人至深。尤其是描写霍小玉临终情状,文辞带情,吞吐含恨,虽不合常理,却顺应人情:

> 玉沈绵日久,转侧须人。忽闻生来,欻然自起,更衣而出,恍若有神。遂与生相见,含怒凝视,不复有言。羸质娇姿,如不胜致,时复掩袂,返顾李生。感物伤人,坐皆欷歔。顷之,有酒肴数十盘,自外而来。一座惊视,遽问其故,悉是豪士之所致也。因遂陈设,相就而坐。玉乃侧身转面,斜视生良久,遂举杯酒,酬地曰:"我为女子,薄命如斯。君是丈夫,负心若此。韶颜稚齿,饮恨而终。慈母在堂,不能供养。绮罗弦管,从此永休。徵痛黄泉,皆君所致。李君李君,今当永诀!我死之后,必为厉鬼,使君妻妾,终日不安!"乃引左手握生臂,掷杯于地,长恸号哭数声而绝。母乃

---

[1] 李昉等编《太平广记》卷第二百八十八,中华书局,1961,第2296页。原书全为句号,标点为作者自加。

举尸，置于生怀，令唤之，遂不复苏矣。[1]

唐人于此，往往不甚严肃，曲栏滞留，时或有之。既然两相情愿，缠绵万端，终当安排善局，莫使情流东海水，人归离恨天。然而，多数情况下，是悲剧收场，引得时人愤愤不平，后世叹息连连。

五、李谅

李谅（？—833），"唐苏州人，郡望陇西，字复言，唐德宗贞元中进士"[2]。任左拾遗、彭城令、祠部员外郎、仓部郎中、寿州刺史、苏州刺史、汝州刺史、大理卿、京兆尹等职，工诗而善于志怪。其《续玄怪录》，在小说史上具有一定的地位。《续玄怪录》（又名《续幽怪录》）是继牛僧孺《玄怪录》（或称《幽怪录》）出现的一部小说集，直接受到牛僧孺的影响。

中唐后期，君王似乎有所作为，特别是唐宪宗，上位之后一方面制造了"二王八司马"事件，实现了大权独揽。另一方面推行削藩政策，表面加强了中央集权的控制力，唐王朝也出现了中兴的希望。但不久之后，随着裴度、李愬等贤臣良将的离开，唐宪宗逐渐迷信仙丹，追求长生不老。于是，大权旁落，宦官干政，唐宪宗自己也被宦官杀害。晚唐的"牛李党争"，与宦官干政"交相辉映"，终于召唤来黄巢起义和唐王朝的灭亡。小说创作映射现实生活，甚至直接记录实事，李谅的《辛公平上仙》为个中典型。作品写辛平公借助鬼神的力量，目睹了皇帝登仙升遐的过程，实际暗写一场惊心动魄的宫廷事变，所以小说具有强烈的政治色彩。《太平广记》对于汉魏到宋初的志怪传奇，几乎收罗完全。唯独这篇作品不见收录，大概就是不够"太平"。

洪州高安县尉辛公平，吉州庐陵县尉成士廉，同居泗州下邳县，于元和（贞元）末偕赴调集，乘雨入洛西榆林店。掌店人甚贫，待宾之具，莫不尘秽，独一床似洁，而有一步客先憩于上矣。主人率皆重车马而轻徒步，辛、成之来也，乃遂步客于他床。客倦起于床而回顾，公平谓主人曰："客之贤不肖，不在车徒，安知客非长者，以吾有一仆一马而烦动乎？"因谓步客曰："请公不起，仆就此憩矣。"客曰："不敢！"遂复就寝。深夜，二

---

[1] 汪辟疆校录《唐人小说》，上海古籍出版社，1978，第81页。
[2] 张㧑之、沈起炜、刘德重主编《中国历代人名大辞典》，上海古籍出版社，1999，第920页。

人饮酒食肉，私曰："我钦之之言，彼固德我，今或召之，未恶也。"公平高声曰："有少酒肉，能相从否？"一召而来，乃绿衣吏也。问其姓名，曰："王臻。"言辞亮达，辩不可及。二人益狎之。酒阑，公平曰："人皆曰天生万物，唯我最灵。儒书亦谓人为生灵。来日所食，便不能知，此安得为灵乎？"臻曰："步走能知之，夫人生一言一憩之会，无非前定，来日必食于礤涧王氏，致饭蔬而多品。宿于新安赵氏，得肝美耳。臻以徒步不可昼随，而夜可会耳。君或不弃，敢附末光。"未明，步客前去。二人及礤涧逆旅，问其姓，曰："王。"中堂方馔僧，得僧之余悉奉客，故蔬而多品。到新安，店叟召之者十数，意皆不往，试入一家，问其姓，曰："赵。"将食，果有肝美。二人相顾方笑，而臻适入，执其手曰："圣人矣！"礼钦甚笃，宵会晨分，期将来之事，莫不中的。行次阌乡，臻曰："二君固明智之者，识臻何为者？"曰："博文多艺，隐遁之客也。"曰："非也，固不识我，乃阴吏之迎驾者。"曰："天子上仙，可单使迎乎？"曰："是何言欤？甲马五百，将军一人，臻乃军之籍吏耳！"曰："其徒安在？"曰："左右前后。今臻何所以奉白者，来日金天置宴，谋少酒肉奉遣，请华阴相待。"黄昏，臻乘马引仆，携羊豕各半、酒数斗来，曰："此人间之物，幸无疑也。"言讫而去。其酒肉肥浓之极，过于华阴。聚散如初，宿灞上，臻曰："此行乃人世不测者也，辛君能一观。"成公曰："何独弃我？"曰："神祇尚侮人之衰也，君命稍薄，故不可耳，非敢不均其分也。入城当舍于开化坊西门北壁上第二板门王家，可直造焉。辛君初五更立灞西古槐下。"及期，辛步往灞西，见旋风卷尘，迤逦而去。到古槐立未定，忽有风来扑林，转盼间，一旗甲马立于其前。王臻者乘且牵，呼辛速登。既乘，观马前后，戈甲塞路。臻引辛谒大将军，将军者，丈余，貌甚伟，揖公平曰："闻君有广钦之心，诚推此心于天下，鬼神者且不敢侮，况人乎？"谓臻曰："君既召来，宜尽主人之分。"遂同行入通化门，及诸街铺，各有吏士迎拜。次天门街，有紫吏若供顿者，曰："人多并下不得，请逐近配分。"将军许之，于是分兵五处，独将军与亲卫馆于颜鲁公庙。既入坊，颜氏之先，簪裾而来若迎者，遂入舍。臻与公平止西廊幕次，肴馔馨香，味穷海陆，其有令公平食之者，有令不食者。臻曰："阳司授官，皆禀阴命，臻感二君也，检选事据籍，诚当驳放，君仅得一官耳。臻求名加等，吏曹见许矣。"居数日，将军曰："时限向尽，在于道场，万神护跸，无许奉迎，如何？"臻曰："牒府请夜宴，宴时腥膻，众神自许，即可矣。"遂行牒。牒去，逡巡得报，曰："已敕备夜宴。于是部管兵马，戌时齐进入光范及诸门，门吏皆立拜宣政殿下。马兵三百，余人步，将军金甲仗钺来，立于所宴殿下，五十人从卒环殿露兵，若备非常者。殿上歌舞方欢，俳优赞咏，灯烛荧煌，丝竹并作。俄而三更四点，有一人多髯而长，碧衫皂裤，以红为褾，又以紫縠画虹霓为帔，结于两肩右腋之间，垂两端于背，冠皮冠，非虎非豹，饰以红罽，其状可畏，忽不知其所来，执金匕首长尺余，拱于将军之前，延声曰："时到矣！"将军频眉揖之，唯而走，自西厢历阶而上，当御座后，跪以献上。既而左右纷纭，上头眩，音乐骤散，扶入西阁，久之未出。将军曰："升云之期，难违顷刻。上既命驾，何不遂行？"对曰："上澡身否？然，可即路。"遽闻具浴之声。三更，上御碧玉舆，青衣十六，衣上皆画龙凤，肩舁下殿。将军揖，介胄之士无拜，因慰问以："人间纷挐，万机劳苦，淫声荡耳，妖色惑心，清真之怀，得复存否？"上曰："心非金石，见之能无少乱？今已舍离，固亦释然。"将军笑之，遂步从环殿引翼而出，自内阁及诸门吏，莫不呜咽群辞，或收血捧舆，不忍去者。过宣政殿，二百骑引，三百骑从，如风如雷，飒然东去，出望仙门。将军乃敕臻送公平，遂勒马离队，不觉足已到一板门前。臻曰："此开化王家宅，成君所止也。仙驭已远，不能从容，为臻多谢成君。"牵辔扬鞭，忽不复见。公平叩门一声，有人应者，果成君也。秘不敢泄，更数月，方有攀髯之泣。来年，公平受扬州江都县簿，士廉授兖州瑕丘县丞，皆如其言。元和初，李生畤昔宰彭城，而公平之子参徐州军事，得以详闻，故书其实，以警道途之傲者。[1]

此次弑君事件不见于任何正史，只见于本故事。故事情节极为紧张，令人捏汗。但事变中升仙的皇帝是谁，值得推敲。有人认为是唐宪宗，因为他确实死于宦官的宫廷政变。但从小说中涉及的年代背景来看，升仙的是已经成为太上皇的李诵——唐宪宗的父亲唐顺宗。由于唐德宗李适在位时间较长，三十八岁登基，六十四岁去世，在位二十六年。太子李诵即位时身体不适，不能正常发音。于是任用王伾、王叔文在身边处理政务，用韩泰、刘禹锡等革新朝政，试图限制宦官权力，解除宦官对禁军的控制。

[1] 李复言编《续玄怪录》，程毅中点校，收入牛僧孺、李复言编《玄怪录　续玄怪录》，中华书局，1982，第138—141页。

但在宦官和另一派大臣（如西川节度使韦皋等）的反对下，很快终止变法。贞元二十一年（805）三月，在宦官俱文珍等人的操纵下，顺宗长子李淳被立为太子，改名李纯。七月，军国重事等开始由皇太子处分。八月，李纯即位。接着，王叔文被贬渝州，不久赐死；王伾被贬开州，不久病死。贬韦执谊为崖州司马，韩泰为虔州司马，陈谏为台州司马，柳宗元为永州司马，刘禹锡为朗州司马，韩晔为饶州司马，凌准为连州司马，程异为郴州司马，时称"永贞革新"及"二王八司马"事件。十月，一个叫罗令则的人秘密奔赴秦州，自称得了太上皇密旨，要求陇西经略使刘澭起兵废黜非正常即位的唐宪宗。刘澭把事情捅到长安，罗令则被杀，太上皇危在旦夕。元和元年（806）正月十八，宪宗突然告诉大臣们太上皇生病，第二天宣布太上皇驾崩。太上皇李诵死于兴庆宫，发表仪式在太极宫太极殿举行，这不是一个正常的情况。易地发丧，极有可能是为了不让任何人看到他的遗体。更有可能，太上皇不是正月十九死的，而是在前一年十月就已被杀。故事中所说的辛公平目击"上仙"场面几个月后，才听到朝廷宣布皇帝驾崩的消息，是李谅有意识的安排。借助神怪，揭露罪恶勾当；假装神魔，掩盖血腥宫斗。此等类似报告文学的作品，以志怪目之，辜负作者一片苦心。

当然，李谅的小说，更多还是写神仙鬼怪的故事，或者奇遇加神怪，如《李卫公靖》。写到李靖霍山打猎，借宿龙宫，代行龙职，极有想象力。"文中叙行雨一段，极有精彩"[1]。此篇又称《李卫公别传》，实是借真人而志怪的小说，与正史人物传记无关。中华书局"丛书集成"初编收录。又《定婚店》一篇，虽属荒诞，影响颇大。

第四节　唐五代时期的吴地词人

词作为新兴的抒情文学体裁，实际上在初唐已露端倪，盛唐时期已经出现了较为成熟的作品。但是，关于词的形成，学界有较多的争议。笔者以为，词发源于初唐，成长于盛唐，中晚唐时期逐渐形成创作高潮，但不能撼动诗歌的主导地位。五代时期由于诗歌创作走向低潮，在西蜀地区和

---

[1]　汪辟疆校录《唐人小说》，上海古籍出版社，1978，第230页。

南唐逐渐形成词的创作中心，进而扩大影响，提升品位，跻身于堂堂之阵，当是必然结局。相对于诗人、文章作者，甚至是小说家，吴地词人比较低调，也不得不低调。

依据张璋、黄畬《全唐五代词》所录，第一位吴地词人是崔国辅，有《丽人曲》一首，从体式上看，可以当作乐府古诗。然词兴起之初，这样的现象并非个别，认其为词，亦不为过。词曰："红颜称绝代，欲并真无侣。独有镜中人，由来自相许。"[1]此作在《全唐诗》中归入"乐府"，词体之初，歌词的实际唱法与文字记录并不一致，或原是歌诗，演唱时有文辞变化组合或断句改动，以符合音乐的节奏，而原始记录或原作品，则类似于诗歌，属于正常现象。

顾况《竹枝词》《桃花曲》，也大致如此，但《渔父引》一首，可视作与音乐配合稳定的歌诗。《渔父引》是唐教坊近三百首曲子中的一首，属于当时的流行乐曲，不少文人为之填写歌词。顾况的这首，颇有影响。词曰："新妇矶边月明，女儿浦口潮平，沙头鹭宿鱼惊。"[2]虽然是名词的堆砌，却有别样的含义。送别的滋味，思念的情怀，人不如鸟的尴尬与孤独，已经显示出来。

吴人丘丹的《忆长安》，则是较为成熟的歌词：

忆长安，四月时，南郊万乘旌旗。尝酎玉卮更献，含桃丝笼交驰。芳草落花无限，金张许史相随。[3]

丘丹（约780年前后在世），苏州嘉兴（今属浙江）人，是盛唐后期到中唐时期的人物，曾经担任过户部员外郎、侍御史等职。从这首词可以看出，对于富贵繁华，丘丹还是欣赏的态度。但不知何故，后来弃官学道，隐居临平山，诗人韦应物、刘长卿、顾况等与之唱和。

戴叔伦的一首《调笑令》，很是开朗：

边草，边草，边草尽来兵老。山南山北雪晴，千里万里月明。明月，明月，胡笳一声愁绝。[4]

---

[1] 张璋、黄畬编《全唐五代词》，上海古籍出版社，1986，第27页。
[2] 张璋、黄畬编《全唐五代词》，上海古籍出版社，1986，第56页。
[3] 张璋、黄畬编《全唐五代词》，上海古籍出版社，1986，第66页。
[4] 张璋、黄畬编《全唐五代词》，上海古籍出版社，1986，第78页。

戴舒伦（732—789），润州金坛（今江苏常州金坛区）人。戴叔伦担任过一些地方官，并未到过边关，然并不妨碍诗人表现沙场豪情和反映边关生活。胡笳一声，既是边关形势紧张的暗示，也是守边将士乡关情思的凝聚。而士兵年老，胡笳演奏，都说明了一点，边患未除。如同王昌龄《出塞》所言，秦汉时候的明月，秦汉时候的关隘，从秦汉时候延续下来的守边与征战，依然在延续。

相较而言，江南吴地的词家，在唐五代时期并无理想的发挥。可贵之处在于并未缺席，为两宋时期吴地词坛的出色表现作了铺垫。

第四章 吴地文学在两宋的辉煌

从 960 年北宋立国到 1368 年明王朝建立，吴地可圈可点的作家数十上百，在诗文、词曲、小说和文学理论上取得了卓越的成就。其中，有先天下之忧而忧的政治家、文学家范仲淹，战乱环境中成长的军事奇才叶梦得，爱国爱民的诗人范成大，兼具众长的词学家李弥逊，文史巨匠朱长文等。吴地又是宋元时期江南的经济文化重镇，不仅本土成长了诸多文学巨匠，再现吴地风光之时妙笔生花，游历吴地的名家才子，其诗文、词曲中的吴地风情也灿烂辉煌。值得注意的是，两宋时期的吴地文人，不仅在文坛逞才使气卓有成就，在经史学问和实用学科上的成就，也辉映古今，具有修为、能力、才华的多元性。

第一节　吴地奇才丁谓

历史上，对丁谓的评价几乎是负面的。很重要的原因在于，史书和一些文人的散记，都是饱读经书的学者所为，与社会的实际需要有一定的距离。而由儒家经典理论指导编写出来的史书，虽然基本真实，却未必全面客观。如《宋史》中的二十二位奸臣，韩侂胄等在列，如今看来，仍需商榷。北宋丁谓，虽不在奸臣之列，然历来论者回避，评者多否。

丁谓（966—1037）字谓之，后更字公言，苏州府长洲县（今江苏苏州）人。因为很多人认为丁谓是历史上的大奸臣，多避而不谈，吴人尤其如此，似脸上无光。其实，对丁谓还是应该公正评价一下，不能受到历史上党争、利争、权力之争与意气之争的影响。根据《宋史》记载，丁谓"少与孙何友善，同袖文谒王禹偁，禹偁大惊重之，以为自唐韩愈、柳宗元后，二百年始有此作，世谓之'孙、丁'"[1]。宋太宗淳化三年（992），"登进士甲科，为大理评事、通判饶州。逾年，直史馆，以太子中允为福建路采访。还，上茶盐利害，遂为转运使，除三司户部判官。峡路蛮扰边，命往体量。还奏称旨，领峡路转运使，累迁尚书工部员外郎"[2]，转右谏议大夫，权三司使，加枢密直学士。后历任礼部侍郎、参知政事，工、刑、兵三部尚书。宋真宗大中祥符五年至九年（1012—1016）任参知政事。大中祥符九年九月，丁谓以参知政事的身份任平江军节度使，衣锦归里，建节本镇，一时为荣。离京时，皇帝赠诗，尤为盛事。他同时兼任使持节苏州诸军事、苏州刺史、苏州管内观察处置堤堰桥道等使，又兼任知升州军州事，等于皇帝将江南最富庶地区的军政大权都交给了他。不久，拜同中书门下平章事，兼任昭文馆大学士、监修国史、玉清昭应宫使、门下侍郎兼太子少师。乾兴元年（1022），封为晋国公。前后共在相位七年，显赫一时，贵震天下。但过于迷恋权力，机巧过头，反为所累，最终被贬崖州。在崖州逾三年，徙雷州，又五年，徙道州。宋仁宗明道中，授秘书监致仕，居光州，卒。诏赐钱十万、绢百匹。

丁谓是个天才式人物，勤奋好学，机敏聪颖，博闻强记，天象占卜、书画棋琴、诗词音律，无不通晓。又有戏说唐朝酒价、西南安抚乱民、京师统筹城建、前线保全难民、苏州减免赋税、江宁兴修水利、朝堂整顿经济等事，堪称是治国之能臣。就是迎合皇上迷信，对真宗的好大喜功推波助澜；迷恋权力意气用事，与寇准倾轧，先后被贬，同是悲剧。

从丁谓走上仕途后对一连串紧急事务的处理，可见其能力超强。

"初，王均叛，朝廷调施、黔、高、溪州蛮子弟以捍贼，既而反为寇。谓至，召其种酋开谕之，且言有诏赦不杀。酋感泣，愿世奉贡。乃作誓刻石柱，立境上。蛮地饶粟而常乏盐，谓听以粟易盐，蛮人大悦。先时，屯兵施州而馈以夔、万州粟。至是，民无转饷之劳，施之诸砦，积聚皆可给。特迁刑部员外郎，赐白金三百两。时溪蛮别种有入寇者，谓遣高、溪酋帅其徒讨击，出兵援之，擒生蛮六百六十，得所掠汉口四百余人。复上言；黔南蛮族多善马，请致馆，犒给缗帛，岁收市之。其后徙置夔州城砦，皆谓所经画也。居五年，不得代，乃诏举自代者，于是入权三司盐铁

---

[1] 脱脱等：《宋史》卷二百八十三，中华书局，1985，第9566页。
[2] 脱脱等：《宋史》卷二百八十三，中华书局，1985，第9566页。

副使。未几,擢知制诰,判吏部流内铨。

"景德四年,契丹犯河北,真宗幸澶渊,以谓知郓州兼齐、濮等州安抚使,提举转运兵马巡检事。契丹深入,民惊扰,争趣杨刘渡,而舟人邀利,不时济。谓取死罪绐为舟人,斩河上,舟人惧,民得悉渡。遂立部分,使并河执旗帜,击刁斗,呼声闻百余里,契丹遂引去。明年,召为右谏议大夫、权三司使。上《会计录》,以景德四年民赋户口之籍,较咸平六年之数,具上史馆,请自今以咸平籍为额,岁较其数以闻,诏奖之。寻加枢密直学士。大中祥符初,议封禅,未决,帝问以经费,谓对'大计有余',议乃决。"[1]

这里需要简单认识一下,临民、平叛、安边、经贸诸事,在丁谓任职的十余年的时间里,都遇到了,均处置甚好,这样的能力,确属卓然。《宋史》丁谓本传最后有一段评价,还是比较中允:"谓机敏有智谋,憸狡过人,文字累数千百言,一览辄诵。在三司,案牍繁委,吏久难解者,一言判之,众皆释然。善谈笑,尤喜为诗,至于图画、博弈、音律,无不洞晓。每休沐会宾客,尽陈之,听人人自便,而谓从容应接于其间,莫能出其意者。真宗朝营造宫观,奏祥异之事,多谓与王钦若发之。初,议营昭应宫,料功须二十五年,谓令以夜继昼,每绘一壁给二烛,七年乃成。真宗崩,议草遗制,军国事兼取皇太后处分,谓乃增以'权'字。及太后称制,又议月进钱充宫掖之用,由是太后深恶之,因雷允恭遂并录谓前后欺罔事窜之。"[2]可见丁谓之才,史有公论;丁谓之能,客观记载;丁谓之贬,人为报复嫌疑不可排除。丁谓太过聪明,朋友稀少,这是事实。也可以理解为,丁谓在朝廷比较孤立,没有形成自己的势力,没有朋党。魏泰记载:

> 丁晋公既投朱崖,几十年。天圣末,明肃太后上仙,仁宗独览万几,当时仇敌多不在要地,晋公乃草一表,极言策立之功,辨皇堂诬构之事,言甚哀切。自以无缘上达,乃外封题云:"启上昭文相公。"是时王冀公钦若执政,丁自海外遣家奴持此启入京,戒云:"须候王公见客日,方得当面投纳。"其奴如戒,冀公得之,惊不敢启封,遽以上闻。仁宗拆表,读而怜

---

[1] 脱脱等:《宋史》卷二百八十三,中华书局,1985,第9569页。
[2] 脱脱等:《宋史》卷二百八十三,中华书局,1985,第9570页。

之,乃令移道州司马。晋公有诗数首,略曰:"君心应念前朝老,十载飘流若断蓬。"又曰:"九万里鹏容出海,一千年鹤许归辽。且作潇湘江上客,敢言瞻望紫宸朝。"天下之人,疑其复用矣。穆修闻丁有道州之徙,作诗曰:"却讶有虞刑政失,四凶何事亦量移?"谓之失人心如此。[1]

但另一则故事,记载:

> 丁晋公贬崖时,权臣实有力焉。后十二年,丁以秘监召还光州。致仕时,权臣出镇许田。丁以启谢之,其略曰:"三十年门馆游从,不无事契;一万里风波往复,尽出生成。"其婉约皆此。又自夔漕召还知制诰,谢两府启:"二星入蜀,难分按察之权;五月渡泸,皆是提封之地。"后云:"谨当揣摩往行,轨躅前修。效慎密于孔光,不言温树;体风流于谢傅,惟咏苍苔。"[2]

可见,丁谓的遭遇,既有自己不够完善的地方,也有旁人羡慕嫉妒恨的因素在其中。

丁谓还是个建筑行业的专家,一位难得的有文献记载的总工程师。"祥符中,禁中火。时丁晋公主营复宫室,患取土远,公乃令凿通衢取土,不日皆成巨堑。乃决汴水入堑中,引诸道竹木排筏及船运杂材,尽自堑中入至宫门。事毕,却以斥弃瓦砾灰壤实于堑中,复为街衢。一举而三役济,计省费以亿万计。"[3]

丁谓的著作甚多,被贬后的十余年间,投荒赋闲,颇有佳构。"丁晋公至朱崖,作诗曰:'且作白衣菩萨观,海边孤绝宝陀山。'作青衿集百余篇,皆为一字题,寄归西洛。又作天香传,叙海南诸香。又作州郡名,配古人姓名诗,又集近人词赋而为之序,及佗记述题咏,各不下百余篇,盖未尝废笔砚也。后移道州,旋以秘书监致仕,许于光州居住。流落贬窜十五年,髭鬓无斑白者,人亦伏其量也。在光州,四方亲知皆会,至食不足,转运使表闻。有旨给东京房钱一万贯,为其子珙数日呼博而尽。临终前半月,已不食,但焚香危坐,默诵佛书,以沉香煎汤,时时呷少许。启手足之际,付嘱后事,神识不乱,正衣冠奄然化去。其能荣辱两忘,而大

---

[1] 魏泰撰《东轩笔录》卷之三,李裕民点校,中华书局,1983,第27页。
[2] 文莹:《湘山野录 续录 玉壶清话》,郑世刚、杨立扬点校,中华书局,1984,第9—10页。
[3] 沈括:《梦溪笔谈·补笔谈》卷二,金良年点校,中华书局,2017,第233页。

变不怛，真异人也。"[1]同是魏泰所记，写其失，也叙其能，还是比较客观的。落难如此，仍然还有四方亲知皆会，以至于食不足，就是来的客人太多了，伙食都供应不上。说丁谓失去人心，失之偏颇，别有蕴意。丁谓作品，据《江苏艺文志·苏州卷》记录就有十八种，今仅存《丁晋公谈录》一卷，《百川学海》《说郛》等收录。丁谓的诗歌，多咏史状物之作，善于用典，语言精巧，属于西昆体作家。《西昆酬唱集》中有其诗五首，其中咏荷花三首，两首长律，一首绝句。妙在诗中没有出现荷花，全用描述或前人的故事写成，没有多少真情。而任职地方的吟叹，却是父母官的真情流露。如《咏泉州刺桐》：

闻得乡人说刺桐，叶先花发始年丰。
我今到此忧民切，只爱青青不爱红。[2]

刺桐生长，先花先叶，是由气候决定的，百姓根据规律发现，先长叶子是丰年，先开花则是灾年。丁谓说"只爱青青"，就是希望叶子先长出来，忧民之意，寄托物上，可见拳拳之心。《垂虹亭》一首，视角独特：

悠悠风物四时新，苒苒山屏万古春。
多少江山人不看，却来江上看行人。[3]

江苏苏州的吴江松陵，是当时的水陆交通要冲，也是经济繁华，人员聚集的场所，北连苏州，南接杭州，地理优势独特。跨越古吴淞江的垂虹桥，历来得到诗家吟咏。但是，丁谓写作这首诗的时候，垂虹桥并未建成，仅有垂虹亭而已。丁谓没有落脚在交通繁忙，沟通南北经济货运的大运河，也没有注意东西流向的吴淞江，而是关注到了垂虹桥上的凉亭。凉亭上暂时驻足，中断匆匆行程的人们，包括诗人在内，不是看江山多娇，而是看匆匆行人，油然而生一种自怜而又怜人的心情。

宋真宗大中祥符五年到九年（1012—1016），丁谓回到了家乡苏州，以参知政事身份担任平江军节度使，虽不能说牛刀割鸡，但确实可以神定气闲，有足够的时间吟赏烟霞。于是，丁谓对虎丘、西山、东山等名胜，逐

---

[1] 魏泰撰《东轩笔录》卷之三，李裕民点校，中华书局，1983，第27—28页。
[2] 厉鹗辑《宋诗纪事》卷六，上海古籍出版社，1983，第153页。
[3] 北京大学古文献研究所编《全宋诗》第二册，北京大学出版社，1991，第1149页。

一观览。如《游东山》：

> 数峰回抱隔烟林，一簇招提十里深。
> 只合步行寻石径，不宜呵喝入松阴。
> 遥分画手援毫意，暗起诗人得句心。
> 梅岭笙歌上高处，孤猿幽鸟减清音。[1]

东山实际上是伸入太湖的半岛，环境独特，景色宜人。今天看来，森林幽静深远，树木繁茂。物产则有四季果蔬，鱼虾时鲜，诸多水陆珍品。尤其是碧螺春香飘万家，历来为爱好者难以释手。这首诗里，丁谓对于当地景物的描写比较笼统，并未致力于具体景物的描绘。但颈联对山水景观魅力的展现，用的是意绪转换手法，别具禅趣。作者不是将审美主体的感受强加于审美客体，而是反过来，因为景观太美，撩拨得画家将忍不住要图将风景，引逗得诗人产生写诗的急切心情，可见山林之美蕴含极大的动力。

丁谓词作，虽非其所长，亦多有情趣。如《凤栖梧》：

十二层楼春色早。三殿笙歌，九陌风光好。堤柳岸花连复道。玉梯相对开蓬岛。　　莺啭乔林鱼在藻。太液微波，绿斗王孙草。南阙万人瞻羽葆，后天祝圣天难老。[2]

第二节　吴地政治家兼文学家范仲淹

身处北宋前期的范仲淹，不仅是杰出的文学家，还是政治家和军事家，生平事历及政治文化影响，早有公论。"先天下之忧而忧，后天下之乐而乐"的宣言，激励了千百年来的儒林士子。

范仲淹（989—1052）字希文，吴县（今江苏苏州）人。范仲淹出生在一个世家大族，本来拥有富足的家境和良好的生活环境。但是，由于范仲淹的父亲突然离世，生活也急转直下，随母改适，更姓为朱，名朱说，直到成名之后，方才改回他的本姓。"范仲淹，字希文，唐宰相履冰之后。其

---

[1] 厉鹗辑《宋诗纪事》卷六，上海古籍出版社，1983，第154页。
[2] 唐圭璋主编《全宋词》，中州古籍出版社，1996，第5页。

先，邠州人也，后徙家江南，遂为苏州吴县人。仲淹二岁而孤，母更适长山朱氏，从其姓，名说。少有志操，既长，知其世家，乃感泣辞母，去之应天府，依戚同文学。昼夜不息，冬月惫甚，以水沃面；食不给，至以糜粥继之，人不能堪，仲淹不苦也。举进士第，为广德军司理参军，迎其母归养。改集庆军节度推官，始还姓，更其名"[1]。就是说，范仲淹改名朱说二十余年，直到中进士，官文林郎，任集庆军节度推官，已经二十九岁，方才恢复本姓，名仲淹。从此，范仲淹在北宋统治集团中，逐渐成为一颗耀眼的明星。今天，我们大多数人说到范仲淹，立即想起的是文人范仲淹，是他的《岳阳楼记》。实质上，范仲淹首先是个政治家，是北宋中叶治国安邦的能手。不论任职地方，还是建言中枢，他均有广阔的视野和超强的洞察力。

在地方任职，范仲淹多有所为。比如在苏州，适逢水灾，救灾养民为第一大事。"州大水，民田不得耕，仲淹疏五河，导太湖注之海。募人兴作，未就，寻徙明州，转运使奏留仲淹以毕其役，许之。"[2]

在朝堂，范仲淹敢于当朝直谏，更不怕得罪权贵。《宋史》"本传"记载：

天圣七年，章献太后将以冬至受朝，天子率百官上寿。仲淹极言之，且曰："奉亲于内，自有家人礼，顾与百官同列，南面而朝之，不可为后世法。"且上疏请太后还政，不报。寻通判河中府，徙陈州。时方建太一宫及洪福院，市材木陕西。仲淹言："昭应、寿宁，天戒不远。今又侈土木，破民产，非所以顺人心、合天意也。宜罢修寺观，减常岁市木之数，以蠲除积负。"又言："恩幸多以内降除官，非太平之政。"事虽不行，仁宗以为忠。

太后崩，召为右司谏。言事者多暴太后时事，仲淹曰："太后受遗先帝，调护陛下者十余年，宜掩其小故，以全后德。"帝为诏中外，毋辄论太后时事。初，太后遗诰以太妃杨氏为皇太后，参决军国事。仲淹曰："太后，母号也，自古无因保育而代立者。今一太后崩，又立一太后，天下且疑陛下不可一日无母后之助矣。"[3]

---

[1] 脱脱等：《宋史》卷三百十四，中华书局，1985，第10267页。
[2] 脱脱等：《宋史》卷三百十四，中华书局，1985，第10269页。
[3] 脱脱等：《宋史》卷三百十四，中华书局，1985，第10268页。

这不仅是维护了皇家的礼数，更是树立了君王的权威；既维护了君王的形象，也维护了章献太后的身后名。更为可贵的是，范仲淹对于宰相的任人唯亲，敢于直接提出批评。当时的宰相吕夷简，对于百官的升迁任命，几乎是说一不二的。范仲淹直面吕夷简，将朝廷中文武百官一一加以评说，其刚毅正直的本心，于此可见。"时吕夷简执政，进用者多出其门。仲淹上《百官图》，指其次第曰：'如此为序迁，如此为不次，如此则公，如此则私。况进退近臣，凡超格者，不宜全委之宰相。'夷简不悦。他日，论建都之事，仲淹曰：'洛阳险固，而汴为四战之地，太平宜居汴，即有事必居洛阳。当渐广储蓄，缮宫室。'帝问夷简，夷简曰：'此仲淹迂阔之论也。'仲淹乃为四论以献，大抵讥切时政。且曰：'汉成帝信张禹，不疑舅家，故有新莽之祸。臣恐今日亦有张禹，坏陛下家法。'夷简怒诉曰：'仲淹离间陛下君臣，所引用，皆朋党也。'仲淹对益切，由是罢知饶州。"[1]对于朋党的问题，在宋仁宗庆历年间，有过相当激烈的争论，被称为"庆历党议"。对此，欧阳修在《朋党论》中，有着精辟的论述。

当然，范仲淹在政治上影响最大的事件，就是庆历新政。庆历新政的背景，是多方面的。概而言之，有以下几个主要问题：一是庞大的官僚队伍，不仅行政效率低下，官员之间矛盾重重，更有沉重的经济负担，国家财政日益吃紧；二是百姓负担加重，因不堪重负而出现逃亡现象，社会不稳定因素增加；三是官僚机体僵化，特别是部分能力一般的官员尸位素餐，有负君国大业；四是边患严重，东北的契丹政权和西北的党项政权，严重影响了大宋的社会发展。严重的社会危机与皇上的求治心情，促成了朝廷上层部分官员的变革动机。于是，以范仲淹为代表的忧国忧民的官员群体，推动了一系列新政的施行。

帝方锐意太平，数问当世事，仲淹语人曰："上用我至矣，事有先后，久安之弊，非朝夕可革也。"帝再赐手诏，又为之开天章阁，召二府条对。仲淹皇恐，退而上十事：

一曰明黜陟。二府非有大功大善者不迁，内外须在职满三年，在京百司非选举而授，须通满五年，乃得磨勘，庶几考绩之法矣。

二曰抑侥幸。罢少卿、监以上乾元节恩泽；正郎以下若监司、边任，

---

[1] 脱脱等：《宋史》卷三百十四，中华书局，1985，第10269页。

须在职满二年，始得荫子；大臣不得荐子弟任馆阁职，任子之法无冗滥矣。

三曰精贡举。进士、诸科请罢糊名法，参考履行无阙者，以名闻。进士先策论，后诗赋，诸科取兼通经义者。赐第以上，皆取诏裁。余优等免选注官，次第人守本科选。进士之法，可以循名而责实矣。

四曰择长官。委中书、枢密院先选转运使、提点刑狱、大藩知州；次委两制，三司、御史台、开封府官、诸路监司举知州、通判；知州通判举知县、令。限其人数，以举主多者从中书选除。刺史、县令，可以得人矣。

五曰均公田。外官廪给不均，何以求其为善耶？请均其入，第给之，使有以自养，然后可以责廉节，而不法者可诛废矣。

六曰厚农桑。每岁预下诸路，风吏民言农田利害，堤堰渠塘，州县选官治之。定功课之法以兴农利，减漕运。江南之圩田，浙西之河塘，隳废者可兴矣。

七曰修武备。约府兵法，募畿辅强壮为卫士，以助正兵。三时务农，一时教战，省给赡之费。畿辅有成法，则诸道皆可举行矣。

八曰推恩信。赦令有所施行，主司稽违者，重置于法；别遣使按视其所当行者，所在无废格上恩者矣。

九曰重命令。法度所以示信也，行之未几，旋即厘改。请政事之臣参议可以久行者，删去烦冗，裁为制敕行下，命令不至于数变更矣。

十曰减徭役。户口耗少而供亿滋多，省县邑户少者为镇，并使、州两院为一，职官白直，给以州兵，其不应受役者悉归之农，民无重困之忧矣。

天子方信向仲淹，悉采用之，宜著令者，皆以诏书画一颁下；独府兵法，众以为不可而止。[1]

由于吕夷简、夏竦等贵族官僚的反对，庆历新政归于失败。而范仲淹并未因为自己的沉浮而改变心志，因为他是个坚强刚毅而又开朗的政治家。诚如他在《岳阳楼记》中所说，"居庙堂之高，则忧其民；处江湖之远，则忧其君"。虽然竭力建言，仕途波折，初心不改，心胸旷达。"范文正公以言事凡三黜。初为校理，忤章献太后旨，贬倅河中。僚友饯于都门曰：'此行极光。'后为司谏，因郭后废，率谏官、御史伏阁争之不胜，贬睦州。僚友又饯于亭曰：'此行愈光。'后为天章阁、知开封府，撰百官图

---

[1] 脱脱等：《宋史》卷三百十四，中华书局，1985，第10273—10274页。

进呈。丞相怒,奏曰:'宰相者,所以器百官。今仲淹尽自抡擢,安用彼相? 臣等乞罢。'仁宗怒,落职贬饶州。时亲宾故人又饯于郊曰:'此行尤光。'范笑谓送者曰:'仲淹前后三光矣,此后诸君更送,只乞一上牢可也。'客大笑而散。"[1]正因为有这样的心胸和全局观,范仲淹处理政务甚至军事,方显得谋略过人。

范仲淹还是一位军事家,在西北战场上,有着卓越的表现。宋仁宗宝元元年(1038),党项李元昊称帝,建国号大夏(西夏)。次年,李元昊为逼迫宋朝承认其地位,率兵进犯边境,于三川口大败宋兵,并集兵于延州城下,与宋交战,朝廷之兵多次遭遇败绩。消息传到汴京(开封),朝野震惊。

康定元年(1040)七月,范仲淹以龙图阁直学士知永兴军,与韩琦并为陕西经略安抚副使。八月,范仲淹调知延州,更改军制,集中兵力,分部训练,轮流御敌,并设法恩威并施,分化党项与羌族等部落的联系,孤立元昊政权,为进一步的军事行动准备条件。同时,修筑青涧城和鄜城等军事基地,先固守,再进攻。

庆历二年(1042)十月,由于元昊的长期进攻,宋军防御出现危险,朝廷命范仲淹率兵六千驰援。范仲淹挥师突袭,出其不意,迫使西夏军队后撤。作为儒将,范仲淹的才能,得到了初步彰显。宋仁宗也非常欣赏其军事才能,任命范仲淹为枢密直学士、右谏议大夫,出任鄜延路经略安抚招讨使。不久,朝廷接受范仲淹的建议,恢复设置陕西路安抚、经略、招讨三使,以范仲淹、韩琦、庞籍分领其事,终于在西北战事中渐渐处于有利形势,逼得元昊称臣,从此西夏军队不敢轻易滋事。"范文正公清严,而喜论兵,尝好诵韦苏州诗'兵卫森画戟,燕寝凝清香'"[2]。不仅能论兵,范仲淹更能用兵,是一员儒将。从宋人笔记中,可以看到范仲淹灵活机智的指挥艺术:

> 仁宗时,西戎方炽,韩魏公琦为经略招讨副使,欲五路进兵,以袭平夏,时范文正公仲淹守庆州,坚持不可。是时尹洙为秦州通判兼经略判官,一日将魏公命至庆州,约范公以进兵。范公曰:"我师新败,士卒气沮,当

---

[1] 文莹撰《湘山野录 续录 玉壶清话》,郑世刚、杨立扬点校,中华书局,1984,第77—78页。
[2] 惠洪:《冷斋夜话》卷之二,陈新点校,收入惠洪、朱弁、吴沆《冷斋夜话 风月堂诗话 环溪诗话》,中华书局,1988,第19页。

自谨守，以观其变，岂可轻兵深入耶？以今观之，但见败形，未见胜势也。"洙叹曰："公于此乃不及韩公也，韩公尝云：'大凡用兵，当先置胜负于度外。'今公乃区区过慎，此所以不及韩公也。"范公曰："大军一动，万命所悬，而乃置于度外，仲淹未见其可。"洙议不合，遽还。魏公遂举兵入界，既而师次好水川，元昊设覆，全师陷没，大将任福死之。魏公遽还，至半途，而亡卒之父兄妻子号于马首者几千人，皆持故衣纸钱招魂而哭曰："汝昔从招讨出征，今招讨归而汝死矣，汝之魂不识亦能从招讨以归乎？"既而哀恸声震天地，魏公不胜悲愤，掩泣驻马，不能前者数刻。范公闻而叹曰："当是时，难置胜负于度外也。"[1]

当然，作战若不能取胜，只做足表面文章，对朝廷对国家有百害而无一利。所以，范仲淹对于稳定西北，发挥了重要的作用。"范文正公以龙图阁直学士帅邠、延、泾、庆四郡，威德著闻，夷夏耸服，属户蕃部率称曰龙图老子，至于元昊，亦以是呼之。"[2]

此外，范仲淹还是书法家，手书《伯夷颂》的字迹，完全就是楷书法帖。范仲淹还善于弹琴，精通音乐而不显山露水，陆游曾经记述："范文正公喜弹琴，然平日止弹《履霜》一操，时人谓之范履霜。"[3]

范仲淹中正刚直，豪侠仗义，轻财好施，关注教育，这类的故事广为流传。如任职苏州期间，建立府学，培养专门人才，颇有现代教育专业分类的端倪。兴修水利，将太湖与江海联通，解决了太湖流域的水患。设立义庄，为族中困难家庭解决生存问题。"范文正公轻财好施，尤厚于族人。既贵，于姑苏近郭买良田数千亩，为义庄，以养群从之贫者。择族人长而贤者一人主其出纳。人日食米一升，岁衣缣一匹，嫁娶丧葬，皆有赡给。聚族人仅百口。公殁逾四十年，子孙贤令，至今奉公之法，不敢废弛。"[4]

文学史上的范仲淹，一篇《岳阳楼记》，足以奠定其在散文史上不可动摇的地位，论者无敢略过。

[1] 魏泰：《东轩笔录》卷之七，李裕民点校，中华书局，1983，第82页。
[2] 王辟之：《渑水燕谈录》卷二，吕友仁点校，收入王辟之等《渑水燕谈录　归田录》，中华书局，1981，第14页。
[3] 陆游：《老学庵笔记》卷九，杨立英校注，三秦出版社，2003，第310页。
[4] 王辟之：《渑水燕谈录》卷四，吕友仁点校，收入王辟之等《渑水燕谈录　归田录》，中华书局，1981，第35—36页。

庆历四年春，滕子京谪守巴陵郡。越明年，政通人和，百废具兴。乃重修岳阳楼，增其旧制，刻唐贤、今人诗赋于其上，属予作文以记之。

予观夫巴陵胜状，在洞庭一湖。衔远山，吞长江，浩浩汤汤，横无际涯，朝晖夕阴，气象万千。此则岳阳楼之大观也，前人之述备矣。然则北通巫峡，南极潇湘，迁客骚人，多会于此，览物之情，得无异乎？

若夫霪雨霏霏，连月不开，阴风怒号，浊浪排空，日星隐耀，山岳潜形，商旅不行，樯倾楫摧，薄暮冥冥，虎啸猿啼。登斯楼也，则有去国怀乡，忧谗畏讥，满目萧然，感极而悲者矣。

至若春和景明，波澜不惊，上下天光，一碧万顷，沙鸥翔集，锦鳞游泳，岸芷汀兰，郁郁青青。而或长烟一空，皓月千里，浮光跃金，静影沉璧，渔歌互答，此乐何极！登斯楼也，则有心旷神怡，宠辱偕忘，把酒临风，其喜洋洋者矣。

嗟夫！予尝求古仁人之心，或异二者之为，何哉？不以物喜，不以己悲。居庙堂之高，则忧其民；处江湖之远，则忧其君。是进亦忧，退亦忧。然则何时而乐耶？其必曰"先天下之忧而忧，后天下之乐而乐"乎！噫！微斯人，吾谁与归？

时六年九月十五日。[1]

范仲淹对宋初的浮靡文风不以为然，主张宗经复古，兼顾实用。所以，他的文章立足于实践和具体的事务，很少呈才，然而真才实学，不经意间还是流露出来。庆历新政失败后，范仲淹被贬河南邓州，受好友滕宗谅之托，写下了一篇光照古今的《岳阳楼记》，"先天下之忧而忧，后天下之乐而乐"的精神，成为临民者的座右铭，文章的政治价值与精神价值古今共谈，文学价值更是不能忽视。全文借景抒情，巧妙布局，比较议论而不露痕迹。"滕子京谪守巴陵郡"仅仅一年的时间，就做到了"政通人和，百废具兴"，并且有余力从事精神文明建设了，是滕宗谅错了还是贬他的人错了？范仲淹没有写明，但答案已经隐含其中。全篇散文叙事，韵文写景，骈散结合，自然转换，无缝衔接，语调婉转，意志坚定，文章才气，于此可见。

范仲淹是北宋中叶词坛扭转风气、扩大词境的重要词人，尽管不少作

---

[1] 范仲淹：《范仲淹全集》，李勇先、王蓉贵校点，四川大学出版社，2002，第194—195页。

品没有留存，而留存下来的五首作品，也可见范仲淹的词风。虽然数量较少，但几乎每一首都脍炙人口，在宋词的发展中，有着承前启后的地位。范仲淹更是第一位将军旅生涯纳入词中的词人。北宋立国至宋仁宗时期，享乐成风，歌舞奢华，词坛风气更为艳媚，艳情词趋向繁荣。许多词人的笔下，是翠眉粉黛、歌喉舞姿、男欢女爱、离情别绪。范仲淹登上词坛，词作内容扩大，风格丰富多样，既有直接写艳情的作品，不离时风，更有跳出艳情之外的家国情怀，对词境扩大和蕴意深化，甚至对提高词的整体境界，具有重要的影响。

任职他乡，难免登高怀远；刀光剑影，不失儿女情怀。如《苏幕遮·怀旧》：

碧云天，黄叶地。秋色连波，波上寒烟翠。山映斜阳天接水。芳草无情，更在斜阳外。　　黯乡魂，追旅思。夜夜除非，好梦留人睡。明月楼高休独倚，酒入愁肠，化作相思泪。[1]

宋初词坛五十余年，仅有少量词人留存作品，实际上并未形成创作高潮。直到宋仁宗中期，方出现整体繁荣的景象。因此，范仲淹在词坛的成就，犹如王之涣在诗坛，不容轻忽。与晏殊、钱惟演等宋初词人一样，故乡遥，美酒醇，生活富足，政事无多之际，不免乡情浓浓恋情依依。但不同的是，范仲淹并没有沉湎于个人的情思之中，既写出了一般人的共同情怀，更在作品中显示了气宇轩昂的将相风采。如《渔家傲·秋思》：

塞下秋来风景异，衡阳雁去无留意。四面边声连角起。千嶂里，长烟落日孤城闭。　　浊酒一杯家万里，燕然未勒归无计。羌管悠悠霜满地。人不寐，将军白发征夫泪。[2]

据前人记载，范仲淹的《渔家傲》不止一首。"范文正公守边日，作渔家傲乐歌数阕，皆以'塞下秋来'为首句，颇述边镇之劳苦，欧阳公尝呼为穷塞主之词"[3]。在当时的西夏将领眼中，这位"小范老子"是不好惹的。数年之中，李元昊并没有碰到像样的对手，于是横行西北，攻城略地。在负责陕西军务的长官夏竦刚刚遭遇失败之际，范仲淹与韩琦的到

---

[1] 范仲淹：《范仲淹全集》，李勇先、王蓉贵校点，四川大学出版社，2002，第734页。
[2] 范仲淹：《范仲淹全集》，李勇先、王蓉贵校点，四川大学出版社，2002，第734—735页。
[3] 魏泰：《东轩笔录》卷之十一，李裕民点校，中华书局，1983，第126页。

来，有效遏制了西夏李元昊的扩张野心，并在军事上加强了驻防体系建设。特别是练兵选将、筑城备器、攻防结合、奇兵偷袭，将宋军的防线一再推前，并打入楔子，撕开西夏军的防线，只用了十天，就筑起一座新城——大顺城。西夏不甘失利，派兵来攻，却发现宋军以大顺城为中心，已构成堡寨呼应的坚固战略体系。但是，范仲淹并没有如释重负，依然重任在肩。《渔家傲》一词，正是此际所写。天气渐寒，黄叶满山，北雁南飞，边声四起，群山环抱之中，一个边防前哨是那样的孤危渺小。主帅的营帐里，将军不寐；流霜的沙场上，羌管悠悠。不论是白发的将军，还是守边的士卒，他们有共同的乡关情结，更有共同的戍边责任。没有完成自己的任务，是不能归去的。词人运用意象的对举，更能强化词中的感情色彩和守边将士的伟大：雁去——归无计，千嶂——孤城，酒一杯——家万里。

诗坛上的范仲淹，虽不能与梅尧臣、欧阳修、王安石、苏轼、黄庭坚并称，但在北宋前期到中叶的过渡阶段，无疑是诗坛一大家。如《睢阳学舍书怀》：

> 白云无赖帝乡遥，汉苑谁人奏洞箫。
> 多难未应歌凤鸟，薄才犹可赋鹪鹩。
> 瓢思颜子心还乐，琴遇钟君恨即销。
> 但使斯文天未丧，涧松何必怨山苗。[1]

范仲淹写诗主张"范围一气""与时消息"，就是要有时代气，还要有"浩然之气"，即有感于时局，哪怕是有所议论，也要书写发自肺腑的深情。范仲淹诗歌并未着意抒写，更没有有意识收存，但存世仍有三百零五首。范仲淹的诗歌内容非常广泛，言志感怀，关注民生，山水情趣，朋友情谊、赠别唱和等俱有。咏物寄兴、借古讽今也是常用手法，用以展现自己的人格操守。这首七律，通篇用典，讲究来历而寄意深远。首联先是化用乐府诗《行行重行行》中"浮云蔽白日"的意思，君王的视线，难以落到诗人的身上，因为被遮了。可叹的是，如同王褒《洞箫赋》中的洞箫，音色畅美婉转，幽怨含情清扬，可是欣赏者又在何处？颔联先用司马相如的故事，表达了知识分子对遇与不遇的忧虑之情。再用张华《鹪鹩赋》的

---

[1] 范仲淹：《范仲淹全集》，李勇先、王蓉贵校点，四川大学出版社，2002，第66页。

寄意，鹡鸰虽小，有用于人，诗人用世情怀，清晰表达。颈联既有颜回的甘于清贫之意，亦有知音难觅的伤感。尾联用了左思《咏史》的寓意，明显写出了沉沦下僚不得施展才华的苦闷。更重要的是，北宗到了仁宗年间，虽然科举选拔已然普及，但官员选拔与升迁，仍受多方面因素的影响。尽管封建门阀制度名义上不存在，实际运作中，痕迹还是相当明显。左思说："郁郁涧底松。离离山上苗。以彼径寸茎。荫此百尺条。世胄蹑高位。英俊沈下僚。地势使之然。由来非一朝。金张借旧业。七叶珥汉貂。冯公岂不伟。白首不见招。"[1]针对门阀制度造成山上苗压制涧底松的现象，左思极为愤恨，发出了严词声讨。可是现在，情况又怎样呢？范仲淹在睢阳学舍，发出了对人生与社会的思考。范仲淹诗歌往往别有深意。小诗《江上渔者》："江上往来人，但爱鲈鱼美。君看一叶舟，出没风波里。"[2]鲈鱼是太湖流域的特产，杂食性鱼类，栖息深水区，捕获比较困难，但肉质鲜嫩，美味可口，制作花样繁多，从美味的鲈鱼想到辛苦的渔民，正是一位爱国爱民政治家的本色。

第三节　北宋中后期主要的吴地文人

北宋中叶的诗坛、词坛或文坛，堪称姹紫嫣红，繁花似锦。诗坛上有以黄庭坚、陈师道、陈与义为代表的江西诗派，词坛上有秦观、周邦彦、贺铸等名家辉映前后，文坛虽然"唐宋古文八大家"中的宋代六家相继辞世，然还有不少大家存在，其或叙事说理，或阐述学问。相较于在词坛光芒四射、名家辈出的文坛盛况，北宋后期，吴地似乎并未出现足以道说的大家、名家。不过，如此热烈的歌唱中，吴地文人当也然不能缺席。

一、叶清臣

叶清臣（1000—1049）字道卿，北宋名臣，长洲（今江苏苏州）人。天圣二年（1024）榜眼。历任苏州观察判官、光禄寺丞、集贤校理、知永兴军、两浙转运副使、太常丞、权三司使。皇祐元年（1049）出知河阳，旋卒。《宋史》《东都事略》有传。欧阳修《与高司谏书》说："闻今宋舍人兄

---

[1]　逯钦立辑校《先秦汉魏晋南北朝诗》，中华书局，1983，第733页。
[2]　范仲淹：《范仲淹集》，薛正兴点校，凤凰出版社，2019，第35页。

弟与叶道卿（清臣）、郑天休数人者，以文学大有名，号称得人。"[1]人品学问，为当时所重。有集一百六十卷，已佚。现存诗词十二首加断句一则，涉及佛门居八。《全宋词》录其词一首，《贺圣朝·留别》：

> 满斟绿醑留君住。莫匆匆归去。三分春色二分愁，更一分风雨。花开花谢、都来几许？且高歌休诉。不知来岁牡丹时，再相逢何处？[2]

与欧阳修《浪淘沙》"聚散苦匆匆，此恨无穷。今年花胜去年红。可惜明年花更好，知与谁同"[3]的用意一致。《游摄山栖霞寺》写出了放外任职自适任侠的孤高心情：

> 仙峰多灵草，近在东北维。僧绍昔舍宅，总持尝作碑。
> 高风一缅邈，废宇亦陵迟。清泉漱白石，霏雾蒙紫芝。
> 松萝日萧寂，猿鸟自追随。游人鲜或诣，隐者谁与期。
> 支郎笃清尚，千里孤云飞。览古玩青简，寻幽穷翠微。
> 顾予荷戟守，出宿简书违。凭师访陈迹，剩作摄山诗。[4]

封建时代，以在京师任职接近君王为荣，离开京城任职被称为"外放"，大多官员有失落感。但是，叶清臣外放任职期间，既可赏鉴模山范水，亦可广交四方朋友。南京栖霞寺，迎来了叶清臣的游赏足迹，于是，有了这首诗。诗中表达了对方外高风的敬仰之情，也寄托了诗人高尚的情怀。山水与禽鸟之乐的叙写间，隐含悠悠的清愁，难以明言；孤高与典雅气度的宣言中，不无淡淡的幽怨，只能意会。一首纪游诗，写景怀古融合，怀人自伤同在，足见叶清臣的诗笔之妙。由此也可以推断，叶清臣的才华能力，应有更多的诗词文章。存世如此稀少，殊为可惜。《松江府志》录有一篇《松江秋泛赋》：

> 泽国秋晴，天高水平。遥山晚碧，极浦寒清。循游具区之野，纵泛松江之澨。东瞰沧海，西瞻洞庭。橘叶微下，斜阳半明。樵风归兮自朝暮，夕溜满兮谁送迎。浩霜空兮一色，横霁色兮千名。于是积潦未收，长江无

---

[1] 欧阳修：《欧阳文忠公文集》卷六十七，收入《四部精要》第19册，上海古籍出版社，1993，影印本，第230页。
[2] 唐圭璋主编《全宋词》，中州古籍出版社，1996，第83页。
[3] 唐圭璋主编《全宋词》，中州古籍出版社，1996，第98页。
[4] 厉鹗辑《宋诗纪事》卷十一，上海古籍出版社，1983，第273—274页。

际。澄澜方兴,扁舟独诣。社橘初黄,汀葭余翠。惊鹭朋飞,别鹄孤唳。听渔榔之递响,闻牧笛之长吹。既览物以放怀,亦思人而结欷。若夫敌寇初平,霸图初盛。均忧待济,同安则病。鱼贪饵而登钩,鹿走险而亡命。一旦辞禄,扬舲高泳。功崇不居,名存斯令。达识先明,孤风孰竞。又若金耀不融,洛尘其蒙。宗城寡扞,王国争雄。拂衣洛土,振耀江东。拖翠纶分波上,睒蝉翼分桴中。倘即时之有适,遑我后之为恫。至如著书笠泽,端居甫里。两桨汀洲,片帆烟水。夕醉酒垆,朝盘鱼市。浮游尘外之物,啸傲人间之世。富词客之多才,剧骚人之清思。缅三子之清徽,谅随时之有宜。非才高见弃于荣路,乃道大不容于祸机。申屠临河而蹈甕,伯夷登山而食薇。皆有谓而然尔,岂得已而用之。别有执简仙瀛,持荷帝柱。晨韬史氏之笔,莫拂使臣之斧。登览有澄清之心,临遣动光华之赋。何从欲之流滋,慰远游之以惧。肇提封之所履,属方割之此忧。将浚疏于汇川,其拯济乎畛畴。转白鹤之新渚,据青龙之上游。濯埃垢于缁袂,刮病膜乎昏眸。左引任公之钓,右援仲由之桴。思勤官而裕民,乃善利之远猷。彼全身以远害,盖孔臧于自谋。鲜鳞在俎,真茶满瓯。少回俗士之驾,亦未可为兹江之羞。[1]

虽然文字上与四库本及中华书局版《宋文鉴》稍有不同,无碍解读。士大夫之高风亮节,荡漾其间,亦足见叶清臣文笔之清丽优雅。

二、范纯仁

范纯仁(1027—1101)字尧夫,吴县(今江苏苏州)人,范仲淹次子,曾从胡瑗、孙复等游处读书。宋仁宗皇祐元年(1049)进士,授武进知县,因远离双亲而不赴任。再授长葛知县,仍然不前往。父殁后才出仕,知襄城县,迁侍御史、知谏院。出知河中府、和州、庆州及成都路转运使。宋哲宗立,拜给事中。元祐元年(1086)同知枢密院事,转尚书仆射兼中书侍郎。宋哲宗亲政,累贬永州安置。徽宗立,复观文殿大学士,后以目疾乞归。建中靖国元年(1101)卒,追赠开府仪同三司,谥忠宣。有《范忠宣公集》。范纯仁能诗文,亦填词。《四库全书》收入其文集二十卷,"前五卷为诗,后十二卷皆杂文,其末三卷为国史本传及李之仪所撰行状"[2]。另有奏议二卷,遗文一卷,附录一卷,补编一卷。录其诗《寒食日泛舟》如下:

---

[1] 正德《松江府志》卷二,明正德七年刊本。
[2] 永瑢等:《四库全书总目》卷一百五十三,中华书局,1965,第1324页。

> 合友逢佳节，携搏泛碧流。溪风销酒力，烟树入春愁。
> 群鸭开波练，疏云透月钩。平生怀古意，最羡五湖游。[1]

寒食泛舟，本是诗情画意的事情。但作者并未得到快乐，酒醒之后是满腹愁疑，有人生不及群鸭乐的感觉。最好还是像范蠡那样，潇洒而去，泛舟五湖。诗人不仅用典寄情，还特地选用了范家人的故事，别有趣味。范纯仁亦能词，惜传世仅一首《鹧鸪天》：

> 腊后春前暖律催。日和风软欲开梅。公方结客寻佳景，我亦忘形趁酒杯。　　添歌管，续尊罍。更阑烛短未能回。清欢莫待相期约，乘兴来时便可来。[2]

此词实际用吴语押韵，一副轻快明亮的情调。是一种忙碌之后的放松情怀，借助对朋友的关切与喜爱之情表现超越世俗羁绊的洒脱。

三、朱长文

朱长文（1039—1098）字伯原，吴县（今江苏苏州）人。宋仁宗嘉祐四年（1059）进士及第，后因坠马伤足回乡。家居近二十年后，宋哲宗元祐年间，因苏轼等人推荐，朱长文出任本州教授，召为太学博士，迁秘书省正字，兼枢密院编修。元符元年（1098）病卒。"元丰间，淮、浙士人以疾不仕，因以行义闻乡里者二人，楚州徐积仲车、苏州朱长文伯原。仲车以聋，伯原以跛。其初皆举进士，既病，乃不复出，近臣多荐之，因得为州教授，食其禄，不限以任。"[3]朱长文博闻强识，颇有时望，有《乐圃文集》一百卷，建炎兵火后散佚，其侄孙朱思辑有《乐圃余稿》十卷。另有《易经解》不分卷本和五卷本、《吴郡图经续记》三卷、《墨池编》二十卷、《琴史》六卷、《续书断》二卷存世。

奉陪太守及诸公游虎邱

> 何必襄阳孟浩然，苦吟自可继前贤。
> 虎邱合去十二度，熊轼再游三百年。

---

[1] 范纯仁：《范忠宣集》卷三，范能濬辑补，收入《文渊阁四库全书》第1104册，台湾商务印书馆，1986，影印本，第555页。
[2] 唐圭璋主编《全宋词》，中州古籍出版社，1996，第150页。
[3] 叶梦得：《石林燕语　避暑录话》，田松青、徐时仪校点，上海古籍出版社，2012，第162页。

> 云阁为君追旧额，霓裳从古播朱弦。
> 此行不减唐人乐，畅饮惟无八酒仙。[1]

宋人好用典或故意回环曲折，以显示高深的学问。朱长文本身就是学者，作诗自然不会明白如话。作品中从作诗苦吟到太守乘车出游，从古老的齐云楼到白居易《霓裳》诗，无不透露一个信息：畅游虎丘的快乐与雅致。但诗人也点明了一个缺憾，即没有畅饮，没有杜甫笔下"饮中八仙"的飘飘然与狂狷相。因为需要一份谨慎矜持，所以虽说不减唐人之乐，实际是不及唐人之乐。《次梅评事韵》一诗，虽有宋人诗学问化议论化的特性，但布局比较清晰，不是故意追求深奥，让人难以理解：

> 满目红尘泪没深，谁能世事总无心。
> 买松野老栽成径，觅竹山僧种满林。
> 薄酒时斟资道气，好诗频讽涤烦襟。
> 凤雏光显门庭喜，应笑陶潜责子吟。[2]

诗人没有说超尘脱俗，反而客观承认，世上总有让人牵挂的事情或人物。毕竟人生活在现实中，是凡夫俗子，身处滚滚红尘中，难免卷入是非成败。看得开一些，则胜败存亡一江水，悠悠东去；悲欢离合两行泪，潸然而下。看不开，则怨天尤人，自怨自艾，搥胸顿足，指桑骂槐等不一而足。朱长文的意思，烦归烦，俗归俗，做个普通人没什么不好，既可以松竹相伴，潇洒山林，也可以富贵风光，适度追求，不必都是陶渊明。

第四节　两宋之间的吴地文坛巨匠

"靖康之变"的发生，不仅改变了中国历史的走向，同时也改变了文学的发展轨迹。北宋末年士大夫朝歌暮舞、灯红酒绿的生活，随着金兵南下的战马嘶鸣而终止。罗织典故研合四声的诗词写手，不论是江西诗派的泰斗还是大晟府的才子们，也结束了安宁的书斋生活，对时局予以应有的

---

[1]　朱长文：《乐圃余稿》卷四，朱思辑，收入《文渊阁四库全书》第1119册，台湾商务印书馆，1986，影印本，第20页。
[2]　朱长文：《乐圃余稿》卷三，朱思辑，收入《文渊阁四库全书》第1119册，台湾商务印书馆，1986，影印本，第15页。

关注。反映到诗文词的创作中，则抒发爱国情感成为时代的主旋律。随着文学创作主旨的变换，风格取向与艺术手法也有了巨大的改变。这其中，朱敦儒、李清照、吕本中、曾几、陈与义、向子諲等人对诗词意象的选择与风格的演变，比较具有代表性。而苏州奇才叶梦得，更是以不可多得的军事保障专家的身份出现在文坛。

一、叶梦得

叶梦得（1077—1148）字少蕴，号石林居士，又号肖翁，吴县（今江苏苏州）人，叶逵之后，其曾祖与叶清臣为堂兄弟。宋哲宗绍圣四年（1097）进士及第，授祠部郎官，转起居郎，历翰林学士、户部尚书、江东安抚大使兼知建康府、行宫留守、观文殿学士、福建安抚使兼福州知府。晚年退居湖州卞山之石林，故号石林居士。所著诗文多以"石林"为名，有《石林燕语》《石林词》《石林诗话》等传世。绍兴十八年（1148）卒，年七十二。追赠检校少保。

通常介绍叶梦得，主要说他是词人兼词学家，不少学者研究他的词作和词学理论，也注意到他的《石林诗话》以及《石林词》，但并未注意到他是重要的经学家和军事后勤保障的能手。

叶梦得在历史上的地位，固然首先表现在文化上，是诗人、词人、文学理论家。但对他的经学家地位和对南宋初年将士抗金作战的保障作用，也需要予以重视。高宗建炎二年（1128）叶梦得任户部尚书，绍兴元年（1131）起为江东安抚大使，兼知建康府，绍兴八年授江东安抚制置大使，兼知建康府、行宫留守，总管四路漕计，将近十年时间，致力于抗金防备及军饷勤务，对于南宋政权的立脚，发挥了重要作用。而在北宋承平年间和晚年的退居生涯中，叶梦得的经学研究也取得了卓越的成就。叶梦得的《石林易传》、《石林书传》十卷、《石林春秋》八卷、《春秋指要总例》二卷、《孟子通义》十卷等研究经典的著作虽然散佚不见，但正史、方志资料均有记载。从存世的《礼记解》四卷、《石林先生春秋传》二十卷、《春秋考》十六卷、《春秋三传谳》二十二卷等著作可以看出叶梦得儒学根基的深厚及其经学研究的用心。

在北宋末年到南宋前期的词风词体演变过程中，叶梦得发挥了先导作用。他是北宋末年的年轻词人，又是南渡词人中年辈较长、地位较高又影响较大的一位，还是在政坛上关系多方的纽带，因而具有特殊的影响。

北宋末年的词坛，尽管苏轼开创的豪放词风依然余风尚存，但主要还是婉约词的势力在发挥作用，其中又以周邦彦的成就最高。即便叶梦得与苏门有一定的关系，叶梦得的生母晁氏是晁补之的妹妹，晁补之是"苏门四学士"之一，但叶梦得早期词作，以婉丽为主，与五代词风一脉相承。如《贺新郎·春晚》：

睡起流莺语。掩青苔房栊向晚，乱红无数。吹尽残花无人见，惟有垂杨自舞。渐暖霭初回轻暑。宝扇重寻明月影，暗尘侵，尚有乘鸾女。惊旧恨，遽如许。　江南梦断横江渚，浪黏天葡萄涨绿，半空烟雨。无限楼前沧波意，谁采蘋花寄取？但怅望兰舟容与。万里云帆何时到，送孤鸿目断千山阻。谁为我，唱金缕？[1]

这就是典型的北宋中后期风格，风物绮迷，环境香艳，情思依依，愁怨绵绵，充满怪苍天戏弄人间的意蕴。但这类词，在叶梦得的笔下甚少。因为此时豪放派作品已经受到不少词家的尊重，叶梦得本人也不例外，"其词颇挹苏氏余波"[2]。所以，南渡以后，叶梦得的词就具有豪放词的"词气"，呈现出英雄气、狂狷气，晚年又多出了飘逸之气。如《水调歌头·九月望日，与客习射西园，予病不能射》：

霜降碧天静，秋事促西风。寒声隐地初听，中夜入梧桐。起瞰高城回顾，寥落关河千里，一醉与君同。叠鼓闹清晓，飞骑引雕弓。　岁将晚，客争笑，问衰翁：平生豪气安在？走马为谁雄？何似当筵虎士，挥手弦声响处，双雁落遥空。老矣真堪惜，回首望云中。[3]

随着社会的巨变，叶梦得有意识学习苏轼词风，抒发家国之恨和抗敌之志。这首词中透露出来的信息是，叶梦得不仅是个词人，还是一位武士，能够射箭，且所交往的人士中，也有尚武之人，并非都是文弱书生。虽然叶梦得在南渡之初并非老态龙钟，但他是长于张元幹、张孝祥等辛派词人的先驱人物，彰显了北宋遗老的一点英雄之气。词中描绘射箭，回想英雄，勾连历史，建功立业的豪气，充斥其间。

[1] 朱彝尊、汪森编《词综》卷十一，上海古籍出版社，1978，第237—238页。
[2] 冯煦：《蒿庵论词》，收入郭绍虞辑《介存斋论词杂著　复堂词话　蒿庵论词》，人民文学出版社，1959，第62页。
[3] 朱彝尊、汪森编《词综》卷十一，李庆甲校点，上海古籍出版社，1978，第238页。

词人，冷峻沉雄、慷慨激昂皆是当行，缠绵悱恻、脂粉香艳亦显本色。然时局环境的变化，亦能激发出词人的愤激与狂狷。如《八声甘州·寿阳楼八公山作》：

> 故都迷岸草，望长淮、依然绕孤城。想乌衣年少，芝兰秀发，戈戟云横。坐看骄兵南渡，沸浪骇奔鲸。转盼东流水，一顾功成。　　千载八公山下，尚断崖草木，遥拥峥嵘。漫云涛吞吐，无处问豪英。信劳生、空成今古，笑我来、何事怆遗情。东山老，可堪岁晚，独听桓筝。[1]

绍兴三年（1133）前后，叶梦得在寿阳（今安徽寿县），观赏八公山等景观。来到八公山，很自然想到了发生在这里的故事，即383年的淝水之战。在前线指挥作战的是东晋将领谢石、谢玄、谢琰，而实际主持局面抗击前秦的核心人物，是谢安。可是，为晋政权稳定发挥了主导作用的谢安，却受到了排挤打击及皇上的疏远，落寞无聊。唯有朋友桓伊，在一次君臣宴席上，借弹筝助兴，替谢安弹出了心中的委屈。词人是以谢安自况，空怀抱负，受到猜忌，归来林下，壮志难酬的悲怆慷慨，表达得真真切切。又如《浣溪沙·意在亭》：

> 休笑山翁不住山。二年偷向此中闲。归来赢得鬓毛斑。　　瓮底新醅供酪酊，城头曲槛俯潺潺。山翁老去此山间。[2]

曾经的壮志烟消云散，一度的愤激化为清越，词人的晚年心境，于此可见一斑。这样的情怀，并非叶梦得个案。同时代的朱敦儒、向子諲等，也是如此。

叶梦得兼善诗文和理论批评，《石林诗话》《石林燕语》《避暑录话》等作品，记叙朝章国典、旧闻时事，可资考证，补史缺。诗歌上的取向，主要尊崇王安石，独有见解。

二、李弥逊

在词坛上堪与叶梦得比肩的吴地词人，还有李弥逊。李弥逊（1085—1153）字似之，号筠溪，连江（今属福建）人，居吴县（今江苏苏州）。宋徽宗大观三年（1109）进士，调单州司户。历官校书郎、起成郎，知卢

---

[1] 唐圭璋主编《全宋词》，中州古籍出版社，1996，第535页。
[2] 唐圭璋主编《全宋词》，中州古籍出版社，1996，第538页。

山县、冀州。后任卫尉少卿、知瑞州,任淮南路转运副使,知饶州,知吉州,官起居郎、中书舍人、户部侍郎。绍兴九年(1139)因反对议和忤秦桧,李弥逊上疏乞归,以徽猷阁直学士知漳州,次年引疾隐居福建连江的西山,十余年间不与权贵联系,不请磨勘,不乞任子,不序封爵,绍兴二十三年(1153)卒。朝廷思其忠节,诏复敷文阁待制。有《筠溪集》二十四卷、《筠溪乐府》一卷、《筠溪词》一卷传世。

在两宋词坛,李弥逊是个特殊的词人,不标榜婉约而情致缠绵,不依傍豪放而浩气沛然,关切时局,融众家之长;真情挥写,诉心中幽怨。如《青玉案》:

杨花尽做难拘管。也解趁、飞红伴。骢马无情人渐远。沙平浅渡,雨湿孤村,何处长亭晚。　　欲凭桃叶传春怨。算不似、斜风情双燕。纵得书来春又换。只将心事,分付眉尖,寂寞梨花院。[1]

莫名其妙的惆怅,难得舒展的心情,别前的难舍,别后的相思,都在梨花盛开的院落之中。于是,画面上出现的是眉头紧锁,来回踱步的月下幽影。在李弥逊现存的八十余首作品中,多数是酬答次韵之作,离情别绪与伤心情怀是主要的内容。即便是咏物词,也能见到词人孤独凄清的身影。如《临江仙·次韵叶少蕴惜春》:

试问花枝余几许,卷帘细雨随人。风光犹恋苦吟身。海棠浑怯冷,为我强留春。　　细听惜花歌白雪,不知盏面生尘。吹开吹谢漫惊频。少陵真有味,爱酒觅南邻。[2]

词作似是惜春,颇有"有花堪摘直当摘"的意味。然事实上却是勾勒出一个能吏良臣孤独的身影,在天地间受到风光的眷顾,却得不到当权者的顾惜。于是,只能在花酒之中,消磨意志,打发时光。其实,少年时代的李弥逊,志向高远积极用世。如《清平乐·登第》:

烛花催晓。醉玉颜春酒。一骑东风消息到。占得鳌头龙首。　　长安去路駸駸。明朝跃马芳阴。应是花繁莺巧,东君著意琼林。[3]

---

[1] 唐圭璋主编《全宋词》,中州古籍出版社,1996,第734页。
[2] 唐圭璋主编《全宋词》,中州古籍出版社,1996,第735页。
[3] 唐圭璋主编《全宋词》,中州古籍出版社,1996,第736页。

科举得志之后，意气风发，驰骋长安道上，挥洒才华；莺歌燕舞之下，致君泽民。可是，不仅宋徽宗末年大势已去，宋钦宗丢了半壁江山，更有宋高宗无意北顾。词人抑郁消沉，徒叹奈何。如《菩萨蛮》：

江城烽火连三月。不堪对酒长亭别。休作断肠声。老来无泪倾。
风高帆影疾。目送舟痕碧。锦字几时来。薰风无雁回。[1]

没有北方的消息，词人牵挂；不见中原来人，骚客伤怀。几年下来，战事没有进展，失地没有恢复，将军空老，厩马肥死。送别同道，唯有叹息。所以，在《临江仙·次李伯纪韵》中，词人对李纲的消沉，就有了真诚的理解，"归来烛影乱，欹枕听更长"[2]。李弥逊的心态以及他对李纲的同情，不是完全的个人心绪，是对国事的关注，也是家事的影响。李弥逊之兄李弥大，从北宋末到南宋初，屡起屡降，不能掩盖其独当一面的才能。靖康元年（1126）在抗金前线斩乱将稳定军心的果敢行为和独到的军事见解，特别是起用韩世忠为将，足以证明其安邦的能力，却最终徒留"拟泛一舟追范蠡，从来世味不关心"[3]的忧愤。

三、龚明之

龚明之（1090—1182）字熙仲，一作希仲，号五休居士，平江府昆山（今江苏昆山）人。绍兴二十年（1150），年六十举乡贡，授高州文学。后敕监潭州南岳庙。年八十乞致仕，乡人又请于朝，超授宣教郎。有《中吴纪闻》六卷，文笔简练，叙事写人却很详尽饱满，在宋人笔记中，属上乘之作。龚明之著书的目的，是为了保存一代遗闻逸事，以使后来之人不忘吴中的人情风物。在自序里，龚明之介绍了素材的来源：一是幼年从祖父那里听到的有关"乡之先进所以诲化当世者"的事迹。二是"从父党游"的见闻。三是自己直接受到的乡贤教化的故事，以及与友朋学士交游中目睹耳闻甚至参与之事，比较翔实可信，可供研究有关历史人物的学者采信。

《中吴纪闻》所涉及的内容诸如吴中地区高官大款、文人名士的遗闻逸事、诗文酬对以及该地区的名胜古迹、风土民情、鬼神传说、僧道行踪

---

[1] 唐圭璋主编《全宋词》，中州古籍出版社，1996，第738页。
[2] 唐圭璋主编《全宋词》，中州古籍出版社，1996，第735页。
[3] 厉鹗辑《宋诗纪事》卷三十六，上海古籍出版社，1983，第917页。

等,均有收录,体制上与唐宋人笔记大致相类。然对先贤嘉言懿行的记录,无疑有利于一方教化。龚明之是一代真儒,孝悌忠信身体力行,以民为本,蕴藉了对儒学根底的领悟。如其《芝华亭》诗:"谁道休祥系上穹,民心元自与天通。政平讼理为真瑞,何必金芝产梵宫。"[1]一个政权的吉祥祸患,与苍天没有关系,不是天意而在于人事,民心就是天心,"政平讼理"顺应民心,天意自然就会佑护这个政权。龚明之长年教书授徒,生活清苦。他平日里省吃俭用,并无奢求,啜饮歌吟,悠闲自在,颇得养生之道:"不服丹砂不茹芝,老来四体未全衰。有人问我期颐法,一味胸中爱坦夷"。平静坦诚,正是龚明之高寿的根本。赋咏诗词,固然士人本色;戏谑笑谈,亦是有助健康,龚明之都做到了,更以《中吴纪闻》给后世留下了诸多精彩的先贤事迹。如《斗鸭》:

陆鲁望有斗鸭一栏,颇极驯养。一旦,驿使过焉,挟弹毙其尤者。鲁望曰:"此鸭善人言,见欲附苏州上进,使者奈何毙之?"使者尽以囊中金以塞其口。使徐问其语之状,鲁望曰:"能自呼其名尔。"使者愤且笑,拂袖上马。复召之,还其金,曰:"吾戏耳!"[2]

言语动作并不多,寥寥数语,事件的过程已经非常清晰,人物的性格凸显。再如《林酒仙》:

国初时,长洲县东禅寺有僧曰遇贤,姓林氏,以其饮酒无算,且多灵异,故乡人谓之林酒仙。口中可容两拳。尝醉于酒家,每出,群聚而观之者不绝。能自图其形,无毫厘不相似。好赋诗,虽多俗语,中含理致,然亦有清婉者,如云:"扬子江头浪最深,行人到此尽沉吟。它时若向无波处,还似有波时用心。""门前绿柳无啼鸟,庭下苍苔有落花。聊与东风论个事,十分春色属谁家?""心闲增道气,忍事敌灾屯。谨言终少祸,节俭胜求人。"若此之类,皆名言也。真身塑寺中。[3]

奇人,僧人而好酒;奇相,口中容两拳;奇想,语俗而理深;奇局,

[1] 厉鹗辑《宋诗纪事》卷五十,上海古籍出版社,1983,第1254页。
[2] 龚明之:《中吴纪闻》卷一,收入《丛书集成初编》第3155册,中华书局,1985,影印本,第15页。
[3] 龚明之:《中吴纪闻》卷二,收入《丛书集成初编》第3155册,中华书局,1985,影印本,第29页。

真身塑寺中。作品不仅叙述了一位佛门奇人,还为研究苏州寺庙造像提供了重要信息。

第五节 南宋中后期的吴地名家

两宋词坛,佳构如云,而评点探讨,却是寥寥。学界广为重视的是张炎的《词源》、沈义父的《乐府指迷》和王灼的《碧鸡漫志》。"两宋词学,盛极一时,其间作者如林。而论词之书,实不多观:可目为词学专著者,王灼碧鸡漫志、张炎词源、沈义父乐府指迷。"[1]王灼侧重于评词记事,张炎重在声律考据。唯有沈义父的《乐府指迷》,是第一部研究词体、词风与格律作法的专著。

一、沈义父及其词学理论

沈义父(生卒年不详)字伯时,号时斋,吴江震泽(今属江苏苏州)人,约宋理宗淳祐中前后在世。据《江南通志》及同治《苏州府志》记载,沈义父主要活动于宋理宗、宋度宗时期。又,潘柽章称其为有宋遗民,当是宋亡以后仍然在世,生平事历不详,"祖俨,与范仲淹同举进士。嘉定中,义甫以家学领乡荐,名列第五,为南康军白鹿洞书院山长,举行《朱子学规》,时称良师。久之,致仕归震泽镇。"[2]沈义父有《遗世颂》《时斋集》,见诸同治《苏州府志》卷一百三十八著录,今已佚;工词,以周邦彦为宗,持论多为中理;著有《乐府指迷》一卷,强调"盖音律欲其协,不协则成长短之诗。下字欲其雅,不雅则近乎缠令之体。用字不可太露,露则直突而无深长之味。发意不可太高,高则狂怪而失柔婉之意"[3]。音律协,是词与诗分疆,不可把词写成诗;文字雅,是崇尚雅趣的审美取向;用字隐,是主张写到具体事物用代指法;立意柔,填词时的蕴意要柔婉而不是激越。按照沈义父的填词标准,北宋周邦彦最为符合。然诚如前人所说,用字不可太露,但过于隐晦,也易陷于晦涩难懂,并非佳途。

二、蒋捷

蒋捷(生卒年不详)字胜欲,号竹山,阳羡(今江苏宜兴)人,生活

---

[1] 蔡嵩云:《乐府指迷笺释》,夏承焘校注,人民文学出版社,1981,第39页。
[2] 沈卫新主编,吴江档案局、吴江区方志办编《嘉靖吴江县志》,广陵书社,2013,第364页。
[3] 沈义父:《乐府指迷》,收入唐圭璋编《词话丛编》,中华书局,1986,第277页。

的年代大约在1240—1310年之间。蒋捷的先世为宜兴巨族，他也出生、成长在一个富足而雅致的家族中。宋度宗咸淳十年（1274）蒋捷进士及第，可此时元军南下，南宋行将灭亡，天下已经大乱。所以蒋捷还没来得及为南宋政府效力，就已经失去家国，伤痛悲哀，难以言表。南宋都城临安（今浙江杭州）失守之后，蒋捷流亡了一段时间。宋亡之后，蒋捷隐居于太湖中的小岛。一首《贺新郎·兵后寓吴》，足见蒋捷此际的悲哀痛楚："深阁帘垂绣。记家人、软语灯边，笑涡红透。万叠城头哀怨角，吹落霜花满袖。影厮伴、东奔西走。望断乡关知何处，羡寒鸦、到著黄昏后。一点点，归杨柳。　　相看只有山如旧。叹浮云、本是无心，也成苍狗。明日枯荷包冷饭，又过前头小阜。趁未发、且尝村酒。醉探枵囊毛锥在，问邻翁、要写牛经否。翁不应，但摇手。"[1]蒋捷与周密、王沂孙、张炎并称"宋末四大家"。其词多抒发故国之思，风格多样，接近辛派，有《竹山词》。《一剪梅·舟过吴江》也表现了蒋捷颠沛流离中的心弦震颤：

一片春愁待酒浇。江上舟摇，楼上帘招。秋娘容（度/渡）与泰娘桥。风又飘飘，雨又萧萧。　　何日归家洗客袍。银字笙调，心字香烧。流光容易把人抛。红了樱桃，绿了芭蕉。[2]

承平时节，天下事似乎与社会的普通一员关系不大，但易代的烽火并不会因为你的普通就绕道烧向他方。任何人，都不能摆脱战争带来的伤害，哪怕身为贵家公子也不能幸免。南宋灭亡之后，蒋捷深怀亡国之痛，隐居在太湖之滨。直到晚年方回归故里。抛离自己的故乡，并不是不爱故乡，而是因为故乡已经沦陷。于是，只留下曾经美好的故乡在心中，在伤怀中走过人生。这首词是蒋捷在南宋都城临安易主、南宋王朝灭亡之后到处流浪，乘舟路过苏州时所作。作者被明艳的春光打动，借此反衬自己惆怅满怀的心绪和羁旅不定的生活。

眼前是明媚的春光与艳丽的春景，心中却是千愁万绪，倦怠思归。在流离漂泊的岁月里，词人悲从中来，无可排遣。"一片春愁待酒浇"，愁闷连绵不断，只能借酒浇愁。舟船在江上飘摇，酒旗在眼前晃动，这一

[1] 吴昌绶、陶湘辑《景刊宋金元明本词》，上海古籍出版社，2012，第773页。
[2] 吴昌绶、陶湘辑《景刊宋金元明本词》，上海古籍出版社，2012，第779—780页。"秋娘容与泰娘桥"一句，明刻宋名家词本《竹山词》作"秋娘度与泰娘桥"，另有本作"秋娘渡与泰娘桥"。

"摇"一"招",实在令人有些眩晕。微醉的词人继续前行,惺忪中已然来到"秋娘容(度/渡)""泰娘桥"。这两处既是吴地的美景,又让人联想到妩媚可人的佳人,思念起了他在家乡"笑涡红透"的爱妻。然而,美好的一切只是幻影,眼前唯见"风又飘飘,雨又萧萧"。视觉上的细雨纷飞、听觉上的呜咽风声、触觉上的冰冷湿寒,都与内心的苦涩与悲凄相呼应。于是,下阕便点出"归家"的情思,想象归家之后的温暖生活:洗一洗沾满尘土的衣袍,调一调久未操弄的银笙,燃一炷清雅扑鼻的心字香。"流光容易把人抛。红了樱桃,绿了芭蕉。"芭蕉叶绿,樱桃果红,在这一"红"一"绿"的颜色变幻中,春光消逝于初夏,时序更替。花落花开,自然界年年如此,永不止息。但是,人生呢? 家国呢? 年华易逝,人生易老。此句将抽象的岁月流逝用具象的颜色传递出来,增强了情感的表现力。

又如《虞姬(虞美人)·听雨》,通过简单的生活细节,写出的是沧桑巨变。词曰:"少年听雨歌楼上,红烛昏罗帐。壮年听雨客舟中,江阔云低、断雁叫西风。 而今听雨僧庐下,鬓已星星也。悲欢离合总无情,一任阶前、点滴到天明。"[1]"听雨"本是常态的事情,江南吴中,一年之中降雨的时段几占五分之一。可是,蒋捷此时的听雨,是在太湖中的小岛上,是在僧舍。而在僧舍的听雨,又关合了词人少年、壮年的过往。就是说,词人写的是人生三个时段的听雨,也就是三种不同的生活情状:少年——富足安逸,壮年——流离悲苦,而今——人衰心死。而相对应的正是历史的变迁:少年——南宋稳定富庶,壮年——兵荒马乱,而今——家国何在? 蒋捷遭遇易代,通过三叹中的对比,写出了无限的无奈。

作为南宋后期吴地创作成就最高的词人,蒋捷的作品,既有苏辛的超脱,也有姜张的细腻,历来为词论家称颂。

三、孙锐

与蒋捷同年进士的孙锐(1199—1277)字颖叔,吴江(今属江苏)人。曾任庐州佥判,时间不长,返回家乡,蛰居于吴江平望桑磐村。孙锐存世作品不多,但《避虏入洞庭》《杨郡王还乡》《兵火》《虏警》诸作,叙写元军南下东进的场景,令人唏嘘。晚年一首《渔父词》,别有闲趣:"平湖千顷浪花飞。春后银鱼霜更肥。菱叶饭,芦花衣,酒酣载月忙呼归。"[2]这

---

[1] 吴昌绶、陶湘辑《景刊宋金元明本词》,上海古籍出版社,2012,第782页。
[2] 唐圭璋主编《全宋词》,中州古籍出版社,1996,第2889页。

样的生活场景,是南宋社会承平富足的常态,也是水网交错的富庶吴江的一般景象。然而,当孙锐正欣赏这种江南美景,意犹未尽之时,元军已经南下东进,南宋的政治中心临安易主了。元军南下的过程中,百姓的惊恐与时代的灾难,在孙锐的笔下,有直观的陈述。见《避虏入洞庭》:

> 朔风一夜渡江村,北望云飞不忍言。
> 仙隐老寻双橘柚,避秦人爱小桃源。
> 烟波乱逐鸱夷舸,烽火遥腾马偾辕。
> 闻道此山真福地,不知何处更离魂。[1]

平望为元军南下的要冲,是骑兵从苏州陆路到临安的近道。于是,战火很快就烧到了平望。普通百姓唯一的生路,就是逃进太湖,乘渔家小船、农家小舟,离开村舍,进入太湖中的岛屿,元军一时半会是进不去的。战乱之后返回家乡的百姓,又看到什么?见《兵火》:

> 胡马倏南侵,膻尘夜犯心。丧鱼索枯肆,倒屣问焦琴。
> 狼烟乘惨势,鬼磷带愁吟。庐舍人无几,还家何处寻。[2]

村舍废墟,断垣残壁;生人无几,磷火飘荡。诗人并未直接描绘战争的残酷,而这场战争的结局,不仅是宋元易代,也是恐怖悲哀的开端。由于常年读书并经营科举,又生活在乡村,孙锐的高雅气度,仍在吟叹乡野寻常景物的篇章中显露出来。《石湖别墅》与《荻塘柳影》之类的作品中流露出闲适情怀,也是常情。《荻塘柳影》:

> 日出烟销春昼迟,柳条无力万丝垂。
> 韶光新染鹅黄色,偏爱东风款款吹。[3]

春日迟迟,日暖风轻,徜徉于池边柳下,别有一番惬意。于是,一位有文化的老农,也就是孙锐自己,赶紧出来领略这初春的美景,观赏刚刚发芽的柳条。丝丝垂柳,款款东风,诗人陶醉其间。

---

[1] 孙锐:《孙耕闲集》,赵时远编,收入《续修四库全书》第1320册,上海古籍出版社,2002,第162—163页。

[2] 孙锐:《孙耕闲集》,赵时远编,收入《续修四库全书》第1320册,上海古籍出版社,2002,第165页。

[3] 孙锐:《孙耕闲集》,赵时远编,收入《续修四库全书》第1320册,上海古籍出版社,2002,第162页。

第五章 宋代吴地文坛的旗帜范成大

吴地文坛巨星，宋代吴地文人的旗帜范成大，人们并不陌生。《红楼梦》第六十三回有一个情节，借岫烟之说妙玉论诗，说"古人中自汉晋五代唐宋以来皆无好诗，只有两句好"[1]，就是"纵有千年铁门槛，终须一个土馒头"两句，很多人想必留有深刻的印象。妙玉这位"槛外之人"的论断亦是一时之说，不必太看重。然这二句，确是至理名言，作者就是南宋吴地最杰出的诗人、"中兴四大家"之一的范成大，题曰《重九日行营寿藏之地》，诗曰："家山随处可行楸，荷锸携壶似醉刘。纵有千年铁门限，终须一个土馒头。三轮世界犹灰劫，四大形骸强首丘。蝼蚁乌鸢何厚薄，临风拊掌菊花秋。"[2]一两句诗闪光夺目，已属稀见，而在文学史上名列大家，确实难之又难，范成大是其中之一。

第一节　多彩的人生经历

范成大（1126—1193）字至能，一字幼元，早年自号此山居士，晚号石湖居士，吴县（今江苏苏州）人，南宋名臣、文学家。今治平寺侧范成大读书处遗迹犹存。

范成大出生在一个耕读传家的家庭，具有一定的文化传承和家产，并非贫寒之家。而成年之后的范成大极为关切民生疾苦，在封建官僚阶层中尤为难能可贵。范成大的父亲范雩，宋徽宗宣和六年（1124）进士，宋高宗绍兴十一年（1141）为秘书省正字。绍兴十三年二月，除秘书郎，六月致仕，不久患病去世。范成大的母亲蔡氏，是北宋四大书法家之一蔡襄（另三家是米芾、苏轼、黄庭坚）的孙女。在这样的家庭中成长，范成大

---

[1]　曹雪芹、高鹗：《红楼梦》第六十三回，岳麓书社，1987，第502页。
[2]　范成大：《范石湖集》卷二十八，富寿荪标校，上海古籍出版社，2006，第390页。

的人生应该是幸福而毫无压力的,因而早年受到良好的正规培训,遍阅经史,提笔能文。十七岁时,也就是1142年,他曾应诏赴礼部献赋颂。次年,父亲范雱病故,年仅四十左右,范成大只能暂时放下功名想法,承担起家庭的重任。他的两个妹妹、两个弟弟,均未成年。于是,范成大成了苏州城西南乡下一位有文化的劳动者。不过,尽管范成大的祖父、父亲并未显达,社会关系还是有的。母亲蔡氏的祖父蔡襄是北宋名臣。而蔡氏的外祖父,是北宋重臣文彦博,出将入相几十年,封潞国公,人称文潞公。可见,范雱中进士之时,似尚未婚娶,很受达官显贵的器重,所以范家有一定的社会关系网络。

眼看范成大就要在苏州城西南的石湖之畔成为中小地主中的一员,此时范成大父亲范雱的一位好友看不下去了,对范成大的人生道路进行了长达十年的干预,此人就是与范雱同榜进士的王葆。王葆,字彦光,昆山(今属江苏)人,家境富庶而侠义。王葆与范雱同榜、同乡,又成同事,关系极为亲密。眼看好友之子的艰难处境,很是担忧。于是,王葆将范成大及其两个妹妹、两个弟弟,一起接到昆山生活,同时严厉管束范成大,逼迫其读书应举。"子之先君期尔禄仕,志可违乎?"[1]从此,范成大在昆山的荐严资福寺中常驻,自号"此山居士"。但是,范成大并非心在此山,读书准备科考,成为范成大在昆山荐严资福寺的主要事业。在昆山,范成大完成了人生的华丽转身,也奠定了一生功业的基础。

范成大在这里与两个妹妹、两个弟弟共同成长,并将两个妹妹嫁人,帮弟弟成家立业,履行了一个长子的责任。范成大自己,在王葆的规约督促之下,也从少年后生成长为青年才俊。王葆本人,是北宋末年从昆山走出来的杰出学者。"葆学行俱高,潜心古道,教诱后生,如亲子弟。沙随程迥尝受经于葆。出其门者后多成立,其学深于《春秋》,著有《集传》十五卷,《备论》二卷,《东宫讲义》三卷。葆于人物,鉴裁尤精。李衡布衣流落,一见,以女弟归之。周必大未仕时,亦妻以女。范成大早孤废业,葆喻勉切至,加以诘责,留之席下,程课甚严,后皆为名臣。"[2]在王葆的

---

[1] 周必大:《文忠集》卷六十一,周纶编,收入《文渊阁四库全书》第1147册,台湾商务印书馆,1986,影印本,642页。
[2] 乾隆《昆山新阳合志》,收入《江苏历代方志全书·苏州府部》第87册,凤凰出版社,2018,第646页。

引导培养下，范成大兄妹方能顺利成长，范成大方能成为顶天立地的男子汉，在经学、文学诸方面得到全面修炼，奠定了成为文学家和一代名臣的基础。

在昆山读书的同时，范成大还交往了诸多朋友，这对于他的诗词创作与学业功底，甚至人生道路，都产生了积极的影响。因为范成大结交的朋友，至少是"衣食足，知荣辱"、有文化、有雅趣的朋友。范成大的生活并不富有，但也不至于贫寒，没有陷入炊烟不继的窘况。所以，范成大在昆山，就加入了当地的诗社。诗社中有李衡（彦平）、唐子寿（致远）、唐煜（子光）、乐备（功成）、马先觉（少伊）、项寅宾（彦周）、耿镃（时举）、钟孝国（观光）、石驹（千里）、石希颜（名不详，字希颜）等。范成大还与方外人士如观老、范老等，往来甚多。

在寺庙中读书，但不是在那里修行或禁锢于寺中。十年间，范成大也不是全天候守在寺中读书。他频繁参与诗社活动，往返于昆山与吴中之间，回故乡料理房屋田产，也是常态。此外，还曾多次离开昆山出游他乡，到过今杭州、南京、溧水、高淳、宣城等地。"往来于昆吴之间，（此后十年间大体如此），亦间有短期出游。"[1]临安（今浙江杭州）是南宋首都，是将来范成大主要的活动平台，有必要提前熟悉。但去杭州是否还有其他事项，缺乏文献支持。可以推测的是，范成大是官宦子弟，父亲的朋友同事，也不止王葆一人，且范成大有直接参加锁厅试的资格，所以可能是去参加考试。

宋高宗绍兴二十四年（1154），范成大进士及第，终于完成了王葆的心愿，登上了仕途。与范成大同年进士的著名人士，有南宋"中兴四大家"之一的杨万里、状元郎张孝祥等。此时的范成大，不算年轻，已经二十九岁。随后，范成大步入仕途，长期徘徊于下僚或外任。直到绍兴三十二年春，三十七岁的范成大始调任临安，监太平惠民和剂局。这个机构，大约类似于政府的卫健委兼医院。入京之后，范成大仕途较为通达顺畅。宋孝宗隆兴元年（1163）初，任点检试卷官。同年四月为编类高宗圣政所检讨官，兼敕令所。虽然级别不高，但接近中枢，常能见到皇上和太上皇（赵构），范成大的才能也得到执政者的赏识。隆兴二年（1164），转秘书省正

---

[1] 于北山：《范成大年谱》，上海古籍出版社，1987，第21页。

字。乾道元年（1165）三月迁校书郎，六月兼国史院编修官，十一月迁著作佐郎，升迁速度极快。次年二月，范成大被任命为尚书吏部员外郎。短时间内的越级升迁，致使言官抨击他超躐，也就是越级升迁，不符合提拔的程序，范成大被罢职了，徒有个主管台州崇道观的头衔，即宫观使，一种可以领到基本工资的虚衔。因为无事可做，范成大一度返回故里。

乾道三年年底，范成大出知处州（今浙江丽水），政绩卓著。那里山多地少，居民常为了一小块耕地而争吵。而且由于降水较多，山洪暴发，农田被冲毁也是常有之事。于是，范成大到任之后，大力进行水利建设，开垦山田。而且范成大创建了一种义役法，富人出钱，穷人出力，村民互相帮助，修建山田三千三百亩，基本解决了当地村民的种粮问题。在处州的两年，范成大指挥百姓开垦山田，兴修水利，既得灌溉之利，又除水患，深得百姓敬仰。"处多山田，梁天监中，詹、南二司马作通济堰于松阳、遂昌之间，激溪水四十里外，溉田二十万亩，溪远田高，堰坏已五十年。公寻故迹，议伐大木，横壅溪流，度水与田平，即循溪叠石岸，引水行其中，置四十九闸以节启闭；上原用足，乃及其中，次及其下，而堰可复。议定，官为雇工运石，命其傍食利户各发丁壮，分画界至。以五年正月同日兴工，四月而成，水大至，如初议。"[1]熟悉农事者都明白，这次的水利工程是多么及时。四月份工程完工，正好大水到来，又正好是插秧的季节，对于当地全年的粮食丰收，极为关键。南宋诗人翁卷《乡村四月》："绿遍山原白满川，子规声里雨如烟。乡村四月闲人少，才了蚕桑又插田"[2]，说的正是这个季节田间的繁忙景象。乾道五年五月，范成大被召回朝廷，担任礼部员外郎兼崇政殿说书、国史院编修官、实录院检讨官。半年后，范成大被任命为起居舍人兼侍讲，兼实录院检讨官。由此可见，出知处州只是一个考验，看看范成大处理地方政务的能力。而在朝中任职，虽然不是什么重要的部门，却能经常见到皇帝赵昚。所以不久之后，范成大就接受了一个常人难以完成的重任：出使金，索取河南陵寝之地，并更改授受国书之礼。

[1] 周必大：《文忠集》卷六十一，周纶编，收入《文渊阁四库全书》第1147册，台湾商务印书馆，1986，影印本，第643页。
[2] 翁卷：《苇碧轩诗集》，收入徐照、徐玑、翁卷、赵师秀：《永嘉四灵诗集》，陈增杰校点，浙江古籍出版社，1985，第206页。

使金，是南宋任何一位官员都不愿意担当的差使，因为被扣被杀的情况时有发生。或者脸面丢尽，狼狈而归，如洪迈、汤邦彦之流。那么，宋朝为何这个时候突然想起来要索取河南陵寝之地呢？很重要的原因，是授受国书之礼没有修改，还是原来的君臣之礼。即金是君，宋是臣，当今皇帝赵昚很是不痛快，因为双方的关系已经不是君臣，而是叔侄了。按照"绍兴和议"的规定，双方是君臣。但是，宋高宗绍兴三十一年（1161）九月，完颜亮大举南下，结束了宋金之间近三十年的对峙局面。不过，南宋方面实力尚在，所以完颜亮失败了。他的军队两路主力，一路在皂角林被老将刘锜打败，一路在采石矶被虞允文打败，水师又被李宝打败。不过，吃了败仗之后的完颜亮，手里的兵力还是相当雄厚，盘踞在扬州附近，打算渡江南下。罗大经《鹤林玉露》记载："孙何帅钱塘，柳耆卿作《望海潮》词赠之云：'东南形胜，三吴都会，钱塘自古繁华。烟柳画桥，风帘翠幕，参差十万人家。云树绕堤沙。怒涛卷霜雪，天堑无涯。市列珠玑，户盈罗绮，竞豪奢。　重湖叠巘清佳。有三秋桂子，十里荷花。羌管弄晴，菱歌泛夜，嬉嬉钓叟莲娃。千骑拥高牙，乘醉听箫鼓，吟赏烟霞。异日图将好景，归去凤池夸。'此词流播，金主亮闻歌，欣然有慕于'三秋桂子、十里荷花'，遂起投鞭渡江之志。近时谢处厚诗云：'谁把杭州曲子讴？荷花十里桂三秋；那知草木无情物，牵动长江万里愁。'"[1]可此时，金政权内部，已经发生了巨大变化，完颜雍称帝，废掉了完颜亮，并改年号为大定。于是，完颜亮在前线，身份尴尬。就在瓜州，完颜亮被部下杀害，大部分金兵北撤了。而宋朝这边，赵构也倦勤了，当上了太上皇，养子赵昚即位，是为宋孝宗。即位之初的赵昚，很想有一番作为，于是，出现了"隆兴北伐"，由主战派大臣张浚主持，但并未得到全力支持，不过虽区区数万人，还是打得有模有样。只是将领不和，战功有限，李显忠的部队一万多人，攻到符离集就溃退。这次交锋，金意识到宋的实力不可小觑，南下已然行不通，说不定宋还会发动北伐战争。于是，双方谈谈打打，终于签订了"隆兴和议"。重要的内容是，君臣关系改成了叔侄关系，需要奉上的银两、布匹、粮食也有所减少。但是，授受国书的礼节，没有交涉，也就没有改变。于是，宋孝宗赵昚、宰相虞允文、侍讲胡铨、起居舍人范成

---

[1] 罗大经：《鹤林玉露》丙编卷一，王瑞来点校，中华书局，1983，第241页。

大意见一致，主张修改。而右相陈俊卿、礼部尚书陈良祐、吏部郎官张栻以为不妥。更多官员则模棱两可，没有态度。"双方皆端方正直之士，所谓贤者之争，与绍兴主战主和、爱国与投降之争有本质之异。"[1]正是这种情况下，赵眘非常谨慎地选择了范成大出使。客观讲，这次出使，索取河南陵寝之地，完全是没有可能的。因为北宋时期的君王陵寝，位于河南省巩义市的西村、芝田、市区、回郭镇一带，北宋的九个皇帝中，徽、钦二帝被金兵掳去死于五国城，其余七个皇帝及赵匡胤之父赵弘殷均葬在巩义，称为"七帝八陵"，还有后妃、宗室亲王、王孙及功臣名将共有陵墓近千座。这里不仅在"绍兴和议"时被划给了金，更是在交战过程中遭到了毁灭性的盗掘破坏，金兵不仅将随葬的金银珠宝盗取一空，更将君王后妃等人的尸骨抛洒一地，甚至宋哲宗的遗体并未完全腐烂，就扔在地上，景象极为悲惨。而墓区的大量石雕石刻，也被糟蹋得不成模样，南宋军民得知后，极为悲伤却又无可奈何。而修改国书授受之礼，主动权也在金手中，宋根本没有筹码可供谈判，明摆着是两个不可能达到的目标。在这种情况下出使，范成大还是毅然出发，可见其为国为君，是何其不惜一切。

战事刚刚过去七年时间，此时又要索取河南陵寝之地和修改授受国书之礼，金立即会想到，宋是否又要准备开战。所以，皇帝赵眘说："朕以卿气宇不群，亲加选择。闻外议汹汹，官属皆惮行，有诸？"范成大很坦然说："无故遣泛使，近于求衅。不戮则执。臣已立后，为不还计。"[2]这可是身家性命攸关的事情，范成大居然心甚安之，可见其勇气。此次出使的全过程，周必大在《资政殿大学士赠银青光禄大夫范公成大神道碑》中有详细记载。后人的记载，往往有所出入，甚至时间上也有问题。下录罗大经《鹤林玉露》中对此事的记载，以资参考：

> 淳熙中，范至能使北，孝宗令口奏金主，谓河南乃宋朝陵寝所在，愿反侵地。至能奏曰："兹事至重，合与宰相商量，臣乞以圣意谕之，议定乃行。"上首肯，既而宰相力以为未可，而圣意坚不回。至能遂自为一书，述圣语。至虏庭，纳之袖中。既跪进国书，伏地不起。时金主乃葛王也，性宽慈，传宣问使人何故不起。至能徐出袖中书，奏曰："臣来时，大宋皇帝

[1] 于北山：《范成大年谱》，上海古籍出版社，1987，第142页。
[2] 陈邦瞻：《宋史纪事本末》卷十九，明万历刻本。

别有圣旨，难载国书，令臣口奏。臣今谨以书述，乞赐圣览。"书既上，殿上观者皆失色。至能犹伏地。再传宣曰："书词已见，使人可就馆。"至能再拜而退。房中群臣咸不平，议羁留使人，而房主不可。至能将回，又奏曰："口奏之事，乞于国书中明报，仍先宣示，庶使臣不堕欺罔之罪。"房主许之。报书云："口奏之说，殊骇观听，事须审处，邦乃孚休。"既还，上甚嘉其不辱命。由是超擢，以至大用。至能在燕京会同馆，守吏微言有羁留之议，乃赋诗曰："万里孤臣致命秋，此身何止一沤浮。提携汉节同生死，休问羝羊解乳不。"[1]

  整个出使过程耗时五个月，从乾道六年（1170）五月出发，十月返回。出使结果的记载出于多家，不甚相同。大致是载入国书的索取河南陵寝之地，没有成功。而要求范成大自己口头交涉的更改授受国书之礼，虽然没有明确的修改，但此后也有所变化。且金的皇帝完颜雍复书中，有商量的余地。可见，范成大不辱使命，为南宋政权争取到了有利的结果。在金廷的不卑不亢，据理力争，不是范成大自己回来说的，南宋方面是从金皇帝的回信中得知的。所以，宋孝宗赵昚给了范成大"始终保全"的承诺，并提拔了范成大，"除中书舍人，同修国史，及实录院同修撰，赐紫章服"[2]。而诗人自己，不仅有《揽辔录》记录了出使的过程，更有《使金纪行七十二绝句》组诗，记录了诗人的经历、心路历程以及被金兵占领区的大量信息。陆游对范成大的日记体散文《揽辔录》，曾详细阅读，写下了《夜读范至能揽辔录言中原父老见使者多挥涕感其事作绝句》："公卿有党排宗泽，帷幄无人用岳飞。遗老不应知此恨，亦逢汉节解沾衣。"[3]《宋史》中这样记载："隆兴再讲和，失定受书之礼，上尝悔之。迁成大起居郎，假资政殿大学士，充金祈请国信使。国书专求陵寝，盖泛使也。上面谕受书事，成大乞并载书中，不从。金迎使者慕成大名，至求巾帻效之。至燕山，密草奏，具言受书式，怀之入。初进国书，词气慷慨，金君臣方倾听，成大忽奏曰：'两朝既为叔侄，而受书礼未称，臣有疏。'摺笏出之。金主大骇，曰：'此岂献书处耶？'左右以笏标起之，成大屹不动，必

---

[1] 罗大经：《鹤林玉露》甲编卷一，王瑞来点校，中华书局，1983，第9页。
[2] 周必大：《文忠集》卷六十一，周纶编，收入《文渊阁四库全书》第1147册，台湾商务印书馆，1986，影印本，第645页。
[3] 陆游著，钱仲联校注《剑南诗稿校注》卷二十五，上海古籍出版社，1985，第1822—1823页。

欲书达。既而归馆所,金主遣伴使宣旨取奏。成大之未起也,金庭纷然,太子欲杀成大,越王止之,竟得全节而归。"[1]

次年秋天,范成大被任命为集英殿修撰、静江知府、广西经略安抚使。这是范成大第一次出任方面大帅,相当于明清时期的封疆大吏。上任之前,范成大先回故乡,直到乾道八年(1172)年底,方从苏州出发,赴广西任职,途中过了春节。沿途经过了湖州、严州、衢州、弋阳、南昌、清江、袁州、衡州、永州等地,均有交友与诗作。于三月十日入桂林接任,并作谢表呈送朝廷。在广西帅任上,范成大的作为,史书记载未详。但于北山所作年谱中,涉及范成大在广西的练兵、买马、与西南邻国交易等事项,均颇有成效。淳熙二年(1175)初,范成大被调往四川,出任成都知府兼四川制置使。范成大于同年三月下旬离开桂林,六月上旬到达成都。

在成都,除了地方的日常工作,就是宽民力、聚人才、兴教育等等,范成大所为,卓有成效。范成大帅蜀还有突出的两件事,我们应当关注:一是练兵,二是与诗人陆游的交往。训练士卒,整顿军备,修理器具,制造装备,颇有整军备战的气势。因为范成大与陆游、杨万里一样,属于喜论恢复的主战派人士,从诗人的角度说,就是爱国主义诗人。所以,成为方面大帅,就在力所能及的范围内,为北伐做一些军事上的准备。为何范成大在四川如此积极整军备战?因为川陕前线的王炎,是随时能够组织北伐并且取得成功的将领,更重要的是,从陕西出发向东控制河南、山东,占领中原地区,有很大的地理上的优势和格局上的气势,还有雄厚的基础。本身在川陕前线,南宋方面的军事防御比较充分,战备很好。而反观金,由于军事主力在漠北,政治、经济和军事中心却在华北和东北,军事领主制的框架,尚未打破,君王并不能迅速集中全部力量发动战争。尤其在西北地区,处于弱势。而从四川出发,开赴前线,相对较近,且只要控制了陕西,则中原如在囊中。所以,范成大在四川的积极备战极为重要。

陆游与范成大,加上杨万里、尤袤,被称为南宋诗坛的"中兴四大家"。而陆游与范成大的交往,始于绍兴二十四年(1154)的锁厅试,同是考生,张孝祥、范成大、杨万里等考中了进士,而陆游由于"喜论恢复",

---

[1] 脱脱等:《宋史》卷三百八十六,中华书局,1985,第11868页。

又列名于秦埙之上，惨遭除名。直到孝宗继位，才赐进士出身，算是有了身份有了文凭。某种意义上说，陆游已经是合格的进士，但一直没有拿到证书，是赵昚给他补发了证书。所以，他与范成大等人，可以说是同年进士。而后多年间，陆游与范成大交往密切。因为与主帅的特殊关系，所以陆游在成都的工作、生活相当顺心。而范成大也是比较讲情谊的人，也不会因为自己是主官就在陆游面前摆什么架子。相反，两人游赏、饮酒、赋诗、填词，成了亲密无间的韵友。也正因为此，同僚在背后多批评陆游有点颓废度日，过于放浪，等等。陆游听说之后，干脆给自己取了个雅号——放翁。

帅蜀的范成大，有怎样的成绩，可以从陆游的话中知道。"成都地大人众，事已十倍他镇；而四道大抵皆带蛮夷，且北控秦陇。所以临制捍防一失其宜，皆足致变故于呼吸顾盼之间。以是幕府率穷日夜力，理文书，应期会，而故时巨公大人，亦或不得少休。及公之至也，定规模，信命令，弛利惠农，选将治兵。未数月，声震四境，岁复大登。"[1]

然而，毕竟范成大身体状况不行，不能太劳累。仅仅知天命之年的范成大，经常生病，不得不于淳熙四年（1177）正月，请求离职休养，并向朝廷提出了一系列建议，得到宋孝宗恩准。五月，身体状况好转，启程返回苏州。离川之时，相送的朋友伴行百里，不忍离去。后来范成大养病苏州期间，有不少从四川来探望的读书人，可见范成大帅蜀期间，很得人心。同年十月，范成大回到苏州，休养一月，因为皇上召见，赶赴杭州。而这一见，范成大被任命为代理礼部尚书，辞免不允。宋孝宗淳熙五年正月，范成大以礼部尚书知贡举，主持了这一届的进士考试。三月，直学士院。四月，范成大被皇上直接任命为大中大夫、参知政事（副宰相）。然而，两个月后，因为言官的原因，范成大离职，返回故里。

这一次离职，时间较长，从淳熙五年六月到七年二月，计二十个月。因为明州（今浙江宁波）知府兼沿海制置使魏王赵恺病故，范成大被召到朝廷，接任赵恺的职位。仅仅一年，因为治郡有劳，淳熙八年（1181）二月，宋孝宗将范成大任命为端明殿学士。三月，范成大任建康（今江苏南京）知府，四月到任。

---

[1] 陆游著，马亚中、涂小马校注《渭南文集校注》第二册，浙江古籍出版社，2015，第113页。

在建康任上，范成大上奏调廷，请求调用军队储蓄的二十万石陈米以赈饥民，并请减去租米五万石。由于旱情严重，蝗灾发生，范成大下令官吏组织民众捕蝗，减少损失。因范成大应对旱灾、赈济饥民有功，朝廷"转其一官"以示奖赏，特授端明殿学士太中大夫。"四月，开府金陵，适岁旱，公招徕商贾，损各夏税，请于上，得军储二十万石赈饥民，苗额二十七万斛，是年蠲三之二，而五邑受粟总四万五千四百余户，无流徙者。"[1]安民，尤其是灾年安民，是对地方长官智慧的考验，范成大妥善解决了春旱带来的问题，维护了社会的稳定。但是，打家劫舍的凶悍匪徒，不论何时，都有可能出现。淳熙九年八月，南京城外二十里，发生了盗贼抢劫事件，又有劫江贼徐五暗中兴事，号称"静江大将军"，范成大设计捕获，消除隐患。于北山先生说，徐五的事情，史料没有记载，到底是什么性质，是起义农民，还是叛乱将军，或者是杀人越货的不法之徒，"未能确指，不敢著语，以俟知者"[2]。既然史料阙如，也就无从知晓。既然周必大明确记录是劫江贼，大约就是活跃于江面上的"江盗"，相当于海上的海盗。

两年时间，由于劳累，范成大的身体再次出现问题，淳熙十年从夏至秋，五次请求致仕，于同年八月三十日，以资政殿学士提举临安府洞霄宫，即致仕。这时，范成大五十八岁。尔后，范成大返回故里，赋闲休养长达七个年头。《四时田园杂兴六十首》《吴郡志》等，皆成于这一阶段。

宋孝宗淳熙十五年十一月，起任福州知州，范成大固辞，未获允，只得入朝觐见。赵昚慰劳备至，参与决断国事的太子赵惇也很关心。皇上赐丹砂及手书的苏轼诗两首，太子写"寿栎堂"三大字赏给范成大。其后又于延和殿论事。次年初赴福州任，行至婺州（今浙江金华），范成大称病坚请奉祠，获朝廷允准，返回故里。其后向新即位的赵惇上陈"当世要务"。

宋光宗绍熙二年（1191）冬天，词人姜夔来访，留月余。临别，姜夔有词《暗香》《疏影》，亦可见范成大故居之雅致，竟然勾起姜夔的悠悠往事。两首词的小序交代了写作的过程："辛亥之冬，予载雪诣石湖。止既月，授简索句，且征新声，作此两曲，石湖把玩不已，使工妓隶习之，音

---

[1] 周必大：《文忠集》卷六十一，周纶编，收入《四库全书》第1147册，台湾商务印书馆，1986，影印本，第649页。
[2] 于北山：《范成大年谱》，上海古籍出版社，1987，第310—311页。

节谐婉,乃名之曰暗香、疏影。"

暗香

　　旧时月色,算几番照我,梅边吹笛。唤起玉人,不管清寒与攀摘。何逊而今渐老,都忘却春风词笔。但怪得竹外疏花,香冷入瑶席。　　江国,正寂寂。叹寄与路遥,夜雪初积。翠尊易泣,红萼无言耿相忆。长记曾携手处,千树压西湖寒碧。又片片、吹尽也,几时见得。

疏影

　　苔枝缀玉,有翠禽小小,枝上同宿。客里相逢,篱角黄昏,无言自倚修竹。昭君不惯胡沙远,但暗忆、江南江北。想佩环、月夜归来,化作此花幽独。　　犹记深宫旧事,那人正睡里,飞近蛾绿。莫似春风,不管盈盈,早与安排金屋。还教一片随波去,又却怨、玉龙哀曲。等恁时、重觅幽香,已入小窗横幅。[1]

　　姜夔词中描写,虽是范成大石湖居所的梅花,然别有寄托,当与合肥往事有关。"范成大赠以小红,似亦为慰其合肥别情"[2],可见范成大对姜夔的理解。

　　绍熙三年,朝廷加范成大为资政殿大学士,起知太平州。范成大多次请辞未获准,只得于五月就任。六月,次女逝世,范成大因而辞官回乡。次年秋季,范成大病重,上疏再次请求致仕,九月初五日逝世,享年六十八岁,葬吴县至德乡上沙的赤山旁。朝命特赠五官,后累赠少师、崇国公,谥号文穆,后世遂称其为"范文穆"。范成大首先是南宋名臣,"论曰:刘珙忠义世家,迨属纩,以未雪仇耻为深恨。王兰犯颜忠谏,刚肠嫉恶。方赵鼎、张浚非罪远谪,朋交绝踪,大宝独从之游,逮斥权奸,了无顾忌。安节拒秦桧,排渊、觌,坚如金石,孤立无党,死生祸福,曾不一动其心。当金兵犯大散关,刚中单骑星驰,夜起吴璘,一战却敌。成大致书北庭,几于见杀,卒不辱命。俱有古大臣风烈,孔子所谓'岁寒然后知松柏之后凋'者欤? 若祖舜夺杨愿恩,褫秦熺秩,诛桧恶于既死,彦颖论事激烈,披露忠荩,直气亦可尚已"[3]。其次才是诗人、学者、词人。

---

[1] 夏承焘笺校《姜白石词编年笺校》,上海古籍出版社,1981,第48页。
[2] 夏承焘笺校《姜白石词编年笺校》,上海古籍出版社,1981,第49页。
[3] 脱脱等:《宋史》卷三百八十六,中华书局,1985,第11870页。

《宋史》卷三百八十六的总论部分，特别提到了范成大，"有《石湖集》《揽辔录》《桂海虞衡集》"[1]等。现今所见且易得之范成大著作，有《吴郡志》，江苏古籍出版社1986年版、1999年版；《范石湖集》，上海古籍出版社1981年版、2006年版；《范成大笔记六种》，孔凡礼点校本，中华书局2002年版、2008年再印版、2012年再印版；孔凡礼《范成大佚著辑存》，中华书局1983年版；胡起望、覃光广《桂海虞衡志辑佚校注》，四川民族出版社1986年版。2022年9月，上海古籍出版社出版吴企明先生的《范成大集校笺》，是书不唯是对范成大作品集的一次全面深度的整理，对作品校笺之外更有系统性的诠解，以呈现南宋社会的时代气象和当时士林的精神风貌，并在前人整理辑佚基础上增补十六篇作品，最为全备。

第二节　深沉的爱国情怀

从历史的角度审视，范成大是南宋一代名臣，内政外交，颇有建树。学术史上的范成大，是杰出的学者，《桂海虞衡志》《吴郡志》等极具史料价值。可以说，范成大是个事在留心的学者，从丹青史乘到花鸟虫鱼，样样关心。更为重要的是，范成大在诗歌史上有着极为特殊的地位。他不仅是南宋诗坛"中兴四大家"之一，是宋诗精致圆润风格的代表性人物，还是南宋诗坛爱国主义诗歌的典型性作者。相较于陆游的激情呼唤，范成大在诗歌中抒发的爱国情怀，别有一种深沉的气象，是低回凝重的吟叹。

前人论诗至南宋，意见纷繁，莫衷一是。原因何在？南宋诗家名流的篇章，大多并不以某一家或某一流派为依归。倘若一定要指出某某学某某，神似还是形似，难免偏颇。就如全祖望说范成大的诗歌精致，却忽略了诗人激情之下行云流水的篇章。范成大的爱国主题诗篇，以精致论之，明显不能概括诗人的真实情怀；以博大论之，尚有一定的道理；以凝重深沉论之，更符合范成大爱国主题诗歌的基本特质。

学界一般认为，范成大的爱国情操，主要体现在他的《使金纪行七十二绝句》中，当然不错。但是，年轻的范成大，已经是一位忧国忧民的诗人，笔下对国事的忧虑，已然不少。如《秋日二绝》之一：

---

[1]　脱脱等：《宋史》卷三百八十六，中华书局，1985，第11870页

> 碧芦青柳不宜霜，染作沧洲一带黄。
> 莫把江山夸北客，冷云寒水更荒凉。[1]

从字面上看，写的是江南秋天的荒凉景象。芦苇、杨柳，本来是生机盎然的植物，但经历霜打风吹，到了秋天，已经是一片枯黄。潜在含义，就是曾经美好的事物，也会因为时序变化而失去美感。江南很美，但在金兵的铁骑蹂躏之下，也会不成模样。所以不要夸耀江南的美景，更不要张扬江南的富有。尤其是不要在北客面前夸耀。如同这碧芦青柳，经不起北风的吹拂。美丽的大宋江山，经受不住金兵铁骑的践踏。现在荒凉的江南秋景，更不能向北方来的使者夸耀了，一如江南已经不能再经受战火的洗礼。宋金和议之后，双方之间的使者往来实在频繁。而南北使者交往的行动路线就在东边，双方在淮河边上设立了特别的机构，专事接待。而前往分界线上接待对方使者的官员，还有一个专门的名称，叫作接伴使。如杨万里，就曾于绍熙元年（1190）担任金国贺正旦使接伴使，到淮河岸边迎接金的使者，并由此写下《初入淮河四绝句》，表达了诗人对时局的伤感和对南宋偏安一隅的焦虑。像杨万里这样的爱国诗人，表现出的是伤心忧虑。可是，还有人以为这是炫耀的机会，把江南的宜人气候、丰富物产、动人歌舞、繁华城池等等向北方客人炫耀，根本不顾后果。这种人，或是乐于偏安一隅，或是愚昧无知。范成大尚在年轻的时候，已经知道这样的故事，所以才有"莫把江山夸北客"的忠告。这不仅是现实的眼前危机，还有历史的教训。又如《题夫差庙》：

> 纵敌稽山祸已胎，垂涎上国更荒哉！
> 不知养虎自遗患，只道求鱼无后灾。
> 梦见梧桐生后圃，眼看麋鹿上高台。
> 千龄只有忠臣恨，化作涛江雪浪堆！[2]

这是一首咏史诗，故事大家都熟悉，讲吴王夫差的。骄傲自满，不听逆耳忠言，必然失败，吴王夫差的结局，可以想见。夫差当年听从伯嚭的主张，将越王勾践放还越国，最终导致吴国灭亡，自己也伏剑而死，令人唏嘘。夫差之错，错在何处呢？他没有听从伍子胥的建议，而是顺从了伯

---

[1] 范成大：《范石湖集》卷一，富寿荪标校，上海古籍出版社，1981，第5页。
[2] 范成大：《范石湖集》卷二十八，富寿荪标校，上海古籍出版社，1981，第385页。

嚭的意见，释放越王回国。相反，越王及其大臣文种、范蠡，头脑很清醒。只要越王能够回国，一切都有希望。而吴王夫差自我膨胀，也必然自取灭亡。因为以吴国的实力，或许可以一时取胜，但打败齐国，战胜晋国，根本不可能，所以不应该垂涎上国。夫差一系列的错误，结局是什么？史料明载："大夫种、相国蠡急而攻。大夫种书矢射之，曰：'上天苍苍，若存若亡。越君勾践下臣种敢言之：昔天以越赐吴，吴不肯受，是天所反。勾践敬天而功，既得返国，今上天报越之功，敬而受之，不敢忘也。且吴有大过六，以至于亡，王知之乎？ 有忠臣伍子胥，忠谏而身死，大过一也。公孙圣直说而无功，大过二也。太宰嚭愚而佞言，轻而逸谀，妄语恣口，听而用之，大过三也。夫齐、晋无返逆行，无僭侈之过，而吴伐二国，辱君臣，毁社稷，大过四也。且吴与越同音共律，上合星宿，下共一理，而吴侵伐，大过五也。昔越亲戕吴之前王，罪莫大焉，而幸伐之，不从天命而弃其仇，后为大患，大过六也。越王谨上刻青天，敢不如命？'"[1]你吴国拒绝了上天的安排，不要越国。越国可不会这样逆天行事，所以吴国必亡。

吴王夫差的纵敌，就是养虎为患。秦末的楚汉相争中，刘邦与项羽已经约定以鸿沟为界，东归楚，西归汉，从而换取项羽释放刘邦的父母妻子。不过，刘邦手下的谋臣很清醒，刘邦也能听取正确的意见，终于取得成功。"是时，汉兵盛，食多，项王兵罢，食绝。汉遣陆贾说项王，请太公，项王弗听。汉王复使侯公往说项王，项王乃与汉约，中分天下。割鸿沟以西者为汉，鸿沟而东者为楚。项王许之，即归汉王父母妻子。军皆呼万岁。汉王乃封侯公为平国君。匿弗肯复见。曰：'此天下辩士，所居倾国，故号为平国君。'项王已约，乃引兵解而东归。汉欲西归。张良、陈平说曰：'汉有天下太半，而诸侯皆附之。楚兵罢，食尽，此天亡楚之时也，不如因其机而遂取之。今释弗击，此所谓"养虎自遗患"也。'汉王听之。"[2]所以，切不可养虎在家，放心出去捕鱼，从而酿成惨剧。而贪图享乐，不思进取，后果又会怎样，也不难想象。相传，吴王不仅在灵岩山建有馆娃宫，还在甫里（今江苏苏州市甪直）建有梧桐苑，又叫梧桐园，

---

[1] 赵晔撰，徐天祜音注《吴越春秋》卷五，苗麓校点，辛正审订，江苏古籍出版社，1999，第86页。
[2] 司马迁：《史记》卷七，岳麓书社，1983，第89—90页。

极尽奢侈。华丽的梧桐园,渐渐杂草丛生,野兽出没,最终淹没在历史的长河中,只剩下象征忠臣悲愤之情的涛声雪浪,敲击出历史的记忆。

眼前,大宋王朝如何?"绍兴、淳熙之间,颇称康裕,君相纵逸,耽乐湖山,无复新亭之泪。士人林升者,题一绝于旅邸云:'山外青山楼外楼,西湖歌舞几时休! 暖风熏得游人醉,便把杭州作汴州'"[1],这是范成大青年时期见到的实际情况。而在诗人心中,局促于东南一隅的大宋王朝,最应该做的事情,就是不忘国耻,奋发有为,整军备战,北伐中原,收复失地,完成国家的统一。见其《合江亭》:

> 石鼓郁嵯峨,截然踞沧洲。有如古盟主,勤王会诸侯。
> 蒸湘伯叔国,禀命会葵丘。敢不承载书,戮力朝宗周。
> 混为同轨去,崩奔不敢留。宜哉百谷王,博大无与俦。
> 毡毳昔乱华,车马隔中州。未闻齐晋勋,包茅费诛求。
> 威文亦弘规,尚取童子羞。安知千载后,但泣新亭囚。
> 我题石鼓诗,愿言续春秋。[2]

这首诗有一段小序,交代合江亭的基本情况:"合江亭即石鼓书院,今为衡州学官。一峰特立,踞两水之会,湘水自右,蒸水自左,俱至亭下,合为一江而东。有感而赋。韩文公所谓'渌净不可唾'者,即此处。今有渌净阁。"[3]作品中提到的"新亭对泣",是人们熟知的故事。"过江诸人,每至美日,辄相邀新亭,藉卉饮宴。周侯中坐而叹曰:'风景不殊,正自有山河之异!'皆相视流泪。唯王丞相愀然变色曰:'当共戮力王室,克复神州,何至作楚囚相对!'"[4]所以,诗人提及赏心亭,如《重九独登赏心亭》《赏心亭再题》一样,均是对中原失地的眷恋和克复神州的理想表达。而《范石湖集》卷十二的组诗《使金纪行七十二绝句》,更是集中体现了范成大的爱国情怀。

这组诗,是诗人渡淮河北上途中以诗歌写就的日记,与《揽辔录》可互相补充,既是诗人足迹的见证,更是诗人心迹的展露。从诗歌的标题可见,这叠组联章的七十二首绝句,具有时空的一致性,是诗人从越过分界

---

[1] 田汝成辑撰《西湖游览志余》卷二,上海古籍出版社,1980,第14页。
[2] 范成大:《范石湖集》卷十三,富寿荪标校,上海古籍出版社,1981,第168—169页。
[3] 范成大:《范石湖集》卷十三,富寿荪标校,上海古籍出版社,1981,第168页。
[4] 余嘉锡:《世说新语笺疏》,周祖谟、余淑宜整理,中华书局,1983,第92页。

线到会同馆险遭不测的全过程记录，其顺序是：《渡淮》《汴河》《虞姬墓》《宿州》《雷万春墓》《双庙》《睢水》《伊尹墓》《留侯庙》《西瓜园》《宜春苑》《京城》《护龙河》《福胜阁》《相国寺》《州桥》《宣德楼》《市街》《金水河》《壶春堂》《渐水》《李固渡》《天成桥》《旧滑州》《扁鹊墓》《羑里城》《文王庙》《相州》《秦楼》《翠楼》《讲武城》《七十二冢》《赵故城》《邯郸道》《蔺相如墓》《邯郸驿》《丛台》《临洺镇》《邢台驿》《柳公亭》《内丘梨园》《大宁河》《柏乡》《唐山》《光武庙》《赵州石桥》《柏林院》《栾城》《呼沱河》《真定舞》《东坡祠堂》《松醪》《望都》《安肃军》《出塞路》《白沟》《太行》《固城》《范阳驿》《定兴》《清远店》《琉璃河》《灰洞》《良乡》《卢沟》《燕宾馆》《橙纲》《蹋鸱巾》《耶律侍郎》《龙津桥》《燕宫》《会同馆》，以上七十二首，均见于上海古籍出版社1981年版《范石湖集》第十二卷145页—158页。本节引用同上述作品，不再注明页码。范成大这一路经历的地方，今天看起来并不多，似乎也不远。但在当时，骑马坐车，还是相当劳顿的。

这组诗歌涉及的古人前贤，有刘邦、项羽、虞姬、杨广、雷万春、张巡、许远、伊尹、张良、李勣、曹太后、赵佶、扁鹊、周文王、韩琦、曹操、刘备、孙权、蔺相如、刘秀、李春、苏武等。涉及的地名，也就是诗人足迹所到、目力所接，显示了诗人的行动路线：在盱眙渡淮，一路向西北方向行进，经过地方，用今天的地名表述，就是宿州、商丘、开封、淇县、汤阴、邯郸、邢台、赵县、正定、清苑、涿州等，进入燕京，金中期的都城。很多地名，今天依然保留使用，如琉璃河、定兴、柏乡、良乡、固城等，从地级市到乡镇不等。可见，诗人的行动路线，是有拐弯的，渡淮之后向西北方向，经过北宋都城汴京（今河南开封）之后，再折向东北。是诗人的要求，还是双方商定的安排，不得而知。而这一路上，诗人见到的是中原华北的大好河山，是沦陷区的广大百姓，是曾经繁华的首都汴京，是诸多在历史上留下浓墨重彩的名胜古迹，背后，则是风云际会的历史画卷。因此，这是一组纪行诗，更是一组爱国诗、咏史诗、怀古诗。

历史陈迹的叙写中，寄托了诗人的悲愤。《宿州》："狐鸣鬼啸夜茫茫，元是官军旧战场。土伯不能藏碧磷，三三两两照前冈。"题下小注说"五更出城，鬼火满野"。鬼火是不存在的，但是，尸体腐烂过程中产生的磷化氢自燃现象，焰淡蓝色，光微弱，浮游空中，暗中可见。诗人见到的景象，极为瘆人。然而，诗人没有害怕，而是伤感。因为这里，曾经是宋军与南下的金兵激战的地方，有多少将士在此为国捐躯，没有明确的统计数据。可是，现在，这里已经成为沦陷区，牺牲的将士心有不甘，好像他们的灵魂要出来向诗人诉说一样。

《雷万春墓》和《双庙》两首，很容易使人想起唐至德二载（757）发生的事件。安史叛军南下过程中，打到睢阳。一路上基本没有遇到像样抵抗的安史叛军，在这里遇到了真正的大唐脊梁，张巡、许远、雷万春、南霁云等人率领八千多军民，与安史叛军殊死搏斗，直到最后援绝粮尽，城破被杀，坚决不降。宁死不屈的唐朝将士不仅有效地消耗了安史叛军的力量，更阻止了叛军的南下西进，为唐王朝调动军队组织防线，争取了时间。可以说，是守一城而安两淮。《雷万春墓》："九陨元身不陨名，言言千载气如生。 欲知忠信行蛮貊，过墓胡儿下马行。"《双庙》："平地孤城寇若林，两公犹解障妖祲。大梁襟带洪河险，谁遣神州陆地沉？"平地孤城，无险可守，内无粮草，外无援军，死守睢阳，最后的结局，张巡、许远很清楚，但更清楚的是守城的意义。韩愈在《张中丞传后叙》中，有清楚的分析：迟滞叛军的攻势，屏障江淮，既能为唐王朝赢得调兵遣将的时间，更能保住江淮大地，确保了平定"安史之乱"作战中唐王朝的兵员、粮饷、器械等等。然而，而今的大梁，即汴梁、汴京，既有黄河天堑，又有呼吸可至的军队，却终至沦陷，神州陆沉，谁的责任呢？ 诗人只能发问而不能回答。与杨万里《初入淮河四绝句》一样，杨万里还只是到淮河，就已经意不佳了，要发问了，既有刘光世、岳飞、张俊、韩世忠等名将，又有赵鼎、张浚这样的良相，一条淮河将大宋江山分割南北，而中原华北大片国土，从此沦陷，泪湿秋风欲怨谁？ 诗人明白，但不能说。

现实经历的记述中，点明了诗人的忧患。不仅是南宋的官员如杨万里、范成大等，众多中原百姓，也是于水深火热之中期盼着国家恢复统一。陆游的《关山月》《秋夜将晓出篱门迎凉有感二首》等，是对中原百姓的深情牵挂。范成大的《州桥》，不仅仅是牵挂，更多的是愧对。"州桥南北是天街，父老年年等驾回。 忍泪失声询使者：'几时真有六军来？'"汴京的这条大街，南边是朱雀门，北边是宣德楼，君王当年常常走过的地方。 而今，百姓在问几时真有六军来，既是中原百姓的民族情感，也是对南宋官员的灵魂拷问。 有学者认为，作为南宋的使臣，范成大一行人不可能接触到百姓，因为金也有接伴使，即认字不多的兵部侍郎耶律宝。南宋使臣在严密的监视之下，不太可能接触到百姓。不过，范成大的《翠楼》："连衽成帷迓汉官，翠楼沽酒满城欢。白头翁媪相扶拜：'垂老从今几度看！'"确是真实的记录。

被金兵占领地区的山河风景，诗人瞩目；百姓的民族情感，诗人关注；人民的苦难遭遇，诗人也深感悲切。《清远店》："女僮流汗逐毡軿，云在淮乡有父兄。屠婢杀奴官不问，大书黥面罚犹轻。"这就是被金兵占领地区人民的真实生活，是中原百姓在金人铁骑下的悲惨片段。小姑娘并没有错，只是要回家而已，就被主家在脸上烙上了印记。屠婢杀奴这样的事情，统治者是不会过问的。范成大对于人民的眷顾同情，毫不掩饰。《白沟》："高陵深谷变迁中，佛劫仙尘事事空。一水涓流独如带，天应留作汉提封。"诗人在题下的小注说："在安肃北十五里，阔才丈余，古亦名巨马河，本朝与辽人分界处。"以白沟为界，这已经是大宋王朝不得已的选择，因为实在没有力量收复燕云十六州。可是，这白沟好像是会变的，曾经的宋辽分界线，现在已经成了金的腹地，残酷的现实是，白沟移向江淮区，如此江山坐付人。思绪到此，诗人的忧患之心，难以平静。

面对前贤的壮举，诗人的缅怀中，还有着复杂的思绪。张巡、许远死守睢阳，为唐王朝的部署赢得时间；韩琦的杰出才能，不仅为大宋朝廷的稳定发挥了重要作用，更为后世垂范，避免形成太后掌权长期干政的先例。在赵曙即位之初，由于身体原因，曹太后临朝听政。这位曹太后，有着优良的品质和背景，她的祖父，就是赫赫有名的大宋开国名将曹彬。仁宗去世时，养子赵曙即位，身体不好而且也不熟悉政务，于是请出了太后垂帘听政。大臣对太后是极为敬重的，但于理于法，不是长久之计。当赵曙的身体状况好转之后，是韩琦敢作敢为，促成了太后的撤帘还政。《相州》一诗，借乡人之口，表达了对前贤的赞美。《伊尹墓》《留侯庙》两首，更不用说，是诗人的理想、志向，更是诗人的期待。伊尹辅助商汤，建立商朝；张良辅助刘邦，建立汉朝。《伊尹墓》："三尺黄垆直棘边，此心终古享皇天。汲书猥述流传妄，剖击嗟无咎单篇。"伊尹不仅是助商王朝建立的功臣，更是中华文化精神的奠基者之一。至于传说故事，不论真假，美好的往事，何妨一听。《留侯庙》："功成轻举信良谋，心与鸱夷共一舟。吕媪区区无鸟喙，先生轻负赤松游。"功成身退，首先是要功成。张良之功成,是帮助刘邦建立汉朝,然后远走逍遥。汉家天下已定,张良说:"家世相韩,及韩灭,不爱万金之资,为韩报仇强秦,天下振动。今以三寸舌为帝者师,封万户,位列侯,此布衣之极,于良足矣。原弃人间事,欲从赤松子游耳。"[1]南宋面临的问题,正是需要伊尹、张良一样的人物,方能匡救危难,开创局面。

做张良,范成大没有机会;学伊尹,也还没有时机,环境已经发生了极大的变化。眼下,诗人出使,一路颠簸,前途如何,全然不由自己把握。于是,蔺相如、苏武等象征着民族气节的英雄,在诗人的心中,就是丰碑,就是楷模。《蔺相如墓》:"玉节经行庑障深,马头酾酒奠疏林。兹行璧重身如叶,天日应临慕蔺心。"蔺相如的故事,人们熟知。在中学语文课本上,一般都会学到《廉颇蔺相如列传》的三个故事片段:"完璧归赵""渑池会""将相和"。

蔺相如不辱使命,完璧归赵,是诗人的榜样,在强秦的朝堂之上,据理力争,智斗对方君臣,更是范成大学习的样板。诗人没有和氏璧这样的宝贝在身上,但有着更为重要的东西,那就是民族气节和国家形象。所以,在经过蔺相如墓的时候,范成大已经规划了在金廷的斗争方略。万一不成,有死而已。即便被扣留,也此心不改。苏武,就是诗人心中的英雄。《会同馆》:"万里孤臣致命秋,此身何止一沤浮!提携汉节同生死,休问羝羊解乳不?"这就是诗人获悉处境凶险之后的选择,这就是民族气节。

范成大在金的朝堂之上,有礼有节地争取,既得罪了金廷中的强势人物,也得到了开明派的赞许。在面临被留、被杀、全节而归几种可能的情况下,范成大做好了最坏的打算,像蔺相如那样,以死抗争。或者像苏武那样,绝不屈服。汉武帝时代的苏武出使匈奴,拒绝劝降,北海牧羊十九年,终于全节而归。壮年出使,回来时须发全白。即使如此,也不移心易志。所以诗人的"提携汉节同生死,休问羝羊解乳不",是坚强意志的表达,是诗人爱国情操的呈现,也是这组爱国主义诗篇最好的总结。

---

[1] 司马迁:《史记》卷五十五,岳麓书社,1983,第459—460页。

第三节　真切的忧民之心

虽然范成大并未经历生计艰辛的考验，但他成长于吴地乡村，对普通百姓的日常生活及急难盼愁的事情，有比较清楚的认识。担任多地地方官的经历，让诗人对社会底层有了更为全面的认识，因而心生慈悲，胸怀同情，有着与诸多诗人不一样的忧民之情。诗歌史上，最为论者称赏的爱民诗人当然是杜甫，因为杜诗的主旨就是忧国忧民，杜诗的风格是沉郁顿挫，杜诗的特征是博大精深，杜诗的格律代表了最高的艺术。饱尝生活艰辛的杜甫，由己及人，悯众生之艰难，望皇恩之浩荡。尤其是《茅屋为秋风所破歌》那种崇高愿望，令人敬畏。但范成大不同，他没有经历什么生活的艰辛，从来衣食无忧。可是，他能够对社会下层平民的艰难感同身受，实在是难能可贵。至少，儒家以人为本的思想，和范成大富有同情的天性，得到了完美结合。对于乡村百姓遭遇的不公，诗人极其愤慨，这是诗人长期担任地方官以及赋闲期间深入民间生活的真实情感。而且，诗人关注的困难群体，不仅是村民，还有市井贫民。而写到村民市民之苦，也不是仅仅着眼于贫困饥寒，而几乎是全方位的。如《咏河市歌者》：

> 岂是从容唱渭城，个中当有不平鸣。
> 可怜日晏忍饥面，强作春深求友声！[1]

河市，即沿河的市场，吴地常有的景象。以苏州为例，20世纪八九十年代依然保留，后逐渐消失。大致结构是，居民房舍沿河而建，河边是道路。根据走向，还分为上塘街和下塘街。沿街的某一段，往往是市民早上集中买菜的地方，也是乡村菜农船运蔬菜、鸡鸭鱼肉等到城里售卖的地方，称之为"河市"。歌者，就是卖唱的人。诗中的歌者，在范成大眼里，不是提供了艺术欣赏的画面，而是呈现了一种饥寒的困苦之状。所以诗人落笔就是一句反问，这哪里是从容不迫地在演唱《渭城曲》之类的歌曲，其中分明有着愤怒与不平。这是歌者透露出来的别样音符，唯有同情心极盛之人，才能听出来。再动用视觉，仔细端详，诗人发现了歌者内心的痛苦与生活的艰难，都写在了脸上。范成大用"日晏""忍饥""强作"三个

---

[1] 范成大：《范石湖集》卷二十六，富寿荪标校，上海古籍出版社，1981，第361页。

词,说明时间已经不早,歌者的腹中,尚无食物充饥,也就是还没有得到赏钱去买早点,只能忍饥卖唱,还得强装笑脸,用劲演唱。所以诗人说"可怜"。这种理解与同情,正是诗人心地善良的体现。

关切民瘼的范成大,能够从苦难人的声口中体悟到他人生存的艰难。这需要有足够的同情心和生活积累,也需要用心去观察体验。一个寒冷的夜晚,范成大听到门外有人喊叫卖卜,心中伤悲,写下《夜坐有感》:"静夜家家闭户眠,满城风雨骤寒天。号呼卖卜谁家子,想欠明朝籴米钱。"[1]占卜虽然不可信,但古人笃信不疑。《诗经·氓》中的"尔卜尔筮,体无咎言"[2],就是占卜算卦的意思。阳光明媚之下,街头巷尾,市场一角,摆摊算命占卜,或许还有生意。天寒地冻,夜深人静,满城风雨,还要出来占卜,不是为了生计,还有何种解释? 诗人听出了号呼的另一层含义,是明天的生计没有着落啊!

《雪中闻墙外鬻鱼菜者,求售之声甚苦,有感三绝》三首,亦是如此:

其一
饭箩驱出敢偷闲? 雪胫冰须惯忍寒。
岂是不能扃户坐,忍寒犹可忍饥难!

其二
忧渴焦山业海深,贪渠刀蜜坐成禽。
一身冒雪浑家暖,汝不能诗替汝吟!

其三
啼号升斗抵千金,冻雀饥鸦共一音。
劳汝以生令至此,悠悠大块亦何心?[3]

又是一个大雪天,寒冷异常,诗人在家,当然不会受冻,更不会挨饿。可是,听到卖菜人在大雪天吆喝卖菜,感慨万千。同样是人,这位叫卖者,难道不知道关上门,坐在家中享受人生? 不行啊,为了全家的生存,只能忍着严寒出去叫卖,有了钱才能籴米,全家才不至于挨饿。在经济发展较好的吴地,日子尚且过成这样,土地贫瘠的山区,更是不可想

---

[1] 范成大:《范石湖集》卷二十五,富寿荪标校,上海古籍出版社,1981,第358页。
[2] 《诗经 楚辞》,孔一标点,上海古籍出版社,1998,第20页。
[3] 范成大:《范石湖集》卷二十六,富寿荪标校,上海古籍出版社,1981,第361页。

象。看起来,"忍寒犹可忍饥难"似乎笔调还有些轻快,其实不然,是诗人对生活有着真切的感受,才能得出这样的结论。第二首中,诗人替叫卖者发出呼声,关切之情,溢于言表。第三首中,诗人从卖菜人的啼号声中,感受到升斗粮食的金贵,对于缺吃少穿的贫民来说,简直就如求得千金一样困难。生计如此,老天爷究竟是何居心?

这三首诗,写的都是在饥寒交迫中挣扎的苦命人,诗的句法与结构也很接近,合在一起,可全面地理解范成大诗作的内容与思想情感。这其中有同情,有怜悯,更有控诉。能做到这样,确实难能可贵的。其实,问天问地问大自然,是问错了,应该问的是当地的父母官。不过,诗人此时赋闲在家,已经无权干预。在任地方官的时候,范成大确实将浙江、四川、福建等地的民生问题,解决了不少。更能够体现范成大忧民之情的作品,是他的《催租行》和《后催租行》,充分揭示了乡村百姓痛苦的根源,甚至寄寓了诗人的痛恨之情。《催租行》:

> 输租得钞官更催,踉跄里正敲门来。
> 手持文书杂嗔喜:"我亦来营醉归耳!"
> 床头悭囊大如拳,扑破正有三百钱:
> "不堪与君成一醉,聊复偿君草鞋费。"[1]

催租征税,并不是范成大时代独有的现象,历史悠久,是历代诗人屡屡咏叹的意象。杜甫《兵车行》中发问:"且如今年冬,未休关西卒。县官急索租,租税从何出?"[2]苏轼的《陈季常所蓄〈朱陈村嫁娶图〉》其二说:"我是朱陈旧使君,劝农曾入杏花村。而今风物那堪画,县吏催租夜打门。"[3]这还是好的,更惨的是《五禽言》其二写的"昨夜南山雨,西溪不可渡。溪边布谷儿,劝我脱破裤。不辞脱裤溪水寒,水中照见催租瘢"[4]。因为租税不能按时缴纳,被官府抓去毒打,留下了恐怖的伤疤。之前如此,南宋的情况又是怎样的呢? 陆游说:"齐民困衣食,如疲马思秣。我欲达其情,疏远畏强聒。有司或苛取,兼并亦豪夺;正如横江纲,一举孰能脱! 政本在养民,此论岂迂阔? 我今虽退休,尝缀廷议末。明

---

[1] 范成大:《范石湖集》卷三,富寿荪标校,上海古籍出版社,1981,第30—31页。
[2] 杜甫撰,仇兆鳌注《杜诗详注》卷之二,中华书局,2015,第101页。
[3] 王文诰辑注《苏轼诗集》卷二十,孔凡礼点校,中华书局,1982,第1030—1031页。
[4] 王文诰辑注《苏轼诗集》卷二十,孔凡礼点校,中华书局,1982,第1046页。

恩殊未报，敢自同衣褐？吾君不可负，愿治甚饥渴。"[1]在辛弃疾的笔下，是"州以趣办财赋为急，县有残民害物之罪而州不敢问；县以并缘科敛为急，吏有残民害物之状，而县不敢问；吏以取乞货赂为急，豪民大姓有残民害物之罪，而吏不敢问。故田野之民，郡以聚敛害之，县以科率害之，吏以取乞害之，豪民大姓以兼并害之"[2]。范成大的《后催租行》，就特别强调这一点。先看《催租行》，写出了怎样的场景。

百姓已经缴纳了租税，并且收到了政府开具的证明，相当于今天的收据或发票，有了凭证。但是，官府还在催租。这是什么原因？正常情况下，百姓缴纳田赋，政府出具证明，就不存在拖欠的问题，怎么还来催租？原来，这里面有个漏洞，就是百姓手里已经有了凭据，这是户钞。但管理的县衙门，并未得到通知，没有得到某某百姓已经缴纳田赋的信息。原因在于，管征收的是县里的户科，但管催租的，是县尉。一个县很大，县尉当然忙不过来，手下的衙役也有限，未必熟悉整个区域内的百姓。于是，就出现了一个特殊的管理队伍，就是里正、户长，由当地的中小地主或有一定文化和影响力的人担任，成为平常维护一方社会秩序，收获时节帮着催租的群体。而这样的人，如果心术不正，就会祸害一方，就是辛弃疾所说残民害物的豪民大姓。

里正到了这户农家，敲门而入。百姓心里很踏实，因为手里有凭据。里正并不知道，因为他只负责催租。于是，他闯入民宅。百姓拿出了收据，说明已经缴纳田赋。而这位里正，醉醺醺的，手持文书，面部表情十分奇怪，是"杂嗔喜"。喜的是，你家已经缴纳田赋，我里正又少了一个难题。嗔就是嗔怪，这个表情正式为敲诈勒索作铺垫，意思是怎么不早说啊，害得我白跑一趟。明说吧，我也没有别的意思，只不过来喝个小酒而已。已经醉得走路不稳了，还说是混口酒喝喝，分明是要捞点酒钱。这家的主人也很清楚，里正，官府的走狗，得罪不起。于是，只好将储蓄罐打破，里面有三百钱，送给里正吧。

悭囊又称扑满，就是陶制的储蓄罐，口小腹大，百姓家里存放现金的容器。大如拳，极言其小，仅有拳头那般大，说明农家的全年收入，可用

---

[1] 陆游著，钱仲联校注《剑南诗稿校注》卷六十八，上海古籍出版社，1985，第3806页。
[2] 辛弃疾：《稼轩集》，徐汉明编校，长江文艺出版社，1990，第361页。

现金，少得可怜，就这么大的罐子，足够了。而放在床头，又极言其珍贵，这里面，可是全家一年油盐酱醋的来源。没办法，里正上门了，只能将它奉献了。"扑破正有三百钱"，未必就是一个整数。诗人的手法，还得与喝酒挂上钩。而越是努力与喝酒挂钩，说明里正的要求存在合理性，就越是将里正的丑恶嘴脸展示得更清楚。"三百钱"与酒是何关系？有来源的。杜甫《逼侧行赠毕四曜》中有"街头酒价常苦贵，方外酒徒稀醉眠。速宜相就饮一斗，恰有三百青铜钱"[1]之句。原来，这三百钱与一斗酒是直接关联的，所以床头悭囊里面，"必须"是"三百钱"，可以让里正喝上一斗酒。斗，本是计量单位，这里说的是酒壶，盛酒的陶瓷容器，有大中小之分，一般中斗大约相当于现在的一斤半左右。

就这样，老百姓还得赔小心，十分谦恭地跟里正说话：就这么点钱，也不够买酒让您喝醉，勉强算是补偿一点跑腿费。赔着小心，给了小费，贴了笑脸，看上去问题已经解决了，里正当然是欢天喜地，继续踉踉跄跄去了，继续同样的表演。而留给百姓的，是更大的烦恼，因为储蓄罐，就是那个悭囊破了，里面承载全家基本生活来源的希望，现在被里正拿走了。说明什么？是这类直接跟百姓打交道的败类，毁坏了社会的良性秩序，将百姓逼上了绝路。所以，《后催租行》中，范成大叙写了又一个典型：

> 老父田荒秋雨里，旧时高岸今江水。
> 佣耕犹自抱长饥，的知无力输租米。
> 自从乡官新上来，黄纸放尽白纸催。
> 卖衣得钱都纳却，病骨虽寒聊免缚。
> 去年衣尽到家口，大女临岐两分首。
> 今年次女已行媒，亦复驱将换升斗。
> 室中更有第三女，明年不怕催租苦！[2]

催租是可恨的，它残害的并不是特定的一个人或一家人，这种残害是普遍且连续的。这首《后催租行》中，首先映入眼帘的，是一场灾难，水灾。关键在于，这场水灾发生的时机是一年中的秋天，破坏性极大。为

---

[1] 杜甫撰，仇兆鳌注《杜诗详注》卷之六，中华书局，2015，第392页。
[2] 范成大：《范石湖集》卷五，富寿荪标校，上海古籍出版社，1981，第60页。

何？一年辛劳，全家的生活指望，全泡汤了。这里写到江水，按照范成大的仕历轨迹，应该是写的长江流域的情况。而这一带在南宋时期，庄稼基本上是一年两熟：夏天收麦子，而产量较低；秋冬之际收水稻，占全年收获的八成以上。可是，这位老父，仅有的小块私田，已经被淹，全家的生计没有着落。于是，只能出去做工——成了地主家的苦力。即便如此，依然食不果腹，当然，也就不能缴纳田赋。而这样的灾难，虽然得到了朝廷的关照，可以免除租税，可是乡官新上任，政绩放第一，百姓死活在其次。所以，"黄纸"的恩惠真成了一纸空文。而"白纸"，地方官员催租的通告，威力更大，导致的直接后果，就是百姓卖儿卖女卖衣服以完税粮。这位老父前年卖尽了衣物，去年无奈地将即将出嫁的大女儿卖了。今年，二女儿已经谈好了婆家，也只得拿她换些粮食回来活命。"室中更有第三女，明年不怕催租苦"，真的是不怕吗，是已经彻底绝望了。诗人在这里正话反说，实际是泪干以后的抽泣。

除了官府、豪民的盘剥敲诈，疾病的打击，也是农村居民的一大灾难。《民病春疫作诗悯之》："乖气肆行伤好春，十家九空寒螀呻。阴阳何者强作孽，天地岂其真不仁？去腊奇寒衾似铁，连年薄热甑生尘。疲氓惫矣可更病，我作此诗当感神！"[1]春天万物复苏，庄稼生长旺盛，同时也是各种细菌、病毒活跃的季节。当时人们不能知道发病的原因，认为是阴阳失调，寒热不当而形成的戾气，因而春天发生了疫情。诗人寄希望于神灵，能够被诗人的诗篇，实质是诗人的忧民之心所感动，不要给百姓增加麻烦。

范成大不仅在此类作品中对民生有集中的表达，即便在充满秀美风光的田园诗中，他也没有忘记对民生疾苦的关注。

第四节 多彩的田园生涯

宋孝宗淳熙十三年（1186），范成大离朝养病范村，身体稍可，则居住到石湖的旧房子里，并经常外出游赏，有所见闻，就写下一首绝句。一年下来，得六十首，加以整理编辑，分春日、晚春、夏日、秋日、冬日五组，

---

[1] 范成大：《范石湖集》卷二十八，富寿荪标校，上海古籍出版社，1981，第385页。

每组十二首。如其小序所言"野外即事,辄书一绝,终岁得六十篇,号四时田园杂兴"。[1]四时当然是春夏秋冬,但诗人吟赏春天的篇章在其中占比最大,达二十四首,故而将其分为"春日"和"晚春"。

这六十首诗歌中,闪耀的是诗人的形象,不过应该首先看到的,是关切民瘼的忧民者形象。即便有些作品风格比较轻快,实质上是诗人在欣赏田园风光中不经意间道出实情。当然,百姓的困苦,并不是诗人能够全面反映的。但只要关注到了,他就是爱民的诗人。《四时田园杂兴六十首》中的百姓困苦,有哪些呢?此下引其中作品,均见上海古籍出版社1981年版《范石湖集》卷二十七,不再一一注明页码。

一、农作生产的艰辛缩影

几千年来,农作从来就不是轻松的事情,从育种、平地、种植、除草、施肥、防虫害,到浇灌、排水、移栽、护理及最后收割、晾晒、保存等,任何一种农作物,都需要农户按照其生长的规律,去努力做好每一个环节的事情,此外还得风调雨顺,方能取得成果。所以,生长在乡村的范成大,很清楚农民的辛苦。《春日田园杂兴十二绝》其十:"种园得果仅偿劳,不奈儿童鸟雀搔。已插棘针樊笋径,更铺渔网盖樱桃。"农村人的生活,一年四季都很紧张,每个能干活的人,都要承担家中的那份固定劳动,形成了自然的分工。而一定的时段,又必须完成相应的农事,否则就会误了农时,甚至耽误了一年的收成。这首诗写的是果农的辛苦,不仅是种植忙碌的辛苦,还得鸟口夺果。吴地的山坡上,种植了大量的水果,最多的是桃子。我们知道,这一带的桃子主要品种是毛桃、水蜜桃、黄桃等,除了淘气的孩子,在桃子尚未长成就采了吃,更有鸟类的破坏。动物,人是无法与之沟通的,这个桃子上啄一口,不好吃,换一个。于是,一只麻雀或其他小鸟,能将一棵甚至几棵果树的收成毁了。果农必须在果树上想办法,用荆棘防护,还是挡不住,只好再用渔网覆盖。诗人眼中的渔网,实质上是专门用来阻挡小鸟啄食的一种编织物。今天可以看到,种植水蜜桃、黄桃的农户,是用纸将桃子包裹起来,以防鸟啄和虫害。种植的枇杷,也必须用网将整棵树罩起来,否则收成无望。到了《夏日田园杂兴十二绝》里面,这种劳作的辛苦,就更清楚。如其四:"百沸缲汤雪涌

---

[1] 范成大:《范石湖集》卷二十七,富寿荪标校,上海古籍出版社,1981,第372页。

波,缫车嘈囋雨鸣蓑。桑姑盆手交相贺,绵茧无多丝茧多。"看这样的劳动场景,似乎还有些诗情画意,因为桑姑的心情不错。细想一下,其实不然。缫丝是一件很辛苦甚至有一定危险的工作,因为将蚕茧放在大锅中煮沸,然后才能抽丝,高温环境,烫手的开水,不断挥舞的双手。尽管画面很美,收成很好,坏茧不多,但很累。其五:"小妇连宵上绢机,大耆催税急于飞。今年幸甚蚕桑熟,留得黄丝织夏衣",与上一首写的工序相衔接,抽丝之后,紧接着就是织绢,妇女们抽丝的事情刚刚完成,连夜上了织机要织绢,不得休息。为什么？因为里正催税急于飞。今年蚕茧丰收,连夜辛苦,只为了完成交税的任务。还好,上等的优质的蚕丝织成了绢,上缴了,还能留下一些残次品的丝线,给自己做夏天的衣服。可见,是有些"采得百花成蜜后,为谁辛苦为谁甜"[1]的味道。甚至有的看起来笔调轻快诗、意满满的篇什,实含辛酸。其七:"昼出耘田夜绩麻,村庄儿女各当家。童孙未解供耕织,也傍桑阴学种瓜",不仅正在劳作的村民很是辛苦,不知父母兄长辛苦的小孩子,把劳动当作一种游戏,学着在桑树底下种瓜。殊不知,未来等待他们的并非快乐的生活,而是辛苦的劳作。

不过,农作毕竟是生活的基本来源,没有劳动就没有收获,就会失去生存的条件。因而劳作之时,也会有一些快乐。特别是丰收之后,农民尽管很累,心情还是大好。《秋日田园杂兴十二绝》其八:"新筑场泥镜面平,家家打稻趁霜晴;笑歌声里轻雷动,一夜连枷响到明。"俗话说"霜降有霜,米谷满仓",霜降节气,是庄稼收获的时间。百姓的口头禅"霜降到,无老少",就是说男女老少都要去干农活。在江南吴地,总有那么一段时间,晴朗天气多,气温较高,适合庄稼收割和播种,俗称"十月小阳春",一般在农历十月中下旬。长江中下游平原的百姓,要牢牢抓住这么几天,赶忙收稻晒谷。但是百姓还是会担心老天爷"生气"下几滴雨。范成大笔下吴地农忙的紧张,跃然纸上。第一句,写的是农事,实际是农民的心情与态度,极其认真,极为细致,将打谷场整理得像是一面镜子,可见极其郑重。第二句,家家户户,是说所有的人家,即没有哪一家敢怠慢。因为稍有不慎,雨水降下,一年的生存就成问题。所以要抓紧时间,将稻谷脱粒、晾晒、归仓。还有,稻草、麦草等,也是这一带最主要的农家燃

---

[1] 雍文华校辑《罗隐集》,中华书局,1983,第133页。

料。秋收时节的稻草,还不是很干,需要晾晒,然后捆扎,堆积,这是一直到明年秋天生火做饭的基本燃料。三四句洋溢着轻快的情调。疲累,因为通宵脱粒,就等太阳升起好晾晒;愉快,因为丰收。百姓们笑着、唱着、忙着,用最简单而有效的工具脱粒,通宵达旦,分秒必争。诗人在表达对吴地农民丰收喜悦的感同身受和对忠厚淳朴的吴地农民的赞美之情的同时,也展现了农民的辛苦。

二、天灾人祸的叠加伤害

《夏日田园杂兴十二绝》其十一:"采菱辛苦废犁锄,血指流丹鬼质枯。无力买田聊种水,近来湖面亦收租!"这可不是歌里唱的采红菱,充满生机与快乐。菱角又称芰荷,一种水生植物,每到春来,从淤泥中萌芽,夏天长到水面,形成菱盘,开花结成菱角。一般中秋节前后可以采摘,有尖刺,稍不留神就会刺破手指。即便没有受伤,采摘时也会将红菱的颜色染在手上,就像手受伤流血一样。而且由于采摘菱角时,双手长时间浸泡在水中,皮肤膨胀。采摘结束离开水面,双手就显得特别干枯。此诗前两句,写的就是这种情况。可笑的是,百姓无力买田,只能采摘菱角卖钱,或自己食用,因为菱角肉的主要成分是优质淀粉。可是,现在"湖面",当然是指石湖,也要收租了。可以想见,官府为了榨干百姓,真是想尽办法。所以,百姓的生活是极为艰难的。种地就怕风雨不顺,如《秋日田园杂兴十二绝》中的第五首:"垂成穑事苦艰难,忌雨嫌风更怯寒。笺诉天公休掠剩,半偿私债半输官。""不言无余,而无余之意尽于此矣"[1]。收获的季节即将到来,最怕的就是突发自然灾害。心惊胆战之中,终于迎来了收成,老天爷千万帮忙,不能添乱。还债交租之后,辛苦一年的百姓,还有什么? 第九首:"租船满载候开仓,粒粒如珠白似霜。不惜两钟输一斛,尚赢糠核饱儿郎。"满船的粮食,珠光玉圆,粒粒饱满白如霜,交给了官家,就这样,还要等待,还要被算计。最后能够剩下的,就是一些糠核,一些长得不好的稻秕子,可以得到些碎米,连同米糠,喂饱自己的孩子。这,还是正常年份。一旦遇到荒年,又会怎样?《冬日田园杂兴十二绝》其十:"黄纸蠲租白纸催,皂衣旁午下乡来。'长官头脑冬烘甚,乞汝青钱买酒回。'"皇恩浩荡,减免租税,可是,地方政府抓紧收租,所以一

---

[1] 周汝昌:《范成大诗选》,人民文学出版社,1984,第246页。

帮爪牙乱哄哄地下乡了。目的是什么？就是敲诈勒索。为何能够成功？因为长官头脑糊涂得很。"冬烘"就是"烘冬"，吴语"昏冬冬"，即糊涂的意思。

　　本来，朝廷以黎元为念，灾荒发生，蠲免一些租税，是常用的方法。但是，朝廷的恩泽，并没有惠及百姓，因为那些地方上的势力，不仅仅为了自己的政绩，更为了中饱私囊。常年担任地方官的范成大，很清楚这一点，因而也极为痛恨。既然长官是那样的糊涂，对手下人的所作所为，当然不会太清楚。即便知道，也会装糊涂，在一定程度上纵容他们。因为这些人是干将，是自己的左右手。钱锺书先生说："西洋文学里牧歌的传统老是形容草多么又绿又软，羊多么既肥且驯，天真快乐的牧童牧女怎样在尘世的干净土里谈情说爱；有人读得腻了，就说这种诗里漏掉了一件东西——狼。我们看中国传统的田园诗，也常常觉得遗漏了一件东西——狗，地保公差这一类统治阶级的走狗以及他们所代表的剥削和压迫农民的制度。"[1]从这个角度看，范成大的《四时田园杂兴六十首》，不是简单的田园诗，虽然其中亦有园田之乐，但更多的，是诗人与被剥削和压迫的人，有着同样的感受体悟。

　　不过，《四时田园杂兴六十首》组诗毕竟是诗人的即兴之作，乡村生活与乡村情趣，还是洋溢其间。

三、丰富绮丽的田园风光

　　这组诗歌中，首先映入眼帘的是明媚春光。春季到来，万物复苏，成长之快，非亲眼所见，难以想象。诗人感觉坐着打了个盹的时间，桑叶就已经长出来了。《春日田园杂兴十二绝》中的第一首："柳花深巷午鸡声，桑叶尖新绿未成。坐睡觉来无一事，满窗晴日看蚕生。"桑叶新绿，养蚕人已经忙开了，忙着将蚕种孵化。大概诗人看着刚刚孵化出来的小蚕，一个一个的小黑点，密密麻麻的，就已经在桑叶之间蠕动，很是有趣。别看它小，几天时间，就能长到二三分长，大约七八毫米，进行第一次蜕皮，蚕妇称之为蚕眠。三次或四次蜕皮之后，就能长到五六厘米，然后成熟，吐丝作茧。所以，三十五天左右，就能收获了。

　　唐宋时期的吴地农作生产，除了种植基本的作物麦子和水稻，重要的

---

[1] 钱锺书：《宋诗选注》，生活·读书·新知三联书店，2002，第312页。

经济来源就是养殖猪、羊、鱼、虾和种植经济作物如桃子、杏子、李子、杨梅、枇杷、茶叶等等。养蚕，也是很重要的一项。

养蚕的历史极为悠久，起源于何时，学界一直争论，尚无结论。其实，这是一个发展过程，做个时间断定很难。至少，在二千五百多年前，就已经有了成熟的养蚕技术。"氓之蚩蚩，抱布贸丝。匪来贸丝，来即我谋。"[1]种桑、养蚕、缫丝、织绢、成衣，已经形成了成熟的技术系列。《豳风·七月》中更为具体，"七月流火，九月授衣。春日载阳，有鸣仓庚。女执懿筐，遵彼微行，爰求柔桑。春日迟迟，采蘩祁祁。女心伤悲，殆及公子同归"[2]。这是对女子采桑养蚕的细致描绘，很有镜头感。李斯《上秦王书》中提到"阿缟之衣，锦绣之饰"[3]，说明不同地方的丝绸工业不仅相当成熟，而且已经形成了各自的特色。人们极为熟悉的汉乐府《陌上桑》，单看标题很容易将这位美貌如仙的秦罗敷当作养蚕女，其实不然，人家只是将蚕当作宠物养的。侧面说明，养蚕已经是很普通的生产活动。然而，吴地不仅家家户户养蚕，还有很多规矩。比如蚕忌，就是很严格的。《春日田园杂兴十二绝》其六："三旬蚕忌闭门中，邻曲都无步往踪。犹是晓晴风露下，采桑时节暂相逢。"养蚕的三十天时间里，人们相互之间是不能走动的。养蚕的女子，只有在采桑的地方，才有可能碰面，还要间隔一段距离，才能说话。当然，小孩子就不一样了。晏殊的《破阵子》里写到的是，小女孩在一块儿还是玩得很开心："巧笑东邻女伴，采桑径里逢迎。疑怪昨宵春梦好，元是今朝斗草赢，笑从双脸生。"[4]

由于旧时对蚕的特性及其成长规律，并无清晰的认知，全靠经验积累。很重要的一条，就是不能串门，怕引起蚕的死亡。这在今天很好解释，家蚕是很娇贵脆弱的，稍有不慎，可能全军覆没。比如饲养家蚕的桑叶，必须是露水干了以后才能采摘。带露水雨水的桑叶，家蚕吃了之后就会生病，甚至死亡。苏轼《雨中游天竺灵感观音院》就说到这个情况，"蚕欲老，麦半黄，前山后山雨浪浪。农夫辍耒女废筐，白衣仙人在高堂"[5]，是对救苦救难的观世音菩萨表示不满。是否另有寄托，亦各人所

---

[1]《诗经 楚辞》，孔一标点，上海古籍出版社，1998，第20页。
[2]《诗经 楚辞》，孔一标点，上海古籍出版社，1998，第50页。
[3] 司马迁：《史记》卷八十七，岳麓书社，1983，第647页。
[4] 晏殊、晏几道著，张草纫笺注《二晏词笺注》，上海古籍出版社，2008，第177页。
[5] 王文诰辑注《苏轼诗集》卷七，孔凡礼点校，中华书局，1982，第337页。

见不同。概言之，养蚕的季节，也是小麦收浆的关键时候，同时也是水稻育秧的时候，不能长时间下雨，需要的是晴好天气。一旦降水过多，将影响全年的收成。所以，三旬蚕忌，对于吴中农村养蚕人来说，是需要严格遵循的规矩。

诗人笔下，还有更多有趣的乡村景致和实物，皆是诗人眼中的美好画面。比如竹笋，是吴地春季的家常食材，邻家的竹笋，居然长到了自家的院子里。还有繁忙时节的特别安静的一个片段，别有意蕴。《晚春田园杂兴十二绝》其三："蝴蝶双双入菜花，日长无客到田家。鸡飞过篱犬吠窦，知有行商来买茶。"一般农历的二月底三月初，正是油菜开花极盛之时，也是吴地特别是石湖西侧的七子山，以及洞庭山茶叶采摘的重要时刻。苏州名茶碧螺春，正是在此际上市。而蚕忌时候，一般又是不让串门的，所以乡村极为安静。突然的鸡飞狗叫，意味着宁静的乡村来了陌生人。何人？茶商，是有生意上门了。虽然只是"行商"，也足以说明，这一带经济活动的活跃。

《春日田园杂兴十二绝》描绘的风景，绚丽多姿；春日的万物，充满希望；赏春的诗人，诗情荡漾。"高田二麦接山青，傍水低田绿未耕；桃杏满村春似锦，踏歌椎鼓过清明。"旱田里种上小麦或者大麦，尚未抽穗的时节，是难以分辨的，唯见一片绿色，殷殷可爱。看低处，水田尚未开始耕种，时间未到。不过也快了，因为已经到了清明时节。不久，农田育秧的事情就提上了日程："吉日初开种稻包，南山雷动雨连宵。今年不欠秧田水，新涨看看拍小桥。"打雷了，下雨了，稻种可以下田了。雨水充沛，按时而下，预示着今年的丰收在望，诗人欣赏这样的风景，更欣赏农家顺心的场景。

四、令人回味的乡风乡情

数千年的发展历程中，吴地也是以农业为主的一片天地，农耕生活与中原等地，虽然有由于气候气象条件及地理条件的差别造成的差异，但也有很多风俗习惯及乡间生活场景，与中原是类似的。《春日田园杂兴十二绝》中的第四、第五、第六、第七、第八首，写的就是春忙开始之前的一段吴地生活场景：

老盆初熟杜茅柴，携向田头祭社来。
巫媪莫嫌滋味薄，旗亭官酒更多灰。

社下烧钱鼓似雷，日斜扶得醉翁回。
青枝满地花狼藉，知是儿孙斗草来。

骑吹东来里巷喧，行春车马闹如烟。
系牛莫碍门前路，移系门西碌碡边。

寒食花枝插满头，蒨裙青袂几扁舟。
一年一度游山寺，不上灵岩即虎丘。

郭里人家拜扫回，新开醪酒荐青梅。
日长路好城门近，借我茅亭暖一杯。

对当地生产生活的习俗有一定的了解，才能理解诗人笔下的意绪。这五首诗，诗人特意编辑在一起，是按照乡村生产生活相关事项的顺序来写的。这些事情做完，就意味着进入春耕大忙的时节。

第一件事，是祭祀社神，就是春季祭祀土地神，古代并无特定的日子，多选择在春分前后，先秦两汉到唐代的择日不同。自宋代起，以立春后第五个戊日为社日，俗称土地公公生日。从国家层面说，祭祀社神为国家祀典，在社稷坛举行。对于乡村百姓来说，就是到田间地头的土地庙祭社神祈求丰年。各地的祭祀程序、方式也不一样，但大致饮酒（春酒）、分肉、赛会等项，是少不了的，如此一来，娱神与自娱就合并了。大人们在饮酒吃肉，与神同乐，祈祷全年的丰收，直到傍晚时分才散。小孩子们干吗？当然在玩，如斗草，自娱自乐。

第二件事，就是游春赏景。为了行动方便，连耕牛都得让路，骑马的、坐车的、走路的，把整个巷子都填满了。近处的街巷，是热闹的场所；远处的名胜，也是人们留意的地方。一年一度的畅游登山活动，也就此开启。

第三件事就是祭祖，一般在清明节前夕，也有的在清明当天。吴地的清明祭祖，一般有两个步骤，先是上坟祭扫，就是扫墓。子孙后代到先人的坟茔，铲除杂草，覆盖新土，制作坟帽子，压上纸钱，插上坟飘。有的还在坟前焚烧纸钱甚至纸扎，这要根据具体情况决定。然后回到家里，做上几个菜,盛好饭,桌上放好,点上香烛,供奉先人。仪式的具体程序,不尽相同。仪式结束后,才能一起吃饭。上引作品的最后一首,写的就是上坟祭扫之后的情景。清明祭祖扫墓的传统看似有点古老,其实极为重要,是教育子孙后代,不忘先人不忘本,永远敬重血缘情,是中华优良传统之一。这一系列春天里的事忙完之后,就是春耕季节了。

接下来,诗人写到的晚春乡村风情、夏日乡村风情,亦是生机盎然。有些生活情景,延续数百年上千年不变,只是近几十年逐渐消失了。《晚春田园杂兴十二绝》的第八首:"茅针香软渐包茸,蓬蘽甘酸半染红。采采归来儿女笑,杖头高挂小筠笼。"诗中提到的两种野食,现在基本上没有人吃。一种是茅针,就是茅草的花蕊(花苞),在开花之前,包裹在草叶之中,可以拔下来吃,尝起来微甜且有一种清香。另一种是蓬蘽,与茅针一样生长在山坡上,分布也很广,晚春时节结出果实,很像蛇莓,味道微微酸甜。大人们在地里干活,收工之后,顺路也顺手,拔上一把茅针,采摘几许蓬蘽装在小筠笼里,挂在杖头带回家给孩子吃。孩子们等到大人回来,看到挂在杖头的小筠笼,知道里面有好吃的,很开心。看来,这已经不是第一天带这种野食,所以孩子知道。诗人画出了一幅活灵活现的农家欢聚的场景画,温馨而有诗意。

《秋日田园杂兴十二绝》的第二首:"朱门巧夕沸欢声,田舍黄昏静掩扃;男解牵牛女能织,不须微福渡河星。"这是乞巧之夜的场景,富贵人家欢声笑语,乞巧的题目自然做得很大,但未必真巧。农家们关上了自家的大门,一片宁静。男人们通晓牵牛耕耘等等农事,妇女们能上机织布,不必乞巧于天河双星。农历七月初七夜晚,相传是牛郎织女渡河相聚的日子,后来逐渐演变为以女性为主体的蕴意复杂的节日,既有向织女乞巧的意思,亦有对婚姻爱情的祈祷。风俗形成于何时,无法确知。但在《诗经》中,亦有相关的吟叹。《诗经·小雅·大东》中的两章:"或以其酒,不以其浆。鞙鞙佩璲,不以其长。维天有汉,监亦有光。跂彼织女,终日七襄。虽则七襄,不成报章。睆彼牵牛,不以服箱。东有启明,西有长庚。有捄天毕,载施之行。"[1]牛郎织女优美而凄婉的故事,在《诗经》的年代,即西周到春秋时期,已经产生。诗人注意到吴地农家与富贵之家在七

---

[1]《诗经 楚辞》,孔一标点,上海古籍出版社,1998,第77页。

夕的不同状态，两相对比，虽表现的是生活风情，但情感上的偏向，很是明显。

诗人没有美化、诗化田园生活，只是如实描写，"其中含蕴深广，感情真挚。举凡四时朝暮景物之变化，阴晴雨雪对农业生产之关系，男女老幼对蚕桑劳动之熟稔与喜爱，对岁收丰歉欢笑愁苦之心情，剥削阶级迫害剥削之残酷，乃至地方风土，节日习俗，无不尽收眼底，统摄笔端，历历在目，栩栩如生"[1]。更重要的是，"这个以六十首绝句构成一个整体的组诗，不但其规模为历来所未有，而且还在于他能够运用组诗的形式，描绘出当时农家的景物、岁时、风俗、劳动、困难、忧虑、灾难、煎熬、奋斗、各式各样的生活、各式各样的琐事，较全面而深刻地反映了当时的农村。可以说，范石湖是把新乐府、竹枝词二者的精神，巧妙地和田园诗结合在一起，改造并提高了传统的田园诗，而赋予它以新的内容、新的生命，因此对后来影响很大"[2]。而《四时田园杂兴六十首》在田园诗的发展历程中，最为突出的价值，在于诗人没有游离于田园之外，而是在田园中，在生活中，写出了与农家一样的情怀。

第五节　立体的个性情态

范成大成为南宋"中兴四大家"之一，不仅在于他具有爱国的情操，忧民的精神，还在于他对生活的热爱与体悟。范成大一时一地的情趣吟叹，在现存近二千首作品中，数量可观。这其中，既有步履匆匆的掠影，也有对山川风物的特写，是范成大诗性生活的如实记录。

一、吟叹之中见行踪

范成大早年读书于昆山，在昆山的交游中，因为有诗社的活动，诗人不在少数。《中秋卧病呈同社》中的"同社"，就是诗人在昆山参加的诗社。十年的荐严资福寺读书生涯，范成大还是有些事情要完成的，比如参加科考、料理祖产、帮助弟妹成家。而范成大自己，当然也不能成为荐严资福寺的一员，也要成家。所以，范成大往返于吴中与昆山之间，是常态。到杭州熟悉一下环境，也是必须。到宣城一带看望岳父岳母，也是应

---

[1] 于北山：《范成大年谱》，上海古籍出版社，1987，第350页。
[2] 范成大：《范石湖集》"前言"，富寿荪标校，上海古籍出版社，1981，第4页。

该。虽然不清楚具体位置，但根据诗人的《过平望》《过松江》《南徐道中》《金陵道中》《余杭道中》《枫桥》《横塘》《白云泉》《泉亭》《胥口》《香山》《金沙》《花山村舍》《高淳道中》等，可知诗人在今天的浙北苏南，有较长时间的逗留。如《浙江小矶春日》：

> 客里无人共一杯，故园桃李为谁开？
> 春潮不管天涯恨，更卷西兴暮雨来。[1]

　　本应春光明媚的时节，行道赏花，豪情满怀是常情。然而，诗人落笔偏偏呈现一个孤独无聊的形象，连喝个酒也无人相伴，孤人独酌，寒风迎面，乡关之思，涌上心头。这还不止，遇到的又是恶劣天气，伴随的是春潮涛声，这心情可以想见。浙江也就是钱塘江，素来以潮起潮落惊动天下诗客。尤其八月十八的钱塘潮，盛赞的华章不知凡几。西兴是古镇，也是军事要塞，在浙江杭州南的钱塘江南岸，相传越王勾践入吴为奴，从此渡江，父老乡亲送别于此。然而在春天应该江水温柔、百花芬芳的时候，诗人遇到的是潮水涛声、狂风暮雨，与诗人的天涯孤旅伤感之情，融合起来，一种漂泊无依、眷恋故土的悲愁，飘荡于字里行间。这是诗人早年孤身出游留下的诗篇，并没有具体的压力或责任，也未写到行动的目标，虽然孤愁伤感，却不是悲痛欲绝，只是人间常有的情态。

　　但是，如果有了明确目标或任务，奋斗的过程中却感觉进退两难，诗人的矛盾心态就难以避免了。《暮春上塘道中》："店舍无烟野水寒，竞船人醉鼓阑珊。石门柳绿清明市，洞口桃红上巳山。飞絮著人春共老，片云将梦晚俱还。明朝遮日长安道，惭愧江湖钓手闲。"[2]明明是参加科考而来，诗人却感觉愧对江湖，这是怎样的心态，很难理解。只能说，范成大与一般的士子不同，并未将个人进退当回事。即便参加考试，也有回归之心，可见范成大的个性，是沉稳温厚、外柔内刚。《江上》："天色无情淡，江声不断流。古人愁不尽，留与后人愁！"[3]没有具体的内容，无法找到解愁的途径，这种愁，其实最是难解。《余杭道中》："落花流水浅深红，尽日帆飞绣浪中。桑眼迷离应欠雨，麦须骚杀已禁风。牛羊路杳千山合，鸡

---

[1] 范成大：《范石湖集》卷一，富寿荪标校，上海古籍出版社，1981，第10页。
[2] 范成大：《范石湖集》卷三，富寿荪标校，上海古籍出版社，1981，第27页。
[3] 范成大：《范石湖集》卷三，富寿荪标校，上海古籍出版社，1981，第27页。

犬村深一径通。五柳能消多许地,客程何苦镇匆匆!"[1]同样也是进不进无所谓,回家去也甚好的心态,不急不躁。科举,考上了又如何,失败了又怎样? 无所谓。能够成为五柳先生,其实也不差。这可是范成大去参加进士考试的心态,真的是平常心,甚至是还有点不想参加的意思。就这样,范成大还是顺利上榜了,十年读书的功效,由此可见。

但是,一旦进入仕途,忧国忧民的范成大,就不再是这样进退无关、成败不愁,而是极力为君王为社稷也为百姓奋斗。赴任蜀中,道途艰辛,诗人不以为意。而对于百姓的生活困苦,极为关心。《大丫隘》中,忧民之心,清晰可见:

> 峡行五程无聚落,马头今日逢耕凿。
> 麦苗疏瘦豆苗稀,椒叶尖新柘叶薄。
> 家家妇女布缠头,背负小儿领垂瘤。
> 山深生理却不乏,人有银钗一双插。[2]

深山道路,曲折难行,村寨稀少,罕见人烟。范成大于崇山峻岭之中走过了五个驿站,方才见到山村住家。这样一个小山村,村民在忙些什么呢? 正在忙着春耕。但是,尽管勤勤恳恳,庄稼的长势却令人担忧:麦田里麦苗稀疏而且瘦黄,看不到石湖旁那种麦苗青绿旺盛的样子;种下去的豆类,大约就是黄豆绿豆之类,应该是刚刚出苗,也不怎样;种植的辣椒,叶子尖而薄,也许因为品种的问题,但与麦苗豆苗连起来看,也是长势不佳的意思。即便是作为经济作物的柘,叶子也不肥厚。柘属于落叶灌木,也是一种经济树种,树叶刚长出来时很嫩,可以养蚕;树皮则是造纸的好原料,山农可以将之剥下来卖钱,树根又是中药材,也是一种经济来源。可是,这里土壤贫瘠,各种农作物和经济作物的长势,都不太好,这是诗人的担忧。还好,这里的民生,并没有很大的问题,因为生存的基本条件已经具备,属于自给自足的自然经济状态。男人们辛苦劳作,妇女们也没闲着,背着小孩在干活。这些妇女是怎样的打扮,需要说明一下。范成大是吴地文人,在当时信息传播的条件之下,他不可能很清楚西南地区不同民族的服饰,只能看到了什么就写成什么,并不能准确说出真实的名

---

[1] 范成大:《范石湖集》卷三,富寿荪标校,上海古籍出版社,1981,第28页。
[2] 范成大:《范石湖集》卷十五,富寿荪标校,上海古籍出版社,1981,第208页。

称和含义。"家家妇女布缠头",是笼统的描写,具体状态、颜色、花样,诗人未说。还有"背负小儿领垂瘤",或以为是背着小孩子的妇女患有大脖子病,甚至是甲状腺良性肿瘤,这两种病症都与缺碘有关。不是没有可能,体形偏胖和大脖子病,是可以肉眼看出来的。但川中的食盐虽是井盐居多,然井盐富含各种矿物质,并不缺碘。何况各种蔬菜中,也有一定碘含量,所以未必是肿瘤,很有可能是一种装饰。此外,这里的人们生计基本无虑,银钗一双,插于发结,既是风俗,也是生活条件的反映。

不过,在靠天吃饭的年代,一旦风雨不调,对于农民是极其危险的。诗人继续北行,经过邛郲,遇到一场大雨,不禁担忧。《邛郲驿大雨》:"暮雨连朝雨,长亭又短亭。今朝骑马怯,平日系船听。竹叶垂头碧,秧苗满意青。农畴方可望,客路敢遑宁!"[1]诗人心中有百姓,于此可见。

范成大任职地方,皆有赴任途中、离任履新或回乡休假的旅途诗歌,可以基本看出诗人的行踪。路途遥远,行路艰辛见于吟咏,这是羁旅情愁的常态;关切民瘼,留意庄稼,这是诗人的可贵;而吟赏烟霞,醉心风景,游览胜迹,缅怀前贤,亦可看作是诗人的本色。

二、万里路上有奇趣

在旅途之中,既有跋涉之苦,也有赏景之乐。沿途风光,收拾入诗,也是自然之理。杨万里是范成大的好友,诗歌中的自然景观千姿百态,堪称南宋诸家中,对山川风物最为关注的诗人。范成大虽非醉心于花鸟虫鱼,也不会轻易让这些诗材从笔下溜走。如《与吴兴薛士隆使君游弁山石林先生故居》:

> 白蘋有嘉招,苍弁得胜践。会心不惮远,乘兴恐失便。
> 篮舆犯穷腊,共作忍寒面。溟濛云酿雪,浩荡风落雁。
> 松篁渐清幽,猿鹤或悲怨。英英文章公,作舍锁葱蒨。
> 峣峰俯前荣,佳木秀诸院。穷搜发山骨,林立侍谈宴。
> 西岩踞熊虎,东岩峙屏案。履綦故仿佛,盖瓦已零乱。
> 经营三十年,成毁一飞电。摩挲土花碧,小立为三叹。[2]

诗歌着重描写了叶梦得故居的环境与风景,以及故居的破败。叶梦得

---

[1] 范成大:《范石湖集》卷十六,富寿荪标校,上海古籍出版社,1981,第224页。
[2] 范成大:《范石湖集》卷十三,富寿荪标校,上海古籍出版社,1981,第159页。

是苏州人，绍圣四年（1097）进士及第，历任翰林学士、户部尚书、江东安抚大使等官职。在岳飞、韩世忠等抗击金兵的过程中，叶梦得殚精竭虑筹措粮草运送前线，保障了军需。但局势稳定之后，叶梦得遭到排挤，晚年隐居湖州弁山玲珑山石林，号石林居士，所著诗文也多以石林为名，如《石林燕语》《石林词》《石林诗话》等。绍兴十八年卒，年七十二。范成大于宋孝宗乾道七年（1171）出任静江知府兼广西安抚使，次年腊月初七从苏州出发，经过湖州应在数日之后。此时距离叶梦得去世，已经二十余年，故居已经残破，唯有周边景观，变化不大。范成大叹息的，不是房舍的毁坏，也不是风景的变异，而是叶梦得积极奔走的抗战，到现在依然没有成功。诗人伫立原地，是否有想起自己险象环生的出使经历，不得而知。

南行途中，名胜古迹，当然也会留下诗人的足迹。《谒南岳》，写诗人登临衡山的见闻感慨。"松樛唐季枝，柏跼隋初根。奇事不胜纪，重游当细论"[1]的淡淡忧伤，在中原沦陷的背景之下，不为无故。

但有些作品中的观点或态度，只能说是诗人当时的瞬间思绪，并不一定是实际情况的再现。如从广西往四川途中，风光绮丽，难以一一描绘；古迹累累，诉说万千过往。《昭君台》中，写到遗迹荒芜是实际，但"婵娟钟美空万古，翻使乡山多丑女"[2]，就未必了。湖山之胜，当然逃不过诗人鉴赏的目光。如《蜀州西湖》：

闲随渠水来，偶到湖光里。仍呼水月舟，径度云锦地。
谁云不解饮，我已荷香醉。湖阴玉婵娟，夐立红妆外。
何须东阁梅，悠然自诗思。惊风入午暑，水竹有秋意。
采菱不盈掬，兴与莼鲈会。遥知新津宿，魂梦亦清丽。[3]

不仅杭州有西湖，福州、蜀州、颍州等等皆有。范成大在蜀州西湖，并未将之与杭州西湖比拟，但此处的景物，也珊珊可爱。

范成大自号石湖居士，自然有诸多描写家乡石湖的诗篇。《初归石湖》是诗人仕宦几十年之后的重新凝望："晓雾朝暾绀碧烘，横塘西岸越城东。

[1] 范成大：《范石湖集》卷十三，富寿荪标校，上海古籍出版社，1981，第167页。
[2] 范成大：《范石湖集》卷十六，富寿荪标校，上海古籍出版社，1981，第213页。
[3] 范成大：《范石湖集》卷十八，富寿荪标校，上海古籍出版社，1981，第251页。

行人半出稻花上,宿鹭孤明菱叶中。信脚自能知旧路,惊心时复认邻翁。当时手种斜桥柳,无限鸣蜩翠扫空。"[1]范成大出任参知政事仅仅两个月,就因为言官的缘故离职回乡。根据诗中景象,应该已经是夏末了。一大早,诗人来到湖边,向东眺望,太阳刚刚升起,晓雾迷漾,青红映衬,稍稍有点炎热的感觉。不过,诗人立脚的地方,接近水面,在横塘的西岸,越城的东侧,看到了行人、稻花、夜鹭、菱盘,可以说都是有诗意的景物。可是,诗人的心情却不佳,感觉自己就像夜鹭一样,孤独无援。唯有石湖的老相邻,还有随风摇摆的杨柳、纵情歌唱的知了,像是在安慰诗人。诗中的意象,在八百多年之后的今天,仍然可见。

出现在范成大笔下的故乡景观,远不止石湖,还有上方山、胥口、灵岩山、天平山、林屋洞等。苏州西山岛主峰缥缈峰,在诗人笔下,甚有灵性:"满载清闲一棹孤,长风相送入仙都。莫愁怀抱无消豁,缥缈峰头望太湖。"[2]缥缈峰位于西山岛的西部,海拔三百三十六米,为太湖七十二峰之一,被称作太湖第一峰。经常云雾笼罩,宛如缥缈仙境。诗人乘船而至,满载"清闲",即是说诗人自己是个清闲之人。诗人顺风快帆,进入西山岛,到达"仙都"。登上缥缈峰,凝望三万六千顷太湖风光,满腔愁怀,也就"消豁"了。从《自横塘桥过黄山》中,可以看出诗人心情爽朗:"阵阵轻寒细马骄,竹林茅店小帘招。东风已绿南溪水,更染溪南万柳条。"[3]虽然阵阵寒意依旧袭人,但已经是早春的轻寒,而不是隆冬时节的严寒,说明春天的脚步已经到了。诗人骑马前行,而这匹马还是矫健的一二岁的小马,故而步伐轻快,不久诗人已经来到了横塘的西面,竹林边上的小商铺招牌,已经映入眼帘。再往前,看到的是嫩柳拂水,春意盎然,也表明了诗人的心境是轻松明快的。诗人的坐骑在走动,诗人的目光在移动,目中的景物在变动,心中的情绪在激荡。这里诗人写的"黄山",实际上是苏州西南的横山,吴语读音相近,故而记录也有差异。

范成大是诗人,关切的项目很多,从古今人物、山川风物,到种瓜、收麦等等,无不入诗。甚至观察到的天气变化,亦可咏叹。偶尔,诗人的笔法也会不怎么严谨,甚至会将谚语俗语借过来直接用,恰是一种情趣的

---

[1] 范成大:《范石湖集》卷二十,富寿荪标校,上海古籍出版社,1981,第280页。
[2] 范成大:《范石湖集》卷二十,富寿荪标校,上海古籍出版社,1981,第283页。
[3] 范成大:《范石湖集》卷二十一,富寿荪标校,上海古籍出版社,1981,第298页。

表达。如《晓发飞乌,晨霞满天,少顷大雨。吴谚云:"朝霞不出门,暮霞行千里。"验之信然,戏纪其事》,诗歌中关注农谚与农村生活的知识,很有味道。罗大经记载:

> 范石湖诗云:"朝霞不出门,暮霞行千里。今晨日未出,晓氛散如绮。心疑雨再作,眼转云四起。我岂知天道,吴侬谚云尔。古来占滂沱,说者类恢诡。飞云走群羊,停云浴三豨。月当天毕宿,风自少女起。烂石烧成香,汗础润如洗。逐妇鸠能拙,穴居狸有智。蜉蝣强知时,蜥蜴与闻计。垤鸣东山鹳,堂审南柯蚁。或加阴石鞭,或议阳门闭,或云逢庚变,或自换甲始。刑鹅与象龙,聚讼非一理。不如老农谚,影响捷于鬼。哦诗敢夸博,聊用醒午睡。"此诗援引占雨事,甚详可喜。谚有云:"日出早,雨淋脑;日出晏,晒杀雁。"又云:"月如悬弓,少雨多风;月如仰瓦,不求自下。"二说尚遗,何也?余欲增补二句云:"日占出海时,月验仰瓦体。"[1]

一些写景状物的篇章,也颇有意味。《晚步西园》:"料峭轻寒结晚阴,飞花院落怨春深。吹开红紫还吹落,一种东风两样心。"[2]一语双关,怨而不怒,哲理深邃,出于平淡,景中带理,理中含情。

三、友情亦见诗笔中

早在昆山读书期间,范成大就加入诗社,与当地诗人结为朋友。进士及第走上仕途,同年、同僚和下属、上司中有不少是范成大的朋友,相当一部分还是诗友。"中兴四大家"中的陆游,就是范成大一生的好友。范成大对陆游的帮助,比较清晰的记载是在巴蜀期间,陆游面临离职失去收入的窘境之际,是范成大、王炎等人帮助他,先到南郑前线,加入王炎的幕府,然后到成都,成为范成大的幕僚。在范成大离开成都之时,又安排陆游代理荣州、夔州的知府,为陆游返回朝廷,而后出任严州知府创造了条件。

早在陆游走上仕途不久,范成大就与之诗歌唱和。宋孝宗即位,陆游被派往镇江去当通判。但并没有马上离开临安到镇江去,而是先行返乡,在老家待了八九个月。或许有人要疑惑了,怎么可以离开岗位这么长的时间,还有俸禄吗? 陆游的俸禄不会少掉,但出京任职,并不是对陆游的重

---

[1] 罗大经:《鹤林玉露》丙编卷三,王瑞来点校,中华书局,1983,第282—283页。
[2] 范成大:《范石湖集》卷五,富寿荪标校,上海古籍出版社,1981,第59页。

用,而是平调。并且,不是马上就赴任,还得等一下,等到镇江的现任通判任职期满,即"待阙"。范成大是陆游的朋友,还一度是同事,对陆游相当于被贬的遭遇,深表同情。范成大《送陆务观编修监镇江郡归会稽待阙》二首,诗题明确说了陆游需要等待镇江通判的位子空出来才能上任。第一首:"宝马天街路,烟篷海浦心。非关爱京口,自是忆山阴。高兴余飞动,孤忠有照临。浮云付舒卷,知子道根深。"[1]第二首:"见说云门好,全家住翠微。京尘成岁晚,江雨送人归。边锁风雷动,军书日夜飞。功名袖中手,世事巧相违。"[2]本质上讲,这次外任是皇上对陆游的疏远。至于原因,比较复杂,可能是赵眘已经有点犹豫,北伐还要不要继续下去,身边的主战人士还是少点比较好。甚至有人说,是陆游议论了宋孝宗的私事,孝宗不乐意了。其实也没有什么大事,就是皇上赵眘在宫内设宴的一个插曲。内宫的宴会,居然大臣史浩、曾觌也参与了,并且还有"雅事"发生:"酒酣,一内人以帕子从曾乞词。"[3]当然曾觌是不敢的,可这件事不说也罢,偏偏史浩告诉陆游了,陆游又去跟宰相张焘说了,张焘就去向皇上进谏了。一圈下来,陆游成了罪人,放了外任,算是最简单且影响最小的处理。范成大的送行诗,是对陆游的真正理解与同情,既有对陆游才华能力的肯定,也有对陆游心态的赞许。作品看似明白晓畅,实际上大有文章。如第一首的颔联"非关爱京口,自是忆山阴",字面意思很简单,不是因为喜爱镇江而去镇江任通判,这就有了猜想的空间,那是什么原因到镇江去的呢? 可是现在还需要到山阴老家等待现任的通判任期结束,也只好回乡看看了。时间宽裕,回家一趟,这是一方面。另一方面,是说出任镇江通判,也就是用世,那是陆游的本职与真心。回乡,也是人之常情,也就是说,陆游此际处于得失之间,应该是心态平和的。而范成大在这里,是很巧妙的用事了。出句用的是六朝时期戴颙故事,戴颙无意仕进,隐居山林,"宋国初建、元嘉中征,并不就。衡阳王义季镇京口,长史张邵与颙姻通,迎来止黄鹄山,山北有竹林精舍,林涧甚美, 颙憩于此涧"[4]。对句用的是王羲之的故事,"羲之雅好服食养性,不乐在京师,

[1] 范成大:《范石湖集》卷九,富寿荪标校,上海古籍出版社,1981,第110页。
[2] 范成大:《范石湖集》卷九,富寿荪标校,上海古籍出版社,1981,第111页。
[3] 周密:《齐东野语》卷十一,张茂鹏点校,中华书局,1983,第199—200页。
[4] 李延寿:《南史》卷七十五,中华书局,1975,第1866页。

初渡浙江，便有终焉之志。会稽有佳山水，名士多居之，谢安未仕时亦居焉。孙绰、李充、许询、支遁等皆以文义冠世，并筑室东土，与羲之同好。尝与同志宴集于会稽山阴之兰亭，羲之自为序以申其志"[1]。范成大用戴颙和王羲之的故事，有宽慰陆游之意。朋友之间，当如是耳。

与范成大唱和的诗人甚多，今见于《范石湖集》中大量的次韵诗、送行诗，就是诗友之间的情谊见证。陆游之外，还有杨万里、周必大、洪适、洪迈、李泳、汪大猷、肖德藻、袁说友等。这些作品中，送别洪迈和迎接洪迈出使归来的两首诗，是范成大友情诗中的特例。《送洪景卢内翰使虏二首》：

其一
金章玉色照离亭，战伐和亲决此行。
国有威灵双节重，家传忠义一身轻。
平生海内文场伯，今日胸中武库兵。
万里往来公有相，淮溃阴德贯神明。

其二
檄到中原杀气销，穹庐那敢说天骄。
今年蕃始来和汉，即日燕当远徙辽。
北土未干遗老泪，西陵应望孝孙朝。
著鞭往矣功名会，麟阁丹青上九霄。[2]

宋金之间的战争，这一段时间断断续续，在甘肃、陕西、河南、江苏、安徽等地，互有胜负，但总体上，金兵落于下风。主要原因，是统兵将领出现断层，军事建制不够合理，内部矛盾尖锐。而此前完颜亮南侵，结果损兵折将，也使得金元气大伤。完颜雍即位，尚未正式通报宋，所以在宋高宗绍兴三十二年（1162）、金大定二年正月，派报谕使入境。宋以洪迈为接伴使，以平等之礼相待。三月，洪迈又为贺登极使，去祝贺完颜雍登基，另一个目的是商议将宋金之间的关系修改为兄弟关系。洪迈一行四月辞行，六月到达燕京。金令改宋使为陪臣，以旧礼朝见，洪迈等坚决不从。金廷派人将洪迈等锁在会同馆，连续三天不供饮食，以死相胁。洪迈

---

[1] 房玄龄等：《晋书》卷八十，中华书局，1974，第2098—2099页。
[2] 范成大：《范石湖集》卷八，富寿荪标校，上海古籍出版社，1981，第102页。

等虽不畏惧，但也有所松动。在金作出一定让步的前提下，双方达成妥协，但洪迈出使的任务，基本没有完成。七月，洪迈一行人返宋。八月，以有辱使命被罢。

洪迈出使，范成大寄予期待。第一首诗的首联，就说明了这次出使的重要性，关乎国运，关乎国体，关乎朝廷未来的政策走向。颔联强调了使臣气节与国家命运的关系，以洪迈的家传忠义相勉励，也是对洪皓和洪迈的赞赏。洪迈的父亲洪皓使金被扣，十五年不肯降金，终被放还。回到宋朝，洪皓即向朝廷建议组织防御，金兵即将南侵，这正是洪皓忠义的地方。颈联和尾联，颂扬养了洪迈的文武之才，表达了诗人的期望。第二首更是作者的美好愿望，希望洪迈的出使，能够让金北撤到当年的辽控制区，也就是恢复北宋的状态，并希望他立盖世之功平安归来。可见，范成大意志坚强，注重气节，外柔内刚。等到洪迈出使回来了，范成大又作一首七律迎接。《洪景卢内翰使还入境，以诗迓之》：

> 玉帛干戈汹并驰，孤臣叱驭触危机。
> 关山无极申舟去，天地有情苏武归。
> 汉月凌秋随使节，胡尘卷暑避征衣。
> 国人渴望公颜色，为报褰帷入帝畿。[1]

遗憾的是，洪迈担不起范成大的赞誉，此次出使的过程，并不圆满。只是朝堂的议论、社会的批评，诗人当时并不知晓。

诗论家多说，范成大的诗歌，是从"江西诗派"入手，又学习了中晚唐白居易、张籍、王建等，最终形成了自己的风格，"大率应以清新婉丽、温润精雅为其主要特色"[2]，在诗歌史上的地位，"伯仲于杨、陆之间"[3]，无疑是宋代文学发展中吴地文坛的旗帜。而在两宋别有风流的文体——词，早已不再局限于花间樽前，范成大当然也有所涉猎。

第六节　词家的才人伎俩

赋诗是范成大的情趣，学问是范成大的爱好，填词则完全是诗人的偶

---

[1]　范成大：《范石湖集》卷八，富寿荪标校，上海古籍出版社，1981，第103页。
[2]　范成大：《范石湖集》"前言"，富寿荪标校，第5页。
[3]　永瑢等：《四库全书总目》卷一百六十，中华书局，1965，第1380页。

然兴到之举。即便如此，也并不妨碍范成大成为词人。只可惜范成大并未着意于词，故而保存不多，仅存《石湖词》作品八十九首，均为后人搜集而成，多清丽之作。论宋词者，少有关注范成大，主要原因，范成大首先是官员，一代能臣，然后才是诗人，再次是学者，最后才是词人和散文家。故而范成大词名为诗名所掩，在词史也就不太引人注目。客观来讲，范成大可以说是词人的真正知音，否则不会在姜夔来访一月之后，要求姜夔留下小词。"辛亥之冬，予载雪诣石湖。止既月，授简索句，且征新声。作此两曲，石湖把玩不已，使工妓隶习之，音节谐婉，乃名之曰暗香、疏影。"[1]姜夔的这段序言，说明了范成大不仅钦佩姜夔的才华，对姜夔的音乐作品，也真正理解并欣赏，所以才会把玩不已。同时，范成大的家中，有专门的文艺团体，能够对新声进行排练和演奏。

不过，少有人注意到，姜夔这里写的是"授简索句，且征新声"，新声固然是姜夔新写的《暗香》《疏影》，"授简索句"又是什么？原来，范成大自己，也会谱曲，创制新调。新歌的产生，主要有两种情况：先有歌词，然后谱曲；已有曲子，依谱填词。时到南宋，词乐失传情况已经很严重，依声填词已然很难，依谱填词成为主流，而创制新曲再填歌词，并非多数人所能之。而石湖能之，说明范成大也是一位音乐家，能够创制新曲。这"授简索句"，就是范成大已经谱好了新曲，让姜夔填上新词，《玉梅令》就是这个情况。"石湖家自制此声，未有语实之，命予作。石湖宅南，隔河有圃曰范村，梅开雪落，竹院深静，而石湖畏寒不出，故戏及之"[2]。可见，姜夔在石湖作的词，是《暗香》《疏影》《玉梅令》三首，由此亦可见范成大能作词亦能作曲。

羁旅情愁，是范成大词中的一个重要主题。范成大在桂林两个年头，不仅政务军务顺利开展，与僚属关系也相当不错。离别之际，同事设宴送行，甚是热情。范成大席间命笔赋《鹧鸪天》：

休舞银貂小契丹，满堂宾客尽关山。从今裊裊盈盈处，谁复端端正正看？　　摸泪易，写愁难，潇湘江上竹枝斑。碧云日暮无书寄，寥落烟中一雁寒。[3]

[1] 夏承焘笺校《姜白石词编年笺校》，上海古籍出版社，1981，第48页。
[2] 夏承焘笺校《姜白石词编年笺校》，上海古籍出版社，1981，第47页。
[3] 范成大：《范石湖集·石湖词》，富寿荪标校，上海古籍出版社，1981，第476页。

宋孝宗淳熙二年（1175）正月，桂林早已是春暖花开。但范成大行动的方向是北，可以说是追着冬天而行。西南地区，民族混居，出现在筵席前的歌舞是"番乐""番舞"。我们不能要求词人如何准确描写各民族的服饰，只是这些歌舞者的着装与范成大等汉人不同，他们或许是壮族人，也可能是白族人、彝族人、土家族人、苗族人等。而范成大在此之前有机会接触到少数民族，恐也是使金的过程中，因而以"小契丹"之语称呼他们。至于具体的装束，作者也不能准确说清楚，"银貂"，银白色带毛边的兽皮衣服，是歌舞者的装束。有这样歌舞助兴，应该是很快乐的。但是，一个"休"字，已经为全词定调，并不开心。缘何？因为这是送别的宴会，"满堂宾客尽关山"，是即将离去并要翻山越岭的人。于是，热情的歌舞只会将即将远行者的愁绪推向更为浓郁的境界。这里"尽是他乡之客"，又在客中参加别宴，来日踏上更远的旅程。"从今袅袅盈盈处，谁复端端正正看"，舞姿、舞容摇曳艳丽，然从此以后，谁能认真欣赏这美妙的歌舞。这里写的是行者的惆怅，更写出了双方的深厚情感。

下阕的意绪，已经离开了宴席，设想了别后的伤感。"模泪易，写愁难，潇湘江上竹枝斑"，表现流泪的状态是容易的，把愁怀愁绪充分地写出来，就很难了。于是词人用了具象来表达，就是潇湘江上的斑竹枝，斑斑泪痕人们容易看到，层层愁绪也就容易想到。湘妃泪洒斑竹的典故，人们熟知，常用来表现离别时难以言状的痛苦。"碧云日暮无书寄，寥落烟中一雁寒"，写别后的相思之情，江淹《休上人怨别》有"日暮碧云合，佳人殊未来"[1]之句，此处的意思是，我在寂寞的旅途中会想念你们，但得不到你们的书信，烟雾茫茫中，我就成了飘荡寂寞的孤雁。此处的"一雁"，既表示对来书的希冀，也比喻自己的形单影只。而一个"寒"字，又将离别的愁绪，再次皴染，使之更加浓厚。

踏上征途，一路孤独，历尽艰辛，到达任所，这已经不是范成大第一次如此了。早在乾道八年（1172）出任静江知府兼广西经略安抚使之时，从腊月初七离开苏州，经过行在（杭州）再一路向西南，在浙江富阳过完春节，天气渐渐温和之际到达江西萍乡，一路奔波，艰辛劳累，有词《眼儿媚》，小序曰："萍乡道中乍晴，卧舆中困甚，小憩柳塘"，说明范成大是

---

[1] 逯钦立辑校《先秦汉魏晋南北朝诗》，中华书局，1983，第1580页。

坐车赴任，途中在江西萍乡的柳塘暂住，然后再往西南，进入湖南地界。这柳塘在何处，不详，大约是一个集镇。词曰："酣酣日脚紫烟浮，妍暖试轻裘。困人天气，醉人花底，午梦扶头。　春慵恰似春塘水，一片縠纹愁：溶溶泄泄，东风无力，欲皱还休。"[1]范成大稍作休息，然后到达湘东驿住宿，有词《菩萨蛮·湘东驿》：

客行忽到湘东驿，明朝真是潇湘客。晴碧万重云，几时逢故人？江南如塞北，别后书难得。先自雁来稀，那堪春半时。[2]

这首词的写作时间，是乾道九年（1173）的闰正月末或二月初，从时节上说，是春半已过之时。湘东驿虽然名称与湖南有关，但在南宋，属于江南西路的萍乡县，在县西南。这里，现在是萍乡的湘东区。当时这一带交通不便，对外几乎封闭，但商旅官员来往，这是必经之路，直到清末尚是如此。这首词，写的就是这种情况，充分表达了范成大旅途的孤寂伤感，还有对朋友的思念。虽是温暖的江南，却如同严寒的塞北。明日进入湖南境内，何时再能够与朋友相聚，想要得到一封书信，也是相当不易的。

在词中写写幽怨，发发情绪，固然也是词家本色。范成大的《水调歌头》：

细数十年事，十处过中秋。今年新梦，忽到黄鹤旧山头。老子个中不浅，此会天教重见，今古一南楼。星汉淡无色，玉镜独空浮。　敛秦烟，收楚雾，熨江流。关河离合，南北依旧照清愁。想见姮娥冷眼，应笑归来霜鬓，空敝黑貂裘。酾酒问蟾兔，肯去伴沧洲？[3]

同样是中秋佳节，苏轼惦念弟弟，中秋举酒，对影思人，《水调歌头》中有明确的对象。范成大十年中秋十处过，飘荡的感觉更强烈，并且有一切皆空的感觉。根据词意，当是范成大于淳熙四年（1177）中秋所作。这年五月，范成大因病辞去蜀帅，乘舟东去。八月十四日到达鄂州（今湖北武昌），次日晚赴知州刘邦翰的黄鹤山南楼赏月宴会。近十年来仕宦四方，漂泊不定，所以，词人思念的地方并非一个，思念的人也无特指，主要是感叹人生的漂泊。中秋夜景，主角当然是明月，深意固然是思亲，放眼全

---

[1] 范成大：《范石湖集·石湖词补遗》，富寿荪标校，上海古籍出版社，1981，第481页。
[2] 范成大：《范石湖集·石湖词补遗》，富寿荪标校，上海古籍出版社，1981，第482页。
[3] 范成大：《范石湖集·石湖词》，富寿荪标校，上海古籍出版社，1981，第466—467页。

是陌生的朋友，张望满眼中秋的气息。人间烟火，伴随的是人间悲欢离合。即便是神仙，又能如何？《鹊桥仙·七夕》：

> 双星良夜，耕慵织懒，应被群仙相妒。娟娟月姊满眉颦，更无奈风姨吹雨。　　相逢草草，争如休见，重搅别离心绪。新欢不抵旧愁多，倒添了新愁归去。[1]

"金风玉露一相逢，便胜却人间无数"[2]，固然是美好的，但其实也是凄惨的，一年一会，再美好也是短暂的。下阕，范成大从凡人视角出发，对牛郎织女的美好传说进行了哲理的分析，很有真实的生活体验。

范成大是南宋诗人、词人，对离情别绪多有关注。写凡人，也写神仙，如《南柯子》。此外，山水风光，家乡情景，也会出现在范成大的词中，如《蝶恋花》：

> 春涨一篙添水面，芳草鹅儿，绿满微风岸。画舫夷犹湾百转，横塘塔近依前远。　　江国多寒农事晚，村北村南，谷雨才耕遍。秀麦连冈桑叶贱，看看尝面收新茧。[3]

石湖水乡，离不开船只竹篙；东风频吹，必然是绿草连岸。瞩目自然之后，范成大写到石湖附近的生产生活情状。因为天气尚寒，这里的人家春耕生产要稍迟些，直到谷雨时节，才全部翻耕完毕。到了桑叶不值钱的时候，也就是蚕事进入尾声，而桑树尚在生长旺盛的阶段，桑叶需求量已经不大，所以便宜。而数日的等待，"作茧自缚"的事情也终于完成，蚕茧已经可以出售，麦子亦已经成熟。这里写的，是谷雨之后，即将小满，是丰收的景象、欢乐的画面，因而词人的情绪，也是春风拂面的。

范成大的诗歌，博采众长而自有风格，温润含蓄精致，有学问但不生硬。从时人到今人的评价，几无微词。范成大的朋友如周必大、陆游、洪适、杨万里等，均对他的诗歌赞赏有加。虽然今存范成大的文章，相当有限，但从《揽辔录》残篇中，还是可以看到作者的记述描绘笔法生动。在《桂海虞衡志》《吴郡志》中，不唯看到范成大的学问功底，亦可见其文采风貌。《骖鸾录》一卷虽是流水账，也序次古雅，从吴郡到静江府一路，风

---

[1] 范成大：《范石湖集·石湖词》，富寿荪标校，上海古籍出版社，1981，第468页。
[2] 秦观：《淮海居士长短句》，徐培均校注，上海古籍出版社，1985，第55页。
[3] 范成大：《范石湖集·石湖词》，富寿荪标校，上海古籍出版社，1981，第465—466页。

物如在目前。长短句中,是范成大对人生的多角度体悟。范成大,自是两宋时期吴地文坛的旗帜。

第六章 承继两宋的元代吴地文坛

两宋时期的吴地，不唯是江南的粮仓、朝廷的钱庄，还是大量文人徜徉的地方。苏舜钦遭受人生巨大打击之后，选择的归宿是吴地，在苏州修建了沧浪亭，赋咏其间。其《沧浪亭记》中感叹"形骸既适则神不烦，观听无邪则道以明"[1]，又有多少无奈蕴含其中。贺铸晚年定居苏州，一首《鹧鸪天·重过阊门万事非》凄婉感人。吴文英，苏州游幕多年，既有缠绵的《唐多令》《宴清都》，亦有精美的《八声甘州》《风入松》。蒋捷，宋亡之后曾在苏州流浪，亦有令人伤感的《一剪梅》《虞美人》。而隐居僧舍的郑思肖，画兰不画土，坐卧不向北，向来为人称颂。不论匆匆路过，抑或最终定居吴地的文人，他们的赋咏吟叹，均是吴地文学的组成部分，值得重视。而宋亡之后的数十年间，吴地文坛，依然活跃着一批作家，在元代诗文小说领域，颇有成就。尤其是诗歌领域，吴地诗人占有相当的比重，从文人到方外之士、闺阁佳丽，无所不有。

第一节 元代前期的吴地文学

从元代实现全国统一到元亡，不过八九十年的时间。但元代的诗文词成就，却是相当惊人。特别是诗歌创作，风格取法上更加接近唐人。从金宋遗老诗群的发轫、元代中叶诗坛的兴盛到元末诗坛的辉煌，吴地诗人都不曾缺席。

一、宋无

杰出的诗人宋无（1260—1340），本名名世，字晞颜，更名宋无，字子虚，号翠寒道人，苏州（今属江苏）人，自称"吴逸士宋无"，元代吴地

---

[1] 苏舜钦：《苏舜钦集》卷十三，沈文倬校点，上海古籍出版社，1981，第158页。

诗人群中的一员。宋无的作品既有故国之思,亦有入元之后的复杂心绪,但毕竟年少之时遭逢宋元易代,入元不仕,学界往往将其列入宋遗民行列。然由于其父宋国珍仕元,做一个小小的万户书吏。而东征之际,其父病重,宋无代父出征,已然为元服务,加之在元代生活的时间长达六十四年,应视为元代诗人。更重要的是,宋无与赵孟𫖯、王博文、邓光荐等官场人物有交往,诗作亦得到赵孟𫖯、邓光荐、冯子振等人的嘉许,"赵子昂称其诗风流蕴藉,皆不经人道语"[1]。风流蕴藉不见得,悲壮沉雄确有之。如《战城南》:

> 汉兵鏖战城南窟,雪深马僵汉城没。
> 冻指控弦指断折,寒肤著铁肤皲裂。
> 军中七日不火食,手杀降人吞热血。
> 汉悬千金购首级,将士衔枚夜深入。
> 天愁地黑声啾啾,鞍下髑髅相对泣。
> 偏裨背负八十创,破旗裹尸横道旁。
> 残卒忍死哭空城,露布独有都护名。[2]

诗人描写的战场实景过于惨烈,天寒地冻,将士忍饥挨饿战场拼杀。尽管惨败,城池失守,主将战死,但军士深夜闯入敌阵,收回将领的遗体,也足见英勇。作品并没有明确写到是哪一次战役,似乎是汉朝与匈奴的战争。但细细品味,可知是一种嫁接手法,读之不难联想到宋元崖山决战的惨况。又如《灵岩寺上方》:

> 霸业销沈烟树浓,吴王台殿梵王宫。
> 屧廊人去土花碧,香径僧归秋叶红。
> 飓母射岩风动地,蛟精徙穴雾迷空。
> 明朝江郭重回首,寺在翠微苍霭中。[3]

灵岩山上曾经美姿翩翩,琴弦悠悠。响屧廊里曾经倩影曼妙,婉转动人。如今早已不是吴王行宫,而成了僧寺,繁华成空。江山主人轮换,唯有青山苍树,依旧葱翠。我们不能要求诗人用科学的历史观看待兴亡,但

---

[1] 顾嗣立编《元诗选》初集,中华书局,1987,第1259页。
[2] 顾嗣立编《元诗选》初集,中华书局,1987,第1260页。
[3] 顾嗣立编《元诗选》初集,中华书局,1987,第1281页。

可以理解为在苏州发生的历史故事触动了诗人的心弦，从而奏出忧伤的乐章。再如《秣陵晚眺》：

> 天堑鸿流拥积沙，石城虎踞漫雄夸。
> 山陵青草六朝地，巷陌乌衣百姓家。
> 紫盖黄旗消王气，琼枝璧月吊庭花。
> 孤云更作降幡势，目断楼船日又斜。[1]

六朝古都，故事太多，如同姑苏，兴亡悠悠。与《灵岩寺上方》一样，诗人立足金陵王气的消弭，咏叹沧桑巨变，从孙皓到陈叔宝，俱消失在历史的烟尘之中。所以，诗人所呈现的，是文人在历史巨变面前的叹息。

二、陈深

陈深（1260—1344）字子微，号清全，苏州吴县（今江苏苏州）人。宋亡，年才弱冠，笃志古学，闭门著书。故而学界多以宋遗民视之。厉鹗将其收入《宋诗纪事》中，所选诗篇，多赠答之作。曾以诗歌索食，有《南湖史君制暗香汤奇甚赋绝句求之》[2]。元天历间奎章阁臣以能书荐，陈深潜匿不出，所居曰宁极斋，亦曰清全，因以为号，人称宁极先生。陈深著有《读易编》《读诗编》，今不传。所著《读春秋编》十二卷，收入《四库全书》。有诗一卷，名《宁极斋稿》，明清时期有多种抄本刻本传世。陈深诗歌，多纪游写景、题画赠答之作，咏史篇什中，故国之思，沛然其间。如《晓望吴城有感》：

> 呜呜寒角动城头，吹起千年故国愁。
> 才见专诸操匕首，旋闻西子载扁舟。
> 霜寒古寺钟声早，月落南园树影秋。
> 一笑浮华易盈歇，白云长在水长流。[3]

诗人没有说宋元易代，而是将思绪一下子放到了千年之前，首联即于浅近的文字中透露出历史的厚重。颔联咏叹吴国的历史，读者自能从灵岩琴声联想到西湖歌舞，吴国的灭亡与南宋的灰飞烟灭，何其相似。又如

---

[1] 顾嗣立编《元诗选》初集，中华书局，1987，第1286页。
[2] 厉鹗辑《宋诗纪事》卷八十，上海古籍出版社，1983，第1947页。
[3] 顾嗣立编《元诗选》初集，中华书局，1987，第305页。

《雪后游石湖》：

> 众峰戴雪玉崔嵬，风定湖光镜面开。
> 山色可堪西子笑，溪声曾送粤兵来。
> 天寒野水摇孤艇，日落浮图对古台。
> 回首风尘翳城阙，愁来谁伴倒清罍。[1]

与《晓望吴城有感》相似，亦是寄托故国情怀。石湖风光虽然很美，但这里是当年越国军队北上灭吴的重要通道，也是吴越军队激战的地方。就在这里，吴国的主力军队几乎丧失，决定了吴国灭亡的命运。

陈深子陈植（1293—1362）字叔方，克继父业，有孝行，屡辟召不起，善画工诗。有《慎独斋稿》一卷，后人将之与《宁极斋稿》合抄流传，顾嗣立选录其诗五首，附于陈深之后。

三、袁易

袁易（1262—1306）字通甫，平江府长洲（今江苏苏州）人。袁易少敏于学，"丰姿秀朗，不求仕进"[2]。聚书万卷，亲手校雠。与郡人龚璛、郭麟孙被称为"吴中三君子"，并与词人张炎为至交。后被征为徽州路石洞书院山长，不久罢归。有《静春堂诗集》《静春词》等传世。袁易历经宋元之际的动荡，饱受亡国的苦痛，加之现实与理想的冲突，终于归隐山林。他的一些诗作如《寄吴中诸友六首》"他乡怀楚奏，何日揽桓须"，刚健遒劲，意境深远。此类诗，若以"命意闲远，下语清丽"[3]目之，未免流于皮相。《杭州道中书怀》《重午客中》等诗，表现了他对自己和朋辈命运的关注，《过长安堰》别有所寄，流露隐逸情思。

<blockquote>

因公事留驿中遂登姑苏台晚望

古驿西风起，中含水国秋。官闲公馆静，鸟下吏人休。
移簟微凉入，登台晚兴留。乱蝉当槛急，众木抱城稠。
天迥抟苍鹘，山横走翠虬。虚无疑地尽，突兀并云浮。
绝景嗟才窘，微吟怯语遒。烟霏生变态，鸥鹭傲冥搜。
初月清如湿，残霞散不收。似乘牛渚舫，若在武昌楼。

</blockquote>

---

[1] 顾嗣立编《元诗选》初集，中华书局，1987，第306页。
[2] 顾嗣立编《元诗选》初集，中华书局，1987，第310页。
[3] 陈衍辑撰《元诗纪事》卷十，李梦生校点，上海古籍出版社，1987，第211页。

> 娃馆今荒草，吴宫只废丘。按图非旧迹，访古莫深愁。
> 蘋浦渔歌断，枫根鬼唱幽。掠檐闻鹤警，照席数萤流。
> 止舍惭昭子，投亭愧褚袁。疏顽能稍稍，漂转付悠悠。
> 兹宇阅人久，伊谁似我俦？途穷翻一笑，鬓短耐千忧。
> 世故从飘瓦，浮生等置邮。三更星斗落，万事入搔头。[1]

元人少用排律，多短制。而这首在故乡的登高幽思之作，非七律或绝句所能涵盖，故而诗人选择以排律书之。诗中的意绪很简单，不脱前人窠臼：闲雅、登高、远望、怀古、幽思，兴亡成败一杯酒，悲欢离合两行泪。但诗人的有趣之处，在于自己先跳出历史的追怀。"按图非旧迹，访古莫深愁"似乎超然，再来个"三更星斗落，万事入搔头"，忧愁依然难以去怀，并且是从白天到深夜。而巧用杜诗，又暗示了诗人的另一种心绪，是在元朝不能明说的心绪。

然而，毕竟已经是元朝统治天下的年代，中原大地遭受了前所未有的惨烈破坏，江南地区相对损失较小，且随着元朝统治政策的调整很快恢复了经济的繁荣，文化上的伤痛不及中原剧烈。因此，除了文士有意识地思索，普通百姓对江山易主的感受已经不是很明显。所以，文人笔下除深沉的历史喟叹之外，写景、咏物、题画、赠友、纪游、怀人等成为咏叹的主要题材，而于其中寄托的故国之思或难以言明的忧伤，却正是元诗的共同特征，袁易的诗歌也不例外。如《过长安堰》：

> 霜落天清木叶零，我非王事赋宵征。
> 三更灯火鱼龙动，千里星河雁鹜鸣。
> 大舶低昂衔尾进，扁舟来往一身轻。
> 抱关恐有高人隐，野客低头愧送迎。[2]

不过是一趟远游，引出这么多思绪，足见诗人的内心何等复杂。从诗题看，是经过长安附近的一座水利设施。细想一下不对，因为诗人不曾出仕，更谈不上远游长安。加之长安地区不是水乡泽国，也没有围堰巨坝之

---

[1] 袁易：《静春堂诗集》卷四，收入《文渊阁四库全书》第1206册，台湾商务印书馆，1986，影印本，第288—289页。
[2] 袁易：《静春堂诗集》卷一，收入《文渊阁四库全书》第1206册，台湾商务印书馆，1986，影印本，第274页。

类的水利设施。显然，这里的长安不是今天的西安，更不是元朝的首都大都（今北京）。而诗人笔下的大小船只首尾相衔，正是大运河的实际景象。故诗人所指，是南宋的事实都城临安，即诗人心中的长安。于是，女真入侵，宋室南渡，中原陆沉，江山分裂的历史浮现眼前，临安也成了长安。联系目前，更是伤悲，连南宋的半壁江山也没有了，只剩下"来孙却见九州同，家祭如何告乃翁"[1]了。诗人夜半在征程，舟人三更劳顿。可是，这不是为了"王事"，若能真的为了"王事"，就不会有人高隐，诗人也不必"扁舟往来"。所以，历史的教训，不能忘却。又如《麈尾》：

> 王谢风流物，翩然落手中。玄谈方亹亹，旧搦莫匆匆。
> 拂席青蝇避，障尘白羽同。空言移晋鼎，千载累清风。[2]

手持麈尾，口谈玄理，本是魏晋风流的一种表现。诗人笔下的王谢风流，只是一个符号而已。因为历史上的王导、谢安，是对东晋政权的建立与东晋王朝转危为安的历史转折发挥了关键作用的人物，并非空谈误国之辈。真正空谈误国的，是王衍等人。桓温所说，"遂使神州陆沉，百年丘墟，王夷甫诸人，不得不任其责"[3]，正因为此。但是，在袁易看来，清流是清流，清谈是清谈。清谈误国，清流并未误国，是清谈误国进而连累了清流。所以，麈尾象征的清谈风流不值得倾慕。袁易的《静春堂诗集》四卷见于《四库全书》，虽非完璧，亦基本保全。此外，袁易还是元代重要的词人，有《静春词》一卷，存词三十首，内容大部分写他与朋友交往和诗酒优游的生活。其中的一些祝寿词、赠答词，尽管是应酬之作，也往往别有情趣。元代词家多因袭模仿，难见个性，但袁易词有自己的风格。只是由于他生活面狭窄，作品思想内容不够充实，词的内容多局限于时序更替带来的感情变化，限制了他的成就。其词风婉约淡远，境界优美。如《烛影摇红·春日雨中》：

> 日日春阴，瑞香亭下寒成阵。凤靴频误踏青期，寂寞墙阴径。翠被堆床未整。睡初酣、风筝唤醒。几多心绪，鹊语难凭，灯花无准。　　得酒

---

[1] 林景熙：《霁山集》卷三，收入《"丛书集成"初编》第2045册，中华书局，1985，影印本，第91页。
[2] 袁易：《静春堂诗集》卷二，收入《文渊阁四库全书》第1206册，台湾商务印书馆，影印本，第280页。
[3] 余嘉锡：《世说新语笺疏》，周祖谟、余淑宜整理，中华书局，1983，第834页。

浇愁，旧愁不去添新病。吴绫题满断肠词，歌罢何人听。宝篆香消昼永。袅余烟、萧萧鬓影。出门长啸，白鹭双飞，清江千顷。[1]

九十日春晴景少，多是阴天，甚至阴雨连绵，因而心绪不佳，杯酒难解寂寞烦躁。朋友不来，知音不遇，只见"白鹭双飞，清江千顷"，是"我嗟不及群鱼乐，虚作人间半世人"[2]的感触。借物寄情，比起直接议论，艺术上自然高出一筹。说人不及物，更添伤感。而一旦与朋友相聚，酬唱是必需的事情。如《风入松·和张玉田闰元夕》：

彩鳌仙乐响空明。前度凤来迎。月圆月缺年年事，是今番、特地关心。五夜重判烂醉，三分尚有余春。　玉壶寒沁一天星。车马气如云。笼纱竞逐香尘暗，笑幽人、门掩花阴。未见山中历日，梦中池草先青。[3]

袁易与张炎，有词人间的情谊。张炎是名将之后，出仕南宋，宋亡不仕，是遗民，二十余年漫游吴越间，写出了《高阳台·西湖春感》《解连环·孤雁》等诸多作品，抒发眷恋故国，悲叹自身的情感。袁易小张炎十四岁，且一度出山，不能算遗民。然袁易长期隐逸不出，亦有遗民心态，长短句的共通，使两人成为忘年交。此次长者来访，袁易心情奇好，眼前景物亮堂，胸中情意荡漾。于是，胸中的暖意、自然的初春融为一体，明媚开朗。

四、善住

善住（生卒年不详），元朝苏州高僧，修行于报恩寺。据诗篇及有关交游，善住应是宋亡后出生。常往来吴淞江上，与仇远、白珽、虞集、宋无诸人相酬唱。清人论其"盖虽入空门，而深与文士同臭味也。集中《癸亥岁寓居钱塘千顷寺述怀》诗，有'高阁工书三十年'句。从英宗至治三年癸亥，上推三十年为世祖至元三十一年甲午，距宋亡仅十四年。其《赠隐者》诗，有'对食惭周粟，纫衣尚楚兰'句，盖犹及见宋之遗老，故所作颇有矩矱。观其论诗有云'典雅始成唐句法，粗豪终有宋人风'，命意极为不凡。及核其篇什，则但工近体，大抵以清隽雕琢为事，颇近四灵、江湖之派，终不脱宋人窠臼，所言未免涉于过高。然造语新秀，绝无疏笋之

---

[1] 唐圭璋编《全金元词》，中华书局，1979，第843页。
[2] 苏舜钦：《苏舜钦集》卷八，沈文倬校点，上海古籍出版社，1981，第87页。
[3] 唐圭璋编《全金元词》，中华书局，1979年，845页。

气,佳处亦未易及。在元代诗僧中,固宜为屈一指也"[1]。依前人所论,善住实是元代诗僧之首。

春杪登苏台

独上高台小凭阑,荒城寂历水云宽。
连天芳草雨初霁,满地落花春又残。
白发不生还亦老,青山无事且须看。
吴王伯业消磨尽,江鸟呼风野树寒。[2]

既是春杪,当是晴日温暖。但诗僧笔下,是荒凉而清寒。原因很简单,苏台关联着一段兴亡成败的历史。善住没有说吴王夫差的争霸行径,而是揭示了吴王夫差争霸的目的,是要当霸主。最终,只能是烟消云散。

感旧

风雨萧萧送暮春,百花开尽草如茵。
画梁尘锁帘垂地,燕子归来不见人。[3]

诗歌的最后一句,似乎暗示了善住出家的缘由,是曾经的富贵之家,如今物在人亡。说明善住在宋亡之前,也与张炎一样,生活在富贵之家,现在只能人在空门,心在凡尘,时时关注俗世间的斗转星移。如《浣溪沙·夏日》:

帘卷薰风夏日长。幽庭脉脉橘花香。闲看稚子引鸳鸯。　　四月雨凉思御夹,三吴麦秀欲移秧。不知身在水云乡。[4]

这是吴地春夏之交典型的田园风光,麦子秀了,秧苗长成,小满节气,要准备夏收夏种了。对农事的关切,正说明了善住的凡心。不过,毕竟身在佛门,善住还是会关注到佛门故事。如《朝中措·虎邱怀古》:

芳塘水满绿杨风。台殿隐朦胧。几度春来幽径,马蹄踏碎残红。寂寥广坐,尘埃漠漠,客散堂空。讲石雨苔侵遍,九原谁起生公。[5]

---

[1] 永瑢等:《四库全书总目》卷一六六,中华书局,1965,第1427页。
[2] 顾嗣立编《元诗选》初集,中华书局,1987,第2467页。
[3] 顾嗣立编《元诗选》初集,中华书局,1987,第2463页。
[4] 唐圭璋编《全金元词》,中华书局,1979,第1158页。
[5] 唐圭璋编《全金元词》,中华书局,1979,第1158—1159页。

虽然说虎丘流传着生公说法等佛门故事，其实善住真正关心的，是虎丘山上台殿的荒凉，遥望的是历史变迁。因为这里更能勾起历史回响遗踪的，是千人坐旁的剑池，吴王阖闾的墓穴所在。

第二节　元代后期的吴地文学

元代后期的吴地文坛，也呈现出全面繁荣的景象。不仅名家众多，且出现一种复合型趋势，吴地文人，往往集诗人、画家、书法家及学者于一身。诗词文章中的情趣意象，蕴意丰富，寄托遥深，也更具有强烈的可感性。

一、黄公望

黄公望（1269—1354）字子久，号一峰，常熟（今属江苏）人，元代画家，居于虞山小山，中年当过中台察院掾吏，后加入全真教，别号大痴道人，在江浙一带卖卜。黄公望工书法，善诗词、散曲，颇有成就，五十岁后始画山水，师法赵孟頫、董源、巨然、荆浩、关仝、李成等，晚年大变其法，自成一家。其画注重师法造化，常携带纸笔描绘虞山、三泖、九峰、富春江等地的自然胜景，笔墨简远流动，风格苍劲高旷，气势雄秀。

黄公望的诗歌崇尚晚唐，谨严沉吟，时有超凡之想。然仅存诗歌多题画之作，读画说画家，颇得画里画外神理妙趣。或有赠答唱和，虽是应酬，亦有深意。如《西湖竹枝词》：

> 水仙祠前湖水深，岳王坟上有猿吟。
> 湖船女子唱歌去，月落沧波无处寻。[1]

曾经的抗金英雄，曾经的民族自豪，不仅冤死于"莫须有"的罪名之下，更有无知的人们在坟前吟诗唱歌。已经忘记了"青山有幸埋忠骨，白铁无辜铸佞臣"的历史悲剧，也忘记了而今的皇上并非"赵钱孙李"。如同辛弃疾所说的，"佛狸祠下，一片神鸦社鼓"，已经忘记了历史的创伤。岂止唱和之作中可以寄托他人难以察觉的蕴意，题画诗里，黄公望一样别有用意。如《夏圭晴江归棹图》：

---

[1]　顾嗣立编《元诗选》二集，中华书局，1987，第746页。

> 漠漠江天吴楚分，几重树色几重云。
> 客心已逐归帆好，谁道溪边有隐君。[1]

马远、夏圭是南宋画院的主要画工，取景构图各具特色。马远偏向于局部一角，夏圭喜欢取半景，时有"马一角、夏半边"的说法，其构图画风是南宋半壁江山的写照。这幅画到了黄公望的眼里，景物晴好，江天区分吴楚，江边当有隐居的高人。图画中的富春江畔，最为著名的隐君，当属严子陵。而与其关合的历史，则是刘秀与汉王朝的中兴。诗人思绪及此，联系当下的实情，唯有归去而已。

二、干文传

干文传（1276—1353）字寿道，号仁里，晚号止斋，平江吴县（今江苏苏州）人。先世以武弁入官，父干雷龙始以文易武。干文传十岁能属文，用荐为吴及金坛两县学教谕，迁饶州慈湖书院山长。延祐二年（1315）登进士第，授同知昌国州事，迁长洲、乌程两县尹，升婺源知州。至正三年（1343）召入朝，预修《宋史》，书成，授集贤待制，不久以嘉议大夫、礼部尚书致仕。干文传长于政事，其治行往往为诸州县之最，有古循吏之风。"文传气貌充伟，识度凝远，喜接引后进，考试江浙、江西乡闱，所取士后多知名。为文务雅正，不事浮藻"[2]。《元诗选》三集录其诗五首，题《仁里漫稿》。诗歌抒情直白，不事雕琢。如《至顺四年四月九日同王叔能柳道传钱翼之胡古愚游天平山次古愚韵》：

> 苍壁屯云戟卫森，白云入户衮衣临。
> 千章乔木只如故，一尺流泉不在深。
> 剩有桑麻居杜曲，岂无觞咏集山阴。
> 登高却省曾游处，短发搔余不耐簪。[3]

天平山为吴地著名游览胜地，文人雅士，多有吟咏。这首诗语言平淡，所用典故事迹，亦为世人熟知，没有刻意追求深婉曲折的笔法。又如《题水村图》：

> 桑梓未能志楚甸，琴书已久住吴门。

---

[1] 顾嗣立编《元诗选》二集，中华书局，1987，第742—743页。
[2] 宋濂等：《元史》卷一百八十五，中华书局，1976，第4255页。
[3] 顾嗣立编《元诗选》三集，中华书局，1987，第273页。

> 悠悠江海风烟隔，知是夕阳何处村？[1]

仕宦他乡，只是看到一幅"水村图"而已，已经牵动了诗人的乡愁。因为诗人是平江吴县人，吴县的水村风光与画图上的景象颇为相似，故而思乡之情难禁。元代题画诗盛极一时，而题画诗的妙处在于用文字写出画面的内容并揭示出画面的蕴意。诗人不加掩饰地借助画面意象，叙写了心中的故土，可谓词略而情深。若在书法作品上题诗，则不唯关注书法艺术，更要注重所书的内容。如《敬题范文正公所书伯夷颂卷尾》：

> 孤竹身为百世师，范公手染退之辞。
> 不知青社挥毫日，得似天章论道时。[2]

伯夷和叔齐是孤竹国国君的两个儿子，相互谦让，不愿意即位成为国君，这是大义。商朝灭亡之后，兄弟二人隐居首阳山，不食周粟，这是忠于故国。而韩愈的《伯夷颂》，重点颂扬的是伯夷的特立独行，而不是随波逐流。文章，是大家手笔。书法，则是名家挥毫。于是，作为苏州人的干文传，在敬仰崇拜的心态之下，于卷尾题诗。其行为投射出的心迹，不仅有对伯夷的赞颂，还有对韩愈、范仲淹的敬重。

三、沈右

沈右（生卒年不详，约 1351 年前后尚在世）字仲说，号御斋，吴中（今江苏苏州）人。本世家子，能去豪习，刻志读书。与乡里缙绅游，恂恂若诸生。曾结庐天平山林坞之白羊山，耕读其旁。年四十无子，买一妾，问知为故人范复初之女，即召其母择婿厚嫁之。文学行谊，一时重之。右以书法称名当时，其楷书《中酒杂诗并简帖》现存故宫博物院。工诗，《元诗选》二集录其《清辉楼稿》诗十六首传世，多赠答题画之作，清新可喜。如《顾仲贽移居诗次叔方先生韵》：

> 城南陋巷居新僦，绿竹移来几个斜。
> 丛桂山中招旧隐，读书堆里认君家。
> 蜀人谩诧文园赋，吴市争看卫玠车。

---

[1] 顾嗣立编《元诗选》三集，中华书局，1987，第275页。
[2] 顾嗣立编《元诗选》三集，中华书局，1987，第275页。

> 断简味腴如啖蔗,虎头痴绝至今夸。[1]

叔方为陈植,陈深子,两人既有诗歌唱和,年资应相差不大。然敬称为先生,则陈植应长于沈右。顾仲贽,生平未详,浙江四明人,寓居吴地,与倪瓒等文士名流交往,能书画。既是流寓四方,移居乃是平常之事。诗中所云住地在城南,条件简陋,但桂影绿竹,高雅自在。读书赋诗,啸咏其间。沈右对于顾仲贽的才华人品予以了热情的赞扬:"断简味腴",并未追求生活的奢华,文采飞扬善读书,长相秀美能绘画,有顾恺之遗风。

四、钱良佑

钱良佑(1278—1344)字翼之,晚自号江村民,人因以江村先生称之,平江(今江苏苏州)人,一作湖南平江县人。至大间以书学名家,署吴县儒学教谕,实未履职。善书法,古、篆、隶、真、行、小草,无不精绝。然安贫守约,无意仕进,闲居三十年卒,年六十七。诗歌闲雅平淡,多纪游唱和之作,如《自灵岩登天平山次柳道传韵》《自天平游灵岩次胡古愚韵》等。题画小诗,则另有风味。如《题所南老子推蓬竹图》:

> 南翁高卧似渊明,不种黄花种竹君。
> 挂起北窗长见此,苍烟一抹带斜曛。[2]

郑思肖是著名的宋遗民、画家,宋亡之后寓居苏州,坐卧不肯向北,画兰不画土,名其居为"本穴世界",寓意为"大宋世界"。钱良佑的这首诗,透露的信息是,他曾经收藏郑思肖的一幅画,并经常观赏。观赏到的,是画面人物形象的形态动作及环境,感受到的,却是画家郑思肖寄托的情怀。此诗表达了诗人对画家的敬重之情。

五、薛兰英与薛惠英

薛兰英与薛惠英,是元末苏州富商家的两位才女,无意间开创了吴地"竹枝词"创作的新局面。姐妹二人生活在富商家庭,条件优越,爱好吟咏,喜读书。于是,在阊门外经营米业的父亲专门为姐妹俩建造一座读书楼,名"兰蕙联芳楼"。二人吟咏其间,渐为外界所闻,名声四播。于是,

---

[1] 顾嗣立编《元诗选》二集,中华书局,1987,第1330页。
[2] 顾嗣立编《元诗选》三集,中华书局,1987,第308—309页。

与人唱和亦偶一为之。昆山郑生，闻其名，泊舟楼下，以诗相赠，遂生爱情。其父得知详情，即将郑生招赘，成就一段佳话。姊妹所作诗歌数百首，名《兰蕙联芳集》，惜已不传。唯《苏台竹枝曲》十首，流传下来。"竹枝词"本是一种诗歌体裁，由巴蜀一带民歌演变而来，一般七言四句，类似于七绝，但在格律上的限制相对宽松。自刘禹锡之后，模仿创作代不乏人，已多有成功的先例。元末杨维祯在西湖，写了九首《西湖竹枝词》，湖山之美、人物之盛、男女情浓，读之可以想见。随后，杨维祯征集四方和作，得到百多位名流的唱和之作共一百八十四首，集成《西湖竹枝集》刻印，流播四方，成一时盛事。"杨廉夫维祯，初居吴山铁冶岭，故号铁崖。既得铁笛，更号铁笛。雅好声妓，名彻都下。"[1]顾嗣立曰："兰英、蕙英，吴郡人，皆聪明秀丽，能赋诗，建一楼以处，曰'兰蕙联芳'。二女日夕吟咏不辍，有诗数百首，颜曰《联芳集》。时杨铁崖制《西湖竹枝曲》，和者百余家，见之笑曰：'西湖有《竹枝曲》，东吴独无《竹枝曲》乎？'乃效其体作《苏台竹枝》十章。铁崖见其稿，手题二诗于后云：'锦江只见薛涛笺，吴郡今传兰蕙篇。文采风流知有日，连珠合璧照华筵。''难弟难兄并有名，英英端不让琼琼。好将笔底春风句，谱作瑶筝弦上声。'自是名播远迩，咸以为班姬、蔡女复出，易安、淑真而下，不足论也。"[2]《苏台竹枝曲》十首：

姑苏台上月团团，姑苏台下水潺潺。
月落西边有时出，水流东去几时还。
馆娃宫中麋鹿游，西施去泛五湖舟。
香魂玉骨归何处？不及真娘葬虎丘。
虎丘山上塔层层，静夜分明见佛灯。
约伴烧香寺中去，自将钗钏施山僧。
门泊东吴万里船，乌啼月落水如烟。
寒山寺里钟声早，渔火江风恼客眠。
洞庭余柑三寸黄，笠泽银鱼一尺长。
东南佳味人知少，玉食无由进上方。

---

[1] 田汝成辑撰《西湖游览志余》卷十一，上海古籍出版社，1980，第194页。
[2] 顾嗣立编《元诗选》二集，中华书局，1987，第1414页。

> 荻芽抽笋楝花开，不见河豚石首来。
> 早起腥风满城市，郎从海口贩鲜回。
> 杨柳青青杨柳黄，青黄变色过年光。
> 妾似柳丝易憔悴，郎如柳丝太颠狂。
> 翡翠双飞不待呼，鸳鸯并宿几曾孤。
> 生憎宝带桥头水，半入吴江半太湖。
> 一绾凤髻绿如云，八字牙梳白似银。
> 斜倚朱门翘首立，往来多少断肠人。
> 百尺高楼倚碧天，阑干曲曲画屏连。
> 侬家自有苏台曲，不去西湖唱采莲。[1]

其中自有姑苏的历史、人物、风景、特产、风俗，但更有意义的是两人对某些历史事件、人物及前人诗赋的解读与评价。如西施的倩影常常飘忽于诗人的笔下，或赞其美貌，或叹其遭遇，或追究其历史责任，或为其开脱。第二首即咏西施，繁华背后是凄楚，浪迹香魂归何处，与其留下名姓让后人争辩评价，还不如以贞洁的芳名传世，得到后人的敬仰与追惜。着眼点虽在西施，实则是具有历史纵深的叹息。第十首彰显了一种自信，不是小家碧玉的忸怩婉转，而是直截了当地宣告，竹枝词不必去西湖听《采莲》，姑苏也有《苏台曲》。

六、郑允端

郑允端（1327—1356）字正淑，平江（今江苏苏州）人，出生儒学世家。其家富足，"饶于资，有半州之目"[2]。允端颖敏工诗词，嫁同郡施伯仁，亦儒雅之士，夫妻相敬如宾，暇则吟诗自遣。至正十六年（1356）张士诚入平江，其家为乱兵所破，遂贫病悒悒而卒。宗族之士谓之"有容、有言、有学、有识，行乎中闺，可象可则。贞以厉己，懿以成德"[3]，谥曰贞懿。其夫施伯仁编次其遗著成帙，名《肃雍集》。诗集历经颠簸，散佚过半，仍留下百余首诗。明嘉靖年间，施伯仁的五世孙施仁又将这些残篇刊印成册。但年代久远，不免舛误。"此殆允端原有诗集，岁

---

[1] 顾嗣立编《元诗选》二集，中华书局，1987，第1414—1415页。
[2] 顾嗣立编《元诗选》初集，中华书局，1987，第2522页。
[3] 顾嗣立编《元诗选》初集，中华书局，1987，第2522页。

久散佚。而其后人赝撰刊行"[1]。但馆臣评其诗"词意浅弱，失粘落韵者，不一而足"，似乎有些苛刻了。如其《读文山丹心集》：

> 藉甚文丞相，精忠古所难。舍生归北阙，效死只南冠。
> 血化三年碧，心存一寸丹。偶携诗卷在，把玩为悲酸。[2]

这是用诗歌写成的"读后感"，是对文天祥的赞美。女诗人心中悲酸不已，为文天祥的丹心，更为大宋王朝的覆灭。就诗歌中的见识，亦不在须眉之下。又《吴人嫁女辞》："种花莫种官路旁，嫁女莫嫁诸侯王。种花官路人取将，嫁女王侯不久长。花落色衰情变更，离鸾破镜终分张。不如嫁与田舍郎，白首相看不下堂。"[3]此诗读来，简直就是民歌，但颇有道理。夫妇之间，最浪漫的事，就是"白首相看不下堂"吧。吴地至今流行类似的民歌，开头均是"嫁郎莫嫁某某郎"。作为女性，诗歌中关注这类意象，再正常不过。如《望夫石》：

> 良人有行役，远在天一方。自期三年归，一去凡几霜。
> 登山凌绝巘，引领望归航。归航望不及，踯躅空傍徨。
> 化作山头石，兀立倚穹苍。至今心不转，日夜遥相望。
> 石坚有时烂，海枯成田桑。石烂与海枯，行人归故乡。[4]

望夫石的传说，多地流传。功名富贵、建功立业，岂能比拟举案齐眉。作者从望夫化石的故事中，看到的是女子的深情与坚贞。即便化为顽石，此心不改。

七、顾德辉

顾德辉（1310—1369），本名瑛，一名阿瑛，字仲瑛，号金粟道人，昆山（今属江苏）人，移居太仓。缘何移居，不得其详。家富，轻财善结纳宾客，豪宕自喜，年三十始折节读书，购古书名画、彝鼎秘玩，辑录鉴赏无虚日。举茂才，任会稽教谕，推辞不就。"年四十，即将家产尽付其子，归昆山故里筑玉山佳处，隐居其中，以诗画自娱，广交天下名士。至正间，与太仓名士袁华、秦约、文质、熊梦祥、姚文奂等过从甚密。雅集唱

---

[1] 永瑢等：《四库全书总目》卷一七四，中华书局，1965，第1547页。
[2] 顾嗣立编《元诗选》初集，中华书局，1987，第2525页。
[3] 顾嗣立编《元诗选》初集，中华书局，1987，第2522页。
[4] 顾嗣立编《元诗选》初集，中华书局，1987，第2524页。

和。才情妙丽，诗文俱佳，亦工山水、花卉、翎毛，名擅一时，东南俊士咸推其为文坛领袖。有《草堂雅集》《玉山璞稿》《萃亭馆篇咏》等"[1]。后为逃避张士诚授官，隐居嘉兴合溪。子元臣为元官，故封钱塘县男，母丧归绰溪。再逃避士诚授官，断发庐墓，号金粟道人。入明，以其子曾仕元，徙濠梁，卒。临终"自为圹志，戒其子以纻衣、桐帽、棕鞋、布袜缠裹入土"[2]。有《玉山草堂集》，顾嗣立《元诗选》初集收其诗，名《玉山璞稿》。其《自题小像》颇见晚境的伤感：

> 儒衣僧帽道人鞋，天下青山骨可埋。
> 若说向时豪杰处，五陵鞍马洛阳街。[3]

曾经的富家公子，又是四方文士经常寄食的东道主，俨然是东南一带的文化领袖人物，顾德辉进入新朝的处境是流徙他乡，一种不知道自己是什么的茫然。轻裘肥马、豪气冲天的少年时光，只能从记忆中寻找了。当年曾经与不少文士啸咏玉山草堂，亦曾经访友徜徉四方。而今流浪他乡，儒士、僧人、道士的身份似乎集于一身，又似乎什么也不是。"天下青山骨可埋"潇洒的背后，是无限的悲伤。至正十年（1350）冬天，气候异常，入冬不冷。而突然间云集雪下，天气骤寒。顾德辉与于彦成（于立）、张云槎（张冲）等人相会于杭州湖光山色楼，分韵吟诗，顾德辉得"冻"字，成诗一首《以冻合玉楼寒起粟分韵得冻字》：

> 积雪未消春意动，千里登临游目纵。
> 月明初度影娥池，曙色稍侵鸣玉洞。
> 佳人象管怯初寒，银瓶梅蕚犹含冻。
> 白发休嫌舞袖长，张灯夜捉飞觥送。[4]

诗意平淡，无非初雪之下，文人雅士相聚饮酒赋诗，情趣极佳。但诗题需真正理解。因为数人分题吟咏的诗句，源自苏轼的《雪后书北台壁》其二，诗曰："城头初日始翻鸦，陌上晴泥已没车。冻合玉楼寒起粟，光摇银海眩生花。遗蝗入地应千尺，宿麦连云有几家。老病自嗟诗力退，空吟

---

[1] 张炎中主编《太仓历史人物辞典》，上海文艺出版社，2010，第231页。
[2] 顾嗣立编《元诗选》初集，中华书局，1987，第2321页。
[3] 陈衍辑撰《元诗纪事》卷二十七，李梦生校点，上海古籍出版社，1987，第644页。
[4] 顾嗣立编《元诗选》初集，中华书局，1987，第2346—2347页。

《冰柱》忆刘叉。"[1]颔联用了道家典故,"玉楼"指人的肩膀,"银海"指人的眼睛,常人易于误解。

顾德辉亦能词,《全金元词》收录其词四首。其中《青玉案》题注为"彦成以他故去,作此怀之"[2],写其与于立分别后的思念之情:

春寒恻恻春阴薄。整半月,春萧索。旭日朝来升屋角。树头幽鸟,对调新语,语罢双飞却。　　红入花腮青入萼。尽不爽花期约。可恨狂风空做恶。晓来一阵,晚来一阵,难道都吹落。[3]

通篇没有写到朋友的离去及自己对朋友的思念之情,但眼前景物、身体感受以及时序变化,无不浸透了作者的思念之情。作者通过自己对春寒的体验,对小鸟的羡慕,对狂风的厌恶,说出了完全的不适,什么理由也没有,就是看到的、听到的、感受到的,都让作者不舒服。而这一切的根源,就在于于立的离去。相聚的短暂与无理由的不爽折射出对朋友的殷殷情意。

[1] 王文诰辑注《苏轼诗集》,孔凡礼点校,中华书局,1982,第605页。
[2] 唐圭璋编《全金元词》,中华书局,1979,第1124页。
[3] 唐圭璋编《全金元词》,中华书局,1979,第1124页。

第七章 明代前中期吴地文学的鼎盛呈现

1368年明王朝建立之后，大多数吴地文人由于与张士诚的关系，受到了严酷的打击遭受了前所未有的灾难。但是，吴地文人的创造力却是空前的，在元明易代之际，就奠定了吴地文学全面繁荣的基础。不论从哪个角度看，明初以高启为首的"吴地四杰""北郭十子"，都是明代诗文辉煌开端的重要组成部分。等到吴地的社会经济逐渐恢复，朱棣的统治基本稳定之后，吴地文坛逐渐迎来了辉煌局面。

第一节　高启与元明之际的吴地诗群

元代末年，乱象已生。红巾军起义严重削弱了元王朝的统治，而以君王为代表的元朝贵族坚持的军事领主制又极大地妨碍了中央政权对地方的控制，相对落后的统治政策，难以适应已经高度发达的中原社会，更不用说经济繁荣、文化先进、意识前卫的江南地区。但文人在历史的十字路口，总是被动地选择。比较而言，在各路军事霸主之中，割据苏州的张士诚还是得到了吴中百姓的广泛欢迎。其宽民力、减租税、罢苛捐、救难民等措施，使得吴地成为全国范围内少有的繁荣富庶而又稳定的地区。即便没有与张士诚合作的文人，也是以良好的心态享受难得的祥和富有的生活，进而形成了特有的诗人群体。以高启为首的"北郭十友"，正是元明之际最为突出的诗歌创作群体。

一、高启

高启（1336—1374）字季迪，号槎轩，长洲（今江苏苏州）人，元末明初著名诗人，在文学史上，与刘基、宋濂并称"明初诗文三大家"，又与杨基、张羽、徐贲被誉为"吴中四杰"，当时论者将之与"初唐四杰"作比，又与王行、徐贲、高逊志、唐肃、宋克、余尧臣、张羽、吕敏、陈则号"北郭十友"或"北郭十子"。元末张士诚在苏州建立政权，高启离开苏州，依附岳父周仲达，住吴淞江畔之青丘，自号青丘子。明初以荐参修《元史》，授翰林院国史编修官，受命教授诸王。洪武三年（1370）秋，朱元璋拟委任他为户部右侍郎，他固辞不受，被赐金放还。人虽返青丘，以教书治田自给，但祸根已经埋下。因为朱元璋最为记恨的就是文人不合作的态度，尤其是吴地文人的冷淡态度。由于君王内心的芥蒂，高启终惹杀身之祸。"启尝赋诗，有所讽刺，帝嗛之未发也。及归，居青丘，授书自给。知府魏观为移其家郡中，旦夕延见，甚欢。观以改修府治，获谴。帝见启所作上梁文，因发怒，腰斩于市，年三十有九。明初，吴下多诗人，启与杨基、张羽、徐贲称四杰，以配唐王、杨、卢、骆云"[1]。高启作诗"有所讽刺"并坚决不肯为朱元璋所用，与其兄高咨死于筑城不无关系，而杀高启，实际也是朱元璋的既定政策，高启为魏观写的上梁文中"龙蟠虎踞"等字样，只是一个借口。腰斩高启，旨在对文人发出一个重要的政治信号：君王的意志不容违背。

高启著作，以诗歌数量最多，景泰元年（1450），徐庸搜集遗篇，编为《高太史大全集》十八卷，附文集《凫藻集》，词集《扣舷集》，四部丛刊本《高太史大全集》即据此影印。上海古籍出版社据此校点排印了《高青丘集》。

高启首先是诗人，诗兼采众家之长，无偏执之病。但从汉魏一直摹拟到宋人，又死于盛年，未能熔铸诸家之长而形成自己独立的风格。然短暂的一生，有着辉煌的成就。"天才高逸，实据明一代诗人之上，其于诗，拟汉魏似汉魏，拟六朝似六朝，拟唐似唐，拟宋似宋，凡古人之所长无不兼之。振元末纤秾缛丽之习而返之于古，启实有力。"[2]高启生活在元明易代之际，不少作品具有时代的特征。元末战乱的现实，在高启诗歌中就有深切的反映。如《过奉口战场》：

> 路回荒山开，如出古塞门。惊沙四边起，寒日惨欲昏。
> 上有饥鸢声，下有枯蓬根。白骨横马前，贵贱宁复论？
> 不知将军谁，此地昔战奔。我欲问路人，前行尽空村。

[1] 张廷玉等：《明史》卷二百八十五，中华书局，1974，第7328页。
[2] 永瑢等：《四库全书总目》卷一六九，中华书局，1965，第1471—1472页。

> 登高望废垒，鬼结愁云屯。当时十万师，覆没能几存。
> 应有独老翁，来此哭子孙。年来未休兵，强弱事并吞。
> 功名竟谁成，杀人遍乾坤。愧无拯乱术，伫立空伤魂。[1]

元明易代，不是一个王朝取代另一个王朝那么简单，而是各路军阀展开厮杀并逐渐出现一家独大的局面。所以，杀伐的惨烈程度与规模是空前的。加之火器已经广泛使用，不完全是冷兵器时代的捉对厮杀，而是成批量的杀伐。这样的时代，这样的战火，给人们带来的灾难与痛苦也是空前的。诗人生活在这样的年代，也有了前人难以感受的亲身体验。这首诗就是以写实的手法向我们展示了战后的凄凉一幕：空荒的村落，横地的白骨，枯萎的蓬根，不时发出凄厉叫声的饥鸢。这一切，在飞沙与寒日的映衬之下更显得惨烈恐怖。所以，整首诗的基调是凝重悲怆的。没有正面刻画兵刃相接、血肉横飞的战争场面，但通过对战后惨景的描写，不难想象出战场的残酷。然而，面对战乱与人民的凄惨遭遇，诗人却无可奈何。战乱之中，诗人的生活是艰辛甚至充满惊恐的，流寓漂泊怀念亲友，也成了其诗歌的重要内容。如《孤雁》：

> 衡阳初失伴，归路远飞单。度陇将书怯，排空作阵难。
> 呼群云外急，吊影月中残。不共凫鹥宿，蒹葭夜夜寒。[2]

这不仅是说动物中的大雁，也是在说诗人自己。就意象而言，雁去衡阳是为了越冬，可成功度过寒冷的冬天之后，正要返回故乡生儿育女之际，悲剧发生了，伴侣死去，这归途中的孤单、悲哀、艰辛、危险、惊恐等等，一起涌来，令孤雁难以招架。战乱中的诗人，漂泊流浪，孤独彷徨，无所依傍，心中凄凉。但是，诗人与孤雁具有同样的高洁情怀，宁可寒冷凄清，也不愿与凫鹥为伍。因而，在诸雄争天下的过程中，诗人并不愿意选择自己不认可的归宿。

所以，明王朝统一天下之后，高启的心绪是复杂的。一方面希望国家统一、社会稳定，另一方面又对新朝充满惊惧与不安，喜悦中隐然有忧虑。如《登金陵雨花台望大江》：

---

[1] 高启：《高青丘集》，金檀辑注，金澄宇、沈北宗校点，上海古籍出版社，1985，第128—129页。
[2] 高启：《高青丘集》，金檀辑注，金澄宇、沈北宗校点，上海古籍出版社，1985，第460页。

> 大江来从万山中，山势尽与江流东。
> 钟山如龙独西上，欲破巨浪乘长风。
> 江山相雄不相让，形胜争夸天下壮。
> 秦皇空此瘗黄金，佳气葱葱至今王。
> 我怀郁塞何由开，酒酣走上城南台。
> 坐觉苍茫万古意，远自荒烟落日之中来。
> 石头城下涛声怒，武骑千群谁敢渡。
> 黄旗入洛竟何祥，铁锁横江未为固。
> 前三国，后六朝，草生宫阙何萧萧！
> 英雄乘时务割据，几度战血流寒潮。
> 我生幸逢圣人起南国，祸乱初平事休息，
> 从今四海永为家，不用长江限南北。[1]

圣人出现，长江也已不再是割据的屏障，但诗人还是有所忧虑。此时诗人没有感受到新朝的威严，只是担心建都南京之后的国运。等到诗人被征召到京城，对明王朝有了真切的感受，很快就产生了逃离的想法。因为受到的羁绊，对于诗人来说是痛苦的。如《京师苦寒》：

> 北风怒发浮云昏，积阴惨惨愁乾坤。
> 龙蛇蛰泥兽入穴，怪石冻裂生皴痕。
> 临沧观下飞雪满，横江渡口惊涛奔。
> 空山万木尽立死，未觉阳气回深根。
> 茅檐老父坐无褐，举首但望开朝暾。
> 苦寒如此岂宜客，嗟我岁晚飘羁魂。
> 寻常在舍信可乐，床头每有松醪存。
> 山中炭贱地炉暖，儿女环坐忘卑尊。
> 鸟飞亦断况来友，十日不敢开衡门。
> 羯来京师每晨出，强逐车马朝天阍。
> 归时颜色黯如土，破屋暝作饥鸢蹲。
> 陌头酒价虽苦贵，一斗三百谁能论？
> 急呼取醉径高卧，布被絮薄终难温。

---

[1] 高启：《高青丘集》，金檀辑注，金澄宇、沈北宗校点，上海古籍出版社，1985，第451页。

> 却思健儿戍西北，千里积雪连昆仑。
> 河冰踏碎马蹄热，夜斫坚垒收羌浑。
> 书生只解弄口频，无力可报朝廷恩。
> 不如早上乞身疏，一蓑归钓江南村。[1]

今天看，苏州与南京，在纬度和海拔上，几无区别，不至于寒冷难耐。之所以"苦寒"，还是高启心理上的感受。因为身在京师，不论做什么，终不能符合自己的心愿。所以，任何状态下总是感觉不舒服。然而，也正是因为身在官场，对新朝的体会更加真切，是一种苦楚加迷惘的进退维谷，是高处不胜寒的现实。诗歌末尾的心愿表达，强化了诗人对君王集权的惊恐与对自由生活的向往。与其"强逐车马朝天阙"，真不如"一蓑归钓江南村"。而明王朝立国之后的一系列政策，对于加强政权的统治力或许是必要的，但对于敏感的文人，却是伤痛。"明朝建权不久，文人便遭遇到大规模的思想清洗运动。高启敏感到了这种变异，他的诗开始唱出了一连串悲歌的最初序曲。"[2]如《春日怀诸亲旧》：

> 杨柳燕差差，邻家换火时。春寒添客思，夜雨减花枝。
> 涉世悠悠梦，怀人的的思。出游无旧侣，空馆独题诗。[3]

中国人自西周初年形成的祭祀制度，表达对祖先的忆念与对乡关的牵挂。而寒食节的习俗则源于春秋时期的晋文公与介子推的故事，表达对恩人的歉疚。两节日相连，但诗人身在京师，孤馆独坐，亲朋全无，心中的幽怨难以排遣，唯有苦吟来打发时光。身在他乡的思念，是亲情的流露；依依惜别的伤怀，不仅是对亲人的一份眷念，还有对人生隐隐的惊恐。又如《送内兄周谊还江上》：

> 忆奉纶音趣赴朝，曾烦远送过枫桥。
> 云山方恨成睽阻，雪夜俄来伴寂寥。
> 吴苑疏钟沉晚树，楚江归榜逐寒潮。

---

[1] 高启：《高青丘集》，金檀辑注，金澄宇、沈北宗校点，上海古籍出版社，1985，第413页。
[2] 曾庆雨：《高启与明代诗歌》，《云南民族大学学报（哲社版）》2008年第1期第134页。
[3] 高启：《高青丘集》，金檀辑注，金澄宇、沈北宗校点，上海古籍出版社，1985，第536—537页。

> 情亲海内如君少，敢惜离魂为一销。[1]

高启与内兄周谊，不仅是亲缘关系，更有诗赋同道与追求自由的相同志趣。而现在，内兄可以飘然而去，自己却只能羁留京城，将"吴苑疏钟""楚江归雁"的向往留在心中。

高启生活在由乱向治的转换时代，诗歌的内容是相当广泛的，除了个人的心绪宣泄、时代风貌的如实再现，当然也不会少了景观的描摹与登临的叹息。所以，高启游赏烟霞的篇什，也相当可观。此外，吊古抒怀之作寄托了深沉的感慨，风格雄劲奔放，缅怀历史，亦深婉有见。如《岳王墓》：

> 大树无枝向北风，千年遗恨泣英雄。
> 班师诏已来三殿，射房书犹说两宫。
> 每忆上方谁请剑？空嗟高庙自藏弓！
> 栖霞岭上今回首，不见诸陵白露中。[2]

岳飞的故事家喻户晓，岳飞的悲剧根源并非平民大众所能熟知，但高启说清楚了。高启精通历史，"季迪身长七尺，有文武才，无书不读，而尤邃于群史"[3]，当然知道岳飞缘何冤死。他没有追究责任人，更没有详细说明悲剧发生的原因、过程。因为人人都知道，制造岳飞冤案的罪魁祸首是秦桧。但是，高启特别强调了"班师诏"之事，是暗写了诗人心中的答案。历史是那样的扑朔迷离，现实是那样的让人不知所措，似乎唯有耕钓乡间方是惬意的生活。可是，农民的生活生产实际，也不是充满诗情画意的。如《练圻老人农隐》：

> 我生不愿六国印，但愿耕种二顷田。
> 田中读书慕尧舜，坐待四海升平年。
> 却愁为农亦良苦，近岁征役相烦煎。
> 养蚕唯堪了官税，卖犊未足输丁钱。
> 虺须县吏叩门户，邻犬夜吠频惊眠。

---

[1] 高启：《高青丘集》，金檀辑注，金澄宇、沈北宗校点，上海古籍出版社，1985，第586页。
[2] 高启：《高青丘集》，金檀辑注，金澄宇、沈北宗校点，上海古籍出版社，1985，第647页。
[3] 钱谦益：《列朝诗集小传》，钱曾笺注，钱仲联标校，上海古籍出版社，1983，第74页。

> 雨中投泥东凿堑,冰上渡水西防边。
> 几家逃亡闭白屋,荒村古木空寒烟。
> 君独胡为有此乐,无乃地迩秦溪仙。
> 门前流水野桥断,不过车马唯通船。
> 秧风初凉近芒种,戴胜晓鸣桑树颠。
> 短衣行陇自课作,儿子馌后妻耘前。
> 白头虽复劳四体,若比我辈宁非贤。
> 旅游三十不称意,年登未具粥与饘。
> 便投笔砚把耒耜,从子共赋豳风篇。[1]

反映人民生活的诗篇质朴真切,如亲身经历。描摹之景,如在目前,富有生活气息。劳作的艰辛、沉重的租税、无尽的征收、难以应对的天灾、莫名其妙的人祸,层层叠加,农民的流离失所就在所难免。

人生是复杂的,生活是立体的,诗人的诗歌也反映了这样的人生。离开京城以后,高启的诗歌发生了重要的变化,他的态度沉稳了,激情消弭了,"他后期的诗歌已不可能具有《青丘子歌》所表现出的高昂自傲的人格精神"[2]。而在长短句中,高启主要是抒发了对自然的热爱和对亲友的情谊。对内心惆怅的叙写,更显现出盛年老态。如《玉漏迟》:

> 夕阳无限好,凭阑却怨昏鸦归早。一片寒烟,锁定几家台沼。料想青山笑我,自乱后游骢不到。憔悴了,将军故柳,王孙芳草。　寂寞楚舞吴歌,叹转眼前欢,水空云杳。试问天涯,故人近来应老。只为微知世故,比别个倍添烦恼。须信道,人生称心时少。[3]

俗话说,人生在世,不如意事常八九,可与人言无二三。借助吟咏,能说几番。类似这样的作品,是高启词的主体。所以说,他虽是元明间第一诗人,长短句成就反倒一般。而高启的散文,虽不能与刘基、宋濂等量齐观,亦是元末风格,多因寓言故事、奇人奇事而有所感。如《书博鸡者事》:

---

[1] 高启:《高青丘集》,金檀辑注,金澄宇、沈北宗校点,上海古籍出版社,1985,第326—327页。
[2] 章培恒、骆玉明主编《中国文学史》,复旦大学出版社,1996,第220页。
[3] 高启:《高青丘集》,金檀辑注,金澄宇、沈北宗校点,上海古籍出版社,1985,第965—966页。

博鸡者，袁人。素无赖，不事产业，日抱鸡呼少年博市中，任气好斗，诸为里侠者皆下之。

元至正间，袁有守，多惠政，民甚爱之。部使者臧新贵，将按郡至袁，守自负年德，易之，闻其至，笑曰："臧氏之子也。"或以告臧，臧怒，欲中守法。会袁有豪民尝受守杖，知使者意嗛守，即诬守纳己赇，使者遂逮守，胁服，夺其官。袁人大愤，然未有以报也。

一日，博鸡者遨于市，众知有为，因让之曰："若素名勇，徒能借贫孱者耳！彼豪民恃其资，诬去贤使君，袁人失父母，若诚丈夫，不能为使君一奋臂耶？"博鸡者曰："诺。"即入闾左，呼子弟素健者，得数十人，遮豪民于道；豪民方华衣乘马，从群奴而驰，博鸡者直前捽下提殴之，奴惊，各亡去，乃褫豪民衣自衣，复自策其马，麾众拥豪民马前，反接徇诸市，使自呼曰："为民诬太守者视此！"一步一呼，不呼则杖其背尽创。豪民子闻难，鸠宗族僮奴百许人，欲要篡以归。博鸡者逆谓曰："若欲死而父，即前斗，否则阖门善俟，吾行市毕，即归若父，无恙也。"豪民子惧遂杖杀其父，不敢动，稍敛众以去。袁人相聚从观，欢动一城。郡录事骇之，驰白府，府佐快其所为，阴纵之不问。

日暮，至豪民第门，捽使跪。数之曰："若为民不自谨，冒使君；杖汝，法也，敢用是为怨望，又投间蔑污使君使罢，汝罪宜死！今姑贷汝，后不善自改，且复妄言，我当焚汝庐，戕汝家矣。"豪民气尽，以额叩地谢不敢，乃释之。博鸡者因告众曰："是足以报使君未耶？"众曰："若所为诚快，然使君冤未白，犹无益也！"博鸡者曰："然。"即连楮为巨幅，广二丈，大书一"屈"字，以两竿夹揭之，走诉行御史台。台臣弗为理，乃与其徒日张"屈"字游金陵市中。台臣惭，追受其牒，为复守官而黜臧使者。

方是时，博鸡者以义闻东南。高子曰：余在史馆，闻翰林天台陶先生言博鸡者之事，观袁守虽得民，然自喜轻上，其祸非外至也；臧使者枉用三尺以仇一言之憾，固贼盭之士哉！第为上者不能察，使匹夫攘袂群起以伸其愤，识者固知元政紊弛，而变兴自下之渐矣。[1]

[1] 高启：《高青丘集》，金檀辑注，金澄宇、沈北宗校点，上海古籍出版社，1985，第946—948页。

文中的博鸡者，不过是一个市井无赖。而比市井无赖还要无赖并且是无法无天的事件，是将无赖变成了义士，变成了英雄，变成了伸张正义的希望，亦可见这个时代，是何等的荒诞。

高启被腰斩，与高启并称"吴中四杰"的杨基、张羽、徐贲，也基本上没有理想的结局。他们或与张士诚有点关联，或追求人身的自由而不愿为官。可是，朱元璋是不能同意文人自由逍遥的，即便是帮助朱元璋打天下的越派文人，也必须时刻有临履之忧。受到张士诚敬重的吴派文人，人生平安只是一种理想了。"寰中士夫不为君用"就是一大罪名，得到"抄劄"的处罚。[1]就是说，连隐居的权力都没有，只要君王征召，必须出来。一旦有所差池，刑法相随。

二、杨基

杨基（1326—1378后）字孟载，号眉庵，祖籍嘉州（今四川乐山），其祖父仕宦江左，遂家苏州。按照籍贯记录的传统，三代定居即为籍贯，故杨基是苏州人。元末，曾入张士诚幕府，为丞相府记室。后辞去，游学他乡。杨维桢来苏州，与诸名流相聚，杨基预焉，席间赋《铁笛》诗，颇得杨维桢赞赏。朱元璋占领苏州，登记曾经参与张士诚政权的人士，杨基名列其中，被流放临濠（今安徽凤阳东），转河南。洪武二年（1369）放归，旋起用为荥阳知县，不久罢官，闲居南京。再因为朝臣推荐，用为江西行省幕官，又因事牵连，落职居住句容茅山。洪武六年应召奉使湖广，还朝后被任命为兵部员外郎，不久出为山西按察副使，晋升山西按察使，后被谗夺官，罚服劳役，死于工所。杨基诗风清俊纤巧，"少负诗名"，"与高启、张羽、徐贲为诗友，人称国初吴中四杰"[2]。其中五言律诗《岳阳楼》境界开阔，起结尤入神境：

> 春色醉巴陵，阑干落洞庭。水吞三楚白，山接九疑青。
> 空阔鱼龙舞，婷婷帝子灵。何人夜吹笛，风急雨冥冥。[3]

作品从自然春色入手，三联六句均是阳阳和气，照理应是情思飞扬，心绪荡漾，充满欢愉难以言表。但诗人尾联急转，从笛声中听到的是雨狂

---

[1] 张廷玉等：《明史》卷九十三，中华书局，1974，第2284页。
[2] 钱谦益：《列朝诗集小传》，钱曾笺注，钱仲联标校，上海古籍出版社，1983，第76页。
[3] 杨基：《眉庵集》卷七，收入《文渊阁四库全书》第1230册，台湾商务印书馆，1986，影印本，第410页。

风急而夜色昏黑，暗示了前面的美景不过是表面现象，真实的情况在笛声中传达。

杨基不少作品还保留着元季诗歌艳丽纤巧的痕迹，但寄托遥深，寓意新奇，时见佳作。如《新柳》：

> 浓如烟草淡如金，濯濯姿容裛裛阴。
> 渐软已无憔悴色，未长先有别离心。
> 风来东面知春浅，月到梢头觉夜深。
> 惆怅隋宫千万树，淡烟疏雨正沉沉。[1]

全诗描绘新柳风姿细致入微，婉媚依依之态，如在目前。但作者将生机盎然的新柳，与离别的伤怀意绪迅速联结，足见构思之新巧。颈联与尾联顺势而下，渲染了浓烈的悲剧气氛，压抑惆怅之情，在淡烟疏雨中更加凝重。

杨基以诗著称，亦兼工书画，尤善绘山水竹石。所以他的写景咏物之作不仅真实细腻，且富有立体感。如《天平山中》：

> 细雨茸茸湿楝花，南风树树熟枇杷。
> 徐行不记山深浅，一路莺啼送到家。[2]

观察入微，描绘如画，诗人一路沉醉于花香鸟语之中的悠然自得的心情跃然纸上，动态感十足。杨基的词，也别有风味。如《夏初临·首夏书事》：

> 瘦绿添肥，病红催老，园林昨夜春归。天气晴和，轻罗试著单衣，雨余门掩斜晖。看翻翻、乳燕交飞。荷钱犹小，芭蕉渐长，新竹成围。何郎粉淡，荀令香销，紫鸾梦远，青鸟书稀。新愁旧恨，在他红药栏西。犹记当时，水晶帘、一架荼蘼。有谁知，千山杜鹃，无数莺啼。[3]

这本是叙写季节变迁、景物更替的作品，但作者将外在景观与内心的

---

[1] 杨基：《眉庵集》卷八，收入《文渊阁四库全书》第1230册，台湾商务印书馆，1986，影印本，第427页。
[2] 杨基：《眉庵集》卷十一，收入《文渊阁四库全书》第1230册，台湾商务印书馆，1986，影印本，第454页。
[3] 杨基：《眉庵集》卷十二，收入《文渊阁四库全书》第1230册，台湾商务印书馆，1986，影印本，第479页。

相思念远相连接，丰富了作品的内涵。尤其是景语含情，将女子春夏换季之际"叹息、惊异、喜悦、欣赏、怅恨、回味、伤神等心理变化历历道来，细针密线，构思精巧"[1]。"千山杜鹃、无数莺啼"映衬下的，是无数悲伤的有情人。

三、张羽

张羽（1333—1385）字来仪，后以字行，更字附凤，原籍浔阳（今江西九江），少年时代随父仕宦江浙，移居吴兴（今浙江湖州），"领乡荐，为安定书院山长，再徙于吴"[2]，与高启、杨基、徐贲称为"吴中四杰"，又与高启、王行、徐贲等十人并称"北郭十友"，亦为明初十才子之一。洪武初年应召入京奏对不称旨，放还。再征，授太常司丞。朱元璋曾亲述滁阳王事实，命张羽撰写庙碑。洪武十八年（1385）坐事流放岭南，未半道召还，自知不妙，投龙江而死。张羽好著述，能诗文，文辞精洁典雅，深思冶炼，颇喜锻炼。书法纤婉有精妙，尤善隶书、楷书，得王羲之书法的雅趣。亦能丹青，山水法米氏父子点染手法。有《静庵集》四卷，诗歌多与吴中景物及历史关联。如《望太湖》：

> 登高丘，望远泽，蓬莱三山不可测。
> 何如太湖绿万顷，洞庭连娟向空碧。
> 东风吹尽吴天云，玉盘双螺翠堪摘。
> 我昔东游凤凰台，嵯峨巨舳如山来。
> 白波不动镜光晓，云帆万点争先开。
> 中流回首心茫然，恍如乘云行九天。
> 惊涛忽逐回风旋，砰雷转毂若雪山。
> 龙伯鬼国见眼前，失势一落充蛟涎。
> 舟师指浪咒浪婆，我独再拜不敢言。
> 平时之险且如此，何况震荡洪荒先。
> 帝尧咨嗟逾九年，黄能无勋幽羽渊。
> 有子大圣与天同，一朝出我群鱼中。
> 试观此湖险，始知四载功。

[1] 王步高主编《金元明清词鉴赏辞典》，南京大学出版社，1989，第320页。
[2] 张廷玉等：《明史》卷二百八十五，中华书局，1974，第7329页。

> 如何草木华，无心谢春风。
> 吴越之事良可鄙，虎战龙争方未已。
> 水犀百万今安在，唯见夫差白云里。
> 鸱夷身退不言功，不直湖中一杯水。
> 我欲临流叫神禹，湘娥鼓瑟冯夷舞。
> 尽挽湖波变春酒，醉卧扁舟弄烟雨。[1]

既然是望太湖，太湖周边风光景物，上到苍穹，下到农田，皆可收拾入诗。但诗人在描绘太湖风光之后，不是着意于气候物产或时节风俗，而是将咏叹的重点，放在了太湖风波及与此相关的历史事件与人物上，将风景诗写成了咏史诗，思绪飘忽，脉络纵横，神灵鬼怪与历史人物碰撞，显示了诗人的无奈与怅惘。

张羽的咏物之作，亦时出新意。如《兰室五咏·叶》：

> 泛露光偏乱，含风影自斜。俗人那解此，看叶胜看花。[2]

常人赏花，高人看叶。不仅看叶，更看出了叶子的光影变化，以及光影变化背后的精神：自爱与自信。

四、徐贲

徐贲（1335—1380）字幼文，原籍南直隶毗陵（今江苏常州），迁平江城北，自号北郭生，能诗画，重友情，元末明初苏州"北郭十友"之一。元末曾参与张士诚幕府，张士诚死后，徐贲与张羽避居吴兴（今浙江湖州）。洪武七年（1374）被荐入朝，洪武九年春，奉使晋、冀。还朝，授给事中，官御史、刑部主事，出为广西参议，转河南左布政使。洪武十一年，大军征讨洮岷，以军队过境，犒劳失时下狱。洪武十三年，以"犒师不周"的罪行处死。有《北郭集》六卷，诗多咏物寄情或叙写亲情。少量作品反映社会生活情状，颇有意味。如《贾客行》：

> 贾客船中货如积，朝在江南暮江北。
> 平生产业寄风波，姓名不入州司籍。

---

[1] 张羽：《静庵集》卷二，收入《文渊阁四库全书》第1230册，台湾商务印书馆，1986，影印本，第514—515页。
[2] 张羽：《静庵集》卷四，收入《文渊阁四库全书》第1230册，台湾商务印书馆，1986，影印本，第540页。

> 船头赛神巫唱歌，举酒再拜酹江波。
> 纸钱百垛不知数，黄金但愿如其多。
> 须臾神去风亦息，全家散福欢无极。
> 相期尽说莫种田，种田岁岁多徭役。[1]

行商坐贾，本是传统行当。尽管在文人眼里商人的地位并不高，"士农工商"，商在最后。但经商之人自己清楚，这是一个很实惠的行当。也有士流明白商人的收入与生活，远比农夫、工匠和书生高。张籍《野老歌》写到"西江贾客珠百斛，舟中养犬常食肉"，商贾的收入，远远超过了"苗疏税多不得食"的老农。徐贲的作诗手法，在于不用诗人自己去揭示，而是在描写贾客自由丰腴的生活之后，让他们自己说出自己的幸福感，并主动与种田的农民相较，对比下来确实是"欢无极"了。即便是商人，也清楚地意识到，种田辛苦的根源，不是劳累不是天灾，而在于"岁岁多徭役"。不论种地、读书或经商，皆可替代，唯有亲情是不可替代的。徐贲对亡妻的追忆思念，句句伤痛，见《悼亡》：

> 月亏还再盈，花残有时芳。之人逝不返，胡宁不悲伤。
> 音容去未远，惚恍如在傍。居外意在室，还家始惊亡。
> 儿生才及月，抚字凭谁将。夜寒饥欲啼，起坐但彷徨。
> 服御存旧制，箧笥栖余香。欲览复弃置，涕下沾衣裳。[2]

自然的景物是遵循一定规律轮换的，月圆月缺，花开花落。可是，人死了，就不会再回来了。更伤悲的是，孩子才出生一个月，就失去了母亲，这对诗人而言，是双重的打击与悲哀。而从孩子刚出生不久的情况来看，徐贲妻子去世时还在青年，两人正是情投意合之际。所以，见子思母，睹物思人，检点旧物，涕下沾衣。

"吴中四杰"是明初诗坛的主体力量，是明诗开局的重要作家。明初的吴地文人群体，也是文明承载的重要支点。但是，"吴中四杰"之外，尚有王彝等多人，无一善终。被杀、瘐死、自杀、惊惧而死等，是吴中文人的

---

[1] 徐贲：《北郭集》卷一，收入《文渊阁四库全书》第1230册，台湾商务印书馆，1986，影印本，第552页。

[2] 徐贲：《北郭集》卷二，收入《文渊阁四库全书》第1230册，台湾商务印书馆，1986，影印本，第564页。

易代悲剧。在统治者的政治需要面前冤死的文人,不仅是统治者对曾经亲善张士诚的吴中文人的集体性惩罚,更有以儆效尤的动机。"这不仅造成吴中文学的急速凋零,而且使得许多幸存者心怀恐惧,竭力压制自我以适应新的政治环境"[1]。文人的这种变化,虽在吴中一隅较为明显,却在元明之际的文学流变中具有典型意义,袁凯正是一个代表。

五、袁凯

袁凯(生卒年不详)字景文,号海叟,松江府华亭县(今上海市松江区)人,元末因在杨维桢那里赋《白燕》诗而负盛名,人称"袁白燕"。明洪武三年(1370)以荐授监察御史。"武臣恃功骄恣,得罪者渐众",袁凯上奏皇上,意思是各位将领领兵打仗很行,但对于君臣之礼不太熟悉,应该培训一下,得到了朱元璋的赞赏。后来朱元璋审查罪犯后,让袁凯送到太子那里复审,并问袁凯他和太子谁对。袁凯回答朱元璋说"陛下法之正,东宫心之慈"[2],为朱元璋所不满。于是袁凯假装疯癫,以病免职回家,终以寿终。著有《海叟集》四卷。

第二节 明中叶吴地诗文的全面繁荣

经过洪武、永乐年间的整饬约束与引导,一部分文人有意识压抑个性,与新朝的政治导向接近,而另一部分文人则有意识贯彻君王的意志,如宋濂和"三杨"。于是,道统文学体系得到重建和强化,并借助三"大全"的编纂贯彻到整个教育体系中去,最明显的文坛反应,就是"台阁体"的盛行。明代中叶,"台阁体"主导诗文半个多世纪之后,终于出现了以李东阳为代表的"茶陵派",开始转变明代诗文风气。李东阳以台阁重臣的身份扭转文风,具有有利条件。"弘治时,宰相李东阳主文柄,天下翕然宗之。"[3]早在李东阳登上文坛之前,吴地文人已经悄然改变着明代的诗文走向,逐渐恢复了文学的本来功能。以沈周为先驱的吴地书画界文人,继续着元明易代之际的诗文风气和明初诸名士的艺术取向,逐渐形成了吴地诗文创作的高潮。

---

[1] 章培恒、骆玉明主编《中国文学史》,复旦大学出版社,1996,第216页。
[2] 张廷玉等:《明史》卷二百八十五,中华书局,1974,第7327页。
[3] 张廷玉等:《明史》卷二百八十六,中华书局,1974,第7348页。

一、沈周

沈周（1427—1509）字启南，号石田、白石翁、玉田生、有竹居主人等，以沈石田之号最响，吴门画派的创始人，长洲吴县西庄（今江苏苏州市相城区阳澄湖镇）人。沈家世代诗书耕读，不求闻达。沈周不应科举，专事诗文、书画，与文徵明、唐寅、仇英并称"明四家"。著作有《石田集》《石田稿》《客座新闻》等十余种，涉及诗文词、笔记小说和志怪小说多个方面，仅仅诗歌就有三千余首。2013年，浙江人民美术出版社出版了汤志波点校本《沈周集》。同年，上海古籍出版社出版了张修龄、韩星婴点校的《沈周集》，亦可见学界已甚重之。沈周诗文，绵渺清远，从容不迫，"文摹左氏，诗拟白居易、苏轼、陆游，字仿黄庭坚，并为世所爱重。尤工于画，评者谓为明世第一"[1]。沈周是吴中诗书画结合的奠基人，也是实践成就最高的大家，远在祝允明、文徵明、唐寅之上。其文思虑缜密而有情致。如《听蕉记》：

> 夫蕉者，叶大而虚，承雨有声，雨之疾徐疏密，响应不忒，然蕉何尝有声，声假雨也。雨不集，则蕉亦默默静植；蕉不虚，雨亦不能使为之声。蕉雨固相能也。蕉，静也；雨，动也。动静戛摩而成声，声与耳又相能相入也，迨若匦匦潲潲，剥剥滂滂，索索渐渐，床床浪浪，如僧讽堂，如渔鸣榔，如珠倾，如马骧，得而象之，又属听者之妙也。长洲胡日之种蕉于庭以伺雨，号听蕉，于是乎有所得于动静之机者欤？[2]

苏州城中的园庭，种植芭蕉是普遍现象，一个角落或两墙之间，数株芭蕉，随风摆动，珊珊可爱。而雨打芭蕉，又是中国文学的传统意象，历代文人听之、赏之、描绘之，并为之牵动多少情思。沈周的《听蕉记》真实且别具一格。首先声明："蕉何尝有声，声假雨也"，阐述了一个重要观点：雨与蕉相遇并各有特点，才有了可听的声音。接着借助于蕉与雨的动静关系，阐发了蕉与雨对于声的共同作用。随后用一连串拟声词"匦匦潲潲，剥剥滂滂，索索渐渐，床床浪浪"，将雨打蕉叶的声音，描绘得生动细腻，淋漓尽致。这是听出来的效果。而听雨之人，才是关键，关注并理解此情此景的有心之人，方能听出雨打芭蕉的妙趣，懂得降雨、芭蕉、听者

---

[1] 张廷玉等：《明史》卷二百九十八，中华书局1974，第7630页。
[2] 沈周：《沈周集》，张修龄、韩星婴点校，上海古籍出版社，2013，第210页。

之间的辩证关系，既享受诗情画意，又领悟深邃而不深沉的哲思。沈周的诗，亦是如此。虽大量咏物题画之作，亦有饱含深刻的历史认识的作品。如《从军行》：

> 马上黄沙拂面行，汉家何日不劳兵。
> 匈奴久自忘甥舅，仆射今谁托父兄。
> 云外旌旗婆勒渡，月中刁斗受降城。
> 左贤早待长绳缚，莫遣论功白发生。[1]

这首乐府旧题诗，与唐人《从军行》所咏叹的意绪基本一致，然又有时代的独特性。明成化年间，北部边界多次发生战争，均是蒙古族举兵南下。明军处于守势，常有力不从心之状。一句"汉家何日不劳兵"，点明了从汉到明一千六百余年也没有解决的问题：边患。沈周的观点是否正确，可以商榷，然"汉家"极少主动挑衅发起战争，多是自卫，是不争的事实。

二、莫旦

与沈周同时的吴江学者莫旦，是吴地文坛和有特色的作家。莫旦（1429—？）字景周，号鲈乡，卒年八十余岁，成化元年（1465）举人，卒业太学，为浙江新昌训导。成化九年迁南京国子监学正，不久求归，家居吴江（今江苏苏州市吴江区）。莫旦博学善诗文，平生著作甚多，有《鲈乡集》《贞孝录》等，惜多散佚。他考据掌故，搜集旧闻，积三十年纂成《吴江志》二十二卷，弘治元年（1488）刊行，这是吴江历史上第一部县志，也是嘉靖《吴江志》的主要蓝本。莫旦在文学史上最大的影响，是创作了《苏州赋》和《大明一统赋》。以赋来描写苏州都市风光，杰出之作是左思的《三都赋》、吴均的《吴城赋》。莫旦《苏州赋》全文近五千字，首先概括了左思《三都赋》的价值，交代写作缘由。然后重点展示了苏州自南朝到大明的繁荣发展，以鲈乡生与客论难的形式，盛赞了苏州的人文、地理、历史、经济之优胜："拱京师以直隶，据江浙之上游，擅田土之膏腴，饶户口之富稠；文物萃东南之佳丽，诗书衍邹鲁之源流，实江南之大郡，信天下之无耳以言。夫属邑之名称兮，则常熟据海隅之形胜，长洲带茂苑之繁雄，吴江名著乎松陵，昆山秀钟乎玉峰，嘉定处练川之上，崇明居大

---

[1] 沈周：《沈周集》，张修龄、韩星婴点校，上海古籍出版社，2013，第132页。

海之中。惟吴县为最望兮，依郡治以为雄"[1]。随后，莫旦分别描绘了苏州的山水名胜、文化传统、产业经济、教育科技、风俗物产、诗书人才等，虽不无夸张，亦基本如实，足见作者对家乡的热爱之情。

三、吴宽

首先走出"台阁体"阴影的吴地作家是吴宽。吴宽（1435—1504）字原博，号匏庵、玉亭主，世称匏庵先生，长洲（今江苏苏州）人。"为诸生，蔚有闻望，通读左氏、班、马、唐、宋大家之文，欲尽弃制举业，从事古学。部使者迫促，乃就锁院试。"[2]成化八年（1472）进士，会试、殿试皆第一，授修撰。吴宽是苏州在明代的第二位状元，第一位是施槃，吴县东山（今江苏苏州市东山镇）人，故居在今雕花楼。吴宽曾侍皇太子朱祐樘，秩满进宫为右谕德。成化二十三年宪宗驾崩，皇太子即位，年号"弘治"，吴宽迁左庶子，预修《宪宗实录》，进少詹事兼侍讲学士，弘治八年（1495）升吏部右侍郎，旋丁继母忧。时吏部员缺，孝宗仍命虚位以待之。吴宽守丧期满还朝，出任詹事府詹事，入直东阁，专典诰敕，并侍从皇太子朱厚照，官至礼部尚书。吴宽时年届七旬，多次因病请辞，都被慰留，于明孝宗弘治十七年卒于礼部尚书任上，谥文定，赠太子太保，归葬于木渎西花园山。明孝宗破格封赠其二子，长子奭授中书舍人，次子奂补国子生。吴宽故居建成于为官期间，名"复园"，即今天的苏州怡园，在修竹巷，因吴宽居此而更名"尚书巷"，中华人民共和国成立后才改名"怡园里"。五个世纪以来，几番更换主人，但吴宽故居旧址尚有遗迹留存，如"玉延亭"。吴宽性格温和宽容，自守以正，不以进取为上，淡定端庄，实为治国良臣。吴宽善书法，是明中叶的书法名家，运笔正则，字体稳重。诗深厚酣郁自成一家，有《匏庵集》。

吴宽身为朝廷重臣，虽未入内阁，也不免受到朝堂几十年风气的影响。如《壬寅正旦侍班》：

> 炉烟如雾蔼彤墀，半启金门复道危。
> 只尺星辰华盖转，中间日月衮衣垂。

---

[1] 同治《苏州府志》卷二，收入《中国地方志集成·江苏府县志辑》第8册，江苏古籍出版社、上海书店、巴蜀书社，1991，影印本，第122页。
[2] 钱谦益：《列朝诗集小传》，钱曾笺注，钱仲联标校，上海古籍出版社，1983，第275页。

> 普天凤历开寅岁，平旦鸡人报卯时。
> 御座不胜袍笏近，侍臣偏识汉朝仪。[1]

文辞华美，意象金光四射，气象华丽，环境壮观，一副皇家气派。可是，读完五十六字，发现根本没有真实的内容，不过是侍候皇上的一场礼仪活动而已。倒是山林草木、池塘小溪的点染式描绘，清新可喜。如《园中即景二首》之二：

> 萍藻多从雨后生，绿波常共小池平。
> 朱藤覆满休轻剪，待看繁花映水明。[2]

从景物到意境，似有前人痕迹。杜牧《齐安郡后池绝句》曰："菱透浮萍绿锦池，夏莺千啭弄蔷薇。尽日无人看微雨，鸳鸯相对浴红衣。"[3]诗人提出对园中植物慎重修剪的主张，另有含义。联系到人，则是对学人、后生，不要轻易纠正甚至否定。吴宽的这类诗歌中，少见台阁痕迹，而赠别酬答的作品，则更有骚人情怀。如《送贞伯致仕》：

> 引去谁谋及故人，买田阳羡遂成真。
> 张公洞口终期我，金母桥边早置身。
> 郡志续修知旧事，乡筵初会得佳宾。
> 百年风节人争仰，笑对秋波白发新。[4]

官场几十年，得以逍遥林下，是功德圆满的事情。李甡（字应桢，以字行，更字贞伯）是书画家祝允明的岳父，相对于吴宽是同乡长辈，光荣退休离开京城，在阳羡（今江苏宜兴）购置田产以度晚年，故而吴宽有送行之作。张公洞是宜兴著名旅游景点，金母桥是苏州城内地名，在大公园体育场附近，是李甡故居所在。吴宽祝愿李甡逍遥林下，既能亲尝稼穑之乐，又能为地方文史典籍增辉，还能高朋满座诗酒相会，如此的退休生涯，充满诗情画意。因此，作品中纯粹是对名利双收而又风雅有趣的人生

---

[1] 吴宽：《家藏集》，收入《文渊阁四库全书》第1255册，台湾商务印书馆，1986，影印本，第69页。
[2] 吴宽：《家藏集》，收入《文渊阁四库全书》第1255册，台湾商务印书馆，1986，影印本，第211页。
[3] 杜牧：《樊川文集》卷三，上海古籍出版社，1978，第47页。
[4] 吴宽：《家藏集》，收入《文渊阁四库全书》第1255册，台湾商务印书馆，1986，影印本，第134页。

的向往，丝毫不见官场的应酬情态。

吴宽性格一如其名，不唯淡定和缓，且宽厚仁慈，常急人所难。文章纡徐条畅，从容不迫。《平吴录》中的一段文字，颇与吴宽作为吴人的心境不一致，然正是这样的个性，方能从旁观者角度记录这历史的片段。朱元璋占领苏州之后，进行了一系列的清算，凡是忠于张士诚者，皆在清算之列。"凡获其官属李行素、徐义，左丞饶介，右丞潘元绍，参政马玉麟、谢节、王原恭、董绥、陈恭，同佥高礼，内使陈基，及诸将校杭、湖、嘉兴、松江等府官吏家属，及外郡流寓之人，凡二十余万，并元宗室神保大王黑汉等，皆来建康。"[1]这二十余万人中，名流被处斩，其余服劳役，只有少量存活下来，流放远方。吴宽语气平和，点到为止，没有详细记录。

而急人之难，行文就紧迫直露了。弘治十二年（1499）会试，唐寅被人诬告受到处罚，遣至浙江充当吏役。吴宽是唐寅的同乡前辈，时在京为官，得知后写信给浙江的朋友同僚欧信，请求他照顾即将到来的唐寅。信中，吴宽不仅简要介绍了科场案的来龙去脉，有助于澄清事实，而且言辞恳切，一再为唐寅申辩冤屈，并请欧信善待唐寅，流露出对其无限的同情与惋惜。这封信札，既能看出吴宽对后辈的关怀与爱护，也是吴地文人提携后辈、爱才惜才风气的体现。吴地得以人才辈出，形成一个又一个影响广大的文化群体，是吴地的文脉传统，也与这种先辈号召的标杆作用及相互提携促进不无关系。这封书札原件，收藏于上海博物馆，是行书珍品，今定名《乞情帖》。

四、王鏊

继吴宽之后的王鏊，是吴地又一位文章大家。

王鏊（1450—1524）字济之，号守溪，晚号拙叟，学者称"震泽先生"，吴县东山（今江苏苏州市东山镇）人。自幼随父读书，聪颖异常，八岁能读经史，十二岁能作诗，十六岁时随父北上入京师读书，写得一手好文章，"国子监诸生争传诵其文"[2]。成化十年（1474）王鏊乡试中第一名，次年礼部会试又取得第一名，殿试一甲第三名，被授为翰林院编修，盛名传天下。弘治时历侍讲学士，充讲官，擢吏部右侍郎，正德初进户部尚书、文渊阁大学士。嘉靖三年（1524）三月王鏊于家中逝世，年七十五

---

[1] 吴宽：《平吴录》，民国二十六年上海涵芬楼景明万历刻今献汇言本。
[2] 张廷玉等：《明史》卷一百八十一，中华书局，1974，第4825页。

岁。世宗闻讯后，为之辍朝一日，赐麻布五十匹，赙米五十石，谕令祭九坛，诏命工部派人前往办丧。追赠太傅，谥号文恪。王鏊博学有识见，在朝多有建树，有《姑苏志》《震泽集》《震泽长语》等。现有上海古籍出版社2013年出版的王卫平主编、吴建华点校《王鏊集》行世。

  王鏊的文学观点是复古的，但在复古取向上，并不专于唐宋或秦汉，而是比较辩证地看待前代诗歌文章，没有激进。他与李东阳同在内阁，对"台阁体"诗文颇有矫治，但不同的是，李东阳向明中叶的文坛吹进了山林之风，而王鏊向文坛输入的是吴地清秀俊逸的文风诗风。他崇尚韩愈、王安石的文章，"时文工而古文亦工"[1]，为一代文章大家，对于明代中叶诗文的全面繁荣，具有先导作用。王鏊的诗歌，"诗不专法唐，于北宋似梅圣俞，于南宋似范致能，峭直疏放，于先正格律之外，自成一家"[2]。读《送赵栗夫归省吴江》，可知钱谦益并非虚言：

    秋入吴江一叶飞，归来游子着朝衣。
    乡人始识文章贵，仕路休嫌定省稀。
    宝带桥边舟泛泛，白云司里树依依。
    路经震泽人应问，太史周南胡不归？[3]

  诗歌中稍微可以看到"台阁体"诗风的影响，但家乡的名胜、故土的风物，引起的游子之思，真切感人。朋友远去，作者的内心不因分别难过，而是羡慕，因为朋友是回乡探亲。可朋友的离去又引起了作者内心的酸涩，因为这位朋友赵宽字栗夫，是吴江人，而自己是吴县东山人，两人家乡相距不过十余里，朋友能够还乡，而自己羁留于此，焉能不动客子之愁？尾联巧妙用典，点出了他的乡关之思。

  王鏊是成化年间的制义高手，八股文为一时之冠。而明代的科举制度，是以八股文取士。从明初到成化、弘治年间，八股文体制逐渐规范，手法技巧臻于成熟，钱福、王鏊等的出现是其标志。以最为规整的八股文为模范，吴地学子科举成功的概率甚高，与王鏊的影响不无关系。《百姓足，君孰与不足》一文，足见王鏊的高妙。文章的核心就是民足君亦足，

---

[1]　永瑢等：《四库全书总目》卷一六九，中华书局，1965，第1493页。
[2]　钱谦益：《列朝诗集小传》，钱曾笺注，钱仲联标校，上海古籍出版社，1983，第276页。
[3]　王鏊：《王鏊集》，吴建华点校，上海古籍出版社，2013，第19页。

充分体现了儒家的民本思想。重要的是文章的结构与写法，是标准雅致的八股文体式，"破题简洁明了，议论平缓不怕，层层展开，结构紧凑，对偶工整，比较典型地体现出八股文的一些基本特点"[1]。

吴中大地是一个文学宝库，也可以说是一座文学富矿，永远是高产的，并且在整个中国文学中，具有相当的代表性。明代中叶文学出现繁荣的局面，吴地文人就在各个主要的领域出现了领军式的作家，为中华文学宝库注入了难以计数的精神财富。

明中叶的吴地，不仅已经完全医治了元明易代和明初统治者惩罚性政策带来的创伤，更成为举国经济文化最为繁荣的地方。人才辈出和精神产品的丰产，正是最好的说明。从成化到嘉靖，吴地文坛的名家巨匠不断涌现，宇内诗文、词曲、小说、书法、绘画、篆刻大家，多出吴中。而这些名家大家，又多造诣全面，能力多样，是文学、艺术上的多面手。因为不少吴地文人才气横溢而往往有出人预料的行为举止，自身甚至成为艺术创作的素材。尤其在书画篆刻领域的吴门画派人物，均是诗文词创作高手。而以诗文名家的诸多名家，又多能书画篆刻，形成了文学艺术交融兴盛的局面。明中叶生活在吴中地区的唐寅、祝允明、文徵明和徐祯卿，堪称是明中叶吴地文学、艺术的标杆。文史界在提及此四人时，大多将他们视为整体，有的甚至将他们视为文学社团，有"江南四大才子"之号。这样的称号，可谓是对明中叶吴地文人的整体肯定，是对此间整个吴地文坛的审阅。唐寅、祝允明、文徵明、徐祯卿活跃在"前七子"摹拟、复古之风大盛之时，能够不依傍门户，卓然自立，为诗以抒写性情为第一要义，在当时来说，确属难能可贵。徐祯卿虽在"前七子"之列，并非完全同调。其诗多佳作，诗论也有许多独到之处，论者以为非李梦阳、何景明可比。唐寅、祝允明、文徵明多才多艺，能诗文、善书画而人格高妙，情趣盎然。

五、祝允明

祝允明（1461—1527）字希哲，号枝山，因右手有六指，自号"枝指生"，又署枝山老樵、枝指山人等。三十二岁中举，"连试礼部不第，除兴宁知县，稍迁通判应天府，亡何，自免归"[2]。回苏后，广交朋友，召客豪饮，借酒解愁，游山玩水，不拘小节，不事家业。趣事逸闻不胜枚举，

---

[1] 袁行霈：《中国文学史》第四卷，高等教育出版社，2005，第63页。
[2] 钱谦益：《列朝诗集小传》，钱曾笺注，钱仲联标校，上海古籍出版社，1983，第299页。

成为创作素材。有《江海歼渠记》《新闻记》《九朝野记》《枝山前闻》《浮物》《老怪录》《苏材小纂》《怀星堂集》等书传世,并编有《兴宁县志》。2016年上海古籍出版社出版了薛维源点校本《祝允明集》。祝允明为人狂怪,然书法集众家之长,为明中叶三大家之一。诗歌则多忧郁之叹,与其外在行止不一。如《闲居秋日》:

> 逃暑因能暂闲关,未须多把古贤攀。
> 并抛杯勺方为懒,少事篇章恐碍闲。
> 风堕一庭邻寺叶,云开半面隔城山。
> 浮生只说潜居易,隐比求名事更艰。[1]

骚雅之人,能得到理想的寄身场所,也是不易。寺庙之侧,几间小屋,看山间云雾缭绕,听寺中梵音阵阵。于是,忘记了外面的暑热,也不必借酒浇愁,更无需追梦圣贤,放下一切,比较于求取功名,更为艰难。所以,有缘亲和自然,真是惬意。又如《自末春入初夏归舟即事》:

> 往往花移色,交交鸟换鸣。云将京国远,水别卫河清。
> 高啸迎风转,低眠看树行。殷勤吴郡酒,还得此时情。[2]

诗人在时节变换,花鸟更替,水清云白的环境中,归舟一叶,向着自己的故乡吴中归去,有着说不出的舒坦,行笔间富有动态的描绘,流露出喜悦的心情。

六、唐寅

唐寅(1470—1524)字伯虎,又字子畏,别号六如居士、桃花庵主、鲁国唐生、逃禅仙吏等。经过小说、戏剧舞台的渲染之后,唐寅"江南第一风流才子"的雅号,几乎家喻户晓。就唐寅身世而言,其实谈不上风流。唐寅的书法绘画,与沈周、文徵明、仇英齐名,史称"明四家",其诗文词俱佳,为"江南四大才子"之首。如此名载史册的才子,其实出自寒门。

自唐寅曾祖父起,在吴地经商。唐寅的父亲,则在皋桥开设酒肆。唐寅自幼天资聪敏而勤奋,熟读"四书""五经"、《史记》《文选》等典籍。本应从科举晋身,光宗耀祖。弘治十一年(1498)赴南京乡试,中第一名

---

[1] 祝允明:《祝允明集》,薛维源点校,上海古籍出版社,2016,第101—102页。
[2] 祝允明:《祝允明集》,薛维源点校,上海古籍出版社,2016,第99页。

（解元）。次年，唐寅进京会试，因遭到诬告，罚为役吏。归家后纵酒浇愁，放诞不羁。他坎坷一生，贫困凄苦，可谓是我国古代知识分子怀才不遇、无以报国的典型之一，有《六如居士全集》。唐寅是书画家，亦是诗人，在诗、书、画有机结合方面，作出了新的贡献。唐寅现存诗歌四百余首，题画诗近半，题自己的画，题别人的画，题古人的画，画意诗情熔铸笔端，缓缓流出。就其诗文而言，豪放不羁，戏语中寓忧思；雅俗并举，描摹中有画意。如《漫兴十首》其一：

> 十载铅华梦一场，都将心事付沧浪。
> 内园歌舞黄金尽，南国飘领白发长。
> 满榻乱书尘漠漠，数声羌笛月苍苍。
> 不才赢得腰堪把，病对绯桃检药方。[1]

辛苦读书，苦练制义，名扬天下，却踉跄而归，唐寅在距离成功最近的地方，摔下了万丈悬崖。于是，诗文图画，已不能说尽唐寅心中的凄凉。而今心力交瘁，无尽幽怨，只有乱书灰尘、羌笛冷月相伴，是魂已游冥路近的伤痛。

唐寅曾应宁王朱宸濠之邀到过江西，畅游名胜。但朱宸濠从正德初就暗中准备反叛，唐寅即将陷入一场危机。察觉到朱宸濠的野心后，唐寅佯狂疯癫，终于全身而退。《庐山》正是此间所写："匡庐山高高几重，山雨山烟浓复浓。移家欲往屏风叠，骑驴来看香炉峰。江上乌帽谁涉水，岩际白衣人采松。古句摩崖留岁月，读之漫灭为修容。"[2]几经伤心之后的江南第一风流才子奔赴江西施展才华，发现宁王朱宸濠那里也不是自己理想的进身之地，只好以狂生的面目出现。诗里隐含的意蕴是庐山虽然壮美，也是十分危险的地方。石壁上的大作承载了岁月的记忆，可也经不起时光的考验和风雨无常的剥蚀。"伯虎诗少喜秾丽，学初唐，长好刘、白，多凄怨之词，晚益自放，不计工拙，兴寄烂漫，时复斐然。"[3]快意小词，趣味盎然。如《一剪梅》：

---

[1] 唐寅：《唐寅集》，周道振、张月尊辑校，上海古籍出版社，2013，第80页。
[2] 唐寅：《唐寅集》，周道振、张月尊辑校，上海古籍出版社，2013，第55页。
[3] 钱谦益：《列朝诗集小传》，钱曾笺注，钱仲联标校，上海古籍出版社，1983，第297—298页。

雨打梨花深闭门。孤负青春，虚负青春。赏心乐事共谁论。花下销魂，月下销魂。　　愁聚眉峰尽日颦。千点啼痕，万点啼痕。晓看天色暮看云。行也思君，坐也思君。[1]

七、文徵明

文徵明（1470—1559），初名璧，字徵明，后更字徵仲，号停云，别号衡山居士，人称文衡山。长洲（今江苏苏州）人，与沈周、唐寅、仇英合称"明四家"。五十四岁时"以诸生岁贡入京，用尚书李充嗣荐，授翰林院待诏"[2]，故称文待诏。

文徵明出身书香门第，但其幼时并不聪慧。稍长，学文于吴宽，学书于李应祯，学画于沈周，典型的"大器晚成"。二子文彭、文嘉，均是名家。有《莆田集》，现存诗词一千四百余首。上海古籍出版社2014年版周道振辑校本《文徵明集》最为完备，使用方便。文徵明诗歌兼法唐宋，以温厚和平为主。如《秋日早朝待漏有感》：

> 钟鼓殷殷曙色分，紫云楼阁尚氤氲。
> 常年待漏承明署，何日挂冠神武门？
> 林壑秋清猿鹤怨，田园岁晚菊松存。
> 若为久索长安米，白发青衫忝圣恩。[3]

晨曦初起，天色未明，上朝的官员已经到达宫阙，等候在待漏院——皇宫边上专门为官员设置的等候上朝的房子。这里一派和气祥瑞，是朝廷议论国计民生的预演之地，大小官员只要能够见到皇上，均需要思考说什么、怎么说。然而，文徵明在这里考虑的是何时才能辞官回乡。颔联用陶弘景挂冠神武门的典故很有意思，一是说自己想辞官归隐，二是说自己具有陶弘景式的风采能力，待在山中，依然通晓天下大事，可以为朝廷支招，是山中宰相。颈联又是两个典故：严光（严子陵）应刘秀之诏到洛阳，因为待在洛阳时间太久，富春江畔猿鹤寻到宫中，让他赶紧回去；陶潜羁留官场八十余日，田园荒芜，仅存松菊，需要打理，不能耽搁。尾联才是文徵明真实的心绪：前一句用白居易与顾况的故事，说的是白居易年

---

[1] 唐寅：《唐寅集》，周道振、张月尊辑校，上海古籍出版社，2013，第163页。
[2] 钱谦益：《列朝诗集小传》，钱曾笺注，钱仲联标校，上海古籍出版社，1983，第305页。
[3] 文徵明：《文徵明集（增订本）》，周道振辑校，上海古籍出版社，2014，第310页。

少而名扬天下；后一句写自己，虽然沐浴圣恩，但已经年纪不小，何况只是"青衫"——微不足道的低级官员。所以，并不如意，不如归去。

从个人而言，文徵明家境富有，生活优越，不必为五斗米折腰。就故乡来说，吴地经济发达，风景名胜星罗棋布。作者朋友同道甚多，又极乐于聚集在一起讨论诗词书画。因而畅游景点，诗画人生，在文徵明心中，十分重要。如《石湖》：

> 石湖烟水望中迷，湖上花深鸟乱啼。
> 芳草自生茶磨岭，画桥横注越来溪。
> 凉风袅袅青蘋末，往事悠悠白日西。
> 依旧江波秋月坠，伤心莫唱夜乌栖。[1]

石湖本是风景名胜，是苏州人游览常去的地方，周边吴山、越溪、楞伽山、治平寺、越城桥、行春桥等，是士流经常驻足之处。文徵明对石湖有着特别的喜爱，多首诗歌，多幅书画作品，都关联石湖。这首诗并没有写石湖游人如织的场景，尽管写到鸟乱啼，却更添了一份宁静。在这宁静之中，文徵明站在茶磨岭上，看到越来溪，想到的是什么呢？是当年越王勾践指挥强大的越国军队，从这条小河悄悄进入石湖，袭击吴国的军队。于是，石湖周边，就成了吴越决战的战场，成为决定吴国命运的地方。驻足于此，焉能没有感慨。当然，文人一旦沉浸在历史的感慨中，生活的意义就大为逊色。但是，融合到自然景观中，享受在诗酒中，亦是其乐无穷。如《青玉案》：

> 庭下石榴花乱吐，满地绿阴亭午。午睡觉来时自语。悠扬魂梦，黯然情绪，蝴蝶过墙去。　　骎骎娇眼开仍瞇，悄无人欲出还凝伫。团扇不摇风自举。盈盈翠竹，纤纤白苎，不受些儿暑。[2]

石榴花开在盛夏，正是酷热难耐之际。然而文徵明的庭院里，石榴树茂盛，正午也是阴凉舒适的。午睡起来精神极好，悠扬魂梦，黯然情绪，都让蝴蝶带出了院墙，颇有点万俟咏《诉衷情》"送春滋味，念远情怀，分付杨花"的味道，在翠竹、白苎的相伴之下，不必忍受暑气的侵扰。

---

[1] 文徵明：《文徵明集（增订本）》，周道振辑校，上海古籍出版社，2014，第261—262页。
[2] 文徵明：《文徵明集（增订本）》，周道振辑校，上海古籍出版社，2014，第1195页。

八、徐祯卿

徐祯卿（1479—1511）字昌毂，又字昌国，常熟（今属江苏）人，十五六岁时随父迁居苏州，故《明史·文苑传》直接说他是吴县（今江苏苏州）人。徐祯卿"资颖特，家不蓄一书，而无所不通。自为诸生，已工诗歌，与里人唐寅善，寅言之沈周、杨循吉，由是知名"[1]。弘治十八年（1505）第七十名进士及第，以貌寝不与馆选，仅授大理寺左寺副。此间结识李梦阳，聚会论诗。正德元年（1506）二月奉命赴湖湘收集编纂文史资料，三月便道返里。五月启程经浙江、江西到湖南。一个年轻的实习官员，"奉命赴湖湘编纂外史，以为编纂一代实录之资，亦采风之遗意"[2]。次年四五月间北上，再次返里，至十月回到京城。三年初夏，因大理寺失囚事，受到处分，返回苏州，与故里诗友交游唱和。四年春，经浙西再游皖赣潇湘，暮春返回京师，改国子监五经博士。六年初，授廷尉，因病不赴。三月，卒于京师，年仅三十三岁，归葬故里苏州虎丘西麓。徐祯卿书法学李应桢，然不以书法闻名。学文于吴宽，得吴中文人精神。因此，尽管名列"前七子"，但在诗文见解上，与李梦阳有所区别，即使同样主张复古，取向也不尽相同。徐祯卿强调文章学习秦汉，古诗推崇汉魏，近体宗法盛唐，又参以吴中文气之娟秀清纯旨趣。徐祯卿有"文章江左家家玉，烟月扬州树树花"[3]之论，可见其持论平正，著有《迪功集》《迪功外集》《谈艺录》。今有范志新《徐祯卿全集编年校注》，人民文学出版社2009年出版。沈德潜、周准《明诗别裁集》收其诗二十三首，居第五，超过高启。《在武昌作》：

> 洞庭叶未下，潇湘秋欲生。高斋今夜雨，独卧武昌城。
> 重以桑梓念，凄其江汉情。不知天外雁，何事乐南征？[4]

秋气渐浓，孤馆寒窗，一叶飘零的感觉在季节变换之际更为强烈。所以乡关之思油然而生。尾联深有意趣，诗人明知北雁南飞所为何事，却故意发问。大雁是为了生存，为了躲避北方的寒冷。而自己呢，也是为了躲避京城的寒冷吗？是的，是京城政治上的寒风。自己不愿被卷入这种政治

---

[1] 张廷玉等：《明史》卷二百八十六，中华书局，1974，第7350页。
[2] 范志新编年校注《徐祯卿全集编年校注》"校注前言"，人民文学出版社，2009，第5页。
[3] 范志新编年校注《徐祯卿全集编年校注》"校注前言"人民文学出版社，2009，第4页。
[4] 范志新编年校注《徐祯卿全集编年校注》"校注前言"人民文学出版社，2009，第322页。

角逐的漩涡，完全可以离去。但文人的使命意识与担当精神，又驱使着徐祯卿之类的人物，为了致君泽民而消耗自己的生命。唯有徜徉在春日的山间或独坐在烂漫的花前，方是一种人生的惬意。只要踏上征程，总有念远滋味。如《偶见》：

> 深山曲路见桃花，马上匆匆日欲斜。
> 可奈玉鞭留不住，又衔春恨到天涯。[1]

深山桃花，或许盛开的时间晚于平原地带，然亦春意喜人。只是诗人皇命在身，无暇欣赏桃花的艳丽芬芳。于是，留些遗憾，飘然远去。叙写个人的漂泊情怀，只是徐祯卿诗歌的一个方面，怀古伤今、状景寄情是诗人不会疏忽的方面。如《长陵西望泰陵二首》：

其一

> 新宫犹蔼蔼，白露已苍苍。讵识神灵远？徒悲剑舄藏。
> 阴风振大漠，落日照渔阳。稽首攀松柏，云天洒泪长。[2]

其二

> 昔送宫车出，长悲西雍门。今来寒食节，独望灞陵园。
> 杳杳仙城闭，萋萋封树繁。当时侍从客，恸哭几人存？[3]

按照范志新的研究，这两首诗应该是写于正德三年（1508）寒食节。徐祯卿这里写到的长陵和泰陵，是明成祖与明孝宗的陵寝。诗人足迹到此，固然要缅怀朱棣的文治武功，也要颂扬朱祐樘的贤明。但是，诗人也并不完全为这两位君王而吟叹，因为当今的君王是朱厚照，一位相当任性的皇上。而今成祖、孝宗避风雨于此，宫中已不见谢迁、刘健等老成的大臣，诗人不免为大明王朝的命运而担心。诗中既是怀古之幽情，也是时下之忧虑，"忠爱之意，溢于言表"[4]。

明代题画诗承元代兴盛的趋势并发扬光大，而论及将诗书画的结合推向更高的境界，吴中文人群体功不可没。在吴地诗书画融汇的环境中，题画诗创作成就斐然，徐祯卿当然也少不了在书画作品上留有吟咏，且趣味

---

[1] 范志新编年校注《徐祯卿全集编年校注》，人民文学出版社，2009，第577页。
[2] 范志新编年校注《徐祯卿全集编年校注》，人民文学出版社，2009，第402页。
[3] 范志新编年校注《徐祯卿全集编年校注》，人民文学出版社，2009，第403页。
[4] 沈德潜、周准编《明诗别裁集》卷六，上海古籍出版社，1979，第134页。

盎然。如《题扇》：

> 渺渺太湖秋水阔，扁舟摇动碧琉璃。
> 松陵不隔东南望，枫落寒塘露酒旗。[1]

画面优美而意绪淡远，景观纵深很大。然而，扇面局限了绘画的布局与景观的设置。于是，画面上的扁舟碧波，启发了读画人对太湖风光的想象；遥远的虚拟风光，连接了诗人实际的繁华体验。故而这首题扇诗，虚实相间，而给人以远近兼有，真切如在目前的感觉。

九、皇甫涍兄弟

唐代的张若虚、贺知章、张旭和包融被称为"吴中四士"，在初、盛唐之交的诗坛上大气堂堂。包融、张若虚存诗不多，然张若虚一首《春江花月夜》家喻户晓。唐代的"吴中四士"性格超迈，情趣浪漫，诗歌往往透露出一些新的气息和情趣，体现了唐诗从初唐到盛唐过渡的特色。然明代中叶的"吴中四才子"，个人的遭际亦多为坎坷，没有唐代诗人的人生情趣，诗文中也没有唐代开阔恢宏的文学气候，因而，诗人既有忧国忧民的拳拳之心，更有困顿现实的低沉吟唱。虽然艺术成就不在唐代"吴中四士"之下，但明代的"吴中四才子"风流倜傥故事掩盖下的才情成就与文坛影响，尚较少被深入地关注。文学史上的皇甫四兄弟，学界关注就不多。上海师范大学汪惠民硕士毕业论文有《皇甫四杰研究》，是良好的开端。"皇甫四杰"是吴中诗坛的重要人物，在徐祯卿之后，光辉熠熠，值得重视。

《明史》记载："皇甫涍，字子安，长洲人。父录，弘治九年进士。任重庆知府。生四子，冲、涍、汸、濂。""兄弟并好学工诗，称'皇甫四杰'……吴人语曰：'前有"四皇"，后有"三张"。'"[2]"三张"指张凤翼、燕翼、献翼兄弟，并负才名。嘉靖间吴地诗坛最盛，人才集中，为天下之冠，前有"四皇"，后有"三张"，还有"四皇"的中表兄弟黄鲁曾、黄省曾兄弟，实为"吴中四才子"诗文书画盛况之再现。"皇甫四杰"的诗法，受到复古思潮的影响，但也有自己的主见，以吴地清秀俊逸之气与杜甫忧国忧民精神结合，并非执着于"诗必盛唐"。其中，长兄皇甫冲诗

---

[1] 范志新编年校注《徐祯卿全集编年校注》，人民文学出版社，2009，第597页。
[2] 张廷玉等：《明史》卷二百八十七，中华书局，1974，第7373—7374页。

名最盛。

皇甫冲（1490—1558）字子浚，号华阳，嘉靖七年（1528）举人，不获于礼闱。皇甫冲终其一生读书，博览群经，留心世务，善骑射，好兵法，多著述，负才名，关心天下大事。然公车"蹭蹬二十余年"[1]，未能如愿。有《几策》《兵统》《绪言》《申法》等著作，多散佚。又有《枕戈杂言》《皇甫华阳集》《还山草》《纪游诗》，难见全璧。《燕歌行》：

> 秦军未解邯郸围，燕丹新自秦城归。
> 仰天叩心发长叹，燕山六月寒霜飞。
> 质子当年苦拘迫，马为生角乌头白。
> 归来倾国思报仇，不知谁是桥边客。
> 忽闻燕市多侠徒，时相哭泣时欢呼。
> 百金求得赵匕首，千里献将燕地图。
> 慷慨於期头在篋，落日征车犹未发。
> 声断谁知筑里心，歌残试看冠中发。
> 荆卿一去不复还，至今易水流潺潺。
> 黄沙迢迢照孤月，只今行者凋心颜。[2]

明代中后期的北部边塞，经常遭到侵扰，而明军的防守作战又经常失利，局面极为被动。《燕歌行》本是乐府诗中关注守边的旧题，皇甫冲借题发挥，既表达了对明军无能的痛心，更呼唤英雄的出场。而现实中，边疆没有出现抵抗外侮的得力将领，不等于没有这样的人才。堪与先贤英豪比肩者，大有人在。愿为明王朝靖边的忠贞之士，正在低吟。因而，诗歌中隐隐有一股不平的英雄气在激荡。可是，先天下之忧而忧之后又有何用，因为真正该为天下忧之人，已经成为天下人之忧。《袁抑之黄门防秋师还》：

> 秋风瑟瑟吹旌竿，廷臣护军西出关。
> 满饮卮酒谢知己，擒戎只在笑谈间。
> 忆昔胡马辽阳入，长屯短戍无完壁。
> 烽火夜照蓬莱宫，黎民半死长安陌。

---

[1] 钱谦益：《列朝诗集小传》，钱曾笺注，钱仲联标校，上海古籍出版社，1983，第411页。
[2] 钱谦益：《列朝诗集》丁集卷四，收入《续修四库全书》第1623册，上海古籍出版社，2002，第534页。

天子履及寝门前，军无见伍张空弮。
本兵已受属镂死，元戎尚拥娇娥眠。
一朝戎酋念巢穴，引马西归卷吹叶。
但道姚种非将才，那知马植为胡谍。
权豪自古难为终，倏忽有诏收奸雄。
天子神明万里外，何况区区掌握中。
妖氛已静狼烟绝，边戍防秋犹未辍。
阃外谁专司马谋，军中须仗辛毗节。
君骑紫马朔方城，挝金伐鼓虏魂惊。
将军勒兵视马首，左顾右盼英风生。
羯胡战败无归路，下马濡毫作飞布。
由来神武不劳师，杕杜承恩岁云暮。
君归解剑服锦衣，手持封事叩彤墀。
上功幕府不相借，戆直惟有君王知。
读君封事若琬琰，中行闻之舌应卷。
男儿意气在封侯，投笔却惭班定远。
吾才不是洛阳生，况乃白发垂星星。
禁中颇牧有公等，何须重问灭胡经。[1]

如果说高适的《燕歌行》中还有卫国守边的激情，这首诗就是对无能将帅的讨伐了。诗中揭露明朝军队将领的腐败，他们御敌无方，致使"烽火夜照蓬莱宫，黎民半死长安陌"。士兵饥寒交迫而伤亡殆尽，"元戎尚拥娇娥眠"。诗中的景象，与高适笔下的大有相似之处。然不同的是，诗人发出了一个常人难以接受的责问，那些战场上以廉颇、李牧自比的人，为君王为国家尽力了吗？如果没有，不如让书生来指挥军队守边作战。不幸的是，明季真正为明王朝苦战的几位名将，恰是儒生：孙承宗、杨嗣昌、袁崇焕、史可法。面对明朝的不可救药，皇甫冲的热情渐渐消退，转而在自然中寻找人生的乐趣，不免消沉颓废。

皇甫冲之弟皆能诗，二弟皇甫涍（1497—1546）字子安，号少玄，

[1] 钱谦益：《列朝诗集》丁集卷四，收入《续修四库全书》第1623册，上海古籍出版社，2002，第535页。

嘉靖十一年（1532）进士，官至浙江按察使佥事。好学工诗，颇负才名。其《皇甫少玄集》二十六卷的编排，与他人不同。卷一为赋，此后诗十九卷，文六卷，其中诗按照内容编排，如"游览""行役""送别""扈从""寄忆"之类，为一大特色。然其《外集》十卷，则诗又是以诗体编排，原因为何，尚待考证。

三弟皇甫汸，名声甚大。皇甫汸（1498—1589）字子循，号百泉，嘉靖八年（1529）进士，官云南按察使佥事，以事免官，家居以终。皇甫汸七岁能诗，终身吟哦，有《隆庆长洲县志》《司勋集》《百泉子绪论》《庆历集》等。其诗"古体出入二谢，五言律亦在钱、刘之间，与兄子安可云敌手"[1]。《舟中对月书情》：

> 不识别家久，但看明月辉。关山一似鉴，驿路远相违。
> 影落吴云尽，凉生楚树微。天边有乌鹊，思与共南飞。[2]

身在京城，心在吴楚，离家的时间并非很长，但思乡的情怀已经很浓。明月当空，正撩拨得诗人难以入眠，于是产生了展翅南飞的想法。皇甫汸的古体诗，更有意味。如《巫山高》：

> 蜀道连巴水，巫山接楚阳。情来为云雨，愁起见潇湘。
> 枫叶吟秋早，猿声入夜长。何能降神女，仿佛梦襄王。[3]

梦襄王的可能性不大，也不是什么好梦。路过巫山，想起悠悠往事，借助古人，揭示历史教训，才是诗人的用心所在。返乡之后的皇甫汸，游历吴地及周边景观，结交朋友，吟咏自适。如《天池山泉上饮眺》：

> 胜地探难极，深山到是缘。沉灰迷古劫，空山寄流泉。
> 坐石情宜竹，看峰影入莲。杯干还更酌，不醉为澄藓。[4]

苏城西边及西南有诸多名山，诸如天平、天池、灵岩、穹隆、阳山之类，是吴地文人徜徉山水的重要选择，天池山只是其一。明代登临诸山吟

---

[1] 沈德潜、周准编《明诗别裁集》卷六，上海古籍出版社，1979，第170页。
[2] 皇甫汸：《皇甫司勋集》卷十八，收入《四库全书》第1275册，台湾商务印书馆，1986，影印本，第606页。
[3] 皇甫汸：《皇甫司勋集》卷十，收入《四库全书》第1275册，台湾商务印书馆，1986，影印本，第557页。
[4] 皇甫汸：《皇甫司勋集》卷十七，收入《四库全书》第1275册，台湾商务印书馆，1986，影印本，第605页。

咏的文士甚多，皇甫汸亦只是其一。而借助于天池山上半山腰的一汪泉水，写出登临的品格，则别具特色。

四弟皇甫濂（1508—1564）字子约，号理山，嘉靖二十三年（1544）进士，初授工部都水司主事，因得罪长官，遭到算计，被贬河南布政司属官，官终兴化同知。有《逸民传》《水部集》。

第三节　归有光与唐宋派

明代中叶后期以李梦阳、何景明及李攀龙、王世贞为代表的前、后"七子"复古运动，虽然文学主张不无偏差，然消除了"台阁体"等形式主义文风的不利影响，开拓了明代诗文的新境界，却是不争的事实。然而，"七子"主张上的偏差，特别是过度泥古，取径狭窄，亦为时人诟病。以唐顺之、王慎中、茅坤等为代表的"唐宋派"，正是在这样的背景下出现，无疑纠正了明代诗文的发展方向，对于晚明诗文走向辉煌，厥功至伟。茅坤的《唐宋八大家文钞》行世，不唯确立了"唐宋八大家"，更是为后学提供了师法的样板，对唐宋古文传统的承传，发挥了关键作用。唐顺之、王慎中与归有光，又被称为"嘉靖三大家"。归有光无疑是其中功力深厚而最为杰出的散文家，以丰厚的学识滋养、真诚的情感抒写、巧妙的章法叙述、优雅的笔调倾诉、平淡的文字展露，成为明代散文作家中堪与韩愈、柳宗元、欧阳修、曾巩比肩的大家，被后人称许为"明文第一"。

一、归有光的人生轨迹与学术

归有光（1507—1571）字熙甫，别号震川，又号项脊生，世称"震川先生"，苏州府太仓州昆山县（今江苏昆山）宣化里人。归有光的外高祖父，是明代杰出的画家夏昶，官至太常寺卿、直内阁。这说明，在归有光的高祖辈，家世相当兴旺，否则不能与夏昶家族门当户对。但到了归有光的祖父辈，家道开始中落。归有光的祖父归绅、父亲归正，均只是县学生。在归有光八岁时，其母亲周氏便丢下儿女与世长辞，年仅二十五岁。家境的急遽败落，母亲的溘然长逝，迫使年幼的归有光过早地懂得了人间忧难，开始发奋读书，立志重振家业。

正史对归有光的生平事迹有简略的记载：归有光，字熙甫，昆山人。九岁能属文，弱冠尽通"五经""三史"诸书，师事同邑魏校。魏校

(1483—1543)字子才,居苏州葑门之庄渠,故自号庄渠,弘治十八年(1505)进士,官员兼学者,与李承勋、胡世宁、余佑善并称"南都四君子"。老师的仕途颇为顺利,而学生归有光的功名仕途却是颇多波折。归有光于嘉靖十九年(1540)举乡试,年三十三,还在情理之中。然后八上春官不第,似其文与八股文不大相符。因家庭变故,归有光徙居嘉定安亭江上,读书兼顾授徒以维持生计,学徒常数百人,称为震川先生。嘉靖四十四年,归有光"始成进士,授长兴知县。用古教化为治。每听讼,引妇女儿童案前,刺刺作吴语,断讫遣去,不具狱。大吏令不便,辄寝阁不行。有所击断,直行己意。大吏多恶之,调顺德通判,专辖马政。明世,进士为令无迁倅者,名为迁,实重抑之也。隆庆四年,大学士高拱、赵贞吉雅知有光,引为南京太仆丞,留掌内阁制敕房,修《世宗实录》,卒官。有光为古文,原本经术,好太史公书,得其神理。时王世贞主盟文坛,有光力相抵排,目为妄庸巨子。世贞大憾,其后亦心折有光,为之赞曰:'千载有公,继韩、欧阳。余岂异趋,久而自伤。'其推重如此"[1]。虽然母亲早逝,家道中落,但家中氛围融洽,爱满庭户。归有光成长于一个虽不富有却充满爱的家庭,祖母慈爱、父母关爱、夫妻相爱、儿女敬爱。归家的经济状况虽不是很好,然也是中产之家,诗书相传。其祖母的娘家殷实高雅,母亲的娘家从事纺织业,家境富有。"孺人之吴家桥,则治木绵;入城则缉纑,灯火荧荧,每至夜分。外祖不二日,使人问遗。孺人不忧米盐,乃劳苦若不谋夕。冬月炉火炭屑,使婢子为团,累累暴阶下。室靡弃物,家无闲人。儿女大者攀衣,小者乳抱,手中纫缀不辍,户内洒然。遇僮奴有恩,虽至棰楚,皆不忍有后言。吴家桥岁致鱼蟹饼饵,率人人得食。家中人闻吴家桥人至,皆喜。"[2]根据《项脊轩志》中归有光自己的记述:"余自束发读书轩中,一日,大母过余曰:'吾儿,久不见若影,何竟日默默在此,大类女郎也?'比去,以手阖门,自语曰:'吾家读书久不效,儿之成,则可待乎?'顷之,持一象笏至,曰:'此吾祖太常公宣德间执此以朝。他日,汝当用之!'"象笏,高级官员上朝时用的手板,可记录皇上的训示,也可为自己的奏事提供简明提要。可见,这位祖母对孙子抱有多大

---

[1] 张廷玉等:《明史》卷二百八十七,中华书局,1974,第7383页。
[2] 归有光:《震川先生集》卷二十五,收入严佐之、谭帆、彭国忠主编《归有光全集》第六册,上海人民出版社,2015,第655页。

的期望！她希望孙子不仅要读书有成，还要在朝堂上有所作为，有所建树。祖母的殷殷关切，令归有光"瞻顾遗迹，如在昨日""长号不自禁"。几年后，归有光长大成人，有了家室。"余既为此志，后五年，吾妻来归，时至轩中，从余问古事，或凭几学书。"[1]夫妇同在轩中，丈夫博通古今，妻子兴趣盎然，生活雅致而温馨。幸福至此，夫复何求？然而，人生在世，不如意事常八九，可与人言无二三。母亲早逝、妻妾享寿不永，是归有光生活中的两大痛事。故而归有光的散文《项脊轩志》《世美堂后记》《寒花葬志》等，对归家的女性有着痛彻心扉的思念。而归有光人生进取中最大的挫折，在于功名的不顺。六十岁时，归有光方成进士，隆庆五年（1571）病逝，年六十六。归有光一生著述宏富而刊行凌乱，2015年，上海人民出版社出版有整理本《归有光全集》，是最为完备精准的版本。

归有光的学识是全方位的。诸子百家，经史文章以至农圃医卜之属，无所不学。不仅学了还会用，归有光是个实用性人才，且长于教学。四方学士纷纷慕名而来，少时十几人，多时百余人，称其为震川先生。"先生钻研六经，含茹雒、闽之学，而追溯其元本，谓秦火已后，儒者专门名家，确有指授。古圣贤之蕴奥，未必久晦于汉、唐，而乍辟于有宋"[2]，归有光学问厚积，善于学习儒家经典和史书，博览群书，尤其受司马迁、韩愈、欧阳修的文风影响较深，并在行文中得其风神脉理而情理兼到。"熙甫为文，元本六经，而好太史公书，能得其风神脉理。"[3]能得其风神脉理的关键，在于身深厚的学识功底和对前人著作的深入研究。归有光在安亭，既有对儒家著作的研讨，亦有精准的解说，写出了《易经渊旨》《易图论》《易图论后》《大衍解》《尚书叙录》《考定武成》《洪范传》等，学问功底极为扎实。《大衍解》中对《周易》的蓍法进行解读，通过数字的变化对应卦象，以推断凶吉，虽然没有科学依据，至少说明了归有光对《周易》的深解。又《尚书叙录》中指出"余少读尚书，即疑今文、古文之说。后见吴文正公叙录，忻然以为有当于心"[4]。虽然没有明确研究古文《尚

---

[1] 归有光：《震川先生集》卷十七，收入严佐之、谭帆、彭国忠主编《归有光全集》第六册，上海人民出版社，2015，第484页。
[2] 钱谦益：《牧斋有学集》卷十六，钱曾笺注，钱仲联标校，上海古籍出版社，1996，第729页。
[3] 钱谦益：《列朝诗集小传》，钱曾笺注，钱仲联标校，上海古籍出版社，1983，第559页。
[4] 归有光：《震川先生集》卷一，收入严佐之、谭帆、彭国忠主编《归有光全集》第五册，上海人民出版社，2015，第16页。

书》的本来面目，然已经怀疑其真实性，亦可见归有光读书的细致。在世美堂，归有光还从事古籍整理与修复工作，而其妻王氏无疑是最得力的助手，他们整理修复了不少宋元刻本。归有光根据自己所藏诸子百家著作，编纂了《诸子汇函》，收集了上自周代鬻熊的《鬻子》，下迄当代宋濂的《龙门子》九十四家著作，堪称是晚明以前收录子部著作最多的一部丛书。同时，对于实学，归有光更是事在留意。他虽然对迁升顺德马政通判大为不满，但毕竟官阶是提升了，而且升得很快。他一到任上，还是兢兢业业，一丝不苟。并利用马政通判的清闲时间，广阅史籍，采访掌故，了解明代马政的变迁，修了一部完备的《马政志》。他还搜集了相关水文资料，撰写了《水利论》和《水利后论》，并编纂了《三吴水利录》四卷，此书是研究古代太湖水文演变的重要资料，收入《四库全书》中。

昆山自古富足，为江南工商重镇。然而也由此招致了许多麻烦，不仅朝廷的赋税奇重，还引起了海盗的惦记骚扰。明代中叶以后，这里经常遭到倭寇的抢掠，备倭成为官府士民的日常。嘉靖三十三年（1554）的备倭作战，归有光直接参与其中，入城筹守御，结合防倭实际写下《御倭议》《备倭事略》《论御倭书》《上总制书》等。然而，讲学、治水、备倭，都不是归有光这位封建时代知识分子的正途，他的正途在于通过科考加入社会的管理阶层，是"习成文武艺，货与帝王家"。虽正途受阻，归有光的学问文章，却成就颇高，是明代文章第一高手。

二、归有光的散文

归有光的散文，品类甚富，涉及经解、题跋、议论、赠序、寿序、墓志、碑铭、祭文、行状及制义之作。就内容而言，对时政的不满，对人民的同情，对经史的解读，对自然的热爱，不一而足。而归有光最感人肺腑的作品，是记述家庭生活和亲情的篇章，风格朴实，感情真挚，是明代中后期的代表作家，与李密《陈情表》、陶渊明《祭程氏妹文》、韩愈《祭十二郎文》、欧阳修《泷冈阡表》笔法颇为相似，情感真诚细腻，文字亲和，感染力极强。写景状物的散文，叙议自然交融，思绪情感镶嵌其中而不露痕迹，俨然是唐宋八大家文风的再现。如《项脊轩志》等，无意于感人，而欢愉惨恻之思，溢于言语之外。读之，使人不能不与作者同悲喜。

项脊轩志

项脊轩，旧南阁子也。室仅方丈，可容一人居。百年老屋，尘泥渗漉，雨泽下注。每移案，顾视无可置者。又北向，不能得日，日过午已昏。余稍为修葺，使不上漏；前辟四窗，垣墙周庭，以当南日，日影反照，室始洞然。又杂植兰桂竹木于庭，旧时栏楯，亦遂增胜。借书满架，偃仰啸歌，冥然兀坐。万籁有声，而庭阶寂寂，小鸟时来啄食，人至不去。三五之夜，明月半墙，桂影斑驳，风移影动，珊珊可爱。然余居于此，多可喜，亦多可悲。

先是，庭中通南北为一。迨诸父异爨，内外多置小门墙，往往而是。东犬西吠，客逾庖而宴，鸡栖于厅。庭中始为篱，已为墙，凡再变矣。家有老妪，尝居于此。妪，先大母婢也。乳二世，先妣抚之甚厚。室西连于中闺，先妣尝一至。妪每谓予曰："某所，而母立于兹。"妪又曰："汝姊在吾怀，呱呱而泣。娘以指叩门扉曰：'儿寒乎？欲食乎？'吾从板外相为应答。"语未毕，余泣，妪亦泣。

余自束发读书轩中。一日，大母过余曰："吾儿，久不见若影，何竟日默默在此，大类女郎也？"比去，以手阖门，自语曰："吾家读书久不效，儿之成，则可待乎？"顷之，持一象笏至，曰："此吾祖太常公宣德间执此以朝。他日，汝当用之！"瞻顾遗迹，如在昨日，令人长号不自禁。

轩东故尝为厨。人往，从轩前过。余扃牖而居，久之能以足音辨人。轩凡四遭火，得不焚，殆有神护者。

项脊生曰：蜀清守丹穴，利甲天下，其后秦皇帝筑女怀清台。刘玄德与曹操争天下，诸葛孔明起陇中，方二人之昧昧于一隅也，世何足以知之？余区区处败屋中，方扬眉瞬目，谓有奇景。人知之者，其谓与坎井之蛙何异！

余既为此志后五年，吾妻来归。时至轩中从余问古事，或凭几学书。吾妻归宁，述诸小妹语曰："闻姊家有阁子，且何谓阁子也？"其后六年，吾妻死，室坏不修。其后二年，余久卧病无聊，乃使人复葺南阁子。其制稍异于前，然自后余多在外，不常居。庭有枇杷树，吾妻死之年所手植也，今已亭亭如盖矣。[1]

本文由于选入中学语文课本，知名度极高。文章并没有叙述惊天动地

---

[1] 归有光：《震川先生集》卷十七，收入严佐之，谭凯，彭国忠主编《归有光全集》第六册，上海人民出版社，2015，第482—484页。

的事件，纯粹是家庭琐事的记录。然"百年老屋"项脊轩的几经兴废，穿插了对祖母、母亲、妻子的回忆，并抒发了人亡物在、世事沧桑的感触，还有家道中落，家族解体，个人艰辛与身世飘零的伤感。所回忆者人各一事，均属家庭琐事，但极富有人情味。与韩愈、欧阳修的作品颇有相似之处，是将日常生活中琐事写进了"载道"的古文之中，使古文和生活更加密切地联系起来。于是，文章就写得情真意切，平易近人，朴素简洁，悱恻动人，给人以如在目前的感觉。所以，以归有光为代表的唐宋派古文，实际上的创作成就相较于空洞的前、后"七子"的文章，更有真切的生活内涵与感人的力量。如《寒花葬志》：

  婢，魏孺人媵也。嘉靖丁酉五月四日死。葬虚丘。事我而不卒，命也夫！

  婢初媵时，年十岁，垂双鬟，曳深绿布裳。一日天寒，爇火煮荸荠熟，婢削之盈瓯。予入自外，取食之，婢持去不与。魏孺人笑之。孺人每令婢倚几旁饭，即饭，目眶冉冉动，孺人又指予以为笑。回思是时，奄忽便已十年。吁！可悲也已！[1]

这篇短文可谓文不对题，却令人唏嘘。名曰"寒花葬志"，并没有写成"葬寒花记"，而是通过对往事的回忆，小中见大，浅中见深，写出了归有光对亡妻魏氏的深切忆念之情。全文共一百一十二字，但以两个细节勾勒婢女形象，写出庭闱人情，极为凝练。作为陪嫁丫头，也就是后来的侍妾，是与魏孺人一起过门到昆山归家的。陪嫁丫头与其主子，既有主仆之分，又有姊妹之情，是新嫁娘到了婆家后第一个可以使唤的人，自然与新娘子的关系非同一般。但又是年纪小小，少不更事，对于婚姻的理解甚为有限。所以，特别眷顾女主人而没有将归有光放在眼里。因此会有不让归有光吃削好的荸荠的事情。吃饭的时候，因为毕竟是个孩子，总希望能够吃到好菜。婢女是没有资格上桌的，一般只能坐在小板凳上吃饭。然而，新婚的归有光夫妇特别是魏氏，让丫头一起上桌吃饭。于是，桌上的饭菜尽收眼底却又不敢动筷子，只好偷看，"目眶冉冉动"，给夫妇带来了极大的乐趣。透过这么两件小事，将寒花的神态动作毕现于读者面前，这只是

---

[1] 归有光：《震川先生集》卷二十二，收入严佐之，谭凯，彭国忠主编《归有光全集》第六册，上海人民出版社，2015，第600—601页。

表面的含意。更深层的用意,是对寒花背后那人的深切思念。艺术上,就是注此写彼,别有钟情。

归有光的文章,取材于生活,贴近生活,少有理论上的高深之论或浮夸之言。特别是写到家世人情,多是自己实际生活的再现。钱谦益说他"每为文章,一以古人为绳尺"[1],未必完全符合实际。当然,归有光并未否认"文以载道"的评判标准,只是将个人家庭生活中的琐事引入到"载道"的工具中,是对唐宋古文传统的继承和发展。归有光叙述家庭悲剧的作品,不仅有《项脊轩志》《先妣事略》等,抒写怀抱,一唱三叹,有感于人,而欢愉惨恻之思,溢于言语之外。还有《亡儿翱孙圹志》《女二二圹志》《女如兰圹志》等文,目力所及,无不为之深感伤痛。

归有光的文章,平缓顺畅而情真意切,往往注此写彼,其实并未有所掩盖,反而加重了文章的情感元素。《项脊轩志》名为写室,实为写人。《寒花葬志》并未记载如何为寒花办后事,更多是对往事的回忆与对亡妻亡妾的悼念。《世美堂后记》中看到更多的是对第二任妻子王氏的哀悼与敬重,追忆思念的文字背后,是发自肺腑的敬佩与感激:

余妻之曾大父王翁致谦,宋丞相魏公之后。自大名徙宛丘,后又徙余姚。元至顺间,有官平江者,因家昆山之南戴,故县人谓之南戴王氏。翁为人倜傥奇伟,吏部左侍郎叶公盛,大理寺卿章公格,一时名德,皆相友善,为与连姻。成化初,筑室百楹于安亭江上,堂宇闳敞,极幽雅之致。题其匾曰世美。四明杨太史守址为之记。

嘉靖中,曾孙某以逋官物粥人。余适读书堂中,吾妻曰:"君在,不可使人顿有黍离之悲。"余闻之,固已恻然。然亦自爱其居闲静,可以避俗嚣也。乃谋质金以偿粥者;不足,则岁质贷。五六年,始尽雠其直。安亭俗皆窳,而田恶。先是县人争以不利阻余。余称孙叔敖请寝之丘,韩献子迁新田之语以为言。众莫不笑之。余于家事,未尝訾省。吾妻终亦不以有无告,但督僮奴垦荒莱,岁苦旱而独收。每稻熟,先以为吾父母酒醴,乃敢尝酒。获二麦,以为舅姑羞酱,乃烹饪,祭祀宾客婚姻赠遗无所失。姊妹之无依者悉来归,四方学者馆饩莫不得所,有遘悯不自得者,终默默未尝

---

[1] 钱谦益:《牧斋有学集》卷十六,钱曾笺注、钱仲联标校,上海古籍出版社,1996,第729—730页。

有所言也。以余好书，故家有零落篇牍，辄令里媪访求，遂置书无虑数千卷。

庚戌岁，余落第出都门，从陆道旬日至家。时芍药花盛开，吾妻具酒相问劳。余谓："得无所有恨耶？"曰："方共采药鹿门，何恨也？"长沙张文隐公薨，余哭之恸，吾妻亦泪下，曰："世无知君者矣。然张公负君耳！"辛亥五月晦日，吾妻卒。实张文隐公薨之明年也。

后三年，倭奴犯境，一日抄掠数过，而宅不毁；堂中书亦无恙。然余遂居县城，岁一再至而已。辛酉清明日，率子如来省祭，留修圮坏，居久之不去。一日，家君燕坐堂中，惨然谓余曰："其室在，其人亡，吾念汝妇耳。"余退而伤之。述其事，以为世美堂后记。[1]

这篇文章里看到的王氏，有修养有能耐，有德行有谋略更有气度，处处为丈夫着想，简直是贤良之至，无以复加。而归有光并无一句盛赞的话语，只是款款叙说一件件的往事。直到文章的末尾，方点明了文旨。

归有光的文章，虽然总体上平顺婉约，继承了欧阳修、曾巩的风格，概因此类文章多为记录家事、描绘亲情友情之作。一旦行文需要，归有光也有愤怒表达。在《长兴县编审告示》中，我们可以看到一个干净利落而又正气凛然的归有光。《九县告示》中，展现的是一个干练决断的归有光。而《乞休申文》与《又乞休文》中，展现的是一个是非分明、不卑不亢的归有光。可以说，归有光的文章，构思精巧，风格多样。往往一波三折，蕴含丰富，简短的文字中，承载了极为复杂的信息，既有深沉情感、历历往事、深厚学识、实践经验，更有胸中难以言说的悲苦与幽怨，于平淡中见厚重，实为大家手笔。

三、唐顺之与茅坤

前、后"七子"虽积极倡导复古，但他们在理论上过于狭窄以及创作上过度泥古的问题，已经为时人所关注。因此，江苏武进唐顺之、福建晋江王慎中、浙江吴兴茅坤和江苏昆山归有光等人，开始强调韩柳欧苏的古文传统，被称为"唐宋派"。

唐顺之（1507—1560）字应德，又字义修，号荆川，武进（今江苏常

---

[1] 归有光：《震川先生集》卷十七，收入严佐之，谭凯，彭国忠主编《归有光全集》第六册，上海人民出版社，2015，第476—477页。

州）人。嘉靖八年（1529）会试第一，官庶吉士，后调兵部主事。倭寇屡犯沿海，因唐顺之有谋略，以兵部郎中督师浙江，不仅直接参与了抗击倭寇的斗争，甚至亲自上阵作战。嘉靖三十九年（1560），督师抗倭途中不幸染病，在通州（今江苏南通）去世。崇祯时追谥襄文，人称"荆川先生"。文学史教材中，对唐顺之的叙述仅有片段，介绍其文学主张与一二代表作。而其古文主张，主要体现在与茅坤等人书信往来中的一些论说中。事实上，唐顺之是明代中叶不可多得的奇才，在军政领域，主张抗倭，注重实战经验的总结与运用。在文学领域，唐顺之是明代中叶的诗文大家，以古文及八股文著称于世。他强调"本色"和"师法唐宋"，注重文学作品的真切情感。同时，唐顺之对于阳明心学的领会，亦超越了王学两派的藩篱，卓有推进。

　　正史记载中，唐顺之有精彩并且惊心动魄的经历，"寻命往南畿、浙江视师，与胡宗宪协谋讨贼。顺之以御贼上策，当截之海外，纵使登陆，则内地咸受祸。乃躬泛海，自江阴抵蛟门大洋，一昼夜行六七百里。从者咸惊呕，顺之意气自如。倭泊崇明三沙，督舟师邀之海外。斩馘一百二十，沉其舟十三。擢太仆少卿。宗宪言顺之权轻，乃加右通政。顺之闻贼犯江北，急令总兵官卢镗拒三沙，自率副总兵刘显驰援，与凤阳巡抚李遂大破之姚家荡。贼窘，退巢庙湾。顺之薄之，杀伤相当。遂欲列围困贼，顺之以为非计，麾兵薄其营，以火炮攻之，不能克。三沙又屡告急，顺之乃复援三沙，督镗、显进击，再失利。顺之愤，亲跃马布阵。贼构高楼望官军，见顺之军整，坚壁不出。显请退师，顺之不可，持刀直前，去贼营百余步。镗、显惧失利，固要顺之还。时盛暑，居海舟两月，遂得疾，返太仓。李遂改官南京，即擢顺之右佥都御史，代遂巡抚。顺之疾甚，以兵事棘，不敢辞。……顺之于学无所不窥。自天文、乐律、地理、兵法、弧矢、勾股、壬奇、禽乙，莫不究极原委。尽取古今载籍，剖裂补缀，区分部居，为《左》（作者注：即《左编》，后相类）《右》《文》《武》《儒》《稗》六编传于世，学者不能测其奥也。为古文，洸洋纡折有大家风"[1]。浙江古籍出版社2014年出版《唐顺之集》，点校细致，资料丰富，印刷精美，使用方便。

[1] 张廷玉等：《明史》卷二百五，中华书局，1974，第5423—5424页。

任光禄竹溪记

余尝游于京师侯家富人之园,见其所蓄,自绝徼海外奇花石,无所不致,而所不能致者惟竹。吾江南人斩竹而薪之,其为园亦必购求海外奇花石,或千钱买一石,百钱买一花不自惜,然有竹据其间,或芟而去焉,曰:"毋以是占我花石地!"而京师人苟可致一竹,辄不惜数千钱,然才遇霜雪,又槁以死。以其难致,而又多槁死,则人益贵之。而江南人甚或笑之曰:"京师人乃宝吾之所薪!"呜呼!奇花石诚为京师与江南人所贵,然穷其所生之地,则绝徼海外之人视之,吾意其亦无以甚异于竹之在江以南。而绝徼海外,或素不产竹之地,然使其人一旦见竹,吾意其必又有甚于京师人之宝之者,是将不胜笑也。语云:"人去乡则益贱,物去乡则益贵。"以此言之,世之好丑亦何常之有乎?

余舅光禄任君,治园于荆溪之上,遍植以竹,不植他木。竹间作一小楼,暇则与客吟啸其中。而间谓余曰:"吾不能与有力者争池亭花石之胜,独此取诸土之所有,可以不劳力而蓊然满园,亦足适也。因自谓竹溪主人。甥其为我记之。"余以谓君岂真不能与有力者争,而漫然取诸其土之所有者,无乃独有所深好于竹,而不欲以告人欤?

昔人论竹,以为绝无声色臭味可好,故其巧怪不如石,其妖艳绰约不如花,孑孑然有似乎偃蹇孤特之士,不可以谐于俗。是以自古以来,知好竹者绝少。且彼京师人,亦岂能知而贵之,不过欲以此斗富,与奇花石等耳。故京师人之贵竹,与江南人之不贵竹,其为不知竹一也。

君生长于纷华,而能不溺乎其中,裘马、僮奴、歌舞,凡诸富人所酣嗜,一切斥去。尤挺挺不妄与人交,凛然有偃蹇孤特之气,此其于竹,必有自得焉。而举凡万物可喜可玩,固有不能间也欤?然则虽使竹非其土之所有,君犹将极其力以致之,而后快乎其心。君之力虽使能尽致奇花石,而其好固有不存也。嗟乎,竹固可以不出江南而取贵也哉,吾重有所感矣。[1]

文中可见明代中叶京城富贵之家的生活时尚,但作者舅舅任卿(字世臣,号竹溪)在其中是不一样的,因为他特别爱竹。作者借竹的形象及竹在南方、北方的不同遭遇,对光禄大夫任君的人品进行了充分的肯定,点明了他知竹、爱竹的根源,在于他特立独行的美好品德。文章将竹与花石

---

[1] 唐顺之:《唐顺之集》,马美信、黄毅点校,浙江古籍出版社,2014,第552—553页。

置于矛盾状态，以各种人的不同态度为线索，先是点出江南人与京师人对竹态度不同，却对奇花石态度一致，出于比较的需要，又猜度海外之人对待竹的态度，得出这三者皆非竹之知音的观点。然后又将这三者与任君形成对照，借竹的形象，衬托出任君的品格情操。

唐顺之《信陵君救赵论》一文，别有见地，是初中语文教学中关注的篇章。《古文观止》甄选严苛，此文在列，可见其价值。

茅坤（1512—1601）字顺甫，号鹿门，归安（今浙江湖州）人，嘉靖十七年（1538）进士，历官青阳知县、丹徒知县、礼部主事、广平通判、广西兵备佥事等。嘉靖三十四年，因恃才傲物，年轻气盛，为忌者所中，解职还乡。嘉靖末，浙江多次遭受倭患，茅坤被胡宗宪聘为幕僚，共商兵机。又因家人施暴乡里，为巡抚庞尚鹏所劾，削籍归，专事著述。

茅坤反对前、后"七子"主张的"文必秦汉""诗必盛唐"，认为应该转益多师，开阔眼界。尤其提倡学习唐宋古文的优良传统，所以他编选印行了《唐宋八大家文钞》，韩愈、柳宗元、欧阳修、苏洵、曾巩、王安石、苏轼、苏辙为"唐宋八大家"的概念，就此确立。茅坤留有作品集多种，2012年浙江古籍出版社出版的点校本《茅坤集》，使用甚便。

第八章 明代后期吴地文坛的辉煌

明代中后期的文坛，尽管争论客观存在，观点各有不同，但创作上呈现的盛况，却是有目共睹的。而文学史家多说直至晚明诗文方进入盛期，其中吴地文人的贡献，既有理论上的和创作上的，更有人格气节上的。王世贞、瞿式耜及以"娄东二张"为代表的吴中复社名流，实是明季诗文的代表。

第一节　王世贞

王世贞（1526—1590）字元美，号凤洲，又号弇州山人，苏州府太仓州（今江苏太仓）人，晚明的文坛盟主。王世贞出生于以衣冠诗书著称的太仓王氏家族，自幼聪颖勤奋，十七岁中秀才，十八岁中举人。嘉靖二十六年（1547），二十二岁的王世贞进士及第，观政大理寺左寺，授刑部主事，屡迁员外郎、郎中，又为青州兵备副使。初入官场的王世贞恃才傲物，多次得罪内阁首辅严嵩之子严世蕃。杨继盛因弹劾严嵩论死，王世贞驰骑往救。杨继盛被杀，王世贞经纪其丧，严嵩父子大恨之。嘉靖三十八年，其父王忬以滦河失事为严嵩所构，论死。王世贞解官奔赴京师，与其弟王世懋每天在严嵩门外自罚，请求宽免，未成，持丧归。隆庆元年（1567），王世贞入京讼父冤，其父得以平反，恢复名誉，赠兵部尚书。王世贞以为此生大事已了，无意复出，居家著述，然言官屡荐，朝廷召用，遂出为大名副使，后迁浙江右参政、山西按察使、广西右布政使，入为太仆寺卿。万历二年（1574），王世贞以右副都御史抚治郧阳，数奏陈屯田、戍守、兵食事宜，咸切大计，因与张居正意见不合，被罢官，复起为应天府尹，再次被劾罢。张居正殁后，王世贞起为南京刑部右侍郎，辞疾不赴，后起为南京兵部右侍郎，擢南京刑部尚书，又以疾辞归。万历十八年，王世贞卒于家，赠太子少保，有《弇州山人四部稿》《弇州山人续稿》《艺苑卮言》《弇山堂别集》《弇州史料》前后集等。其著述有三千卷以上，著述之富，为中国古今第一人。"考自古文集之富，未有过于世贞者"[1]。许建平教授、郑利华教授牵头的国家社科重大项目"《王世贞全集》整理与研究"已经进行了十多年，值得翘首以盼。

王世贞善于结交朋友，是明代后期从京城到陪都南京实际上的文坛领袖，并掀起了明代文人集群活动的高潮。"世贞自号凤洲，又号弇州山人。其所与游者，大抵见其集中，各为标目。曰前五子者，攀龙、中行、有誉、国伦、臣也。后五子则南昌余曰德、蒲圻魏裳、歙汪道昆、铜梁张佳胤、新蔡张九一也。广五子则昆山俞允文、浚卢楠、濮州李先芳、孝丰吴维岳、顺德欧大任也。续五子则阳曲王道行、东明石星、从化黎民表、南昌朱多煃、常熟赵用贤也。末五子则京山李维桢、鄞屠隆、南乐魏允中、兰溪胡应麟，而用贤复与焉。其所去取，颇以好恶为高下"[2]。二十余人，皆是文坛佼佼者，而王世贞执文坛牛耳时间最长，影响最大，场面之盛，今人难以想象。尤其是李攀龙去世之后，王世贞作为文坛盟主，门下文士群集，对某些人的文坛地位，有直接的影响。能够得到王世贞片言褒奖，身价骤起。但其早岁持论不免偏狭，所谓"文必西汉，诗必盛唐"在实践中的局限性，王世贞有所发现并适度纠正，体现出"后七子"从文学主张到创作实践的变化。"晚年，攻者渐起，世贞顾渐造平淡。病亟时，刘凤往视，见其手苏子瞻集，讽玩不置也。"[3]王世贞的实际行动已经表明，他并非食古不化，对唐宋古文，也有公正的认识并钟爱有加。透过有关传记和王世贞留存的巨著可知，他不仅是晚明杰出的文学家，是万历前期的文坛领袖，还是明代后期最杰出的学者。

王世贞的诗歌，取材博洽。日月星辰，花鸟虫鱼，古今史事，心绪愁思都能化为诗料，形诸歌咏。除了一部分模拟痕迹较为严重的作品外，各种体裁的诗篇都有颇见艺术匠心的佳构。如《登太白楼》：

  昔闻李供奉，长啸独登楼。此地一垂顾，高名百代留。

---

[1] 永瑢等：《四库全书总目》卷一七二，中华书局，1965，第1508页。
[2] 张廷玉等：《明史》卷二百八十七，中华书局，1974，第7381页。
[3] 张廷玉等：《明史》卷二百八十七，中华书局，1974，第7381页。

> 白云海色曙，明月天门秋。欲竟重来者，潺湲济水流。[1]

诗仙李白之名，如夏日之惊雷。所过之处，留下的印记极为深刻。在中国大地上至少有四个地方建造了太白楼，分别是山东济宁太白楼、安徽马鞍山太白楼、安徽歙县太白楼、四川江油青莲镇李白故居太白楼。建楼的时间跨度长达一千多年，均是对诗仙的纪念。李白一生，纵横天下，并未以成败得失为牵挂。因而，"太白楼"不仅是诗仙才华的记录，亦是一种人文精神的承载。王世贞这首诗提到的是山东济宁太白楼。此时王世贞与李攀龙主盟文坛，名重天下，但官场起落，不以个人意志为转移。登太白楼，是追寻前贤天才诗人的足迹，抒发个人沉浮的感慨。所以，写当年李白登楼情景："昔闻李供奉，长啸独登楼。"不称"李太白"而称"李供奉"，称李白曾经在长安拥有的身份，这就巧妙地交代了李白登楼的时间和背景。李白到山东任城，虽然传说是被"赐金放还"，实际是被抛弃，是人生的失败。李白却满不在乎，照样纵情诗酒，放浪山水。于是，在王世贞的心中，就树立了一个孤独傲世而任适潇洒的楷模，也就奠定了这首诗的基本格调，暗示了王世贞此际的遭遇和情怀。果然，"天空海阔，有此眼界笔力，才许作登太白楼诗"[2]。王世贞虽然崇尚李白的飘逸，但对于杜甫的凝重沉雄，也是极为敬仰，诗歌中蕴含着杜诗的精神。《乱后初入吴舍弟小酌》中"天意宁群盗，时艰更老亲"两句，"气雄味厚，不愧杜陵"[3]。王世贞规模杜甫，从《岳王墓》可以更清楚显现出来：

> 落日松杉黯自垂，英风萧飒动灵祠。
> 空传赤帝中兴诏，自折黄龙大将旗。
> 三殿有人朝北极，六陵无树对南枝。
> 莫将乌喙论勾践，鸟尽弓藏也不悲。[4]

诗歌首先描绘了岳坟的气象，再回忆不堪回首的历史，抒发了诗人的感慨，结构上颇似杜甫《蜀相》。但不同的是，诗人借助典故发起议论，个

---

[1] 王世贞：《弇州四部稿》卷二十四，收入《文渊阁四库全书》第1279册，台湾商务印书馆，1986，影印本，第305页。
[2] 沈德潜、周准编《明诗别裁集》卷八，上海古籍出版社，1979，第209页。
[3] 沈德潜、周准编《明诗别裁集》卷八，上海古籍出版社，1979，第209页。
[4] 王世贞：《弇州四部稿》卷四十，收入《文渊阁四库全书》第1279册，台湾商务印书馆，1986，影印本，第503页。

人的牢骚与时局自然结合,隐隐有一种对戾气渐盛国运不久的担忧。

王世贞亦能词,淡淡忧愁,袅袅烟尘,收入词中,情景合一。《浣溪沙·春闷》"窗外闲丝自在游,隔花山鸟弄鞠鞘"[1],抒写闲愁无绪,如窗外游丝,随风飘荡,借助景物再现,烘托其凄凉情绪。又如《望江南·即事》:

歌起处,斜日半江红。柔绿篙添梅子雨,淡黄衫耐藕丝风。家在五湖东。[2]

前三句勾勒江南景色,颇能传神。在黄梅时节有雨有风的气象特征中,悄悄植入了作者的心绪,是与天气由晴到雨一样的变化。于是,景物描摹中,就寄托了王世贞莫名的郁闷惆怅。"家在五湖东",既是写实,又是议论,是对政治环境的清醒认识,更是对先贤明智选择的钦佩。再如《临江仙》:

迟日三眠浑似柳,起来徐步闲庭。中年风物易关情。不知因个甚,撩乱没支撑。　　我笑残花花笑我,此时憔悴休争。来年春到便分明。五原无限绿,难染鬓千茎。[3]

这首词,有些许陈与义《临江仙》的意味,但更为明白晓畅。词的上阕很有画面感:一名中年男子日高才起身,闲庭信步,现出懒洋洋的疲软无力模样。"不知因个甚",完全口语,表面没有答案,却话里有话。人生就怕闲愁,说不出或不能说,然真实存在。下阕笔法一转,先写人与花的对话,实际蕴含了"花有重开日,人无再少年"的常理,叹老伤逝,很是明了。因为来年春绿之际,自己却仍然白发满头,而自然却又是春光明媚,鲜花盛开了,这与上阕巧妙呼应,揭示了作者郁闷的内心世界。清人况周颐曰:"弇州山人临江仙后段云:'我笑残花花笑我,此时憔悴休争。来年春到便分明。五原无限绿,难染鬓千茎。'意足而笔能达,出语不涉尖。"[4]

---

[1] 赵尊岳辑《明词汇刊》,上海古籍出版社,1992,第582页。
[2] 赵尊岳辑《明词汇刊》,上海古籍出版社,1992,第581页。
[3] 赵尊岳辑《明词汇刊》,上海古籍出版社,1992,第586页。
[4] 况周颐:《蕙风词话》,收入况周颐、王国维《蕙风词话　人间词话》,人民文学出版社,1960,第113-114页。

王世贞能词，但成就远不能与其文章比拟。他好史学，以史才自许。自弱冠登朝，即访朝家故典，晚年又得见内府档案秘籍，著述甚丰。学问渊博，文章不拘一格，虽摹仿秦汉，依旧自有特色。如《蔺相如》：

> 蔺相如之完璧，人人皆称之，余未敢以为信也。
>
> 夫秦以十五城之空名而诈赵，而胁其璧，是时言取璧者，情也，非欲以窥赵也。赵得其情则弗予，不得其情则予；得其情而畏之则予，得其情而弗畏之则弗予。此两言决耳，奈之何既畏而复挑其怒也？且夫秦欲璧，赵弗予璧，两无所曲直也。入璧而秦弗予城，曲在秦。秦城出而璧归，曲在赵。欲使曲在秦，则莫如弃璧。畏弃璧，则莫如弗予。
>
> 夫秦王按图以予城，又设九宾，斋而受璧，其势不得不予城。璧入而城弗予，相如则前请曰："臣固知大王之弗予城也。夫璧非赵宝也，而十五城，秦宝也。今使大王以璧故，而亡其十五城。十五城之子弟，皆厚怨大王以弃我如草芥也。大王弗予城，而绐赵璧，以一璧故，而失信于天下，臣请就死于国，以明大王之失信。"秦王未必不予璧也。今奈何使舍人怀而逃之，而归直于秦。是时秦意未欲与赵绝耳。令秦王怒，而戮相如于市，武安君十万众压邯郸，而责璧与信，一胜而相如族，再胜而璧终入秦矣！
>
> 吾故曰："蔺相如之获全于璧也，天也。"若其劲渑池，柔信平，则愈出而愈妙于用。所以能存赵者，天固曲成之哉！[1]

我们不能要求古人具有唯物史观，王世贞将完璧归赵的结局归结为天意，乃是古人常态。而文章的真正价值，在于阐述了"情报分析"的重要性。虽有事后诸葛亮的嫌疑，然客观讲，王世贞的分析是有道理的，是建立在对当时客观形势的分析上的。更有意义的是，王世贞放弃和氏璧的主张。他代蔺相如拟好了"发言稿"，提出了一个重要的命题：和氏璧并非赵国的宝物，没有必要为了一块本质上就是"石头"的东西引起一场外交风波甚至战火。因为即便是和氏璧，也只是一块玉而已，并不具有权力的象征意义。是秦统一之后，命咸阳玉工王孙寿在上面篆刻了"受命于天，既寿永昌"八字，并精研细磨，雕琢成印玺，代代相传因而称为"传国玺"，方成为"有理想者"追逐的物象。如果说王世贞在论述历史人物时有着自

---

[1] 王世贞：《弇州山人四部稿》卷一百一十，收入《文渊阁四库全书》第1280册，台湾商务印书馆，1986，影印本，第731—732页。

己的学术倾向，叙述当代人物的有关事件时，就更有着饱满的情感与明辨是非的严谨性。《杨忠愍公行状》一文，不仅是对杨继盛的个人经历与人品的叙述与评价，更是王世贞对于嘉靖年间政治环境的清醒认识。

王世贞的诗文主张与学术倾向，随着阅历加深学术提高而有所变化，晚年所作诗文及论述，方能代表王世贞的定论。在创作实践和学术研究的过程中不断丰富自己的见解，调整自己的观点，也是合理的常态。故而，钱谦益对王世贞的最终观念未能得到阐发传播，深表遗憾。"而元美晚年之定论，则未有能推明之者也"[1]。"世贞始与李攀龙狎主文盟，攀龙殁，独操柄二十年。才最高，地望最显，声华意气笼盖海内。一时士大夫及山人、词客、衲子、羽流，莫不奔走门下。片言褒赏，声价骤起"[2]。正史的定评，可见王世贞在文化史上的地位。

相传传奇作品《鸣凤记》，也出于王世贞之手，或怀疑此剧是王世贞的门生所作。不管谁作的，王世贞与《鸣凤记》的关系极为密切是不争的事实。在中国文学史上，戏曲及时地表现当时重大的政治事件，自《鸣凤记》始。因此，《鸣凤记》是明代中后期剧坛上出现的活报剧。贯串全剧的矛盾冲突是震动朝野的严嵩集团与反严嵩集团的政治斗争，揭露了严嵩父子专权纳贿、祸国殃民的罪行，痛斥了严嵩父子手下狐朋狗党的趋炎附势以及凶残横暴的本性。

第二节　瞿式耜

瞿式耜（1590—1651）字起田，号稼轩、耘野，又号伯略，常熟（今属江苏）人，明末诗人、官员。瞿式耜早年拜钱谦益门下，万历四十四年（1616）中进士，授江西永丰知县，颇有政绩。天启三年（1623）丁父忧返里，守丧三年。崇祯元年（1628）任户科给事中，立朝刚正不阿，颇有建言。然因其师钱谦益遭到周延儒、温体仁的排挤入阁失败，狼狈而归，瞿式耜也被削职归里。崇祯十七年三月京师失守，崇祯殉国。福王朱由崧在马士英、阮大铖等拥护下在南京建立朝廷，急需一批能人，瞿式耜被任命为广西巡抚。在瞿式耜眼里，大明的江山还有恢复的希望，广西虽在西南

---

[1] 钱谦益：《列朝诗集小传》，钱曾笺注，钱仲联标校，上海古籍出版社，1983，第436页。
[2] 张廷玉等：《明史》卷二百八十七，中华书局，1974，第1381页。

一角，山重水复，进可以攻，退可以守，是举足轻重的战略要地，包括广西在内的西南地区，可以成为恢复江山的战略大后方。然而，南京很快陷落，江南人心惶惶。尽管有鲁王、唐王先后建立政权，皆不足以抵抗南下的清军。瞿式耜到梧州上任后，督促生产，劝告人民安心耕种；招募士兵，认真训练，修筑城堡，加强防守。在一个月的时间里，浮动的人心逐渐安定下来。1646年9月，清兵破汀州，隆武帝被杀。消息传来，瞿式耜和大臣们拥立桂王朱由榔做皇帝，年号"永历"，瞿式耜升任吏部右侍郎、东阁大学士，兼掌吏部事。此后的三年里，瞿式耜为了南明的永历政权，呕心沥血，稳定了西南一角。特别是1649年何腾蛟殉国后，瞿式耜兼任督师时，还陆续收复靖州、沅州、武冈、室庆等府县。无奈永历政权内部争权夺利，猜忌倾轧，军阀不听指挥，流亡朝廷内部甚至企图牵制瞿式耜，加之部队又长期作战得不到休整，大大削弱了战斗力。虽然瞿式耜等力战，三次成功保卫了桂林，但南明军队已经无力再战。永历四年正月（1650），南雄被清兵攻破，永历帝逃向梧州，瞿式耜留守桂林。不久全州、严关相继失守，前线溃退下来的官军，沿途掳掠，秩序大乱，驻城将领不战而逃。瞿式耜气愤到极点，捶胸顿足，徒叹奈何，整整衣冠，端坐在衙门里。总督张同敞，从灵川回桂林，听说城里人已走空，只有瞿式耜没走。张同敞平时十分敬重瞿式耜，立即泅水过江，赶到留守衙门。两人身边无一兵一卒，仍然坚守衙门。等到清兵冲进衙门，瞿式耜和张同敞昂首阔步走出衙门，落入了孔有德的魔爪。瞿式耜与张同敞拒绝了清军的威逼利诱，视死如归。哪怕清兵许诺只要二人剃发为僧即可免于一死，也被严词拒绝。瞿式耜把自己生死置之度外，却念念不忘抗清大业。在狱中，他写了一封密信给部下焦琏，告诉他清兵在桂林的实际情况，要他迅速袭击桂林。考虑到自己被囚，焦琏会有所顾虑，特地叮嘱他事关中兴大计，不要考虑其他。可惜这封信被巡逻兵搜获，献给孔有德，恢复桂林的计划就此破灭。永历四年农历闰十一月十七日（1651年1月8日）[1]，瞿式耜

---

[1] 关于瞿式耜殉国的具体时间，学术著作表述略有异同，主要是异闻和明清历法差异造成的。南明永历四年设置了闰十一月，是明历的延续。而明历十月大、十一月小、闰十一月小。清历十月小、十一月大，无闰月。即明历的十月三十，是清历的十一月初一，明历的闰十一月同于清历的十二月。瞿式耜与张同敞被杀是在南明永历四年闰十一月十七，即清朝顺治七年十二月十七，公元1651年1月8日。上海古籍出版社1981年出版的《瞿式耜集》前言称"这年十二月十七日，两人同时被清军杀害于桂林独秀山仙鹤岩下"，是推算准确的时间。

与张同敞在桂林仙鹤岩，慷慨就义。"桂林二十年不见雪矣，是日，雪霰大作，雷电交击，式耜与同敞先后唱和绝命诗十余章，人间颇有传者。"[1]瞿式耜、张同敞二人死后，已经出家为僧、法名性因的原明朝大臣金堡出面安葬了二人。

瞿式耜殉国后，永历政权给谥文忠。南明永历六年、清顺治九年（1652）七月，联明抗清的原农民军将领李定国收复桂林，为瞿式耜、张同敞立祠纪念，并找到瞿式耜的孙子瞿昌文，希望瞿昌文将祖父归葬故乡。直到康熙十八年（1679）瞿式耜灵柩才得以回归故里，葬于虞山拂水岩牛窝潭。乾隆四十一年（1776），乾隆帝下令编纂《贰臣传》，凡是投靠清朝的原明朝官员均列入其中，大清开国重臣范文程也不例外。而对为明室尽忠者则大肆褒扬，瞿式耜被追谥为忠宣。

瞿式耜本擅长诗文，才华卓著。但平生著作，无暇搜集保存。遇难两年后，其孙瞿昌文对其著作加以搜集，仅得到部分作品，整理成《虞山集》。清道光十四年（1834）印行时，更名《瞿忠宣公集》。原江苏师范学院历史系苏州地方史研究室整理成《瞿式耜集》，于1981年11月由上海古籍出版社出版，分奏疏、诗歌、尺牍和杂文四卷。

羁押中的瞿式耜写了不少诗，展现了他坚贞不屈的民族气节和忠贞不渝为国献身的高尚精神。被捕关押的四十多天，瞿式耜与张同敞诗歌唱和，后来汇编为《浩气吟》，慷慨悲壮，忠魂激荡。在《浩气吟》组诗里，瞿式耜把自己比作汉朝时身陷匈奴，冰天雪地中苦熬十九年而不屈的苏武，比作南宋末年支撑危难局面，抗击元朝军队，终于力尽被俘、杀身成仁的文天祥，足见瞿式耜的忠义气节。小序云："庚寅十一月初五日，闻警，诸将弃城而去，城亡与亡，余自誓一死。别山张司马自江东来城，与余同死，被刑不屈。累月幽囚，漫赋数章，以明厥志。别山从而和之。"交代了写作的时间、背景与唱和，更是明志与宣言。

其一

藉草为茵枕块眠，更长寂寂夜如年。
苏卿绛节惟思汉，信国丹心止告天。
九死如饴遑惜苦，三生有石只随缘。

---

[1] 王夫之：《永历实录》卷二，岳麓书社，1982，第24页。

残灯一室群魔绕,宁识孤臣梦坦然。

其二
已拚薄命付危疆,生死关头岂待商?
二祖江山人尽掷,四年精血我偏伤。
羞将颜面寻吾主,剩取忠魂落异乡。
不有江陵真铁汉,腐儒谁为剖心肠?

其三
正襟危坐待天光,两鬓依然劲似霜。
愿作须臾阶下鬼,何妨慷慨殿中狂。
凭加搒辱神无变,旋与衣冠语益壮。
莫笑老夫轻一死,汗青留取姓名香。

其四
年年索赋养边臣,曾见登陴有一人?
上爵满门皆紫绶,荒村无处不青磷。
仅存皮骨民堪畏,乐尔妻孥国已贫。
试问怡堂今在否?孤存留守自捐身!

其五
边臣死节亦寻常,恨死犹衔负国殇。
拥主竟成千古罪,留京翻失一隅疆。
骂名此日知难免,厉鬼他年讵敢忘?
幸有颠毛留旦夕,魂兮早赴祖宗旁。

其六
拘幽土室岂偷生?求死无门虑转清。
劝勉烦君多苦语,痴愚叹我太无情。
高歌每羡骑箕句,洒泪偏为滴雨声;
四大久拚同泡影,英魂到底护皇明。

其七
严疆数载尽臣心,坐看神州已陆沉。
天命岂同人事改?孙谋争及祖功深?
二陵风雨时来绕,历代衣冠何处寻?
衰病余生刀俎寄,还欣短鬓尚萧森。

其八

年逾六十复奚求，多难频经浑不愁。

劫运千年弹指去，纲常万古一身留。

欲坚道力凭魔力，何事俘囚学楚囚？

了却人间生死业，黄冠莫拟故乡游。[1]

他与张同敞两人在被囚期间孤灯对坐，赋诗唱和，以此来抒发他们保卫大明河山、捍卫尊严的浩然正气。即便身为囚徒，依然不改对大明的忠心，颇有谭嗣同《狱中题壁》的豪迈。这组《浩气吟》，主要抒发了诗人在生死关头的悲壮气节。

第一首，诗人以苏武、文天祥为榜样，历经磨难不变节，坦然面对即将到来的结局，叹出了不为利诱所动，不为生死易志的决心。第二首，回顾了西南抗清艰苦卓绝的岁月和不能复明的悲伤，赞叹抗清壮举的同时，不免有对大明王朝走向覆灭的检点与怨艾。第三首，写的是一心求死不为利动的意志和留取忠名在汗青的愿望，不以个人生死为念。第四首，悲叹大明王朝尽管豢养了那么多的军将，用尽了百姓的脂膏，耗尽了国家的财富，可是，危难当头，挺身而出的人又在哪里？一六四四年农历三月，农民军进入北京，没有遇到激烈的抵抗，却有列队欢迎的大量官员。一六四五年农历五月，清军进入南京，那些在朝廷上慷慨激昂的大臣或是逃跑，或是迎降，尽节的寥寥无几。百川桥有个乞丐实在看不过眼，写了一首诗："三百年来养士朝，如何文武尽皆逃？纲常留在卑田院，乞丐羞存命一条。"[2]写完，跳秦淮河而死。这则故事，可为这首诗注脚。第五首，是极为伤心的叹息。明朝已亡，流亡政权局促一隅，依然不忘钩心斗角、相互倾轧，不是以危难的国事为重。第六首，是诗人坚定意志的表白，即便局势混乱，复明无望，但诗人的内心十分清楚自己的选择。第七首，是对误国君臣罪恶行径的愤怒。瞿式耜在被囚禁的这段时间里回顾艰难的抗清历程，在临终之际，更不肯放过祸国殃民的行尸走肉们。这些骄兵悍将手中的武器不用在战场上击杀敌人，反而祸害朝廷。特别是拥兵自重的将

---

[1] 江苏师范学院历史系、苏州地方史研究室整理《瞿式耜集》，上海古籍出版社，1981，第232—234页。

[2] 吴伟业：《鹿樵纪闻》卷下，收入彭遵泗等《蜀碧（外二种）》，北京古籍出版社，2002，第397—398页。

领，只知道为自己牟取私利，以养兵为借口索要资财以满足私欲，到了真正要用兵抗敌时却虚与委蛇，不肯出力抗敌，甚至见敌就逃或干脆投降。而诗人自己，明知已为鱼肉，仍为能够保全头发（明朝的发型着装）见先帝祖宗而感到欣慰。第八首，是视死如归的浩然之气，与文天祥"从今别却江南日，化作啼鹃带血归"[1]之意志，完全一致。当然，瞿式耜的诗歌中，也有对亲人师长的回忆，对乡关的记忆。所以，也有魂归故乡的希冀。钱谦益对这组《浩气吟》叹息道："其人为宇宙之真元气，其诗则今古之大文章。"[2]瞿式耜所付出的努力，并不是为了留一个"忠君爱国"之名，而是为了自己的忠义与信念而付出生命，执着又包含着一种知其不可为而为之的无奈。

第三节　张溥及张采

张溥（1602—1641）字乾度，一字天如，号西铭，南直隶苏州府太仓州（今江苏太仓）人，明季杰出的文学家、学者、社会活动家，是明季朝野士林领袖，中国历史上最大的文人集团复社的创始人和领袖。张溥自幼勤奋，博闻强记，且不好游戏。入私塾读书，就受到老师张露生的另眼相看，故而相较于其他学童，张溥学到更多，也得到了父亲张翼之的赞赏。父亲去世之后，张溥母子在张家的日子很不好过。于是，搬家到城西，所以张溥被学生辈称为"西张"。从此潜心读书，将其所居命名为"七录斋"，源于张溥读书，每每抄录七遍，然后焚烧，终生不忘。年龄稍长的张采住在城南，称为"南张"。两人为终身好友，人称"娄东二张"。

天启四年（1624）年冬，张溥与张采、周锺、杨彝、顾梦麟、吴昌时、钱栴、杨廷枢、朱隗、周铨、王启荣十一人组成应社，一面经营学问，读书应举，一面积极开展社会活动。崇祯四年（1631）张溥进士及第，选翰林院庶吉士。仅仅一年，因为温周倾轧的缘故，张溥受到牵连，请假回乡，从此再未进入仕途，而致力于学术研究与文社活动。崇祯十四年五月，张溥病逝，年仅四十岁，"千里内外皆会哭，私谥曰仁学先生"[3]。

---

[1] 文天祥：《文天祥全集》卷十四，北京市中国书店，1985，第355页。
[2] 钱谦益：《牧斋有学集》，钱曾笺注，钱仲联标校，上海古籍出版社，1996，第743页。
[3] 吴伟业：《吴梅村全集》卷二十四，李学颖集评标校，上海古籍出版社，1990，第604页。

张溥是明季最为杰出的社会活动家,不仅是复社的创始人和主要领导,更是在东林士流遭受沉重打击之后成为士林的旗帜。他与社会名流、各级官员和诸生广泛交往,成为当时老中青上下层沟通的桥梁,在领导复社运动的过程中逐渐成为明季士林的精神坐标,并且是晚明文人精神家园修复的主要设计师。

张溥是明季杰出的学者,主张兴复古学,并注重研究儒家经典著作的原始含义与经世致用的价值,反对断章取义的讲说。张溥在经学、史学和文学史研究中都取得了卓越的成就,一生著作宏丰,编述三千余卷,涉及文、史、经各个学科,精通诗词,尤擅散文、时论。

张溥是明季杰出的文学家,在文学上强调文学中人情的地位,主张将生活情趣、学识才气与艺术技巧结合起来,并贯彻到自己的诗文创作中。百忙之中,他仍不忘诗文创作,留下了近六百首诗歌。从大量学术性散文、政论性散文和富含学术见解的文集文稿序言、寿序、题词和尺牍中,亦足见张溥的才华学识。张溥推崇前、后"七子"的理论,主张复古,反对"公安""竟陵"逃避现实,流连湖光山色、细闻琐事或追求所谓"幽深孤峭"的做派。但他在提倡兴复古学的同时,又以"务为有用"相号召,强调文学的实用价值,这与前、后"七子"单纯追求形式上的模拟古人有所区别。在创作上,张溥可谓超人,张采的评价恰如其分:"所为文,初似唐孙樵、樊宗师,中返于醇,仿韩、欧大家。既融洽经史,遂出西汉。诗率笔题咏,皆三唐风格。读书日高起,漏下四鼓息。起坐书舍,呼侍史缮录,口占手注,旁侍史六七辈不给。固切友声,书生故人子挟册问,无用剥啄,辄通坐,坐恒满。四方尺牍,又呫呫应。而公俯仰浩浩,所著述可一间屋,岂中材之子,能万一几及乎?"[1]一篇《五人墓碑记》,不唯写出了五位义士的风骨精神,还写出了晚明政治文化生态的危机。张溥赞颂苏州市民与阉党的斗争精神,强调了"匹夫之有重于社稷",为"缙绅"所不能及,是对市民阶层的重新审视与敬重。全文叙议相间,以对比手法反衬五人磊落胸襟,为传诵名篇。此文被收入《古文观止》,可见选者目光;进入中学语文教材,亦足见其多元价值。张溥散文,风格质朴,慷慨激昂,明快爽放,直抒胸臆。张溥的各类文体作品,皆有可观。如其题词,

---

[1] 张采:《知畏堂文存十二卷诗存四卷》,康熙刻本,收入《四库禁毁书丛刊》集部第81册,北京出版社,1997,第643—644页。

文笔简练,见解明晰。如《江令君集题词》:

> 后主狎客,江总持居首,国亡主辱,竟逃明刑,开府隋朝,眉寿无恙,《春秋》恶佞人,有厚福若是者哉?自叙官陈以来,流俗怨憎,群小咸福,摧黜鯀命,识者笑其言迹乖谬。及考之史书,后庭荒宴,罪薄"五鬼",自矜淡漠,岂犹任质之谈耶?《六宫谢章》《美人应令》,艳歌侧篇,传诵禁庭。余则山寺穹碑,法师龛石,标记禅悦,寂不闻有庙堂典议,关其笔札。所谓韦彪枢机,李固斗极,其宴居则何如也。《序》云:"未尝逢迎一物,干预一事。"又云:"暮齿官陈,与摄山布上人游款,深悟苦空,更复练戒。"文人高致,或足贬俗,其如社稷何?后主即不道,非有商辛之恶也;总持即不肖,不若飞廉、恶来也。文昌政本,与时低昂,朝晏夜游,太康无儆,即其恬淡,亡国有余矣。齐梁以来,华虚成风,士大夫轻君臣而工文墨,高谈法王,脱略名节,鸡足鹫头,适为朝秦暮楚者地耳!梁有江总,隋有裴矩,后唐有冯道,三人皆醮妇所羞也。[1]

江总(519—594)字总持,是南朝杰出的文学家,历仕梁、陈、隋,世称江令君。在梁官尚书殿中郎,深受梁武帝赏识。侯景之乱发生后,他流落岭南。陈文帝以中书侍郎征召还金陵,后主时官尚书令,却不务正业,与后主日嬉戏于后庭,写艳诗,编志怪,时号狎客。入隋,拜上开府,卒于江都。张溥并没有恭维江总的才华能力,而是将他与裴矩、冯道并列,称他们均是墙头草,只顾当官,不管谁是皇上。所以,张溥说,改嫁的妇女都会以他们为耻辱。

张溥文章,堪称翘楚;张溥诗歌,文学史家却少有关注。客观讲,张溥的诗歌,内容很是宽泛,涉及个人友情、怀古伤今、写景咏物、检点历史、游赏爱情,等等。从诗歌技法艺术上看,张溥亦是晚明大家。

送黄石斋先生
此别非常撼斗魁,萧然胜拜上清回。
生成骨性忧天步,历尽艰危耻鸩媒。
投版不因知己谢,遗簪犹念圣人裁。
舟行半道三千里,纸剩中朝九万枚。

---

[1] 张溥:《七录斋合集》,曾肖点校,齐鲁书社,2015,第485页。

> 哭世森寒存谏草，祝男愚鲁种官梅。
> 张褒长啸山难负，赵概修书字未灰。
> 玉佩参差愁去住，石秤安稳待归来。
> 忠诚岂愿东溪号，淡约甘辞长命杯。
> 髭发倍前知学到，药方多录见花开。
> 放臣只诵承嘉惠，寥落何年会市槐。[1]

黄道周（1585—1646）字幼平，号石斋，漳浦铜山（今福建东山县铜陵镇）人，天启二年（1622）进士，授庶吉士，散观，授编修，为经筵展书官。未几，内艰归。崇祯二年（1629）起故官，进右中允。黄道周三次上疏论救故相钱龙锡，虽被降职外调，龙锡却得以保全性命。五年正月方候补，又因病求去。临行之时，黄道周上疏，大谈兴亡与用人的关系，推荐数人堪当大事，认为眼下主政的周延儒、温体仁等人，实在不是担当大任的理想人选。于是，黄道周同时得罪了几个当权的实力派人物，也得罪了皇上。皇帝和肱股之臣皆怒，后果可以想见，黄道周得到削籍而归的处分。

张溥为黄道周送别之际，以诗饯行。张溥首先赞美了黄道周的人品，为官清正，两袖清风。但是，忧国忧民的精神并没有改变。"张褒长啸山难负，赵概修书字未灰"，是对黄道周的宽慰，同时也是勉励。张褒是南朝齐、梁之际的人物，在朝廷上遭到御史的弹劾，罪名是不肯担任学士之职。张褒潇洒地说了一句：碧山不会对不起我。于是，焚烧了佩戴的银鱼带，飘然而去，归迹山林，是为"学士焚鱼"。这是一个非常冷僻的典故，张溥读书极细也极深，才能使用这样的故事。也只有黄道周这样有学问的人才能够明白张溥的用意。赵概修书，是北宋的故事。赵概是仁宗年间的参知政事，因为苏舜钦等用监奏院的废纸换酒聚饮，遭到除名为民的处分。苏舜钦后到苏州，购地修园亭，留下了今苏州最古老的园林沧浪亭。苏舜钦被逐之时，赵概就说参加聚会饮酒的都是馆阁名士。后赵概致仕，搜集古今谏诤故事，编辑成《谏林》一书，以昭示后人。张溥用这样两个故事，是希望黄道周不要消沉，即便啸傲山林，也不会淹没于历史的长河之中，有《谏林》这样的书会记载，有赵概这样的人会关注。何况山林也

---

[1] 张溥：《七录斋合集》，曾肖点校，齐鲁书社，2015，第13页。

是理想的去处，而归来也许不用很长时间。

对时局的忧虑，对气节操守的遵循，张溥往往通过送别题赠的诗篇表达出来。送人怀人的吟唱，反映了这位复社领袖重视横向联系和朋友情谊，而酬唱题赠中对于气节操守的辨析和正邪的议论，在张溥诗歌中也是重要的内容。《送黄石斋先生》中，既有对清议的崇尚，对正人君子的赞美，更有对贤人遭厄的忧虑："生成骨性忧天步，历尽艰危耻鸩媒。"诗歌中对黄道周的人品清望予以高度评价，更赞赏了他不顾个人得失成败，敢于建言的精神。可惜的是，现在只能寄希望于他的儿子，将来能够在官场顺利升迁了。苏轼有《洗儿戏作》云："人皆养子望聪明，我被聪明误一生。惟愿孩儿愚且鲁，无灾无难到公卿。"[1]一种幽怨与不平之气，奔腾于胸中。苏轼希望孩子愚且鲁，然后无灾无难到公卿。也就是说，在苏轼看来，无灾无难到公卿的那些人，全是愚且鲁。张溥对于正直有学问，精明能干又忠诚的黄道周的遭遇甚是不平，期待黄道周的儿子愚鲁而能整理盐梅、调和鼎鼐。

与政治中心重要人物聚会的咏叹，寄托了张溥对清明政治的向往；与朋友无拘束欢聚的吟唱，是张溥人生快意的难得宣泄；与社众的各种聚合，是张溥对社事经营的一种模式，也是沟通的手段。在张溥的诗集里，涉及欢聚的诗篇甚多，从艺术上讲，既有深沉的经营，也有率意的歌咏。如《金阊同孟朴九一孟宏君伟夜饮即席限韵》：

> 清雨连舟赖酒襄，轻鸥横水折荷房。
> 云多楚国留春袖，声唤红牙认玉郎。
> 别夜半惊皆落叶，新凉闲坐即潇湘。
> 故人消夏资烟阁，预判群山一树香。[2]

不论其为何人，既然张溥能够与他一起游玩、饮酒、赋诗，就是友人同道，因为张溥的交往，也是有选择的。这首诗涉及的金阊，是苏州古城区西面的城门：金门和阊门。由于内接城中商业中心，外连水陆交通要道，从古到今均是繁华热闹的场所。尤其是水陆交通汇合，上岸登船方便，不少学子由此进入运河，南下求学，北上科考。也有不少朋友，在此

---

[1] 王文诰辑注《苏轼诗集》卷四十七，孔凡礼点校，中华书局，1982，第2535页。
[2] 张溥：《七录斋合集》，曾肖点校，齐鲁书社，2015，第47页。

下船登陆，进入城区。从太仓到苏州古城区，当时的基本交通工具就是船只，张溥往来郡邑之间，或前往吴江、嘉兴、杭州，就是依靠船只，穿梭于运河、护城河、娄江之间，金阊是需要经常光顾的地方。

崇祯五年（1632）正月，徐汧因受到崇祯的申斥请假。回到苏州，应在二月以后。同年冬天张溥告假回家，何时回到太仓没有准确记录。但崇祯六年（1633）春为虎丘大会，这没有错，而张溥葬父，按照江南一带习俗，应该是清明前夕。所以，虎丘大会必在清明后，也符合常情。而后，张溥才有可能在苏州继续逗留。徐汧请假在家，也不可能很长时间，因为还朝以后，徐汧升迁两次，至少六年时间，并担任了两年以上的右庶子，方于崇祯十四年奉使益王府。徐汧出使后便道还家，张溥已经去世。所以，这次欢聚的时间，应是崇祯六年的夏天。

苏州的夏天，在经历了梅雨季节之后，一般比较湿热。从首联的描写来看，已经是夏末秋初，天气依然炎热，但已经开始下雨，有一丝风凉。细雨绵绵，微波荡漾，游船之上，朋友举觞。在苏州金门、阊门之间的船上，张溥与几个朋友欢聚。放眼看去，好景难以描绘。张溥抓住了三个意象：鸥、水、荷。鸥鸟体态轻盈，飞舞于水面之上。而坐在船上看水，与岸上的视觉效果不同，有一种人与水面相平的感觉，故称横水。如今，早已不见当年荷花盛开、莲叶田田的壮观场景，因为水体污染和堤岸硬化处理，水边不见了当时的水草、泥巴和荷花荷叶，只有水泥驳岸和鳞次栉比的高楼大厦。城墙几乎不见，除了两个城门依旧原样，仅有一段新修的仿古城墙，没有了旧时的模样。而"折荷房"，正是苏州地区八月中旬（农历七月中旬）的重要活动，农家将莲蓬头摘下，街头巷尾叫卖，很有趣味。

颔联"云多楚国留春袖，声唤红牙认玉郎"，写的是船上的表演。文人学士相聚，仅有酒是不够的，还需要歌舞。请到船上来演出，当然价格不菲，一般人家是不可能做到的。但在职官员徐汧，在馆庶吉士张溥，经济状况不错的许元溥等人，完全可以消受得起。表演水平如何？张溥说了，南方的美女俊郎，演唱得情意荡漾。戏服精美轻盈，上面的花纹云雾缭绕。双袖舞动，春情浓浓，不论真假，至少表演是认真投入的。红牙板轻轻敲打的节奏与艺人呼唤玉郎的娇声相映衬，情节缠绵，身段婀娜，眼顾手指，娇声款款，谁家玉郎能不发狂。

张溥将美酒、美意、美景、美色、美声渲染到了极点，似乎诗人已经陶醉其间。在没有任何过渡的情况下，颈联突然出现的是一幅寂静清凉而带有伤感的画面：醉人的歌舞已经散去，热闹的酒宴已经安静，半夜时分天气渐凉，想到岸上、周边的绿树恐怕已经枯黄落叶。虽然与实地景象有一定的关系，但不完全是事实，是张溥的想象，却是一种悲凉心态的体现。因为极度喧嚣之后的寂静很能刺激文人敏感的神经。何况城外点点渔火已经熄灭，城内已是一片寂静，船上也已经醉的醉，睡的睡，剩下张溥，清醒的头脑，孤独的身影，摇晃的船只，渐凉的天气，感觉不是在繁华的苏州，而是在遥远的潇湘，一种漂泊感、孤独感油然而生。

其实，这次宴集的主人，又何尝不是满心的孤独呢！张溥从太仓来，孙淳从吴江来，是客，徐汧和许元溥是苏州人，是主。但尾联的意思殊难理解，且格律也不够严谨。或因为方言的关系，也不排除张溥率性组合语词而成的可能。大致意思是老朋友夏天喜欢依赖宽阔的水面，有着与众不同的性格。

诗人的吟哦，若没有对历史的检点与对先贤的凭吊，是不可想象的。张溥也不例外。面对悲情英雄，张溥百感交集。

吊岳武穆祠

万古悲凉君未终，至今野老哭江东。
寻常将相谁为死，草率华夷不再雄。
铁铸狐狸羞石马，坟如明月向西风。
将携热酒浇磷白，松柏声来欲射熊。[1]

岳飞墓边秦桧、王氏、张俊、万俟卨的铁铸跪像，似乎说明了他们就是冤案的制造者。然而，不少凭吊岳飞的有识之士，对此别有思考。再看张溥对于谦的追思，可以感受到张溥灵魂深处的忧虑与委屈。

吊于忠肃公祠

栝柏风严对月明，至今两袖识书生。
青山魂魄分夷夏，白日须眉见太平。
一死钱塘潮尚怒，孤坟鄂渚水同清。
莫言软美人如土，夜夜天河望帝京。[2]

---

[1] 张溥：《七录斋合集》，曾肖点校，齐鲁书社，2015，第30页。
[2] 张溥：《七录斋合集》，曾肖点校，齐鲁书社，2015，第30页。

岳飞、于谦，都是抗击北方的外族入侵的英雄，战功卓著，又都被自己效忠的皇帝冤杀。而当年岳飞、于谦遇到的社稷危机及为挽救危亡付出极大努力之后所受到的处置，如今是惊人的相似。金人南下，而有了"靖康之变"；也先入侵造成了"土木堡之变"。不过，这些已经成为历史。眼前的建州发难，东北战局不利而忠臣良将处境令人担忧。张溥面对忠魂，希望历史的悲剧不要重演，大明王朝不要发生岳飞的悲剧，也不要再现于谦的悲剧。不幸的是，在张溥出任庶吉士之前，历史悲剧的再一次上演，已经开始。

张溥凭吊先烈，感慨难以言表。简单来说，于谦和岳飞有同样的忠心，有同样的本领，也有同样的功劳，最后是同样的悲剧，给历史留下的是同样的反思。但张溥在追忆先烈忠义的同时，关注的是华夷关系，警告的是奸佞小人，诅咒秦桧、王氏被钉在历史的耻辱柱上休想逃脱。张溥等于告诉统治者，冤杀忠臣，天地同怒，天变示警不在意，倒行逆施必变天。

发怀古之幽思，叙同道之情谊，赏湖山之美景，赞君子之刚毅，固然是张溥诗歌的主要方面。然意绪飘忽的小心情、细心思，张溥亦有吟叹。《惜行》《惜舟》各三首，是张溥的诗集里仅有的艳歌作品，有《诗经》中爱情赞歌的大胆直白，有汉乐府中追求爱情的缠绵滋味，也有南朝民歌艳情作品的回环吞吐之致。

张采（1596—1648）字受先，号南郭，太仓（今属江苏）人，崇祯元年（1628）进士。天启四年（1624）与同里张溥同创应社，出仕后在江西临川也创立了文社合社，声名大起。张溥组织复社时，张采在临川，不预其事。但张采在江西临川知县任上三年，患病后即辞官归，参与了复社的领导工作，与张溥名声相联，故攻复社者称溥、采同创复社。1644年明朝灭亡，南明建立，张采被召到南京，任礼部员外郎，旋乞假去。南都失守，冤家乘机群击之，几死，复用大锥乱刺之，已而苏，避之邻邑，又三年卒。张采在易代之际遭遇奇祸，关键人物是太仓知州宋乔秀。"是时州守宋公（名乔秀，闽人，癸未进士）犹在治所，素与张公不协。因公屡发其恶，心不平，无以报，于此不无颐指之意。故一时行凶皆衙恶，而州守无一言"。等百姓明白真相，"闻者皆欲食其肉，而后竟遁归，可恨哉"。[1]张采性严毅，喜甄别可否。知临川，摧强扶弱，声誉大起。移疾归，人民泣送载道。但"立身太峻，任事太切，皎皎易污，白璧易瑕，故末后受此惨祸"[2]。采有《太仓州志》《知畏堂集》。《知畏堂集》中有《知畏堂文存》十一卷，《知畏堂诗存》四卷，保留各体文一百四十二篇，诗歌三百二十七首，远非张采的全部作品，更没有涵盖张采的学术著作。诗文的结集付梓，有赖于张采的两个儿子和两个外甥：张于临、张于娄、金起麟、方瑛。

俗话说，文如其人。用在张溥身上比较恰当，而在张采身上则不符。张采是"特严毅，喜甄别可否，人有过，尝面叱之。知临川，摧强扶弱，声大起。移疾归，士民泣送载道"[3]。但张采的文章风格，则是娓娓道来，从容不迫，具有语气和缓而连绵不断的特点，明显受到欧阳修文风的影响。艾南英与陈子龙争论激烈，又对张溥的选文予以攻击，激怒了张溥、吴昌时等人，纷纷写信给张采，要他在临川以父母官的身份，约束一下艾南英。张采修书一封，劝导艾南英，希望他不要与张溥、周锺、宋玫等争执："江左江右并为人文渊薮，在豫章向操海内衡文之柄，近日介生、天如先后执牛耳，然皆声气相倚，未有不奉豫章者也。宜共遵尊经笃古之约，力追大雅，以挽颓靡，幸勿自开异同，为世口实！"[4]语气委婉，遣词卑恭，文气从容，大局为重，情理兼到，颇类阴柔。张采的诗歌，与张溥也异趣，尽管数量不多，却有明显的风格特征。如《积雨》：

> 作吏未谋家，归来贫似昔。所居故数楹，冷风吹四壁。
> 妻孥不耐穷，积雨相叹息。晨昏糜作餐，中午得饭食。
> 日逐体既克，如何欲未极。试看南北邻，我家且丰泽。
> 他富与他贵，取盈非所适。[5]

---

[1] 王家祯：《研堂见闻杂录》，收入文秉等《烈皇小识（外一种）》，北京古籍出版社，2002，第300—301页。

[2] 王家祯：《研堂见闻杂录》，收入文秉等《烈皇小识（外一种）》，北京古籍出版社，2002，第301页。

[3] 张廷玉等：《明史》卷二百八十八，中华书局，1974，第7406页。

[4] 陆世仪：《复社纪略》卷一，收入吴应箕等《东林本末（外七种）》，北京古籍出版社，2002，第209页。

[5] 张采：《知畏堂文存十二卷诗存四卷》，收入《四库禁毁书丛刊》集部第81册，北京出版社，1997，第706页。

这是一首古体诗。寒风冷雨，妻孥愁叹，而张采对自己的生活已十分满足。因为早上晚上能够吃上碎米稀饭，中午可以享受干饭，基本满足了生存的需要，还有什么可追求的呢？ 与邻里相比，这样的生活算是富足的了。我们在这样的作品中，似乎可以看到陶渊明的影子。而《村居》一首，更像《归园田居》：

> 所居固无山，绕溪作山径。鸣鸟自成音，水流适鱼性。
> 细草匀阶除，深虚得大慎。开卷拓见闻，闭目复呼应。
> 试问山中人，山静仁者静。[1]

作者没有着意渲染自己的高雅，而高雅自在。太仓没有崇山峻岭，仅有几乎不能用海拔标高的土墩。但张采居住城南，流水、小径、台阶、细草、鸣鸟、游鱼，构成了天然的世外桃源，也点染了张采澄明如水的心灵。

在《知畏堂诗存》中，有十五首四言诗，很有特色。四言诗，爱好者不多，曹操之后，佳作甚少，大家难觅。《猛虎五章》其五：

> 曷惟妇哭，泪也滂沱。他山之下，孔子未过。[2]

只是十六个字，隐含今不如昔的唏嘘。苛政猛于虎，尚有孔子的问讯关注。而今，没有孔子，唯有哭妇。孔子政治思想的核心是仁政，历代统治者所标榜的就是文治。以儒家思想教育培养国民特别是知识分子，已成为贯彻仁政的主体。可仁政不见施行，哭妇遍地皆是，上自君王，下至各级官吏，敢问仁在何处？

张采的诗歌，虽没有重大主题，却有末世的感叹和衰世的情怀，淡泊中寄寓幽怨，自具风格。

"娄东二张"的文学成就，史家所论无多。以上介绍只是拙著《复社研究》《张溥评传》中相关内容的摘录改写，并不能展示"二张"文学成就的全貌。特别是张溥的文章，需要从文学、史学、经学等角度多维审视。呈现全貌，尚有赖于大方之家。

---

[1] 张采：《知畏堂文存十二卷诗存四卷》，收入《四库禁毁书丛刊》集部第81册，北京出版社，1997，第706页。
[2] 张采：《知畏堂文存十二卷诗存四卷》，收入《四库禁毁书丛刊》集部第81册，北京出版社，1997，第704页。

第四节　陈子龙及松郡名家

明末文社遍及大江南北,盛况空前。大者数十百人甚至成千上万人,小者数人,以读书、治学、应举为基本目标。也有同道朋友,相聚论学的临时性集结,在文化史上留下一抹亮色。云间几社之成立,即是志趣爱好趋同的一种文人结社。几社命名的由来,按照杜登春的说法:"几者,绝学有再兴之几,而得知几其神之义也。"[1]几社的成员,有杜麟徵、夏允彝、周立勋、徐孚远、彭宾、陈子龙。实际上还有李雯,可能由于李雯于鼎革后出仕新朝,杜登春有意忽略。而后来参与几社活动的还有宋徵璧兄弟等,已经不限于"六子"或"七子"。几社中聚集的都是读书治学、编书传道的文人,是文学创作的重要群体。几社中人在诗、词、文、曲诸方面的成就,实是明季及清初不能无视的存在。尤其是陈子龙,不仅有"明诗殿军"之誉,还是清词兴盛的先驱。

一、晚明豪杰陈子龙

陈子龙(1608—1647)字卧子,一字懋中,又字人中,号轶符,后自易姓李,号大樽,别号颖川明逸、于陵孟公。一度以出家为掩护,法名信衷。松江府华亭县莘村人,一般称为松江华亭(今上海市松江区)人。陈子龙自幼聪明,勤奋好学,勤治经史,力攻章句。天启三年(1623),十六岁举童子试,名列第二。天启五年到崇祯二年(1629),他先后与夏允彝、徐孚远、周立勋、宋徵璧、李雯及苏州、嘉兴等地的文人学士结为好友,切磋学术,议论时务,形成了富家子弟的文学沙龙,聚会同时兼顾制艺。崇祯二年秋冬之际,陈子龙与夏允彝、徐孚远、周立勋、杜麟徵、彭宾等成立几社。从时间上看,几社的成立时间与复社几乎相同,但定名晚于复社。陈子龙于崇祯三年中举,同年冬天与夏允彝一起赴京师,准备参加来年的会试。礼闱失利回乡,陈子龙与夏允彝等继续钻研经史学问,并积极参加几社的聚会和论争。崇祯十年,第三次参加会试,陈子龙与夏允彝一起取得进士资格。陈子龙任绍兴推官,步入仕途,后转任兵科给事中。可尚未赴任,京师为李自成攻破,明朝灭亡。于是,陈子龙参与南明福王政

---

[1] 杜登春:《社事始末》,收入张潮等编《昭代丛书》,上海古籍出版社,1990,缩页影印本,第969页。

权，积极筹划练兵、布防、招募和朝廷的纲纪建设。殊不知福王和他的爱卿马士英、阮大铖等并不急于此等事，而是忙于建造宫室、搜刮金钱、搜罗美女和结党营私、排斥异己。对于这样的朝政，陈子龙极为寒心，离职回乡。次年，福王的弘光政权被清军消灭，陈子龙在家乡，无可奈何。由于祖母年过九旬，无人奉养，陈子龙暂时蛰伏乡里。为躲避清军追踪，陈子龙一度为僧，寄迹僧舍，法名信衷。

祖母去世之后，陈子龙离开家乡，为抗清的武装斗争积极奔走，接受了鲁王政权的委任，联络太湖周边的抗清人士和武装力量，出钱出谋，在当地声势浩大的抗清武装斗争中发挥了重要作用。但在参与策反松江提督吴胜兆的秘密活动中被清兵发现并捕获，押往苏州途中，趁守卫不备跃入跨塘河，以身殉国。

二、文章巨擘陈子龙

陈子龙首先是诗人，被誉为"明诗殿军"。而他的文章，受到的关注不多。陈子龙文章涉及骈赋、游记、序跋、尺牍、碑铭、策问、论说等体，大量作品成于易代之前。从文章关心的内容看，展示了从意气用事的一介书生到官场能吏的成熟历程。策、论之类的文章，不免有书生之见。但如《莱阳吏部宋公殉节纪事》《吉水邹忠介公奏议序》一类文字，是从感性、理性结合的思索中迸发出来的文字，老辣中隐含激情。从文体看，陈子龙是明季修养全面的高手，《感逝赋》《湘娥赋》所表现的驾驭语言能力、音韵格律手腕及谋篇布局技巧，堪与欧阳修、苏轼比肩，是明季四六体高手。而《诗经类考序》《战国策本论序》《兵家言序》《左氏兵法测要序》等文章，则显示了陈子龙全方位的学术修养。尤其是《安雅堂稿》卷九和卷十的几篇实用性极强的议论，为仕数十载之老吏亦难以企及。《别邪正》《振主权》《去欺蔽》《尚有功》《澄吏道》《储将才》《议财用》《平内盗》等，所针对的是当时社会的热点问题，提出的是切实可行的方略。

其《〈张天如先生文集〉序》一文，抓住问题的实质，委婉判断评价，可见陈子龙文风之一斑：

> 亡友张天如先生，有敦敏之姿，宏远之量，英骏之才，该博之学。弱冠而名满天下，士趋之若流水。登朝之后，贤士大夫依为君宗。其文原本经术，而工于修词。班、马、贾、郑，鲜有兼长，而并擅其美，诚继绪之儒、名世之士也。然而见嫉群枉，阻于谗慝，不得进用，年四十而没，海内咸为流

涕。既没之后，尚有拘蜚语指为党人者，赖天子明圣，事得昭白。[1]

这样一位学者，修养、能力、才干、学识、气量、人望，用之朝廷，天下之福。然而，在野在朝都具有重要意义的人物，居然见嫉群枉，阻于谗慝，不得进用，这天子无论怎样颂扬，也不能算是圣明。并且，张溥的艰危处境，居然持续了八年之久，使这位能够为社稷造福的人才年四十而殁，他一心想报答的天子，真的只能说是愚昧了。所以，陈子龙不用"圣明"，而用"明圣"，读者自然明白就是"圣明"倒过来的意思。

对于明季存在的根本性问题，陈子龙明确说，就是内阁无力无能的问题。因此，陈子龙的《清政本》中，对内阁尤其对首辅，极为失望，并进而对晚明的政体提出批评：

今夫天子之令，行于四海，可以生人杀人、爵人废人者，岂皆天子谆谆然面命之其人哉？不过奉其诏令告谕之辞耳。彼诏令告谕之辞，即天子之所以为天子也。而今有人焉，可以代而拟之；则其权不得不重，而人之责也不得不深。故谓今之内阁，其名与体非古之宰相，是也；而谓权有重轻，则非也。古之帝王亦尝深思远虑，惩前毖后，以防臣子之奸宄也。异其名而不能更其实，殊其体而不能殊其权。盖势之所趋，在于其实，而不在乎区区名与体之间也。秦、汉之相国，晋以下之录尚书，唐之同中书，宋之平章参知，其名虽殊，其实则皆执政也。明兴，高皇帝惩于奸逆，诏罢丞相，政归六曹，时召儒臣备顾问；至于长陵侍从之臣入直殿阁，参与机密。自此以还，位则师傅，权则批答，势日重矣。夫草野一介之人，一旦得见天子，则人必畏之。况乎权之所寄，势即归焉，是又安可强哉？光武不任三公，政归台阁，权势趋之，在彼犹在此也。此与本朝之事何以异耶？

夫天下之事，必非人主可以一人决之者，故虽圣人不可以无辅弼。今臣之言，非恶内阁之权重也；恶其身居执政之地，而不肯任天下之事，以为非其职业也。有恶其阴窃人主之柄以行其私，而又以为非我所得为；过则归君，善则归己也。夫位至孤卿，阶至特进，则师臣之望也；体崇九列，礼绝百僚，则上公之尊也；入与机务，出宣王言，则经邦之寄也。此与古之宰相何异？特不开府置僚属，及不能以己意处置百官耳。然翰林之臣，

---

[1] 陈子龙：《安雅堂稿》卷二，明末刻本。

隐然僚属也。奉王命以进退朝士，其势未尝不便也。嗟乎，为人臣而势位至于如此，则凡诸司之得失，海内之治乱，用人理财之方，行兵御敌之略，何一非其职业耶？今乃曰："我无职业也，惟票拟耳！"百宫（官）者，分朝廷之庶务，则曰："我未尝见一客也。"吏部、兵部者，文武进退之地，则曰："我未尝通一刺也。"督抚者，一方安危之所系，则曰："我未尝与边臣关一言也。"使其言固信，则是数者彼皆一无所知也。然是数者又必取于天子之言以为进止，而天子之言未免寄于内阁；则天下事甚重，奈何使一无所知者主之？万一差跌，谁执其咎乎？……[1]

内阁权力之重，事务之繁，陈子龙有清楚的认识，故他对于内阁的辅臣，也有相应的要求。可是，在陈子龙看来，当今在内阁特别是担任首辅的人，基本上是尸位素餐之辈，是对君王、社稷、民生漠不关心之人。如此用人，岂不误事！表面看，陈子龙在批评内阁，潜台词则是在指责君王的昏聩。文章从措辞到语气，俨然就是一篇《朋党论》。

陈子龙的游记文章，仅有数篇，如《台宁行记》《游仙都山记》《游大涤记》等，章法结构和描写技巧，有徐弘祖风采。《台宁行记》中表现山路危险的文字古朴苍劲，令人想见奇险难行的山路有多揪人心魄。

三、明诗殿军陈子龙

陈子龙的诗歌创作，倾向于复古。他的诗歌与他的散文一样，既得益于唐宋诸家的滋养，亦吸取汉魏之风骨，于诗中隐隐可见汉末建安风貌，被赞为"明诗殿军"。陈子龙诗歌的引领价值不仅仅是创作成就上的，还有风格手法取向上的。陈子龙早年的诗歌，难免受"七子"影响，但模拟的水平和深度，远远超过了"七子"。如《岁晏仿子美同谷七歌》，借用杜甫描写经历"安史之乱"后流离失所的艰难处境的手法，把时代的悲哀全部写入，是忧国忧己的哀叹。所以，对陈子龙诗歌的理解，需要从以下几方面着手。

其一，陈子龙的诗歌广泛关注了明末的诸多社会问题。对于明王朝而言，腹地烽火连天，边关虎狼环视，亡国的征兆已十分明显。作为朝廷一员，不论在地方任职，抑或进入京师，对于大明王朝所面临的问题，陈子龙的内心都十分清楚。面对农民起义，陈子龙作为统治阶层的一员，当然

---

[1] 陈子龙：《安雅堂稿》卷九，明末刻本。

也只会以"贼"视之。但对于何为贼,陈子龙则有自己的判断。东阳许都之变,原本不该发生。他深知是好友何刚劝许都召集亲友,招募豪杰,训练成一旅之师,并非为了反叛,只是以备不时之需。但由于县令姚孙棐、巡安左光先等人的敲诈勒索,终于激变。即便如此,陈子龙仍不主张剿灭,而是单骑往召,使许都等人解散武装力量,向官府投降。然而,官府所做的,是将五十余位已经主动投诚并准备为朝廷效力的豪杰全部杀光,令陈子龙感觉既愧对朋友,又心寒胆战。所以,他的《小车行》《卖儿行》揭示了农民难以为继的生计及其原因,对"贼"寄予了一定的同情。而明王朝的心腹大患,则是建州之叛,不仅失去了东北的大片领土,更有亡国的危险。艰难的时局触动了陈子龙,他忧患辽事,关注存亡,写下了《辽事杂诗八首》,对明军部署之混乱、作战能力之低下、军事保障之不足、前线将领之无能深表忧虑。

其二,陈子龙与许多意气书生一样,有闻鸡起舞的冲动,更有建功立业的愿望,对壮士失意、英雄扼腕、厩马空老颇为无奈。《岁暮作》意气奋发、情感浓厚,流露出志士的无奈:

> 黄云蔽晏岁,壮士多愁颜。终年无奇策,落拓井臼间。
> 已迟青帝驾,而悲白日闲。胡我常汲汲?天路难追攀。
> 蕙兰不见采,将无忧草菅。茫然一俯仰,徒见云雨还。
> 美人在层霄,春风鸣佩环。望之不盈咫,就之阻重关。
> 西驰太行险,东上梁父艰。握中瑶华草,三顾泪潺湲![1]

落拓无为,关山难越。身在京城,难见君颜。才华卓著,不得施展。诗歌中的咏叹,既有左氏读史之叹,更有屈原的理想与幽怨。

其三,经历了战火洗礼和亡国巨变的陈子龙,以诗歌表现了亡国哀痛与忠贞气节。山河满目,烽火连天,百姓苦难,国家灭亡,南下清兵的残暴,逃亡明官的无耻,野蛮政治的伤害,交织在陈子龙明亡清兴之际的诗歌创作之中。如《秋日杂感客吴中作十首》之一:

> 满目山川极望哀,周原禾黍重徘徊。
> 丹枫锦树三秋丽,白雁黄云万里来。

---

[1] 陈子龙:《陈子龙诗集》,施蛰存、马祖熙标校,上海古籍出版社,1983,第153页。

> 夜雨荆榛连茂苑,夕阳麋鹿下胥台。
> 振衣独上要离墓,痛哭新亭一举杯。[1]

彼黍离离、周原黄云、茂陵秋风、新亭对泣,历史的沧桑与现实的惨变碰撞眼前,使陈子龙百感交集,五内俱焚。

其四,作为富家公子,能文武精艺术之士,陈子龙也写有大量纪行、游赏、应酬之诗。他与徐孚远、周立勋、夏允彝之间的诗歌酬唱,或讨论艺术,或相互勉励,或咏叹山水,或缅怀先贤。尤其是金陵乡试期间,六朝繁华、往日烟云在登览中尽收眼底,即景抒怀,由近及远,由今及古,将历史的沉沦与现实的浮华结合起来,再现了"烟笼寒水月笼沙,夜泊秦淮近酒家。商女不知亡国恨,隔江犹唱后庭花"[2]的社会图卷。然而,不同的是,陈子龙笔下的浮华,与忧患不断的时局紧密相连,遥想六朝的脂粉,连及东北的刀光剑影,体现了入世文士的忧患意识,故"高华雄浑,睥睨一世"[3]。

四、词坛宗师陈子龙

两宋而后,词坛几乎没有杰出的大家。明代词坛最重要的词人,当数杨慎。但到明末,陈子龙的创作不仅为明词画上了圆满的句号,更为清词的再兴奠定了基础。龙榆生曰"词学衰于明代,至子龙出,宗风大振,遂开三百年来词学中兴之盛"[4]。

陈子龙的词作可以分为两个阶段,在时间上完全不对称,分界点在崇祯十七年(1644)四月。在弘光政权任职的五十天,决定了他词风的走向。前期,主要推尊五代北宋,风光旖旎、情谊浓浓,不乏卿卿我我的姿态,受婉约风影响较大。其咏叹恋情、风景,走五代北宋的道路,与明代中叶以后对词的体制认识和词风演变有关。所以,陈子龙的《幽兰草·序》中说:"明兴以来,才人辈出,文宗两汉,诗俪开元,独斯小道,有惭宋辙。其最著者,为青田、新都、娄江。然诚意音体俱合,实无惊魂动魄之处;用修以学问为巧便,如明眸玉屑,纤眉积黛,只为累耳;元美取境,似酌苏、柳间,然如凤凰桥下语,未免时堕吴歌。此非才之不逮也。

---

[1] 陈子龙:《陈子龙诗集》,施蛰存、马祖熙标校,上海古籍出版社,1983,第525—526页。
[2] 杜牧:《樊川文集》卷四,上海古籍出版社,1978,第70页。
[3] 吴伟业:《吴梅村全集》卷五十八,李学颖集评标校,上海古籍出版社,1990,第1135页。
[4] 龙榆生编《近三百年名家词选》,上海古籍出版社,1979,第4页。

巨手鸿笔,既不经意,荒才荡色,时窃滥觞。且南北九宫既盛,而绮袖红牙不复按度。其用既少,作者自希,宜其鲜工也。"[1]对明词发展有简要的介绍,而对明词不盛的原因,陈子龙认为是明词缺乏大家的参与,名流不经意于此。词的用途有所改变,作家流失,佳篇当然难得见到。

陈子龙对五代北宋的词很崇尚,认为倚声脂粉、香艳绮丽,乃词家正宗。五代北宋名家"境繇情生,词随意启,天机偶发,元音自成"[2]。陈子龙敬重五代北宋词,不仅因为明词的衰弱,还有欣赏五代北宋词人艺术旨趣与审美取向的缘故。相较于以前,明代的长短句创作并没有受到更多文人的重视,这才是明词衰弱最主要的原因,叙事文学的兴盛与表演艺术的繁荣,也是文人对词不够重视的重要因素。故而,云间出了个陈子龙,将自己的艳香情趣与人生思索结合,写成了他的《幽兰草》和《湘真阁存稿》中的词。这些作品,经其门人王沄搜集编定为《焚余草》。

以陈子龙为核心,又有宋徵璧、宋徵舆、李雯及陈子龙门人参与,在松江形成了一个词的创作集团。他们家境、人生经历和兴趣爱好相似,于词也有相同的观点,故形成气候,并取得相当的创作成就,论者评为"云间词派",是一个由明入清的词派。当然,陈子龙没有入清,但经过他指点的词人和受他影响的词人都是清初词坛的重要作家,引导了清词的最初走向。在松江的年轻词人中,计南阳等较为杰出,陈子龙《三子诗余序》评曰:"婉弱倩艳,俊辞络绎,缠绵猗娜,逸态横生,真宋人之流亚也。"[3]此中也可见陈子龙的词学追求,即北宋婉约风范。如《山花子·春恨》:

杨柳凄迷晓雾中,杏花零落五更钟。寂寂景阳宫外月,照残红。蝶化彩衣金缕尽,虫衔画粉玉楼空。惟有无情双燕子,舞东风。[4]

隐约之间,有一种与李煜《菩萨蛮》《长相思》《捣练子令》相似的感觉。再如《青玉案·暮春》:

青楼恼乱杨柳花,能几日,东风里。回首三春浑欲悔,落红如梦,芳郊似海,只有情无底。 年华一掷随流水,留不住,人千里。此际断肠

---

[1] 陈子龙:《陈子龙全集》,王英志编纂校点,人民文学出版社,2011,第1108页。
[2] 陈子龙:《陈子龙全集》,王英志编纂校点,人民文学出版社,2011,第1108页。
[3] 陈子龙:《陈子龙全集》,王英志编纂校点,人民文学出版社,2011,第1081页。
[4] 陈子龙:《陈子龙诗集》,施蛰存、马祖熙标校,上海古籍出版社,1983,第602页。

谁可比。离筵催散，小窗惜别，泪眼栏杆倚。[1]

毋庸别举，只此已足。陈子龙词的五代情调、北宋气骨，于吞吐之间，表露无遗。国变之后，陈子龙虽没有从理论上及时修正自己的词学观，但在创作上已经迅速调整，词作中寄寓了亡国的悲哀与动荡时局下的忧虑，气象境界由绮丽缅邈转而沉雄悲壮。如《点绛唇·春日风雨有感》：

满眼韶华，东风惯是吹红去。几番烟雾，只有花难护。　梦里相思，故国王孙路。春无主！杜鹃啼处，泪洒胭脂雨。[2]

虽然没有明说写于何时，然亡国之思，并未掩饰，与其早期作品《浣溪沙》《山花子》《惜分飞》的意向选择和情调寄托，有着本质的区别。可见，彻骨之痛，并非因为恋情或者春景。又如《柳梢青·春望》：

绣岭平川，汉家故垒，一抹荒烟。陌上香尘，楼前红烛，依旧金钿。十年梦断婵娟，回首处离愁愁万千。绿柳新莆，昏鸦春雁，芳草连天。[3]

现实悲剧的伤痛与历史教训的纵深纠结于眼前的凄迷景观之中，在词人的脑际形成了迷蒙的画面，悲情依依。再如《天仙子·春恨》：

古道棠梨寒恻恻，子规满路东风湿。留连好景为谁愁？归潮急，暮云碧，和雨和晴人不识。　北望音书迷故国，一江春水无消息。强将此恨问花枝，嫣红积，莺如织，我泪未弹花泪滴。[4]

如果说明亡之前，由于富足的生活、充实的情感，陈子龙的词多少有些香艳缠绵，那么，陈子龙在明亡之后的创作，则是将身世之感、家国之痛与无名愁绪相结合，与南唐词的忧患意识和南宋词的寄托遥深颇为相近，在明季词坛独树一帜。

云间李雯、宋徵舆、宋存标、宋徵璧、钱芳标、董俞、蒋平阶、宋思玉、钱縠等人的词作，清人词学著作偶有论及，学界也有关注。严迪昌先

---

[1] 陈子龙：《陈子龙诗集》，施蛰存、马祖熙标校，上海古籍出版社，1983，第614页。
[2] 陈子龙：《陈子龙全集》，王英志编纂校点，人民文学出版社，2011，第650页。
[3] 陈子龙：《陈子龙诗集》，施蛰存、马祖熙标校，上海古籍出版社，1983，第603页。
[4] 陈子龙：《陈子龙诗集》，施蛰存、马祖熙标校，上海古籍出版社，1983，第615页。

生说"李雯词才情均不亚于陈子龙,深具清凄婉丽之致,晚作尤多凄苦意"[1],是对李雯灵魂的揭示。"云间词派是在一个动荡变迁的时代,以艺术的探求启其端而随着政治的动因而终其局的文学流派"[2]的论断,亦概括了"云间词派"作为文学流派的悲剧性。

五、少年英才夏完淳

夏完淳在明末文坛具有突出的地位,不仅在于他于诗文词的全面造诣,是中国文学史上一位"罕见的早熟天才",更在于他正气凛然,少年殉国,令多少大明官员汗颜。

夏完淳(1631—1647),原名复,乳名端哥,字存古,别号小隐,又号灵首、灵胥,松江华亭(今上海市松江区)人,夏允彝之子,嘉善钱旃之婿,陈子龙的弟子。国变之后,夏完淳与陈子龙、钱旃歃血为盟,誓死抗清,积极奔走于各抗清名流之间。《皇明四朝成仁录》记载夏完淳:"年十六,从师陈子龙起兵太湖,遵父遗命,尽以家产饷军,鲁监国遥授编修。子龙战败,完淳走吴易军,为参谋。易败,复与吴胜兆连,谋反正,被执至留都。"[3]弘光政权灭亡之后,夏允彝感到恢复无望,以身殉国。仅仅两年之后,他的儿子夏完淳因吴胜兆事件被捕押到了南京,丁亥(1647)九月惨遭杀害,年仅十七岁。在这两年之中,夏完淳经历了太多的大事,有奔走联络,有太湖抗清,还有吴易兵败后一度隐迹吴江、长洲、吴县之间。故后人记载存古事迹,多有疏漏,或有差池。"七岁能诗文,年十三,拟庾信《大哀赋》,才藻横逸。鲁监国授中书舍人。监国航海,完醇拜表慰问,为逻者所得,亦以子龙事下狱。赋绝命诗,遗母与妇。临刑,神色不变,年甫十八"[4]。《大哀赋》作于乙酉年(1645),怎么也算不出夏完淳十三岁。遇害在丁亥九月,也只能说虚岁是十八岁。父子为国尽忠,忠烈气节,永垂青史。

虽然只有短短的十七年人生,但夏完淳于古文、诗歌、词、赋均留下了优秀的篇章,造诣与风格直追其师。夏完淳的《大哀赋》,其语言技巧、

---

[1] 严迪昌:《清词史》,江苏古籍出版社,1990,第18页。
[2] 严迪昌:《清词史》,江苏古籍出版社,1990,第19页。
[3] 屈大均:《皇明四朝成仁录》卷六,收入《丛书集成续编》第30册,上海书店,1994,第842页。
[4] 徐鼒:《小腆纪传》卷十七,中华书局,1958,第191页。

铺陈手法、史事典故的运用成熟甚至可以说老练。对时局的分析、对误国君臣的评判，中肯犀利。作品出于一位少年之手，令人难以想象。然而，夏完淳确实写出了这样的作品。"申胥之七日依墙，秦庭何在？ 墨允之三年采蕨，周粟难餐"[1]，势如累卵之际，既无痛哭的申包胥，更无可哭之秦庭，伤心人无处寄托伤心，则更为伤心。

夏完淳的诗，也主要咏叹明亡的悲剧。《六哀》《六君咏》颂扬了殉国的君子前辈：徐石麒、侯峒曾、黄蜚、吴志葵、鲁之玙、夏允彝、史可法、黄道周、刘宗周、徐汧、金声、祁彪佳等十二位杰出的正人君子。而《吴江野哭》，更是在极端恐怖的环境下写出的政治悼亡诗：

> 江南三月莺花娇，东风系缆垂虹桥。
> 美人意气埋尘雾，门前枯柳风萧萧。
> 有客扁舟泪成血，三千珠履音尘绝。
> 晓气平连震泽云，春风吹落吴江月。
> 平陵一曲声杳然，灵旗惨淡归荒烟。
> 茫茫沧海填精卫，寂寂空山器杜鹃。
> 梦中细语曾闻得，苍黄不辨公颜色。
> 江上非无吊屈人，座中犹是悲田客。
> 感激当年授命时，哭公清夜畏人知。
> 空闻蔡琰犹堪赎，便作侯芭不敢辞。
> 相将洒泪衔黄土，筑公虚冢青松路。
> 年年同祭伍胥祠，人人不上要离墓。[2]

江南三月，莺飞草长，花团锦簇，游人如织，方是太平景象。而今景物依旧而繁华不见，唯有流水哀吟，冷月枯柳，述说着沧桑的悲痛。吴易在杭州被杀之后，夏完淳一度隐迹吴江，既不能直接联络到残余的抵抗力量，又难以及时返回华亭或嘉定，甚至不能为吴易收尸安葬。于是，痛彻心扉的夏完淳只能为吴易设虚冢致祭。清夜野哭，畏人知晓，一代英豪，魂兮归来，万古同悲，几人凭吊。遭遇失败后的夏完淳对国事家事的心态，在这首诗歌中已经有所流露，而《狱中上母书》起笔："不孝完淳，今

---

[1] 夏完淳著，白坚笺校《夏完淳集笺校》卷一，上海古籍出版社，2016，第1页。
[2] 夏完淳著，白坚笺校《夏完淳集笺校》卷四，上海古籍出版社，2016，第269页。

日死矣！以身殉父，不得以身报母矣。"收笔："神游天地间，可以无愧矣！"虽然多表人间父子母子及夫妇情感伦理，似乎哀哀亲情布满纸，实则超迈豪情寓于字里行间。"淳之身，父之所遗；淳之身，君之所用"[1]，已经明确表达了以身报国，毫无遗憾的心情。

作为云间年轻词人，夏完淳与师父陈子龙一样，也延续了五代北宋的词统。今存四十一首词，有少年幽怨，而吞吐点染，不似其年龄应有之态，规模痕迹明显。如《烛影摇红·寓怨》：

孤负天工，九重自有春如海。佳期一梦断人肠，静倚银釭待。隔浦红兰堪采，上扁舟，伤心欸乃。梨花带雨，柳絮迎风，一番愁债。　　回首当年，绮楼画阁生光彩。朝弹瑶瑟夜银筝，歌舞人潇洒。一自市朝更改，暗销魂，繁华难再。金钗十二，珠履三千，凄凉千载。[2]

经历巨变之后，一腔真情从胸中迸出，是国难家仇，是人生寄托，更是悲愤与绝望。如《一剪梅·咏柳》：

无限伤心夕照中，故国凄凉，剩粉余红。金沟御水自西东，昨岁陈宫，今岁隋宫。　　往事思量一晌空，飞絮无情，依旧烟笼。长条短叶翠蒙蒙，才过西风，又过东风。[3]

作品中所透露出来的情调风格，与刘辰翁、蒋捷、周密等南宋遗民诸家相似，并融合了李煜的"小楼"情怀。

不论辞赋、诗歌或词，所表现出来的不是一种少年气度，而是一种饱经风霜、历遍艰辛、俯视人间、综合古今的文学大家风范，这正是夏完淳的过人之处。其《续幸存录》记述南部大事，井井有条而是非明确，故陆元辅有言："存古天姿英敏，承家学渊源，方八九时，为诗赋古文，操指（纸）笔立就，莫不奇丽可观，一时目为圣童。年及象勺，便志存社稷。凡朝野大故，忠孝大节，蓄诸心而措诸论者，咸画然柄然。"[4]少年天才之成，既因为良好的家学家教，也因为天资聪颖，更在于事事留意，勤奋过人，如此，才在特定的环境下绽放出特殊的华光，成为明末文坛的耀眼

---

[1] 夏完淳著，白坚笺校《夏完淳集笺校》卷九，上海古籍出版社，2016，第507—509页。
[2] 夏完淳著，白坚笺校《夏完淳集笺校》卷八，上海古籍出版社，2016，第464页。
[3] 夏完淳著，白坚笺校《夏完淳集笺校》卷八，上海古籍出版社，2016，第453—454页。
[4] 夏完淳：《续幸存录》序，收入《续修四库全书》第440册，上海古籍出版社，2002，第554页。

巨星。

六、明季松郡名家

明季清初松郡文学世家，数量众多而影响深远，近年来已经得到学界的高度重视。2006年，上海古籍出版社出版了朱丽霞《清代松江府望族与文学研究》，2013年，上海三联书店出版了徐侠《清代松江府文学世家述考》，清代的松江地方文学研究，已经成果卓著。然不可否认的是，世家文学具有的传承性与家族性，也带来一定的局限性，时代环境的限定作用，也不可忽视。由于夏允彝、陈子龙等名家的社会活动范围相当广泛，其所属的文学流派也就不是松江特色的地域性流派，辐射与影响，也非局限于上下江或江左右。陈子龙、夏完淳之外，尚有多位松郡文学名家，需要予以关注。

彭宾（生卒年不详）字燕又，又字穆如，华亭（今上海市松江区）人，崇祯三年（1630）举人，后公车不利，与夏允彝、陈子龙等友善，是"几社六子"之一。"几社六子"是杜麟徵、夏允彝、周立勋、徐孚远、彭宾、陈子龙，也就是几社的元老。入清后，彭宾一度出任汝宁推官，并未属意于诗文。殁后遗稿散佚，难得窥其全豹，有《搜遗稿》。其孙彭士超在康熙后壬寅"始从乱帙中掇拾残剩，录为此编。凡文三卷，诗一卷"[1]。

周立勋（1598—1640）字勒卣，华亭（今上海市松江区）人，几社元老，为人多愁善感。周立勋一生久困场屋，屡试不中。崇祯十三年赴江南贡院应乡试，客死秦淮河畔。《咏怀》中，可见其内心之忧郁与伤感："东登泰山颠，累累见城郭。秋风吹平原，牛羊下寒泽。吕尚本阴谋，渔钓竟所托。神明启远疆，后世资经略。遭逢良有时，志士固穷约。飘蓬西南征，浮云散林薄。悲哉大国风，田横不可作。"[2]

徐孚远（1600—1665）字暗公，晚号复斋，华亭（今上海市松江区）人，"几社六子"之一，崇祯十五年举人，次年春闱不利。明亡，徐孚远参与江南抗清武装。陈子龙上书弘光朝廷，"臣伏思君父之仇不可不报，中原之地不可不复。然必保固江、淮以为中兴之根本。守江之策，莫急水师，海舟之议，更不容缓。幸松江知府陈亨，志切同袍，气雄击楫，多方措置，以求成旅。适接兵部尚书史可法、职方司郎中万元吉手书，以江上守

---

[1] 永瑢等：《四库全书总目》卷一百八十一，中华书局，1965，第1633页。
[2] 沈德潜、周准编《明诗别裁集》卷十一，上海古籍出版社，1979，第289页。

御方殷，望此一军共为犄角，不妨动支正供以俟销算。总之，以朝廷之粮养朝廷之兵，无分彼此也。臣等推职方司主事何刚，忠勇性成，清介绝俗，专司募练。而佐以山阴知县钱世贵、举人徐孚远、李素、廪生张密，已买沙船三十五只，募材官水卒共一千余名，多堪守战之士。其制造器甲、修船、炼药等事，则试中书舍人董庭、都司李时举、生员唐侯等分头经理，一月之内，可以就绪。夫千人之在长江，如双凫乘雁，不足以为重轻。然使江南诸郡，各为门户之计，共集去鼠之役，则万人亦不难致。"[1]在陈子龙眼里，徐孚远是具有军事才能的，事实也正是如此。但是，南明弘光政权却是担当不起中兴重任的。于是，徐孚远逃亡到福建，参加唐王政权。唐王败，徐浮海到浙江，投鲁王，后迁往台湾，未几卒。对于徐孚远的结局，杜登春持不同看法："徐暗公先生以舟为家，不仕郑氏"[2]，也就是没有到台湾，飘荡以终。对于徐孚远的生平，各家记述颇为出入而不详。概因清初对于有影响的文人，杀戮、招降、笼络、分化等是基本步骤，随后就是"家家闭户，人人重足，不敢片言只字涉及盟会矣。寻有辛丑奏销之案祸，同社人一网几尽。绅士一万五千，不啻千余社中人也。不事制举，安用文为？弃家客游者有人，仰屋觑牖者有人，改名就试者有人，纵酒逃禅者有人"[3]。徐孚远等人的踪迹难以清晰，也就正常了。徐孚远著有《钓璜堂存稿》《交行摘稿》。其部分作品，不仅有故国之思，有旅途之艰，还有历史的检点。如《孝陵》：

> 钟阜萧条风雨寒，高皇此地葬衣冠。
> 那堪铁骑凭圜殿，犹有祠宫泣露坛。
> 矫矫苍龙守翠柏，騑騑石马汗雕鞍。
> 何时龙驭峰头回，百亿商孙掩袂看。[4]

从诗意看，徐孚远是在乙酉（1645）五月南都失守之后，有过重到南都的动作，伤心之余，仍然保有希冀。

[1] 计六奇：《明季南略》卷二，伍道斌、魏得良点校，中华书局，1984，第71页。
[2] 杜登春：《社事始末》，收入张潮等编《昭代丛书》，上海古籍出版社，1990，缩页影印本，第973页。
[3] 杜登春：《社事始末》，收入张潮等编《昭代丛书》，上海古籍出版社，1990，缩页影印本，第976页。
[4] 徐孚远：《钓璜堂存稿》，收入《清代诗文集汇编》第14册，上海古籍出版社，2011，第505页。

李雯（1608—1647）字舒章，青浦（今属上海）人，几社元老中年最少者，崇祯十五年（1642）举人。清军入关时，李雯正在京城，因而被清政府羁留，授内阁中书舍人。顺治三年（1646），李雯南归葬父，次年返京途中染病，后不治而亡。李雯才华过人，与陈子龙颇为相契，既是松郡重要的诗人，也是云间词派的名家，有《蓼斋集》《蓼斋后集》《蓼斋词》。

李雯前期诗文，多体现学问才气，稍显浅近，后期作品，则注重寄托。如其《太平寺闻子规》云：

> 溪山月出满青林，杜宇千声怨碧岑。
> 越国何年来蜀魄，离人此夜发吴吟。
> 君为花鸟羁愁主，余有江湖浩荡心。
> 同在天涯一相遇，太平钟鼓晓沉沉。[1]

山林花鸟，明月离人，字里行间全是飘零伤感的个人情绪。"杜宇""越国""蜀魄""吴吟"出现，很明确地写出了明清易代的环境和诗人的愁苦无奈。

又如《虞美人·惜春》：

> 蜂黄蝶粉依然在，无奈春风改。小窗微切玉玲珑，千里行尘不惜牡丹红。　　西陵松柏知何处，目断金椎路。无端花絮上帘钩，飞下一天春恨满皇州。[2]

愁绪未必源自闲散，却源自黄蜂粉蝶昭示的春去夏来。西陵松柏本是美景，却带给词人家园异色，独自飘零的无奈伤怀。如此心境，远不是词人早年的无端伤情。经历易代，词人视名节为生命，一旦失去，顿感自我贬值。如《浪淘沙·杨花》：

> 金缕晓风残，素雪晴翻，为谁飞上玉雕阑？可惜章台新雨后，踏入沙间。　　沾惹忒无端，青鸟空衔，一春幽梦绿萍间。暗处销魂罗袖薄，与泪偷弹。[3]

---

[1] 沈德潜选编《清诗别裁集》卷二，吴雪涛、陈旭霞点校，河北人民出版社，1997，第 23 页。
[2] 李雯撰《蓼斋后集》卷四，收入《清代诗文集汇编》第 23 册，上海古籍出版社，2011，第 831—832 页。
[3] 李雯撰《蓼斋后集》卷四，收入《清代诗文集汇编》第 23 册，上海古籍出版社，2011，第 832—833 页。

玉砌阑干，飞絮飘舞，章台新雨，居然是伤感的缘由。而以章台自况，如冰清玉洁之"素雪"化为泥沙，哀毁伤情，吞吐回环，欲言又止，正是词人身心羁绊的写照。云间诸子填词，自北宋后期路径入，随时代的变迁而演化，臻于凝重深邃。

宋徵舆（1618—1667）字辕文，号直方，华亭（今上海市松江区）人，与陈子龙、李雯有"云间三子"之称，是云间词派的重要作家，后世评价甚高。"徵舆为诸生时，与陈子龙、李雯等倡几社，以古学相砥砺，所作以博赡见长，其才气睥睨一世，而精练不及子龙，故声誉亦稍亚之云。"[1]明亡后仕清，顺治四年（1647）进士，官至副都御使。有《林屋诗文稿》。

宋徵舆与李雯等云间词人，大多早期学习北宋后期名家，时局巨变之后则婉转寄托悲怆的情怀。如《踏莎行·春闺风雨》：

锦幄销香。翠屏生雾。妆成漫倚纱窗住。一双青雀到空庭。梅花自落无人处。　　回首天涯。归期又误。罗衣不耐东风舞。垂杨枝上月华明。可怜独上银床去。[2]

未言为谁，未言谁为，似乎古今相似，又像闺中人人得而有之，虽有一定的赏鉴价值，实质上并没有给人带来深切的感受。然时局变换之后，同是咏物，词人的寄托却是别样的遥深。如《玉楼春·燕》：

雕梁画栋原无数。不问主人随意住。红襟惹尽百花香。翠尾扫开三月雨。　　半年别我归何处。相见如将离恨诉。海棠枝上立多时。飞向小桥西畔去。[3]

春燕归来念旧主，立于海棠枝上诉说离恨苦，无惧风雨，寻到旧处。词中写燕，何尝不是写词人以及词人之外的诸多人，这与早期的为作新词惺惺作态，霄壤之别。宋徵舆在云诡波谲的年代，既要致力于经史学问，亦曾留意实学，这在《林屋文稿》中，多有涉及。卷十一仅一篇《书西宁等卫故明边事》，洋洋洒洒万言，文字中出现的是边卫历史流变，相关的各种数据与各种条件。文字之外，则是作者对成败轨迹的检点。一句"其事

---

[1] 永瑢等：《四库全书总目》卷一百八十一，中华书局，1965，第1641—1642页。
[2] 叶恭绰编《全清词钞》卷二，中华书局，2019，第48页。
[3] 叶恭绰编《全清词钞》卷二，中华书局，2019，第49页。

实得之西宁官署故册中"[1]，作者内心的波涛起伏，不难想见。

第五节　明代后期吴地诸贤诗文词

前、后"七子"的复古运动，成败得失聚讼不已，但对于清除形式主义诗文负面影响的作用，不可抹杀。何况"后七子"在泥古失误充分暴露的同时，也在理论主张上有所调整，并在创作上与理论保持了一定的距离，取得了公认的成就。正因为如此，王世贞方能执文坛牛耳二十年，并由吴郡后人钱谦益接棒，为华夏文明作出举世瞩目的贡献。而王世贞主要在万历年间，即自己人生的最后二十年间，在创作与学问上取得极大成就。一般史家将万历即位之后作为晚明看待，所以，将"后七子"复古运动后期领袖王世贞放在本章第一节介绍。

吴地自古至今具有极大的魅力，吸引了四方能人才子，居住数代之后的名流往往仍以郡望自称，但其家族已经在吴地至少生活二代以上，后人亦多在当地生活成长，是不折不扣的吴人。郡望太原居住在苏州的王穉登，即是如此。

一、王穉登

王穉登（1535—1612）字伯穀、百穀，号玉遮山人、半偈长者、青羊君、广长庵主、松坛道士等。先世由太原移居江阴（今属江苏），再移居长洲（今江苏苏州）。少有文名，善书法。长而骏发有盛名。嘉靖末入太学，因《牡丹》诗中有"色借相君袍上紫，香分太极殿中烟"之句，名扬京师。万历年间与屠隆、汪道昆、王世贞等组织"南屏社"，广交朋友，人称"侠士"，与马湘兰、薛素素等过从甚密。王穉登年轻时拜文徵明为师，书画皆得真传。王穉登文思敏捷，著作丰硕，有《晋陵集》《金闾集》《弈史》《吴郡丹青志》《吴社编》《燕市集》《客越志》等。"吴地自文待诏殁后，风雅之道，未有所归，伯穀振华启秀，嘘枯吹生，擅词翰之席者三十余年"[2]。《明史》上说"吴中自文徵明后，风雅无定属。穉登尝及徵明

---

[1] 宋徵舆撰《林屋文稿》卷十一，收入《清代诗文集汇编》第58册，上海古籍出版社，2011，第186页。
[2] 钱谦益：《列朝诗集小传》，钱曾笺注，钱仲联标校，上海古籍出版社，1983，第482页。

门,遥接其风,主词翰之席者三十余年"[1]。王穉登的诗歌,不论写景状物抑或叙事抒情,都与文徵明风格较为相似,纡徐舒缓。如《湖上梅花歌十首》其七:

> 山烟山雨白氤氲,梅蕊梅花湿不分。
> 浑似高楼吹笛罢,半随流水半为云。[2]

朦胧淡远的湖景,山水烟雨的空间,有形无形的幽姿。描绘虽属平常,想象却也奇特,眼前景物,居然能够如同笛声,随流水烟云飘去。就诗中景观而言,当是诗人游赏四方之作。而晚年家居诗,则更为醇厚。山人草民,畅抒出世之高蹈意绪,诗坛常有;忧时伤事,关注时局之安危变幻,骚人本色。前者如《戊申元日》,晚年落寞心态隐约其间。而《闻警》一诗,则分明是报国无门的愤懑:

> 交河十月水溅溅,虏骑秋高过黑山。
> 六郡平时元近塞,一夫谁个可当关。
> 云中太守须重起,日逐贤王未肯还。
> 空抱平胡二三策,书生无计谒龙颜。[3]

王穉登在诗中发出这种感叹,其来有自。诗人虽然科举无成,仕途无路,然留意时局,崇尚武备,喜读兵书,亦有真见。东北战局,令诗人极为忧心。而更为忧心的是,守关将帅乏人,还有谁,能够与当年的云中太守李广比肩? 一介书生的王穉登,平胡二三策已然成熟,缺的是谒见龙颜的机会和施展才华的平台。

二、归子慕

归子慕(1563—1606)字季思,号陶庵,学者尊称"清远先生",昆山(今属江苏)人,归有光第五子,万历十九年(1591)中乡试。春闱不利,屏居江村,与无锡高攀龙、嘉善吴志远友善。所居陶庵,贫瘠萧然,但以诗文为乐。崇祯初,追赠翰林待诏。有《陶园集》。其诗歌清雅淡泊,有怡然自得之趣。如《移居》:

---

[1] 张廷玉等:《明史》卷二百八十八,中华书局,1974,第7389页。
[2] 王穉登:《王百谷集》,收入《四库禁毁书丛刊》集部第175册,北京出版社,1998,第81页。
[3] 王穉登:《王百谷集》,收入《四库禁毁书丛刊》集部第175册,北京出版社,1998,第67页。

  冉冉岁云暮，寒风动林於。言辞东村宅，去适西村庐。
  岂无旧巢恋？欢与吾仲俱。西村况不远，相去一里余。
  回瞻竹树间，炊烟出前厨。吾病四十衰，厌厌日不如。
  忧患易反本，戚戚念友于。安得我叔氏，亦复来此居。
  遥望城中山，引领空嗟吁。[1]

  归子慕号"陶庵"且用此名其居，其人其诗亦颇具陶渊明风骨。如这首诗，意绪情态与表达手法乃至语言风格，实是有意仿效陶渊明。

三、王志坚

  王志坚（1576—1633）字弱生，更字淑士，又字闻修，昆山（今属江苏）人。万历三十八年（1610）进士。历官南京兵部主事、员外郎、郎中、贵州提学佥事、湖广学政等，卒于官。有《读史商语》《四六法海》《古文渎编》等。王志坚的论文主张学习唐宋八家的风格精神，与茅坤、归有光等相类，"志坚少与李流芳同学，为诗文，法唐、宋名家"[2]。

四、陈仁锡

  陈仁锡（1581—1636）字明卿，号芝台，长洲（今江苏苏州）人，天启二年（1622）进士，殿试第三名，授翰林院编修。此科状元为同郡文震孟。次年，陈仁锡回籍守丧。服除，起故官，因得罪魏忠贤削籍归。崇祯初，复官。三年（1630）升为国子司业，直经筵，典诰敕，预修神宗、光宗二朝实录，升右谕德。然厌倦官场之情义淡薄，加之身体欠佳，请假归养。三年后，"起南京国子祭酒，甫拜命，得疾卒。福王时，赠詹事，谥文庄"[3]。有《四书备考》《经济八编类纂》《重订古周礼》《陈太史无梦园初集》《潜确居类书》等。

五、徐弘祖

  徐弘祖（1587—1641）字振之，号霞客，江阴（今属江苏）人，出生在江阴世家，然早已中落。徐弘祖的高祖徐经（1473—1507）字衡夫，号西坞，弘治八年（1495）举人。然弘治十二年莫名其妙的科场案，断送了徐经及其好友唐寅的前程。从此徐经郁郁寡欢，不久病故，年仅三十五岁。此后三子分家，各立门户。徐弘祖的曾祖徐洽（1497—1564）时，尚有良田

---

[1] 沈德潜、周准编《明诗别裁集》卷九，上海古籍出版社，1979，第250—251页。
[2] 张廷玉等：《明史》卷二百八十八，中华书局，1974，第7402页。
[3] 张廷玉等：《明史》卷二百八十八，中华书局，1974，第7395页。

万亩。从徐弘祖的祖父徐衍芳（生卒年未详）开始，家道衰败。其父徐有勉（1545—1604）时，已经只是普通的富庶之家。然也不乏园亭之胜，且有耕读之乐。徐有勉爱好游赏，常往来苏杭之间，名山嘉川，颇得徜徉之乐。徐弘祖为其次子，得其风骨，淡于功名而酷爱自然。

于是，徐弘祖自二十余岁开始，游历天下，历时三十余年，徒步而行，足迹几半天下。近处苏杭宁镇，远处湖广云贵，历尽艰辛，步丈目测，远眺近观，审慎记录。徐弘祖的科学精神，至今仍值得地理学、地质学研究者学习。而所到之处，观赏所得，必有描述。徐弘祖所记录名山大川的走向、行状、气候、植被、动物等，生动详尽。其一生的行踪记录，极为宏富。"霞客纪游之书，高可隐几。余属其从兄仲昭雠勘而存之，当为古今游记之最"[1]。然徐弘祖生前未及整理编纂自己的书稿，辗转传抄中遂逐渐散佚，直到明末，方有刻本问世，却也只是原著一小部分。1980年上海古籍出版社出版的校补本《徐霞客游记》，六十余万字，为目前可见之最佳版本。这不仅是一部优秀的游记，也是描摹山川地貌奇景的优美散文集，更是一部地理学、地质学、生物学等方面的科学著作。

六、叶绍袁

叶绍袁（1589—1648）字仲韶，晚号天寥道人，自幼在袁黄家长大，故名绍袁，吴江（今江苏苏州市吴江区）汾湖人，天启五年（1625）进士，官工部主事，不耐吏职，以母老告归。对于叶绍袁来说，三十六岁中进士并不太晚。但对于叶家来说，十年的科场搏斗，已经消耗很大，经济上逐渐陷入窘境。叶绍袁的妻子沈宜修、三女及幼子叶燮并有文藻。明亡后，叶绍袁隐遁为僧，流落以终。著作今存《叶天寥四种》，皆为其年谱及日记，有诗集《秦斋怨》。他还将妻女等所著编成《午梦堂全集》行世。其《甲行日注》正是在这个时期所写，从弘光元年（1645）秋一直记录到弘光四年九月天寥圆寂。《甲行日注》也是叶绍袁生命最后四年行踪、心迹历程的详尽记录。孤身孤灯孤苦的遗民心迹，倾注于笔端。该日注字里行间浸透亡国之恨，抑郁沉痛，令人不忍卒读。如弘光元年九月，叶绍袁记载自己流离道路的惨况，即是如此："初四日，壬子。曈昽日出矣，方鼓枻，又雨。过石门，颓墙废垣，残毁驳裂，野店无炊，晨星数点，兵火后光景，真可

---

[1] 钱谦益：《牧斋初学集》卷七十一，钱曾笺注，钱仲联标校，上海古籍出版社，1985，第1596页。

太息。次塘西,又值房舟,幸急雨飞注,房遥不见。津梁疲矣,迷途生怅。昏雾归鸦,荻花无语,又如艘道漏天,淋漓不止。正彷徨间,有漾永庵,屹然水湄,系缆而登。主僧嗣明,留宿水阁中。绿萍覆池,衰柳依依堤上,笼烟曳雨,满目凄凉。"[1]这哪里是富庶的江南大地?分明是一片荒凉之地。

叶绍袁夫妇及其子女,全家均是作家,也是吴地文坛的一道靓丽的风景线。从文人交往与吴地文人结社的情况来看,叶绍袁虽然交友圈相对较小且没有参加文社事务,但与复社人士交往颇密。明清易代之际,清军南下,江南抗清义军风起云涌。吴江吴易指挥的抗清队伍就是一支很有影响的力量,只可惜孤掌难鸣,归于失败。"洎八月十三日,山左诸君,睹秋风而起感,眷故国以生悲,遂俱别去。余时酬应初息,杜门为幸,而二十一日,翕訾之徒,煽房南下,二师皆溃(吴日生、沈君晦)。房势大张,益骄愤吾邑,甚有不如其令者,引颈而比屋僇也,士大夫遂推纷纷以媚焉。余叹曰:'郭景纯有言,黔黎将湮于异类,桑梓其翦为龙荒乎?'韦元成诗曰:'谁能忍寻,寄之我颜。'臣子分固当死;世受国家恩,当死;读圣贤书,又当死。虽然,死亦难言之,姑从其易者,续骆丞楼观沧海句耳。御匣朝开,郊坛夜集,固我让皇帝君臣家法也。于是决计游方外以遁,时八月二十四日也。"[2]

叶绍袁清楚知道,吴易在做着不可能成功的事情,但佩服吴易的献身精神。在叶绍袁看来,吴易具有"南阳奇士"的风采与谋略,但不得其时,更不得其主,在极其为难的形势之下,依然揭竿而起,结果只能是留下一段悲壮的乐章,令人哀叹。

这段日记中,不但有对抗清义士的赞叹,更有对战乱中不幸的人民的怜悯。战火下的百姓,房舍被焚,墙倒屋塌,生产荒芜,生计无着。而这,还是小事。新来的统治者,行事风格是格外的严酷,不是一个一个地杀人,而是成片成片地灭门。高压政策和疯狂杀戮的氛围中,有些文人士大夫崩溃,抛弃了忠孝节义。由此可以看出,清军南下江浙施行的法令,是对当地百姓和士大夫从肉体到精神的残酷摧毁。即便如此,叶绍袁也并未选择顺从,而是历经流浪颠沛之苦,最后出家。所以,《甲行日注》不仅

[1] 叶绍袁:《甲行日注》,毕敏点校,岳麓书社,2016,第5页。
[2] 叶绍袁:《甲行日注》,毕敏点校:岳麓书社,2016,第2页。

仅是叶绍袁的个人或家庭悲惨经历的记录，亦是一段史事的承载，具有很高的研究价值。

七、郑敷教

郑敷教（1596—1675）字士敬，号桐庵，长洲（今江苏苏州）人，崇祯三年（1630）举人，再上公车不遂。崇祯十年，地方以贤良方正荐，因母老辞谢。国变后寄迹于广生庵，潜心《周易》，兼究释典，尝集同志为庐山社。熊开元皈释居华山，郑敷教时从之游。开元于华山设荐殉难诸贤，敷教为诗赋其事，后亦寄身佛门，时称难师弟云。"晚岁键户著书，年八十卒，私谥贞献"[1]。明季，郑敷教与杨廷枢齐名，致力于经学研究，也指导了不少年轻人的读书经生，在《周易》研究方面颇有成就。不同的是，他只参加复社的学术活动，没有像杨廷枢那样出头露面。是故易代之际，他没有隐居的必要，只是抛弃功名，教授童蒙，得以年八十正寝。郑敷教并不以诗名家，但在吴中隐逸者中年辈较高，享有一定的声望，其《题三友图》，将岁寒三友的精神与易代时的人生取向结合起来，为时人称道。虽然咏叹的是三友图卷，深沉的蕴意却是易代之后的萧条与酸楚。江山易主已十年，故旧亲朋多凋零，残卷孤灯伴遗老，独对"三友"思前明。诗中咏叹的是岁寒三友的精神，赞美的是江南才子的气节。而其《广陵女子传》《戚施生传》诸作，含蓄蕴藉，寄托遥深。前者记述广陵女子王氏有才艺有修养，先为官员侍妾，生活于官宦人家，自然是锦衣玉食。"会遭世变，农部开阁散诸妾"，官员需要为王氏安排一个可靠的人家，就跟一位叫郑三山的御医商量。说明这位官员在世变之际，已经预见不能自保。而御医在京城之外出现，说明变故极大。王氏被安排好了，但仅仅一年又发生了变故，"此丙申十月十一日事（1656年11月26日，干支纪日为乙酉日）"[2]，王氏去世了。乱世之下，悲欢离合的故事成千上万，难以叙述。而在清初社会基本安定的情况下，郑敷教在苏州目睹悲剧的发生却无可奈何，说明涉及当时的强势人物，王氏的死亡是一种抗争。如实记述，分明意在揭露。

八、朱隗

朱隗（生卒年不详）字云子，长洲（今江苏苏州）人。早年与张溥、

---

[1] 吴山嘉：《复社姓氏传略》卷一，中国书店，1990，影印清刻本。
[2] 郑敷教：《桐庵存稿》，收入《丛书集成续编》第119册，上海书店，1994，第929页。

杨彝、张采交往。天启四年（1624）结应社，朱隗预焉。诗宗中晚唐人，被"称为徐祯卿、唐寅之流亚"[1]。著有《咫闻斋稿》，并辑有《明诗平议》。

朱隗的诗歌虽然受到竟陵派钟惺、谭元春的影响，但如陈田所评"云子富有才华，惜为楚咻所夺，然终不掩骏迈之气"[2]。《鸳湖主人出家姬演牡丹亭记歌》《魏忠贤祠废基傍为五人墓歌》等篇，叙事艺术圆熟。前者于欣赏而痛惜中带有婉转的讽刺，后者于悲哀中直接表达愤怒："是日风霾四郊暗，官骑杀尽人方厌。吴儿自古仗高情，要离身手专诸剑。"[3]将苏州人民的正义感和牺牲精神与遥远的历史故事结合起来，表达了对阉党的极度仇恨。

九、赵士春

赵士春（1599—1675）字景之，号苍霖，常熟（今属江苏）人，万历朝名臣赵用贤之孙，崇祯十年（1637）进士第三人，授编修。兵部尚书杨嗣昌"夺情"视事不久，竟被崇祯帝破格晋升为礼部尚书兼东阁大学士，参预机务，仍兼兵部事。当时何楷、黄道周、刘同升、赵士春、林兰友先后上疏弹劾，均被罢官，赵士春被贬为广东布政司。客观讲，这五人均是忧国忧民的书生，很是讲究礼法，但不知道国家形势危急，也不明白崇祯已经无将可用的困境。不久，赵士春官复原职，迁左中允。入清不仕，有《保间堂集》。诗多哀怨，而用词简明，不避重复。

十、陈璧

陈璧（1605—1673后）[4]字昆良，晚号雪峰道人，常熟（今属江苏）人，寄籍昆山。在明末，陈璧名不见经传，却与达官显要关系密切，早年

---

[1] 吴山嘉：《复社姓氏传略》卷一，中国书店，1990，影印清刻本。
[2] 陈田：《明诗纪事》辛签卷二十二，收入《续修四库全书》第1712册，上海古籍出版社，2002，第224页。
[3] 陈田：《明诗纪事》辛签卷二十二，收入《续修四库全书》第1712册，上海古籍出版社，2002，第224页。
[4] 陈璧有诗《甲午五十除夕》，题中的甲午是顺治十一年（1654），据此可推知其生于1605年。又：钱谦益《牧斋尺牍》卷二有两封给陈璧的信，第二封中有"八十老人，世截唯为长物"之句，则顺治十七年钱谦益八十岁时，陈璧至少还在世。就钱与陈的关系而言，陈的奔走对于钱在遗民心目中的形象极为重要，若陈去世早于钱，当有祭文或墓志铭，然通检钱谦益著述未见。再：陈璧与归庄过从甚密，归庄虽怪，却极重情谊。陆世仪去世，年六十二，归庄亦年六十，连夜赶往哭丧，而对有同门之谊的陈璧后事无一语道及，不可想象。故最大的可能性是陈璧卒年晚于归庄，即康熙十二年（1673）之后。

参加复社活动,与顾炎武、归庄等交往。后经钱谦益推荐,陈璧在张国维麾下做幕僚。又经张国维举荐,任兵部司务。明亡,农民军大索前明官员,陈璧地位卑微,且任职仅有一月,没有引起起义军的注意,得以逃归,奔金陵,陈救时方略,断定李自成的农民军必然失败。"论列贼之情势,无一语不确"[1]。因其与东林政见一致且为复社成员,遭阮、马斥逐,督饷浙江。南都失守后,陈璧可能参加了鲁王政权,并奔走于闽中、两广之间,可以肯定的是,陈璧到过永历政权的中心。瞿式耜给其子的信中提到"陈昆良到梧州,已奉有敕印,亦尚未行,以必须到桂林一就商于我也"[2],说明陈璧确实在联络闽中、两广。直到闽、浙抵抗相继失败,道途阻隔,陈璧不得已而归隐常熟唐市旧宅。归居之后,其依然与钱谦益、顾炎武、归庄、陈瑚等人交往,至少活到七十岁左右。

陈璧的诗文仅存手写稿本残卷。根据江村、瞿冕良《陈璧诗文残卷笺证》前言所说,在被没收的一批书籍中,发现了一本手写诗文稿残本,只有两卷,存诗文三百八十五首,依据其中的基本信息,发现稿本的主人是陈璧,使这位在易代之际活动广泛却突然销声匿迹的历史人物回归其历史的角色,对于研究南明历史、明遗民和钱谦益,具有一定的价值。而陈璧的诗文,与明遗民最大的不同,在于"对故明的眷恋,对抗清殉节志士们的深切悼念""直书无讳"[3]。如《赋得相逢俱是岁寒人三首》:

其一

相逢俱是岁寒人,葛帔羊裘气骨真。
甘节何妨终苦节,得仁无愧向求仁。
浮萍聚散风波影,劲草峥嵘霜雪尘。
吾道不谋千古合,性情忠孝自相亲。

其二

河山倾倒塞烟尘,何处天涯可问津?
当日同心谁在否?此时歧路肯逡巡。
庐山结社逃名字,本穴悬书对鬼神。

[1] 计六奇:《明季南略》卷一,伍道斌、魏得良点校,中华书局,1984,第37页。
[2] 江苏师范学院历史系、苏州地方史研究室整理《瞿式耜集》卷三,上海古籍出版社,1981,第272页。
[3] 陈璧著,江村、瞿冕良笺证《陈璧诗文残卷笺证》"前言",上海古籍出版社,1984,第2页。

> 招隐游魂江上哭，相逢俱是岁寒人。
> 其三
> 相逢俱是岁寒人，啮雪吞冰坚忍贫。
> 家国亡辕浑似宋，友朋死节半逃秦。
> 著书分擅春秋笔，荷道均存泰岳身。
> 五色云开星间聚，群贤谁谓是遗臣。[1]

似乎没有具体的内容，但实际描写的是艰苦卓绝的环境和坚忍不拔的意志，是河山倾覆、烽烟四起的岁月。所以，这组诗应该写于浙东抗战如火如荼的时候，"似宋"，正是还有希望保住东南半壁江山的形势。可见，陈璧在浙江的活动，正是融入了江南抗清的洪流之中。可随着各路抵抗力量的失败，他们只好秘密联络交往，以遗民的身份相互安慰，以抚平伤痛的灵魂。《栽萱草》：

> 烈帝遗民已白头，奔驰南北十三秋。
> 功名未遂风云志，忠孝常包君父羞。
> 遣累子孙难解脱，谋生身世恨浮沉。
> 园中遍地栽萱草，宁解吾心百结忧？[2]

在抗清的战场上，曾经有过多少壮怀激烈；在遗民的日子里，依然坚守对故国的眷恋。反清复明已经没有可能，又绝不愿意投入新朝的怀抱。在历史的十字路口，遗民的忍辱偷生，并非对生命的贪恋，而是对道的希冀与维系。

十一、叶襄

叶襄（1610—1655）字圣野，长洲（今江苏苏州）人。父教授在外，叶襄随母亲张氏学，后从杨廷枢学，锐志经籍，遂为知名诸生。"吴下诗流，圣野始屏钟、谭余论，严持科律，一以唐人为师，与姜考功如须（垓）往还酬和"[3]。《喜康小范孝廉至兼吊杨机部阁学》：

> 万里清江浪拍天，故人消息动经年。

---

[1] 陈璧著，江村、瞿冕良笺证《陈璧诗文残卷笺证》，上海古籍出版社，1984，第86—87页。
[2] 陈璧著，江村、瞿冕良笺证《陈璧诗文残卷笺证》，上海古籍出版社，1984，第182页。
[3] 朱彝尊：《静志居诗话》卷二十一，姚祖恩辑，收入《续修四库全书》第1698册，上海古籍出版社，2002，第483页。

> 重来麋鹿长洲苑，归去荒芜彭泽田。
>
> 虎帐角残辞部曲，龙沙旗折偃戈船。
>
> 卢谌沦落刘琨死，回首章门一惘然！[1]

战乱连年，亲朋四散凋零，在易代之际很是寻常。杨廷麟殉难赣州，遗民很难得到真切的消息，传来的消息是杨没有子嗣留存。但多年后，康小范这个曾经与杨廷麟一起战斗的朋友来到苏州，见遗老，"携机部在赣州诗十余首，并言其子尚在"[2]。杨廷麟殉难，门人彭同夫妇自经死，彭同弟彭士望，也是杨廷麟门人，用三百金从被虏人群中赎出杨廷麟的儿子，并求得其母子一处，安置在宁都山中，令人宽慰。叶襄感于此，写下了这首诗。

十二、陈瑚

陈瑚（1613—1675）字言夏，号确庵，太仓（今属江苏）人，崇祯十五年（1642）举人[3]，私谥安道先生。陈瑚早年与陆世仪订交，并一起参加复社活动。后又一起潜心学问，"论学相辩驳。必无毫发疑义"[4]。道义相同则可，在学问上没有毫发差异则略显夸张。尔后的学术上，陈瑚与陆世仪还是有所不同。陆世仪侧重于经学，受到程朱理学影响极深，纠结于理、气、知、行等理念的阐发。而陈瑚则偏重于实学，渐入博大精深的境界，对于经邦济国的方略颇为留意，具有担当意识。在明代，陈瑚欲有所为而没有机会，入清不仕，隐居昆山之蔚村，躬耕养父，不与人交。仅仅有往来的也多是隐逸之士，如徐枋。而陆世仪入清之后，虽未登上仕途，却联络广泛，门徒众多，且中有显达之士，故名声更响。陈瑚晚年淡泊，诗文沉雄酸苦，长于叙事，为娄东诗派重要诗人。有《确庵诗钞》八卷、《确庵文钞》六卷、《顽潭诗话》三卷等。

作为遗民，陈瑚在易代之际，目睹江山易主，身历战乱灾祸，感受忠贞气节等，发而为诗，均有深沉喟叹。如《李映碧廷尉遗地图》：

> 图画山川感慨多，边陲风景近如何？

---

[1] 沈德潜、周准编《明诗别裁集》卷十一，上海古籍出版社，1979，第295页。

[2] 吴伟业：《吴梅村全集》卷五十八，李学颖集评标校，上海古籍出版社，1990，第1141页。

[3] 见邓之诚《清诗纪事初编》卷一，上海古籍出版社1984年版。钱仲联《清诗纪事》作十六年，不确。

[4] 邓之诚：《清诗纪事初编》卷一，上海古籍出版社，1984，第58页。

> 入关无复萧丞相，聚米空思马伏波。
> 两戒一江横似线，九州五岳小于螺。
> 错疑留守魂归夜，风雨声声唤渡河。[1]

明亡之时，陈瑚刚过而立。但审视这张地图，作者关心的是边塞防御，联想到的是萧何、马援等能够担当兴亡大业的重臣将领。再如《对酒述怀客座有泣下者》：

> 南冠相对不胜悲。甚矣吾衰鬓欲丝。
> 海角飓风天有恨。江头潮信地无知。
> 破愁酒尽沽千日。避俗歌成续五噫。
> 何处尚余干净土。此心应与首阳期。[2]

诗中叙写楚囚悲哀、首阳气节等，是遗民诗歌的常态，并不超群。但独特之处在于颔联，"海角飓风天有恨，江头潮信地无知"，与复社文人的秘密抗清活动，即策反吴胜兆相关。故必须了解吴胜兆事件的过程，才能明白诗人的扼腕叹息之情。天地无知而有恨，没有预料到的飓风，阻挡了舟山的明军，不仅损失了相当多的士卒和战船，更重要的是，没有及时赶到松江，使吴胜兆反正的消息走漏，导致了吴胜兆与陈子龙、杨廷枢等一大批复社文人和江南士流被杀戮。我们不必以为陈瑚在怨天尤人，诗人当然知道明王朝整个统治肌体已经不可能恢复，但在具体的事件上还是可以找到具体且关键的因素来承载失败的责任。换句话说，也是对遗民的一种心灵安慰。

首阳山上不食周粟的伯夷、叔齐兄弟，历来以气节著称，成为文人学习的榜样。不过，即使伯夷、叔齐采薇而食最后饿死，这薇也已入周了，不如在巨变发生之时，立即殉节，方是第一时间体现了壮烈的气节。而这样的事情一旦发生，文人就会以各种形式加以记录褒彰。明季诸多野史著作，足补正史之缺憾；易代之际的诗文创作，亦可以作为史书的另一种形态对待。陈瑚对于气节操守，也极为关注。虽然他自己只能做到隐居躬耕以养亲，但心重气节并形诸吟咏，已属可贵。陈瑚虽在江尾海角，但眼观天下形势，心中自有期待，可惜连连失望。《昌国卫》《悲洪都》《瞿稼轩临

---

[1] 沈德潜、周准编《明诗别裁集》卷十一，上海古籍出版社，1979，第284页。
[2] 邓之诚：《清诗纪事初编》卷一，上海古籍出版社，1984，第59页。

桂挽辞四首》等诗中,记录了当时最激烈最敏感的事件:舟山兴废、南昌金声桓反清、西南瞿式耜殉国。尤其对瞿式耜殉国后丧归,诗人在序言中详细记录了丧事过程和士民吊唁情况,直接表达了自己的敬佩与赞美。

战火渐渐远去,遗民的心态由激越怨怒转向悲苦凄凉,在艰危的生态下相互慰藉。在陈瑚的交游圈中,熊开元、陆世仪、文祖尧、徐枋等,皆有唱和,与徐枋,最为心灵相挈。如《山中喜遇徐昭法共饮》:

> 一夜寒香万树开,相逢花下且衔杯。
> 穷途兄弟难成醉,故国风烟易入哀。
> 雪满山中苏武窖,云横江上谢翱台。
> 寸心不尽斜阳晚,湿遍青衫首重回。[1]

故国情怀,先贤气节,冷云寒雪,泪湿青衫。国事已矣,身世浮萍,山中相逢,哽咽难言。故陈田《明诗纪事》辛签卷十三称其诗以沉雄胜,实是的评。陈瑚能诗,文亦甚佳,以唐宋八家为依归。"嘉、隆之年,吴中文章家以声华浮艳为能事,昆山归熙甫(有光)守其朴学,言称古昔,与其韦布弟子,端拜雒诵,倡道于荒江寂寞之滨,于是吴中有归氏之学。逮及百年,而确庵陈子挺生于百里之内,磨礲名行,镞砺经术,学者确然奉为大师。"[2]

十三、归庄

归庄(1613—1673)字玄恭,号恒轩,昆山(今属江苏)人,归有光曾孙,明诸生,与顾炎武友善,人称"归奇顾怪"。入清后,归庄的名号甚多,有柞明、归藏、归妹、归乎来等,字亦有园公、元功、悬弓、尔礼等,又号普明头陀、鏖鳌巨山人、圆照,等等。尽管名号很多,目的只有一个,躲避清政权的迫害。归庄十七岁时参加复社的成立活动,后与顾炎武一样,我行我素,怪怪奇奇,也并不符合复社的章程。但注重实学,关注时事,是社会危机下书生本色,归庄也不例外。清兵南下,归庄也曾参与昆山保卫战,并鼓动百姓起事,杀死投降清朝的县丞阎茂才。事败,归庄僧服亡命,流落四方。曾经应万寿祺之聘到淮安教书,与顾炎武取得联系,秘密联络齐鲁、中原豪杰,欲有所作为。随着清朝的统治渐趋稳固,

---

[1] 沈德潜、周准编《明诗别裁集》卷十一,上海古籍出版社,1979,第284—285页。
[2] 钱谦益:《牧斋有学集》卷二十,钱曾笺注,钱仲联标校,上海古籍出版社,1996,第847页。

两淮义士相继凋零，而万寿祺又不幸病逝，归庄踽踽而归，终老乡间。

归庄的家境本不富裕，晚年更是陵替，但其书画有相当的影响，聊以为生，曾在房柱上题字"入其室空空如也，问其人嚣嚣然曰"[1]。又，归庄晚岁结庐祖茔之侧，门上对联谓"两口寄安乐之窝，妻太聪明夫太怪；四邻接幽冥之宅，人何寥落鬼何多"[2]，看似狂怪，实多悲苦无奈。生活艰辛，功名几无，沧桑巨变之下，归庄的诗文也体现了时代的主旋律。著作有《恒轩诗集》十二卷、《恒轩文集》十二卷、《悬弓文集》三十卷，只是作品未曾刊刻，均已散佚，今人辑有《归庄集》。以诗论之，归庄存诗仅一卷，乃心绪的产物，以气势胜，沉雄酣畅，不事雕饰。《伤家难作四首》《悲昆山》《避乱》《哭二嫂四首》《述怀六首》《杂感三首》诸诗，既是家族的不幸，也是对社稷不幸的哭诉。如《述哀》三首：

> 其一
> 六旬苦块痛无声，今借诗篇曲诉情；
> 三十三年恩似海，一思一泪一哀鸣！
> 其二
> 常年冬至拜高堂，兄弟斑衣捧二觞。
> 今日中庭吊形影，一觞和泪洒灵床！
> 其三
> 哀来岂复虑危身，死去犹能见我亲。
> 最是入门闻昼哭，无繇安顿未亡人。[3]

家国之难交织而至，悲苦哀痛之情一路洒出，只觉情深痛切而不觉其浅俗，是真正从胸臆流出的诗。《秋日杂兴》，正是凄苦的晚景哀音：

> 每到秋来诗思清，拟将纸墨写平生；
> 中年作客赢身健，乱世无家幸累轻。
> 章句不伤豪士气，哦吟多得古人情。
> 所悲同调山河邈，骚雅无人可共评！[4]

---

[1] 朱彝尊：《静志居诗话》卷二十二，收入《续修四库全书》第1698册，上海古籍出版社，2002，第494页。
[2] 钮琇：《觚賸·续编》卷二，南炳文、傅贵久点校，上海古籍出版社，1986，第209页。
[3] 归庄：《归庄集》卷一，上海古籍出版社，1984，第46—47页。
[4] 归庄：《归庄集》卷一，上海古籍出版社，1984，第79页。

战火中满目疮痍,凝望中名士星散,好像没有什么拖累,而心中郁结的愁怨更加凝重。

相比于诗歌,归庄的散曲《万古愁》,流传甚广,在士林得到广泛的好评。全祖望说:"世传《万古愁》曲子,瑰瓌恣肆,于古之圣贤君相,无不诋诃,而独痛哭流涕于桑海之际,盖《离骚》《天问》一种手笔"[1]。而归庄的古文,奇崛莫过《看牡丹记》《寻菊记》《看寒花记》《观梅日记》《看桂花记》诸篇,描写花时、花形、花味、看花、寻花的过程,议论古今贵贱和花的命运等。钱谦益《归玄恭看花二记》里,用归庄自己的《东行寻牡丹舟中作》诗句"乱离时逐繁华事,贫贱人看富贵花"评价了他的游记文:"此二句,可括纪游十数纸矣。"[2]

十四、文秉

文秉(1609—1669)字荪符,明亡后自号竹坞遗民,长洲(今江苏苏州)人,大学士文震孟之子,品德学问,承其家传。崇祯十一年(1638),文秉与黄宗羲等一百四十人联名上书《留都防乱公揭》,历数阮大铖等的种种罪行。明朝灭亡后,文秉以遗民自居,隐居山林,潜心著述,无愧家风。有《定陵注略》《甲乙事案》《先拨志始》《烈皇小识》等,寄托了一个遗民无限眷顾与伤痛之情。其弟文乘(1618—1646)字应符,出嗣文震亨,少年时风流倜傥,不以生计为事。能诗文,善书画。年十六,为诸生。两年后将赴南京应乡试,因生父文震孟去世而放弃,居家守制。此后无意功名,逍遥故里。明亡,吴江吴易起兵太湖,联络文乘。不料事泄,文乘被土国宝捕获,不肯屈膝,坚决求死,遂于丙戌(1646)六月二十六被杀,年仅二十九岁。临行前一日,写下了绝命诗曰:"阀阅名家旧姓文,一身许国死谁闻。忠魂今夜归何处,明月滩头卧白云。"[3]其忠骨傲气,在他的外甥顾苓的《文公子传》中略有记录。

文秉《甲乙事案》,是明清之际私家著述明亡历史的文献之一,具有一定的史料价值,寄情深厚,值得注意。《先拨志始》则是较为详细地记载了万历到崇祯初的有关史事。如记载万历驾崩到泰昌即位的过程,细节颇为

---

[1] 全祖望撰,朱铸禹汇校集注《全祖望集汇校集注·鲒埼亭集外编》卷三十一,上海古籍出版社,2000,第1391页。
[2] 钱谦益:《牧斋有学集》卷四十九,钱曾笺注,钱仲联标校,上海古籍出版社,1996,第1606页。
[3] 顾苓:《塔影园集》,华东师范大学出版社,2014,第2页。

惊心动魄。《烈皇小识》记录崇祯大事，既有励精图治的宏大理想，也有进退失据的方寸大乱。尤其是卷八所记史事，血泪斑斑。《定陵注略》十卷，是纪事本末体史书，记载万历一朝的主要事件，描述质实而富有逻辑。尤其是探讨门户之争与朝臣结党等事项，态度公允。

十五、顾苓

顾苓（1609—1685）字云美，吴县（今江苏苏州）人，文震孟外孙，能诗文，好篆刻。明亡隐居虎丘西之塔影园，室悬崇祯御书，时肃衣冠再拜。有《塔影园稿》《金陵野钞》《南都死难纪略》。不论诗文，皆是对亲朋的追忆与对故国的眷恋。即便几十年过去，依然满腹伤心，难以言表。如《丁巳岁朝大雪》：

> 高卧山中绝世情，松筠强项柳腰平。
> 爻占有象龙无首，书法非王月不正。
> 岭外梅花偏向暖，江边春水又方生。
> 莫嫌元冥犹余气，明日东君捧日行。[1]

题中的丁巳岁是1677年，写这首诗时，距离明亡三十余年，顾苓已经年近七旬，独居在苏州虎丘附近的塔影园中。可以看出，一位苍颜白发的老者，经历了几十年风雨之后的努力平复心绪而又故意逃避的复杂心态。

十六、吴易

吴易（1610—1646）字日生，吴江（今江苏苏州市吴江区）松陵镇柳胥村人。关于吴易之名，或有写作"吴昜"，此处不取。明崇祯十六年（1643）进士，隐居家乡不仕。清顺治元年（1644），他与好友孙兆奎到扬州投奔史可法，呈《中兴末议》，任职方主事兼监军。翌年四月，吴易奉史可法之命率船队赴江南筹集粮草。扬州失守，史可法殉国。他率船队开赴吴江，扎营太湖。五月，起兵反清，协助明吴江县令保卫吴江城。明吴江县令逃跑，县丞朱庭佐降清。吴易夜闯县衙将朱斩首，攻占吴江城。南明唐王任命吴易为兵部尚书，总督江南诸军，封忠义伯，鲁王封他为长兴伯。不久，清兵夺回吴江城，他率部退守长白荡，出没五湖三泖间。八月，清总兵吴胜兆破吴易军，父、妻、女皆死，吴易只身泅水逃脱。顺治三年，乡人周瑞复聚众长白荡反清，吴易入营主事。正月十五日，吴江城

---

[1] 顾苓：《塔影园集》，华东师范大学出版社，2014，第130页。

内闹元宵，吴易趁机再度攻占县城，连克长兴、海盐、金山卫。清嘉善知县刘肃之伪称归顺义军。六月初九日，他至嘉善与倪抚合营，集饮于孙璋家，因孙家仇人发现踪迹告密而被捕，解往杭州，"北顾抚长剑"[1]便成未了的愿望。清总督张存仁许以官，劝剃发，吴易不肯。六月五日，就义于杭州草桥门。临刑前，吴易面北而拜，曰"今日臣之志毕矣"[2]。衣冠冢建于柳胥村。清乾隆四十一年（1776）追谥节愍。吴易才兼文武，臂力过人，善于射箭，而诗歌讲究古法，深受杜诗影响。陈去病辑有《吴长兴伯集》，其中诗篇多豪侠悲壮，救亡之豪情与易代之伤感相交织。如《东湖杂诗》五首：

其一

百代伤心地，风烟莽不收。江山一吊望，吴越几春秋。
鸿雁青枫渚，芙蓉白露洲。霸才今寂寞，何处问扁舟。

其二

浩荡烟波远，森疏古岸秋。沙明矜独鹤，风淡悦群鸥。
此日五湖长，浮云万户侯。临渊寻片石，真欲老披裘。[3]

满腹诗书无用处，经纶之才同雨露。一片伤心写不尽，几度叹息说万户。诗中仙鹤、鸥鸟等意象的寓意，与顾炎武的《精卫》，颇为相同。

被俘之后写的《绝命词》，凄凉悲壮，视死如归，无愧圣贤。而对于先贤的颂扬赞叹，亦可见吴易之心志。如《定襄侯郭忠武公登》：

郭公武定孙，神驹渥洼好。十龄走健笔，欻吸振奇藻。
洞彻春秋文，兵法腹笥了。安危异人出，所以奠皇造。
英宗北狩初，决机一何早。黄尘拥翠盖，痛愤居庸道。
紫薇为荡摇，柱极西欲倒。我公奋孤撑，乃心协少保。
国也今有君，挥血视清昊。巀嶪云中城，虎豹郁相抱。
崩腾万马阵，击众每用少。猿臂捷有神，铁甲尽穿缟。
扬石雄军声，锁钥资电扫。撇烈天网翻，槎枒地龙绕。

---

[1] 沈德潜，周准编《明诗别裁集》卷十一，上海古籍出版社，1979，第287页。
[2] 乾隆《吴江县志》卷三十一，收入《江苏历代方志全书·苏州府部》第97册，凤凰出版社，2018，第443页。
[3] 乾隆《吴江县志》卷五十，收入《江苏历代方志全书·苏州府部》第98册，凤凰出版社，2018，第59页。

岂多三军力，遂争造化巧。诗看横槊赋，檄倚马上草。
排宕非常姿，灏气秋空晶。高咏战场篇，寂寞风流绍。[1]

诗歌中不乏建功立业的愿望，又有世事无常的悲伤。有捍卫边疆的雄壮，亦有梦幻的黄粱。问世间，有几个真正的英雄，能够挽救王朝的危亡？如此英勇善战的将领，却在孤独寂寞地彷徨。对当局的讥刺，对时局的忧虑，虽不掩饰，也不张扬。吴易遇害之后，叶绍袁、夏完淳等作诗哀悼。

十七、徐枋

徐枋（1622—1694）字昭法，号俟斋，长洲（今江苏苏州）人，徐汧子，崇祯十五年（1642）举人。南都不守，徐汧殉节，徐枋隐居光福邓尉山中，终身不入城市，与遗民隐者往还，而官府人员难见其面。徐枋豢养一头毛驴，很通人性，能知道主人意思。徐有所需，就将书画作品置于驴背上的竹篓中，驴则自往市上。人见之，咸谓"高士驴至"[2]，根据书画的暗示，将所需物置竹篓中，取走书画，驴自返。徐枋著有《居易堂集》二十卷，华东师范大学出版社2009年出版有点校本。其《五君子哀诗》分别记述陈子龙、叶襄、杨补、姜垓、郑之洪的事迹。《怀人诗》没有明确的指向，实际就是怀念隐居不出和远走他乡的遗民朋友。

十八、王家祯

王家祯，字予来，太仓（今属江苏）沙溪镇人，少孤，与吕云孚同砚席，文章有奇气，张溥爱之，收纳门下，明亡不出。著有《研堂见闻杂录》《梅花斋诗草》。前者记载易代乱象，从县城到沙溪镇，不仅有战争的摧毁，还有黑恶势力造成的灾难，为地方实录，颇有史料价值。年七十，自序称"穷老气尽纸干墨燥而不自已，于天人古今大要多所阐发"[3]，不仅自负，亦有自叹。

十九、吴有涯

吴有涯，字茂申，吴江（今江苏苏州市吴江区）人，天启七年（1627）举人，数上公车不第。虽乡居，遇有邑中利弊，必有建言，受到地方官吏尊重。复社建立，积极参与其事。崇祯中，署金坛教谕，迁平阳县令，多

---

[1] 沈德潜、周准编《明诗别裁集》卷十一，上海古籍出版社，1979，第287页。
[2] 徐鼒：《小腆纪传》卷五十八，中华书局，1958，第643页。
[3] 嘉庆《直隶太仓州志》卷三十六，清嘉庆七年刻本。

有善政。"首立十禁，又请折海运，止预征，政声大著"[1]。明亡，参与唐王政权，署广西道御史，巡按浙东，阻于道，驻扎处州。浙东兵溃，削发为僧，隐居苏州邓尉山中。久之旋里，不言不出数年卒。著有《燕游草》《客编奏议》。从福建到浙江，战火的激烈，途中的艰辛，处境的危险，内心的凄凉，尽在其诗歌之中。

苏州宝带桥是著名景点，更是水陆交通要道。明清易代之际，清军南下，在江南搜刮到大量财物，水陆并行运往北方。妇女，也成了清军的战利品，其中选择死亡的不在少数。吴有涯诗《过宝带桥挽陈玮妻张氏》中的"张氏"，即是其一。序言写明，张氏是丙戌正月被掳至此赴水死。"丙戌正月"，就是1646年2月，也是清军初定江南地区并通过大肆杀戮树威的时候。然而，即便是普通妇女，也有刚烈的举动。吴江陈玮妻张氏被掳掠，到达宝带桥时投水自尽，引起了诗人的咏叹，有一种可能，就是吴有涯与陈玮相识。诗曰："不得死郎前，将心托何处？桥边水咽声，定向吴江去。"[2]弘光元年（1645）二月间清军挥师南下，在明军内讧的配合下一路顺畅，五月就占领南京，弘光政权灰飞烟灭。但东进南下，却不那么顺利了，因为百姓抵抗，义军蜂起。其中在江阴就打了八十多天，损失惨重。进而，清军的掳掠烧杀就更加丧心病狂。"屠戮无遗，掠辎重妇女无算"，"（昆山）城竟破。杀戮一空，其逃出城门，践溺死者无算，妇女婴儿无算。昆山顶上僧寮中，匿妇女千人，小儿一声，搜戮殆尽，血流奔泻，如涧水暴下"[3]。清军杀光守城军民，抢掠财物妇女，其惨烈程度，难以想象。陈玮妻张氏，面向家乡投水自尽，还算有个全尸，有诗人的追吊，也算在历史上留下了印迹。吴有涯等人，浪迹天涯，隐匿山林，更有不少人消失在历史长河中，无人提起。在流离的日子，吴有涯与多位吴中名流有接触。叶绍袁生日之际，吴有涯就有和诗曰："乔木谁今拥旧庐，王侯第宅半丘墟。空浇骂客场中酒，剩有朝阳殿里裾。剑铁消余留面铁。直书著就读兵书。梅花两度山中老，莫谓披缁日月虚。"[4]兵燹之后，江山

---

[1] 潘柽章：《松陵文献》卷七，收入《续修四库全书》第541册，上海古籍出版社，2002，第455页。
[2] 徐崧、张大纯纂辑《百城烟水》卷三，薛正兴校点，江苏古籍出版社，1986，第205页。
[3] 王家祯：《研堂见闻杂录》，收入《烈皇小识》，上海书店，1982，第255页。
[4] 叶绍袁：《甲行日注》，毕敏点校，岳麓书社，2016，第66页。

易主，梓泽丘墟，山中岁月，遗民的伤痛叙写，毫不掩饰。如《过沈君晦故居》二首其一：

> 号天波浪葬忠臣，此地魂应省旧亲。
> 庭锁西风无叶扫，倚门独柳望归人。[1]

这里的沈君晦，就是太湖义军指挥者之一的吴江沈自炳。吴江沈氏、叶氏等大家族，易代之际，或奋起抗争，或流落他乡，不唯是家族或几个文人的成败得失，实可看作是文明的承继与兴衰之迹。诗中的萧然，既是属于沈自炳的，也是属于清初整体吴地文人的。

第六节　明代吴地闺阁文学群体

江南才女，历来为文学史家所重，不唯江南才女才貌双全、蕙质兰心，创作丰赡，在文学史上应有一席之地，特殊的文学心态与艺术手法，以及江南才女之遭际，亦足以感动人心。所以，有明一代的江南才女，特别是吴地才女，无论是从闺阁文学群体的角度总览，或是对单独的生命个体及其文学作品进行审视，或浓或淡总有悲情色彩。如沈宜修母女、张倩倩等，诗文词虽格局有限，然对个人性情与生活滋味，表现精准，艺术手法更为纤细，伤痛情怀又极为浓郁，称之为吴地在明代的第一闺阁文学群体，并无不当。

一、沈宜修

沈宜修（1590—1635）字宛君，吴江（今江苏苏州市吴江区）人。沈宜修出生于书香世家，父亲沈珫（1562—1622）字季玉，号懋所，官副都御史。伯父沈璟，杰出的戏剧家。丈夫叶绍袁，天启进士，官工部主事。沈宜修聪颖好学，才智过人，工画山水，能诗善词，有《鹂吹集》等，收录作品八百余首篇。其弟沈自徵所撰《鹂吹集序》有言："姊氏夙具至性，四五龄即过目成诵，瞻对如成人。宪副先子甚钟爱之，恒抱弄于膝。不肖弟幼顽劣，争枣栗，辄鸟兽触姊，姊弗恚，以好言解之。先大人相顾，诧为

---

[1] 乾隆《震泽县志》卷二十三，收入《江苏历代方志全书·苏州府部》第99册，凤凰出版社，2018，第356页。

不凡。"[1]

沈宜修与叶绍袁伉俪情深,然生当明季,家境又不理想,子女虽才华超绝,多不幸。沈宜修在接连失去三女叶小鸾、长女叶纨纨、次子叶世偁之后,五内俱焚,哀婉伤痛,撒手人寰,年仅四十六岁。沈宜修母女作品,后由叶绍袁整理编辑成《午梦堂集》行世。沈宜修现存作品包括诗文、词赋诸种,多描摹生活中的事实与身边的人事、景物与经历,写出了历经伤痛而又才情并茂的良母贤妻几无宁静的心弦,在送别、赠答、咏物、悼亡中,展示破碎的心灵。如《送仲韶北上》:

> 小绿吹双黛,芳菲映翠楼。鸾绡侵别思,鸳锦怨香篝。
> 行色风尘绕,萧萧若素秋。去岁花时节,衔杯南阳头。
> 今年桃李候,复送远行舟。杨柳何须问,攀条岂自由。
> 年年苦攀折,顾影亦堪愁。垂丝悬落日,远浦自轻鸥。
> 春妍正无赖,杜若遍汀州。含情题芍药,待燕卷帘钩。
> 蘼芜随处绿,青鬓不容留。万仞山横碧,苍烟日夜浮。
> 落花徒有感,啼鸟暮庭幽。回波几千折,别恨长悠悠。
> 明明天上月,难逐素光流。聊歌送君曲,且作无情游。[2]

此诗作于崇祯元年(1628),送别丈夫北上京城任职。那时尚是太平岁月,夫妇离别,虽有万般不舍,些许怨艾,并无凄凉悲叹。送别之际情韵依依,寄寓于杨柳芍药、鸥鹭杜宇之间。

即便是节候更换,春秋流逝,沈宜修独自抚育子女,日子艰辛,也只是幽怨淡淡从笔下流出。如《立秋夜感怀》:

> 凉夜悠悠露气清,暗虫凄切草间鸣。
> 高林一叶人初去,短梦三更感乍生。
> 自恨回波千曲绕,空余残月半窗明。
> 文园多病悲秋客,摇落西风万古情。[3]

这是文人悲秋的常态,也是敏感的女诗人沈宜修经历时节变换的常

---

[1] 叶绍袁原编《午梦堂集》,冀勤辑校,中华书局,2015,第19页。
[2] 叶绍袁原编《午梦堂集》,冀勤辑校,中华书局,2015,第41页。
[3] 叶绍袁原编《午梦堂集》,冀勤辑校,中华书局,2015,第87页。

情,又如《水龙吟》其二中所呈现的意绪:

> 砧声敲动千门,渡头斜日疏烟逗。莲歌又罢,蒚房将采,愁凝翠岫。巫峡波平,蘅皋木脱,粉云凉透。叹无端心绪,台城柳色,难禁许多消瘦。
>
> 古道长安漫说,小庭闲昼应怜否。红绡雨细,碧栏天杳,三更银漏。塞雁无书,清灯空蕊,但余绿酒。想当年白傅青衫,还倩泪,留双袖。[1]

这首词作于崇祯三年(1630)前后,小序云"丁卯,余随宦冶城,诸兄弟应秋试,俱得相晤。后仲韶迁北,独赴燕中。余幽居忽忽,恍焉三载,赋此志慨"。冶城在今天南京朝天宫附近,是南都官员时常游览的地方。当时沈宜修以此词牌共作词二首,这是第二首。

但是,到了崇祯五年秋,叶家厄运陆续降临。先是,年仅十七岁的小女叶小鸾,本已许配昆山张立平,大婚前五日,急病而卒。不久,长女叶纨纨悲伤过度,紧随小妹而去。作为母亲的沈宜修,伤痛悲哀,常人理解同情之余,几乎难以安慰。从《悼亡女三首》《长女昭齐周年感悼十一首》《见早梅忆女》诸诗篇中,分明可见一位母亲滴血的心。如《踏莎行·寒食悼女》:

> 梅萼惊风,梨花谢雨,疏香点点犹如故。莺啼燕语一番新,无言桃李朝还暮。　春色三分,二分已过,算来总是愁难数。回肠催尽泪空流,芳魂渺渺知何处。[2]

对女儿思念极深,又到祭奠亲人的时节,沈宜修的悲恸,融化在这首小词中。叶纨纨与叶小鸾,不但是沈宜修的女儿,还是文学创作上的同道。天人永隔,只能从记忆中寻觅。为人母,其痛难言。

当然亲人、诗友和韵侣,在沈宜修的笔下,也经常出现。唱和之作,显示出闺中密友情谊,也有生活的幽怨与寄托。如《蝶恋花·和张倩倩思君庸作》:

> 竹影萧森凄曲院。那管愁人,吹破西风面。一日柔肠千刻断,残灯结泪空成片。　细语伤情过夜半。阵阵南飞,都是无书雁。薄幸难凭归计

---

[1] 叶绍袁原编《午梦堂集》,冀勤辑校,中华书局,2015,第228页。
[2] 叶绍袁原编《午梦堂集》,冀勤辑校,中华书局,2015,第217页。

远,梨花雨对罗巾伴。[1]

妻子思念丈夫,人之常情。要说出心中事,则关系绝对亲密方可。张倩倩之于沈宜修,既是表妹,又是弟媳妇,还是幼女叶小鸾的养母,更是闺中密友兼韵友。张倩倩思念丈夫沈自徵,沈宜修不仅理解,亦有同感。

二、张倩倩

张倩倩(1594—1627),吴江(今江苏苏州市吴江区)人,同城沈自徵妻,才貌出众,性格婉丽。由于丈夫沈自徵倚才自负,为人仗义,挥金如土,常年在外,家中生计艰辛,终年抑郁不堪,不幸早逝,年仅三十四岁。张倩倩诗词之作,并未着意留存。今存作品,多为养女叶小鸾所记,收入《午梦堂集》中。一首《蝶恋花》,写出了才女心中的无限委屈凄凉:

漠漠轻阴笼竹院。细雨无情,泪湿霜花面。试问寸肠何样断,残红碎绿西风片。　　千遍相思才夜半,又听楼前,叫过伤心雁。不恨天涯人去远,三生缘薄吹箫伴。[2]

中华书局版《午梦堂集》该篇作品之后的"校勘记"说,《闺秀词钞续补》词牌下有题"有所思"三字,《惜阴堂丛书》抄本《名媛诗纬》有题注"丙寅寒夜,与婉君谈君庸流落,相对泣下而作"。前所引沈宜修和作《蝶恋花》词意,与这首词合起来看,可见张倩倩的幽怨伤感与无奈。一句"三生缘薄吹箫伴",倾泻了多少泪水,凝结了几许叹息,唯有当事人自己最清楚。从《过行春桥》一诗,也可见张倩倩一生,悲愁远比欢乐多。诗曰:

行春桥上月如钩,行春桥下月欲流。
月光到处还相似,应照银屏梦里愁。[3]

行春桥位于苏州西南石湖北侧的河上,与越城桥相近,相传当年越国军队在此打败了吴国的军队。中秋夜石湖的串月美景,据传就在行春桥下。虽然从未见过串月美景,但张倩倩还是相信这个传说。不过,作者将行春桥下的月光移植到屏风之上,一种贯穿古今连绵千里的愁绪,就在字

---

[1] 叶绍袁原编《午梦堂集》,冀勤辑校,中华书局,2015,第220页。
[2] 叶绍袁原编《午梦堂集》,冀勤辑校,中华书局,2015,第692页。
[3] 叶绍袁原编《午梦堂集》,冀勤辑校,中华书局,2015,第690页。

里行间飘荡出来。

三、叶家三姐妹

叶纨纨（1610—1632）字昭齐，叶绍袁和沈宜修长女，相貌端妍，性格温婉，喜好读书，能诗词文章，兼通书画。幼年，因叶袁两家世代相交，由父母做主，与袁家定下娃娃亲。本是极为妥当的婚姻，怎奈夫妇性格不合，加上袁家家道中落，叶纨纨郁郁寡欢，寄情诗词。因小妹叶小鸾临嫁猝逝，叶纨纨到娘家哭之极哀，不过两个多月，也怅然离世，年仅二十三岁，有《芳雪轩遗稿》，又名《愁言》，被其父叶绍袁辑入《午梦堂集》中。《春日看花有感》：

> 春去几人愁，春来共娱悦。来去总无关，予空怀郁结。
> 愁心难问花，阶前自凄咽。烂漫任东君，东君情太热。
> 独有看花人，冷念共冰雪。[1]

春来春去，本是自然，但不同的人，对同样的春景会有不同的感受。而作者面对一腔幽怨无人理会的窘况，只有在鲜花盛开的美景前临阶呜咽哭泣。尽管春景宜人，春花撩人，春光迷人，但在叶纨纨看来，与自己无关，因为她的心中，是一片冰凉。《点绛唇·早春有感》其二：

> 往事堪伤，旧游绿遍池塘上。闲愁千丈。暗逐庭芜长。　　自古多情，偏惹多惆怅。添凄怆，寒宵淡月，一片凄凉况。[2]

叶小纨（1613—约1657）字蕙绸，叶绍袁、沈宜修二女，著有杂剧《鸳鸯梦》，是我国戏曲史上第一位有作品流传的女作家。崇祯年间，《鸳鸯梦》和她的诗集《存余草》均被其父叶绍袁收入《午梦堂全集》。《哭父》：

> 吴山越水渺天涯，到处霜枫结泪花。
> 三载羁臣生有国，廿年贫宦殁无家。
> 世情黯黯衔杯了，心事悠悠补衲遮。
> 谁助断肠儿女哭，蜀鹃啼遍夕阳斜。[3]

---

[1] 叶绍袁原编《午梦堂集》，冀勤辑校，中华书局，2015，第291页。
[2] 叶绍袁原编《午梦堂集》，冀勤辑校，中华书局，2015，第316页。
[3] 叶绍袁原编《午梦堂集》，冀勤辑校，中华书局，2015，第912页。

秀丽的吴越山水,成了记忆;数十百里的流浪,有如狼狈天涯。父亲宦游二十年,最终无家可归,出家为僧。而这一切,都是因为沧桑巨变。亲情、乡情、家国情融于一体,作者的目光,已经跃出了家庭家族和亲情,关切到了历史走向的变幻。

妹妹、姐姐、母亲不幸离世之后,叶小纨血泪千行,肝肠寸断,伤痛之下,写成杂剧《鸳鸯梦》,寄托无限追念之情。剧中叙述蕙百芳、昭綦成、琼龙雕三位书生义结金兰,却生离死别的故事,实际是她们三姐妹生活情状的转化。

叶小鸾(1616—1632)字琼章,一字瑶期,叶绍袁与沈宜修第三女。出生六月,因家境困顿,由舅舅沈自徵与舅妈张倩倩抚养。张倩倩去世后,叶小鸾返回父母身边,时年十岁。自幼离家,难免与亲人生疏。在修复亲情的过程中,叶小鸾也与母亲、姐姐成了韵友。叶小鸾能画,工山水,喜落花飞碟,许婚昆山张立平。张乃福建左布政使之子,也早有文名。然叶小鸾年仅十七,即将出嫁前五日,患病猝逝,有《返生香》,被其父叶绍袁辑入《午梦堂集》中。

虽然才华超群,长相美艳,然叶小鸾性格温婉而敏感,与其成长经历有着重要的关系。其母沈宜修《季女琼章传》中说她"性高旷,厌繁华,爱烟霞,通禅理"[1],这不该是一个少女的心气个性。其作品中的意象选择,也多是凄凉残破之景或者凋敝腐朽之物,以构成萧索的意境,处处透露出叶小鸾凄凉惊恐的内心和孤独彷徨的灵魂。如《秋暮野望有感》:

> 远浦归帆带夕阳,一声渔笛过横塘。
> 疏杨影瘦蝉声咽,禾黍风低鸟渡忙。
> 北望云山如恨叠,东流日夜似愁长。
> 萧条此际柴门寂,极目平芜总断肠。[2]

首联写景,视听结合,尚不及心绪。颔联至尾联,几无吞吐,悲凉落寞的伤悲,一泻无余,毫不掩饰。又如《雨夜闻箫》:

> 纱窗徒倚倍无聊,香烬熏炉懒更烧。

---

[1] 叶绍袁原编《午梦堂集》,冀勤辑校,中华书局,2015,第247页。
[2] 叶绍袁原编《午梦堂集》,冀勤辑校,中华书局,2015,第374页。

一缕箫声何处弄,隔帘微雨湿芭蕉。[1]

箫声原本幽怨凄凉,微雨、芭蕉又增添了萧索悲凉之感,这位才女孤独寂寥的情绪,悠长凝重,无以复加。

诗作如此,词作更是如此,点点滴滴之间,是恍恍惚惚的凄苦幽怨,寒气逼人。今时读之,依然动人至极。当时叶绍袁、沈宜修夫妇阅之,方知女儿伤痛。如《唐多令·秋夜》:

灯晕伴残更,萧萧落叶轻。诉穷愁、草际虫声。栏外芭蕉新嫩绿,仍做出,旧秋声。　罗被夜凉清,凄然梦亦惊。透纱窗、月影纵横。几遍鸡声啼又晓,空魇损,两山青。[2]

灯暗更残,表示秋夜将晓;落叶虫鸣,送来阵阵寒意;月影散乱,拥被少女凝望;紧锁眉头,凄凉相伴昏黄。又如《虞美人·残灯》:

深深一点红光小,薄缕微微袅。锦屏斜背汉宫中,曾照阿娇金屋泪痕浓。　朦胧穗落轻烟散,顾影浑无伴。怆然一夜漫凝思,恰似去年秋夜雨窗时。[3]

上录诸篇,并非叶小鸾心态意绪之全部,然检索其现存九十首词及一百多首诗,大量的意象与主旨,是悲凉凄苦的,难得有一位十余岁少女的快乐表达。

另外,与叶氏闺阁才女唱和的黄媛介(1614—1668),也是吴地名气甚响的诗人,生活在明清易代的动乱年代,周旋于名流士大夫及名媛闺秀之间,与钱谦益、吴伟业、柳如是、叶氏家族及沈氏家族闺阁诗友,多有交往,诗词歌赋中叙写心灵的感悟,有魏晋精神。如《湖上绝句》:

西子湖头万顷春,风光不属去来人。
朝岚夕霭谁收得,半在渔舟半隐沦。[4]

闺秀诗家,所发议论不减风霜数十年之官员,或许是交往颇多,眼界甚宽,于荣辱得失之间,别有一番感悟。

---

[1] 叶绍袁原编《午梦堂集》,冀勤辑校,中华书局,2015,第378页。
[2] 叶绍袁原编《午梦堂集》,冀勤辑校,中华书局,2015,第415页。
[3] 叶绍袁原编《午梦堂集》,冀勤辑校,中华书局,2015,第412页。
[4] 黄媛贞、黄媛介:《黄媛贞黄媛介合集》,赵青整理,浙江古籍出版社,2021,第216页。

第七节　明代的吴地文人笔记与文言小说

从文化史的角度看,吴地是诗赋雄州,书画篆刻之乡,戏剧与曲艺的创作与演出,也具有引领宇内的地位。有关吴地的戏剧、曲艺盛况,从近几十年来的研究动态可见一斑。同时,吴地还是小说创作、刻印与阅读的大郡,尤其在明清两代,呈现出集散中心的盛况。

明代的吴地文人笔记和文言小说,虽然数量不多,然不乏名家佳作。文人的笔记作品,有以合集专辑的方式印行的,更多的,则散见于文人的文集之中,只有进行作家专题研究时才能引起注意。早在元明之际,高启的《书博鸡者事》,就是一篇简洁精致的文言小说作品,塑造了一个智慧而侠义的艺术形象。而以冯梦龙作品为标志的明代吴地话本与拟话本,更是小说史上不能轻视的大宗产品。吴地文人笔记、文言短篇小说及吴地白话长篇小说,兴于元末,在明代逐渐盛行。

一、陆容与《菽园杂记》

陆容(1436—1494)字文量,号式斋,太仓(今属江苏)人。生于明英宗正统元年(1436),卒于孝宗弘治七年(1494),年五十九岁。性至孝,嗜书籍,与张泰、陆钎齐名,时号"娄东三凤",诗才不及泰、钎,而博学过之。成化二年(1466)进士,授南京吏部主事,进兵部职方郎中,迁浙江右参政,所至有政绩。后以忤权贵罢归。生平尤喜聚书和藏书,祝允明称他才高多识、雅德硕学。有《世摘录》《式斋集》《菽园杂记》,并行于世。

《菽园杂记》十五卷,主要记述明代事实,旁涉奇闻异事、风俗传闻、物产景观,片段之间,知识、趣味并存,文笔尤佳。中华书局和上海古籍出版社分别出版有校点本,阅读方便。其中关于明代朝野掌故的记载,多有可与正史相参证并补史文之不足者。因而,王鏊语其门人称"本朝纪事之书,当以陆文量为第一"。"虽无双之誉,奖借过深,要其所以取之者,必有在矣。"[1]书中还有众多有关作者故里太仓的人事、方言和风俗的记述及考辨。还可以读到有关郑和下西洋的记载、梁山伯与祝英台的故事,

---

[1] 永瑢等:《四库全书总目》卷一四一,李健莉校点,中华书局,1965,第1204页。

以及明代浙江的银课数量、盐运情况等。《菽园杂记》对明代朝野故实叙述颇详,史料价值值得重视,其论史事、叙掌故、谈韵书、说文字,大多真知灼见。书中最为宝贵的是记载了许多明中叶的社会经济活动和手工业生产等方面的材料,皆具体而细致。卷十二记载异事一则:

> 刘时雍为福建右参政时,尝驾海舶至镇海卫,遥见一高山,树木森然,命帆至其下。舟人云:"此非山,海鳅也,舟相去百余里,则无恙,稍近,鳅或转动,则波浪怒作,舟不可保。"刘未信,注目久之,渐觉沉下,少顷则灭没不见矣。始信舟人之不诬。盖初见如树木者,其背鬣也。[1]

大海中的生物,或许有古人见而今已灭绝者,但不至于有这么大的。然须鲸、蓝鲸能够掀翻船只,不是虚言。卷十三记载了衢州造纸的方法,展现了造纸的艰辛和这一带聪慧勤劳的民风:

> 衢之常山、开化等县,以造纸为业,其造法,采楮皮蒸过,擘去粗质,糁石灰,浸渍三宿,蹂之使熟。去灰,又浸水七日,复蒸之。濯去泥沙,爆晒经旬,舂烂,水漂,入胡桃藤等药,以竹丝帘承之,俟其凝结,掀置白上,以火干之。白者,以砖板制为案桌状,圬以石灰,而屑火其下也。[2]

陆容自己,也成为文人记载的对象,在他的身上,也发生了不少故事。《尧山堂外纪》卷八十六记载:

> 陆式斋少美风仪,天顺三年应试南京,馆人有女善吹箫,夜奔公寝,公给以疾,与期后夜,女退。遂作诗云:"风清月白夜窗虚,有女来窥笑读书。欲把琴心通一语,十年前已薄相如。"迟明托故去之,是秋领荐,时年二十四。[3]

陆容不以诗名,然诗歌亦深有意绪。《病中无寐用陆放翁韵》《南郊杂韵》《邠宁书事》等篇章,亦可见"娄东三凤"之一的风采。《送张企翱之广东提学》《登太仓卫楼》《夜声》诸长篇,足见陆容诗篇构思之精巧与布局

---

[1] 陆容:《菽园杂记》卷十二,李健莉校点,收入《明代笔记小说大观》,上海古籍出版社,2005,第495页。
[2] 陆容:《菽园杂记》卷十三,李健莉校点,收入《明代笔记小说大观》,上海古籍出版社,2012,第500页。
[3] 蒋一葵:《尧山堂外纪》卷八十六"陆容"条,吕景琳校,中华书局,2019,第1335页。

之严密。

无聊意绪、落寞情怀在诗歌中出现，历代比比。孤馆寒窗，黄卷青灯，万物无情，一人有思，意象联通室内外，枯坐听闻达昏晨，亦见愁心之凝重了。除此之外，陆容诗歌的语言价值更值得注意，颇有吴语体的情致。

二、戴冠与《濯缨亭笔记》

戴冠（1442—1512）字章甫，自号濯缨，长洲（今江苏苏州）人。弘治四年（1491）"始以年资贡礼部"，授浙江绍兴府儒学训导，后罢归。戴冠一生寥落而重气节，有《濯缨亭笔记》《礼记杂说辨疑》《读史类聚》《气候杂解》《经学启蒙》《通鉴纲目集览精约》及诗文若干卷。《濯缨亭笔记》记述"此书记有明一代掌故制度，尤以他所居的苏州和掌教的绍兴两地方事迹比较详尽，如周忱、况钟治理苏州的政绩，南京刑科给事中之上书论事，都可以作为研究明史的参考"[1]，比如记载苏州的沉重赋税，还有官道驿传的弊端，等等，史料价值值得重视。卷五的一则故事：

> 张士诚据姑苏，日开宾贤馆廷纳诸名士。慕杨廉夫名，欲致之不可得。闻其往来昆山顾阿瑛家，潜令人伺人于道中，强要之。既至，适元主遣使以上尊酒赐士诚。士诚设宴以飨使者，廉夫与焉。即席赋诗云："江南处处烽烟起，海上年年御酒来。如此烽烟如此酒，老夫怀抱几时开。"士诚得诗，甚惭。既而廉夫辞去，士诚亦不复留也。[2]

谢国桢先生说："明代人的笔记，以记载明初及明末事情的书籍较为广博，而这部书所记的都是明代中叶嘉靖以前的事体，固然有些抄自其他的书籍，其中为他书所不记载的，也不在少处，尤为可贵。"[3]

三、祝允明的志怪、笔记小说

祝允明是明代中叶杰出的书画家，也是笔记小说的重要作者，有志怪小说《志怪录》《语怪四编》和笔记小说《野记》《祝子小言》《猥谈》《前闻记》《蚕衣》《读书笔记》传世。《前闻记》又称《枝山前闻》，多记趣闻轶事，不乏智慧与经验。如《片言折狱》：

---

[1] 谢国桢：《明清笔记谈丛》，上海书店出版社，2004，第7页。
[2] 戴冠：《濯缨亭笔记》卷五，收入《续修四库全书》第1170册，上海古籍出版社，2002，第460页。
[3] 谢国桢：《明清笔记谈丛》，上海书店出版社，2004，第8页。

闻之前辈，说国初某县令之能。县有民，将出商，既装载，民在舟待一仆，久不至。舟人忽念商辎货如此，而孑然一身，仆犹不至，地又僻寂，图之易耳。遂急挤之水中，携其资归。乃更诣商家，击门问："官人何以不下船？"商妻使人视之，无有也。问诸仆，仆言适至船，则主人不见，不知所之也。乃姑以报地里。地里闻之县，逮舟人及邻比讯之反覆，卒无状，凡历几政莫决。至此令，遂屏人，独问商妻："舟人初来问时，情状语言何如也？"商妻曰："夫去良久，船家来扣门，门未开，遽呼曰：'娘子，何如官人久不下船来？'言止此耳。"令屏妇，复召舟人问之，舟人语同。令笑曰："是矣。杀人者汝，汝已自服，不须他证矣。"舟人哗曰："何服耶？"令曰："明知官人不在家，所以扣门称娘子。岂有见人不来而即知其不在，乃不呼之者乎？"舟人骇服，遂正其法。此亦神明之政也。[1]

一个沉寂多年的案子，仅仅透过一个称呼，这位县令就能够将真凶找出，果然智慧超乎常人，是个能臣。其实，这位县令，不仅是聪慧，更有为民作主的用心。而作品中记叙的故事，亦可见经商的艰辛与危险了。

四、都穆及其《都公谈纂》

唐代诗人刘禹锡，留意当代名流故事和朝廷掌故、文人雅谈等，并经常架构这类故事讲给学生们听。其中有一位学生叫作韦绚，是韦执谊的儿子，听过之后就喜欢将故事记录下来，居然日久成帙，颇有趣味。于是，他将其重新整理编纂，为《刘宾客嘉话录》一卷，其中不仅有诸多当朝故事和人物事历，是研究中晚唐历史的参考资料，也是刘禹锡文艺观点的重要记录，为研究刘禹锡的诗歌提供了实证。

明代的都穆，门下亦有一学生陆采，也是都穆的女婿，十分留意老师讲的故事，并将老师随手著录的故事片段，加以整理编辑。于是，就有了一部《都公谈纂》。都穆（1459—1525）字玄敬，一作元敬，因其移家于南濠里，即今苏州石路阊门外之南浩街，郡人称之南濠先生。少年时即与唐寅交好，后有记载说都穆涉及唐氏科举案之发，实无依据。事实是，都穆与唐寅是终身之交，而弘治科场案也是复杂的高层权力斗争，与一般士子无关，更谈不上泄题的问题。弘治十二年（1499）都穆中进士，官至礼部郎中。他的政绩记载不多，但一生读书著述，主要著作有《金薤琳琅录》

---

[1] 祝允明：《祝允明集》，薛维源点校，上海古籍出版社，2016，第915页。

《南濠诗话》《周易考异》《使西日记》《游名山记》《史补类抄》《史外类抄》《听雨纪谈》《玉壶冰》《铁网珊瑚》《吴下冢墓遗文》等。《都公谈纂》二卷，编次基本上按照时序，从元末到明中叶，所涉人物，从君王将相到市井小民，多具史料价值。

  城南梁兴甫者，身干短而膂力绝人。永乐中，尝往南京，止洪武门，见守门军昼掠人物，心甚不平，因以好言谕之。军怒，扑兴甫。兴甫连踣数军。军以达于指挥，逮兴甫至，置高手者十人堂上，堂下军士列勇者百人。兴甫见指挥，长揖不拜，言辞慷慨。指挥心颇异之，曰："闻汝之技，愿一观之。"兴甫即结束下堂，拳所至，众皆靡避，莫敢措手。以是径出其门。郡城有众恶少，日聚赌，必胜人乃已。兴甫闻之，携一笆斗，中置钱数千以往。恶少方博楼上，兴甫至，与博，佯败。后乃大胜。曰："吾欲归，不博矣。"恶少将诟侮之。兴甫以楼中不可用手，尽取钱实斗中几满，以其肘挟斗唇下楼，若空斗然。恶少大骇，不敢肆侮。询之人，知其为兴甫也。他日，至北京，有一勇士与陈蛮子者，素号多力，两人方扑，兴甫旁观窃笑之。扑已，勇士取兴甫于手中，曰："汝欲东邪？西邪？"兴甫曰："第随所之。"言已，兴甫立于地，而勇士跌矣。陈蛮子怒，径前，扼其胸于墙，墙为之动。兴甫跃起陈肩，陈不觉仆地，良久而起，与勇士皆再拜，愿为弟子。兴甫挟其能，游四方，竟无敌手。广西僧有号（弥?)勒菩萨者，以拳手高天下。游食至吴，时兴甫已老，约与北寺相见。兴甫往，僧已先在。北寺殿前有施食台，其高几丈，阔倍之。二人登台相扑，观者如堵。兴甫一拳中僧右目，睛突出于面。僧以手去之，分必死，奋力相角，击兴甫堕台，被兴甫以足跟伤其胸。兴甫归，内伤，二日死。僧亦三日死。[1]

  描写打斗动作，堪与今之武侠小说比肩。然作者描绘有趣，不知不觉间，也透露出做事、做人的道理：为善多多益善，练武适可而止。书中记载况钟的故事，不仅仅为史家所重，也是后来文学作品的重要素材来源。

  南昌况公钟，字伯律，宣德庚戌，以礼部郎中奉玺书出守吴郡。国朝自洪武以来，郡守之赐玺书，盖自公始。公为人刚介有为。既下车，即以

---

[1] 都穆：《都公谈纂》卷上，收入《明代笔记小说大观》，上海古籍出版社，2005，第555—556页。

兴利除害为己任，修政条，明禁令，一以玺书从事。首雪民之冤为军，而复其后者千七百家。民有聚党诬害善类，公法治尤者数人，余皆敛迹。先是工部侍郎罗公汝敬，奉使江南，看详吴郡粮赋，计二百八十余万石，天下田粮之重，无出吴者。遂奏请于朝，得减粮七十二万一千余石。户部寻沮之，欲征前数。公即上章，其辞有"失信于民"之语，宣庙嘉而纳之。公又奏蠲陷没湖田之粮十四万九千五百石。壬子秋，积雨伤稼，朝廷赐免长洲等县粮二十九万五千余石，亦以公之奏也。是年冬，公入觐，宣庙遣中官召郡守七人宴光禄寺，并赐以诗，公实为之首。癸巳三月，公至郡，时麦不收，公奏免夏税十四万石。秋，蝗生嘉定，公祷于天，风雨大作，蝗遂死焉。初，公考绩吏部，吏部将大用之。会郡民二万诣阙留公，时英庙在位，嘉公成绩，锡之诰命，进阶中议大夫，食三品禄，俾复其任。公敭历中外，侃侃自持，事苟有益于国家，利于民者，知无不为，为无不力。其治郡时，有群鹤来翔、老妪梦诉之异，其去郡也，民为之歌曰："况青天，朝命宣，宜早还。"又歌曰："况太守，民父母。愿复来，养田叟。"公在郡十有一年，封章几三百余上。年五十九，卒于郡治。士民绘其像，祀于范文正公之祠。[1]

尚有一些传奇故事甚至志怪故事，是都穆闻之于人言而书在《谈纂》，并非研读经史之笔录。由此也可见《世说新语》与《搜神记》的影响，不仅在小说，在文人笔记中也是痕迹明显。

五、蔡羽与《辽阳海神传》

与"明四家"先后享誉书画界的蔡羽，以一篇《辽阳海神传》为小说史家所重视。蔡羽（1471—1541）字九逵，苏州府吴县洞庭（今江苏苏州市吴中区金庭镇）人，自号林屋山人，又称左虚子、消夏居士。蔡羽好古文，师法先秦、两汉，自视甚高，所作洞庭诸记，欲与柳宗元争胜。善书法，长于楷、行，以秃笔取劲，姿尽骨全。蔡羽从小丧父，由母亲亲自教授读书。十二岁能操笔作文，富有奇气。稍长，即已读遍家中藏书。后师从王鏊，学日进，然乡试落第，嘉靖十三年（1534）六十四岁时获贡生，授南京翰林院孔目，三年后退休回西山。卒于西山的东蔡故居，年七十

---

[1] 都穆：《都公谈纂》卷上，收入《明代笔记小说大观》，上海古籍出版社，2005，第559—560页。

一，葬于谷堆山祖墓，文徵明为其作有墓志铭。蔡羽是文学家，更是书法家、书法理论家，"吴地十才子"之一，"有《林屋》《南馆》二集"[1]。

《辽阳海神传》叙述新型商人程士贤因经商失败而流落关外，巧遇海神，结为姻缘。在海神的帮助下，程士贤靠十两银子的本钱，以"人弃我取，奇货可居"的手法，不畏艰苦，不怕辛劳，五年之中，积累了五十万两的资本。小说虽然富有传奇性，志怪痕迹明显，但实质是依据现实生活写成，是明代中叶商人地位提高、士农工商合流特别是大量儒商出现的现实写照。小说总结了商人的经营经验，具有现实指导意义，对后世商业素材小说的创作，也有一定的先导作用。凌濛初"二拍"中《迭居奇程客得助，三救厄海神显灵》即本于此篇。

六、陆粲与《庚巳编》

陆粲（1494—1551）字子余，又字浚明，长洲（今江苏苏州）人，嘉靖五年（1526）进士，入词馆，转工科给事中，敢直言，负盛名。以争张福狱，廷杖下狱，谪贵州都镇驿丞，迁永新知县，以母老求归。母丧，悲哀哭泣，伤心过度，未终丧而卒。有《左传附注》《春秋胡氏传辨疑》《陆子余集》。

《庚巳编》十卷，是陆粲的早年作品，目为志怪，基本合适。作品多记明初奇闻异事，社会新闻、祥瑞灾祸、刑事案件、人间风俗等，包罗万象。有些篇章具有一定的史料价值，也有不少作品除荒诞有趣之外，也反映了作者的价值观和政治主张。如卷三《还金童子》：

> 袁尚宝忠彻居乡时，其友人家一童子姿貌韶秀，且性机警。尚宝相之，以为不利于主，使逐焉。友虽素神其术，然意不忍也。数言之，不得已而听之。童竟去，无所归，往来寄食于人。一夕宿古庙中，久不寐，见墙角一破衲中裹黄白约数百两，欲取之，忽自叹曰："我以命薄，不得主意，横被遣逐。今更掩有此物，则是不义，天益不容矣！当守之以待失主。"至旦，遂住庙中不去。已而闻哭声，见一妇人掩涕而来，四顾彷徨，问之，答曰："吾夫军也，以事系狱应死，指挥某者当治之。妾卖家产及假贷，通得金银若干，将以献彼。因裹着破衲中，挈之过庙少憩，不觉遗下。今追寻无得，吾夫分死矣！"童历问其锭数多少，皆合，即举以还之。妇感激，

---

[1] 张廷玉等：《明史》卷二百八十七，中华书局，1974，第7363页。

欲分以谢,不受,遂携去,夫因得释。念童之德,遍以语人。指挥者闻而异焉,令人访致之,育于家。年老无子,悦其美慧,遂子之。又数年致仕,此子遂袭职归,而告拜故主。主叹曰:"袁君之术乃疏如此乎?"留之迟袁至,使仍故服捧茶而出。袁见之,惊起曰:"此故某人耶,何以至是?"主谬云逐出无归,今又来矣。袁笑曰:"君无戏我,今非君仆矣,三品一武官也,形神顿异畴昔,岂尝有善事以致兹乎?"此子为备述前故,友乃叹袁术之神焉。[1]

这则故事的前一则,就是记载袁尚宝的相术。古人所说的相术情节,虽未见科学道理,但往往故事性很强,笔法优雅,值得一读。但这则故事,相术、因果报应之说还在其次,重要的是叙述了童子的善良,以数百两黄金白银,与一流浪儿对举,黄金白银为轻,流浪儿之品德,足可见矣。

稍后的何良俊《四友斋丛说》三十八卷,内容更为驳杂。虽有吴地诸多人物故事,更多的是杂记和对经史艺文的考证评论,具有一定的学术价值。而诸如写唐寅摆脱朱宸濠回归的过程,看似渲染了唐寅的敏锐机智,实则有损于唐寅的形象,只是故事而已。

七、王临亨与《粤剑编》

王临亨(1557—1603)字止之,号致庵,昆山(今属江苏)人,王志坚之父。王临亨生活在嘉靖、万历年间,虽然官职不高,但名声很大。万历十七年(1589),王临亨进士及第后,授浙江西安知县,又任海盐知县,因为审断案子从不隔夜、从不拖拉,善于为百姓主持公道,老百姓赞之为"王一时"。又因为百姓到衙门办案花费不过一升米价,王临亨被赞为"王一升"。万历二十三年,王临亨转任刑部主事,其间曾奉命到广东审案,《粤剑编》就是他根据这次途中的见闻编撰而成。万历二十九年,王临亨任杭州知府,卒于任所。其为人性沉敏,多沉湛之思,遇事宽大,喜通脱,不屑争一时得失。

《粤剑编》全书分为古迹、名胜、时事、土风、物产、艺术、外夷、游览八类四卷,为研究明中叶广东地区政治时事、社会习俗、山川物产、古

---

[1] 陆粲:《庚巳编》卷三,收入《明代笔记小说大观》,上海古籍出版社,2005,第641—642页。

今遗迹等提供了许多史料,这些史料,或可纠正史书之谬误,或可补史书之不足。卷二的两则短文,颇有代表性,一则展现社会治安的严峻形势,一则叙述巧立名目的敲诈勒索。

有孀妇与子同居者,一无赖贷之金,久而不偿,孀妇向其家索负,而令其子守家,子仅数岁耳。无赖谬谓孀妇曰:"家贫不能偿负,愿得他假以践凤约,盍少待。"孀妇许诺。无赖即驰至妇家,谓其子曰:"汝母在吾家,欲往探亲,令汝取床头首饰匣来。"其子信之,持匣与无赖偕行。中途热甚,谓其子曰:"溪流洁清,可涤烦也。"遂偕浴于溪中,诱其子抵中流,推而溺之。无赖密藏其匣,佯为无从称贷者,于邑以归,谢孀妇去。妇归,索其子不得,哀号者竟夕。明旦其子从外来,谓无赖诒我共浴而溺我,水中若有物扶吾背者,泅而流十余里,始傍岸得救。孀妇鸣之官。无赖谓其子已死,犹挺然强辩,及见此儿,即便俯首。[1]

神灵之说没有依据,但溪流之中,河床可能不甚平整,大小石块布列其中,则不会游泳之人也可能浮沉其间,争取到获救的机会。这则故事可谓老套,结构上并无独异,情节上也很简单。但说明了一个道理:借钱给别人还是要慎重。

岭南税事,从来有之,凡舟车所经,贸易所萃,靡不有税。大者属公室,如桥税、番税是也;小者属私家,如各埠各墟是也。各埠各墟,属之宦家则春元退舍,属之春元则监生、生员退舍。亦有小墟远于贵显者,即生员可攘而有之。近闻当道者行部,过一村落,见有设公座,陈刑具,俨然南面而抽税者。问为何如人,则生员之父也。当道一笑而去。[2]

表面看,是写一段滑稽事。细细玩味,一点也不滑稽。事情虽然发生在广东、福建一带,但实际上是全国性的大问题,是社会动荡的根源,即任何事都有税,任何有权有势的人都可以收税,可以用任何方式、任何名目在任何地方收税。"著者编此书时,正值万历时矿使四出骚扰地方,及欧洲海上强盗东来霸占澳门,与倭寇侵入东南沿海的期间。"[3]作者写的是一位生员之父,设座收税,官员居然一笑而去,暗示了这个现象没人管的

---

[1] 王临亨:《粤剑编》卷二,凌毅点校,中华书局,1987,第68页。
[2] 王临亨:《粤剑编》卷二,凌毅点校,中华书局,1987,第70页。
[3] 谢国桢:《明清笔记谈丛》,上海书店出版社,2004,第23页。

事实，就是说，收税的人，不能管，因为背后有人。而隐隐然反映的，正是万历二十年（1592）前后的税务乱象。

八、宋懋澄与《负情侬传》

宋懋澄（1570—1622）字幼清，号稚源，松江华亭（今上海市松江区）人。宋懋澄好诗文，以藏书知名，收藏秘本、抄本及名家校本甚多，藏书楼名"九籥楼"。万历四十年中乡试，随后三次春闱失利，遂无意科举，郁郁而终。宋懋澄生平事历与个性，陈子龙《宋幼清先生传》及吴伟业《宋幼清墓志铭》中，有具体介绍。其作品集《九籥集》，在清代被列为禁书。但文言小说《负情侬传》，流传甚广。

小说近三千字，叙述李生与杜十娘的故事，是冯梦龙《杜十娘怒沉百宝箱》的来源。作者交代故事来源是"听说"的，"余自庚子秋闻其事于友人，岁暮多暇，援笔叙事"[1]，也就是写在万历二十八年（1600）。而后面宋懋澄说的写作过程，却有些荒诞。故事的人物形象设计与情节安排，几乎为冯梦龙全盘接受。然文言小说与拟话本，还是有不小的区别。拟话本通俗易懂，一切更加痛快淋漓，而文言体则情感色彩更为丰富凝重。如杜十娘控诉痛斥新安人的一段："汝闻歌荡情，遂代莺弄舌，不顾神天剪绠落瓶，使妾将骨殒血碧；自恨弱质，不能抽刀向伧。乃复贪财，强求萦抱，何异狂犬，方事趋风，更欲争骨，妾死有灵，当诉之明神，不日夺汝人面。且妾藏辰怡影，托诸姊妹，蕴藏奇货，将资李郎归见父母也，今畜我不卒，而故暴扬之者，欲人知李郎眶中无瞳耳。妾为李郎涩眼几枯，翕魂屡散，事幸粗成，不念携手，而倏溺笙簧，畏行多露，一朝弃捐，轻于残汁，顾乃婪此残膏，欲收覆水，妾更何颜而听其挽鼻！今生已矣，东海沙明，西华秦垒，此恨纠缠，宁有尽耶！"[2]不只是深奥，难以为普通市民理解，对于杜十娘悲愤懊悔心情的表达，也难尽情。然案头阅读，颇有意气。毕竟文人手笔，文辞雅致，又不乏凛然之气。

九、蒋一葵与《尧山堂外纪》

蒋一葵（生卒年不详）字仲舒，号石原，武进（今江苏常州）人。早年丧父家贫，母竭力抚养其兄弟。稍长求学而无书可读，四处借阅，刻苦抄录。万历二十二年成举人，曾官灵川知县、京师西城指挥使等，官至南

---

[1] 宋懋澄：《九籥集》卷五，王利器校录，中国社会科学出版社，1984，第117页。
[2] 宋懋澄：《九籥集》卷五，王利器校录，中国社会科学出版社，1984，第116—117页。

京刑部主事。蒋一葵酷爱古迹，踏勘访问，详细记录；喜好史乘，读书摘录，不遗余力；旁涉百家，尤其关注明贤轶事，抄录整理，为后世留下珍贵资料。蒋一葵的书斋曰"尧山堂"，有《尧山堂外纪》《尧山堂偶隽》《长安客话》等传世。

严格说，《尧山堂外纪》算不上文人的笔记小说，实为作者的读书笔记。然其记录事件原委清晰，情节完整而文字流利，故事性很强。故而，史乘价值之外，文学价值也不宜低估。全书一百卷，涉及从传说的黄帝时代到明代后期的诸多史事。尤其是当朝故事，是研究明史的第一手史料。此书因人记事，因事系作品，不仅是对相关人士生平资料和作品的辑存，体例上亦为后世效仿。然究其本源，当是与宋元笔记一脉相承，读之，与《春渚纪闻》《东轩笔录》《青琐高议》诸书有相似之感。如《章孟端》：

> 章孟端，宣德间为御史时，多所弹劾。正统初，权贵忌之，罢归，京师士大夫以宋人赠唐子方"去国一身轻似叶，高名千古重如山"之句，分韵作诗送之，送者皆被远谪。不数年，孟端诸子连中进士为京官，同处一邸，书春题于壁曰："四壁金华春宴罢，满床牙笏早朝归。"人多美之。[1]

其开合博洽，于此可见。叙述风格，有如宋人。

十、袁于令与《隋史遗文》

袁于令（1592—1672），原名袁韫玉、袁晋，字令昭，一字凫公，号箨庵，又号幔亭、白宾、吉衣主人等，吴县（今江苏苏州）人。生年或云1599年。袁于令出身书香门第，但自己科场失意，明末仅为生员，因与一妓女相恋，被革去学籍。顺治二年（1645）清兵南下，袁于令迎降，授荆州知府，近十年未有升迁。后因得罪上峰，被免官，退居江宁，以编剧为乐，写成了《西楼记》《金锁记》《玉符记》《珍珠记》《肃霜裘》《长生乐》《瑞玉记》，另有杂剧《双莺传》。晚年移居会稽，忽染异疾，不食二十余日而死。

《隋史遗文》十二卷六十回，是袁于令早年作品，对后来的《隋唐演义》有着重要的影响。小说以秦琼为中心，叙述隋文帝次子杨广玩弄权术，篡权夺位，骄奢淫逸，穷兵黩武，终于使隋王朝走向衰亡。而各路军事集团相互征伐，各位英豪在历史的选择中进行叛附更换门面，最终主要

---

[1] 蒋一葵：《尧山堂外纪》卷八十二，中华书局，2019，第1288页。

人物相继归顺到秦王李世民旗下。唐王朝建立之后，李世民得到了当年各位兄弟及而今众多忠臣的支持，很好地掌控了局势，稳定了唐朝的天下，进而大封功臣，强化对权力的控制。所以，《隋史遗文》基本具备了《隋唐演义》的故事结构、主要情节与人物形象。但小说中议论陈腐且偏多，影响了作品的艺术价值。1999年人民文学出版社出版有刘文忠校点本《隋史遗文》。

第九章 沈璟与明代吴地戏剧

中国古典戏剧出现成熟作品的时间，学界一般认为是在元代。因为元杂剧具备了成熟的舞台表演技艺和完整的代言体形态。然而，元杂剧经历了将近百年的繁荣之后，不可避免地走向了衰弱，其重要的标志，就是元末南戏的盛行。

而南戏盛行的直接后果，是古典戏剧创作与演出的新高潮的到来。吴地剧坛，在这样的戏剧盛世中，必然要有精彩的呈献。根据学者的统计，有明一代戏曲盛行，而吴地，更是声势浩大。"有明曲家，作者至多，而条别家数，实不出吴江、临川、昆山三家"[1]。戏曲在明代的三大集中活跃地区，吴地占据其二，创作与演出之盛、影响之大，可想而知。然而，若以家数来论列吴地的戏剧成就，不免局促狭隘了。原因很简单，吴地戏剧活动家远不止昆山、吴江的，环太湖吴语区于戏剧有成就者甚多，不仅仅有戏剧作品，还有演艺、理论和戏剧资料的搜集整理与研究等方面的成就。大家名家，固然不可忽视，而吴地中名声并不响亮却又有特殊贡献的戏剧家，亦不在少数，不宜无视。

第一节　昆剧兴盛与《浣纱记》

戏剧的发展与兴盛，不是突然之间的事情，有一个缓慢酝酿、组合、整编、实践和改良、提升的过程，吴地剧坛也不例外。早在元代，吴地即有文人参与戏剧活动，杨梓、柯丹丘、岳伯川、萧德祥等，在南戏走向兴盛的过程中发挥了重要的作用。

然而，说到明代吴地戏剧的成熟与兴盛，不能不简单回顾一下古典戏

---

[1] 吴梅：《顾曲麈谈　中国戏曲概论》，上海古籍出版社，2000，第163页。

剧音乐的发展演变。从元杂剧盛行到南戏崛起，戏剧音乐很难用简单的语言分析。但是，南戏盛行之后，逐渐影响天下曲坛的四大声腔：海盐腔、弋阳腔、余姚腔、昆山腔，却是不能忽略的。除了弋阳腔出自江西，另三种均出自吴门，是当地方言与地方音乐体系加上民间小调和民间清唱歌谣的产物。其中的昆山腔，经历了一个比较复杂的发展过程。一般认为，"元明易代之际，昆山（含太仓部分）一带，已流行一种以当地方音为基础的南曲，称'昆山腔'"[1]。简言之，昆山腔原先只是昆山地区的民间清曲小调，并未与成熟的戏剧结合。到了元末明初，也就是14世纪中后期，用昆山腔演唱的南戏在江南地区逐渐盛行起来。但是，由于方言的影响及原有曲调过于柔软和简短，不利于在大型剧目中运用。于是，民间音乐家魏良辅的改造开发出昆曲所蕴含的艺术潜力，使之成为一种重要戏剧演唱形式。魏良辅的生平事迹几乎没有像样的记录，只有十分简略的提及。结合几位当时人著作中的一些零星材料，可以知道，他生活在明代嘉靖、隆庆年间，原籍江西，长期寄居在江苏太仓，演唱民间曲调，也就是卖艺为生。但这种职业，使魏良辅广泛接触到南北方各种曲调，通过比较研究，他发现昆山腔的曲调过于平直柔弱，少起伏变化，不利于在大型剧目中应用。于是，魏良辅和一批志同道合者合作，开始了对昆山腔的演唱和伴奏的改革。主要是在原来昆山腔的基础上，汇集南北方各种曲调的长处，借鉴江南民歌的音乐体系，整合出一种以昆山腔为基础的新式剧曲。改革获得了巨大的成功，也给魏良辅带来了盛誉，并且很快在周围地区传播开来。关于昆剧的形成和发展，可参看刘祯、马晓霓《昆曲史话》（社科文献出版社2016年出版）、胡忌、刘致中《昆剧发展史》（中国戏剧出版社1989年出版）等著作。

一般认为，最早用改良后的昆曲形式演出的戏剧作品，是昆山梁辰鱼（1519—1591）的《浣纱记》。经过魏良辅的改革、梁辰鱼的实践，昆曲的影响越来越大，很快传播到江苏南部、浙江中北部的广大地区，成为这些地域主要的剧种。

相传，梁辰鱼得到了魏良辅的传授，不仅在昆曲演唱上造诣很高，在昆山、太仓及周边地区极受尊重，常指点歌童、歌女们演唱的技巧，更为

---

[1] 苏州市文化局、苏州戏曲志编辑委员会编《苏州戏曲志》，古吴轩出版社，1998，第81页。

重要的是，梁辰鱼运用改良之后的昆山腔创作了《浣纱记》，并在舞台上演出取得极大的成功。

《浣纱记》的故事源头，在《吴越春秋》的一个片段记载：

> 十二年，越王谓大夫种曰："孤闻吴王淫而好色，惑乱沉湎，不领政事。因此而谋，可乎？"种曰："可破。夫吴王淫而好色，宰嚭佞以曳心，往献美女，其必受之。惟王选择美女二人而进之。"越王曰："善。"乃使相者国中，得苎萝山鬻薪之女，曰西施、郑旦。饰以罗谷，教以容步，习于土城，临于都巷，三年学服而献于吴。乃使相国范蠡进曰："越王勾践窃有二遗女，越国洿下困迫，不敢稽留，谨使臣蠡献之大王，不以鄙陋寝容，愿纳以供箕帚之用。"吴王大悦，曰："越贡二女，乃勾践之尽忠于吴之证也。"子胥谏曰："不可！王勿受也。臣闻五色令人目盲，五音令人耳聋。昔桀易汤而灭，纣易文王而亡。大王受之，后必有殃。臣闻越王朝书不倦，晦诵竟夜，且聚敢死之士数万，是人不死，必得其愿。越王服诚行仁，听谏进贤，是人不死，必成其名。越王夏被毛裘，冬御绨绤，是人不死，必为对隙。臣闻：贤士，国之宝。美女，国之咎。夏亡以妹喜，殷亡以妲己，周亡以褒姒。"吴王不听，遂受其女。[1]

如果说元杂剧在早期，主要表现的是严峻的社会问题，后期逐渐关注家庭、情侣之间的矛盾冲突，南戏则更为主动关注家庭伦理方面的题材。早期南戏《张协状元》《错立身》《小孙屠》，后来的《荆钗记》《白兔记》《拜月亭》《杀狗记》《琵琶记》等，多为相似的主题。然而，《浣纱记》的出现，颇有一种新鲜感。因为该剧将历史、政治、爱情交织在一起了。史书的记载，只是说春秋末年吴越争霸，越国惨败，在越王勾践、文种、范蠡等人的共同努力下，卧薪尝胆，积蓄力量，外施巧计，内聚人心，越国终于最后灭亡吴国，吴王夫差以悲剧收场。但这段历史，在民间有着更多更精彩的传说。其中关于西施的故事，就有很多。而文人对于西施故事的关注与吟叹，也将简略的历史过往渲染得细节饱满、情感充沛。

《浣纱记》故事的历史背景并不复杂，但经过梁辰鱼的艺术加工，蕴含了对封建国家兴衰存亡的历史规律的深沉思考。作品表现的是，吴王夫差

---

[1] 赵晔撰，徐天祜音注《吴越春秋》卷九，苗麓校点，辛正审订，江苏古籍出版社，1999，第143—144页。

率军打败了越国，将越王勾践夫妇和越国大臣范蠡带到吴国，充当人质，从事仆役事务。越王战败被俘后，忍辱负重，奋发图强，并听从范蠡的建议，将范蠡美丽无双的恋人浣纱女西施，进献给吴王，也就是用美人计来消磨吴王的意志，离间吴国君臣。越王也以彻底归顺的姿态取得了吴王的信任，博得了他的同情。吴王果然为西施的美貌所迷惑，废弛国政，重用奸臣伯嚭，杀害忠良伍员。三年后，吴王将勾践被放回越国，而自己纵情声色，不问国政。越国君臣则苦心经营，积聚力量，连环用计，消耗吴国的实力，终于打败吴王夫差，取得成功，使得夫差自杀。范蠡功成身退，远离是非，携西施泛舟五湖。关于西施的结局，史书并不见明载，民间大致有三种传说。一是被越王勾践和范蠡沉入太湖，一是跟随范蠡经商而发家致富，一是死于吴王夫差的误杀。后世的艺术作品往往根据作者的情感倾向而在选择上有所差异。如《西施泪》即采用吴王误杀的传说，而观者更为希望的是西施与范蠡泛舟五湖，飘然而去。梁辰鱼采用的就是这种结局，但故事的结构更富有逻辑性，格局也更高。西施与范蠡本为恋人，为了越王勾践的复国计划而牺牲了个人爱情与家庭。伍员本为吴国忠臣，却无端枉死，含恨看潮。吴王听信奸佞，迫害忠良，最终招致国灭身死的悲惨下场。

于是，《浣纱记》不仅是戏剧史上运用魏良辅改革的昆曲演唱的第一部戏，也是明代中后期极为重要的一部政治剧、历史剧，在舞台上演出，不免有含沙射影之意。作者所处时代，与《浣纱记》的写作关系十分密切。稍微了解一下明代历史就可以知道，这是一个由稳定转向动荡的时代，也是明王朝由繁盛转向衰亡的关键时刻。那位颇有游戏心态却实际上能力超群的皇帝明武宗朱厚照，很不幸早早驾崩了，留下一个无人继承的江山。大臣们在内阁首辅杨廷和的提议之下，请来了朱厚熜当皇帝，年号嘉靖。本来想有一番作为的嘉靖皇帝，为了自己父亲的封号，与大臣们僵持了二十余年。嘉靖皇帝朱厚熜，是明宪宗的孙子、孝宗的从子、兴献王朱祐杬的世子。朱厚熜从知道要即位开始，就有一桩心事：为自己的已故生父取个"皇"的名号。因为这位候任皇帝的生父是兴献王朱祐杬，是明孝宗朱祐樘的亲弟弟。于是，朱厚熜进京即位的途中，已经显露了争执的苗头："及至京，止城外，（杨）廷和固请如礼部所具仪，世宗不听。乃御行殿受笺，由大明门直入，告大行几筵，日中即帝位"，并说"遗诏以吾嗣皇帝位，非为皇子也"[1]，一场争论，已经拉开帷幕。"未几，命礼官议兴献王主祀称号"[2]，朝堂之上，群臣与皇帝为了这个称号展开了激烈的争论。迫于群臣的一致意见，新皇帝很不情愿地作出让步，才告暂停。可三年后，事端又起，迎合上意的张璁、桂萼、方献夫议定了朱厚熜生父的名号为"恭穆献皇帝"[3]，"廷臣诤者百余人。帝不得已，乃以嘉靖元年诏称孝宗为皇考，慈寿皇太后为圣母，兴献帝、后为本生父母，不称皇"[4]。这次的不得已，是在群臣挨打而不肯让步的窘境下作出的选择。廷臣终于取得了最后的胜利，但也付出了惨重的代价。因为一百多人参与这场争论，廷臣引经据典，从舜、汉宣帝、汉光武帝故事到宋代的"濮议"。皇帝廷杖了一百三十四人，冠绝寰宇，也没有改变这帮书生官员的主张。嘉靖杖群臣，是皇帝的意气用事；群臣据理力争，也不免书生意气。

客观地讲，已经当皇帝的朱厚熜，想着为自己的生父加"皇"的称号，是孝的表现。一个名号而已，并不能改变什么。但长期的争执与大规模廷杖，却改变了明代的政治格局。首先是嘉靖皇帝从此不愿意多见臣子，以至于后期有二十多年几乎不朝，君权旁落。于是，严嵩父子控制朝政几二十年，局面可想而知。其次是皇帝另寻精神寄托，修道炼丹成了嘉靖皇帝的主课，荒唐的故事也就一再发生。再次是书生从争大礼的结果中看到，只要有理和坚持，哪怕付出惨重的代价，在历史上留下了浓墨重彩的一笔也很值得。从此，清誉、清议、道义和廷杖联系在一起，廷杖也成为清誉的源头之一，对朝堂风气和士大夫的人格追求甚至对明代的政治走向，影响巨大。"'大礼'之议，杨廷和为之倡，举朝翕然同声，大抵本宋朝司马光、程颐《濮园议》。然英宗长育宫中，名称素定。而世宗奉诏嗣位，承武宗后，事势各殊。诸臣徒见先贤大儒成说可据，求无得罪天下后世，而未暇为世宗熟计审处，准酌情理，以求至当。争之愈力，失之愈深，惜夫"[5]。从嘉靖后期起，由于皇帝怠工，君权有旁落之险，社会危机四伏。而朝廷之中，则是严嵩之流当道，夏言、海瑞、杨继盛等忠臣良将遭到冷遇，甚至迫害。综观一下作者所处的社会背景，会深化我们对

[1] 张廷玉等：《明史》卷一百九十，中华书局，1974，第5036页。
[2] 张廷玉等：《明史》卷一百九十，中华书局，1974，第5036页。
[3] 张廷玉等：《明史》卷一百九十一，中华书局，1974，第5071页。
[4] 张廷玉等：《明史》卷一百九十，中华书局，1974，第5038页。
[5] 张廷玉等：《明史》卷一百九十一，中华书局，1974，第5078页。

《浣纱记》的认识。文艺作品总是时代的产物，不论选择怎样的素材，在情节处理上或多或少会受到时代环境的影响。

不过，身居昆山的梁辰鱼，虽然对国家大事略有耳闻，或看到一些邸报，但终究不可能清楚地了解朝中内幕。所以，也难以将历史的政治蕴含和警钟意义与现实结合起来。"《浣纱记》这一故事，若按《吴越春秋》所叙，大可以在政治上发挥一番。可是，这本传奇，全剧共四十五出，其间有两度国破家亡的境遇，如越王勾践战败降吴，囚系石室，卧薪尝胆；吴王夫差被围阳山，无法自脱，自刎而死，论理，都应该在作者笔下产生一些慷慨悲凉的所谓变徵之音，但他把全剧主题，放在西施和范蠡二人的恋爱与离合的境遇上，由是冲淡了这些可供发挥的关目，而只在生旦排场上做文章"[1]。话说回来，作为全新昆曲的完整舞台呈现，《浣纱记》追求好看、好听，肯定不错，对于昆剧的兴盛，发挥了不可替代的作用。

就在梁辰鱼创作《浣纱记》的同一时期，明代戏剧领域还诞生了另外两部影响同样巨大的作品，那就是李开先（1502—1568）的《宝剑记》和作者存在争议的《鸣凤记》。作品因用昆曲演唱而广为流传，成为昆曲重要的保留剧目。

第二节 时政活报剧《鸣凤记》

《浣纱记》《宝剑记》《鸣凤记》是明代中叶后期的三大传奇，在戏剧史上有着振兴的意义。《浣纱记》已有如上的简介，而《宝剑记》的作者李开先是山东济南人，此处不论。唯有政治活报剧《鸣凤记》政治主题明确而切时，值得关注。问题是，这部戏的作者究竟是谁？至今并无一锤定音的结论。笔者在此，接受作者为王世贞的说法。关于王世贞的生平事历与成就，已见前述，此处不赘。

政治斗争和悲欢离合成为昆曲剧作的两大主题，有时各自独立，有时紧密结合，《浣纱记》与《鸣凤记》，实为发端之作。

嘉靖皇帝的即位与作为，前已述及。由于朝臣的坚决谏诤，朱厚熜暂时没能为他已故的父亲兴献王朱祐杬争到一个"皇"的封号。于是，消极

---

[1] 周贻白：《中国戏曲发展史纲要》，上海古籍出版社，1979，第272页。

怠工，读书炼丹，大权旁落，严嵩父子及其党羽端居中枢近二十年，朝政可想而知。但是，需要公正说一句，嘉靖皇帝绝非等闲之辈，虽不是明君，也不是昏君，君王之术，极为娴熟。所以，长期担任内阁首辅的严嵩，尽管手握大权，坏事做绝，实则仍然在朱厚熜的控制之下。因此说，严嵩是奸臣不假，确实有些能力，也是真的。可惜的是，严嵩的能力不是用来致君泽民富国强军，而是用来邀宠固位，打击忠良。不少正义之士、正直官吏甚至朝廷重臣，如曾经担任内阁首辅的夏言等人，惨遭杀害，严嵩父子是罪大恶极的主谋。"言死，嵩祸及天下，久乃多惜言者"[1]。《明史》中的这句话很有信息，首先，夏言被杀之后，严嵩才能祸及天下，夏言在，严嵩可能干不了大的坏事。其次，严嵩是祸及天下，而不仅仅是危害朱明王朝的政权或皇室的权威，他的为祸范围广而祸害深。再次，很久之后才有大多数人可惜夏言之死。也就是说，嘉靖二十七年（1548）十月夏言被杀之后的十余年时间里，逐渐有人开始惋惜夏言了。而这段时间，正是严嵩父子权倾朝野的时候，很多良臣能吏，丧身在严嵩父子的奸谋之中。王世贞的父亲王忬，不幸成为其一。

　　王忬（1507—1560）字民应，号思质，苏州府太仓（今属江苏）人，王世贞的父亲，出生在衣冠诗书的王氏家族。父王倬，曾任南京兵部右侍郎，谨厚善良。嘉靖二十年，王忬进士及第，授行人，迁御史，巡按湖广。二十九年，复巡按顺天，筑京师外郭（永定门城），修通州城，筑张家湾大小二堡。当年，鞑靼部首领俺答进犯古北口，王忬以御史巡按顺天，疾驰御之。三十一年，出抚山东。三个月后，因为浙江倭寇告急，出任提督军务，巡抚浙江及福、兴、漳、泉四府，以一书生统兵，任用俞大猷、汤克宽等抗击倭寇，立有战功。鞑靼部的俺答大举攻扰北京附近的古北口时，王忬将船只尽数转移到东岸，俺答兵至，却不得渡河，由此解除了对京师的威胁。事后，王忬升任右佥都御史，进右副都御史，巡抚大同，旋加兵部右侍郎、蓟辽总督。由此可见王忬的治军能力，以及朝廷对他的认可。但由于对东北地形不熟，更对东北的防御形势了解不清，王忬也打过败仗，遭致嘉靖皇帝的不满，更由于结怨严嵩父子，遭到构陷。除了传说中的收藏品没有进奉给严嵩父子一事，更有其子王世贞的关系。在忠臣杨

---

[1] 张廷玉等：《明史》卷一百九十六，中华书局，1974，第5198页。

继盛被杀之后,是王世贞经纪其丧,因而严嵩父子大恨之。于是,王忬被下狱,斩于西市。王世贞、王世懋兄弟二人哀泣号恸,持丧而归。穆宗即位的隆庆元年(1567),世贞、世懋伏阙为父论冤,得以昭雪。由此可见,王忬的悲剧,也是严嵩父子共同酿成。"嵩雅不悦忬。而忬子世贞复用口语积失欢于嵩子世蕃。严氏客又数以世贞家琐事构于嵩父子。杨继盛之死,世贞又经纪其丧,嵩父子大恨。滦河变闻,遂得行其计。"[1]杀害王忬,并不是因为王忬犯了大罪,只是因为严嵩父子蓄谋已久,积怨已深,找到借口发作而已。

嘉靖在位的后期,尤其是严嵩父子柄国的过程中,多少忠臣能吏被迫害而死,史有明载,不必多说。《鸣凤记》在严嵩之子严世蕃伏诛不久演出,直接将朝堂之上的忠奸斗争及时搬弄到舞台上,反映了人民强烈的爱憎情感,具有深刻的现实意义,其舆论效果与精神价值可想而知。全剧四十一出。作者把夏言、杨继盛等反对严嵩父子的十位大臣,称为"双忠八义"。把他们前仆后继的斗争精神,比作"朝阳丹凤一齐鸣"。但是,"《鸣凤记》的写作、排演必定还在严嵩倒台之前,昆剧投入政治斗争可谓非常及时的了"[2]。

《鸣凤记》虽然以杨继盛夫妇(生、旦)为主线,但篇幅上仅占其半而已,交织了当时朝政的主要忠奸斗争的故事情节。时任内阁首辅的夏言,为了收复被外族侵占的失地——河套地区,派都御史曾铣前往经营,但曾铣考虑朝中权贵会从中作梗,大计难成,夏言多加慰勉,力主用兵。曾铣督兵赴边后,受严嵩指使的总兵仇鸾和兵部尚书丁汝夔却拒绝发兵援助曾铣,导致曾铣在前线吃紧。严嵩上位内阁首辅之后,与其子严世蕃把持朝政,群臣不少趋炎附势。趁严嵩祝寿,不少大臣献媚,刑部侍郎赵文华尤其积极,被升为通政。严嵩为了排挤夏言,先惩治曾铣,收复河套的计划更加难以实现。得到消息的兵部车驾司主事杨继盛,上章参奏仇鸾的叛逆大罪,皇上未予理睬。在内阁与部院的联合议事的会上,夏言力言收复河套的重要性。但是,严嵩认为中华疆域广大,小小河套地区,不足惜。并认为,曾铣出兵无功,反而损失惨重,是罪魁祸首,当斩。由此,严嵩指使心腹弹劾曾铣,罪名是克扣军饷,妄动失机。这很明显,是冲着夏言来

---

[1] 张廷玉等:《明史》卷二百四,中华书局1974,第5399页。
[2] 顾笃璜:《昆剧史补论》,江苏古籍出版社,1987,第53页。

的。同时，严嵩还交结宦官，唆使他们在皇帝面前进谗言。于是，曾铣、夏言被杀，夏家远徙广西。夏言家的老仆人朱裁，为保夏家有后，把已怀有身孕的夏言小妾苏赛琼连夜送往杭州。杭州秀才邹应龙之妻沈氏，颇有见地，收留苏氏于家中桑园，予以保护。

夏夫人流放广西，途经宣山驿，遇到被贬于此为驿丞的兵部主事杨继盛。杨继盛知道了夏家祸事，源于奸臣，悲愤交加，即备车轿，派人护送夏夫人至广西全州，并致书马平县举人张翀，请求其关照夏老夫人。不久之后，排挤杨继盛的仇鸾阴谋败露，杨被召回，升为兵部武选司员外郎。杨为除奸臣，灯下草本，弹奏严嵩十大罪状：坏祖宗之成法，大罪一也；窃君上之大权，大罪二也；掩君上之治功，大罪三也；纵奸子之僭窃，大罪四也；冒朝廷之军功，大罪五也；引背逆之奸臣，大罪六也；误国家之军机，大罪七也；专黜陟之大柄，大罪八也；失天下之人心，大罪九也；敝天下之风俗，大罪十也。《明史》卷二百九收录杨继盛弹劾严嵩奏折全文，十大罪的具体事项或状况，比较详细。但从言辞上，一看就知道是书生意气。此举未能扳倒严嵩，却激怒了皇帝。由此，严嵩更想除掉杨继盛，所以杨继盛被斩首，夫人张氏在刑场自刎而死，幼子与家奴被流放。而此时的东南沿海地区，倭寇猖獗，百姓苦不堪言。严嵩等却对此视而不见，不闻不问，日日寻欢逐乐，骄奢淫逸。严嵩父子的生活情状，很难具体描述。文嘉《钤山堂书画记》，只是记载了严嵩家里的一座书房钤山堂中收藏的主要书画艺术品，其中书法名家作品一百二十余家，名画二百七十余件，数量惊人。《聊斋志异》中有一则《天宫》描摹严世蕃的生活片段，其奢侈程度，可见一斑。

嘉靖皇帝下诏严治倭寇，严嵩举荐亲信赵文华，升兵部尚书，总统江南水陆兵马，剿灭倭寇。但赵文华实在是抗敌无能，害民有方，杀戮良民，冒功邀赏。严嵩父子及其党羽的种种罪行，在新旧官员前仆后继的弹劾中，逐渐为君王所知晓。于是，嘉靖皇帝对严嵩父子的宠信也逐渐衰减，终于忍无可忍，将严嵩削籍，抄没家产，送回老家，寄食墓地，居然以八十八岁高龄归天。严世蕃则被处斩了，忠臣能吏也得到了皇帝的褒奖。

《鸣凤记》涉及人物众多，时间跨度也较长，但作者并未平铺直叙完整表现，而是重点选择了五个精彩场面，展现忠臣能吏的形象和奸臣的嘴脸，特别是把杨继盛视死如归与严党面对面斗争所表现出来的大义凛然、威武不屈的精神，描写得颇为形象生动，舞台上很有气势。清焦循《剧说》卷六记载：

> 相传：《鸣凤》传奇，弇州门人作，惟《法场》一折是弇州自填。词初成时，命优人演之，邀县令同观。令变色起谢，欲亟去。弇州徐出邸报示之曰："嵩父子已败矣。"乃终宴。[1]

根据焦循的描述，则《鸣凤记》不仅仅是王世贞的门人所为，王世贞本人也直接参与编写了。整部剧有一个相当长的写作过程，在严嵩父子倒台之后方才写成，彼时京城的消息尚未传到县令这里，但王世贞已经得到邸报，说明王世贞虽然在太仓乡居，但对京城的动态了如指掌。《鸣凤记》的重要价值，在于它是第一部时政活报剧，及时演绎了当时的重大政治事件，并且在关目处理上，也有创新性，摆脱了既往以生旦贯穿全剧的传统，进行了艺术上的灵活安排。关注时政，表现当代，反映重大主题，写出悲壮豪迈的情态气势，《鸣凤记》具有先导意义，影响到稍后吴地剧坛《清忠谱》《千忠戮》等作品的创作。

第三节　沈璟的戏剧活动

《鸣凤记》盛行不久，在吴江地区，形成了一个戏剧活动集团——吴江派，其核心人物，是沈璟。沈璟（1553—1610）字伯英，晚字聃和，号宁庵、词隐，吴江（今江苏苏州市吴江区）人。

沈璟其人，本来就很传奇。作为出生在明代后期相对太平年代里的文人，原本的人生路径是读书应举，仕途经济。沈璟出生在吴江松陵镇，江南名镇之一，，也就是当时吴江县的县城，今天的吴江区政治中心。是个经济较为发达的地方，也是文化繁荣的地方。这个地方的地理位置很特殊，介于苏州与杭州之间，往返苏杭，不论水路陆路，都要经过吴江松陵镇。这里向西是美丽的太湖，城外是沟通南北的大运河，城内小河交叉穿错，街巷临河而成，处处呈现着水乡的秀丽景色。这里读书蔚然成风，科场职场，成功人士不胜枚举。但是，沈璟的父亲沈侃，在科场上蹉跎多年，与

---

[1]　龚贤疏证《〈剧说〉疏证》，江西教育出版社，2015，第437页。

功名无缘，于是，全部希望都寄托在儿子身上。为了给父亲争气，沈璟读书很是认真。当然，大多数吴地读书人也是这样。沈璟二十一岁就参加了应天乡试，考中了第十七名举人。次年（万历二年，1574）入京参加会试，为第三名，殿试为二甲第五名，年仅二十二岁。

这样的成就，很有希望成为一代名宦。根据明代官员考核、培养、选拔的惯例，沈璟应该进入翰林院学习，至少应该是翰林院庶吉士，由此晋升，说不定将来就是一位阁老（内阁大学士）。可是，沈璟在科考成绩和名次都不错的情况下，直接进入兵部任职，没有继续深造的机会。或许是当时的万历皇帝继位不久，年幼懵懂，政事均由李太后和内阁辅臣高拱、张居正主持，只先将之前遗留下来的问题处理一下，还没有完全顾得上人才的培养。

于是，沈璟先在兵部上班，也就是见习，然后担任兵部职方司主事、礼部仪制司员外郎、吏部任稽勋司和考功司员外郎。稍微分析一下可以发现，沈璟担任的工作都是相当重要的。比如在兵部职方司，沈璟需要关注全国边关镇戍部署、将领能力与安排、钱粮补给、全国的国防力量和关隘要塞等，是一个官职不大但事务成体系的位置。在礼部、吏部也是这样，既要关心朝廷礼仪大事、礼乐教化，也要熟悉皇家事务，了解皇室规章，关注官员考评选拔与调配的规则、标准，等等。可以说，十一二年的时间里，沈璟已经成为熟悉朝政多个方面的青年能吏，为将来从事重要工作准备了基本的条件。不说出将入相，担任任何要职，沈璟都是具有条件和能力的。可是，大明王朝在万历年间一件大事，甚至说是关乎明王朝根本的大事，把沈璟也卷进去了，就是"国本之争"。

原来，万历皇帝朱翊钧大婚之后，长期没有子嗣，这对于皇帝来说，是一大事，因为关系到王朝接班人的问题。正常情况下，结婚之后有一段时间没有生下皇子，也不是什么要紧的事情，等几年不是问题。但问题是，朱翊钧跟皇后的关系不怎么样，常年不见一面，嫡出皇子几乎不可能了，只能指望庶出。

明神宗皇后王氏，余姚（今属浙江）人，生于京师，"万历六年册立为皇后。性端谨，事孝定太后得其欢心。光宗在东宫，危疑者数矣，调护备至。郑贵妃颛宠,后不较也。正位中宫者四十二年,以慈孝称"[1]。 可是,一件最重要的事情她没有做好,未曾诞育皇子,仅有皇长女荣昌公主,后嫁给杨春元。大婚后三年无子嗣,在普通百姓看来尚且是大事,何况君王之家。不过,就在张居正等人忙于为朱翊钧册选九嫔之际,皇家却有了意外的惊喜。神宗到慈宁宫探望太后,不知何故,一位侍候的宫女被他看上了。"故事,宫中承宠,必有赏赉,文书房内侍记年月及所赐以为验。时帝讳之,故左右无言者。一日,侍慈圣宴,语及之。帝不应。慈圣命取内起居注示帝,且好语曰:'吾老矣,犹未有孙。果男者,宗社福也。母以子贵,宁分差等耶?'十年四月封恭妃。 八月,光宗生,是为皇长子"[2]。万历十年(1582)八月十一,皇长子朱常洛出生,对于慈圣皇太后和明神宗来说,都是天大的好事。尽管不是皇后生子,也是皇家有后,值得庆祝。明王朝的家法,有嫡立嫡,无嫡立长,皇长子的出生,至少保障了皇位后继有人。可是,同样是皇子,帝王对其生母的态度往往决定了皇子的命运。朱翊钧一时冲动生下了皇长子,可并没有立他为太子的意思。因为生皇长子的恭妃王氏和生皇长女的皇后王氏同样不受明神宗的宠爱,只有德妃郑氏,才是神宗最喜欢的。万历十二年八月,郑氏被册封为贵妃,地位仅次于皇后,高于诞育皇长子的恭妃,为日后的郑氏干政埋下隐患。明神宗的第二个儿子朱常溆生一岁而殇,封邠哀王。所以郑贵妃所生皇三子朱常洵实是明神宗的次子,万历十四年正月初五出生,使朱翊钧更加宠幸郑贵妃。可摆在众臣面前的棘手问题是,皇上对郑贵妃与皇三子的宠爱,远在皇长子与恭妃之上,建储的难题提上了议事日程。前后内阁首辅申时行、王锡爵、沈一贯等,为皇长子的册立颇费周章,直到万历二十九年十月十五,才正式完成了册立朱常洛为太子的典礼。其中,除了历届内阁首辅的据理力争,还有朝臣言官的不断进谏。"帝久不立太子,中外疑贵妃谋立己子,交章言其事,窜谪相踵,而言者不止,帝深厌苦之"[3]。 当然,神宗的生母慈圣太后在此事中发挥了重要的作用。"光宗之未册立也,给事中姜应麟等疏请被谪,太后闻之弗善。一日,帝入侍,太后问故。帝曰:'彼都人子也。'太后大怒曰:'尔亦都人子!'帝惶恐,

---

[1] 张廷玉等:《明史》卷一百十四,中华书局,1974,第3536页。
[2] 张廷玉等:《明史》卷一百十四,中华书局,1974,第3537页。
[3] 张廷玉等:《明史》卷一百二十,中华书局,1974,第3649页。

伏地不敢起。盖内廷呼宫人曰'都人',太后亦由宫人进,故云"[1]。

那些言者中,不少便是后来在东林书院活动的人士,尤其是东林创始人顾宪成兄弟。万历二十二年(1594)顾宪成因反对"三王并封"被革职为民,回到家乡无锡。不久,其弟顾允成和好友高攀龙也离开官场回无锡。三年后他们建同人堂,与士子讲习学问。后来创建东林书院,讲经读书,培养人才,实际上就是一个学派,很不幸成为阉党的打击对象,被贴上了东林党的标签。

不过沈璟没有这么积极,没有加入东林书院的体系中,只是主张立皇长子朱常洛为皇太子。此举应该是服从明王朝的祖训,也是为了明王朝的国运着想。万历十四年二月,沈璟上疏皇帝,赞同首辅申时行所请,立皇长子为太子,早定国本并举行大典,同时还应封皇长子的生母为贵妃。沈璟因此而触怒了皇帝,连降三级,由员外郎降为行人司司正。皇上还让他回家乡吴江休假,实际上是将他撵出了京城。幸好,这次受挫的时间不长。一年以后,沈璟重新回到朝廷任职,并担任了顺天乡试同考官。次年八月,沈璟升为光禄寺正卿,官至三品,位列大夫,接近皇帝,未来可期。加上沈璟的两个弟弟沈瓒和沈璨一文一武,科考成功。举家光荣之际,麻烦来了。

沈璟担任顺天乡试同考官,并不能左右录取的情况,主要职权在主考官身上,同考官只有一些建议权而已。但在顺天乡试中,录取了一个特殊的人物李鸿,就是当时内阁首辅申时行的女婿。这是一件很正常的事情,并非讨好首辅申时行。即使是,也是主考官的事情。然而在当时,申时行等一批内阁成员与朝中的一批言官,矛盾较深。言官们后来发现了李鸿与申时行的关系,就转而攻击考官。沈璟为了表明自己的清白,更不想卷入朝廷复杂的政治斗争,激流勇退,辞职回乡,时年三十七岁。"十六年,为顺天同考官,迁光禄寺丞。明年,以疾乞归。归二十余年,卒"[2]。回家之后的沈璟,主要精力用在了戏剧活动上,与几位志同道合的好友,形成了创作、演出与研讨吴江戏剧的群体。

戏曲方面,沈璟主要的贡献在何处? 当然是以沈璟为盟主,形成了戏

---

[1] 张廷玉等:《明史》卷一百十四,中华书局,1974,第3535页。
[2] 潘柽章:《松陵文献》卷九,收入《续修四库全书》第541册,上海古籍出版社,2002,第477页。

剧创作、演出与研究的吴江派。但是，沈璟不仅是吴江派的盟主，甚至是影响整个明代后期戏剧活动的领袖。

沈璟在戏剧创作上的实际成就，为当时首屈一指。说到沈璟的戏剧作品，一般都知道"属玉堂传奇"十七种，这是凭实力说话。这十七种戏剧作品，现在仅存七种：《红蕖记》、《双鱼记》、《桃符记》、《一种情》（即《坠钗记》）、《埋剑记》、《义侠记》和《博笑记》，其余十种，《分钱记》等八种仅存残曲，两种已不可考。

《红蕖记》是沈璟的早期作品，难免粗糙。作品写书生郑德麟、崔希周与盐商的女儿韦楚云、曾丽玉泊舟洞庭湖边，有缘邂逅，分别以红蕖、红绡、红笺等互相题赠,此后屡经波折辗转,终于各成夫妇。就内容上来说，尚未摆脱才子佳人的窠臼；戏剧情节与戏剧冲突上，基本还是巧合加误会最后团圆的老套剧情。

《双鱼记》和《一种情》，是沈璟经过一段时间的创作实践和舞台实践之后的作品。可看出沈璟作品的唱词，已经由骈俪趋向本色，语言上不再一味华丽骈偶，明显注重与舞台演唱的契合度。《双鱼记》虽然比较符合舞台演出的要求，但不免有借用之处。作品取材于王明清《摭青杂说》中单飞英与邢春娘的故事，只是将人物的姓名改换一下。在《双鱼记》中，是书生刘皞与邢春娘两家约为婚姻，以玉双鱼为娉。刘家生了儿子，邢家生了女儿，本应长大之后顺利成婚。但是，人生无常，两家人遭遇兵祸，流离失所。刘皞穷途潦倒，寺僧让其摹写碑文筹资进京，不意碑被雷击，几经流离，谋得一司户之职。邢春娘父母双亡，沦为娼妓。几经波折，二人相遇，终成眷属。冯梦龙《古今小说》卷十七"单符郎全州佳偶"所述情节，与此相似。

《一种情》的情感倾向与艺术成就并无多可取，故事情节亦有所本，并非沈璟自己的设计创造。作品的素材来源于《剪灯新话》中的《金凤钗记》，写的是何兴娘与崔兴哥早年订婚，但未能等到成婚，何兴娘病逝。她的灵魂幻化成形，拿着崔家定亲时作为表记的金凤钗，来到崔兴哥读书的地方，相聚一年。然后巧施法术，促成了妹妹何庆娘与崔兴哥的婚姻。戏剧情节和人物形象塑造，也是沿袭传统，甚至有人以为此剧模仿汤显祖《牡丹亭》。其实，早期南戏片段中就有类似情节，唐宋元文人笔记中也喜欢这类情节，其源头在于志怪小说。

《义侠记》属于水浒戏。水浒故事历来受到欢迎，自从梁山泊的故事流传开来之后。元杂剧中的《李逵负荆》《双献功》等，很受观众喜爱。沈璟从元杂剧中得到启发，并从小说《水浒传》中截取情节，写武松景阳冈打虎，威风凛凛，却遭受小人迫害，被迫上了梁山。最后与梁山英雄一起，接受招安。这里既有武松的英雄气概、侠义精神，更有武松的忠君思想和汉子柔情，中间添加了武松的妻子贾氏及其母亲在寻访武松的过程中遇到孙二娘的情节，忠义精神不仅体现在英雄好汉身上，也表现在巾帼身上。沈璟在剧中强调英雄聚义的目的是怀忠仗义，等待招安，人主应怀柔而且应不弃人，这是沈璟的清平政治理想在剧中的反映，也是《义侠记》的主旨所在。或许，这一主旨与沈璟自己的官场遭遇，有一定的关系。

《桃符记》写裴青鸾和刘天义的生死婚姻，也是仿作，基本情节来源于元杂剧《后庭花》。《埋剑记》则是有意识宣扬封建伦理道德，且有宿命论思想。《埋剑记》取材于唐人牛肃的《吴保安传》，写书生郭飞卿与朋友吴永固之间轻利重义的交往原则，宣扬的是封建伦常准则。

《博笑记》在体制上比较特殊，是传奇创作上的创举。作品由十个故事组成，简称分别是《巫孝廉》《乜县佐》《虎叩门》《假活佛》《卖嫂》《假夫人》《义虎》《贼救人》《卖脸人捉鬼》《出猎治盗》，每个单元故事互不相干，长短不一，三、四折不等，取材于市井，很容易改编成折子戏演出。作者虽从可笑可怪的角度取材，却反映了一定社会现实：或讽刺官吏终日嗜睡的昏庸，或揭露佛门的伪善，或批判了人性的丑陋，具有讽刺教诫意义，喜剧意味浓厚。

戏剧创作之外，沈璟还是一位戏剧活动家，是剧坛的实际盟主。

作为离开官场的具有一定名望的官员，又是一个颇有名望的家族的成员，沈璟在地方上具有相当的号召力。回到吴江，沈璟也很容易成为当地的意见领袖。不过，沈璟并无干预地方政府的兴趣，志在新曲。于是，在沈璟的身边，形成了一个戏剧活动群体，主要成员有顾大典、王骥德、吕胤昌及其子吕天成，还有沈璟的侄子沈自晋等。

沈璟的戏剧研究与戏剧理论主张，值得关注。沈璟的戏剧研究与主张，是建立在舞台实践的基础之上的。退职回乡不久，沈璟与顾大典交往，而顾大典虽然也会创作，主要精力没有放在文字曲调上，而是用在了舞台上。顾大典家里就有演出机构，也就是家庭戏班。沈璟直接参与了顾大典家庭戏班的选剧与演出，具有丰富的舞台经验。所以，沈璟的戏剧主张，基于舞台实践。学界的基本评价是，沈璟在曲学上的成就和影响，远胜过他的创作成就。而他的曲学理论主张，与他的创作实践之间，也有不小的距离。不可否认，沈璟的戏剧主张，不仅有实践基础，并且还有一个细微的变化过程。

关注一下戏剧史就可以知道，从宋杂剧到金院本，加上诸宫调等表演形式，结合起来才有了舞台剧的形式。整个过程与情状，至今也未见学者详细研究并描述之。可以肯定的是，元代已经有了成熟的代言体，元杂剧是成熟的歌舞剧。而元代前期的大批剧作家，由于形势与政策的变化，为了生存，多活动于市井之中。他们对于瓦舍勾栏中的戏曲演出活动与舞台规律，十分熟悉。他们创作的杂剧，也是源于社会生活，不仅文学性很强，且符合舞台规律，是当行剧本。即便是到了元代后期，编剧、演员素质有所下降，戏剧素材有所减少，元杂剧和元末南戏的编演，还是以舞台演出为依据，从戏剧冲突到唱词曲调的安排，注重实用。但是，到了明代，读书人主要通过科举考试获取高官厚禄，而科举考试的科目与形式，又有严格的限制，题目来源于"四书""五经"，评判标准依据《四书大全》《五经大全》《性理大全》，文章的格式必须是八股文，文辞与声韵上还有相当严格的要求，文人没有时间来关注戏剧。而等到他们有功名、有地位、有财富、有时间之后，少量官员也会在戏曲上投放一些闲情逸致。只不过，由于远离戏曲舞台的实践，作品也就仅可供案头阅读而已。虽然他们创作的剧本，文辞骈俪典雅，也有戏剧冲突的安排，但那些典故和文辞，并不适用于演员的舞台运用，难以演出，更不能照顾到市民观众的需求。沈璟的戏剧主张及其研究，正是在这一特定戏剧发展环境中形成的，具有一定的针对性。

沈璟的戏曲主张，主要是格律论和本色论两方面，二者又是紧密联系不可分割的。沈璟的格律论，论的是什么？

剧中的语言差异与戏曲的格律规范，如同诗词一样，是有平仄四声要求的，但同时还受方言的影响。贺知章《回乡偶书》的吟诵发音，学界聚讼不已，也是因为对古音与方言认识上的差异。简单说，南朝齐梁逐渐盛行的永明体诗歌，是将声律运用于诗词创作的成功实践，诗歌由此有了格律。稍后在唐代开始盛行的长短句，也有格律，元代兴起的散曲，也有格律。虽然不同文体对于格律的要求有所差异,但大致都是要讲究的。元杂剧的唱词,每折戏就是一个套曲,用的是中原音韵,固然与诗词的格律不同,还可以加衬字。散曲与诗词在格律上更为重要的差异在于四声通押和不能换韵(律诗不换韵,但词是可以换韵的)。元杂剧用的格律四声,属于北曲系统。但是,南戏兴盛之后,南曲的一系列规范也就逐渐形成,在声律上有着自己的要求。于是,相应的工具书也就开始编撰。早在元末明初,顾坚于南戏兴起之际,已然论及声律,在魏良辅《南词引正》中已经说到。而徐渭的《南词叙录》曾说《南九宫》不知何人所为,大概也是国初(明初)教坊人所为。说明南戏之初,声律研究或总结归纳,已经是一种需要。当然,徐渭所说也不一定就对,声律之讲究,对于编剧与演出,都是一种依归,或者说是体制规范,不可或缺。至于说南戏始于何时,《南词叙录》所说也不免武断。一个剧种的形成,原因是多方面的,时间也是相当长的,不会就在南宋光宗朝那四年的时间出现。"南戏始于宋光宗朝,永嘉人所作《赵贞女》《王魁》二种实首之。故刘后村有'死后是非谁管得,满村听唱蔡中郎'之句"[1]。其实这诗歌是陆游的,而不是刘克庄的。陆游《小舟游近村舍舟步归》四首之四:"斜阳古柳赵家庄,负鼓盲翁正作场。死后是非谁管得,满村听说蔡中郎"[2]。大概这个时候还只是讲唱,而不是代言体的角色表演,更谈不上有曲谱。

但是,南戏盛行之后,必须有谱了。中国戏曲的独特规律,就是作曲填词必须依谱而为,即靠谱。中国戏曲不同于西方歌剧(虽然元杂剧也是歌舞剧,基本上是一人主唱),西方歌剧是作家写出歌词,再由音乐家去谱曲,也就没有曲谱一说了。中国古典戏剧,最初是元杂剧,是用一定曲牌将作家、演员、歌词联系起来。曲牌的格律、唱法、声调有基本的规范,作家按曲牌规则写歌词,演员按曲牌规则演唱,所以曲牌是剧作家写作与演员演唱之间的纽带。故而作家必须熟悉曲牌,按照曲牌的规范格律写作歌词,演员方能顺口唱起来,因为某个曲牌的演唱,是基本不变的,演员非常熟悉。在长期的舞台实践中,中国古典戏剧形成了一整套宫调曲牌体系,作家、演员据此能够很好地配合。明传奇由南戏发展而来,南戏的乐曲体系源于民间村坊小曲,比较复杂凌乱,没有形成完整宫调曲牌体系。

[1] 徐渭:《南词叙录》,李复波、熊澄宇注释,中国戏剧出版社,1989,第5页。
[2] 陆游著,钱仲联校注《剑南诗稿校注》卷三十三,上海古籍出版社,1985,第2193页。

而明前期的传奇作者,包括不少杂剧作者,并不关注舞台上的情况,写出不少仅供案头阅读的剧本,更不会去关心曲谱了。

大约到了嘉靖年间,蒋孝编了《南九宫谱》,又称《旧编南九宫谱》,尚未完善。沈璟在此基础上,编写了《南九宫十三调曲谱》,也题《南曲全谱》,简称《南曲谱》,是第一部完整的南曲歌谱。《南九宫十三调曲谱》共二十一卷,加附录一卷,沈璟从当时比较著名的传奇作品和歌词中选录了南曲曲牌七百一十九支,分类归于各个宫调。每个曲牌详列不同的格式,分别正字、衬字,标明四声,说明点、板、眼样式和唱法。遇到变体,则以"又一体"附于正格之后。沈璟对每支范曲,均有评述,并讲解演唱的方法及填词须注意事项,是一部编剧和演剧的工具书。沈璟之后的剧家多将《南九宫十三调曲谱》视为南曲正宗的格律准绳。但是,临川汤显祖认为,不必拘泥于此。对于沈璟的声律论,汤显祖表示不能赞同。在给吕胤昌的信中说"寄吴中曲论良是。'唱曲当知,作曲不尽当知也',此语大可轩渠。凡文以意趣神色为主。四者到时,或有丽词俊音可用。尔时能一一顾九宫四声否? 如必按字摸声,即有窒滞迸拽之苦,恐不能成句矣。"[1]客观上,无谱难成戏,谱太严则戏难写也难演,或者观众难以领会。那么,沈璟所强调的格律,是否就会妨碍舞台的演唱呢? 当然不会。因为沈璟是直接参与舞台活动的,更具有实践性。这里面,有一个很麻烦的问题,就是语言的变化与语言的地域差异,沈璟已经察觉到这一问题。"北词去今益远,渐失其真。而当时方言及本色语,至今多不可解。即《正音谱》所收亦或有未确处,谁复正之哉"[2],就是说,语言是有变化的,方言是有差异的。同样,曲调声腔,也是可以不同的。当然,不能要求沈璟看到今天的语言变化大局。 当今,语言的趋同性顺便对声腔格律也带来了趋同性变化,这与现代交通及人口流动、现代媒体及现代教育有着密切的关系。所以,今天的很多方言及地方声腔演出的剧目,可以无碍地走向全国,不仅是观众的语域宽大,也是戏剧本身适应性调整带来的效果。因而,沈璟还有第二个关注点,就是要场上之曲。

所谓场上之曲,就是曲子符合舞台演唱的需要,符合格律声腔的要求,同时又符合演员演唱的需要,这才是场上之曲。沈璟对于其他作家的

---

[1] 汤显祖:《汤显祖集全编》,徐朔方笺校,上海古籍出版社,2015,第1735—1736页。
[2] 沈璟:《沈璟集》,徐朔方辑校,上海古籍出版社,1991,第901页。

剧本，只要符合才情需要与场上表演，都是推许有加。"诸小剧各具景趣，数语含姿，片言生态，是称簇锦缀珠，令人彷徨追赏。总之，音律精严，才情秀爽，真不佞所心服而不能及者"[1]。是说格律严谨之外，还要才情秀爽，语言流畅，于此适合观众的鉴赏口味。

除了格律声腔、语言词汇的使用要符合场上的要求，戏剧的结构与情节，作品的选材等，也要是场上之曲的标准。沈璟自己的创作成就，不能说很高，但对场上之曲的实践归结，足以垂范。从他的现存作品看，唱词编写不仅符合曲牌格律，语言也比较通俗，作品具有可演性和观赏性。他注意缩短传奇的体制，不追求一部戏演出八到十小时。沈璟的《博笑记》，是这方面的典范。全本二十八出，已经是短制。分片段演绎十个小故事，更是灵活。合在一起是一本传奇，拆开来也可以独立成篇，单独演出，这实质上是开折子戏先河，是舞台艺术追求丰富性和多样性的尝试。此外，不能随意编撰故事情节，这是沈璟没有明说的。就沈璟的作品看，"其故事皆具来源，无一本系凭空结撰者"，沈璟的取材，肯定也是有所本的，特别是唐人小说，是重点。因为"取材唐人传奇文，实为当时一种风气"[2]。

当然，沈璟的主张，被相当一部分作家接受，不仅是吴江派的作家。有人赞同，有人不满，也是正常的事情。于是，就有了所谓的"沈汤之争"。

"沈汤之争"与《牡丹亭》的改编是剧坛的双赢事件。数十年来，古典文学和戏曲史研究当中，"沈汤之争"是一个重要话题，好像是有一场学术争论的专题会议一样。确实，在艺术上，沈璟和汤显祖有着明显的分歧，但并非势同水火，也没有直接的书信往来阐述观点，更未曾见面争论。那么这场所谓的"沈汤之争"到底是怎么回事呢？

从沈璟的有关论述与《南九宫十三调曲谱》的形成，可以知道，沈璟主要的理论倾向，是本色当行的剧本和场上之曲的实践。而同时的江西临川大戏剧家汤显祖，则主要注重一个"情"字，情之所到，万般皆从，格律文辞，皆要为情服务，对唱腔与舞台上的实际效果，并不是很关注。于是，《牡丹亭》这么好的剧本，在江西用弋阳腔的宜黄调演出，舞台效果并不是很好。于是，吕胤昌动手，将《牡丹亭》改编成《同梦记》，用昆山腔

---

[1] 沈璟：《沈璟集》，徐朔方辑校，上海古籍出版社，1991，第899页。
[2] 周贻白：《中国戏曲发展史纲要》，上海古籍出版社，1979，第291页。

演唱，大获成功。

可是，汤显祖对这件事不满，理由是昆腔演出和歌词的通俗化，影响了《牡丹亭》的品位，妨碍了情的表达。于是，汤显祖写信给朋友凌濛初，表达了自己的意见："不佞牡丹亭记，大受吕玉绳改窜，云便吴歌"[1]。用昆曲音律去规范用江西宜黄腔音律进行创作的《牡丹亭》歌词，这种作法固有不妥之处。但艺术上的改编与重新创作，本来就是正常的现象。如同小说可以改编，诗歌中有集句体，等等，如果以文字的形式传播，那还好些，因为虽然地方差异会很大，但文字差异不会很大，这是由国家规范的，是秦始皇时期确定下来的。但是，口语就不同了。因此，用一种方言和声腔演唱的戏剧作品，换个地方未必有很多观众。所以，吕胤昌与沈璟将《牡丹亭》改编，用昆曲演唱，是艺术上的再创造。王季思先生指出，"……从《牡丹亭》问世以后，一直就在爱好戏剧的作者和舞台演出中被改编，照原本演出的情况是十分少见的"[2]。王骥德所说的临川与吴江关系恶化，是指汤显祖与沈璟个人之间的关系，并不是两个戏剧流派之间的关系。何况，王骥德所说的情况，也并非实情。原因很简单，这两个戏剧流派，吴江派的说法勉强可以成立，因为从理论到创作还有舞台实践，确实成就非凡，并且确实有一个涉及两代人的群体，并相对集中于吴地。临川派就不是这样的情况，被归纳为临川派的戏剧家，时间跨度长，地域范围广，交往仅靠书信并且不多，是否形成派别，学界有不同看法。其实，汤显祖和沈璟并无直接的联系，谈不上交往。而吕胤昌、吕天成父子与沈汤二人都交情不浅。所谓"沈汤之争"或者叫"汤沈之争"，正是通过吕氏父子展现，并被后学描述出来的。《牡丹亭》原本后来被曲学家和演唱家们用昆曲搬上舞台，成为昆曲最有影响的代表作，这是沈璟所始料不及的。可以说，用昆曲演唱《牡丹亭》，既是昆曲生命的再次辉煌，也是《牡丹亭》广为传播的良机。双方的不同意见，用在同一部作品上，使得剧种与作品延续传承，是明显的双赢。

---

[1] 汤显祖：《汤显祖集全编》，徐朔方笺校，上海古籍出版社，2015，第1914页。
[2] 王季思：《玉轮轩曲论新编》，中国戏剧出版社，1983，第216—217页。

第四节　吴江派戏剧创作活动

作为吴江派戏剧创作与演艺活动的领袖,沈璟的研究成就与戏剧主张,远比他的创作影响更大。而在沈璟的周边,一个明显集群的戏剧活动团体逐渐形成,并且在戏剧创作、演出与戏曲研究方面,取得了卓越的成就。在戏剧文献资料的搜集整理与保全方面,更是功在千秋。这一群作家或理论家,主要活跃于江南吴地,从郡城苏州到吴江,再到余姚、海盐、长兴等地,是戏剧上的同调,并不完全是地域上的同乡。称之为吴地戏剧群,似无不妥。

一、吕胤昌

吕胤昌(生卒年不详,大约与沈璟相仿)字玉绳。汤显祖有诗《即事寄孙世行吕玉绳二首》,诗中的孙世行名如法,世行为其字,能诗文,好戏剧。吕胤昌是孙鑨的外甥,生平事历不是很清楚。孙鑨(1525—1594)字文中,号立峰,晚号柒园供事,余姚横河(今浙江慈溪市横河镇)人,嘉靖三十五年(1556)进士,历官武库主事、武选郎中、文选郎中、光禄卿、大理卿等。吕胤昌进士及第,与汤显祖同年登仕途,但供职于京师。后来在其舅舅孙鑨担任吏部尚书的时候,大约是担任吏部主事一类的官职。万历二十一年(1593)的京察中,吕胤昌被孙鑨处分,离职回家。高攀龙《高子遗书》卷十一《光州学正薛公以身墓志铭》中,曾有提及。吕胤昌被罢职,是政治斗争的结果,因为他与王锡爵身边的人关系不错。这里涉及关乎大明王朝命运的一件大事:立太子。由于这事已经拖延许久,皇长子朱常洛未能被立为太子,大臣比皇帝还急。因为大臣要遵循祖训,皇上却另有想法。于是,万历皇帝想出了一个"三王并封"的策略,也就是三位皇子地位仍然相当。皇帝的目的就是,将立太子的事情搁置,等待时机实现自己的心愿。在朱翊钧"三王并封"这件事情上态度暧昧的内阁首辅王锡爵(太仓人),就成了大多数朝臣攻击的对象,只好辞去首辅之职。包括孙鑨在内的朝臣们能够迫使王锡爵下台回家,已经是将皇长子朱常洛的地位凸显出来,距离实现明王朝有嫡立嫡、无嫡立长的祖训,又近了一步。而吕胤昌罢职回乡之后,就经常往返于吴江与余姚之间,甚至到过江西,跟好朋友沈璟一起,醉心于戏曲。所以,关于吕胤昌的生平资料很是零星,只知道一个大概。他是浙江余姚人，进士及第，任职吏部，卷入"国本之争"，落职还乡，留意词曲。著名戏剧家吕天成，就是他的儿子。而同有所好的孙如法，则是吕胤昌的舅表兄弟。吕胤昌与王骥德、臧懋循、汤显祖等，也是好友。从这个角度看，吴江派的领袖沈璟，实际上身边有一个联系多方的人际网络。吕胤昌在戏剧活动中最重要的实践，就是改编汤显祖的《牡丹亭》，并将之搬上三吴的舞台。

二、顾大典

顾大典（1540—1596）字道行，号衡宇、衡寓，吴江（今江苏苏州市吴江区）人。隆庆二年（1568）进士，授绍兴府教谕，官至福建提学副使，居官清正，后因故被谪禹州知州，遂弃官归田。"家有清商一部，常与客引满尽觞，流连竟日。天情萧远，不见喜愠之色，性和易。醉即为诗，或自造新声，被之管弦。时吏部员外郎沈璟年少，亦善音律，每相唱和。邑人慕其风流，多蓄声伎，盖自二公始也"[1]。顾大典工诗文，善书画，嗜词曲，为吴江派重要作家，家有谐赏园、清音阁，蓄家乐，亭台池馆，甲于吴郡，自以教习戏曲为乐，每与友朋于园中作诗酒之会。与沈璟、王穉登、梅鼎祚、王骥德等曲家都有交往。顾大典能诗，宗唐人。善书画，运笔清真遒劲，山水博采众长，笔墨苍润，稳健和谐，着色清妍匀称，秀逸宜人。然书画成就论者无多，戏剧创作却不能忽视。

顾大典的《青衫记》，敷衍白居易《琵琶行》故事。此剧之前，元代马致远有《江州司马青衫泪》杂剧。《青衫记》主要情节，本元杂剧而略有变动。明人戏剧作品的素材，大多有所本，唐宋文人笔记小说和元杂剧故事，经常映入他们的眼帘，流淌于他们的笔下。是否别有寄托，就看个人造诣和情怀。《青衫泪》写白居易在京中与名伎裴兴奴相恋，白居易因抗疏忤旨被贬江州司马，裴亦被母强卖茶商为妾（茶商显然是宋人的称呼）。浔阳江上，白、裴巧遇，适茶商醉归，坠江而死，二人得以团聚。作者借这个离合故事，揭露、鞭挞天子荒淫、谏臣被逐、干戈四起、人民流离的时代黑暗，也蕴含了怨愤不满的情怀。

《葛衣记》据《南史·任昉传》演绎而来，讥刺世态炎凉。记叙南朝梁代高官任昉卒后，家道中落，朋友旧交到溉背信弃义的故事。本来任昉的

---

[1] 潘柽章：《松陵文献》卷九，收入《续修四库全书》第541册，上海古籍出版社，2002，第476页。

儿子任西华与到溉之女有婚约，任昉死后家境有变，到家毁约。西华于寺中巧逢到溉的女儿，却因家贫遭到到家仆人的羞辱。西华诉之到溉，到溉逼其立写休书，并逐之门外。不久，到溉又逼女出嫁，但女慧贞不从，欲投河自尽，幸获救，并借住尼庵。任西华身着葛衣，在大雪中正走投无路，遇到刘孝标。在刘孝标的帮助下，任西华立功得官，最终不计前嫌，与到溉之女成婚。（附说：史载，到溉年轻时候尚未取得成功，得到任昉的关照引荐，甚至直接见到了梁武帝萧衍。到溉的祖父到彦之起初曾经以担粪谋生，所以社会上有人拿这来讥笑到溉。"尚有余臭"的故事即源于此）

顾大典另有诗文集《清音阁集》《海岱吟》《闽游草》《园居稿》《北行集》等。戏曲作品《清音阁传奇》四种中，《青衫记》《葛衣记》今存全本，《义乳记》已佚，《风教编》仅存残曲。

三、吕天成

吕玉绳的儿子吕天成，也是沈璟的学生，在戏曲上的成就与影响，超越乃父。

吕天成（1580—1618），名文，字勤之，号棘津、郁蓝生。诸生，余姚（今属浙江）人。因功名蹉跎，心境颓灰，崇信仙佛，年未四十而卒。戏剧作品有《神镜记》等十种，总称《烟鬟阁传奇》，今不存。另有杂剧八种，今存《齐东绝倒》一种。戏曲论著《曲品》，在中国戏剧史上有着极为重要的地位。《曲品》品评元末至当时戏曲和散曲作家一百二十人、作品二百三十种，其中一百九十二种为首次著录，是研究元末至明代中叶后期戏曲的宝贵史料，具有替代不了的文献价值。

《曲品》上下两卷的作法，明显受到钟嵘《诗品》的影响。而钟嵘的做法，则明显是魏晋品评人物九品中正制在诗坛的沿用。吕天成将作者分为不同的品级加以介绍，但有所偏向。作者将嘉靖前的作家作品，都划入"神""妙""能""具"四类，多有推重。而对隆庆以至万历间的作者与作品，则分为"上上""上中""上下"至"下下"九品。具体作品剧目，仅二十种见于《永乐大典》《南词叙录》。首次著录的一百九十二种剧目，几乎囊括了作者寓目的明代全部重要戏曲作品，吕天成以简略的文字介绍故事情节和作者情况，为后人了解研究明代戏剧作家及其作品的内容、风格和特点，提供了重要线索。

除了品评戏剧家，介绍剧作之外，《曲品》的理论倾向也是很有价值的。比如对于"当行""本色"的论述。吕天成认为,"当行"就是剧本的作法,所谓"当行",就是要从角色的角度和舞台演出的需要来设计情节发展、角色结构等,就是要写成可以在舞台上演出的剧本,而不是案头阅读的剧本。"本色"就是唱词科白,必须是生活化的,填词要求语言浅近,贴近生活,适合于演员的演唱和观众的欣赏,不能一味追求文辞的优美高深。

因此,吕天成自己的剧本创作,就具有很强的舞台性。《曲品》之外,吕天成的戏剧作品主要是《烟鬟阁传奇》十种,包括《神女记》《金合记》《戒珠记》《神镜记》《三星记》《双阁记》《四相记》《四元记》《二淫记》《神剑记》,而前人戏曲论著中提到的还有《双栖记》《李丹记》《蓝桥记》《碎琴记》《玉符记》等五种,具体内容多不可考。杂剧部分有《秀才送妾》《胜山大会》《夫人大》《儿女债》《耍风情》《缠夜帐》《姻缘帐》与署名"竹痴居士"撰写的《齐东绝倒》等八种。上述传奇与杂剧,除《齐东绝倒》见存,余皆不见。吕天成还校订过《荆钗记》《拜月记》《杀狗记》《浣纱记》《还魂记》《义侠记》等二十八种南戏与传奇。此外,吕天成还有小说《绣榻野史》《闲情别传》两种,研究者有一定的关注。

四、孙如法

孙如法(1559—1616)字世行,号俟居,别署柳城翁,余姚孙家境(今属浙江慈溪市横河镇)人。他擅长书法,工于校雠,精通词曲,妙解音律,传为士林佳话。

孙如法是世家子弟,出身不凡。祖父孙陞,进士及第,时任南京礼部尚书。父亲孙鑨,进士及第,时在兵部任职,都是朝中颇有声望的名臣。二十五岁时,孙如法登第,进入官场。但由于性格稍有偏狭,行事难合规矩,在官场并不能游刃有余。更重要的是,孙如法还是个骨鲠之士,认定了的道理,一定要坚持,不管自己能不能发挥作用。于是,在"国本之争"中,孙如法与其他言官意见一致。结果是从刑部主事被贬为广东潮阳典史,还是个"添注",就是只挂个名而已,并无实际工作,更谈不上实权了。数年之间,孙如法往返于浙江、广东之间,或在贬所闲居,或出访友朋,或回乡养病,逐渐心灰意冷,告别功名,专心在故乡休闲。这个过程中,孙如法交往过的最重要的人物,就是沈璟和汤显祖。这说明,孙如法与吴江、临川皆有友情,且与汤显祖是同年。然而,从地域上看,显然余姚与吴江更为近些。因此，沈璟在完成《南九宫十三调曲谱》之后，就请孙如法审定。这是一项极为细致的工作，孙如法基本认同了沈璟的研究成果，并将沈璟的戏剧作品，加以改正，而且是按照沈璟自己的格律要求加以改正。今传本沈璟的剧作，是否就是孙如法改定的版本，已经无从考证。但可以肯定的是，孙如法并不醉心于戏曲，却对戏曲的发展，发挥了一定的作用，故而此处稍作介绍。

五、卜世臣

卜世臣，大约晚于沈璟、顾大典和吕胤昌，与吕天成辈分相当，生卒年及生平事历不详，仅知其字大匮，或作大荒，又字蓝水，号大荒逋客，秀水（今浙江嘉兴）人。个性磊落不俗，不善交际，唯喜闭户著书。善作曲，师法沈璟，有传奇《冬青记》《乞麾记》《双串记》《四劫记》四种，另有《乐府指南》《卮言》《多识编》《山水合谱》等传世。

《冬青记》叙述的故事，在历史上是相当轰动的。两宋经济繁荣，生活富足，百姓逸乐，歌舞升平。百官无事而高薪多福，军队庞大而不善战守，君王多才多艺或读书极为用功，就是对于国家社稷，上心不够。于是发生了"靖康之变"，导致北宋灭亡。"靖康耻"到底有多耻，南宋有多难，从《宋史》《三朝北盟会编》《建炎以来系年要录》等已经经过筛选的文献资料中，已经可以感到悲痛欲绝了。不仅生人所遭受的耻辱难以言表，先人也未能幸免，北宋的"七帝八陵"均遭盗掘。

可是，南宋的灭亡过程，更为惨烈。1276年正月，元军占领杭州，也就是南宋政府的行在，整体上的南宋政权灭亡了，皇帝被俘、六宫北迁，江山社稷易主，文化典籍遭殃。宋末诗词中的描写，如汪元量、林景熙、谢翱、郑思肖、方凤、何梦桂、许月卿、周密、刘晨翁、蒋捷、王沂孙、张炎等人的作品中，大量不堪回首的伤心事。而最令南宋百姓特别是文人难以接受的，就是元代江淮释教都总统杨琏真迦对南宋诸陵的所作作为。杨琏真迦本是西夏人，党项族，投拜在八思巴门下，大受元世祖忽必烈宠信。

宋室南迁之后，从高宗赵构去世起，诸帝陵寝均安排在山阴（今浙江绍兴）山中，陪葬的王公大臣难以统计。而君王大臣的陵寝墓葬，肯定会有大量的陪葬品。因此，引得杨琏真迦贼心乱动。于是，杨琏真伽一干人在宰相桑哥的支持下，遍掘南宋诸陵。"凡发冢一百有一所，戕人命四"[1]，盗取其中的大量随葬品。仅仅盗墓也就罢了，更为无道的是，这帮人将君王后妃公主等的坟墓挖开，取走财物之后，不是将陵墓重新掩埋，而是将尸骨到处乱抛，惨不忍睹。尤其是宋理宗赵昀的陵寝，被发掘之后，尸体未腐，棺中随葬的宝物被抢劫一空后，歹徒又把赵昀的尸体倒挂树上，撬走口内的夜明珠，沥取水银。

据《冬青记》描述，当时绍兴人唐珏、林景熙等，闻之悲痛不已。做好木匣若干只备用，然后典当家产，招募豪杰，盛情款待，激以忠义，收埋先帝尸骨，木匣上写帝名、陵名。趁着月色，豪杰们分头潜入陵山，自永思陵以下，随号将诸帝遗骸分别收集，埋在兰亭附近，种上冬青树，以为标志。

此后，宋遗民往往秘密集于兰亭，凭吊先帝。遗民诗人词人作品中出现"冬青""蝉""莲""荷"等意象，均是寄托对故国的怀念，叙写亡国的哀痛，多与秘密埋葬六陵遗骨事件相关。

六、王骥德

王骥德（约1557—1623）字伯良，号方诸生、玉阳生，又号方诸仙史、秦楼外史，虽是会稽（今浙江绍兴）人，从戏剧活动上看，属于吴江派，至少在戏剧理论上和创作上，与吴江渊源颇深。王骥德师事徐渭，又与吕天成、沈璟、汤显祖等交情极好，故而其代表作《曲律》，理论上有着调和的特色，比较公允客观。

王骥德也是作家，曾写有杂剧剧本五种：《男王后》《两旦双鬟》《弃官救友》《金屋招魂》《倩女离魂》，今仅存《男王后》。传奇戏曲四种，仅存《题红记》一种。 所存两剧，创作上并不太成功。

七、叶宪祖

叶宪祖（1566—1641）字美度，号桐柏，别号六桐，又号槲园外史、槲园居士，又称紫金道人，余姚（今属浙江）人。叶宪祖信佛，与僧湛然甚亲密。工诗文，常填词，又好度曲，深受伶人喜爱。叶宪祖本可成为明代重要官员，但有点生不逢时，遇到了大明王朝的两位短命皇帝：泰昌皇帝和天启皇帝。前者当皇帝一个月，成了先帝；后者虽然当了七年皇帝，却

---

[1] 宋濂等：《元史》卷十七，中华书局，1976，第362页。

是少年辞世，留下一个烂摊子。朱由校当皇帝的第三年开始，就有一个祸国殃民的宦官逐渐攫取权力，这就是魏忠贤。叶宪祖是万历四十七年（1619）进士，担任新会县知县，因为平定海盗有功，升任大理寺评事，转工部主事，后又因不肯担任修建魏忠贤生祠的督工，被革职，遂回乡讲学，逍遥林下。崇祯三年（1630），叶宪祖调任南京刑部主事，改顺庆知府，辰沅兵备副使、四川参政，升任广西按察使时，因生病未赴任，辞官回乡。虽然在官场，叶宪祖有所作为，体恤民情，能文能武，但终究已经到了明季，在政治斗争极为紧张的环境中，叶宪祖也只能尽其所能造福一方。革职或因病休假之际，主要精力用在创作上，同时也进行学术研究。经史之学，实有助于其贤婿黄宗羲。叶宪祖与黄尊素是朋友，在黄尊素被害入狱之际，叶宪祖毅然将女儿嫁给黄宗羲，当时黄宗羲刚刚十七岁，父亲正在京城的监狱之中。包括黄尊素在内的东南君子，在天启五年到六年（1625—1626）的惨祸中，伤亡殆尽。由于魏忠贤与客氏联手，把持朝政，从大学士魏广微到阮大铖等文武百官，大量士林无耻之徒相继投入了魏忠贤的怀抱，或认干爹，或修生祠，丑态百出，出现了士林精神大厦崩塌的场面。有些人不愿意就此颓废，从万历朝的"国本之争"到天启朝与魏忠贤的斗争，前仆后继。而在天启年间，与阉党作斗争的主要人物，是杨涟、左光斗、魏大中、袁化中、周朝瑞、顾大章等东林学派的人物。于是，魏忠贤疯狂反扑，迫害这类君子，将上述六人抓捕，全部害死，史称"天启六君子"。次年，又抓捕高攀龙、周顺昌、周起元、缪昌期、李应昇、周宗建、黄尊素七人。高攀龙在无锡家中投水而死，其余六人死于狱中，时称"天启七君子"。在这种恐怖的气氛下，叶宪祖成了黄尊素的亲家、黄宗羲的岳父，其为人品行高尚，可见一斑。

叶宪祖酷爱戏剧，既能杂剧，也好传奇，作品主要有杂剧二十四种，传奇七种。现存杂剧十二种：《夭桃纨扇》《碧莲绣符》《丹桂钿盒》《素梅玉蟾》《团花凤》《易水寒》《北邙说法》《骂座记》《寒衣记》《渭塘梦》《三义成姻》《琴心雅调》，前四种，亦题为《四艳记》。传奇二种，即《鸾鎞记》《金锁记》，但《金锁记》或认为是袁于令的作品。

叶宪祖的戏剧作品很接地气，似乎很多在现实生活中不能实现的事情，在叶宪祖的笔下，都是可以的。于是，满足了很多观众在心理上的需求。如《四艳记》，是四部题材主旨一致的作品，甚至在人物关系的处理上,也是一个套路。《夭桃纨扇》,写年轻后生石中英在刘令公的照护下,与青楼妓女任夭桃恋爱成功。《碧莲绣符》里的书生公子章斌,热恋已亡故的老爷之妾陈碧莲,两人得到婢女青奴相助,终于结合。《丹桂钿盒》写女子徐丹桂妙龄失侣,在寺院巧遇探花郎权次卿,互生爱慕,喜结良缘。《素梅玉蟾》里的清贫寒士凤来仪,与邻家少女杨素梅相爱,得到侍儿的撮合,终成眷属。这一群女性,无论身份如何,或富贵贫贱不同,都有爱的权利,与意中人真心相爱,便可以排除一切不利因素而走到一起。即便有所困难,也有人挺身而出,热心相助,结局总是欢天喜地,而不是冷屋鬼火、寒雨敲窗。其实,这样的剧本,很符合人们的生活愿望,比那些封建礼教更符合人们的心志。所以,叶宪祖的剧本,很受欢迎。

吴江派戏剧,若从吴江的地域视之,不免局促。沈璟门生朋友,分布于江浙皖各地。沈璟及其朋友、门生等人的戏剧主张,影响的范围更广。可以说,戏,吴江也;人,未必尽吴江也。休宁汪廷讷,就是这样一位传奇作家。因为与汤显祖等交往甚密,或将其归入临川。但其剧作风格,实并无依归。而注重场上效应,则符合沈璟的主张。吴江派戏剧家中,得沈璟衣钵出神入化的剧作家,则是沈自晋。

八、沈自晋

沈自晋是吴江派戏剧作家的后起之秀,创作成就与理论建树,踵武沈璟。

沈自晋(1583—1665)字伯明,晚字长康,号西来,又号鞠通生,吴江(今江苏苏州市吴江区)人,沈璟之堂侄,沈自晋称呼沈璟当为堂伯父,也师从这位堂伯父。沈自晋出身于吴江名门沈氏家族,但淡泊功名,待人温厚,勤学博览,富有文才。他更有非凡的音乐天赋,并终生酷爱之,钻研不息,是剧坛吴江派后期健将。沈自晋弱冠补博士弟子员,也就是具备了秀才资格,可以参加乡试了。但沈自晋无意于功名,却深沉好古,旁及稗官野史,无不穷搜。明亡之后,沈自晋隐居吴山,与子辈作曲赋词,优游以终。散曲作品集有《黍离续奏》《越溪新咏》《不殊堂近草》等。今有中华书局 2004 年版《沈自晋集》,用之甚便。

沈自晋是明清之际一位重要的诗人和散曲作家,但前期作品格调不高。以投赠祝寿、咏物赏花、男女风情等闲适的作品为多,风格清丽典雅。明亡之后,沈自晋深感家国之痛,作品风格有所不同,反复书写自己的故国之思，家园之念，兴亡离乱的悲痛感伤，恍惚于字里行间，风格雄劲悲凉，令人动容。

作为戏剧家的沈自晋，主要成就在两个方面，一是剧本写作，一是戏曲研究。沈自晋的戏剧作品，主要有《翠屏山》《望湖亭》《耆英会》等，今仅存前二种。沈自晋出自戏剧世家，不可能仅有两三部作品。因为明清易代之际，大量文献资料毁于战火，吴江地区由于太湖义军活动和戴之隽策动吴胜兆反正事件的关系，这方面的损毁程度更高。

沈自晋创作的《翠屏山》，较多地受到沈璟《义侠记》的影响。但是，在主题风格上却有着比较大的差异。同样取材于水浒故事，不同的人喜欢不同的故事片段，并从自己的视角解释。比如元人杂剧往往喜欢刚健孔武或有趣片段，如《双献功》《李逵负荆》等，舞台效果甚好。而取材于水浒故事的武松打虎、武松杀嫂等情节，则是由于明代后期《水浒传》广为流传而得到广泛认可。否则，严格束缚之下的明代文人，是不敢轻易选取暴力、血腥或过于自然主义的故事情节。沈璟写武松杀嫂，较多地局限于封建说教之中，甚至刻意回避缘由，淡化暴力情节，就怕一旦歌颂了梁山好汉，就违背了封建道德的要求。沈自晋的《翠屏山》，故事情节源于《水浒传》四十三回到四十五回的有关情节，搬演杨雄、石秀杀裴如海、潘巧云的事情，明确歌颂了杨雄、石秀这样光明磊落、血气方刚的阳光英雄人物，在一定程度上摆脱了封建说教的束缚，着重于水浒英雄戏的本色，在叙述及舞台搬演石秀杀嫂的过程中，将梁山英雄们快意恩仇的形象，表现得酣畅淋漓，体现出豪气干云的英雄气概，劲健爽快，毫不扭捏。同样是英雄人物，沈自晋在塑造杨雄和石秀形象的时候，还通过细节，写出了两人的区别。杨雄是公差，多有畏惧而重儿女情怀。石秀则毫无羁绊，更重兄弟情义。所以，两人遇事之后的处理方式，也就完全不同了。

《望湖亭》是一出成熟的喜剧，素材来源于市井，较为成功地继承了其堂伯父沈璟后期戏曲创作（如《博笑记》）注重戏剧性、娱乐性和世俗化的特点，也很好地实践了沈自晋自己对于戏曲创作要求声情自然、和谐的标准。《望湖亭》的故事，来源于冯梦龙《情史》（又称《情史类略》《情天宝鉴》）中的《吴江钱生》。冯梦龙的《情史》在清代遭禁，被定为淫词小说，实则内容来源于历代笔记甚至正史，人物从王侯将相到市井小民，情节基本是生活中的常事，因其中不免有些比较出格的段子，并未符合清代统治者强化了的封建礼教，所以被禁毁。其实，历史上的很多事情，或完全真实，或有所附会，未必可以用一种标准或模式来衡量框定。即便是在作为儒家经典和朝廷礼乐教化经典教材的《诗经》中，也没有避讳某些历史事实。如《墙有茨》《新台》《株林》《载驱》诸篇涉及的事件，未必能登大雅之堂；《关雎》《蒹葭》《柏舟》《野有死麕》中的情感甚至细节描写，也是生活中的常事，并不能避免。

《吴江钱生》的故事，源于冯梦龙的《钱秀才错占凤凰俦》，冯作收于《醒世恒言》卷七。叙述钱生代替表兄颜生相亲并娶亲高家，因天气骤变不得回，与高氏意外成为夫妻之事。话说苏州太湖中的西山，有一富商名叫高赞，生了个才貌出众的女儿叫高秋芳。老财主决心要觅一位才貌出众的士子为婿，拒绝了所有媒婆的说媒。媒婆在生活中还是相当重要的，在古代有着相当于管事公务员的待遇。高财主并未将媒婆的作用放在考虑之列，一定要女儿亲自相中才许婚。于是，有钱而貌丑的蠢材颜俊听说了这件事，垂涎于这个美女，托媒说亲，高家咬定了要小伙子上门相亲，也就是面试。而颜俊的尊容不怎么样，于是央请表弟钱青代办，因为钱青清俊而有才。钱青本是个穷书生，生活仰仗这位表兄家。明知这事不可，但寄人篱下，碍于情面，只得去冒充。不料高财主和高小姐一看就中意其样貌，并且高家对他的才学十分满意，这亲就定下来了，并约定十二月成婚。到了迎娶的日子，一定要新郎上门亲迎，这也是当地的习俗，高家更是严格。颜俊无奈，只好请表弟再次代劳。要知道，过去的西山，几乎是与世隔绝的，交通很不方便，没有船只，无法上岛。而船只往返，受到天气、水流等多种因素影响，很难。再加上古人并不能准确预报天气变化，更不能依据天气预报预定婚庆的日子。所以，当钱青冒名颜俊前去迎亲的时候，天气骤变，大风大雪封湖。当天不得回城，喜期又是选定的，不能错过。何况高家的亲友已经聚齐，张灯结彩，喜气洋洋。在乡邻的建议下，钱青就被迫以新郎的身份在高家完成婚礼。新房中连过三夜，钱青秋毫无犯。到了第四天，终于放晴，虽然寒冷，也算是风和日丽。迎亲的队伍终于回城，颜俊不肯罢休，与钱青厮打起来，迎亲的队伍和送亲的队伍也一起卷入，声势浩大，惊动了官府，带到县衙门，长官问清缘由，判定钱青、高秋芳为合法夫妻，颜俊及颜家白忙乎一场，喜剧圆满完成。

这样的题材，具有一定的教诫意义，更多的是有趣热闹，很受观众欢迎，而且也能对某些人实现替代式的精神补偿，是明清戏剧中常有的套路。

沈自晋在人物形象的塑造和情节的推动上，注意铺垫，有水到渠成的效果。如钱青，本就是家道中落的才子，不仅有才，还长相清俊。在冯梦龙的《钱秀才错占凤凰俦》中，那钱青是万里挑一的。"苏州府吴江县平望地方，有一秀才，姓钱名青，字万选。此人饱读诗书，广知古今，更兼一表人才。"[1]首先，钱青本身诗书满腹，很有修养，本来不肯答应这无理请求。只是因为顾及生计，加上姨母的出面，又考虑到高家未必看得上，出于多种情况的考虑，才勉强答应。说明钱青并不自信，或许只是出于谦恭，才勉强为之。这就初步表现了钱青的正直操守。其次，钱青持重老成，很自律，拒绝姨母养女黄小正的主动求爱，表现出了清白的操守。所以到最后，既然答应了姨母和表兄的请求，就要兑现君子的承诺，不能假戏真做。作品中的钱青，见到美色不为所动，在洞房中三夜，守身持正，对于一个十八岁的青年来说，相当的有定力。这样人物的性格、行为设定，具有逻辑性，自然贴切而不造作。

遗憾的是，沈自晋的另一部作品《耆英会》没有保存下来，从残曲中尚无法窥知作品的基本情节和艺术风格。仅从《翠屏山》和《望湖亭》两部传奇中可以看出，沈自晋是本色当行的戏剧家，更是有着自己主见的吴江派或者说是明季戏剧创作群体的殿军。

沈自晋的戏剧主张，集中体现在《南词新谱》中，即沈自晋修订增补的《南九宫十三调曲谱》中，基本传承了沈璟的观点，但接受了一些新声丽词，努力做到格律声腔、才情辞藻的双美。

李渔说："词曲韵书，止靠《中原音韵》一种，此系北韵，非南韵也。十年之前，武林陈次升先生欲补此缺陷，作《南词音韵》一书，工垂成而复辍，殊为可惜。予谓南韵深渺，卒难成书。填词之家即将《中原音韵》一书，就平上去三音之中，抽出入声字另为一声，私置案头，亦可暂备南词之用。"[2]李渔的做法，作为一种变通，未为不可。但说明了另一个问题，即李渔对于明末清初的吴地剧坛特别是吴地戏剧家对于曲谱的整理研究，还不了解。从沈璟到沈自晋，致力于南戏传奇也就是明代中叶兴起的

---

[1] 冯梦龙：《醒世恒言》卷七，丁如明标校，上海古籍出版社，1992，第82页。
[2] 李渔：《闲情偶寄》卷二"词曲部"，康熙刻本。

戏剧模式体制的曲谱音韵研究,即便已经写成专书,还没有得到普遍的认可,原因何在? 这不是文人相轻或同行挤兑的问题,而是由于南音过于复杂,难以绳墨。李渔说南韵深渺,卒难成书,故并未展开探讨。本质上来说,对南曲音韵笼统地归纳并不困难,难的是从填写唱词到舞台运用兼顾各种方言发音,并要大家认同,这几乎是做不到的,因为南方的方言太过复杂,并不是可以简单归类的。一河之隔,一条田埂分界的乡村,语音差异就很大。在城镇,一街之异甚至一个巷子之中,语音可能不同,因而在戏剧活动中,有统一的南方音韵并用于舞台演唱,极为困难。

九、沈自徵

吴江沈氏家族中,还有一位重要的戏剧家沈自徵,只是关注者不多。沈自徵更为惊天动地的事件,是参与了抵抗清军南下的战斗。虽然还没有能够直接上战场就因病去世,但沈自徵在历史上留下的手笔,不能忽略。

清兵南下的过程中,占领南京、镇江,相对容易,打到常州就变得相当困难,付出了相当大的代价。而江阴的抵抗,远远超出了清军的想象。清军攻占江阴后的野蛮杀戮,更激起了江南军民的强烈反抗。太湖义军是江南反抗斗争中影响极大的一支力量,有力支持了东南的鲁王流亡政权。而太湖义军能够有作战能力,离不开沈自徵的预备。是明末天下大乱之时,沈自徵就有意识准备了船只,为日后吴易起兵做好了前期准备。

沈自徵(1591—1641)字君庸,号复庵,吴江派的重要戏剧家。由于家境变化,不得不为生计奔走。甚至因为经济纠纷,与姐姐沈宜修和姐夫叶绍袁关系也很僵,并受到爱妻张倩倩的批评,由此负气出走京师,游走于权贵门下做幕僚。沈自徵在京师十年,一是见到许多寒心之事,如奸臣当道,名将惨死等,自己的幕僚生涯根本没有出路;二是积攒了一定的银两,可以回家安排自己的生活;三是毕竟离家时间太长,也有浓郁的乡关之思,于是终于决心回乡。回到吴江的沈自徵虽与叶绍袁家的关系有所改善,但心境甚为不佳。不仅妻子早已过世,曾经自己疼爱有加的养女兼外甥女叶小鸾,也于出嫁前病逝,由此便无意经营个人生计,转而关注天下大事,"见天下乱,造渔船千艘匿太湖,以备非常,未几,殁。自炳、自骊收其船以集兵,吴易(易)一军所由起也"[1]。沈自徵到底为何准备了那

---

[1] 徐鼒:《小腆纪传》卷四十六,中华书局,1958,第465页。

么多的渔船,我们今天不得而知,只是徐鼒说"以备非常",是怎样的"非常"可以动用这些渔船,沈自徵并没有留下任何线索就去世了。他的兄弟沈自炳(1602—1645)、沈自然(1606—1643)都是复社成员,沈自驹(1606—1645)则姓名不见于《复社姓氏传略》,张慧剑《明清江苏文人年表》中谓其加入复社,不知何据。沈自徵兄弟四人虽都是沈珫的儿子、沈璟的侄子,兴趣造诣各有不同。黄宗羲在《御史中丞冯公(京第)墓志铭》中写到沈自徵:"辛巳、壬午间(崇祯十四、十五年),(冯京第)与吴江沈自徵君庸狂饮燕市,各以霸业自许。君庸归吴,造渔舟八百只于太湖,公买牛千头,招流民屯田于齐、鲁。其后,君庸死,吴长兴(吴易)得其舟以起事,公之牛则为乱兵略去"[1],透露了一个重要信息,天下大乱之际,沈自徵欲有所作为。只是时机未到,溘然去世。其弟沈自炳、沈自然、沈自驹则没有将心思用于戏剧活动,更倾向于关注时局。尤其沈自炳、沈自驹与吴易关系深厚,在吴易入京参加礼部试期间,与其同游京师,并同时投入史可法营中,养育一股浩然之气,最后皆死于抗清的斗争中。

沈自徵也是一位戏剧家,著有诗文散曲合集《沈君庸先生集》和戏剧作品《鞭歌妓》《簪花髻》《霸亭秋》,合称《渔阳三弄》,属于杂剧剧本,并非传奇剧本。而且案头性较强,并非可以直接搬弄于舞台。

《鞭歌妓》写的是唐代奇人张建封,流落江湖,生活困顿。尚书裴宽解职西归途中,一日,船停泊靠时,见一人坐于树下,衣着寒酸,一副穷困潦倒的样子,但器宇不凡,英气逼人。裴宽感到好奇,于是下船与他一番交谈。听其言语,裴宽大为惊奇,预料他必成栋梁之材,便将所乘的船只、钱帛、奴婢都送给他。这位潦倒的流浪汉也不辞让,坦然受之。此人便是张建封。这船只突然换了主人,船上的婢女还没有意识到情况的变化,看不起上船的张建封。张建封对这位歌妓加以鞭挞,惩其骄横。作品中的张建封,是个才能超群而又鄙视功名的奇人,哪怕是在困境之中,也有一股能人特有的傲气。

张建封是实有的历史人物,而且在唐德宗年间发挥了重要的作用。张建封微时落魄,也是事实。张建封(735—800)字本立,邓州南阳(今属河

---

[1] 黄宗羲:《黄宗羲全集》第 21 册,浙江古籍出版社,2012,第 686—687 页。

南）人，曾寓居山东兖州，唐朝中期名臣、诗人。张建封少年慷慨尚武，以武功自许。唐代宗时进入官场，仅任使府僚佐，仕途坎坷。德宗即位后，张建封在平叛稳局中屡建奇功，备受唐德宗宠遇，加官至检校尚书右仆射。贞元十六年（800），张建封去世，年六十六，赠司徒，谥襄。张建封曾镇守彭城十年，治军有方，礼敬文士，于良史、韩愈等均为其幕僚。

《簪花髻》写的也是相当有名的历史人物，即明代的杨慎——嘉靖皇帝一直"牵挂"的人物。杨慎和他的父亲杨廷和，两代状元，才情可以想见。电视剧《三国演义》热播之后，经常可以听到人们传唱剧中的一首歌，就是杨慎《二十一史弹词》中的《临江仙·滚滚长江东逝水》。杨慎的父亲杨廷和，担任内阁首辅之际，发生一件极为危难的事件，就是朱厚照（明武宗）突然去世，皇位空虚。在杨廷和的主持下，朝中四十余日无皇帝而能够正常运行。最后终于请来了朱厚照的隔房堂弟朱厚熜当皇帝。然而朱厚熜要为他的生父兴献王朱祐杬封个"兴献皇"的称号，为了"皇"或"王"的称呼，争论了二十余年，一百多位大臣被廷杖。一开始，杨廷和就带头反对给兴献王朱祐杬改封号，皇上很是恼怒，杨廷和被廷杖，革职。中了状元的儿子杨慎，本在翰林院做得很好，嘉靖三年（1524）也卷入"大礼议"，触怒嘉靖皇帝，被廷杖罢官，谪戍云南永昌卫，后虽可自由往返于四川、云南等地，但流放的身份没有改变。嘉靖三十八年，杨慎逝世于戍所，年七十二。明穆宗时追赠光禄寺少卿，明熹宗时追谥文宪。剧本中的杨慎，被流放云南，举止依然狂放，不顾形象。尤其是醉酒之后，或者穿上女衣外出，涂脂抹粉，戴花出游，丝毫没有顾忌；或者在歌妓身上，随意题词。有人以为怪，有人坦然接受，说明还是有人理解杨慎的。《簪花髻》表面宣扬的是文人落拓不羁的个性，实则宣泄了对现实社会状况的不满。

《霸亭秋》写的也是真实历史人物的故事，一样有些荒诞，但更有悲情。宋人杜默饱学有才，但科场不利，屡试不中。事见于宋洪迈《夷坚志》，"和州士人杜默，累岁不成名，性英俊不羁，因过乌江，入谒项王庙，时正被酒沾醉，才炷香拜讫，径升偶坐，据神颈拊其首而恸，大声语曰：'大王，有相亏者！英雄如大王，而不能得天下；文章如杜默，而进取不得官，好亏我。'语毕又恸，泪如雨。庙祝畏其必获罪，强扶掖下，掖之出,犹回首长叹,不能自释。祝秉烛入,检视神像,亦垂泪向未已"[1]。后世许多文人关注这一故事,编入剧本演出,称"杜默戏",抒发不得志的郁闷,影响较大。《霸亭秋》中的杜默,何尝不是沈自徵的自我写照。明代那些居庙堂之高的人物,还有那些轻易名登甲榜的人物,又有几人文能治国武能安邦!

吴江派戏剧后期还有两位重要作家:范文若和袁于令。

十、范文若与袁于令

范文若(1587—1634),原名景文,字更生,号香令,又号吴侬、荀鸭。松江(今属上海)人,万历四十七年(1619)进士。历官四川汉水知县、山东汶上知县、浙江秀水知县、湖北光化知县,调南京兵部主事等,以丁忧离职家居。范文若丰神俊异而才智超群,任职地方,以德化民,以礼自持,敢于除恶安良,约束胥吏守法,人多畏之。家居时因送官惩治家奴刘贞,不幸为贞刺杀,其母也同时殒命。(吴地一带,豪奴犯事不止一例,情况相当严重。详情可参阅中华书局1982年版谢国桢先生《明清之际党社运动考》中209—236页的《明季奴变考》)

范文若公事之余,勤于创作。著有传奇十六种:《花筵帝》、《梦花酣》、《鸳鸯棒》、《花眉旦》、《金明池》、《勘皮靴》、《雌雄旦》、《生死夫妻》、《欢喜冤家》、《千里驹》、《金凤钗》、《倩画眉》(一作《倩画姻》)、《斑衣欢》、《晚香亭》、《闹樊楼》、《绿衣人》等。

与范文若不同,明末清初戏曲家、小说家袁于令出身于名门,但他在明代仅是贡生身份,未曾出仕。因在国子监读书,亲身经历了明亡的过程。入清,任工部虞衡司主事、营缮司员外郎、荆州知府等职。顺治十年(1653)被劾罢官,寓居江宁(今江苏南京)、会稽(今浙江绍兴),落魄以终。相传,袁于令曾与人争一位妓女,被其父亲发现,直接将其送入大牢。于是,《西楼记》就在狱中写出来了。袁于令曾师从叶宪祖,工于度曲,所作有杂剧《双莺传》,传奇《西楼记》《金锁记》《珍珠衫》《鹔鹴裘》《长生乐》等。尤以《西楼记》成就较高,影响较大,袁于令也以此作自负。

《西楼记》写书生于鹃与妓女穆素徽的爱情故事,波澜起伏,扣人心

---

[1] 洪迈:《夷坚志》,何卓点校,中华书局,1981,第668页。

弦。于鹃、穆素徽二人，因写词唱曲而互相爱慕，曾在西楼同歌《楚江情》（冯梦龙将此剧改编为《楚江情》，意即此）。于鹃之父知道后，将素徽逐出。相国公子乘隙以巨款买穆素徽为妾，穆素徽不从，备受虐待。于鹃考中状元后，在侠士胥表的帮助下，与穆素徽终成眷属。古典戏剧中经常出现这样的套路，要么双方的身份发生巨变，或者有重要的人物出面帮助解决问题，或者生米煮成熟饭，都是理想化的爱情剧模式。大概是因为现实中不能付诸行动，于是在舞台上挥洒理想。这"于鹃"的取名，也就是作者的寄托。因为"袁"字的反切，就是"于鹃"，可见此剧很有自况的意味。而书生与妓女热恋的题材，从小说到戏剧，不在少数，说明文人在这个问题上，已经抛弃了一些观念，是一种进步。同时，也与吴地商品经济繁荣，城市生活环境变化有着密切的关系。

《西楼记》不仅用昆腔演唱，还被改编成其他剧种上演，陶贤、杨占春改编的越剧《西楼梦》，演出之后大获成功。

第五节 明季吴地剧坛

吴江戏剧作家群之外，在郡城苏州及上海、昆山、太仓、常熟、嘉兴、吴兴等环太湖地区，还有不少戏剧作家或研究者，并不明确属于哪个流派，创作成就也极为惊人，影响深远。他们对于戏剧的研究特别是戏剧资料的搜集整理与刊行，更是厥功至伟。

一、臧懋循与《元曲选》

太湖之滨的另一位戏剧大师臧懋循，虽然并不直接参与一些戏剧创作和演出活动，却有着更重要的贡献。其编印的《元曲选》，第一次整体地呈现了元杂剧的面貌。

臧懋循（1550—1620）字晋叔，号顾渚山人，长兴（今属浙江）人，万历八年（1580）进士，授湖北荆州府学教授。历任应天乡试同考官，夷陵知县、南京国子监博士等。由于酷爱六朝遗迹，为之命题赋诗，且在南京期间，携带妾童，出城游乐，十分张扬，被劾沉湎声色，一气之下弃官归里。与沈璟、汤显祖、王骥德等皆友善。臧懋循深知吴地文化发达，戏曲盛行，萌发了编印剧本的想法，便利用名门贵族和姻亲、师友、同年关系，搜集散佚的元曲、诗词文稿。甚至跋山涉水，远赴两湖、河南、山西等地，广寻各种戏剧作品的抄本，回乡自办工厂，自选、自编、自刻，亲自主持书籍的发行，编成《元曲选》一百卷，也就是一百种杂剧剧本，校勘精良，使用方便。并编纂出版了汤显祖的《玉茗堂四梦》等，辑有《古诗所》《唐诗所》等，是个不折不扣的出版家。其《元曲选》虽然对元杂剧原作有所删易，但书稿来源复杂，抄本漫灭甚多，编选讲究完整和品相，故而虽有后来学界的指瑕，但不失为元杂剧最为经典的选本，保全了元杂剧史料和部分作品，价值极高，对于元杂剧的流传，当然也是功劳颇大。"这一百种杂剧，他们的曲文宾白可能与原作略有出入，但是经过臧懋循这次的校订，各剧的科白完全了；文字经过修饰整理，读起来容易了；有些较生的和特异的字也有音释了；这不能不说是一部较好的元杂剧选本。事实也证明，在此后三百多年中，《元曲选》几乎是元剧唯一普及流行的选本，有许多人就是通过这部书认识了元杂剧的面貌。"[1]而元杂剧舞台的成功经验，对于明代后期部分作家的剧本出现的案头化现象，也有一定的矫正意义。从这个角度上说，臧懋循编选的《元曲选》，是对沈璟场上之曲的一种呼应。

明末小说家，堪称短篇小说之王的冯梦龙，同时也是一位戏剧家，冯梦龙创作有传奇《双雄记》《万事足》二种。改订《新灌园》等十余种剧本，以利于舞台演出。冯梦龙的主要成就不在戏剧，此处从略。

二、毛晋与《六十种曲》

毛晋编印《六十种曲》，第一次系统性展示了明代传奇的成就。

毛晋（1599—1659），原名凤苞，字子久。后改字子晋，号潜在，别号汲古主人，常熟（今属江苏）人，明季杰出的藏书家、出版家、经学家、文学家。

毛晋早年师从钱谦益，从时间上推算，应该是钱谦益闲居故乡的时候。钱谦益于天启二年（1622）被攻讦，称病告假回乡闲居，天启四年复出任职礼部，又被指为东林党而革职回乡，闲居三年多。崇祯即位后复出，又在与温体仁争入内阁即所谓"会推阁员"的事件中，遭到周延儒与温体仁的联合排挤，罢职回乡。直到南明弘光政权成立，钱谦益才再度出山，出任礼部尚书。明亡前的十余年，钱谦益多在常熟闲居。 指点毛晋，

---

[1] 隋树森：《元曲选外编》"编校说明"，中华书局，1980，第1页。

可能是在天启年间，钱谦益四十多岁的时候。毛晋家境富饶，喜好收藏，藏书极富，多达八万四千余册，多为宋、元刻本，建汲古阁、目耕楼藏之，读书、校书、抄书、刻书，乐在其中。毛晋校刻的《十三经》《十七史》《津逮秘书》《文选李注》《汉魏六朝百三名家集》《六十种曲》等书，流布甚广，居历代私家刻书者之首。尤其是高价收购的宋代、元代刻本或宋版元椠，雇用高手以佳纸优墨影抄，如同原作再版，"毛抄"因而名扬天下。

其中的《六十种曲》，是一部选集，也可以说是一部戏曲总集，经由当时名家的甄别而定型。这是中国戏曲史上最早的传奇总集，也是一部规模最大的戏曲总集。它集中了元明两代一些著名的作家作品以及思想上、艺术上有较高成就的剧本，也反映了编选者思想、艺术上的鉴别力。

《六十种曲》编于明代崇祯年间，三年时间陆续出齐。初印本没有总名称，而是在每帙第一种的扉页上题"绣刻演剧十本"，每一种又题"绣刻某某记定本"。所以，有人称这部书为《绣刻演剧十本》，或《绣刻演剧》，先后编订六套。清康熙年间重印，总名为"六十种曲"，共收《琵琶记》等南戏、传奇作品五十九种，杂剧《西厢记》一种。某些特殊情况的处理，亦可见毛晋当时的审慎态度。如将汤显祖的《还魂记》收入其中，又收改本《牡丹亭》。目录如下：高明《琵琶记》，柯丹邱《荆钗记》，邵璨《香囊记》，梁辰鱼《浣纱记》，范受益《寻亲记》，沈采《千金记》，无名氏《精忠记》，无名氏《鸣凤记》，徐元《八义记》，沈受先《三元记》，崔时佩、李景云《南西厢记》，施惠《幽闺记》，陆采《明珠记》，高濂《玉簪记》，张凤翼《红拂记》，汤显祖《还魂记》《紫钗记》《邯郸记》《南柯记》，王德信《北西厢记》，汪錂《春芜记》，孙柚《琴心记》，朱鼎《玉镜台记》，陆采《怀香记》，屠隆《彩毫记》，吾邱瑞《运甓记》，叶宪祖《鸾𫛢记》，梅鼎祚《玉合记》，陈汝元《金莲记》，谢谠《四喜记》，徐霖《绣襦记》，顾大典《青衫记》，徐复祚《红梨记》，王玉峰《焚香记》，无名氏《霞笺记》，袁于令《西楼记》，徐复祚《投梭记》，杨柔胜《玉环记》，无心子《金雀记》，无名氏《赠书记》，周履靖《锦笺记》，单本《蕉帕记》，汤显祖《紫箫记》，许自昌《水浒记》，郑若庸《玉玦记》，张凤翼《灌园记》，汪廷讷《种玉记》，张四维《双烈记》，汪廷讷《狮吼记》，沈璟《义侠记》，无名氏《白兔记》，徐𤱥《杀狗记》，屠隆《昙花记》，杨珽

《龙膏记》，张景《飞丸记》，孙仲龄《东郭记》，许三阶《节侠记》，沈鲸《双珠记》，无名氏《四贤记》，汤显祖《牡丹亭》。按：毛晋将《鸣凤记》列入无名氏作品，或许不仅仅是文献上的缘故，当还有其他考量。今天，不少学者认为，《鸣凤记》应该是王世贞及其门人的手笔。

《六十种曲》收了六十种剧本，其中，元代仅有一两部，其余均是明代作品，是最为优秀的明代剧本一次性集结，几乎代表了元末到明末戏剧创作的最高成就，为研究者提供了极大的方便，其学术意义、文献价值独一无二。2007年中华书局出版《六十种曲》精装十二册，印制精良，资料权威，是目前最好的版本。

搜集整理戏剧作品与文献的同时，明季的吴地，戏剧创作并未停止，还有一大批作家在辛勤耕耘，一批优秀的作品正连续产生。

三、晚明吴地剧坛盛况

晚明的吴地剧坛，参与编剧甚至以编剧谋生的文人不在少数。由于观念和市场选择的缘故，不少作品并未存世，一些染指者的信息，也就难得详情。然有些作家的优秀剧本，还是在吴地有一定的影响，或搬弄于氍毹，或流播于人口。

范受益（生卒年不详）号丁庵，吴县（今江苏苏州）人。嘉靖初年曾为国子监生，有文名，尤工曲，有传奇《寻亲记》《玉鱼记》《还璧记》。

陈与郊（1544—1611），原姓高，字广野，号禺阳、玉阳仙史，亦署高漫卿、任诞轩，海宁（今属浙江）人，晚明重要的戏剧家，万历二年（1574）进士，累官至太常寺少卿。万历二十四年，上疏乞归乡里，隐居盐官隅园，埋头著述。所居名隅园，即安澜园之前身。

陈与郊工乐府，雅好戏曲，传奇剧本有《灵宝刀》《麒麟罽》《鹦鹉洲》《樱桃梦》四种。又有杂剧剧本五种，今存《昭君出塞》《文姬入塞》《袁氏义犬》三种。辑存《古名家杂剧》《古今乐考》等十余种，对整理、保全戏曲资料，贡献卓著。陈与郊能诗文，且从事经史研究，著作有《黄门集》《考工记辑注》《檀弓辑注》《蒨川集》《隅园集》。

陈与郊的戏剧作品，以传奇《灵宝刀》名声较响。故事来源于李开先《宝剑记》，也是水浒英雄戏。

许自昌（1578—1623）字玄佑，号霖寰，又号去缘，别署梅花主人，长洲（今江苏苏州）人，也是明季吴地重要的藏书家和刻书家，工于传奇，擅长作曲，所作传奇有《水浒记》《橘浦记》《灵犀佩》《弄珠楼》《报主记》《临潼会》《百花亭》等七种，今存《水浒记》《橘浦记》《灵犀佩》三种。

《橘浦记》是依据唐人李朝威小说《柳毅传》改编，情节与元代尚仲贤《柳毅传书》杂剧相同，着重颂扬龙女、白龟、猿猴和蛇的报恩，并讽刺忘恩负义之人，艺术价值一般。

《水浒记》本于《水浒传》小说部分回目的有关故事，表现晁盖等劫取生辰纲、宋江杀阎婆惜、梁山泊聚义等关目，赞颂了他们劫富济贫、投奔梁山的行为，是许自昌的代表作。但是，部分关目完全虚构，脱离了《水浒传》的原有情节，整体上并不成功。但部分片段，还是比较精彩的，《借茶》《刘唐》《拾巾》《前诱》《后诱》《杀惜》等出，是昆曲常演的折子戏。

凌濛初（生平事迹见第十章）是中国古典短篇小说的代表性人物，同时也是戏剧大家，既有戏曲论著《谭曲杂札》和《曲律》，又有杂剧作品《虬髯翁》（也叫《扶余国》）、《蓦忽姻缘》、《闹元宵》、《穴地报仇》、《祢正平》、《刘伯伦》、《桃花庄》、《颠倒姻缘》、《北红拂》（也称《莽择配》）等九种。传奇《合剑记》、《雪荷记》（也叫《雪里荷》），改编《碧玉簪》为《乔合衫襟记》。同时，凌濛初还是明末重要的经史学家，著有《圣门传诗嫡冢》《诗经人物考》《左传合鲭》《倪思史汉异同补评》《战国策概》等。另有《西厢记五本解证》《南音三籁》《燕筑讴》《嬴滕三札》《荡栉后录》《国门集》《国门乙集》《鸡讲斋诗文集》《已编蠢涎》《东坡禅喜集》《合评选诗》《陶韦合集》《惑溺供》等。由于各种原因，现存戏剧著述及作品，仅有《谭曲杂札》《曲律》《闹元宵》《北红拂》《虬髯翁》《南音三籁》传世。

吴炳（1595—1648），初名寿元，字石渠，号粲花主人，宜兴（今属江苏）人，明代末年著名的戏曲作家。吴炳出生在一个官宦世家，曾祖父吴仕，官至四川布政使参政。祖父吴驿，曾任职于鸿胪寺。父亲吴晋明，任太常寺典簿。吴炳二十一岁中举，二十五岁，即万历四十七年（1619）进士及第，授湖北蒲圻知县，历官刑部主事、工部都水司主事等。在福州知府任上，因见官场污浊，与福建巡抚熊文灿闹僵，吴炳托病告归。回乡以后，吴炳居住宜兴南门外五云庄的粲花别墅，潜心诗文与戏剧创作。崇祯初，吴炳复起，任江西提学副使之际，明朝灭亡，清兵南下。吴炳先后在福王及唐王、桂王的流亡政权中任职，官至东阁大学士。南明桂王朱由榔永历元年（1647）八月，桂王决定经湖南出奔广西柳州，命吴炳先将世子送往湖南，以图恢复。待吴炳一行人到达湖南城步时，清兵已经赶到。吴炳等人不幸被俘，囚于衡州湘山寺。次年一月，吴炳拒绝清朝的劝降，绝食而死。可见，吴炳一身正气，忠肝义胆，堪为后世楷模。清乾隆四十一年（1776）追谥忠节。

吴炳的著作有多种，如《说易》《雅俗稽言》等，但更为影响巨大的是他的"粲花斋五种曲"，包括《绿牡丹》《画中人》《西园记》《情邮记》《疗妒羹》五个剧本，也称"粲花五种"，又名"石渠五种曲"，成就堪比"玉茗堂四梦"。李渔云："吾于近剧中，取其俗而不俗者，《还魂》而外，则有《粲花五种》，皆文人最妙之笔也。《粲花五种》之长，不仅在此，才锋笔藻可继《还魂》，其稍逊一筹者，则在气与力之间耳。"[1]在李渔看来，汤显祖的"临川四梦"仅有《牡丹亭》稍胜一筹，其余三梦，与吴炳"粲花五种"相当。这里并非是李渔贬低汤显祖，而是对吴炳的高度评价。"粲花五种"中，以《绿牡丹》最为著名，上海古籍出版社1985年出版有罗斯宁校注本。

《绿牡丹》讲述的是两对青年男女追求自由幸福的过程。一对是车静芳和谢英，一对是沈婉娥和顾粲。车静芳聪明漂亮，但父母双亡，人生不幸。身处封建社会，车静芳心中还有父母不在长兄为父的观念。可惜这位长兄车尚公不学无术，浮浪招摇还又愚蠢。贫穷潦倒的谢英，坐馆授徒，但长相英俊，才华过人。两人互生爱慕之情，经过重重曲折，终于结合。另一对沈婉娥和顾粲，虽然经历的曲折少了一些，但也是遭遇危难后才终于团圆。这两对青年男女的恋爱婚姻过程中，有一个重要的媒介，就是诗歌。他们在借出诗歌呈现才情的过程中产生爱情、勇于探索、战胜困难、避开危险，最终有情人终成眷属。从主旨宣扬到艺术安排上，都说明这是一部优秀的剧作。

《画中人》也是爱情故事，是昆剧、越剧的保留节目，盛演三百余年。长春电影制片厂1958年拍摄的电影《画中人》，即根据此剧，情节颇似神怪故事《白水素女》（《田螺姑娘》）。

史玄（？—1648），一名史元，字灵籁，字弱翁，吴江（今江苏苏州市吴江区）人，居柳胥村，与吴易、赵涣友善，号"东湖三子"，诗宗杜甫，

---

[1] 李渔：《闲情偶寄》卷三"词曲部"，康熙刻本。

老健无敌，古体尤工，著有《弱翁诗文集》《盐法志》《吴江耆旧传》《旧京遗事》等。传奇有《玉花记》。

魏浣初（1580—1638）字仲雪，常熟（今属江苏）人，万历四十四年（1616）进士，曾任嘉兴府学教授，官至广东提学，有传奇《八里记》《七江记》。

朱鼎（生卒年不详）字永怀，昆山（今属江苏）人，生平事历未见完整记载，唯有传奇作品《玉镜台》（也称《玉镜台记》）一种传世，写的是东晋时期，温峤以玉镜台为聘礼，迎娶远房表妹刘润玉为妻的故事。实际上，涉及玉镜台的情节只是作品中的片段，主要表现的还是温峤与祖逖、刘琨等人忠于王室，勇敢抵抗入侵，率领军队，打败石勒，平定王敦叛乱，稳定了东晋政权的故事。《玉镜台》的故事来源于《世说新语·假谲》，很有趣味。全文如下：

> 温公丧妇，从姑刘氏，家值乱离散，唯有一女，甚有姿慧，姑以属公觅婚。公密有自婚意，答云："佳婿难得，但如峤比云何？"姑云："丧败之余，乞粗存活，便足慰吾余年，何敢希汝比？"却后少日，公报姑云："已觅得婚处，门地粗可，婿身名宦，尽不减峤。"因下玉镜台一枚。姑大喜。既婚，交礼，女以手披纱扇，抚掌大笑曰："我固疑是老奴，果如所卜！"玉镜台，是公为刘越石长史，北征刘聪所得。[1]

《世说新语》是我国第一部志人小说集，很多广为人知的故事成为后世小说、戏曲创作的素材。玉镜台的故事，只是其中之一。也有人说，玉镜台后来成为男女相悦相恋的象征，不无道理。

全剧四十出，四万七千余字，从第一出开场，到第四十出完聚，虽以玉镜台为线索演绎婚姻故事，背后却是晋室南迁、中原沦陷、战火纷飞、志士救国等历史事件，小中见大，价值非凡，颇有大丈夫先立功后成家的胸襟。其中的一些片段，广为人们熟知，如"闻鸡起舞""中流击楫"等，充分体现了作者的民族气节和家国情怀。

王元寿（或即王楗），松江（今上海市松江区）人，生平不详，著有传奇二十三种，多失传。其中的《异梦记》三十二出有传本，叙述元朝金陵书生王奇俊与才女顾云容梦中离魂，互赠信物，后历经坎坷终得团圆的爱

---

[1] 余嘉锡：《世说新语笺疏》，周祖谟、余淑宜整理，中华书局，1983，第857页。

情故事，也是明代中后期爱情题材剧本的老套，只因为明季陈继儒（1558—1639）评点，大为出名。又有《郁轮袍》一种，相传也是王元寿的作品，不能确定。该本署名王㧑，可明确是松江（今上海市松江区）人，字元寿，天启举人，曾任工部员外郎，明亡之后，流落南方，曾在唐王朱聿键流亡政权中任职，清兵南下时殉职。

王玉峰，松江（今上海市松江区）人，生平不详，其传奇作品《焚香记》搬演了王魁与敫桂英的爱情故事。

王魁故事的源头，可能是唐代的坊间传说。而唐代此类传说，不止一二。最为著名的就是许尧佐《柳氏传》、蒋防《霍小玉传》、白行简《李娃传》等。或许，王魁的故事，也在此间已经有所流传，讲的就是歌妓与书生的故事。这类故事一般是，歌妓在经济上有一定的能力，而书生比较落魄，在歌妓的帮助下，书生取得成功。结局是喜是悲，就看书生的良心和当时社会风气的导向了。《王魁负桂英》也叫《王魁》，是南戏剧本，最早的南戏作品之一，已经散佚，仅存少数曲词。元代尚仲贤有《海神庙王魁负桂英》杂剧，也仅存曲词一折。

王玉峰昆剧版传奇《焚香记》四十出，今有完整版本，但是，已经背离原来的主题，且以喜剧结局。书生王魁进京应考落第，暂寓莱阳温习旧业。一天，一位姓胡的算命先生，说他以后一定显贵，并且与妓女敫桂英有前缘，敫桂英天生就是夫人命，胡先生愿为作伐。三年后，王魁床头金尽，见钱眼开的老鸨竟逼桂英改事巨富金垒，桂英坚决不从。王魁进京应试，二人到海神庙焚香盟誓，生死相依。后来王魁中状元，当朝丞相欲招婿，被王魁谢绝。金垒从中作怪，将王魁的报喜书信换成休书，桂英气得昏死过去。桂英再到海神庙哭诉，指责王魁的负心。王魁和敫桂英经历了生死生的波折，最后终于解除误会，得以团圆。又因为王魁立有军功，官拜翰林学士，喜上加喜。故事的情节是经不起推敲的，不免有些荒诞，但喜剧氛围和积极的引导意义，使其经常出现在舞台上。南北昆剧，也以此为保留节目，评剧、豫剧等，亦有此剧演出。

范世彦（生卒年不详）字君澄，号暗甫，秀水（今浙江嘉兴）人。有传奇剧本《磨忠记》，写的是明季杨涟、魏大忠、周顺昌等人，与宦官魏忠贤经历了艰苦的斗争，杨涟等人惨遭魏忠贤毒手，最后杨涟、魏大忠、周顺昌等成仙，魏忠贤也被皇上赐死，诸人勘问魏忠贤的鬼魂，揭露阉党的深重罪行。其中写到的辽东战事，是戏剧作品中首次出现后金政权的事迹。

茅维（生卒年不详）字孝若，归安（今浙江湖州市吴兴区）人，茅坤的儿子，工诗，亦善作杂剧，与臧懋循、吴稼澄、吴梦旸称"苕溪四子"。茅维科场蹉跎，曾上书论事，希望得到当局者的器重，未成。其有《闹门神》杂剧一本，写除夕之夜，新门神上任，旧门神不肯让位的故事。旧门神及其仆从，十分嚣张，经由钟馗、紫姑、灶君、和合诸神的劝导，仍然不服。于是，九天监察使者下界勘察，将旧门神等一干人马贬谪沙门岛。作品的讽刺意味明显，是针对当时官场的一部讽刺喜剧。

路迪（生卒年不详）字惠期，号海来道人，宜兴（今属江苏）人，明亡隐居不出，著有传奇《鸳鸯绦》。与大多剧作不同的是，《鸳鸯绦》的故事来源于作者原创，没有对既往大量的传奇剧本故事进行参阅。虽然故事依然写的是秀才落难，美人援手，私订终身，成名好合的老套路，但不同之处在于叙写杨直方、张淑儿于情之贞，颇为动人。别后的相思之情，渲染十分到位。更为重要的是，该剧本巧借北宋与西夏交战的有关情节，实际上写的是抗清斗争，这在清初，是比较大胆的。

此外，明季吴地戏剧家孙柚、沈宠绥、邹玉卿、钮少雅、徐迎庆等诸家，更有大量作品以别号或无名氏冠之，出于吴地尤多。这种盛况，一直延续到了清代前期的剧坛。

第十章 冯梦龙与明代吴地白话小说

西方有个居伊·德·莫泊桑，在短篇小说领域有王者地位，得到了普遍的认可。他是 19 世纪后期法国优秀的批判现实主义作家，与俄国安东·巴甫洛维奇·契诃夫、美国欧·亨利，并称为世界三大短篇小说巨匠。而莫泊桑，又被誉为世界短篇小说之王。他一生创作了六部长篇小说，三百五十九篇中短篇小说及三部游记。但是，早在 16 世纪后期到 17 世纪初期，中国的大地上，吴地的小村和街巷中，出了个冯梦龙，创作了一百二十篇中短篇白话小说、二部长篇小说，编写了一千二百三十八则故事，还有戏曲剧本的创作与搜集改定等，总字数在三千万以上。依他的创作成就，不知道该给个怎样的称号。

尽管对于冯梦龙的研究已经取得了相当的成果，出版了《冯梦龙研究》（陆树仑，1987 年复旦大学出版社出版）、《冯梦龙新论》（龚笃清，2002 年湖南人民出版社出版）、《冯梦龙》（杨晓东，2003 年古吴轩出版社出版）、《冯梦龙集笺注》（高洪钧，2006 年天津古籍出版社出版），《冯梦龙研究资料汇编》（杨晓东，2007 年广陵书社出版）以及《冯梦龙》（马步升、巨虹，2015 年江苏人民出版社出版）等成果，但对冯梦龙的研究，依然有待于大方之家再次奉献。

第一节　冯梦龙的文学与学术人生

生活在晚明的冯梦龙，并不是一个纯粹的文学家，更是一位学者。但其在文学创作与文学作品的改编方面，确实是难以超越的丰碑。对于冯梦龙的研究，热度持续百余年，成果汗牛充栋。仅苏州相城区冯梦龙书院收藏的有关研究冯梦龙的学位论文，不下数百种。尽管冯梦龙是明代文学界一位集大成者，创作与编撰的成就，为一代之冠，但在《明史》中，却没有他的传记。因而，对于冯梦龙生平的叙述，就不得不依赖于相关材料的零散记录。

冯梦龙（1574—1646）字犹龙，又字子犹，号龙子犹、墨憨斋主人、顾曲散人、吴下词奴、姑苏词奴、前周柱史等，苏州府长洲县（今江苏苏州）人，出身士大夫家庭，晚明杰出的文学家，思想家，艺术家。说他是中国古代白话短篇小说之王，似乎格局太小了。冯梦龙的家族，是明初移居到苏州的，属于耕读之家。相传冯梦龙的祖父冯若翼、父亲冯廷枟都是郡庠生，也就是秀才，冯家是书香门第。

按照正常的人生轨迹，冯梦龙应该是读书应举，然后博取功名以光宗耀祖。然而，在这条路上，冯梦龙走得并不顺利。不过，不顺利的远不止他一个，吴地科考，成功人士辉映乡里，失败者也比比皆是。如归有光，本是八股文高手，写的文章完全符合明代科举考试的文体规范，就是运气不佳，直到将近花甲之年，方才考中进士走上仕途。

冯梦龙从小好读书，他的童年和青年时代与封建社会的许多读书人一样，把主要精力放在诵读经史以应科举上。他曾在年过半百时回忆道："不佞童年受经，逢人问道，四方之秘策，尽得疏观；廿载之苦心，亦多研悟。纂而成书，颇为同人许可。顷岁读书楚黄，与同社诸兄弟掩关卒业，益加详定。"[1]似乎从这段话中可以看出冯梦龙科举不顺的某些原因：用心不专。那么，冯梦龙的精力用在什么地方了呢？读书应举、编书、校书、写书、交友。还有一个重要的人物，影响了冯梦龙的人生道路，就是候慧卿。有关细节，可参阅傅承洲《冯梦龙与候慧卿》（中华书局2004年版）及王凌《冯梦龙与候慧卿》（《文学评论》1989年4期）。

读书不就是为了应举吗？本来不错，只是冯梦龙读的书太杂了、太多了，而不是专门为了应举去读书，或者说没有按照"科考大纲"去准备。张溥说过："自世教衰，士子不通经术，但剽耳绘目，几幸弋获于有司。登明堂不能致君，长郡邑不知泽民：人材日下，吏治日偷，皆由于此。"[2]即科举本来是国家选取人才的主要手段，但到了明代后期，弊端越来越多了。原因何在，根子就出在"大纲"上，也就是大明王朝颁布的科考书目

---

[1] 魏同贤主编《冯梦龙全集·麟经指月》"发凡"，凤凰出版社，2007，第1页。
[2] 陆世仪：《复社纪略》卷一，收入吴应箕等《东林本末（外七种）》，北京古籍出版社，2002，第210页。

上。明代科考的基本文体不用说，就是八股文。而内容选择的基本依据，就是《四书大全》《五经大全》《性理大全》，经书注疏汗牛充栋，杨荣、杨寓等人编订的三部书，怎么也不可能全。不全问题还不大，不全对，问题就大了。简单来说，孔孟时代的儒家，是学术流派不假，但不是空洞的学术流派，是应用型的，而且还是注重实际技能教学的学术流派。后世逐渐将儒学与实际生活割裂开来，并不是真正的儒学。于是，张溥所说的士子不通经术，就是一个很严重的问题，一者，因为"教材"编歪了，士子对儒家经典并不是真正的精通；二者，用这样的教科书只是为了博取功名，而不是真正运用儒家经典服务于朝廷、服务于百姓，结局只能是"登明堂不能致君，长郡邑不知泽民"，不具备富国强兵、安边泽民的实际能力。

冯梦龙的读书就不一样了，是追求真正的经学真谛。童年受经，逢人问道，四方之秘策，尽得疏观。因而，他的经学功底极为深厚，但同时也透露了一个信息：广读经书，求取儒家经典本意，却忘记了当下最为急迫的事情，即科举。应该是从幼年读书开始，他就与其他士子一样，期待科举仕进道路上取得成功。但冯梦龙读书太过投入，以至于对应试技巧的训练重视不够，因而在科场上，基本上以失败告终。而且因读书甚多，诸子百家、民间说唱等，皆在浏览之列，甚至自己人到中年，不以科考为急，还去编纂山歌作品，结果惹了麻烦，"远赴江夏乞援于熊廷弼"[1]。此后的六七年间，冯梦龙基本上在湖北麻城一带坐馆，成了"孩子王"。回到故乡之后，一面继续编书，一面还要准备科考。直到五十七岁，才得到个贡生的资格，而且还是补的，时间已到崇祯三年（1630）。次年，冯梦龙被破例授丹徒训导，按今天来说，大概就是个县教育局副局长。任职之后，他除了协助教谕管事，还得从事教学工作。崇祯七年，已经六十一岁的冯梦龙，升任福建寿宁知县，四年以后（崇祯十一年，1638），退职回家，继续读书写书，一晃又是几年过去，遇上了明清易代的历史巨变。南明弘光政权建立，南京的小朝廷能人很多，也没有冯梦龙什么事。但弘光政权覆灭，鲁王、唐王政权出现，冯梦龙感觉不能空老乡关，当有所作为。于是，冯梦龙奔赴流亡朝廷，一路向南。可是，这两个政权也相继覆灭，冯梦龙彻底绝望，老病年迈，在浙江台州和福建建瓯一带盘桓一段时间，无

---

[1] 许培基、叶瑞宝：《江苏艺文志·苏州卷》第一分册，江苏人民出版社，1996，第472页。

奈地在兵火中走向故乡，不久辞世。至于冯梦龙具体卒于何时何处，葬在何地，尚未清晰，是学界一大遗憾。

冯梦龙能够有入仕的机会，可能与当时的政治环境有关。崇祯即位之后，第一件大事就是将权力集中到自己手上。为此，首先必须铲除以魏忠贤为首的阉党集团。崇祯成功了，但近四百位官员遭到处分，从朝廷到地方，出现了大量的缺员，提拔、补充、召还成为最为及时有效的手段。于是，天启年间被弃置的东林学派官员，纷纷回到官场，只是迫害太甚，存者无多且多年老体衰。朝中一部分官员经由提拔升官了，又空出了不少位置，需要补充，这是一个现实因素。另一个重要的政治环境因素，是东林学派的大多数官员，是东南人士，主要是江浙一带的。此际，文震孟、姚希孟、钱谦益、周延儒等，均在朝廷，甚至进入内阁。天启二年（1622）的状元文震孟，当时的官职，就是为皇上讲解经书的日讲官、少詹事。文震孟与冯梦龙是同年出生，生日晚于冯梦龙。姚希孟则是文震孟的外甥，也是冯梦龙的晚辈。但是，身份与年龄或辈分的差异，并不影响他们因为共同的爱好、共同的思想情感倾向成为至交。钱谦益《冯二丈犹龙七十寿诗》："晋人风度汉循良，七十年华齿力强。七子旧游思应阮，五君新咏削山王。书生演说鹅笼里，弟子传经雁瑟旁。纵酒放歌须努力，莺花春日为君长。"[1]诗中钱谦益有一句小注，"冯为同社长兄，文阁学、姚宫詹，皆社中人也"，是说年轻的时候他们是一个文社的，而冯梦龙最长，二十余年友情如一。不过，仅靠友情，冯梦龙还是走不上仕途的，还需要机会和政策的许可。机会已经存在了，下层官员不少已经升迁，一层一层地空出了不少位置，需要人填补。谁来填补，那还得有一定的资格。冯梦龙有了，虽然只是个秀才之身，如同举人三科不中进士就可以直接参与吏部铨选一样，考了三十多年的冯梦龙，有资格直接接受推举做个贡生。而有了贡生的资格，就可以成为官吏，当然要从最底层做起。这就是冯梦龙进入仕途的机会，虽然此时他已经五十七岁。

冯梦龙在仕的表现如何？满腹经纶，怀才不遇，四年寿宁知县，成了冯梦龙仕途生涯的顶点，在寿宁的政绩，并不是一般的知县所能做到的。不用多看冯梦龙在寿宁宽民力、薄征赋、修水利、兴教育等举措，仅为纠

---

[1] 钱谦益：《牧斋初学集》卷二十，钱曾笺注，钱仲联标校，上海古籍出版社，1985，第713页。

正民间溺毙女婴风气，足可见冯梦龙思想的先进性。《禁溺女告示》：

  寿宁县正堂冯，为严禁淹女以惩薄俗事：访得寿民生女多不肯留养，即时淹死，或抛弃路途。不知是何缘故？是何心肠？一般十月怀胎，吃尽辛苦，不论男女，总是骨血，何忍淹弃？为父者你自想，若不收女，你妻从何而来？为母者你自想，若不收女，你身从何而活？况且生男未必孝顺，生女未必忤逆。若是有家的，收养此女，何损家财？若是无家的，收养此女，到八九岁过继人家，也值银数两，不曾负你怀抱之恩。如今好善的百姓，畜生还怕杀害，况且活活一条性命，置之死地，你心何安？今后，各乡、各堡但有生女不肯留养，欲行淹杀或抛弃者，许两邻举首，本县拿男子重责三十，枷号一月，首人赏银五钱。如容隐不报，他人举发，两邻同罪。或有他故必不能留，该图呈明，许托别家有奶者抱养。其抱养之家，本县量给赏三钱，以旌其善。仍给照，养大之后，不许本生父母来认。每月朔望，乡头结状中并入"本乡并无淹女"等语，事关风俗，毋视泛常，须至示者。[1]

  这是近四百年前的告示，是在重男轻女的封建环境中，一个知县对女婴的照拂。这则告示，我们不能用今天的标准来衡量，因为它在立法程序上有问题，在法规条文上也有瑕疵，做法上也有情绪化倾向，等等。但在当时的环境下，它是先进的、实用的、可取的。仅仅从这段文字的表述上，就值得全面称誉一番。何者？一是语言上通俗易懂，扩大了告示的可传播性。二是以理服人，丝丝入扣，句句入理，百姓容易理解接受。三是逻辑上很严谨而又自然妥帖，将可能出现的各种情况系统罗列并规定了奖惩措施。四是以情动人，激发人的恻隐之心。更可贵的是，冯梦龙不是动用公家的银两来奖励举报和收养，是用自己有限的俸禄支付，足见诚心。

  从禁止溺毙女婴这一件事，可知冯梦龙对女性的关注。那么，冯梦龙这样的意识从何而来呢？毛泽东阐述："人的正确思想是从哪里来的？是从天上掉下来的吗？不是。是自己头脑里固有的吗？不是。人的正确思想，只能从社会实践中来，只能从社会的生产斗争、阶级斗争和科学实验这三项实践中来。人们的社会存在，决定人们的思想。而代表先进阶级的正确思想，一旦被群众掌握，就会变成改造社会、改造世界的物质力量。

---

[1] 魏同贤主编《冯梦龙全集·寿宁待志》，凤凰出版社，2007，第31页。

人们在社会实践中从事各项斗争,有了丰富的经验,有成功的,有失败的。无数客观外界的现象通过人的眼、耳、鼻、舌、身这五个官能反映到自己的头脑中来,开始是感性认识。这种感性认识的材料积累多了,就会产生一个飞跃,变成了理性认识,这就是思想。这是一个认识过程。这是整个认识过程的第一个阶段,即由客观物质到主观精神的阶段,由存在到思想的阶段。这时候的精神、思想(包括理论、政策、计划、办法)是否正确地反映了客观外界的规律,还是没有证明的,还不能确定是否正确,然后又有认识过程的第二个阶段,即由精神到物质的阶段,由思想到存在的阶段,这就是把第一个阶段得到的认识放到社会实践中去,看这些理论、政策、计划、办法等等是否能得到预期的成功。一般的说来,成功了的就是正确的,失败了的就是错误的,特别是人类对自然界的斗争是如此。"[1]在冯梦龙生活的东吴大地,并没有溺毙女婴的陋习,虽然不能说没有重男轻女的落后意识,但不至于如此极端。正是因为在这样的环境中成长起来,冯梦龙不能接受溺毙女婴的做法。

当然,用今天的法律来评判,溺毙女婴就是凶杀了,古人的法律对此并未有明确的细则。除了自身的生活环境,让冯梦龙意识到女性的重要,对于人类自身的再生产的重视,朋友间的相互影响及当时的哲学思潮影响,也是重要的因素。冯梦龙并不愿受封建道德的约束,性格中有狂放的一面。行为上,他与歌儿舞女交往颇多,虽不是值得提倡的良好行为,但他情感上对女性的珍惜,与之不无关系,客观上对于他搜集整理民歌也有着积极的作用。精神上,冯梦龙推崇李贽和王守仁,各有所取,男女平等意识的思想根源即在此。

冯梦龙一生忙于著述和编辑、改写、增补多种著作,还有大量精力用于经史研究,作品多达六七十种,总字数超过三千万字。经史研究、文献整理、故事新编、民间作品搜集、前贤作品改写增补,等等,形式多样。因此,各种刻本、覆刻本、影印本、选本、石印本、铅印本等,多得难以统计。于是,也就带来另一个问题,就是不能排除有些作品是托名冯梦龙的。因此,关于冯梦龙全部作品的编订,成为学界的一大难题。其中的大部分作品,有明季刊刻且至今仍然存世的,可以断定出自冯梦龙之手。冯

---

[1] 毛泽东:《毛泽东文集》第八卷,人民出版社,1999,第320—321页。

梦龙作品最早或较早的刻本情况及其流传收藏情况，根据《江苏艺文志·苏州卷》的记载如下：《春秋衡库》三十卷、附录三卷、备录一卷，有天启五年（1625）冯梦龙自刻本，收藏于天一阁、北京大学图书馆、苏州博物馆等地。《麟经指月》十二卷，有泰昌元年（1620）吴县书林开美堂刻本，藏常熟市图书馆。《春秋定旨参新》原本三十卷，今存前二十三卷，收藏于日本内阁文库。《四书指月》明末刻本，存其中《孟子指月》七卷，《论语指月》六卷，藏国家图书馆。《纲鉴统一》三十卷，附论题二卷、历朝捷录二卷，崇祯十五年（1642）舒瀛溪刻本，藏北京大学、安徽大学图书馆。《甲申纪事》十四卷，南明弘光元年（1645）冯梦龙自刻本，藏北京图书馆、中山大学图书馆。《皇明大儒王阳明先生出身靖难录》有弘毅馆刻本，藏日本静嘉堂文库。《牌经》一卷、《马吊脚例》一卷，见《说郛续》。《智囊》二十八卷，天启六年还读斋刻本，藏北京大学图书馆，明末刻本，藏苏州市图书馆等。《智囊》成书于天启六年，共收故事八百六十八则，印行之后，冯梦龙补编故事十八则，添补于有关各卷之后。崇祯七年再增添一百七十五则故事，总计一千零六十一则故事，定名为《智囊全集》，这是足本。此后的各种版本，大致就是这八百八十六则和一千零六十一则两个系统。是书清代刻本较多，北京大学图书馆、南京图书馆、苏州图书馆等均有收藏。《古今谭概》又名《古今笑》《古今笑史》《古笑史》，三十六卷，冯梦龙墨憨斋刻本，藏上海图书馆，天津图书馆、南京图书馆等收藏有其他刻本多种。《笑府》十三卷，明刻本有多种，大连图书馆、北京图书馆等有收藏。《情史类略》二十四卷，明刻本，藏大连图书馆，另有清刻本多种。《全像古今小说》即《喻世明言》四十卷、《醒世恒言》四十卷、《警世通言》四十卷，明清刻本多种，收藏于境内外诸多大型图书馆。《新列国志》一百零八回，明清刻本俱有流传，藏于上海、南京、辽宁等及陕西师范大学等图书馆。增补《平妖传》，也作《新平妖传》，由冯梦龙在罗贯中原本基础上增补而成，明清刻本俱有流传，藏于海内外大型图书馆，如北京大学图书馆、大连图书馆、南京图书馆等。《三教偶拈》，明刻本，日本东京大学有藏。《挂枝儿》十卷、《山歌》十卷，这是两部民间诗歌集，明季刻本，藏于北京图书馆、上海图书馆等处。《黄莺儿》一卷，《吴侬巧遇》一卷、补遗一卷，明刻本，藏于上海图书馆。《墨憨斋改刻传奇定本》又称《墨憨斋定本传奇》，明末墨憨斋自刻本就有两种，收藏于南京大学图书馆和上海图书馆等。《太霞新奏》十四卷，天启刻本，藏于南京图书馆。还有不少作品或抄本传世，或几种作品合刻，造成了流传上的混乱。

于是，上海古籍出版社1993年影印出版的《冯梦龙全集》，收作品二十六种，精装四十三册，然仅有八百五十套。

又，江苏古籍出版社1993年出版排印本《冯梦龙全集》，收作品二十六种，精装二十二册。详情如下：第一册《新平妖传》；第二册《古今小说》；第三册《警世通言》；第四册《醒世恒言》；第五册《新列国志》；第六册《古今谭概》；第七册《情史》；第八册《太平广记钞》（上）；第九册《太平广记钞》（下）；第十册《智囊》；第十一册《三教偶拈》《广笑府》；第十二册《墨憨斋定本传奇》（上）；第十三册《墨憨斋定本传奇》（下）；第十四册《太霞新奏》；第十五册《纲鉴统一》（上）；第十六册《纲鉴统一》（下）；第十七册《甲申纪事》《寿宁待志》《中兴伟略》；第十八册《挂枝儿》《山歌》《折梅笺》《牌经十三篇》《马吊脚例》；第十九册《春秋衡库》；第二十册《麟经指月》；第二十一册《四书指月》；第二十二册《春秋定旨参新》（附录冯梦龙年谱）。

2007年，江苏凤凰出社再次出版《冯梦龙全集》，布局上有所调整，具体如下：第一册《古今小说》；第二册《警世通言》；第三册《醒世恒言》；第四册《新列国志》；第五册《新平妖传》《智囊》；第六册《古今谭概》；第七册《情史》；第八册《太平广记钞》（上）；第九册《太平广记钞》（下）；第十册《三教偶拈》《广笑府》《挂枝儿》《山歌》《折梅笺》《牌经十三篇》《马吊脚例》《太霞新奏》；第十一册《墨憨斋定本传奇》（上）；第十二册《墨憨斋定本传奇》（下）；第十三册《纲鉴统一》（上）；第十四册《纲鉴统一》（下）；第十五册《甲申纪事》《寿宁待志》《中兴伟略》《四书指月》；第十六册《春秋衡库》；第十七册《麟经指月》；第十八册《春秋定旨参新》（附录冯梦龙年谱）。对于冯梦龙的研究，不仅有作品的整理与研究，更有对人物本身的专题研究，成果颇为喜人。陆树仑《冯梦龙研究》，1987年复旦大学出版社出版；聂付生《冯梦龙研究》，学林出版社2002年出版。同名辑刊，苏州大学出版社连续编辑出版，至2021年已出七辑。还有各类专题的学位论文及公开发表的研究论文，数量惊人，难以一一统计。杨晓东《冯梦龙研究资料汇编》，广陵书社2007年出版，为研究者提供了一定的方便。

仅从著作及编著上，可以看出，冯梦龙堪称文学集大成者。诗词文章、词曲杂著、小说戏剧、山歌小调无不成功，学术研究亦为侪辈敬仰，是全方位的文学家和学者。如《四书指月》，虽然只有对《论语》和《孟子》的解说，却有明显的冯梦龙特色，一是口语化，用当时的口头语解释儒家经典，不至于误解；二是生活化，很接地气，用平常生活中的事实和常识解说经典，易于接受。2012年安徽人民出版社出版单行本《论语指月》《孟子指月》，确有学术眼光。

历史人物的精神依归，即这个人是什么思想，是我们今天绕不开的问题。说实在的，冯梦龙的思想还真不好说，为何？很杂。首先，冯梦龙具有传统的儒家思想，从他的经学研究中可以看到，他对传统的儒学，有着执着的追求，因为传统儒学既是学术的也是科考的必要基础。其次，冯梦龙在哲学思想上，明显受到泰州学派的影响，泰州学派的传人李贽、汤显祖等人的观点，受到冯梦龙的敬重。再次，冯梦龙具有明显的双重性，既有封建官员对礼教的维护，亦有市民阶层对礼教的怀疑，是商品经济繁荣环境中的一种正常表现。最明显的体现，是冯梦龙的商品经济意识和对女权的尊重。在文学创作上，冯梦龙主张情真，不论是友情、亲情还是爱情，需要真实真切。冯梦龙在传统诗词文上，固然造诣深厚，然更倾向于小说民歌等通俗文学。同时，冯梦龙强调文学作品的教化功能。虽然从"诗三百"开始，文学作品就成了礼乐教化的教材，但冯梦龙更强调了小说戏剧的教化、感化功能。"三言"之命名"喻世""醒世""警世"，正因为此。

今苏州相城区冯埂上，有冯梦龙纪念馆，总建筑面积394.1平方米，整个纪念馆一共分为五个展厅，向公众讲述了冯梦龙一生为官、为民、为文的事迹，展现古时吴地的风土人情和冯梦龙廉政为民的精神品质。

第二节　通俗小说的辉煌之作——"三言"

相对于文言小说，通俗小说的传播面要广很多。可是，很多文人不屑于此，认为缺乏雅致之趣。可是，通俗小说的发展历程，却堪比经史，其重要的表现形式，是"说话"及其使用的底本，所以专家探讨其远源，可以追溯到神话传说故事；推究其近源，也可以从唐宋时期的说话着手。于是，这个问题就复杂了。如需了解详情，可以参看胡士莹《话本小说概论》和谭正璧《话本与古剧》等著作。事实上，唐代的不少说话故事，宋元时期有所继承，也另有创作与发挥，于是，形成了宋元话本小说。所谓话本小说，也就是说话人的底本，配合说话艺术的实际情况，还有所谓"四家"之说。"说话有四家：一者小说，谓之银字儿，如烟粉、灵怪、传奇。说公案，皆是搏刀赶捧，乃发迹变泰之事。说铁骑儿，谓士马金鼓之事。说经，谓演说佛书。说参请，谓宾主参禅悟道等事。讲史书，讲说前代书史文传、兴废争战之事。最畏小说人，盖小说者能以一朝一代故事，顷刻间提破。合生与起令、随令相似，各占一事"。[1]

吴自牧《梦粱录》基本承袭这一说法。此后"四家"之说的具体指向，间有不同，对照今天的概念，大致是指小说、讲史、说经、合生四类。流传下来的宋元话本作品，虽说是说话人的底本，实则是经过书会才人或文人进行加工之后刊行的可供案头阅读的作品，主要是小说、讲史和说经类的，以《京本通俗小说》和《清平山堂话本》最为著名。冯梦龙"三言"中的不少作品，素材即源于此。

鲁迅先生曾记载"三言"的传播情况，侧面说明 20 世纪二三十年代，"三言"尚未广泛传播。据鲁迅记载，绿天馆主人说过，茂苑野史家藏古今通俗小说甚富，因为商人的请求，将其中的四十种比较可以的作品抽出来，专门刻印发行，但没有了后续。"已而有'三言'，'三言'云者，一曰《喻世明言》，二曰《警世通言》，今皆未见，仅知其序目。《明言》二十四卷，其二十一篇出《古今小说》，三篇亦见于《通言》及《醒世恒言》中，似即取《古今小说》残本作之。"[2] 其实，"三言"相继辑成并刊行于天启年间，部分故事情节来源于说话，但冯梦龙倾注了大量心血搜集整理，并进行了大量的补充完善和重新创作，也是事实。简单比较一下"三言"中与《京本通说小说》《清平山堂话本》相对应的篇目，就可以清楚。简单说，"三言"每集四十篇，共一百二十篇。大约有三分之一是依据宋元话本改写，三分之一是借用前人笔记的素材创作，另外的三分之一则是冯梦龙自己根据传说故事甚至真实事件创作而成，具有现实生活依据。"三言"中

---

[1] 耐得翁：《都城纪胜》，收入耐得翁、西湖老人《都城纪胜　西湖老人繁盛录》，中国商业出版社，2023，第46-47页。
[2] 鲁迅：《中国小说史略》，中国言实出版社，2020，第157页。

大量的人物，是中下层百姓甚至是社会闲杂人员，而且较多表现市民阶层的经济活动，可见冯梦龙与小生产者之间的紧密关系。至于一些宣扬封建伦理纲常，张扬神仙道化的作品，也是出于商业运作的需要。冯梦龙需要养家糊口，需要从书商那里得到报酬，书编写得越有魅力，市场行情当然越好，冯梦龙的收入也就越高，也是良性循环。

一、《喻世明言》

《喻世明言》，本名《古今小说》，初刊于明天启年间。《古今小说》是冯梦龙编的最早的一本小说集，故其中的很多故事来源于说话。《古今小说》"以唐说律宋，将有以汉说律唐，以春秋战国说律汉，不至于尽扫羲圣之一画不止！可若何？大抵唐人选言，入于文心；宋人通俗，谐于里耳。天下之文心少而里耳多，则小说之资于选言者少，而资于通俗者多。试今说话人当场描写，可喜可愕，可悲可涕，可歌可舞；再欲捉刀，再欲下拜，再欲决胆，再欲捐金。怯者勇，淫者贞，薄者敦，顽钝者汗下。虽小诵《孝经》《论语》，其感人未必如是之捷且深也。噫，不通俗而能之乎？"[1]也即一个时代有一个时代的作品，作品需要与时代相契合。这个序言的作者题名是"绿天馆主人"，何方人士？前人已有考证，就是冯梦龙自己。《古今小说》最早是天启初年天许斋刻本，到衍庆堂刊本时改名为《喻世明言》。全书由独立成篇的四十个故事组成，大致可以分为四类：婚姻爱情和家庭故事，如《张舜美灯宵得丽女》《金玉奴棒打薄情郎》；揭露官场黑暗，表达不满情绪的，如《沈小霞相会出师表》《木棉庵郑虎臣报冤》；描写社会动乱战争的，如《杨思温燕山逢故人》《杨八老越国奇逢》等；表现历史故事、历史人物和神仙佛道的，如《羊角哀舍命全交》《范巨卿鸡黍死生交》《陈希夷四辞朝命》《月明和尚度柳翠》等。这些故事的来源有三：首先主要是宋元说话留下的故事，如《闲云庵阮三偿冤债》《张舜美灯宵得丽女》等；其次是史传记载的情节，或戏曲表现的情节，如《范巨卿鸡黍死生交》《木棉庵郑虎臣报冤》《张古老种瓜娶文女》；最后，部分作品是冯梦龙自己的构思，如《杨谦之客舫遇侠僧》《蒋兴哥重会珍珠衫》。《范巨卿鸡黍死生交》《金玉奴棒打薄情郎》《简帖僧巧骗皇甫妻》《沈小霞相会出师表》《蒋兴哥重会珍珠衫》《李公子救蛇获称心》等作品，历

---

[1] 冯梦龙：《古今小说》"叙"，上海古籍出版社，1992，第1页。

来受到读者喜爱。虽然某些作品中的蕴意不是很积极，如《蒋兴哥重会珍珠衫》，以一件祖传的珍珠衫几度易手的经历，叙述三对夫妇之间的悲欢离合。但蒋兴哥对原配王三巧的态度，一定程度上冲破了封建道德观。尽管此篇蕴含因果报应的迷信思想，还是很有教育意义的。但某些篇章，就应该取其精华，去其糟粕了，如《月明和尚度柳翠》《明悟禅师赶五戒》。更多的是，故事与下层市民生活关联，叙写他们的家庭婚姻生活，饶有情趣且有一定的教诫意义。《金玉奴棒打薄情郎》一篇，叙述丐帮小头目（团头）之女金玉奴，与清贫书生莫稽一波三折的爱情故事，构思精巧，语言生动，反映了下层人民的平等要求，更表现了冯梦龙灵魂深处的平等观念。

二、《警世通言》

《警世通言》编印于明天启四年（1624），共四十卷，也是各自独立的四十则故事，虽然所表现的人物事件或在先秦，或在汉唐宋元，也有明代的，但所表现出来的生活场景，却均是冯梦龙所熟悉的明代社会，特别是明代后期的市井生活。作品所表现的内容，主要是市井小民的喜怒哀乐，当然也最受到市井平民的欢迎。与《喻世明言》的相似之处，则是《警世通言》中不少故事或来源于话本中的情节，或来源于各类史书的点滴记载，也有相当一部分则是冯梦龙自己的创作，虽无直接的材料可以证明，但说不定其中就有冯梦龙自己所体验过的生活。《警世通言》中的故事大致可分为三类：婚姻爱情类故事、科场功名类故事和友情交谊类故事。

婚姻爱情类故事有两种情况：一种是叙写妓女的婚姻爱情生活的。在封建社会，文学作品中所反映的妓女的爱情问题，实际上是爱情问题的畸形表现。并不是妓女不要婚姻爱情，而是她们也非常渴望得到婚姻爱情，她们想过正常人的生活，一直想着有个名分，有个归宿，只是由于她们特别尴尬的身份，在追求婚姻爱情的过程中尤为坎坷，能有美好结局的更是微乎其微。其实早在元杂剧中就有不少类似的作品，如《赵盼儿风月救风尘》《金线池》等，在那太阳照不到的地方，在那感情被撕扯得不成模样的地方，妓女们在认真地讨论、期待、追求着自己也该有的那份幸福的爱情。到了明代，有一些认真的、一心从良的妓女也并不是什么奇怪的事情，冯梦龙年轻的时候，固然努力在封建社会为他设计好的光明之路上苦苦挣扎，但他毕竟生活在繁华的苏州，自然也少不了惹下些风流账，因而对那些火坑中的女子的生活和心迹颇为了解，写起来方能得心应手。因而，在《警世通言》中有三篇写到了妓女生活：《杜十娘怒沉百宝箱》《玉堂春落难逢夫》《赵春儿重旺曹家庄》。另一种是市民阶层的婚姻爱情生活，如果说对于前者，作者的生活体验并不完全丰富的话，对这一类的婚姻爱情有关情节，作者可就是十分熟悉了，并且这一类作品还很明显地表明了作者的进步思想，这与市民阶层扩大，市民生活变得更加丰富不无关系，更主要的是主人公思想深入人心。明人对于这类问题，远比宋人开明得多，实际上，程朱诸人苦心经营起来的价值观念和道德标准，在元代已是流行于下层而毁坏于上层，到了明代重又被拣了起来高度重视了。程颐一句"饿死事小，失节事大"，真是杀人不见血的名言，不知将几千几万的妇女镇压在贞节牌坊之下了。冯梦龙对此却不以为然，他不仅赞同妇女再嫁，甚至还主张婚姻当以爱情为基础，差点儿就说没有爱情的婚姻是残酷的了。这类作品中，市民阶层的妇女们的心声，实际上也就是冯梦龙自己的观点，有时甚至作者直接站出来发表意见了。如《况太守断死孩儿》中，那邵氏二十三岁守寡，十年后被诱骗失节，私生孩子，最终身败名裂，作者就大为叹息："替邵氏从长计较，倒不如明明改个丈夫，虽做不得上等之人，还不失为中等，不到得后来出丑。"[1]简直就是在说，改嫁就该早点，而且完全可以大大方方、明明白白地进行，这并不是见不得人的事。由此可见，冯梦龙简直在与程朱理学唱反调了。当然，市民阶层的婚姻爱情，并不是一帆风顺的，有时来点挫折，有些插曲，或者来点灾祸，有时加点浪漫，构想一个不怎么现实，还只是理想的美丽结局。《白娘子永镇雷峰塔》《崔待诏生死怨家》《宋小官团圆破毡笠》《金明池吴清逢爱爱》等篇，读者评价向来甚高。

科场功名类的故事，也是《警世通言》中的重头。科举功名，是封建文人的荣身之阶，但也往往演变为葬身之途。唐代的五老榜，虽是历史上的佳话，但说来岂不有点酸楚，那么一把年纪，考个功名还有何用？"天复元年，杜德祥榜，放曹松、王希羽、刘象、柯崇、郑希颜等及第。时上新平内难，闻放新进士，喜甚。诏选中有孤贫屈人，宜令以名闻，特敕授官。故德祥以松等塞诏，各授校正。制略曰：'念尔登科之际，当予反正之

---

[1] 冯梦龙：《警世通言》，岳麓书社，2019，第366页。

年,宜降异恩,各膺宠命'。松,舒州人,学贾司仓为诗,此外无他能。时号松启事为送羊脚状;希羽,歙州人,词艺优博。松、希羽,甲子皆七十余。象,京兆人。崇、希颜,闽人。皆以诗卷及第;亦俱年逾耳顺矣。时谓五老榜"[1]。在此之前的几十年光阴如何熬过来的,恐怕非一般人所能理解的。这其中的况味,只有亲历者自己知道。例如,从大历末到贞元初,杜羔一年又一年地去长安应试,可是一年一年又失败,杜羔的妻子刘(一曰赵)氏实在受不了,便写了诗寄给回家路上的杜羔,说:"良人的的有奇才,何事年年被放回? 如今妾面羞君面,君到来时近夜来。"杜羔接到这首诗后,掉头就走,不好意思回去。经过诸多努力,杜羔在贞元五年(789)终于考中了进士。这时夫人又寄来了一首诗《闻夫杜羔登第》:"长安此去无多地,郁郁葱葱佳气浮。良人得意正年少,今夜醉眠何处楼?"[2]其实,在唐代,这些考功名的人日子不算难过。到明清两朝就不一样了,很多人还没有机会到京城去考进士,在乡试中就被淘汰出局,甚至于到老死还只是个童子,又称童生。更具有讽刺的是,甚至一家人,儿子考中了秀才,老父亲却还是个童生,在外面,老子要喊儿子为爷,到了家里再换回来。同样,如果父亲是个秀才,儿子是个举人,则在外面父亲称儿子为老爷,到了家里再恢复。这种况味,蒲松龄最为清楚了。冯梦龙笔下的这一类故事,具有代表性的是《钝秀才一朝交泰》《老门生三世报恩》。

友情交谊类的故事,也是《警世通言》中的一大类,著名故事有《俞伯牙摔琴谢知音》《桂员外途穷忏悔》。

另外,《警世通言》中还有一些公案故事、英雄传奇和神仙教化故事,如《三现身包龙图断冤》《一窟鬼癞道人除怪》《福禄寿三星度世》《乔彦杰一妾破三家》等。有些作品如《唐解元一笑姻缘》《王安石三难苏学士》《拗相公饮恨半山堂》,正面影响不是很大。而个别特殊篇章,在文学史上有着独到的影响,不亚于诗词文章大家名家的代表之作,如《杜十娘怒沉百宝箱》。整个故事,基本上是宋懋澄《负情侬传》的扩写。比较一下两个作品中最悲情的一段,也就是"情断瓜州"这一段,哀婉动人一致,写法

---

[1] 李昉等编《太平广记》卷第一百七十八,中华书局,1961,第1326页。原书全为句号,标点为作者自加。
[2] 钱易:《南部新书》,黄寿成点校,中华书局,2002,第53页。

上却各有千秋。

宋懋澄《负情侬传》：

行及瓜州，舍使者舣舻，别赁小舟，明日欲渡。是夜，璧月盈江，练飞镜写，生谓女曰："自出都门，便埋头项，今夕专舟，复何顾忌！且江南水月，何如塞北风烟，顾作此寂寂乎？"女亦以久淹形迹，悲关山之迢递，感江月之交流，乃与生携手月中，趺坐船首，生兴发执卮，倩女清歌，少酬江月。女婉转微吟，忽焉入调，乌啼猿咽，不足以喻其悲也。有邻舟少年者，积盐维扬，岁暮将归新安，年仅二十左右，青楼中推为轻薄祭酒，酒酣闻曲，神情欲飞，而音响已寂，遂通宵不寐。黎明，而风雪阻渡，新安人物色生舟，知中有尤物，乃貂帽复绚，弄形顾影，微有所窥，即扣舷而歌。生推蓬四顾，雪色森然。新安人呼生稍致绸缪，即邀生上岸，至酒肆论心，酒酣微叩公子，昨夜清歌为谁。生俱以实对。复问："公子渡江，即归故乡乎？"生惨然告以难归之故，丽人将邀我于吴、越山水之间。杯酒缠绵，无端尽吐情实。新安人愀然谓公子："旅靡芜而挟桃李，不闻明珠委路，有力交争乎？且江南之人，最工轻薄，情之所钟，不敢爱死，即鄙心时时萌之，况丽人之才，素行不测，焉知不借君以为梯航，而密践他约于前途，则震泽之烟波，钱塘之风浪，鱼腹鲸齿，乃公子之一杯三尺也。抑愚闻之，父与色孰亲，欢与害孰切，愿公子之熟思也。"生始愁眉，曰："然则奈何？"曰："愚有至计，甚便于公子，然而顾公子不能行也。"公子曰："为计奈何？"客曰："公子诚能割厌余之爱，仆虽不敏，愿上千金为公子寿，得千金则可以归报尊君，舍丽人则可以道路无恐，幸公子熟思之。"生既漂零有年，携形挈影，虽鸳树之诅，生死靡他，而燕幕之栖，进退维谷，羝藩狐济，既猜月而疑云，燕啄龙鳌，更悲魂而啼梦，乃低首沉思，辞以归而谋诸妇，遂与新安人携手下船，各归舟次。女挑灯俟生小饮，生目动齿涩，终不出辞，相与拥被而寝，至夜半，生悲啼不已，女急起坐抱持之曰："妾与郎君处情境几三年，行数千里，未尝哀痛，今日渡江，正当为百年欢笑，忽作此面向人，妾所不解？抑声有离音，何也？"生言随涕兴，悲因情重，既吐颠末，涕泣如前。女始解抱谓李生曰："谁为足下画此策者，乃大英雄也，郎得千金，可觐二亲，妾得从人，无累行李，发乎情，止乎礼义，贤哉，其两得之矣！顾金安在？"生对以未审卿意云何，金尚在是人箧内。女曰："明早亟过诺之。然千金重事也，须金入足下箧中，妾始至是人身内。"时夜已过半,即请起为艳装。曰:"今日之妆,迎新送旧者也,不可不工。"计妆毕而天亦就曙矣,新安人已刺船李生舟前,得女郎信,大喜,曰:"请丽卿妆台为信。"女忻然谓李生畀之,即索新安人聘资过船,衡之无爽。于是,女郎起自舟中,据舷谓新安人曰:"顷所携妆台中有李郎路引,可速检还。"新安人急如命。女郎使李生抽某一箱来,皆集凤翠霓,悉投水中,约值数百金,李生与轻薄子及两船人始竞大咤。又指生抽一箱,悉翠羽明珰,玉箫金管也,值几千金,又投之江。复令生抽出某革囊,尽古玉紫金之玩,世所罕有,其偿盖不赀云,亦投之。最后恭生抽一匣出,则夜明之珠盈把,舟中人一一大骇,喧声惊集市人,女郎又投之江,李生不觉大悔,抱女郎怆哭止之,虽新安人亦来劝解,女郎推生于侧,而啐詈新安人曰:"汝闻歌荡情,遂代莺弄舌,不顾神天剪绠落瓶,使妾将骨殷血碧;自恨弱质,不能抽刀向伦。乃复贪财,强求萦抱,何异狂犬,方事趋风,更欲争骨,妾死有灵,当诉之明神,不日夺汝人面。且妾藏辰诒影,托诸姊妹,蕴藏奇货,将资李郎归见父母也,今畜我不卒,而故暴扬之者,欲人知李郎眶中无瞳耳。妾为李郎涩眼几枯,翁魂屡散,事幸粗成,不念携手,而俟溺笙簧,畏行多露,一朝弃捐,轻于残汁,顾乃婪此残膏,欲收覆水,妾更何颜而听其挽鼻!今生已矣,东海沙明,西华黍垒,此恨纠缠,宁有尽耶!"于是舟中崖上,观者无不流涕,骂李生为负心人,而女郎已持明珠赴江水不起矣。

当是时,目击之者,皆欲争殴新安人及李生,李生暨新安人各鼓栧分道逃去,不知所之。噫!若女郎亦何愧子政所称烈女哉!虽深闺之秀,其贞奚以加焉![1]

冯梦龙《杜十娘怒沉百宝箱》:

不一日,行至瓜州,大船停泊岸口,公子别雇了民船,安放行李。约明日侵晨,剪江而渡。其时仲冬中旬,月明如水,公子和十娘坐于舟首。公子道:"自出都门,困守一舱之中,四顾有人,未得畅语。今日独据一舟,更无避忌。且已离塞北,初近江南,宜开怀畅饮,以舒向来抑郁之气,恩卿以为何如?"十娘道:"妾久疏谈笑,亦有此心,郎君言及,足见同志耳。"公子乃携酒具于船首,与十娘铺毡并坐,传杯交盏。饮至半酣,公子

---

[1] 宋懋澄:《九籥集》卷五,王利器校录,中国社会科学出版社,1984,第114—117页。

执卮对十娘道："恩卿妙音，六院推首。某相遇之初，每闻绝调，辄不禁神魂之飞动。心事多违，彼此郁郁，鸾鸣凤奏，久矣不闻。今清江明月，深夜无人，肯为我一歌否？"十娘兴亦勃发，遂开喉顿嗓，取扇按拍，呜呜咽咽，歌出元人施君美《拜月亭》杂剧上"状元执盏与婵娟"一曲，名《小桃红》。真个：

声飞霄汉云皆驻，响入深泉鱼出游。

却说他舟有一少年，姓孙名富，字善赉，徽州新安人氏。家资巨万，积祖扬州种盐。年方二十，也是南雍中朋友。生性风流，惯向青楼买笑，红粉追欢，若嘲风弄月，到是个轻薄的头儿。事有偶然，其夜亦泊舟瓜洲渡口，独酌无聊，忽听得歌声嘹亮，凤吟鸾吹，不足喻其美。起立船头，伫听半晌，方知声出邻舟。正欲相访，音响倏已寂然。乃遣仆者潜窥踪迹，访于舟人。但晓得是李相公雇的船，并不知歌者来历。孙富想道："此歌者必非良家，怎生得他一见？"展转寻思，通宵不寐。捱至五更，忽闻江风大作。及晓，彤云密布，狂雪飞舞。怎见得？有诗为证：

千山云树灭，万径人踪绝。

扁舟蓑笠翁，独钓寒江雪。

因这风雪阻渡，舟不得开。孙富命艄公移船，泊于李家舟之傍。孙富貂帽狐裘，推窗假作看雪。值十娘梳洗方毕，纤纤玉手，揭起舟傍短帘，自泼盂中残水，粉容微露，却被孙富窥见了，果是国色天香。魂摇心荡，迎眸注目，等候再见一面，杳不可得。沉思久之，乃倚窗高吟高学士《梅花诗》二句道：

雪满山中高士卧，月明林下美人来。

李甲听得邻舟吟诗，舒头出舱，看是何人。只因这一看，正中了孙富之计。孙富吟诗，正要引李公子出头，他好乘机攀话。当下慌忙举手，就问："老兄尊姓何讳？"李公子叙了姓名乡贯，少不得也问那孙富。孙富也叙过了。又叙了些太学中的闲话，渐渐亲熟。孙富便道："风雪阻舟，乃天遣与尊兄相会，实小弟之幸也。舟次无聊，欲同尊兄上岸，就酒肆中一酌，少领清诲，万望不拒。"公子道："萍水相逢，何当厚扰？"孙富道："说那里话！'四海之内，皆兄弟也'。"喝教艄公打跳，童儿张伞，迎接公子过船，就于船头作揖。然后让公子先行，自己随后，各各登跳上涯。

行不数步，就有个酒楼。二人上楼，拣一副洁净座头，靠窗而坐。酒保列上酒肴。孙富举杯相劝，二人赏雪饮酒。先说些斯文中套话。渐渐引入花柳之事。二人都是过来之人，志同道合，说得入港，一发成相知了。孙富屏去左右，低低问道："昨夜尊舟清歌者，何人也？"李甲正要卖弄在行，遂实说道："此乃北京名姬杜十娘也。"孙富道："既系曲中姊妹，何以归兄？"公子遂将初遇杜十娘，如何相好，后来如何要嫁，如何借银讨他，始末根由，备细述了一遍。孙富道："兄携丽人而归，固是快事，但不知尊府中能相容否？"公子道："贱室不足虑。所虑者老父性严，尚费踌躇耳！"孙富将机就机，便问道："既是尊大人未必相容，兄所携丽人何处安顿？亦曾通知丽人，共作计较否？"公子攒眉而答道："此事曾与小妾议之。"孙富欣然问道："尊宠必有妙策。"公子道："他意欲侨居苏杭，流连山水。使小弟先回，求亲友宛转于家君之前。俟家君回嗔作喜，然后图归，高明以为何如？"孙富沉吟半晌，故作愀然之色，道："小弟乍会之间，交浅言深，诚恐见怪。"公子道："正赖高明指教，何必谦逊？"孙富道："尊大人位居方面，必严帷薄之嫌，平时既怪兄游非礼之地，今日岂容兄娶不节之人。况且贤亲贵友，谁不迎合尊大人之意者？兄枉去求他，必然相拒。就有个不识时务的进言于尊大人之前，见尊大人意思不允，他就转口了。兄进不能和睦家庭，退无词以回复尊宠。即使留连山水，亦非长久之计。万一资斧困竭，岂不进退两难！"公子自知手中只有五十金，此时费去大半，说到资斧困竭，进退两难，不觉点头道是。孙富又道："小弟还有句心腹之谈，兄肯俯听否？"公子道："承兄过爱，更求尽言。"孙富道："疏不间亲，还是莫说罢。"公子道："但说何妨？"孙富道："自古道：'妇人水性无常。'况烟花之辈，少真多假。他既系六院名妹，相识定满天下；或者南边原有旧约，借兄之力，挈带而来，以为他适之地。"公子道："这个恐未必然。"孙富道："即不然，江南子弟，最工轻薄。兄留丽人独居，难保无逾墙钻穴之事。若挈之同归，愈增尊大人之怒。为兄之计，未有善策。况父子天伦，必不可绝。若为妾而触父，因妓而弃家，海内必以兄为浮浪不经之人。异日妻不以为夫，弟不以为兄，同袍不以为友，兄何以立于天地之间？兄今日不可不熟思也！"公子闻言，茫然自失，移席问计："据高明之见，何以教我？"孙富道："仆有一计，于兄甚便。只恐兄溺枕席之爱，未必能行，使仆空费词说耳！"公子道："兄诚有良策，使弟再睹家园之乐，乃弟之恩人也。又何惮而不言耶？"孙富道："兄飘零岁余，严亲怀怒，闺阁离心。设身以处兄之地，诚寝食不安之时也。然尊大人所以怒兄者，不过为迷花恋柳，挥金如土，异日必为弃家荡产之人，不堪承继家业耳！兄今日空手而归，正触其怒。兄倘能割衽席之爱，见机而作，仆愿以千金相赠。兄得千金以报尊大人，只说在京授馆，并不曾浪费分毫，尊大人必然相信。从此家庭和睦，当无间言。须臾之间，转祸为福。兄请三思，仆非贪丽人之色，实为兄效忠于万一也！"李甲原是没主意的人，本心惧怕老子，被孙富一席话，说透胸中之疑，起身作揖道："闻兄大教，顿开茅塞。但小妾千里相从，义难顿绝，容归与商之。得其心肯，当奉复耳。"孙富道："说话之间，宜放婉曲。彼既忠心为兄，必不忍使兄父子分离，定然玉成兄还乡之事矣。"二人饮了一回酒，风停雪止，天色已晚。孙富教家僮算还了酒钱，与公子携手下船。正是：

逢人且说三分话，未可全抛一片心。

却说杜十娘在身中摆设酒果，欲与公子小酌，竟日未回，挑灯以待。公子下船，十娘起迎。见公子颜色匆匆，似有不乐之意，乃满斟热酒劝之。公子摇首不饮，一言不发，竟自床上睡了。十娘心中不悦，乃收拾杯盘，为公子解衣就枕，问道："今日有何见闻，而怀抱郁郁如此？"公子叹息而已，终不启口。问了三四次，公子已睡去了。十娘委决不下，坐于床头而不能寐。到夜半，公子醒来，又叹一口气。十娘道："郎君有何难言之事，频频叹息？"公子拥被而起，欲言不语者几次，扑簌簌掉下泪来。十娘抱持公子于怀间，软言抚慰道："妾与郎君情好，已及二载，千辛万苦，历尽艰难，得有今日。然相从数千里，未曾哀戚。今将渡江，方图百年欢笑，如何反起悲伤？必有其故。夫妇之间，死生相共，有事尽可商量，万勿讳也。"公子再四被逼不过，只得含泪而言道："仆天涯穷困，蒙恩卿不弃，委曲相从，诚乃莫大之德也。但反复思之，老父位居方面，拘于礼法，况素性方严，恐添嗔怒，必加黜逐。你我流荡，将何底止？夫妇之欢难保，父子之伦又绝。日间蒙新安孙友邀饮，为我筹及此事，寸心如割。"十娘大惊道："郎君意将如何？"公子道："仆事内之人，当局而迷。孙友为我画一计颇善，但恐恩卿不从耳！"十娘道："孙友者何人？计如果善，何不可从？"公子道："孙友名富，新安盐商，少年风流之士也。夜间闻子清歌，因而问及。仆告以来历，并谈及难归之故，渠意欲以千金聘汝。我得千金，可借口以见吾父母，而恩卿亦得所天。但情不能舍，是以悲泣。"说罢，泪如雨下。十娘放开两手，冷笑一声道："为郎君画此计者，此人乃大英雄也！郎君千金之资既得恢复，而妾归他姓，又不致为行李之累，发乎情，止乎礼，诚两便之策也。那千金在那里？"公子收泪道："未得恩卿之诺，金尚留彼处，未曾过手。"十娘道："明早快快应承了他，不可挫过机会。但千金重事，须得兑足交付郎君之手，妾始过舟，勿为贾竖子所欺。"时已四鼓，十娘即起身挑灯梳洗，道："今日之妆，乃迎新送旧，非比寻常。"于是脂粉香泽，用意修饰，花钿绣袄，极其华艳，香风拂拂，光采照人。装束方完，天色已晓。孙富差家僮到船头候信。十娘微窥公子，欣欣似有喜色，乃催公子快去回话，及早兑足银子。公子亲到孙富船中，回复依允。孙富道："兑银易事，须得丽人妆台为信。"公子又回复了十娘，十娘即指描金文具道："可便抬去。"孙富喜甚，即将白银一千两，送到公子船中。十娘亲自检看，足色足数，分毫无爽。乃手把船舷，以手招孙富。孙富一见，魂不附体。十娘启朱唇，开皓齿道："方才箱子可暂发来，内有李郎路引一纸，可检还之也。"孙富视十娘已为瓮中之鳖，即命家童送那描金文具，安放船头之上。十娘取钥开锁，内皆抽替小箱。十娘叫公子抽第一层来看，只见翠羽明珰，瑶簪宝珥，充牣于中，约值数百金。十娘遽投之江中。李甲与孙富及两船之人，无不惊诧。又命公子再抽一箱，乃玉箫金管。又抽一箱，尽古玉紫金玩器，约值数千金。十娘尽投之于大江中。岸上之人，观者如堵。齐声道："可惜，可惜！"正不知什么缘故。最后又抽一箱，箱中复有一匣。开匣视之，夜明之珠，约有盈把。其他祖母绿，猫儿眼，诸般异宝，目所未睹，莫能定其价之多少。众人齐声喝彩，喧声如雷。十娘又欲投之于江。李甲不觉大悔，抱持十娘恸哭，那孙富也来劝解。十娘推开公子在一边，向孙富骂道："我与李郎备尝艰苦，不是容易到此。汝以奸淫之意，巧为谗说，一旦破人姻缘，断人恩爱，乃我之仇人，我死而有知，必当诉之神明，尚妄想枕席之欢乎！"又对李甲道："妾风尘数年，私有所积，本为终身之计。自遇郎君，山盟海誓，白首不渝。前出都之际，假托众姊妹相赠，箱中韫藏百宝，不下万金。将润色郎君之装，归见父母，或怜妾有心，收佐中馈，得终委托，生死无憾。谁知郎君相信不深，惑于浮议，中道见弃，负妾一片真心。今日当众目之前，开箱出视，使郎君知区区千金未为难事。妾椟中有玉，恨郎眼内无珠。命之不辰，风尘困瘁，甫得脱离，又遭弃捐。今众人各有耳目，共作证明，妾不负郎君，郎君自负妾耳！"于是众人聚观者，无不流涕，都唾骂李公子负心薄幸。公子又羞又苦，且悔且泣，方欲向十娘谢罪。十娘抱持宝匣，向江心一跳。众人急呼捞救，但见云暗江心，波涛滚滚，杳无踪影。可惜一个如花似玉的名姬，一旦葬于江鱼之腹！

三魂渺渺归水府，七魄悠悠入冥途。

当时旁观之人，皆咬牙切齿，争欲拳殴李甲和那孙富。慌得李、孙二人，手足无措，急叫开船，分途遁去。李甲在舟中，看了千金，转忆十娘，终日愧悔，郁成狂疾，终身不痊。孙富自那日受惊，得病卧床月余，终日见杜十娘在傍诟骂，奄奄而逝。人以为江中之报也。

却说柳遇春在京坐监完满，束装回乡，停舟瓜步。偶临江净脸，失坠铜盆于水，觅渔人打捞。及至捞起，乃是个小匣儿。遇春启匣观看，内皆明珠异宝，无价之珍。遇春厚赏渔人，留于床头把玩。是夜梦见江中一女子，凌波而来，视之，乃杜十娘也。近前万福，诉以李郎薄幸之事。又道："向承君家慷慨，以一百五十金相助，本意息肩之后，徐图报答，不意事无终始。然每怀盛情，悒悒未忘。早间曾以小匣托渔人奉致，聊表寸心，从此不复相见矣。"言讫，猛然惊醒，方知十娘已死，叹息累日。后人评论此事，以为孙富谋夺美色，轻掷千金，固非良士；李甲不识杜十娘一片苦心，碌碌蠢才，无足道者。独谓十娘千古女侠，岂不能觅一佳侣，共跨秦楼之凤，乃错认李公子。明珠美玉，投于盲人，以致恩变为仇，万种恩情，化为流水，深可惜也！有诗叹云：

不会风流莫妄谈，单单情字费人参；
若将情字能参透，唤作风流也不惭。[1]

批判也好，谴责也好，这篇小说中，除了柳遇春，其他人几乎都有缺点甚至思想情感道德上有大问题，但均不足以推动悲剧的发展。作品实际的批判锋芒，是指向封建礼教，这也反映了明季的思想转变，特别是商品经济发展和资本关系形成的大环境下道德风尚的变化。因此，《杜十娘怒沉百宝箱》的艺术价值之高，自无需多论，其思想价值之深，更值得重视，堪称明代拟话本作品最高成就的代表。

---

[1] 魏同贤主编《冯梦龙全集·警世通言》，凤凰出版社，2007，第491—498页。

三、《醒世恒言》

《醒世恒言》是"三言"的最后一部,刊行于天启七年(1627),也就是那位木工雕工做得很有名的朱由校做皇帝的最后一年。这部短篇小说集也是四十卷,收录了四十个故事,也就是四十篇短篇小说。就其自身的故事时代,则有汉代二则,隋唐十一则,宋代十一则,明代十五则,还有一则是写海陵王完颜亮的。作为"三言"中的最后一部,又要凑满四十篇之数,以完成他一百二十篇的壮举,宋元说话、笔记、史传等可用的东西似乎已经用尽,这怎么办?因而这最后一部中,冯梦龙自己的创作也就更多。虽然竭力模拟说话人的口吻,可还是免不了明人的格调,尤其是明代吴地的格调。"尚理或病于艰深,修词或伤于藻绘,则不足以触里耳而振恒心,此《醒世恒言》四十种所以继《明言》、《通言》而刻也"[1],即文学作品的最终目标,是要为广大读者所接受。这些故事,往往由于写得太美妙,以至于可以混淆视听,产生一些负面效应,如《苏小妹三难新郎》,极容易令人误会。其实,苏轼并没有一个妹妹嫁给了秦观,秦观亦自有妻室,与苏轼无关。由于《醒世恒言》后出,题材上虚构创作的成分便比前二部多,也更能反映冯梦龙生活的那个时代的社会生态与都市风貌,成为研究明代后期都市生活和社会民情风俗的重要参考资料。此外,在前两部小说集的基础上,作者的艺术技巧也更为成熟,更能代表冯梦龙小说创作的艺术成就。只是,在内容方面,虽多为虚构,但也有来自前人的说话或记载,因此开拓难免受限。更重要的是,《醒世恒言》在广度和深度上超出了《喻世明言》《警世通言》,更多地反映了明朝末世存在的多种社会问题。因而,这部小说集也就很难进行内容的归类,只能简要介绍一下其中的典型性作品。概言之,反映豪门劣绅为祸一方的有《灌园叟晚逢仙女》,反映乡宦鱼肉乡里祸害百姓的有《一文钱小隙造奇冤》,反映国家机器腐败混乱的有《卢太学诗酒傲王侯》《张廷秀逃生救父》,反映宗教灾难的有《杜子春三入长安》,反映市井平民高尚品德的有《施润泽滩阙遇友》《刘小官雌雄兄弟》,反映婚姻爱情的有《卖油郎独占花魁》《乔太守乱点鸳

---

[1] 冯梦龙:《醒世恒言》"叙",丁如明标校,上海古籍出版社,1992,第1页。按:从明代刻本到现代排印本,基本遵循的原则是保持原貌。叙文作者的署名是"可一居士",还加了个"陇西",又说"题于白下之栖霞山房"。为了这个署名,学界研究颇多而无明确答案。将之看作是冯梦龙与书商合作,故意玩的噱头,似无不妥。

鸳谱》。

《乔太守乱点鸳鸯谱》写得热热闹闹，故事情节趣味横生。离经叛道的思想不仅在青年男女身上，也体现在封建礼教维护者身上。这位"乔太守"，既有维护封建秩序与封建礼教的思想，也有尊重人性顺应人心的人情，两者兼顾，实际上也是冯梦龙心目中理想的太守，是官府中以人为本的榜样。《乔太守乱点鸳鸯谱》中精彩的一笔，是呈现乔太守的评判词。太守大笔一挥："弟代姊嫁，姑伴嫂眠。爱女爱子，情在理中；一雌一雄，变出意外。移干柴近烈火，无怪其燃；以美玉配明珠，适获其偶。孙氏子因姊而得妇，搂处子不用逾墙；刘氏女因嫂而得夫，怀吉士初非炫玉。相悦为婚，礼以义起。所厚者薄，事可权宜。使徐雅别婿裴九之儿，许裴政改娶孙郎之配。夺人妇人亦夺其妇，两家恩怨，总息风波；独乐乐不若与人乐，三对夫妻，各谐鱼水。人虽兑换，十六两原只一斤；亲是交门，五百年决非错配。以爱及爱，伊父母自作冰人；非亲是亲，我官府权为月老。已经明断，各赴良期。"[1]这样的太守，百姓岂能不爱！

概括来说，三言名为"喻世、警世、醒世"，劝讽说教的意味不可谓不清楚，其教育意义是广泛的。其实，这也正是作者的主观愿望之一。但应该看到，有一些内容却不完全是作者的主观愿望，而是无意识地写出了明后期广阔的社会画面，反映了各阶层人士的丰富生活，甚至为其中情意所激，写出了真情实感，从而与封建礼教唱起了反调，如《乔太守乱点鸳鸯谱》，这一"乱"字是作者的理性认识，也可以理解为故意说的反话。而其中乔太守的评判词，似乎在说，欢男爱女，两情相悦，凑成一对，本是应该，也是作者的观点。作者最后的判诗，更是大加赞扬："鸳鸯错配本前缘，全赖风流太守贤。锦被一床遮尽丑，乔公不枉叫青天。"[2]所以，就其思想价值而言，"意存劝讽"固然重要，但更多的却是反映了明代后期思想解放，市民阶层追求平等、民主、自由的复杂心态。

"三言"的价值是多方面的，学界的评价也很高，且研究的热度不减。简单来说，主要有以下几个方面：

其一，通过对丰富的情节、曲折的故事和复杂的矛盾纠葛的描写，来实现作者的理想，哪怕仅仅是纸面上的。

[1] 冯梦龙：《醒世恒言》第八卷，丁如明标校，上海古籍出版社，1992，第111页。
[2] 冯梦龙：《醒世恒言》第八卷，丁如明标校，上海古籍出版社，1992，第111页。

其二，对于宋元说话艺术的继承，对于讲唱艺术的文献及题材资料的保存，体现了艺术价值与文献价值。

其三，"三言"所塑造的人物形象，具有无可替代的意义和价值。作者在塑造人物形象之时，有细节、有行为、有语言，更有心理描写，是白话小说高度成熟之后的艺术结晶。

其四，对于认识明代社会都市生活和市民阶层的状况有着极高的史料价值。既是文学的研究对象，也是社会学甚至社会发展史、经济史研究的研究样本。

其五，表现手法、情节构造和语言笔法等，有继承更有创新，引领了白话短篇小说创作高潮的到来。

其六，留下了大量的经典故事，为后来的小说创作和影视作品的取材，提供了蓝本。

第三节　必然与偶然的碰撞——演义小说与笔记小说

短篇小说的创作成就如此巨大，中长篇小说方面，冯梦龙也没有留下空白，文言笔记小说方面，更有浓重的手笔，留下了诸多经典故事，为后人的小说、戏曲甚至影视作品提供了丰富的材料。

一、《东周列国志》

现在各大图书馆都能看到一部长篇小说《东周列国志》，作者冯梦龙、蔡元放。多家出版社出版该书，是这么署名的，这本身并没有太大的问题。但署名与此书的形成过程相关联，有必要梳理一下。

冯梦龙与蔡元放名下的《东周列国志》，经历了一百多年的创作、改写，最后定型。早在宋元时期，讲说春秋战国故事的"列国志传"已经比较流行，著名的作品如《七国春秋平话》《秦并六国平话》等，说话人顷刻之间，就已经能够将几百年的大事、诸多历史上的风云人物的相关故事讲得清清楚楚了。往前推，更有《武王伐纣平话》，讲述西周的兴起与国家的统一，也就是周王朝的建立与兴盛。正是有了这样的创作基础，明代嘉靖、隆庆年间建宁府建阳（今福建南平市建阳区）人余邵鱼（字畏斋）依据《左传》《国语》《战国策》《史记》中的相关情节，编成一部《列国志传》，很明显，这也是一部模仿宋元讲史话本的作品。全书二百二十六节，不标回数，而是因事立题，叙述自商纣王荒淫无道，选美得妲己，到六国归秦的千百年历史，头绪纷繁，章法不佳，但语言通俗，故事性强，故能广为流传。是书版本自明代开始即有八卷和十二卷之不同，当是书商所为。万历四十三年（1615）姑苏龚绍山刊行的《陈眉公先生批评春秋列国志传》比较权威。全书十二卷，二百二十三则故事，从"苏妲己驿堂被魅"开始，到秦一统天下结束，图文并茂。是书虽然描写生动，保留了大量的民间故事，如《鲁秋胡捐金戏妻》《玄象冈下庄打虎》《孟尝君养士出关》《田单火牛复齐》《孙武子吴宫操女兵》等，可读性很强。但还有一些与史实严重不符的情节，更糅杂了余邵鱼自己的天命观与礼教，因而影响面不是太广。冯梦龙以此为基础，进行了全面改写，篇幅较原书大为扩充，并在语言文字、故事情节、人物描绘等方面作了许多艺术加工，对史料也作了较认真地考证，对凡是余邵鱼编撰的文字中，与历史不符的部分都进行了纠正。冯梦龙对全书的叙述和描写进行了全面梳理，使之更加顺畅，更具有文学性；对全书的结构，也进行了一些调整，特别是照顾到前后事件之间的联系和人物之间的关系，最终整合为一百零八回的长篇小说。清乾隆年间，蔡元放又在冯氏的基础上略作修订润饰，加上评语、读法和注释，形成了最流行的《东周列国志》。人民文学出版社1955年版《东周列国志》，系以冯梦龙的《新列国志》为基础，对蔡氏的改本作了某些校正，取消了评、注、读法、序和分卷，重新出版，书名仍为《东周列国志》，题为冯梦龙、蔡元放编。

蔡元放（生卒年不详）名䕫，约1755年前后在世，秣陵（今江苏南京）人，号七都梦夫、野云主人等，清初文学家。其对《东周列国志》的贡献，大致相当于毛伦、毛宗岗父子对《三国志通俗演义》的贡献。对原著加以评点整合甚至部分改编，在清代前期，不止一两例。此举对于原书的提升与传播，有一定的作用。但评说过多，也不利于读者的使用。所以新版《东周列国志》，对蔡元放的手笔做了大量的删除，是目前最为完善的版本。

《东周列国志》全书将近七十万字，章回标目节录如下：

第一回　周宣王闻谣轻杀　杜大夫化厉鸣冤
第二回　褒人赎罪献美女　幽王烽火戏诸侯
第三回　犬戎主大闹镐京　周平王东迁洛邑
…………

第一百七回　献地图荆轲闹秦庭 论兵法王翦代李信

第一百八回　兼六国混一舆图 号始皇建立郡县

比堪一下标题即可明白，冯梦龙的改写，几乎一下子就删除了原书的四分之一，即余邵鱼编写的涉及商代末年纣王荒淫的故事及西周的一些情节，直接从西周末年周宣王时期开始叙述，直到秦统一，包括春秋、战国五百多年间的历史事件和历史人物，而在篇幅上，却增加了三分之一。具体描写、叙述的改编和充实，也比比皆是，可以说是再创作的一部新小说，故而取名《新列国志》，符合实际。秦汉以前，史家为了某种原则或需要，对历史事件的叙述或者评价，有时会很含蓄，很难发觉。小说就不一样了，将那些含蓄的文字写得直截了当，故事很清楚，倾向也很明白，一看便知种种是非善恶、忠奸智愚。尤其是对重要人物的故事叙述，讲究有个首尾。比如褒姒，对她的出生叙写虽然荒唐，也算是一种交代。因为周宣王对犬戎作战失败，回京师时听到儿歌，感觉不祥。此后变得乖张暴戾，施行暴政，大臣惊恐，百姓遭殃。就在这时，姜皇后报告，一位幽禁四十余年的宫女生下了一个女孩。这居然是周厉王的宫女，特殊情况下有了身孕。周厉王被杀，周宣王即位，一晃四十余年过去了，这位怀孕的宫女才突然生下一个女婴。于是姜皇后认为她是不祥之物，派人裹以草席，扔到了二十里外的清水河。恰巧这时，周宣王听到儿歌很是不快，根据臣僚的建议，禁止制造山桑木弓，箕草箭袋，违者处死。一对夫妇并不知道这样的规定，正在售卖，被官员查获，男子飞奔走脱，妇人被抓住，然后处死了。男子伤心之下，沿河而走，居然捡到一个女婴，就是姜皇后命令扔到清水河的、那位怀孕四十余年的老宫女生的女婴。这个男人当然不可能养活孩子，于是遇到了褒地一位奴大，其妻刚刚生女，但夭折了，于是就将女婴寄养在这户人家，女婴长大之后，就是为祸西周的红颜祸水褒姒。

西周最后一个国王周幽王，为了让美丽无比的褒姒一展笑颜，烽火戏诸侯，这故事几乎家喻户晓，周幽王的结局也就明确了。到周平王即位，镐京及周边地区，因为战乱已经荒芜，而且所有王室朝廷集聚的珍宝财物，已经被少数民族的军队搬空。就这样，这些骄兵悍将仍然盘踞镐京周边，无奈的周平王，只能东迁洛邑，东周列国的故事，正式开始。

此后，各诸侯国的势力日益强大，东周社会，进入了一个大动荡的时期。于是作者依次叙述了这段历史的主要事件，描绘了主要历史人物的故事，诸侯争霸，学者争名，政治家煽风点火，军事家驰骋沙场，能人忙于变法，雄才整顿兵马。争到最后，秦国完成了国家的统一。客观地讲，小说的文学性和故事性很强，可供案头阅读。但是，这也不是一般市民能够阅读的，因为头绪甚多，人物甚多，故事甚多，作者很想面面俱到，难免不够细腻。比如第四回写到郑庄公的故事，尚不及《左传》生动。最后一回的末尾，匆匆数语，写秦亡故事，有添足之嫌。

二、《平妖传》

《平妖传》又叫《新平妖传》，四十回，属于神魔小说，假借北宋中叶的时代背景，写的是荒诞无稽的神魔世界。《新平妖传》是冯梦龙在罗贯中名下的《三遂平妖传》基础上增补而成。作品的神魔色彩浓厚，故事情节荒诞，结构松散，但语言优美，文辞精炼。篇幅不长，却从周敬王时代的吴越争霸、人狐交流，写到了北宋中叶的农民起义，跳跃性极大。而作品的版本流传，也很复杂。明初有题作"东原罗贯中编次"的《平妖传》二十回，是罗贯中根据凌乱的说话底本加以演绎补充写出来的一部初稿。冯梦龙对这二十回进行了加工补充，调整结构，扩充成四十回本，这就是今天通行的本子。章回标目节录如下：

第一回　授剑术处女下山　盗法书袁公归洞

第二回　修文院斗主断狱　白云洞猿神布雾

第三回　胡黜儿村里闹贞娘　赵大郎林中寻狐迹

第四回　老狐大闹半仙堂　太医细辨三支脉

第五回　左瘸儿庙中偷酒　贾道士楼下迷花

…………

第三十九回　文招讨听曲用马遂　李鱼羹直谏怒王则

第四十回　潞国公奏凯汴京城　白猿神重掌修文院

小说的前三十回，写圣姑姑、蛋子和尚及胡永儿等修道作法，滋扰人心的故事，交代各自的来历、法术、经历和演化。后十回，叙贝州王则、胡永儿夫妇造反，文彦博得"三遂"之力加以镇压。可见，该作品思想性、艺术性只是一般。不过，其中的许多描写，似乎寄托了作者的失意情调，如修文院的长官，不过是一只猿猴，意在讽刺帘内诸官。有些情节属于节外生枝，却又妙趣横生。如胡永儿到郑州，路上遇见轻薄浮浪子骚扰，完全有办法也有能力惩罚一下或不予理睬，一走了之。但胡永儿偏偏假装依顺，在客店变化异相，惊吓戏弄浮浪子。此类故事在小说中，确实增添了曲折，增加了笑料，更有吸引力，有利于看不懂但听得懂的市民满足一下替代式的情感享受。若说有趣与噱头，尚不及《古今谭概》与《广笑府》。

三、《古今谭概》与《广笑府》

《古今谭概》是冯梦龙的文言笔记小说集，三十六卷，分迂腐、怪诞、痴绝、专愚、谬误、无术、苦海、不韵、癖嗜、越情、佻达、矜嫚、贫俭、汰侈、贪秽、鸷忍、容悦、颜甲、闺诫、委蜕、谲知、儇弄、机警、酬嘲、塞语、雅浪、文戏、巧言、谈资、微词、口碑、灵迹、荒唐、妖异、非族、杂志三十六部，取材于正史记载、文人笔记、稗官野史，重新编写而成，以琐闻轶事和寓言笑话为主，借古讽今，幽默机智，指桑骂槐，具有讽刺明代官场群丑的用意。

但是，历代可笑之人、可笑之事，何啻千百，冯梦龙也并不是全盘接受，还是有选择地加以搜罗改写。可贵的地方在于，冯梦龙将出处写明了，后人核对校勘，方向比较明确。

有些故事，其实笑过之后，还有值得深思的地方。就第一篇来说，冯梦龙直说了写作动机："子犹曰：天下事被豪爽人决裂者尚少，被迂腐人担误者最多。何也？豪爽人纵有疏略，譬诸铅刀虽钝，尚赖一割。迂腐则尘饭土羹而已，而彼且自以为有学有守，有识有体，背之者为邪，斥之者为谤，养成一个怯病，天下以至于不可复而犹不悟。哀哉。虽然，丙相、温公自是大贤，特摘其一事之迂耳。至如梁伯鸾、程伊川所为，未免已甚，吾并及之，正欲后学大开眼孔，好做事业，非敢为邪为谤也。集迂腐第一。"[1]《问牛》：

丙吉为丞相，尝出，逢斗者，死伤横道。吉过之，不问。已而逢人逐牛，牛喘吐舌，吉止驻，使骑吏问逐牛行几里矣。掾吏谓丞相前后失问。吉曰："民斗相杀伤，长安令、京兆尹职所当禁备逐捕，岁竟，丞相课其殿最，奏行赏罚而已。宰相不亲小事，非所当于道路间也。方春少阳用事，未可太热，恐牛近行，用暑故喘，此时气失节，恐有伤害。三公典调阴阳，职所当忧，

---

[1] 魏同贤主编《冯梦龙全集·古今谭概》，凤凰出版社，2007，第1页。

是以问之。"

死伤横道，反不干阴阳之和，而专讨畜生口气，迂腐莫甚于此。友人诘余曰："诚如子言，汉人何以吉为知大体？"余应曰："牛体不大于人耶？"友人大笑。[1]

发生在大明盛世的怪事，冯梦龙也没有放过。《成弘嘉三朝建言》：

成化间，一御史建言顺适物情，云："近京地方行役车辆骡驴相杂，骡性快力强，驴性缓力小，今并一处驱驰，物情不便。乞要分别改正。"弘治初，一给事建言处置军国事，云："京中士人好着马尾衬裙，因此官马被人偷拔鬃尾，有误军国大计。乞要禁革。"嘉靖初，一员外建言崇节俭以变风俗。专论各处茶食铺店所造看卓糖饼，大者省功而费料，小者料小而费功。乞要擘画定式，功料之间务在减省，使风俗归厚。

极小文章，生扭在极大题目上。"肉食者鄙"，信然。[2]

成化间的这位御史，或许具有了现代交通意识，认为需要对道路加以分流，或干脆建高速公路。这样大大小小的官员，或在朝堂之上，或守边临民，能做什么？一毛之事以为大，大明王朝可能真没什么事情了。没事，必将有大事发生。

再如《无术》中调侃曹景宗造字："梁曹景宗尚胜，每作书，字有不解，辄意造之。"[3]其实，曹景宗是战将而非文人，更不是文字学家，有些字不会写，也很正常，但偶尔也会一鸣惊人。比如写诗，据《南史》记载，曹景宗率领军队驰援徐州，打退了北魏的进攻，得胜归来，军容整齐，梁武帝萧衍很高兴，就在华光殿举行盛大宴会，庆祝曹景宗凯旋。酒席上，皇上命令沈约分韵赋诗，文官们连句成诗。所谓分韵，就是分两字给某人，用这两字作韵脚写诗。但是，曹景宗这位大将没分到，很不高兴。皇上说，你是大将，技能很多，行军打仗，已经战功卓著了，何必还要写这一首诗。可是，曹景宗已经喝醉了，执意要求分韵。皇上说，没办法，沈约负责分韵，赶快想想，还有什么字没有用过，分给曹景宗吧。沈约想了想，只有两个字了，一个是"竞"，一个是"病"。曹景宗略加思

---

[1] 魏同贤主编《冯梦龙全集·古今谭概》，凤凰出版社，2007，第1—2页。
[2] 魏同贤主编《冯梦龙全集·古今谭概》，凤凰出版社，2007，第3页。
[3] 魏同贤主编《冯梦龙全集·古今谭概》，凤凰出版社，2007，112页。

索,提笔就写:"去时儿女悲,归来笳鼓竞。借问行路人,何如霍去病。"[1]冯梦龙意在嘲讽可以嘲讽的存实,并非"全传"。那些诗写得很好的名家,对朝廷对百姓,又如何呢?

《古今谭概》汇集历朝历代的上千则故事,长短不一,繁简有别,涵盖世间百态,可笑可叹,诙谐中带有讥刺,幽默中不乏哲理,评点到位,并不是纯粹的笑话。所以,冯梦龙并未称之为"笑林"。2007年中华书局出版栾保群点校本《古今谭概》,目前为易得的最佳单行本。

《广笑府》也是一部讽刺性、娱乐性很强的文言笔记小说,多是简短的笑话故事,大多突兀而来,戛然而止。据说冯梦龙原有《笑府》,未见刊本,《广笑府》是在《笑府》基础上扩增而成。全书十三卷,附录一卷,三百六十一篇笑话,四十篇笔记。许多故事家喻户晓,但与实际生活有一定的距离,源于生活又高于生活,是对生活的提炼与夸张。然而,冯梦龙的主要用意,则在于讥讽某些社会现象。如《官府生日》,记述一位衙门的官吏过生日,他的属下们听说他属鼠,便凑了一些金子,铸成一只老鼠送给他做寿礼。官吏一见,高兴极了,急忙告诉下属,太太的生日也在眼前了,太太是属牛的。不动声色的叙述,却刻画出了官吏贪婪的嘴脸。又如《垛子助阵》:

一武官出征,将败,忽有神兵助阵,反大胜。官叩头请神姓名,神曰:"我是垛子。"官曰:"小将何德,敢劳垛子尊神见救?"答曰:"感汝平昔在教场,从不曾一箭伤我。"[2]

这样的射箭技术,居然能够成为将军。这样的将军,居然用来带兵打仗,国运也实在堪忧。文武官员如此,皇上当然也谈不上圣明。市井小民的举止,亦有夸张可笑的。如《性刚》:

有父子俱性刚不肯让人者,一日父留客饮,遣子入城市肉。子取肉回,将出城门,值一人对面而来,各不相让,遂挺立良久。父寻至见之,谓子曰:"汝姑持肉回,陪客饭,待我与他对立在此。"[3]

[1] 李延寿:《南史》卷五十五,中华书局,1975,第1356页。
[2] 魏同贤主编《冯梦龙全集·广笑府》卷十三,凤凰出版社,2007,第116页。
[3] 魏同贤主编《冯梦龙全集·广笑府》卷八,凤凰出版社,2007,第75页。

因为讽刺与娱乐，冯梦龙并未在文字上下多少工夫，反而显得直白真实。而一些文字游戏，也就只有趣味了。如《无事寻烦恼》：

> 一儒生姓潘，赴京应举，沽酒市肆。酒姬陆姓者，作十七字诗赠之曰："秀才本姓潘，应选赴长安。一举登高第，做官。"潘答云："佳人本姓陆，美质无瑕玉。念我客窗寒，同宿。"姬怒其狎戏，走讼于官。道遇一耆老，诘问其故，亦作十七字诗劝其息劝讼，可省忧烦，诗曰："潘郎与陆嫂，无事寻烦恼。若还到官衙，不好。"[1]

说十七字诗写得不错也行，说这位老人心地善良、反应敏捷也行，但别忘了，这位书生虽有一定才华，然秉性轻薄，不堪重任，若这种人金榜题名，他日必是误国误民之辈。《广笑府》笑人，实是嘲笑了社会，笑过之后，当领会冯梦龙的深意。

第四节 智慧与趣味的纽结——《智囊》

北宋神宗年间的司马光，对于变法深以为不妥，于是息影洛阳，读书编书，用十九年时间成就一部《资治通鉴》，记述了十六朝的一千三百六十二件事，为后世统治者所敬重。而是书的体例，也被后世史学界称为"通鉴体"，即以事为纲的编年体史书体例。此后近千年，类似的名著有多部。如李焘《续资治通鉴长编》、刘恕《通鉴外纪》、陈桱《资治通鉴续编》、毕沅《续资治通鉴》等。此类史书，思想价值、艺术价值等极高，但是需要有足够的时间和精力，并且要有足够的知识储备，方能阅读领会。冯梦龙读史，读出了另一番滋味，用最为简洁的文笔，将这些关乎国家治乱、地方兴衰、百姓甘苦的故事摘录出来，重新编排，加以评点，形成了足可资治的智慧之书《智囊》。

一、《智囊》的构成

《智囊》共分十部二十八个小类，是从先秦到明代的智慧故事集，辑录了一千二百三十八则简短故事，记载古人巧妙运用智术计谋，排忧解难、克敌制胜的智慧。分别是第一部上智，第二部明智，第三部察智，第四部胆智，第五部术智，第六部捷智，第七部语智，第八部兵智，第九部

---

[1] 魏同贤主编《冯梦龙全集·广笑府》卷八，凤凰出版社，2007，第71页。

闺智,第十部杂智。刊本的正文之前,是冯梦龙的两篇序言,交代了编撰是书的缘由。

《自序》:

冯子曰:人有智,犹地有水;地无水为焦土,人无智为行尸。智用于人,犹水行于地。地势坳则水满之,人事坳则智满之。周览古今成败得失之林,蔑不由此。何以明之?昔者桀纣愚而汤武智,六国愚而秦智,楚愚而汉智,隋愚而唐智,宋愚而元智,元愚而圣祖智。举大则细可见,斯《智囊》所为述也。或难之曰:"智莫大于舜,而困于嚚。亦莫大于孔,而厄于陈蔡。西邻之子,六艺娴习,怀璞不售,鹑衣鷇食。东邻之子,纥字未识,坐享素封,仆从盈百,又安在乎愚失而智得?"冯子笑曰:"子不见夫凿井者乎,冬裸而夏裘,绳以入,畚以出,其平地获泉者,智也。若夫土穷而石见,则变也。有种世衡者,屑石出泉,润及万家。是故愚人见石,智者见泉。变能穷智,智复不穷于变。使智非舜、孔,方且灰于廪,泥于井、孚于陈若蔡,何暇琴于床而弦于野。子且未知圣人之智之妙用,而又何以窥吾囊?"或又曰:"舜、孔之事则诚然矣,然而智囊者,固大夫错所以膏焚于汉市也,子何取焉?"冯子曰:"不!不!错不死于智,死于愚。方其坐而谈兵,人主动色,迨七国事起,乃欲使天子将而已居守,一为不智,谗兴身灭。虽然,错愚于卫身,而智于筹国,故身死数千年,人犹痛之,列于名臣。挽近斗筲之流,卫身偏智,筹国偏愚,以此较彼,谁妍谁媸?且智囊之名,子知其一未知二也。前乎错,有樗里子焉,后乎错,有鲁匡、支谦、杜预、桓范、王德俭焉。其在皇明,杨文襄公并擅斯号。数君子者迹不一轨,亦多有成功竖勋,身荣道泰,子舍其利而惩其害,是犹睹一人之溺而废舟楫之用,夫亦愈不智矣!"或又曰:"子之述智囊,将令人学智也。智由性生也,由纸上乎?"冯子曰:"吾向者固言之,智犹水,然藏于地中者,性;凿而出之者,学。井涧之用与江河参。吾忧夫人性之锢于土石,而以纸上言为之畚锸,庶于应世有廖尔。"或又曰:"仆闻取法乎上,仅得乎中。子之品智,神奸巨猾或登上乘,鸡鸣狗盗亦备奇闻,囊且秽矣,何以训世?"冯子曰:"吾品智,非品人也。不惟其人惟其事,不惟其事惟其智。虽奸猾盗贼,谁非吾药笼中硝戟,吾一以为蛛网而推之可渔,一以为蚕茧而推之可宝。譬之谷王,众水同归,岂其择流而受。"或无以难，遂书其语于篇首。冯子名梦龙，字犹龙，东吴之畸人也。[1]

《续序》：

忆丙寅岁，余坐蒋氏三径斋小楼近两月，辑成《智囊》二十八卷。以请教于海内之明哲，往往滥蒙嘉许，而嗜痴者遂冀余有续刻。余菰芦中老儒尔，目未睹西山之秘籍，耳未闻海外之僻事，安所得匹此者而续之。顾数年以来，闻见所触，苟邻于智，未尝不存诸胸臆，以此补前辑所未备，庶几其可。虽然，岳忠武有言："运用之妙，在乎一心。"善用之，鸣吠之长，可以逃死；不善用之，则马服之书，无以救败。故以羊悟马，前刻已厌其繁；执方疗疾，再补尚虞其寡。第余更有说焉：唐太宗喜右军笔意，命书家分临《兰亭》本，各因其质，勿泥形模，而民间片纸只字，乃至搜括无遗。佛法上乘不立文字，而四十二章后增添至五千四十八卷，而犹未已。故致用虽贵乎神明，往迹何妨乎多识。兹补或亦海内明哲之所不弃，不止塞嗜痴者之请而已也。书成，值余将赴闽中，而社友德仲氏以送余故同至松陵。德仲先行，余《指月》《衡库》诸书，盖嗜痴之尤者，因述是语为叙而畀之。

吴地冯梦龙题于松陵之舟中[2]

这里说得很明白，《智囊》初成，是在天启六年（1626，丙寅）。辑成之后，又加补充，故而再序一下，说明缘由。两篇序言之后，是正文的十个部分。又有十个小序，冯梦龙称之为某总序。从"上智部总序"到"杂智部总序"共十篇序言，介绍这一部分的基本内容以及冯梦龙的观点。每一部分的正文，大多又由两项组成，即叙事的原文和冯梦龙的述评，部分片段，还有夹批，都是冯梦龙的手笔。特别是历史人物与历史事件，简单的故事，经过冯梦龙的补充和引经据典的评点，不仅丰富了故事情节及其内涵，也成了研究冯梦龙思想情感倾向的重要依据。同时，还是冯梦龙的随笔佳作，文笔优美，观点明确，语词犀利而切合实际。如《明智部总叙》：

冯子曰：自有宇宙以来，只争明暗二字而已。混沌暗而开辟明，乱世

---

[1] 魏同贤主编《冯梦龙全集·智囊》"自序"，凤凰出版社，2007，第1—2页。
[2] 魏同贤主编《冯梦龙全集·智囊》"续序"，凤凰出版社，2007，第3页。

暗而治朝明，小人暗而君子明。水不明则腐，镜不明则锢，人不明则堕于云雾。今夫烛腹极照，不过半砖，朱曦霄驾，洞彻八海，又况夫以夜为昼，盲人瞎马，侥幸深溪之不踬也，得乎？故夫暗者之未然，皆明者之已事；暗者之梦景，皆明者之醒心；暗者之歧途，皆明者之定局。由是可以知人之所不能知，而断人之所不能断。害以之避，利以之集，名以之成，事以之立，明之不可已也如是。而其目为《知微》，为《亿中》，为《剖疑》，为《经务》。吁！明至于能经务也，斯无恶于智矣。[1]

冯梦龙并不是在讨论宇宙的明物质与暗物质问题，但肯定了世界上存在明暗的问题，并认为很多事情都是如此。早在李耳时代，已经叙述了相对的情况，冯梦龙无意再加论述。但人的智谋与运作，却是很难看明白的，这就是明暗难辨，对这一现象，冯梦龙的比喻准确生动。

二、《智囊》版本与流传

今《冯梦龙全集》中定名之《智囊》，初编成于天启六年（1626），此时的冯梦龙已年近五十，在多地坐馆，同时为书商编书，以增加收入。坐馆并不一定就是教书，也有可能为某个富人或书商聘请，在一段时间内专门做某件事情，可以得到丰厚的报酬。根据冯梦龙的回忆，《智囊》初编成，共二十八卷，是天启六年，此时冯梦龙在哪里？在蒋氏的三径斋小楼，就是明季清初著名学者蒋之翘家。蒋之翘（1596—1659）字楚稚，号石林，又号雪樵，别署石户农，秀水（今浙江嘉兴）人。原也致力于科举，然一次考试失误，遂无意举业，专心学问。年轻时曾在焦竑门下读书，后返乡，致力于古籍整理与评点。明清易代后，家境困难，授徒自给，著述不辍。

冯梦龙在蒋家三径斋编书的时候，正是天启恐怖政治气候剧烈影响江南之际，因而某些敏感的故事，并未辑录，《智囊》就已经刊行了。不久，魏忠贤及其阉党集团覆灭，崇祯皇帝致力于大明的中兴，一时朝野望治，贤人望用。著述编书，本身就是舆论不可或缺的部分。于是，冯梦龙将《智囊》重新梳理，述评部分文辞更加清晰甚至犀利，增补部分内容重刊，改名《智囊补》，共二十八卷。

《智囊补》二十八卷本印行之后，有很多的翻刻本、覆刻本，称呼的书

---

[1] 魏同贤主编《冯梦龙全集·智囊》卷五，凤凰出版社，2007，第122页。

名也不一致,《智囊全集》《增智囊补》《增广智囊补》等,都源于《智囊补》。但是到了清初的刻本,不仅书名不是《智囊补》,书中很多如"夷""虏""胡""虏酋"等字词,都改写了。

《智囊补》的新版本也甚多,除了上海古籍出版社、江苏古籍出版社(今凤凰出版社)的三种《冯梦龙全集》本之外,影响比较大的版本有:中华书局2007年版《智囊全集》,三秦出版社2008年版《智囊》,线装书局2008年版四册线装本《智囊全集》等。另外还有各种选辑、选集、选译、文白对照、图文和白话本《智囊》或《智囊全书》等,虽质量不能保证优秀,但印行多而易得,传播面之广,是冯梦龙无法预见的。

三、《智囊》的经典故事及其价值

《智囊》中的故事片段,是冯梦龙采集正史、笔记、野史等各种资料撰写的,不仅体现了冯梦龙政治态度、人生体悟、情感倾向、嬉笑怒骂皆成文章的本领,也体现了冯梦龙的文风。不过,这样的风格,未必得到全部的认同。"间系以评语,佻薄殊甚"[1],也是一种评价。但不可否认,《智囊》搜集了史上的和社会上诸多的智慧故事,从政治、军事、外交方面的重大谋略,到贩夫走卒、奴仆衙役、僧道儒生、画工匠人的日常生活中的机智技巧,很多片段具有永恒的参考价值。尤其是专辑《闺智》一部,叙有才智、有勇谋、有远见卓识的妇女故事,更展现了冯梦龙思想的开放性。这里,简单呈现其中的几则故事,以了解一二。

"上智"中的一则,《楚庄王　袁盎》:

> 楚庄王宴群臣,命美人行酒。日暮,酒酣,烛灭,有引美人衣者。美人援绝其冠缨,趣火视之。王曰:"奈何显妇人之节而辱士乎!"命曰:"今日与寡人饮,不绝缨者不欢。"群臣尽绝缨而火,极欢而罢。及围郑之役,有一臣常在前,五合五获首,却敌,卒得胜。询之,则夜绝缨者也。

> 盎先尝为吴相时,盎有从史私盎侍儿,盎知之弗泄。有人以言恐从史,从史亡。盎亲追反之,竟以侍儿赐,遇之如故。景帝时,盎既入为太常,复使吴。吴王时谋反,欲杀盎,以五百人围之,盎未觉也。会从史适为守盎校尉司马,乃置二百石醇醪,尽饮五百人醉卧,夜引盎起曰:"君可去矣!旦日王且斩君。"盎曰"公何为者?"司马曰:"故从史盗君侍儿者

---

[1] 永瑢等:《四库全书总目》卷一百三十二,中华书局,1965,第1124页。

也。"于是盗惊脱去。

[述评]

梁之葛周、宋之种世衡，皆用此术，克敌讨叛。若张说免祸，可谓转圜之福；兀术不杀小卒之妻，亦胡房中之杰然者也。

葛周尝与所宠美姬同饮，有侍卒目视姬不辍，失答周问，既自觉惧罪，周并不言。后与唐师战失利，周呼此卒奋勇破敌，竟以美姬妻之。[边批：怜才之至。]

胡酋苏慕恩部落最强，种世衡尝夜与饮，出侍姬佐酒，既而世衡起入内，慕恩窃与姬戏。[边批：三国演义貂蝉事套此。]世衡遽出掩之，慕恩惭愧请罪。世衡笑曰："君欲之耶？"即以遗之。由是诸部有贰者，使慕恩讨之，无不克。

张说有门下生，盗其宠婢，欲置之法。此生呼曰："相公岂无缓急用人时耶？何惜一婢！"说奇其言，遂以赐而遣之，后杳不闻。及遭姚崇之构，祸且不测。此生夜至，请以夜明帘献九公主，为言于玄宗，得解。

金兀术爱一小卒之妻，杀卒而夺之，宠以专房。一日昼寝觉，忽见此妇持利刃欲向，惊起问之，曰："欲为夫报仇耳！"[边批：此妇亦奇。]术默然，麾使去，即日大享将士，召此妇出，谓曰："杀汝则无罪，留汝则不可，任汝于诸将中自择所从。"妇指一人，术即赐之。[边批：将知感而妇不怨矣。][1]

这里面的事情，并不是什么好事，批判地看即可。但其中的智慧与肚量，值得借鉴学习。人世间，往往有些人就是因为一时的意气，或者气量狭小，最终误了大事。

有些故事，机巧智慧的背后，也有令人不寒而栗的惊悚。如《王叔文》：

王叔文以棋侍太子，尝论政至宫市之失。太子曰："寡人方欲谏之。"众皆称赞，叔文独无言。既退，独留叔文问其故。对曰："太子职当侍膳问安，不宜言外事，陛下在位久，如疑太子收人心，何以自解？"太子大惊，

---

[1] 魏同贤主编《冯梦龙全集·智囊》卷一，凤凰出版社，2007，第9—10页。

因泣曰:"非先生,寡人何以知此。"遂大爱幸。[1]

这里的陛下是唐德宗李适,太子是指李诵,故事中描述的是王叔文的机智与明察,但更可以看到,父子、君臣关系的微妙。即便是皇太子,也要谨小慎微。否则,后果不堪设想,因为太子被杀不是个案。

"杂智"二则,《丹客》:

客有炫丹术者,舆从甚盛,携美妾日饮于西湖,所罗列器皿,望之灿然皆黄白。一富翁见而艳之,前揖问曰:"公何术而富若此?"客曰:"丹成,特长物耳。"富翁遂延客并其妾至家,出二千金为母使炼之。客入铅药,练十余日,密约一长髯突至,绐曰:"家雁内艰,求亟返。"客大恸,谓主人曰:"事出无奈,烦主君同余婢守炉,余不日来耳。"客实窃丹去,又嘱妇私与主媾,而不悟也,遂堕计中。绸缪数宵而客至,启炉视之,大惊曰:"败矣,似有触之者。"因訾主人无行,欲掠治妾。主人不能讳,复出厚锃谢罪,客作怏怏状去。主君犹以得遣为幸,而不知银器皆伪物,妾则典妓为骗局也,翁中于贪淫,此客亦黠矣哉。

嘉靖中,松江一监生博学有口才,而酷信丹术。有丹士先以小试取信,乃大出其金,而尽窃之。生惭愤甚,欲广游以冀一遇。忽一日,值于吴之阊门,丹士不俟启齿,即邀饮肆中,殷勤谢过,既而谋曰:"吾侪得金,随手费去,今东山一大姓,业有成约,俟吾师来举事,君肯权作吾师,取偿于彼,易易耳。"生急于得金,许之,乃令剪发为头陀,事以师礼。大姓接其谈锋,深相钦服,日与款接,而以丹事委其徒辈,且谓师在,无虑也。一日,复窃金去,执其师欲讼之官,生号泣自明,仅而得释。及归,亲知见其发种种,皆讪笑焉。

[述评]

以金易色,尚未全输,但缠头过费耳。若送却头发,博师父一声,尤无谓也。

近年昆山有一家,为丹客所欺,去千金,忿甚,乃悬重赏物色之。逾数日,或报丹客在东门外酒肆中聚饮,觇之信然,索赏而去。主人入肆,丹客欢然起迎,主人欲言,客遽止之,曰:"勿扬吾短,原物在,且饮三

---

[1] 魏同贤主编《冯梦龙全集·智囊》卷二,凤凰出版社,2007,第32页。

杯，当璧还耳。"主人喜，正剧饮间，丹客起小便，伺间逸去。问同席者，皆云偶此群饮，初不相识，方知报信者亦其党，来骗赏银耳。[1]

《吉温》：

李适之为兵部尚书，李林甫恶之，使人发兵部诠曹奸利事，收吏六十余人付京兆尹，尹使法曹吉温鞫之。温入院，先于后厅取二重囚讯问，或杖或压，号呼之声，所不忍闻。兵部吏素闻温惨酷，及引入，皆自诬服，顷刻狱成，而囚无榜掠，适之遂得免。[2]

《智囊》的故事是有来源的，其中辑录了大量历史文献中的智慧故事，便于后人从简短的故事中了解历史上诸多名流的谋略和历史事件，是中华民族的智慧宝库，具有重要的参考价值。尽管其中的某些片段并不值得宣扬，甚至存在封建迷信、暴力及社会的不良风气。但这些存在，并不能说冯梦龙就是低级趣味，作者的本意，是保存事实，以供借鉴。其中的述评，不仅引经据典，将诸多类似的事件加以串联，也强化了故事的主旨。此外更有取材于现实，在实际生活中发生的智慧故事，冯梦龙也加以收纳。除了智慧故事的价值可取性，更有认识明代后期社会生活的意义，是了解明代后期市民阶层和乡间小民生活情状的一面镜子。

《智囊》取材涉及的典籍，是明代以前的全部正史和大量的笔记、野史。其中又有相当一部分资料，今天已经不能见其全貌。所以，这不仅是一部关于智慧和计谋的类书，其文献价值也不能低估。

作品中的许多经典故事，不仅是茶余饭后的谈资，更为后世小说戏剧的取材，提供了方便。

第五节　情感与理想的交融——《情史》

《情史》又名《情史类略》《情天宝鉴》，是冯梦龙编撰的一部笔记小说集，搜集了历代笔记小说及其他著作中的爱情故事，包括传说的故事。涉及的人物，上自帝王将相，下到优伶市民、贩夫走卒，芸芸众生的情爱故事，无不涵盖。甚至其中有《情外类》一回，辑录了历代同性恋故事，介

---

[1]　魏同贤主编《冯梦龙全集·智囊》卷二十七，凤凰出版社，2007，第663—664页。
[2]　魏同贤主编《冯梦龙全集·智囊》卷二十七，凤凰出版社，2007，第651页。

绍了"龙阳""余桃""断袖"等典故的来源。从作品的性质上说，是明代之前有关情爱故事的一次汇编，并且是全文改写的情爱微型小说集。

一、千年情爱故事的集大成汇编

《情史》将有关爱情的传说故事整理编写，分类排列，重新叙述，共分二十四类，也就是二十四卷。依次是：情贞、情缘、情私、情侠、情豪、情爱、情痴、情感、情幻、情灵、情化、情媒、情憾、情仇、情芽、情报、情秽、情累、情疑、情鬼、情妖、情外、情通、情迹。每卷收情爱故事三五十则不等，共有故事八百余则。每则故事以主人公的姓名或职业为标题，简要交代人物的籍贯、性格等，叙述其爱情婚姻生活片段、情爱纠葛和爱情遭遇。还有少量篇幅写的是鬼神之间、人鬼之间、人神之间的爱情故事，实则是人间诸情的寄托或志怪的延续。

将情爱作为卖点，未必是冯梦龙的初衷，但不排除书商的需要。明季书肆大量刊行情爱故事，经济效益相当可观。其中很重要的原因是晚明的思想潮流发生变化，尊重女性，追求美满爱情、幸福婚姻思潮蔚然成风，不限于文人士大夫阶层，已经波及普通市民。而文化下移形成了繁华的市场，更是不可忽视的因素。戏剧舞台上，红粉飘飘、情爱绵绵的演绎，也推动了情爱小说创作与印行，这在一定程度上，反映了明季社会的精神状况。

《情史》汇集的是各种各样的情事，有对美好爱情的赞颂，有对情爱缺憾的唏嘘，也有对统治者荒淫无耻生活的揭露，更有封建道德礼教摧残下的哀鸣。虽然有不少篇目记述的是婚外情事，但也是对封建婚姻制度的如实记录。其主要文学史价值，在于保留了一些已经不见全貌的著作中的一些片段。

《情史》近六十万字，内容丰富芜杂，涉及的历史社会生活面极广，对于研究中国古代社会，研究古代小说和戏曲，具有一定的史料价值。"二拍"、《西湖二集》《欢喜冤家》等作品中，均有源于《情史》的故事，或片段，或整篇，或用在引子入话，即可生色，亦可有助于领会理解。

二、《情史》基本构成与主要内容

《情史》中的故事来源，既有正史记载，更有野史描绘。而大量的故事，是在历史上有点痕迹，经由民间传说丰富充实，再由冯梦龙加工改造，才形成了绘声绘色的文学作品。只不过由于愚昧落后的色彩较为浓厚，因而在相当长的时间内，《情史》有严格的传播限制，知晓面不是很广。

《情史》的结构，与《智囊》颇有相似的地方，但不是每一类都布局相同，作者是灵活处理的。一则影响比较大的故事，后面还有简单的引经据典的评述——既可能引用史传，也可以是相关的民间传说的简短故事或者故事情节提要。就其独立的故事来看，有几百字的完整故事，也有几十字的故事片段，甚至十几字的故事提要。卷一"情贞"，专录有关贞妇烈妇的事迹四十余篇，有些作品尽管竭尽赞美之词，然作者并未回避悲剧氛围，一定程度上反映了冯梦龙对女性的尊重与同情。卷二"情缘"，所载故事都是男女因各种因缘成了夫妻，或夫妻因为科考、战乱、灾荒、利益等经历了诸多挫折，终得团圆。卷三"情私"，所写皆是男女相感相悦，偷情私会。这一类故事主要有两种形态：一是男女偷情，先私后配，成为夫妻，皆大欢喜；二是男女相悦，情有所生，但因为各种因素不能婚配或不能结合，以悲剧收场。其中，有些故事感人至深，有些也就只能让人唏嘘一番了。卷四"情侠"，所录多是具有侠义风骨的男女情事，大致有下列几种：一、豪侠大方、积极主动的女子，能自择婚配，获得满意的婚姻。如卓文君与司马相如，红拂女与李靖等，结局圆满。二、侠女如同君子，成人之美。如《古今小说》中《沈小霞相会出师表》的故事，此处以"沈小霞妾"为标题摘录。三、侠士体会人情感同身受，慷慨大度成人之美，而自己则有一定的付出。杨素归还乐昌公主，杨震将爱妾送给詹天游之类即此。四、行侠仗义，代人成事。如古押衙不避艰危，促成了王仙客与刘无双；昆仑奴成就了崔生与红绡。从这两个故事可以看到，与"三言"相似，从前人的作品中汲取素材改写，也是《情史》编撰的一种手法。这两个故事，分别出于唐人薛调的《无双传》和裴铏的《昆仑奴》，经冯梦龙改写后，别有情调。卷五"情豪"，多记古代帝王将相骄奢淫逸的生活及所谓的名士们风流放荡的行为，教诫意义很明显。卷六"情爱"，所写多是男女情爱相悦甚至相互扶持，至死不渝的故事。卷七"情痴"，写的多是男女痴情，忠贞不移的故事。卷八"情感"，写男女两情相感的故事，恩怨交织，悲欢离合，颇多曲折。卷九"情幻"，男女因情生幻，相思相恋，故事离奇动人。卷十"情灵"，男女灵性相通，往往隔空感应，两心相爱，死而复生有之，双双殉情有之，今生难成来世连理有之，虽有浪漫的设想和男女精诚的情感，但悲情意味浓厚。卷十一"情化"，所述男女情有独钟，相感相生，不能自已，化出异象相聚。仙为媒，友为媒，怪为媒，诗为媒，媒介是不可或缺的。卷十二"情媒"，双方通过各种有效的媒介，结成美满的婚姻。卷十三"情憾"，男女相爱，但无缘成配，遗憾而去，常有；佳女伴拙夫，所嫁非人，常态；夫妻情笃，而中途死别，常恨。而悲剧的成因却往往与双方的一念之差有关，对于恋爱的男女，有一定的借鉴意义。卷十四"情仇"，写男女之间不幸婚姻，或因他人阻碍不得成婚，相爱夫妻被他人生生拆散；或受人欺骗，伤情而死；或身遇薄幸，始乱终弃，等等不一，多因而一果，最终形成悲剧。卷十五"情芽"，多是历史人物或现实人物故事，周文王、孔子、书生某、某匠等，表现男女之情的本性，君王圣贤、贤士愚夫、公主淑女、歌妓绣娘等，均不例外。卷十六"情报"，男女衔情，恩怨相报。或以情报恩，终得团圆者；或男子负情，始乱终弃，遭到报复或报应，体现了作者的女权意识。卷十七"情秽"，多取材史籍，展示帝王后妃，将相权豪的淫乱生活，芈八子、徐妃、卫宣公、唐玄宗等，都得到了冯梦龙的"关照"，只是涉及的事情，并不光彩。卷十八"情累"，写男女为情所累，不能自持，损财损名甚或损命，是冯梦龙对感情的冷静思考，其分析评价的倾向，或许与作者自己的人生经历有关。卷十九"情疑"，记载人神恋爱，始聚终散，有着不可抗拒的力量，似乎注定了一样的结局。卷二十"情鬼"，描述人鬼之恋，确切说是女鬼与男人的故事，多有来源。卷二十一"情妖"，花妖、狐蛇等精怪迷惑男女之事，往往出现神道高僧，解除迷惑。卷二十二"情外"，记录同性恋故事，从楚威王到汉哀帝，等等不一，事出意外，人亦非常。卷二十三"情通"，与卷二十一相似，记述草木虫鱼幻化人形与人相通，成为精怪可以办成很多人不能成功的事情，但做人还是最好的，精怪也这么认为。卷二十四"情迹"，内容杂驳，但似乎比较高雅，是诗话、词话或笔记中的情诗、情词等相关的附会故事，传说性较强。

三、《情史》著名故事与版本流传

《情史》编撰之前，许多故事原本只是传说或者掩映于典籍之中，并不为世人所知晓。经过冯梦龙的梳理叙写，成为广为流传的故事，也为许多小说作者和戏曲编剧提供了素材。特别是卷一的"情贞"，其中某些故事的感人程度，在今天似乎是难以想象的。如《李妙惠》：

李妙惠，扬州女，嫁与同里举人卢某为妻。卢以下第发愤，与其友下帷西山寺中，禁绝人事，久无家音。成化二十年，有与同名者死京城，乡人误传卢死，父母信之。居无何，岁大饥，维扬以北，家不自给。父母怜李寡贫，欲夺其志，强之不可。临川盐商谢能博子启，闻其美且贤也，效币请婚。李自缢者再，公姑患之。时李之父在外郡训乡学，李母偕邻妪劝谕殷勤，防闲愈密。李日夜哀泣，闻者为之堕泪。既知势不可解，乃勉从焉。缄书与父诀，词甚惨。及归谢家，抗志益笃。谢之继母，亦扬州人，与李有瓜葛。李即跪请，愿延斯须之命，终身为主母执役，因坚侍母旁不去。谢故饶婢妾，未及凌犯。居数日，李复恳请为尼，母姑唯唯。度还乡无复之耳，于是启船先发，而母及李继之。至京口，舟泊金山寺下，母偕上寺酬醮。有笔墨在方丈，李取题壁间云：

"一自当年拆凤凰，至今消息两茫茫。盖棺不作横金妇，入地还从折桂郎。彭泽晓烟归宿梦，潇湘夜雨愁断肠。新诗写向金山寺，高挂云帆过豫章。"

款其后曰："扬州卢某妻李氏题。"卢后会试登甲榜，捷音至扬州，父母乃知子存，然无及矣。

弘治元年，纂修宪庙实录，差进士姑苏杜子开来江右采事，未报，复使卢促之。过家，知妻已嫁，恐伤父母，不敢言，然亦未忍别议，遂行。道出镇江，登金山，见寺壁题，不觉气噎。问之寺僧，曰："先有姑媳过此，留题去矣。"卢录其诗以去。至江右，密筹之徐方伯。方伯曰："咸艘逾千，孰从觇察？纵得之，声亦不雅。盍以计取乎！"乃选台隶最黠者一人，谕以其故，令熟诵前诗，驶小艇沿盐船上下歌而过之。越三日，忽闻船中女声，启窗唤曰："此诗从何得来？"隶前致卢命。李大惊曰："扬州卢举人，其死已久，尔欺我也。"隶备述如所谕语。叩父母及妻名，一一不爽。李遂掩泣曰："真我夫矣！始吾闻歌已疑之，恨未有间。今日商偶往娼院，母亦过邻舟，故得问汝。汝归可善为我词。"因密致之约，挥手曰："去！去！"隶归报，其夜，依期舟来，遂接李至公馆，夫妻欢会如初。商资具付母，主其出入，母转以委李。及商归，检视，历历分明，封志完固，叹曰："关羽昔逃归汉，曹公不追，而曰'彼各为其主'。此亦为其夫耳。贞妇也，可置之。"时弘治二年也。

卢下帷发愤，不必绝家音。其父母且从容问耗，亦不必汲汲嫁妇。天下多美妇人，商人子亦不必强纳士人之妻。全赖李氏矢心不贰，遂成一片佳话。[1]

佳话固然值得赞美，但一场功名，几乎家庭破灭，人生又能经得起几个这样的回合？作者虽然意在赞美李妙惠的坚贞，但似不及王昌龄《闺怨》之境界。

又如《歌者妇》：

南中有大帅，世袭爵位。有歌妇色美，与其夫自北而至。帅闻而召之。每入，辄与其夫偕，更唱迭和，曲有余态。帅欲私之，妇拒不许。帅密遣人害其夫，而置妇于别室，多其珠翠，以悦其意。逾年，往诣之，妇亦欣然接待，情甚婉娈。及就榻，袖中忽出白刃，擒帅欲刺之。帅惊逸，妇逐之，遇二奴阖其扉，乃免。旋使人执之，已自断其颈矣。

此女中高渐离也。渐离为友，此为夫。祖龙之杀荆卿也，宜也。歌者之死，不更冤乎！颈且可断，岂珠翠所能媚哉！

金兀术爱一小卒之妻，杀卒而夺之，宠以专房。一日昼寝觉，忽见此妇持利刃欲向，惊起问之，曰："欲为夫报仇耳！"术嘿然，麾使去。即日大享将士，召此妇出，谓曰："杀汝则无罪，留汝则不可，任汝于诸将中自择所从。"妇指一人，术即赐之。此妇亦大有意思。惜乎不肯拼一死也。然则为歌者妇愈难矣。[2]

这是在告诫世人，他人所爱，不能横加抢夺。己所不欲，勿施于人的道理，应该是妇孺皆知，何况贵为大帅、将军。而歌者妇的境界，可为世人参照。

再如《高娃》：

高娃者，京师娼也。自幼美姿容，昌平侯杨俊与之狎，犹处子也。昌平去备北边者数载，娃闭门谢客。天顺中，俊与范都督广为石亨所构。以正统十四年，大驾陷土木，俊等坐视不救，为不忠，论死。二人赴市，英气不挫。杨尤挺颈，但云："陷驾者谁？今何在？吾提军救驾，杀之固宜。"亲戚故吏，无一往者。俄有一妇人缟而来，则娃也。杨顾谓曰："汝来何

---

[1] 魏同贤主编《冯梦龙全集·情史》卷一，凤凰出版社，2007，第6—8页。
[2] 魏同贤主编《冯梦龙全集·情史》卷一，凤凰出版社，2007，第19页。金兀术事，《智囊》中也见。

为?"娃曰:"来视公死。"因大呼曰:"忠良死矣。"观者骇然。杨止之曰:"已矣!无益于我,更累若耳。"娃曰:"我已办矣。公先往,妾随至。"杨既戮,娃恸哭,吮其颈血,以针绵纽接著于颈,顾杨氏家人曰:"好葬之。"即自取练缢于旁。

高娃一滴泪,羞杀许多亲戚故吏。长卿氏曰:昌平至今不死,高娃亦不死。一时亲戚故吏及贤士大夫,无一往者,今何在也。噫,想死矣![1]

冯梦龙评价高娃的举动,可以让杨俊家许多亲戚故吏羞耻,这是为了宣扬高娃的气节。但当注意到杨俊的喊话,就会从更深层次思考,是谁导演了土木堡悲剧? 是谁动摇了大明江山的根基? 前有王振,后又有魏忠贤,大概冯梦龙在这个时候还不便说明吧。

卷二"情缘"中的故事,鼓吹的意思很明显。如《周六女》:

盐城民周六,居射阳湖之阴,地名朦胧。左右前后,皆沮洳葭泽,无田可耕。且为人闒冗,不自振拔,唯芟刈芦苇,织席以生。一女年十七八,略不识针组之事,但能助父编苇而已。北神堰渔者刘五,为其子娶之。不能缝裳,逐之归。父母俱亡,无以糊口,遂行丐于市。朱从龙寓居堰侧,时时呼入其家,供薪水之役,久而欲为择配。楚士吴公佐,本富家子,放肆落拓。弃父而出游,至寄迹僧寺,为行者。后还乡里,亲族皆加厌疾。郡庠诸生,容之斋舍。因相与戏谋,使迎周女为妇。假衣襦,具酒炙,共僦茅舍一间,择日聘取,侪辈悉集,姑以成一笑。意吴生知为丐者,必将弃之。已而,相得甚欢。偶铃辖葛玠之子,富于资财,拉吴博赛。吴仅有千钱,连掷获胜,通宵赢几百缗。葛不能堪,明日复战,浃辰之间,所得又十倍。吴由是启质肆,称贷军卒,不数年,利入万计。其父呼还家,读书益勤,两预贡籍。周女开慧,解妇功,不学而能,肌理丰丽,顿然美好。初,里中有严老翁,吻士也,善讲解《孝经》,又能说相。见周于丐中,语人曰:"此女骨头里贵。"果如其言。

周女之慧若有待而开,向使在刘渔家已如是,则饥寒毕世矣。[2]

蒲松龄《聊斋志异》卷九中有一篇《乔女》,大概也是宣扬这样的德行,只是智慧早有,德行随之,故而既能保夫家一脉相传,又能酬谢知

---

[1] 魏同贤主编《冯梦龙全集·情史》卷一,凤凰出版社,2007,第28—29页。
[2] 魏同贤主编《冯梦龙全集·情史》卷二,凤凰出版社,2007,第46—47页。

己,以一身德行与义气,感动他人。

卷八"情感"中《白头吟》篇后评述,写赵孟頫与妻子的故事,广为流传:

赵松雪欲置妾,以小词调管夫人云:"我为学士,尔做夫人。岂不闻陶学士有桃叶桃根,苏学士有朝云暮云,我更多娶几个吴姬越女,何过分。你年纪已过四旬,只管占住玉堂春。"管答云:"你侬我侬,忒煞情多,情多处热如火。把一块泥,捻一个你,塑一个我,将咱两个一齐打破,用水调和,再捻一个你,再塑一个我,我泥中有你,你泥中有我。与你生同一个衾,死同一个椁。"松雪得词,大笑而止。[1]

这则故事虽然文字上不同版本有较大的出入,但大体意思是一样的,管道升的才华,赵孟頫也是敬佩至极,焉能负了好意。

卷十一"情化"中的一则,叙述民家有情男女,私情不遂,赴水而死。三日后,二尸相携出水滨。是岁,此陂荷花无不并蒂者。此情感动天地万物,荷花为之并蒂。

卷十九"情疑"一则,《白螺天女》:

常州义兴县,有鳏夫吴堪。少孤,无兄弟。为县吏,性恭顺。其家临荆溪,常于门前以物遮护溪水,不敢秽污。暇则临水看玩。积数年,忽于水滨得一白螺,遂拾归,以水养。自县归,见家中饮食已备,乃食之。如是十余日,堪谓邻母哀其寡独,故为执爨。乃卑谢邻母。母曰:"君近得佳丽修事,何谢老身。"堪曰:"无。"因问其故,母曰:"子每入县后,便见一女子,可十七八,容颜端丽,衣服轻艳,具馔讫,即却入房。"堪意疑白螺所为,乃密言于母曰:"堪明日当称入县,请于母家自隙窥之,可乎?"母曰:"可。"明旦诈出,乃见女自堪房出,入厨理爨。堪自门入,其女遂归房不得。堪拜之,女曰:"天知君家敬护泉源,力勤小职,哀君鳏独,敕余奉媲。"堪敬谢,遂留为妇,同里传骇。时县宰豪士,闻堪美妻,因欲图之。堪为吏恭谨,不犯笞责。宰谓堪曰:"尔熟于吏能久矣,今要虾蟆毛及鬼臂二物,晚衙须纳,不然罪责非轻。"堪唯而走出,度人间无此,求不可得。颜色惨沮,归述于妻。妻笑曰:"君忧余物,不敢闻命,二物妾能致

---

[1] 魏同贤主编《冯梦龙全集·情史》卷八,凤凰出版社,2007,第236页。

矣。"堪闻言，忧稍解。妻辞出取之，少顷而到，堪得以纳。令视二物，微笑曰："且出。"然终欲害之。后一日，又召堪曰："我要蜗牛一枚，尔宜速觅。"堪奔归，又以告妻。妻曰："吾家有之，取不难也。"乃为取之。良久，牵一兽至，大如犬，状亦类之。曰："此蜗牛也。"堪曰："何能？"妻曰："能食火。"堪将此兽上宰。宰见之，疑曰："吾索蜗牛，此乃犬也。"又曰："有何所能？"曰："食火，能粪火。"宰遂索炭烧之，遣食。食讫，粪于地，皆火。宰怒曰："用此物奚为？"令除火扫粪，方欲害堪。吏以帚及粪，应手洞然，火飙暴起，焚爇墙宇，烟焰四合，弥亘城门。宰身及一家皆为灰烬。乃失吴堪与妻。其县遂迁于西数步，今之城是也。

《录异纪》云："人世用水，日不过三五升，过此必减福折算。"则知敬护泉源，上帝所福。[1]

这是有着久远传说的田螺姑娘的故事，既是一种生活的愿望理想，也是一种品德思想的故事化教材，虽然无稽，殊为有益。

有些故事，并非情爱，实乃历史的真实，而事情本身，则略有狎邪。卷二十二"情外"，大多不值得一读。如《弄儿》，叙述金日䃅的儿子与汉武帝的事情，虽有政治意味，关乎治乱元素，实属于低级趣味的叙述，除了可以些许认识历史，能够从多个侧面了解历史人物，基本没什么积极意义。

《情史》编成之后，于万历末年即有刻本行世。明末主要版本是东溪堂刻本，现上海图书馆和浙江省图书馆有藏。而现存苏州大学图书馆的《情史》，虽是清初康熙间版本，实是万历版本的翻刻。此后尚有多种刻本行世，但是，《情史》在清代却是遭到多次禁毁的，不能公开发行。特别是书籍流行极盛的江浙地区，地方统治者下令严禁流传，不得有碍风化。至光绪二十年（1894）出现上海石印本，稍后出现排印本，流传才渐广。20世纪80年代，古籍影印正当高潮，《情史》也得到关注。然而，由于汉字简化和时代生活的变化，刻本包括影印本，阅读面还是相当有限。于是，需要一种完善的简体校点新版本行世。20世纪80年代前期，苏州大学朱子南教授应约校点了《情史》，但直到1991年，方正式出版发行。1986年春风文艺出版社、2011年浙江古籍出版社及凤凰出版社分别出版了《情史》单行

[1] 魏同贤主编《冯梦龙全集·情史》卷十九，凤凰出版社，2007，第682—683页。

本。此外，上海古籍出版社 1993 年影印本《冯梦龙全集》，收有《情史》。同年江苏古籍出版社出版的排印本《冯梦龙全集》亦收录。2005 年远方出版社和 2007 年凤凰出版社出版的《冯梦龙全集》中，亦可见《情史》。当然，校点与排版印刷的质量参差不齐。

第六节　真实与虚幻的交替——戏曲

明代中后期的吴地剧坛，极为兴盛，当然少不了冯梦龙的身影。不过，冯梦龙的活动主要集中于书斋之中，他的身影并未活跃于戏剧舞台上，所以，他对戏剧的主要贡献，并不在于舞台实践。不上台，不等于对于舞台演出漠不关心。事实上，冯梦龙关注了，并且提出了一些合理化建议，甚至提出了一些评判的标准，对于戏剧理论的发展有着一定的推动意义。而冯梦龙自己的创作，以及对剧本的改定编辑和印行，可谓文学意义与文献意义均极为重大。

一、小说写手的剧本编写

从元杂剧到明传奇，剧本的编写似乎很多文人皆可参与。但是，写作的剧本与演出的脚本有着不同的要求。前者是唱腔、唱词、科白的结合体，后者则需要更详细的规则、方法和技巧。于是，编剧往往有两种情况，一是行家里手的编剧，写出来的剧本很容易成为演出的脚本，导演和演员很容易理解接受并付诸表演；一是为文章诗词好手，虽精通音律，但更精通格律，文辞优美典雅，意象深邃丰富，曲词余韵悠长，但难以搬演于舞台。冯梦龙的剧本编写，可谓兼具二者之胜，不愧为晚明吴地文学之集大成巨匠。

冯梦龙的传奇作品，仅有《双雄记》和《万事足》两种传世。

《双雄记》实际上是根据真实的事情编写的，故事就发生在苏州东山，是叔叔欺负侄子，侵吞家产的故事。类似的故事，南北都有，一般的情况就是祖辈已经不在，父辈中有个比较霸道的，而兄弟中有一家遭遇不幸，夫妇双双亡故，留下了可怜的儿子跟着叔叔或伯伯生活。可是，这位长辈却算计着侄子的家产，想方设法据为己有，甚至害死侄子。冯梦龙写到的故事，有着真实的依据，亦是小说戏剧作品中常见的桥段。剧本的核心情节是侄子丹信与叔叔丹三木的冲突。或许原型人物姓朱且名字中有个

"森"吧,故而取名"三木"。丹信幼年,父母双亡,祖传家产全由叔叔丹三木掌管。等到丹信长大,理应分家,家产之半应该交由丹信处置,但叔叔心有诡计,不想将家产分给侄子,于是,迁居杭州,根本听不进妻子的劝说,设套将侄子送进了监狱。这里面还有个钦差大人,名叫贾爱民,一看就知道冯梦龙给他取名的意思。因为他的权力很大,丹信倒霉了。丹信有位好朋友叫刘双,听说了这件事,赶往杭州探监,又被诬告,也进了监狱。此时正好倭寇犯境,官府允许罪人中有些犯罪情节较轻或罪名有疑问的,出来立功赎罪。于是,刘双的叔叔刘方正赶到衙门,为丹信、刘双辨正。两人得以释放出狱,参军打击倭寇。三年以后,丹信已经是征东大将军,刘双也成了副将,而丹三木得到的诸多家产,遭受了火灾,他最终一无所有,触阶而死。这里面,冯梦龙塑造了两个叔叔形象,一个贪得无厌,侵吞祖产;一个正大光明,为侄子奔走。剧本中另一条线索,也算副线故事,是刘双的爱情故事。刘双与妓女黄素娘相亲相爱,有终身之约。但因老鸨势利,从中作梗,遂断绝往来。两人日夜思念对方,历经惊险,终于团聚。这类情节,唐宋文人笔记小说常有,也是并不鲜见的传闻,但寄托了冯梦龙的情感理想,愿世界是有情的世界,有情人都成眷属。明显的,这是汤显祖式的追求。说明冯梦龙受到沈璟的指点帮助,也并未排斥汤显祖的理想主义情怀,更有对自己遭遇的怨艾。

冯梦龙的另一部传奇作品是《万事足》,通过戏剧情节的演绎和人物形象的展现,写出了冯梦龙对生活中一些纠结的理想解决方案。《万事足》的情节源头是历史上的,主要人物陈循和高谷,实有其人,同是明成祖永乐十三年(1415)进士,陈循还是当年的状元。陈循(1385—1462)字德遵,号芳洲,吉安府泰和(今属江西吉安)人。状元及第后,授翰林院修撰,累进至户部右侍郎。景泰帝即位,进少保兼太子太傅、华盖殿大学士,成了内阁首辅。英宗复辟,谪戍东北铁岭。石亨败后,陈循上疏自讼,释为庶民,卒于乡,年八十,有《芳洲集》十卷与《东行百咏集句》。高穀(1391—1460)字世用,兴化(今属江苏)人。永乐十三年进士及第后进入官场,历官中书舍人、翰林侍讲、侍读学士等,以工部侍郎入阁。英宗被俘,朱祁钰即位,晋尚书,兼翰林学士,进少保、东阁大学士,加太子太傅。景泰七年(1456),以谨身殿大学士兼少保、东阁大学士辞归。从此闭门不出,谢绝宾客,专心论著,有《育斋集》《高文懿集》等。

剧本的中心情节，是陈循帮助高谷纳妾生子。高谷娶妻邠氏，年近四十而无子嗣，邠氏却嫉妒成性，不许高谷纳妾。当年高谷赶考途中，曾救一女子性命，女子感恩，遂为高谷小妾。但是，已经领略到邠氏手段的高谷，只能将小妾安置他处。后妾生一子。陈循、高谷双双在京城官位日升，考虑将家眷接到京城团聚。高谷因邠氏悍妒，不能接小妾母子进京。陈循居然棒喝邠氏，邠氏终于同意接纳，高谷与小妾及儿子也终于得以团圆。虽然是剧本，情节也很戏剧，然写到当朝人的轶事，寄托冯梦龙女德观的同时，也是冯梦龙思想艺术上敢于突破的表现。但这其中的封建意识、落后观念，并不值得宣扬。

二、剧本校订改写与刊行

关于冯梦龙自己是不是书商，有不同的看法。至少，他与书商的联系极为密切，刻书印书具有很大的方便。苏州的刻书业很发达，与湖州、南京、扬州、常州、无锡、杭州共同构成了江浙地区的刻书系统。而刻书业的发达，不仅是技术上的优势，更是由于市场的发达。书商有利可图的根源，在于书能卖出去，而市场能够旺盛，依赖的是经济文化与教育的发展。吴地，这样的优势很明显，因而也成了刻书业发达的基础。同样，刻书业发达了，文化传播也就更加兴旺而畅通，又促进了文化教育的发展。于是，各种类型的著作，都有可能成为书坊书肆选择的对象。冯梦龙作为吴地的文化名家，编辑、撰写的小说、民歌畅销，对于吴地舞台上广受欢迎的戏剧作品，当然不会无视。更由于冯梦龙实是书痴一枚，对其认为有价值的作品，编辑整理、校订刻印，自然是其人生快事之一。

作为戏剧家的冯梦龙，在戏剧作品的整理方面最大的贡献，就是改定、印行了十数种剧本。现在流行的版本，除了《冯梦龙全集》中的《墨憨斋定本传奇》（十八种），更有多种单行本出版，如中国戏剧出版社1960年版《墨憨斋定本传奇》、黄山书社1992年影印本《墨憨斋定本传奇》、上海古籍出版社1993年版影印本《墨憨斋定本传奇》，比较易得。研究著作及文章，时有佳构。多位硕士博士的学位论文，以此为研究对象。2011年齐鲁书社出版在涂育珍博士学位论文的基础上形成的专著《墨憨斋定本传奇研究》，较为充实。

之所以说冯梦龙定本传奇有十数种，是因为关于具体种类，有不同的说法：十七种、十四种、十二种。1960年中国戏剧出版社的《墨憨斋定本传奇》，收录的就是十四种，但实际上《双雄记》和《万事足》是冯梦龙自己的创作，因而可以说是更定十二种，基本上就是当时的名作。但是，《墨憨斋定本传奇》的刻本、翻刻本系统较为复杂，各家选择不尽相同，难以统一。若说冯梦龙刻本的原样，则剧本更多，分别是：《双雄记》《万事足》《酒家佣》《新灌园》《女丈夫》《量江记》《精忠旗》《梦磊记》《洒雪堂》《楚江情》《风流梦》《邯郸梦》《人兽关》《永团圆》。其中汤显祖《牡丹亭》，经过冯梦龙的改编，名曰《风流梦》，但后世演出的折子戏如《春香闹学》《游园惊梦》等，虽然用的是冯梦龙更定的剧本，仍然称为汤显祖《牡丹亭》某折。冯梦龙更定的作品，有明显的标记，如《精忠旗》，"西陵李梅实草创，东吴龙子犹详定"[1]。虽然不知道李梅实的生平，但他是原作者无疑。其他更定本的印行模式，亦可以证明这一点。《精忠旗》故事的历史背景，人们熟知，是南宋初年的一场极大的悲剧。作品写的就是抗金名将岳飞被秦桧谋害的故事，历来在舞台上演出，都能引起观众的义愤填膺。宋元讲唱文学和戏曲中，取材于此的不止一二。《东窗事犯》《宋大将岳飞精忠》《东窗记》《精忠记》等作品，广为人知。冯梦龙在倡导"情教"的心态之下，又在明季情戏泛滥的环境中，选择《精忠旗》改定，使之成为场上之曲，情感倾向，可以想见。

三、场上之曲的主见

从创作实践和冯梦龙更定剧目的情况，已经可以窥见他的基本戏剧主张，而专题研究中，更能彰显冯梦龙的理论倾向。

场上之曲，是吴江派戏剧家一再强调的主张，是说剧本是需要到舞台上演出的，而不是案头阅读的。客观讲，经过沈璟的努力，案头之曲的现象已经大为好转，传奇盛行的明代后期，不仅剧本创作盛况空前，场上搬演也是红红火火。而越是演艺市场繁荣，越需要剧本的编撰与场上的表演完美契合。场上之曲很重要的地方，就是故事要有来源，或来源于生活，或来源于历史；表演不要脸谱化，要有性格真实的依归。在更定的《酒家佣》第七折，涉及吴国奸臣伯嚭的形象设计，冯梦龙强调"俗优扮宰嚭极其猥屑，全无大臣体面，便是不善体物处。宰嚭要还个大臣架子，马融要还他个儒者架子，方是水墨高手"[2]。

---

[1] 魏同贤主编《冯梦龙全集·墨憨斋定本传奇》，凤凰出版社，2007，第371页。
[2] 魏同贤主编《冯梦龙全集·墨憨斋定本传奇》，凤凰出版社，2007，第117页。

剧情布局，还得有个主旨，这也是冯梦龙的观点，与后来李渔所说的"立主脑"，是一致的。冯梦龙更定的《精忠旗》，中心就是慷慨的气节，需要更加鲜明张扬。剧中，冯梦龙尽量突出了岳飞忠君爱国的思想及将士百姓对他的爱戴，完成了对抗金英雄形象多维度的塑造。

词曲格律与舞台演唱的一致性，也是冯梦龙关注的地方，他主张词曲的声律追求要符合舞台演唱的实际需要，这在他对《牡丹亭》的更改上，表现得尤为明显。汤显祖已经去世，不会再有不同意见。即便健在，晚年汤显祖也会对昆曲演唱《牡丹亭》且盛极一时感到欣慰。冯梦龙的更定，的确使《牡丹亭》更便于用昆腔演唱。《牡丹亭》过于冗长，并非普通戏班所能完成的演出。所以昆曲折子戏偶然搬演《游园惊梦》之类，也是《牡丹亭》艺术生命的延续。

此外，对于演员的遴选、舞台上演员的灵活度把握、声腔在不同作品中的婉转变化等方面，冯梦龙的精辟论述，散见于他的序言和眉批之中，多是源于实践的看法，可直接运用于舞台。

第七节　民间文学作品的搜集整理

冯梦龙之关注俗文学，并非只注意通俗小说，对于民间歌谣也十分留意，并留下了丰富的材料。相传，冯梦龙常年生活在市井，有时又在乡村，对于民间的传说与歌唱，不仅耳濡目染，甚至直接参与民歌的改编。而搜集整理民歌作品，则是冯梦龙对吴地文学的又一大贡献。

一、《山歌》

《山歌》是冯梦龙搜集编纂的一部民歌总集，也是一部吴地民歌选集，共十卷，是冯梦龙的一项重要贡献。搜集民歌，拔高说，与"诗三百"之形成，具有相似的情状。当然，"诗三百"而后，民歌不可能成为儒家经典而用于礼乐教化。就《山歌》而言，冯梦龙选辑的这些吴地民歌，基本上是描写男女恋情的作品，也有反映社会风貌的篇章，共收吴地民歌三百五十六首，又有桐城时兴歌词二十四首。不少篇章，真切地反映出当时青年男女对爱情热烈、勇敢地追求，是从精神到行为具有明显的反礼教意义和强烈的艺术感染力的叙写，甚至有些还比较出格。至于原因，冯梦龙有清晰的解释。因为源于民间，冯梦龙有意保留作品的原样，言语上难免有些逾矩。这与冯梦龙搜集民歌的范围以及其活动场所、选择的样本，有一定的关系，不能将其所搜集的民歌完全等同于吴地民歌。在编辑体例上，《山歌》与前人选诗有所不同，不是单纯按体裁分类，而是以内容分类，兼顾体裁，并辅以必要的评注。但是，问题在于，《山歌》中的作品，绝大多数是内容、主旨相似，如何分类呢？这就体现了冯梦龙的"别有用心"。冯梦龙的编排，卷一到卷四，称之为"私情四句"，顾名思义，其主要内容和体裁基本可知。卷五"杂歌四句"，卷六"咏物四句"，卷七"私情杂体"，卷八"私情长歌"，卷九"杂咏长歌"，卷十"桐城时兴歌"，说明冯梦龙所收，是江南民歌，并不限于三吴地区。

有些作品，字面上看，似乎有些过于偏向于写实了，但品味一下，还是很有生活情调和细节化的体现。如卷一的《等》：

其一

姐儿立在北纱窗，分付梅香去请郎。泥水匠无灰砖来里等，隔窗趁火要偷光。

其二

栀子花开六瓣头，情哥郎约我黄昏头。日长遥遥难得过，双手扳窗看日头。[1]

还有《模拟》：

弗见子情人心里酸，用心模拟一般般。闭子眼睛望空亲个嘴，接连叫句俏心肝。[2]

冯梦龙评价说"是真境，亦是妙境"[3]。尤其是《等》的第二首，情态上颇为相似于"乘彼垝垣，以望复关"[4]的状况。卷一的《打双陆》，卷二的《姐儿生得》稍微直白一些：

姐儿窗下织白罗，情郎搭子我里个人打双陆。只听得我里个人口里说道把住子门捉两个，吓得我满身冷汗手停梭。[5]

---

[1] 魏同贤主编《冯梦龙全集·山歌》卷一，凤凰出版社，2007，第6页。
[2] 魏同贤主编《冯梦龙全集·山歌》卷一，凤凰出版社，2007，第6页。
[3] 魏同贤主编《冯梦龙全集·山歌》卷一，凤凰出版社，2007，第6页。
[4] 《诗经 楚辞》，孔一标点，上海古籍出版社，1998，第20页。
[5] 魏同贤主编《冯梦龙全集·山歌》卷二，凤凰出版社，2007，第11页。

姐儿生得好身材，好似荐桌船舱满未曾开。郎要籴时姐要粜，探筒打进里头来。[1]

卷五"杂歌四句"中的《月子弯弯》，就有了丰富的情节补充。

月子弯弯照九州，几家欢乐几家愁。几家夫妇同罗帐，几家飘散在他州。[2]

如今不止一部电影或电视剧中，出现这样的歌词，传唱甚广。然而，这确实是晚明社会生活的真实描写。机工为了微薄的工钱，抛下老小，独自进城，桥边候选、路上待招，只是求得机户的垂青，录用了去上工而已。更有失去土地的农民、没有功名的书生，颠沛流离，可谓常态。而读书人的苦，并不是常人所能理解的。

冯梦龙在后面补了一首作品，堪称是《月子弯弯》的改写版本，并解释道"一秀才岁考三等，其仆作歌嘲之云"：

月子弯弯照九州，几家欢乐几家愁。几家赏子红段子，几家打得血流流。只有我里官人考得好，也无欢乐也无愁。[3]

字面上看很是好笑，但是笑过之后，可以想象一下当时读书人的苦难。一个童生，不知经历大小多少考试，也不知道等了多少年，二三十岁、三四十岁、四五十岁、五六十岁甚至六七十岁，还是个童生，还要参加考试，想博取一个功名。有了秀才的头衔又会怎样？当然有些好处，还有些膏火钱，有些粮食，有些文房四宝。但是，后面接着的岁考、乡试等，关卡重重，奖励很是丰厚，惩罚也相当恐怖。像歌中的这位秀才，岁考三等，要挨板子，被仆人嘲笑。

有些长篇，情感、情节、情谊俱有，并且具有一定的舞台性。如《摆祠堂》：

万苦千辛结识子个郎，我郎君命短见阎王。爹娘面前弗敢带重孝，短短头梳袖里藏。袖里藏，袖里藏，再来检妆里面摆祠堂。几遍梳头几遍哭，只见祠堂弗见郎。[4]

---

[1] 魏同贤主编《冯梦龙全集·山歌》卷二，凤凰出版社，2007，第17页。
[2] 魏同贤主编《冯梦龙全集·山歌》卷五，凤凰出版社，2007，第48页。
[3] 魏同贤主编《冯梦龙全集·山歌》卷五，凤凰出版社，2007，第48页。
[4] 魏同贤主编《冯梦龙全集·山歌》卷七，凤凰出版社，2007，第74页。

卷八是私情长歌,既然名曰长歌,则多长篇。即便短篇,亦有一二百字。至于一二千字的长篇,不仅一波三折,具有丰富的情节,甚至夹杂有曲牌和对白、独白,明显是说唱文学的结构。可见,当时民歌,可能也是拿来登台表演的。如《笼灯》:

姐儿生来像笼灯,有量情哥捉我寻。因为偷光犯子个事,后来忒底坏奴名。(白)坏奴名,坏奴名,阿奴细说我郎君。你正日介来张头望项,眼看奴身。你道是我短又弗局蹴,长又弗伶仃,因是更了我听你有子个情意,一日子月黑夜暗拚子我就奔。也弗管三更半夜,也弗管雨落天阴。也弗管地下个沟荡,挨过子多少个巷门。也弗管个更铺里个夜夫,也弗怕路上撞着子个巡兵。金锣一响,吓得我冷汗淋身。一到到子屋里,我方才得个放心。啰道是伴得你年把也弗上,你就要弃旧恋新。屈来啰里说起,撞你介个贼精。郎道你弗要辞劳叹苦,懊悔连声。你当初白白净净,紫气腾腾,你郵间浑身好像个油篓,满面拌子个灰尘。人门前全勿鳌好,头上箍子介条草绳。夜里只好拿你来应急趟趟,日里干耍个正经。还有介多呵弗好,我一发说来你听听。(打枣歌)怕只怕你火性儿时常不定,照了前又照子后不顾自身。一身破损通风信,长与别人好。又与小人跟,转一个湾儿我这里见你的影。(白)姐儿嗒面介一哞,就骂个负义薄情,你当初淬得火着介要我,一夜弗放我离身。我也弗知光辉子你多少,也弗知替你瞒子几呵个风声。你只厌我眼前个腌润,弗念我起初个鲜明。(歌)你捉我提得起来放得下,我只搂得你灶前火烛无一星。[1]

卷九是杂咏长歌,多长篇,有近千字的作品,显然不太像民间演唱的山歌,而是有意识的文人创作了。进入冯梦龙《山歌》的作品,高度口语化的表述、一语双关、比兴手法等,俯拾皆是。更重要的,因为是吴歌,方言特征自然是不会少的。而这,恰恰是三吴大地上的真实生活。不过,其中更有不少作品,情趣格调不是太高,并不可取。

不过,冯梦龙对此也有自己的解释:"书契以来,代有歌谣。太史所陈,并称风雅,尚矣。自楚骚唐律,争妍竞畅,而民间性情之响,遂不得列于诗坛,于是别之曰山歌,言田夫野竖矢口寄兴之所为,荐绅学士家不道也。唯诗坛不列,荐绅学士不道,而歌之权愈轻,歌者之心亦愈浅,今

---

[1] 魏同贤主编《冯梦龙全集·山歌》卷八,凤凰出版社,2007,第84—85页。

所盛行者，皆私情谱耳。虽然，桑间濮上，《国风》刺之，尼父录焉，以是为情真而不可废也。山歌虽俚甚矣，独非《郑》《卫》之遗欤？且今虽季世，而但有假诗文，无假山歌，则以山歌不与诗文争名，故不屑假。苟其不屑假，而吾借以存真，不亦可乎？抑今人想见上古之陈于太史者如彼，而近代之留于民间者如此，倘亦论世之林云尔。若夫借男女之真情，发名教之伪药，其功于《挂枝儿》等，故录《挂枝词》而次及《山歌》。"[1] 这是冯梦龙的序言，也是冯梦龙的态度。由于各种原因，对冯梦龙《山歌》的研究，还有诸多遗憾。日本学者大木康有《冯梦龙〈山歌〉研究》，2017 年由复旦大学出版社出版，有一定的代表性。苏州大学 2017 年由研究生罗嫦所作的学位论文《冯梦龙山歌集〈挂枝儿〉〈山歌〉"情教观"研究》，选取一角，深入探微，亦学界之幸。

二、《挂枝儿》

《挂枝儿》也是冯梦龙编纂整理的民间时调歌曲专集，时过境迁，今天难以知道冯梦龙缘何将"山歌"与"挂枝儿"区分开来，或许是因为曲调唱法上的差异。看作品，"挂枝儿"也不是一种专有文体，并没有固定的格式，万历年间流行于吴地民间，一直延续到清前期，是一种时调小曲，甚为风行。不论四方老幼，人人习之，亦人人喜之，可见其风靡之盛。换个角度看，"挂枝儿"可能就是一种并未定型的散曲，具有浓郁的音乐性，歌唱十分普遍，编写也十分自由，可长可短，可以加衬字，并未有严格的格律要求。至于作品的押韵，与散曲也有相似之处。遗憾的是，冯梦龙并未留意唱腔曲谱，故而难以窥视其演唱的原貌。

但是，现存冯梦龙编辑的《挂枝儿》，虽非全璧，亦有个基本。全书原分十卷，分别是私部、欢部、想部、别部、隙部、怨部、感部、咏部、谑部和杂部，共有作品四百余首，以叙写男女爱情生活与社会状貌为主要内容，生动、活泼、率直、真切为其突出风格特色。

《挂枝儿》中的情歌，写得热烈、曲折、细腻，是生活的真实，但有时细腻完整过头，则含蓄不够，缺乏余韵。如《泣想》：

青山在，绿水在，冤家不在。风常来，雨常来，书信不来。灾不害，

---

[1] 魏同贤主编《冯梦龙全集·山歌》"叙山歌"，凤凰出版社，2007，第 1 页。

病不害,相思常害。春去愁不去,花开闷不开,泪珠儿汪汪也,滴没了东洋海。[1]

寄意与节奏上,可以看作是《长相思》的改版,语言流畅,文字简洁,表达明确,既有民间情调,亦不失文人雅致。所以,即便是民间作品,也不一定太露,冯梦龙所见亦如此。又如《耐心》:

熨斗儿熨不开眉间皱,快剪刀剪不断我的心内愁,绣花针绣不出鸳鸯扣。两下都有意,人前难下手。该是我的姻缘,哥,耐着心儿守。[2]

这首作品,冯梦龙批点说"后四句,一云:'两下情都有,人前怎么偷? 只索耐着心儿也,终须着我的手。'亦佳,然末句太露。一又云:'香肌为谁减? 罗带为谁收? 这一丢儿的相思也,何日得罢手?'亦未见胜"[3]。看来,对于民歌"太露"的问题,冯梦龙有准确的认识。诚然,有些作品可能并不合适广泛传播。如《调情》二首的第一首:"娇滴滴玉人儿,我十分在意,恨不得一碗水吞你到肚里。日日想,日日捱,终须不济。大着胆,上前亲个嘴,谢天谢地,他也不推辞。早知你不推辞也,何待今日方如此。"相对含蓄。但第二首:"俏冤家扯奴在窗儿外。一口咬住奴粉香腮,双手就解香罗带。哥哥等一等,只怕有人来。再一会无人也,裤带儿随你解。"[4]客观讲,是过于直白了。不过,这真是原生态的情歌,冯梦龙辑存于书中,存其原貌而已。

《山歌》与《挂枝儿》,不唯具有民歌作品的文学价值与文献价值,在语言文辞上,也别有风味。其中保存着一些明季吴语方言词汇与语言习惯,是研究吴语的语音演变的重要参考。

第八节 凌濛初与"二拍"

冯梦龙在明季吴地通俗小说创作中虽并非独此一家,但具有引领作用。稍后浙江乌程人凌濛初,且同样在小说和戏剧方面,并且在诗文、史

---

[1] 魏同贤主编《冯梦龙全集·挂枝儿》想部三卷,凤凰出版社,2007,第29—30页。
[2] 魏同贤主编《冯梦龙全集·挂枝儿》私部一卷,凤凰出版社,2007,第2页。
[3] 魏同贤主编《冯梦龙全集·挂枝儿》私部一卷,凤凰出版社,2007,第2页。
[4] 魏同贤主编《冯梦龙全集·挂枝儿》私部一卷,凤凰出版社,2007,第5—6页。

学方面造诣非凡。

凌濛初（1580—1644）字玄房，号初成，又名凌波，一字波厈，别号即空观主人，浙江湖州府乌程县（今浙江湖州）人。与冯梦龙一样，在科举道路上极为不顺。年十八，补廪膳生，也就是廪生，一种享受地方政府供给口粮的身份。明代的府、州、县学生员有名额限制，一般府学四十人，州学三十人，县学二十人，生活补贴是米六斗。大概多少呢？不同时代是不一样的。明代的一斗，大约相当于现在的十二斤，六斗也就是七十二斤，可以保障两个人的口粮。不过，也要经过多种考核的，如一年一考的叫岁考，三年一考的叫大比，还要参加乡试，考得不好，还得接受惩罚等。凌濛初多次赴考，均未中得举人。五十多岁，方才得到一个附贡生的待遇，任了上海县丞。而此际，"二拍"早已在市场上流通了。八年满秩，转任徐州同知分署房村。崇祯十七年（1644），被农民起义军围困于房村，凌濛初率众抵抗，失败之后呕血而死。入仕之前，他的大量精力，用于小说戏曲方面，是文学史上不能忽略的重要作家。其小说作品名《拍案惊奇》《二刻拍案惊奇》，合称"二拍"，与冯梦龙的《喻世明言》《警世通言》《醒世恒言》合称"三言二拍"，是中国古典通俗短篇小说的代表。明末姑苏抱瓮老人（顾有孝）鉴于"三言二拍"卷帙浩繁，不易购得，且良莠不齐，便从一百九十八篇中选出佳作四十篇编成《今古奇观》，大获当时书商和读者的欢迎。需要说明的是，"二拍"作品的数量，总计是七十八篇拟话本小说。两书共八十卷，但《二刻拍案惊奇》中第二十三卷《大姊魂游完宿愿 小姨病起续前缘》，是《拍案惊奇》的原作。《二刻拍案惊奇》第四十卷《宋公明闹元宵》是杂剧，不是小说，仅供案头阅读。所以，"二拍"实际上是七十八篇小说。

一、《拍案惊奇》

《拍案惊奇》的编写，原因主要有三。一是为了生计，编书出售，市场行情好，可以获得不菲的报酬。二是商人的需要，凌濛初生活在商品经济发达的太湖南岸湖州，同时也是刻书业相当发达的地区，书商众多，交易繁荣，为凌濛初的商品化创作提供了条件。三是受到冯梦龙"三言"风行的影响，技巧上已有成功的范例。于是，《拍案惊奇》在凌濛初的精心创作中完成。为何写，怎样写，凌濛初自己说：

> 语有之："少所见，多所怪。"今之人但知耳目之外牛鬼蛇神之为奇，

而不知耳目之内日用起居，其为谲诡幻怪非可以常理测者固多也。昔华人至异域，异域咤以牛粪金。随诘华之异者，则曰："有虫蠕蠕，而吐为彩缯锦绮，衣被天下。"彼舌挢而不信，乃华人未之或奇也。则所谓必向耳目之外索谲诡幻怪以为奇，赘矣。

宋、元时有小说家一种，多采闾巷新事，为宫闱承应谈资。语多俚近，意存劝讽。虽非博雅之派，要亦小道可观。

近世承平日久，民佚志淫。一二轻薄恶少，初学拈笔，便思污蔑世界，广摭诬造，非荒诞不足信，则亵秽不忍闻。得罪名教，种业来生，莫此为甚。而且纸为之贵，无翼飞，不胫走。有识者为世道忧之，以功令厉禁，宜其然也。

独龙子犹氏所辑《喻世》等诸言，颇存雅道，时著良规，一破今时陋习，而宋、元旧种，亦被搜括殆尽。肆中人见其行世颇捷，意余当别有秘本，图出而衡之。不知一二遗者，皆其沟中之断，芜略不足陈已，因取古今来杂碎事可新听睹、佐谈谐者，演而畅之，得若干卷。其事之真与饰，名之实与赝，各参半。文不足征，意殊有属。凡耳目前怪怪奇奇，当亦无所不有，总以言之者无罪，闻之者足以为戒，则可谓云尔已矣。若谓此非今小史家所奇，则是舍吐丝蚕而问粪金牛，吾恶乎从覼缕索之？

即空观主人题于浮樽[1]

宋元话本旧作的故事，基本上被冯梦龙用完了，凌濛初必须另辟蹊径。于是，作者从《太平广记》《夷坚志》等典籍中选取材料进行创作。与冯梦龙改编扩写的手法不同，凌濛初大多取材原书的基本故事或主要情节，绝大部分情节，则需要凌濛初进行创作，方能完成。于是，原书中的一个故事梗概，甚至几十个字的旧闻记录，经过凌濛初的妙笔生花，就成了文情并茂、引人入胜的数千字的白话短篇小说。可以说，"二拍"的主要故事，是创作出来的。而凌濛初在创作过程中，则需要照应很多东西，包括与名教是否冲突，是否符合明季社会思潮等。凌濛初本来是反对离经叛道的，很想把自己塑造成道的传人。对于时下的一二轻薄恶少，初学拈笔，便思污蔑世界，广摭诬造，非荒诞不足信，则亵秽不忍闻的现象，凌濛初不以为然。但是，商人的需要，又必须配合，所以也不得不有所取舍

---

[1] 凌濛初：《拍案惊奇》"序"，陈迩冬、郭隽杰校注，人民文学出版社，1991，第1页。

了。于是，作品中的社会闲杂人员过多，对三教九流的讽刺笔墨，也是比比皆是。揭露统治阶层人士和富庶之家的荒淫生活，笔触过于细腻，也引起了很多人的不满。还有一些自然主义的描写和宿命思想，大概也是为了迎合书商的需要。但也不能排除另一种可能，即书稿从凌濛初手里离开到摆上柜台，中间或有他人染指。

《拍案惊奇》的题材是相当复杂的，主要有商业题材作品《转运汉遇巧洞庭红 波斯胡指破鼍龙壳》，公安题材作品《姚滴珠避羞惹羞 郑月娥将错就错》，英雄传奇故事《刘东山夸技顺城门 十八兄奇踪村酒肆》，友谊友情故事《乌将军一饭必酬 陈大郎三人重会》，婚姻爱情故事《大姊魂游完宿愿 小姨病起续前缘》，意在讽刺但不免狎邪的故事《闻人生野战翠浮庵 静观尼昼锦黄沙弄》。不论何种题材，均由于作者生活在明季的湖州，商品气息和市民意识较为浓厚。

"转运汉遇巧洞庭红"中主人翁文若虚，在国内经商破产，偶然和一些商人出海经商，他因没有本钱，只好带了只值一两多银子的洞庭红（一种红橘，主要产于苏州的东山和西山，是苏州地区贡品级特产。连续剧《橘子红了》的拍摄，取景于东山镇陆巷古村，其中有多处场景描绘了橘子成熟后的火红景象），不料到了海外，竟卖了八百多两银子，回来的路上，又在一荒岛时捡到了个珍宝，大发横财，成了一大富商。虽然命运过于眷顾文若虚，然也确实脱离实际，仅可窥见当时经商境况之一斑。

二、《二刻拍案惊奇》

与《拍案惊奇》一样，《二刻拍案惊奇》所写的，也主要是男女婚恋、市井商人、朝廷官员的传奇故事。

其中的部分描写爱情和婚姻作品，是时代背景下的产物，有一定的认识意义。《李将军错认舅 刘氏女诡从夫》一篇，着力记述了刘翠翠和金定之间的爱情故事，宣扬忠贞不渝的情感。翠翠敢于追求自己的幸福，迫使父母放弃门当户对的观念，和金定结合。不幸的是翠翠被李将军掳去作妾，金定历尽艰辛，终于找到翠翠。可是，将军权势令人生畏，他们不能夫妻相认。两人郁郁成病，相继死去。李将军其实也是个有肚量的人，遵照翠翠遗嘱，将两人合葬。他们的灵魂招刘父来到湖北，并在梦中畅叙别情。刘父失声恸哭，念其夫妇恩爱情深，遂上坟祭奠。作品充满悲剧气氛，部分场景源于叶宪祖的杂剧《金翠寒衣记》，但与唐人故事，也有相通之处。

"有崔郊秀才者寓居于汉上,蕴积文艺,而物产罄县。无何与姑婢通,每有阮咸之纵。其婢端丽,饶音伎之能,汉南之最姝也。姑贫,鬻婢于连帅,连帅爱之,以类无双。给钱四十万,宠盼弥深。郊思慕无已,即强亲府署,愿一见焉。其婢因寒食果出,值郊立于柳阴。马上连泣,誓若山河。崔生赠之以诗曰:'公子王孙逐后尘,绿珠垂泪滴罗巾。侯门一入深如海,从此萧郎是路人。'或有嫉郊者,写诗于座。于公睹诗,令召崔生。左右莫之测也。郊甚忧悔而已,无处潜遁也。及见郊。握手曰:'侯门一入深如海,从此萧郎是路人'。便是公制作也。四百千小哉,何惜一书!不早相示,遂命婢同归。至帏幌奁匣,悉为增饰之。小阜崔生矣。"[1]这是崔郊《赠去婢》诗歌的"本事",宋元以后的作品中常有关注。

《二刻》中的商人,既有工于算计获利颇丰者,也有侠义心肠救人急难者。对于商人的善举,凌濛初不惜笔墨,加以渲染。如《韩侍郎婢作夫人顾提控掾居郎署》:

话说湖州府安吉州地浦滩有一居民,家道贫窘,因欠官粮银二两,监禁在狱。家中止有一妻,抱着个一周未满的小儿子度日,别无门路可救。栏中畜养一猪,算计卖与客人,得价还官。因性急银子要紧,等不得好价,见有人来买,即便成交。妇人家不认得银子好歹,是个白晃晃的,说是还得官了。客人既去,拿出来与银匠熔着银子。银匠说:"这是些假银,要他怎么?"妇人慌问:"有多少成色在里头?"银匠说:"那里有半毫银气?多是铅铜锡镴装成,见火不得的。"妇人着了忙,拿在手中,走回家来,寻思一回道:"家中并无所出,止有此猪,指望卖来救夫,今已被人骗去,眼见得丈夫出来不成。这是我不仔细上害了他,心下怎么过得去?我也不要这性命了。"待寻个自尽,看看小儿子,又不舍得,发个狠道:"罢,罢,索性抱了小冤家,同赴水而死,也免得牵挂。"急急奔到河边来。

正待掷下去,恰好一个徽州商人立在那里,见他忙忙投水,一把扯住。问道:"清白后生,为何做此短见够当?"妇人拭泪答道:"事急无奈,只图一死。"因将救夫卖猪,误收假银之说,一一告诉。徽商道:"既然如此,与小儿子何干?"妇人道:"没爹没娘,少不得一死,不如同死了干净。"

---

[1] 李昉等编《太平广记》卷第一百七十七,中华书局,1961,第1317页。原书全句号,标点为作者自加。

徽商恻然道："所欠官银几何？"妇人道："二两。"徽商道："能得多少，坏此三条性命！我下处不远，快随我来，我舍银二两，与你还官罢。"妇人转悲作喜，抱了儿子，随着徽商行去。不上半里，已到下处。徽商走入房，秤银二两出来，递与妇人道："银是足纹，正好还官，不要又被别人骗了。"妇人千恩万谢。转去央个邻舍，同到县里纳了官银，其夫始得放出监来。

到了家里，问起道："那得这银子还官救我？"妇人将前情述了一遍，说道："若非遇此恩人，不要说你不得出来，我母子两人已作黄泉之鬼了。"其夫半喜半疑：喜的是得银解救，全了三命；疑的是妇人家没志行，敢怕独自个一时喉极了，做下些不伶俐勾当，方得这项银子，也不可知。不然，怎生有此等好人，直如此凑巧？口中不说破他，心生一计道："要见明白，须得如此如此。"问妇人道："你可认得那恩人的住处么？"妇人道："随他去秤银的，怎不认得？"其夫道："既如此，我与你不可不去谢他一谢。"妇人道："正该如此。今日安息了，明日同去。"其夫道："等不得明日，今夜就去。"妇人道："为何不要白日里去，倒要夜间？"其夫道："我自有主意，你不要管我。"妇人不好拗得，只得点着灯，同其夫走到徽商下处门首。

此时已是黄昏时候，人多歇息寂静了。其夫叫妇人扣门，妇人道："我是女人，如何叫我黑夜敲人门户？"其夫道："我正要黑夜试他的心事。"妇人心下晓得丈夫有疑了，想到："一个有恩义的人，到如此猜他，也不当人子。"却是恐怕丈夫生疑，只得出声高叫。

徽商在睡梦间，听得是妇人声音，问道："你是何人，却来叫我？"妇人道："我是前日投水的妇人。因蒙恩人大德，救了吾夫出狱，故此特来踵门叩谢。"

看官，你道徽商此时若是个不老成的，听见一个妇女黑夜寻他，又是施恩过来的，一时动了不良之心，未免说句把俳俏绰趣的话，开出门来，撞见其夫，可不是老大一场没趣？把起初做好事的念头多弄脏了。不想这个朝奉煞是有正经，听得妇人说话，便厉声道："此我独卧之所，岂汝妇女家所当来？况昏夜也不是谢人的时节。但请回步，不必谢了。"其夫听罢，才把一天疑心尽多消散。妇人乃答道："吾夫同在此相谢。"

徽商听见其夫同来，只得披衣下床，要来开门。走得几步，只听得天崩地塌之声，连门外多震得动。徽商慌了自不必说，夫妇两人多吃了一惊。

徽商忙叫小二掌火来看，只见一张卧床压得四脚多折，满床尽是砖头泥土。元来那一垛墙走了，一向床遮着不觉得，此时偶然坍将下来，若有人在床时，便是铜筋铁骨，也压死了。徽商看了，伸了舌头出来，一时缩不进去。就叫小二开门，见了夫妇二人，反谢道："若非贤夫妇相叫起身，几乎一命难存。"夫妇两人看见墙坍床倒，也自大加惊异道："此乃恩人洪福齐天，大难得免。莫非恩人阴德之报。"两相称谢。徽商留夫妇茶话少时，珍重而别。

只此一件，可见商人二两银子，救了母子两命，到底因他来谢，脱了墙压之厄，仍旧是自家救了自家性命一般，此乃上天巧于报德处。所以古人说"与人方便，自己方便"，小子起初说"到头原是自周全"，并非诳语。[1]

地点很明确，湖州府安吉州地浦滩；事情更清楚，贫苦之家，欠了官银二两；过程很完整，徽商慷慨相助；结果很喜庆，困难之家得到了帮扶而解除厄难，商人得到了好报逃过一劫。有趣味的是整个过程中的几个细节：官府的蛮横恐怖，区区二两银子，就将能够生产自救的主力关进大牢；当地商人很恶劣，用假银子骗走了女人用来救夫的猪；徽商很侠义而正气，一心一意帮助寻短见的女子，救下了女子及其孩子，并赠银二两，助其脱困，等于二两银子救了一个家庭三条人命；好人有好报，因为不肯夜间单独见这位女子，等到其丈夫出声，方才出来，正好墙倒床榻，逃过一场灾难。于是，徽商与当地商人、徽商与当地官府形成了对比，女子与其丈夫、其丈夫与徽商也形成了对比，格调境界，差别立现。

"二拍"中还有一些作品，暴露了中下层官僚的贪婪凶残、荒淫好色。《进香客莽看金刚经 出狱僧巧完法会分》《青楼市探人踪 红花场假鬼闹》《甄监生浪吞秘药 春花婢误泄风情》《任君用恣乐深闺 杨大尉戏宫馆客》《王渔翁舍镜崇三宝 白水僧盗物丧双生》等，有些荒诞，甚至格调不高，但暴露性很强。再如《硬勘案大儒争闲气 甘受刑侠女著芳名》一篇，颇有些损害朱熹的形象，价值也不是太高。然能够将赞美的目光投向地位卑微的女子，也可见凌濛初思想的进步。《二刻拍案惊奇》颇善于组织情节，描写人物，因此多数篇章吸引力很强，语言很生动，甚至在游戏笔墨中完成了故事叙述，且颇有智慧人生的味道，如《神偷寄兴一枝梅 侠盗惯行三昧戏》等。

---

[1] 凌濛初：《二刻拍案惊奇》卷十五，王根林标校，上海古籍出版社，1992，第185—187页。

作为明代后期写实小说的代表作,《拍案惊奇》《二刻拍案惊奇》虽有不少故事取材于历史或文人笔记,但叙写的背景在晚明,真实地反映了当时社会生活风貌,表现出凌濛初尊重个性,尊重人性自由的思想倾向。剔除部分比较极端的描写,作为第一位独立创作白话小说的小说家,凌濛初在小说史上具有不可动摇的地位。

三、凌濛初对戏剧的贡献

吴地文学家大多是多才多艺的,很多人诗文、书画、篆刻、小说、戏剧,几乎样样精通,上品、妙品、能品,比比皆是。凌濛初也不例外,他不仅是小说家、诗人、散文家、学者,还是重要的戏剧家。

凌濛初对于戏剧的贡献,主要在三个方面:杂剧创作、传奇创作和戏曲研究。

杂剧作品有《北红拂》《虬髯翁》《宋公明闹元宵》《颠倒姻缘》等十余种。

《北红拂》也叫《莽择配》,依据唐末杜光庭小说《虬髯客传》敷衍而成。《虬髯客传》收录于《太平广记》卷一百九十三,汪辟疆《唐人小说》有校录。作品以杨素宠妓红拂大胆私奔李靖的故事为线索,叙写隋末有志图王的虬髯客(当是隋末英雄人物)在李世民面前折服并出海自立的故事,也曲折反映了广大百姓遭受的战争苦难,以及期待天下安定的愿望。该小说成功刻画了红拂、虬髯客、李靖三个形象,在后世他们有"风尘三侠"之称。在凌之前,张凤翼、张太和的剧本《红拂记》,均演绎此故事。凌濛初的杂剧《北红拂》,属于同一题材。不同的是,凌濛初将三个人的故事分别表现,形成了三个杂剧剧本。《北红拂》以红拂为主角,遵循元杂剧一人主唱的规范,是旦本戏。《虬髯翁》《蓦忽姻缘》即分别以虬髯客、李靖为主角,属于末本戏。三剧合称《识英雄红拂莽择配》,可惜《蓦忽姻缘》未见传本。

《宋公明闹元宵》杂剧,也是凌濛初的手笔,但附刻于《二刻拍案惊奇》之末,故事比较荒唐,但也不是一无所本。剧本写的是京城名妓李师师家中,接待了一位特殊的客人,税官周邦彦,两人刚刚温酒品茶,外面居然有内侍喝道"驾到"。是谁?是赵大官人,就是皇上赵佶。皇上逛妓院,还是亮明了身份的,并且是带着勤务人员,正大光明的,很是新鲜。就在赵佶看望李师师的时候,周邦彦还在李师师屋中。这下问题大了,李师师和周邦彦都未曾料到，急急忙忙地，周邦彦躲到了床下。于是，将李师师与赵佶的聚会用词写了出来，这就是周邦彦的《少年游》词："并刀如水，吴盐胜雪，纤手破新橙。锦幄初温，兽烟不断，相对坐调笙。　低声问向谁行宿，城上已三更。马滑霜浓，不如休去，直是少人行。"[1]赵佶知道了，很是生气，就把周邦彦逐出京城。不久之后，想起周邦彦精通音乐，又将他调回来，担任大晟乐正。元宵佳节，宋江、柴进、燕青一干人潜入京城赏灯，来到了李师师家，恰巧赵佶、周邦彦也在，于是宋江就想借此机会跟皇上谈招安的事。还未说呢，得知消息的李逵来了，不是来一起谈招安的，是不满宋江等人逛妓院，就一把火烧了屋子，一帮英雄大闹京城而去。

凌濛初的传奇剧本有《乔合衫襟记》，由《玉簪记》改编而来，故事大致相同，但仅存残曲。《雪荷记》已不可见，《合剑记》《颠倒姻缘》亦均已佚，故而不见《凌濛初全集》收录。另有新版本《合剑记》，演绎的多是凌濛初去世以后的有关故事，如吴三桂降清、乞师等，显然不是凌濛初手笔。

戏曲研究方面，凌濛初有《西厢记五本解证》《南音三籁》《燕筑讴》等，编剧而且研究戏剧、改编剧本、评点剧本，是一时风气，凌濛初亦然。其中《西厢记五本解证》是凌濛初自刻本，包括《西厢记》的五本戏和凌濛初的《解证》五卷，附录元人增补的《对弈》一折及元稹《会真记》(《莺莺传》)一篇，是现存最近于古貌的王实甫《西厢记》刻本，深受学界重视，多种《西厢记》的标校排印本，均以此为底本。另有一种崇祯刻本《张深之先生正北西厢秘本》，出于明末，文献价值很高。2017年中华书局将二者合并出版，称《善本西厢记二种》，使用颇便。

此外，凌濛初的经学、史学著作，也为侪辈敬重，有《圣门传诗嫡冢》《诗经人物考》《左传合鲭》《倪思史汉异同补评》《战国策概》等。其他还有《嬴縢三札》《荡栉后录》《国门集》《国门乙集》《鸡讲斋诗文》《已编蠹涎》《东坡禅喜集》《合评选诗》《陶韦合集》《惑溺供》。时代变迁，一些作品难见全貌。所幸《凌濛初全集》2010年由凤凰出版社整理出版，精装十册，印制极佳，使用方便，为研究凌濛初提供了极大的方便。

---

[1]　唐圭璋主编《全宋词》，中州古籍出版社，1996，第422页。

第一章 食腐蟲

明代后期，人们可以看到一个正在衰败的王朝帝国，也能看到一个正在兴盛的文学帝国。大明王朝走向灭亡的转折点在万历一朝，这是学界的基本观点，尽管京城沦陷，是在崇祯十七年（1644）的农历三月十九，客观讲，崇祯皇帝励精图治，试图挽救明王朝的危亡的举措，还是有所成效的。只是由于明王朝已病入膏肓，纵使华佗再世亦束手无策。崇祯在位的十七年里，做了大量的拯救工作。至少在人事方面，大量任用得力的人才，为明王朝的中兴创造条件。只可惜，这些人才中，有的人实际能力一般，有的人虽能力很强，但未必是正人君子。而有的人确实有治国安邦的能力，却失去了机遇。钱谦益无疑是其中值得悲叹的一位，这既是个人的悲剧，也是大明的悲剧。然而，闲散的钱谦益对于明季与清初文学帝国的强盛，却是有益的。

第一节　钱谦益的波折人生

梳理文学史，没有人会忽略前、后"七子"，尤其是"后七子"中的王世贞，执文坛牛耳二十年，造就了吴地文学史上的辉煌时段。王世贞之后，吴地的钱谦益，更是士林的领袖人物。从明季诗坛走向辉煌的轨迹来看，钱谦益无疑是最为重要的诗人，连贯了诗歌由明而清的发展脉络。然而，钱谦益的人生，却是众说纷纭，评价不一的，以至于至今，未见《钱谦益评传》或《钱谦益研究》之类的著作问世，不能不说是一大缺憾。好在对于钱谦益的专题研究，已有突破。1991年宁夏人民出版社出版了裴世俊的《钱谦益诗歌研究》，2001年东方出版社出版了裴世俊的《四海宗盟五十年——钱谦益传》，2006年上海古籍出版社出版了丁功谊的《钱谦益文学思想研究》，2007年中国社会科学出版社出版了杨连民的《钱谦益诗学研究》，2012年中国书籍出版社出版了方良的《钱谦益年谱》，2013年南开大学出版社出版了王红蕾的《钱谦益藏书研究》，2019年中国社会科学出版社出版了王彦明的《钱谦益佛教文献与文学研究》等，成果喜人。而诸多年轻学者的学位论文，以钱谦益为研究对象，视角多而观点新，解析深而涉猎广，更多公正客观具有理解性评价的研究成果值得期待。

一、大明探花郎

钱谦益（1582—1664）字受之，号牧斋，晚号蒙叟、东涧遗老，学者称虞山先生，常熟（今属江苏）人，万历十年（1582）九月二十六出生在常熟城中坊桥东故第。钱谦益的家族，功名传家，比较显赫而富有。曾祖父钱体仁，字长卿，吴越武肃王二十二世孙，勤学博闻。祖父钱顺时，字道隆，嘉靖三十八年（1559）进士。叔祖钱顺德，隆庆二年（1568）进士。父亲钱世扬，字士兴，号景行，万历十九年乙榜，与顾宪成、张尚友、瞿汝稷等友善，文章学术，颇有相通。可见，钱谦益的曾祖辈、祖辈、父辈均是文化人，且交游甚广，直接影响了钱谦益的读书应举和后来的人生态度。钱谦益自幼读书勤奋，经名师指点，年仅十七，成为苏州府学生员。虽然同样是秀才，名号可比县学生员响亮多了。于是，钱谦益已经具备了参加乡试（秋闱）的资格。但是，钱谦益参加科考，也不是一帆风顺的，直到二十五岁，方才中举，也就是至少参加过两次乡试。之后，钱谦益去京城参加礼部试，也就是春闱，也不是很顺利，二十六岁北上会试，落第，三年后再次进京参加会试，二十九岁，万历三十八年方中进士第三名（探花）。

正常情况下，甲榜进士的前几名，任职翰林院，是被培养成国家栋梁之材的开始。钱谦益当时得到的安排，是翰林院编修。一般情况下，科考之后的工作安排，明朝永乐以后有基本稳定的规则。"状元授修撰，榜眼、探花授编修，二、三甲考选庶吉士者，皆为翰林官。其他或授给事、御史、主事、中书、行人、评事、太常、国子博士，或授府推官、知州、知县等官"[1]。这一榜状元郎是韩敬，授官翰林院修撰（从六品）。不过，次年因为考核不过关，罢职了。

尽管钱谦益得到的是正常的安排，是翰林院编修（正七品），好像只是

---

[1] 张廷玉等：《明史》卷七十，中华书局，1974，第1695页。

从事文字工作。但其实并不简单，将来就是内阁的人选。"成祖初年，内阁七人，非翰林者居其半。翰林纂修，亦诸色参用。自天顺二年，李贤奏定纂修专选进士。由是，非进士不入翰林，非翰林不入内阁，南、北礼部尚书、侍郎及吏部右侍郎，非翰林不任。而庶吉士始进之时，已群目为储相。通计明一代宰辅一百七十余人，由翰林者十九。盖科举视前代为盛，翰林之盛则前代所绝无也。"［1］庶吉士要经过三年培训实践，再次考核之后才可能成为翰林院编修，成为庶吉士已经有储相之目，翰林院编修，更是要快得多了。可以说，进入内阁，成为大明辅臣甚或首辅的理想，钱谦益在这个时候就已经产生了。然而，进士名次的安排，已经隐隐地掺杂了党争的意味。因为首辅叶向高参与阅卷（一般是次辅主考，首辅只参与阅卷），将钱谦益的试卷放在第一的位置，宦官看到后已经报告了钱谦益，司礼太监也有书函送达，愿意结交（这是明代中后期极不正常的现象，宦官与新贵结交，为的是将来内外呼应，也是后来阉党势力庞大的起因之一）。可是放榜的时候，钱谦益是第三，具体原因，就很难说清楚了。更为悲催的是，钱谦益在翰林院上班不久，回家了。为何？父亲钱世扬去世，钱谦益回家守丧，闭门不出，时间长达十年之久。

二、十年守故乡

在钱谦益守丧的十年时间里，主要的事情，就是闭门读书，还有研究佛教经典，学问上大有长进，文学成就也不小。但遗憾的是，钱谦益错过了风云激荡的万历后期到朱由校即位所发生的事件，没有在朱翊钧、朱常洛到朱由校君权接续过程中领略紧张的氛围并得到政治斗争的锻炼。

万历皇帝朱翊钧，说他是个昏君不太恰当，但也明不到哪里去。由于情感上和精神上的偏向，引起了朝堂之上长时间的"国本之争"，朝臣分野也在此际明显起来，形成了不同的派系。故而史家说："神宗冲龄践阼，江陵秉政，综核名实，国势几于富强。继乃因循牵制，晏处深宫，纲纪废弛，君臣否隔。于是小人好权趋利者驰骛追逐，与名节之士为仇雠，门户纷然角立，驯至悊、愍，邪党滋蔓。在廷正类无深识远虑以折其机牙，而不胜忿激，交相攻讦。以致人主蓄疑，贤奸杂用，溃败决裂，不可振救。故论者谓明之亡，实亡于神宗。"［2］很多事情的祸根，是朱翊钧种下的。

［1］ 张廷玉等：《明史》卷七十，中华书局，1974，第1701—1702页。
［2］ 张廷玉等：《明史》卷二十一，中华书局，1974，第294—295页。

尤其是到了万历最后十年，不少正人君子，离开了朝廷，跑到无锡来讲学了，这就是影响深远的东林书院讲经读书的盛况。

关于东林书院，近年来研究颇多，也是成果汗牛充栋，无需介绍。问题是，东林书院讲学的这批人，既是专家学者，也是朝廷重要的官员，何以长期逍遥而不上班呢？原因是被罢职了。朱翊钧即位时年仅十岁，当时朝政主要由徐阶、高拱主持。后来是张居正主政十年，基本上皇上闲着。这也是正常情况，就如王禹偁所说的，要君逸于上，臣劳于下。长大之后的朱翊钧，照理说应该赶紧地结婚生子，为大明王朝培养接班人。可是，朱翊钧的王皇后生下一个公主之后，很难见到皇上了，故而无子。而朱翊钧也不喜欢这位皇后，更加宠爱德妃郑氏，可郑氏也只生下了一位公主，虽然皇上还年轻，然终究是大事未完，人心浮悬。不久，朱翊钧看望太后，遇见宫女王氏，故事就发生了。"光宗贞皇帝为神庙长子，母孝靖王太后；万历十年壬午八月十有一日生；二十九年十月立为皇太子。"[1]皇长子朱常洛的出生，朝廷上下一片欢喜，就只有皇上和德妃郑氏很不高兴。于是，在皇长子慢慢长大的过程中，各种权力斗争依次展开。万历十四年（1586）正月初五，德妃郑氏生下了皇三子，这就是朱常洵，朱翊钧欣喜异常，绝对偏爱。那么，皇二子在哪里？皇二子朱常溆，万历十二年出生，次年夭折，"母氏无考"[2]。所以，朱常洵实际上就是皇二子，这下问题严重了，皇上明显喜欢朱常洵，但祖宗规矩是有嫡立嫡、无嫡立长，麻烦来了。于是，在皇三子朱常洵即将满月的时候，内阁首辅申时行上书皇上，委婉提出了立太子的事情，并且明显倾向于皇长子，"国本之争"拉开了帷幕。申时行婉转提醒皇上，皇长子已经五岁了，应该加以培养了。当皇上，需要充足的岗前培训，不然的话，难以胜任，以后行事乖张，朝政昏暗，都是难免的。所以，作为内阁首辅的申时行，有必要向皇上进言。可是，多年当中，皇上并未付诸行动。直到万历十八年正月君臣新年相见，申时行等大臣才见到皇子朱常洛。不过，同时出场的还有朱常洵，用意非常微妙。不过，申时行等观点很清楚，应该立皇长子为太子。"皇上有此美玉，何不早加琢磨，使之成器？愿皇上早定大计，宗社幸

---

[1] 李逊之：《三朝野纪》卷一，道光刻本。
[2] 张廷玉等：《明史》卷一百二十，中华书局，1974，第3649页。

甚"[1]，明确主张立长子为太子。朱常洛的生母是太后宫中普通宫女（宫中时俗称"都人"），因为生了皇子才进封为恭妃。朱常洛因身份而没有获得朱翊钧的关爱，更不能改变郑贵妃在皇帝心目中的地位。即便太后关注立太子之事，希望朱翊钧立长子为太子，也没有促成他立长子的决心。让朱常洛正位东宫，朱翊钧心有不甘；立朱常洵为太子，遭到群臣的反对。于是，他制造了多个事端，让大臣疲于奔命，故意将建储搁置。故而不论谁在内阁首辅的位子上，都成了言官督促的对象。所以此后的多种争端，多与此有关。有关详情，可参阅如《晚明史》等相关著作。

整个"国本之争"的过程中，一批正人君子被疏远，被罢职，被贬官，等等不一。其中有一行人在东林书院讲学，形成一个学派，后来又被贴上东林党的标签。到了万历二十九年（1601），皇长子朱常洛二十岁了，万历帝再无法拖延下去，终于册立朱常洛为皇太子，朱常洵为福王，封地洛阳。皇太子立定了，朱常洛也就学、结婚了，主张立朱常洛为皇太子的大臣，也被朱翊钧赶得差不多了。可是，为了朝局的安宁，还是有不少大臣坚决支持朱常洛。于是，此后的各种较量，连续不断。直到朱翊钧晚年，皇太子朱常洛依然不受待见。可是，朱翊钧逐渐年迈，疾病缠身，皇太子终究也要承担重任的，郑德妃又被皇上进位为郑贵妃，仅次于皇后，局面愈加复杂了。于是，围绕神宗病危与朱常洛即位，又是一场紧张的较量，终于在左光斗、杨涟等人的竭力维护下，明王朝的权力顺利过渡。临终的朱翊钧，居然没有召皇太子到身边，内阁首辅方从哲也没有办法。这时杨涟、左光斗等人焦急万分，对东宫伴读王安说："上病亟，不召太子，非上意！今日已暮，明晨当力请入侍，尝药视膳，向夜勿轻出。"[2]这是七月十九日（阴历，下同）黄昏时候的事情，第二天一早，皇太子朱常洛入宫侍候，守在宫中。第三天，即万历四十八年七月二十一日，朱翊钧崩，终年五十六岁，庙号神宗。朱常洛随即在群臣的协助下开始处理朝政，包括办丧事、撤回矿税监等，成了实际上的皇帝，就缺一个继位大典了。同年八月初一（1620年8月28日），朱常洛终于正式即位当皇帝了。可是，二十九天之后的九月初一（1620年9月26日），朱常洛就驾崩了，

---

[1] 申时行：《召对录》，民国十一年上海文明书局石刻本。
[2] 李逊之：《三朝野纪》卷一，道光刻本。

连个年号都还没有来得及确定。事后大臣商量，以当年也就是万历四十八年，为泰昌元年。

九月，钱谦益回到朝廷，继续了翰林院编修任期。回朝的路上，钱谦益得到的是连续的皇帝丧报。翻开《牧斋初学集》，诗歌有第一集《还朝诗集》，第一首组诗《九月初二日奉神宗显皇帝遗诏于京口成服哭临恭赋挽词四首》，说明钱谦益在进京的路上。第二组诗是《九月十一日次固镇驿恭闻泰昌皇帝升遐途次感泣赋挽词四首》，还是在路上。等钱谦益回到翰林院上班，已经是朱由校当皇帝了。而朱由校不仅没有进行全面的岗前培训，更是在惊心动魄中完成了君权的交接，因为朱常洛去世突然，重臣还有皇子并没有任何预备。好在朱常洛自己比较清醒，留下了一个基本完整的朝廷班底，可以顺利运行。正是在这样复杂的局面中，钱谦益回到了他原先工作的翰林院。

三、迷离宰辅梦

天启元年（1621）八月，也就是钱谦益回朝担任翰林院编修近一年之后，他被委派为浙江乡试正考官，为奸人所算计，险遭不测。事情的经过有点复杂，因为涉及万历三十八年（1610）的科考。这一科的第一名应该是钱谦益，但是当时宣党领袖汤宾尹为自己的门生韩敬出谋划策，甚至直接宣扬其才华，内阁首辅叶向高是否妥协，不得而知，反正钱谦益没能成为状元，状元郎是汤宾尹的学生韩敬。可是第二年韩敬就因为考核不合格，被罢黜。这事与钱谦益搭不上关系，因为此时钱谦益已经回乡守丧，不在京城任职。但是，韩敬怀疑是钱谦益在发挥作用，衔恨伺机报复。于是，在钱谦益主考浙江乡试的过程中，设计陷害。在韩敬、沈德符的谋划下，由金宝元、徐时敏冒充是钱谦益的门人，故意找到有文才有学识的秀才，并特别注意寻找姓钱的秀才，果然找到了一个叫钱千秋的秀才，故意说知道某些内幕，疏通关节文字，成功之后收钱。而不幸的是，这位钱千秋居然考中了举人，并于次年进京参加会试。就在此时，给事中顾其仁举报钱谦益主考浙江受贿徇私。钱谦益知道后，大为惊骇，因为自己根本没有做过这样的事。于是找来钱千秋，当面关心一下。钱千秋当然不明白自己被人利用了，还以为真的是钱谦益帮了他，就把相关人员的举止全说了。钱谦益立即上疏检举，将事情的经过以及涉及的若干人，全写清楚。经过刑部勘核，奸人金保元、徐时敏瘐死狱中，钱千秋戍边。而钱谦益与同考官郑履祥也因有失察的嫌疑，各罚俸三个月。事情已经处理完毕，也还了钱谦益的清白。而此时的钱谦益，已经担任了右春坊右中允，并参与《神宗实录》的编撰事务。次年，还是因为言官攻击，钱谦益以太子中允的身份告病回家了。一年多以后，钱谦益又被朝廷召还，这次的身份是太子谕德兼翰林院编修充经筵日讲官，直接面对皇帝朱由校。接着，升任詹事府少詹事，侍读学士，成了皇上身边的一员。可就在这时，钱谦益与杨涟、左光斗等人交往甚密，被阉党盯上了。于是，被御史陈以瑞弹劾，削籍而归。应该说，钱谦益是提前遭到弹劾而丢官回乡，因祸得福，保住了性命。在天启四年到七年初（1624—1627）的阉党对清流疯狂迫害的过程中，左光斗、杨涟、袁化中、缪昌期、黄尊素等十三君子惨死，而钱谦益因为在野，没有受到阉党的特别关注。不过，《东林党人同志录》《东林点将录》等阉党创造的名册中，没有落下钱谦益的大名。

崇祯即位，清除阉党势力，东林系官员健在的，大多召还。于是，钱谦益成了崇祯皇帝的詹事府詹事、礼部右侍郎。由于内阁缺员，皇上下旨会推阁员，钱谦益的宰辅梦，一下子就做大了。这里面的关系很复杂，简单来说，就是作为礼部右侍郎的钱谦益，有资格进入内阁。但是，南京的礼部尚书温体仁，论资排辈，也有机会。出于权力斗争的需要，温体仁与周延儒联手，将钱谦益赶了出去，也推倒了会推阁员的结果。而温体仁能够抓住的钱谦益的把柄实在不多，就将七年前已经清楚明白并做过处理的浙江乡试的事情，拿出来纠劾一番。"先是，钱谦益典试浙江。有奸人金保元、徐时敏伪作关节，授举子钱千秋。千秋故有文，获荐，觉保元、时敏诈，与之哄。事传京师，为部、科磨勘者所发。谦益大骇，诘知二奸所为，疏劾之，并千秋俱下吏。罪当戍，二奸瘐死，千秋更赦释还。事已七年矣，温体仁以枚卜不与，疑谦益主之，复发其事。诏逮千秋再讯。帝深疑廷臣结党，蓄怒以待，而体仁又密伺于旁，廷臣相顾惕息。允升乃会都御史曹于汴、大理卿康新民等谳鞫者再，千秋受拷无异词，允升等具以闻。帝不悦，命覆勘。体仁虑谦益事白，己且获谴，再疏劾法官六欺，且言狱词尽出谦益手。允升愤，求去。帝虽慰留，卒如体仁言，夺谦益官闲住。千秋荷校死。"[1]

[1] 张廷玉等：《明史》卷二百五十四，中华书局，1974，第6554页。

事情虽然很清楚，怎奈皇上不相信。更重要的是，崇祯皇帝对于阁员的人选，已经有了自己的考量。于是，钱谦益被革职回乡，还要随时等候朝廷的勘问，这就是一种变相的监视了。周延儒与温体仁如愿以偿，成了首辅和次辅。不久，这两人暗中较量，周延儒失败，崇祯朝有六年的时间，由温体仁担任首辅。秉政六年，政局如何？朝堂之上，正人君子罕见；边关之外，建州实力大增；偏远落后地带，农民起义爆发。童谣这么唱："崇祯皇帝遭温了"[1]。京师的顺口溜这么说："礼部重开天榜，状元、探花、榜眼，有些惶恐（黄孔）；内阁翻成妓馆，乌归、王巴、篾片，总是遭瘟（温）。"[2]内忧外患一起发动，将明王朝推向灭亡。

客观讲，温体仁具有担任首辅的能力，周延儒也同样。但时局不同，多事之秋，两人的能力就有所不足了，更不用说本身就心术不正。正史记载：

> 体仁荷帝殊宠，益忮横，而中阻深。所欲推荐，阴令人发端，己承其后。欲排陷，故为宽假，中上所忌，激使自怒。帝往往为之移，初未尝有迹。姚希孟为讲官，以才望迁詹事。体仁恶其逼，乃以冒籍武生事，夺希孟一官，使掌南院去。礼部侍郎罗喻义，故尝与基命、谦益同推阁臣，有物望。会进讲章中有"左右未得人"语，体仁欲去之，喻义执不可。体仁因自劾："日讲进规例从简，喻义驳改不从，由臣不能表率。"帝命吏部议，洪学等因谓："圣聪天亶，何俟喻义多言。"喻义遂罢归。

> 时魏忠贤遗党日望体仁翻逆案，攻东林。会吏部尚书、左都御史缺，体仁阴使侍郎张捷举逆案吕纯如以尝帝。言者大哗，帝亦甚恶之，捷气沮，体仁不敢言，乃荐谢升、唐世济为之。世济寻以荐逆案霍维华得罪去。维华之荐，亦体仁主之也，体仁自是不敢讼言用逆党，而愈侧目诸不附己者。

> 文震孟以讲《春秋》称旨，命入阁。体仁不能沮，荐其党张至发以间之，而日伺震孟短，遂用给事中许誉卿事，逐之去。先是，秦、楚盗起，议设五省总督，兵部侍郎彭汝楠、汪庆百当行，惮不敢往，体仁庇二人，罢其议。贼犯凤阳，南京兵部尚书吕维祺等议，令淮抚、操江移镇，体仁又却不用。既而贼大至，焚皇陵。誉卿言："体仁纳贿庇私，贻忧要地，以

---

[1] 计六奇：《明季北略》卷十，魏得良、伍道斌点校，中华书局，1984，第163页。
[2] 文秉等：《烈皇小识（外一种）》卷四，北京古籍出版社，2002，第106页。

皇陵为孤注，使原庙震惊，误国孰大焉。"体仁素忌誉卿，见疏益憾。会谢升以营求北缺劾誉卿，体仁拟旨降调，而故重其词。帝果命削籍，震孟力争之，大学士何吾驺助为言。体仁讦奏震孟语，谓言官罢斥为至荣，盖以朝廷赏罚为不足惩劝，悖理蔑法。帝遂逐震孟并罢吾驺。震孟既去，体仁憾未释。庶吉士郑鄤与震孟同建言，相友善也，其从母舅大学士吴宗达已谢政归。体仁劾鄤假乩仙判词，逼父振先杖母，言出宗达。帝震怒，下鄤狱。其后体仁已去，而帝怒鄤甚，不俟左证，磔死。滋阳知县成德，震孟门人，以强直忤巡按御史禹好善，被诬劾，震孟为不平。体仁劾德，杖戍之。

体仁辅政数年，念朝士多与为怨，不敢恣肆，用廉谨自结于上，苞苴不入门。然当是时，流寇蹂畿辅，扰中原，边警杂沓，民生日困，未尝建一策，惟日与善类为仇。诚意伯刘孔昭劾倪元璐，给事中陈启新劾黄景昉，皆奉体仁指。礼部侍郎陈子壮尝面责体仁，寻以议宗藩事忤帝指，竟下狱削籍。其所引与同列者，皆庸材，苟以充位，且借形己长，固上宠。帝每访兵饷事，辄逊谢曰："臣夙以文章待罪禁林，上不知其驽下，擢至此位。盗贼日益众，诚万死不足塞责。顾臣愚无知，但票拟勿欺耳。兵食之事，惟圣明裁决。"有诋其窥帝意旨者，体仁言："臣票拟多未中窾要，每经御笔批改，颂服将顺不暇，讵能窥上旨。"帝以为朴忠，愈亲信之。

自体仁辅政后，同官非病免物故，即以他事去。独体仁居位八年，官至少师兼太子太师，进吏部尚书、中极殿大学士，阶左柱国，兼支尚书俸，恩礼优渥无与比。而体仁专务刻核，迎合帝意。帝以皇陵之变，从子壮言，下诏宽恤在狱诸臣，吏部以百余人名上。体仁靳之，言于帝，仅释十余人。秋决论囚，帝再三谘问，体仁略无平反。陕西华亭知县徐兆麟莅任甫七日，以城陷论死，帝颇疑之。体仁不为救，竟弃市。帝忧兵饷急，体仁惟倡众捐俸助马修城而已。所上密揭，帝率报可。

体仁自念排挤者众，恐怨归己，倡言密勿之地，不宜宣泄，凡阁揭皆不发，并不存录阁中，冀以灭迹，以故所中伤人，廷臣不能尽知。当国既久，劾者章不胜计，而刘宗周劾其十二罪、六奸，皆有指实。宗藩如唐王聿键，勋臣如抚宁侯朱国弼，布衣如何儒显、杨光先等，亦皆论之，光先至舆榇待命。帝皆不省，愈以为孤立，每斥责言者以慰之，至有杖死者。庶吉士张溥、知县张采等倡为复社，与东林相应和。体仁因推官周之夔及奸人陆文声讦奏，将兴大狱。严旨察治，以提学御史倪元珙、海道副使冯元飏不承风指，皆降谪之。最后复有张汉儒讦钱谦益、瞿式耜居乡不法事。体仁故仇谦益，拟旨逮二人下诏狱严讯。谦益等危甚，求解于司礼太监曹化淳。汉儒侦知之，告体仁。体仁密奏帝，请并坐化淳罪。帝以示化淳，化淳惧，自请案治，乃尽得汉儒等奸状及体仁密谋。狱上，帝始悟体仁有党。会国弼再劾体仁，帝命汉儒等立枷死。体仁乃佯引疾，意帝必慰留。及得旨竟放归，体仁方食，失匕箸，时十年六月也。逾年卒，帝犹惜之，赠太傅，谥文忠。[1]

温体仁做了些什么，这里已经可以知道个大概了。简单说，除了坏事，对君王、对朝廷、对社稷、对百姓有益的事情，基本不做。其实，这还只是朝堂之上的一些事情。朝堂之外，影响全国的事情，还有很多。仅仅是针对复社一事，足以证明温体仁的内心倾向阉党。当然，崇祯皇帝的态度，最为关键。而崇祯最为防范的，是臣下结党。所以，他采取了多重制衡的手段，但结局是不妙的。为上者用人如此，对宗庙社稷及对自己，都是不利的，可惜能够明白的不多。黄宗羲说："庄烈帝亦非不知东林之为君子，而以其倚附东林者之不纯为君子也，故疑之。亦非不知攻东林者之为小人也，而以其可以制乎东林，故参用之。卒之君子尽去，而小人独存，是庄烈帝之所以亡国者，和平之说害之也。"[2]正是这一政治背景之下，钱谦益成为东林党仅存的核心人物，又实际上是个废人。宰辅梦碎，牢狱灾来，两度羁押，心灰意冷，恩师殉国，悲痛万分。看起来这是钱谦益的悲剧，但从钱谦益的影响、能力、才华、谋略等方面来看，崇祯的会推阁员，如果是钱谦益成为次辅甚至进而成为首辅，孙承宗不回故乡，历史或许会被改写。

那么，钱谦益具备一代贤相的能力或素质吗？就治国而言，他的水平能够达到温体仁或周延儒的高度吗？没有实践的检验，不好判断。但从钱谦益的《牧斋初学集》卷四十七《特进光禄大夫左柱国少师兼太子太师兵部尚书中极殿大学士孙公行状》（简称《孙公行状》）长达四万七千余字的叙写中，可以看到钱谦益对大明全局的了解与他所提出的拯救方案。隐隐

---

[1] 张廷玉等：《明史》第三百八，中华书局，1974，第7933—7936页。
[2] 黄宗羲：《黄宗羲全集》第1册，浙江古籍出版社，2012，第303页。

约约中，展示出了一个文能治国武能安邦的能臣形象。可惜，钱谦益革职回乡，只能期待着东山再起。此时的钱谦益，不过是四十一岁的壮年男子，饱读诗书，满腹经纶，有将相之才，却被抛诸荒野。接下来的时光，除了等来了朝廷的召唤，钱谦益还等来了莫名其妙的牢狱之灾，一颗刚强的忠君爱国之心，终于支离破碎。

四、铩羽名利场

令钱谦益心碎之事件，可以勾勒清楚，花费笔墨叙述这些，不是为了给钱谦益开脱，而是梳理一下钱谦益心迹演变、举止乖张的渊源关系。

（一）浙闱遭诟

泰昌元年也就是万历四十八年（1620），朱常洛起用旧臣，重新将叶向高、钱谦益等东林学派官员召入朝廷，再次回京的钱谦益继续做翰林院编修。当然，召用他的是光宗朱常洛，而实际用他的则是熹宗朱由校。背后，是在万历到泰昌、泰昌到天启君王更换过程中发挥重要作用，稳定朝局的一批正直朝臣如杨涟、左光斗、刘一燝、张维贤等。这些人，大多后来被阉党贴上了东林党的标签。八月，熹宗皇帝任钱谦益为浙江乡试主考官。浙江归安人韩敬，因庚戌科举与钱谦益争夺状元一事对他怀恨在心，一直伺机报复，于是韩敬与秀水人沈德符设计陷害他。"谦益典试浙江，有奸人金保元、徐时敏伪作关节，用俚俗诗'一朝平步上青天'句，分置七义，结尾授举子钱千秋，遂中式。千秋本能文，同考官荐拟第二，钱谦益改置第四，千秋知为保元、时敏所卖，与之哄，事传京师，为给事中顾其仁所发，谦益大骇。即具疏劾二奸及千秋，俱下吏论戍，谦益亦夺俸，二奸寻毙，千秋遇赦释还"[1]。这件事，是党派斗争的延续，属于晚辈的钱谦益，体会了一下官场派系斗争的黑暗和险恶。他经过良久思考决定告病还乡，离开朋党之争漩涡的中心，回到江南常熟老家暂时回避一段时间，事在天启二年（1622）冬。

（二）御史弹劾

天启四年秋，钱谦益接到朝廷诏命，以翰林院编修太子谕德充经筵日讲官，入朝为官。而此时正是阉党集团借"三大案"对东林人士紧锣密鼓地进行迫害的时候。王绍徽作《东林点将录》献给魏忠贤，将著名的东林

---

[1] 夏燮：《明通鉴》卷八十一，同治刻本。

人士分别加以《水浒》一百零八将的绰号，企图将其一网打尽，黑名单中将钱谦益称作"天巧星浪子左春坊左谕德钱谦益［燕青］"，位列第四十四，是重要人物之一。御史陈以瑞想要投靠魏阉，见到《东林点将录》中有钱谦益，于是就再以浙闱之案弹劾他。天启五年（1625）五月，钱谦益削籍归田。他在《天启乙丑五月奉诏削籍南归自潞河登舟两月方达京口途中衔恩感事杂然成咏凡得十首》的第一首中写道："汉家中叶方全盛，五噫何劳叹不平。"[1]实是以梁鸿的《五噫歌》抒发内心的愤懑。

（三）枚卜风波

在家赋闲三年后，钱谦益于崇祯元年（1628）七月再次应召赴阙。崇祯帝登基后迅速清除阉党，为东林平反昭雪，这一系列举措给了东林党人莫大的鼓舞。钱谦益笑言"三年噩梦已尘沙，又向东君感物华"[2]，"一枝已识春风意，莫倚孤舟怨薄寒"[3]，他认为施展抱负的时刻终于要到来了，离他的宰相梦不远了。因为，崇祯皇帝要会推阁员，论才华人望，应有钱谦益一席。

会推阁臣的日子临近，东林系官员积极推举钱谦益。在门生瞿式耜的奔走下，廷臣呈给崇祯帝七人的推荐名单中包含钱谦益，却没有礼部尚书温体仁与礼部侍郎周延儒，对这次会推势在必得的温体仁大失所望、怒火中烧，他联合周延儒对回京城不久的钱谦益进行诬告，散布谣言。于是钱谦益最终只等到了革职回籍听勘的结果，一败涂地，不仅未能入阁做大学士，连本身礼部侍郎的官职也丢掉了，这对钱谦益来讲无疑是当头一棒。

（四）丁丑狱案

崇祯九年，常熟人张汉儒不知从何渠道，得到了一份奏疏草稿，名为《江南六大害》，作者是顾大韶，顾大章的弟弟。而一份草稿，还未出手，就被奸人利用了。这位张汉儒到京城，准备攻讦陈必谦。如何行动，没有途径，于是找到老乡陈履谦。而陈履谦在温体仁的授意下，让张汉儒讦奏钱谦益及其弟子瞿式耜居乡不法，鱼肉百姓。疏上，钱氏及弟子瞿式耜下刑部狱。

这件事情要从张汉儒说起。张汉儒原在江苏常熟县（今常熟市）的一

---

[1] 钱谦益：《牧斋初学集》，钱曾笺注，钱仲联标校，上海古籍出版社，1985，第96页。
[2] 钱谦益：《牧斋初学集》，钱曾笺注，钱仲联标校，上海古籍出版社，1985，第166页。
[3] 钱谦益：《牧斋初学集》，钱曾笺注，钱仲联标校，上海古籍出版社，1985，第165页。

个管粮衙门当书手,与复社及钱谦益并没有什么关系,只是具有以笔代刀的本领。但是,温体仁为了整死钱谦益,不管什么人,只要可以利用,决不会轻易浪费,因为钱谦益与温体仁有两层矛盾:一是会推阁员,从南京刚到北京的礼部尚书温体仁没有被推为内阁成员,而朝臣主张推举礼部侍郎钱谦益,这极大地侮辱了温体仁。二是更重要的政治立场,温体仁属于对阉党感情深厚的官僚,而钱谦益则是东林党的魁首之一。

尽管钱谦益在枚卜风波后已经废而不用,温体仁仍然担心钱谦益东山再起,对自己的地位构成威胁,必置之死地而后快。所以,在江左安排了自己的耳目,随时刺探江左君子从东林魁首到复社领袖的活动。苏州地区既然有了温体仁的耳目,钱谦益、张溥等人的活动应当格外小心。钱谦益在官场多年,当然有一定的经验,行事自然慎之又慎。可是,麻烦还是找上门,被押往京城审查。张溥并没有什么官场经验,颇为特立独行,敢于从地方议论到朝政,难怪温体仁担心张溥能够遥执朝政了。"两张既与乌程有隙,乌程深虑溥虽在籍,能遥执朝政,乃令心腹往官吴地,伺其隙而中之。"[1]温体仁任用了那么多的奸臣小人在各部,不能不担心张溥这位复社领袖的舆论影响,在打击钱谦益的同时,意欲一举毁灭复社。

钱谦益被捕后,朝臣中有不少人为之鸣冤,即便外任的张国维、路振飞也飞章救援,因为他们是十府巡抚和苏松巡按,苏州在其辖下,对地方事务有发言权,正好为钱谦益洗冤。崇祯就怕臣下结党,温体仁正是用了这一招,专门挑崇祯忌讳的事情来整治钱谦益。已经回乡七年多的钱谦益,无职无权,怎能操人才进退之权,操江南死生之柄? 更谈不上侵吞国帑了。明明是不实之词,但崇祯相信温体仁,不会轻易放过钱谦益,因为他确实具有很强的号召力。乡居时,钱谦益确实得到不少名流来访,也经常应朋友之邀出游,甚至重要人物如罢职回乡的周延儒,就专门到常熟与钱谦益修好。当初上了温体仁的当,联手赶走钱谦益,是周延儒的败笔。在与温体仁的斗争中,失败的是钱谦益和周延儒,而承受后果的是君王、社稷和广大百姓。

钱谦益自揭此间真相:"乌程以阁讼逐余,既大拜,未尝顷刻忘杀余也。邑子陈履谦,负罪逃入长安,召奸人张汉儒、王藩与谋曰:'杀钱以应

---

[1] 陆世仪:《复社纪略》卷二,收入吴应箕等《东林本末(外七种)》,北京古籍出版社,2002,第242页。

乌程之募，富贵可立致也。'汉儒遂上书告余，并及瞿给事式耜。"[1]钱氏既察温体仁计，上疏辩白。后曹化淳成了奉旨清查的专员，掌握了陈履谦父子、张汉儒等的罪状之后，将他们抓进东厂，五更时分，突击审讯，严刑之下，终于查清了钱谦益案的来龙去脉，愤发其奸。从崇祯二年（1629）讯科场案，到眼下的张汉儒告状，陈履谦谋划等，背后皆是温体仁一手推动。而罪魁祸首温体仁，也暴露了自己的真实嘴脸，丢官而去。

五、乱世两难人

本来，罢职回乡也好，受到贬斥也好，在封建社会也是常有的事情。历史上，不知有多少名流遭遇到一些不公正的待遇。悲剧，当然也不止一二起。有的能够恢复过来，皇上恩威并施，处分了，然后再任用，如白居易。有的灰心丧气，从此游离，如王维。有的几经波折，虽然后来相当光荣，后世难忘，但难免其中掺杂了很多不适当的人为因素，如刘禹锡。也有深感绝望而选择了决绝自杀，如屈原。简言之，打击越大，伤得越深，当事人正面积极的情感心绪，消失得也越多。

钱谦益的遭遇虽然坎坷，但自许甚高，意志坚定。宰辅梦碎了一地，甚至受到同僚攻击和皇上不公正的对待，都并未阻止钱谦益对理想的追求。而莫名其妙的"丁丑狱案"，不仅仅是党争的表征，是温体仁集团对东林君子的清算，也标志着大明王朝对钱谦益的最后抛弃。从《牧斋初学集》卷二十五《丁丑狱志》，可见钱谦益的惊恐与绝望。而对于周延儒从东山再起到最后的结局，钱谦益虽然没有亲眼看见，却也是十分清楚的，绝望之情，悲凉之心，从此伴随着钱谦益。当然，周延儒的是非得失，此处不予讨论。但两度圆了宰辅梦，曾经有所作为也颇得士林赞赏的周延儒，有过人之能，也有难以匡救的过失，其悲惨的结局，也令钱谦益胆寒。所以，钱谦益有诸多离经叛道或者为世人不理解甚至不能接受的行为，原因是多方面的，波折的人生和被抛弃的心理感受，也是重要的一项。丁丑之狱，经冬历夏，从崇祯十年二月被捕，到崇祯十一年五月出狱，时间漫长。出狱之后还不能回家，不是自由之身，因为皇上的处分还没下来。九月，正式处分了，要流放三年，但可以交钱免除。对钱谦益来说，钱不是

---

[1] 钱谦益：《牧斋初学集》卷二十五，钱曾笺注，钱仲联标校，上海古籍出版社，1985，第802页。

问题，当然花钱消灾了。

终于自由了，钱谦益做的第一件大事，就是拜见恩师孙承宗。万历庚戌年（三十八年，1610）的科考，主考官是叶向高、王图、孙承宗、曹于汴、萧云举，这些人的名字，后来都在东林的名录中。不论从分房阅卷的房师身份还是后来钱谦益求学门下的座主关系来看，孙承宗和钱谦益，都是真正知心的忘年交。

孙承宗（1563—1638）字稚绳，号恺阳，北直隶保定高阳人。年十六中秀才，此后多年蹉跎，直到万历三十二年（1604）方才进士及第，第二名（榜眼）。二十余年的时间里，孙承宗主要做了两件事：塾师，养家糊口并维持读书的开销；幕僚，获得基本的经济收入并用大量的时间阅读兵书、熟悉战争、考察地形、了解战法，在边关前线跌打滚爬。孙承宗之成为明末爱国将领，这一段经历是基础。天启年间，孙承宗出任蓟辽督师，经营东北战事，前后四五年，历经风霜，奋勇杀敌，整军练兵，培训将领，统兵十一万，收回大小城镇二百余座，将防线向北推进了四百余里，修筑宁锦防线二百余里，并为前线储备了大量的兵器粮草。尤其重要的是，他创造了战场上冷兵器与火器并用，不同兵种协同的战法，可惜因功勋卓著而遭到妒忌，被迫辞官回乡。崇祯二年（1629）十一月，皇太极大军突然南下包围北京，当年排挤孙承宗的一班官员面面相觑，毫无方略。朱由检急召孙承宗出任兵部尚书蓟辽督师。这次战役历时两年多，孙承宗绞尽脑汁才将许多庸碌的将领调教成干将，克服朝中重重阻力，方才稳住了大明的局势。功成之后的孙承宗，又遭到朝中大臣弹劾，只得辞官回乡。皇上为何明知孙承宗是大明的一道长城而不能排除一切非议？为何不能乾纲独断？这样无序的争论，后果可以想见。先人早就有了惨痛的教训："（金兵）既退之后，为宋计者宜为远谋，而乃忽李纲、种师道之言，上下相庆，以为无虞，曾不数月，再致金师，太原、真定，咽喉已塞，而犹议三镇弃守之利害。故金人尝语宋使曰：'待汝家议论定时，我已渡河矣！'"[1]崇祯十一年，清军出奇兵，一路南下攻城略地，七十六岁的孙承宗领家人守卫高阳城，城破被擒，自缢而死。孙承宗的五个儿子、六个孙子、两个侄子、八个侄孙战死，孙门上下殉难百余人。南明弘光元年

---

[1] 陈邦瞻：《宋史纪事本末》卷五十六，中华书局，1977，第592页。

（1645），追赠太师，谥文忠。清乾隆四十一年（1776）追谥"忠定"。有《高阳集》《车营扣答合编》传世。

钱谦益沉浮仕途，也关注着恩师孙承宗的奋斗过程，实际上是关注着大明王朝最后的命运与图存的努力。其中的是非得失，惨痛教训，钱谦益了然于心。孙承宗遇难之后，钱谦益更加是悲伤加上心寒，需要一剂良药，以疗养内心的伤痛。柳如是，正是在钱谦益极度苦闷的时候，出现在他的生活里。

崇祯十三年（1640）的春天，钱谦益移居半野堂，写下了诗歌《移居八首》，其一云："残生天与慰途穷，是处云霞媚此翁。卜宅已居青嶂里，移家仍在翠微中。映门杨柳萋迷绿，罥户桃花匼匝红。但放秦人鸡犬去，也应识路似新丰。"[1]似乎"映门杨柳"别有预兆，这年的十一月，也就是农历的冬月，河东君杨爱来到了半野堂。杨爱（1618—1664）号影怜，又号我闻居士、河东君，浙江嘉兴人，因读到南宋词人辛弃疾《贺新郎》，其中一句"我见青山多妩媚，料青山见我应如是"特别喜爱，遂改名柳是，字如是。辛词《贺新郎》：

邑中园亭，仆皆为赋此词。一日，独坐停云，水声山色，竞来相娱。意溪山欲援例者，遂作数语，庶几仿佛渊明思亲友之意云。

甚矣吾衰矣。怅平生、交游零落，只今余几！白发空垂三千丈，一笑人间万事。问何物、能令公喜？我见青山多妩媚，料青山、见我应如是。情与貌，略相似。　　一尊搔首东窗里。想渊明、停云诗就，此时风味。江左沉酣求名者，岂识浊醪妙理。回首叫、云飞风起。不恨古人吾不见，恨古人、不见吾狂耳。知我者，二三子。[2]

这是宋宁宗庆元四年（1198），辛弃疾被免官闲居四年多的心情，钱谦益与之何其相似！更巧的是，柳如是不早不晚地在钱谦益欣赏映门杨柳之际，投诗相见，遂定名柳如是。其实，不应排除另一种可能，即钱谦益于佛经颇有研究，柳如是之名源于《大般泥洹经》开篇的二字，也未可知。然后，柳如是就居住在钱谦益的半野堂，与当地文士唱和交往一月有余。次年正月，钱谦益陪同柳如是游赏杭州西湖，旋即分开，柳如是回到盛泽

[1] 钱谦益：《牧斋初学集》卷十七，钱曾笺注，钱仲联标校，上海古籍出版社，1985，第585页。
[2] 邓广铭笺注《稼轩词编年笺注》，上海古籍出版社，1978，第338—339页。

居住，而钱谦益到安徽，访问故友，游赏黄山，返回虞山已经是四月间。六月初，柳如是再到虞山，于六月七日与钱谦益举行了结婚仪式。柳如是的身份不用多说，钱谦益的举动确是有违礼法，时人议论纷纷，后世评价亦多负面。对钱谦益来说，娶与不娶两难，正室侧室皆失仪。唯有彼此的敬仰与欣赏，聊可慰藉。

转眼三年光景，大明王朝在李自成农民军的打击下灭亡，崇祯帝殉国，时崇祯十七年（1644）三月十九日。随后是吴三桂投降，清兵入关，李自成失败，福王朱由崧监国、即位等一系列事件发生。本来，钱谦益在常熟，是个废弃的有用之人，这个时候用，已经晚了，于国无补，于己有害。因而，南京拥立新主、南明朝臣党争、江北重镇离析、清兵挥师南下与弘光政权覆灭等事件，钱谦益卷入其中，行为举止大多不当，时人讥讽，后人批判。但若设身处地，恐也难抉择，所以有更多的人，倾向于谅解，这也是大量明遗民与钱谦益依然交往密切的重要原因。

南明弘光元年（1645）五月，清兵占领南京。九月，朱由崧及其朝廷的诸多官员被押往北京。次年正月，钱谦益被清朝委任为礼部右侍郎，管秘书院事，充《明史》副总裁。为前朝修史也是惯例，而用前朝官员参与修史，也有利于资料的搜集和故旧的访问核实。不过，清廷主持的《明史》修撰，就是很难。降清之后，钱谦益在熟悉的京城做着并不熟悉的事情，六月告病而归，从此著述吟哦，终身不辍。钱谦益在清朝任职的时间，总共半年。从降清、剃发、北上任职到告病还乡，其经历了怎样的心灵煎熬，不得而知，因为这段时间钱谦益未有写作。但是，归来不久的钱谦益，被捕了，这是其入清以后的第一次被捕，但记载甚少，顾苓说："送公归者起兵山东被获，因得公手书，并逮公，锒铛三匝，至北乃解"[1]，即当初护送和接待钱谦益归来的人，在山东境内起义抗清，失败被捕后发现有钱谦益的书信，所以钱谦益也被捕了。那么，这件事情的关联人是谁？陈寅恪先生考订，"牧斋于顺治三年丙戌七夕后，自北京归家，被逮北行，必为谢陛、卢世㴶等之牵累，更无疑义"[2]。"此次被捕急促，放行亦迅速"[3]，虽然事出有因，但警告的意味更浓。顺治四年（1647）三

---

[1] 顾苓：《塔影园集》卷一，华东师范大学出版社，2014，第12页。
[2] 陈寅恪：《柳如是别传》，上海古籍出版社，1980，第881页。
[3] 方良：《钱谦益年谱》，中国书籍出版社，2013，第143页。

月，钱谦益又突然被逮，关入江宁的大狱，这次是因为黄毓祺事件的牵连。柳如是扶病随行，上书陈情，誓愿代死或从死。原来，因为黄毓祺于海上起兵抗清，不幸舟覆。黄毓祺被救之后，在江浙一带继续暗中联络，为清政府察觉，黄毓祺被捕。而钱谦益曾经在家中接待黄毓祺，安排吃住等事宜，并准备资助黄毓祺起兵，事情被人告发。但是，钱谦益在狱中戴枷锁四十日，誓死不认。而告发的人盛名儒下落不明，不能对质，黄毓祺病逝，也无法质对。然而，清政府对钱谦益不放心，解除枷锁继续关押，直到次年春夏之交，方才释放出狱，管制居住于苏州拙政园。钱谦益在清朝坐牢的时间，是其入清为官时间的两倍，且有瘐死狱中或被处死的可能，他对清王朝的感情，于此可见。经过这两次入狱，钱谦益反而真的秘密参与了反清复明的活动，甚至亲自联络各方人士，以诗酒聚会掩盖，并耗尽家产，直到病故。钱谦益能得到明遗民的宽解和崇敬，不仅在于他的学问才华，也在于他在明代所遭受的严重不公待遇，还在于他以个人名声地位的污毁避免了一场毁灭性的杀戮，更在于他骨子里对明王朝的真情及为之付出的努力与贡献。毁之者可以振振有词似乎不是无理，誉之者沉着冷静而客观公正。

南明弘光政权之后，相继建立的鲁王政权、唐王政权、桂王政权，在坚持着抗清斗争，江南各地的抗清义军蜂起，钱谦益不能无动于衷。苏南、江西、福建、广东、广西、安徽、浙江等地的抗清斗争，钱谦益密切关注，并在诗歌中隐晦表达欣喜或伤痛。也就是在这个过程中，钱谦益的资产被秘密地消耗殆尽，晚年生活陷入困顿。具体情况，则难以明了。对于钱谦益来说，最后的十几年，也是在艰难中度过。因为降清，钱谦益成了两截人而颇受讥讽；因为秘密关联反清复明的大业，得到了多数明遗民的宽容理解；因为和阉党余孽阮大铖修好，被指没有骨气；因为被清政府拘捕监禁和监视居住，更得到朋友门人的敬重。不必为钱谦益辩解，亦无需再加严厉的批判，因为这是一个两难的历史问题。

晚年的钱谦益，贫病交加。涉及贫困，诗文中常见，与朋友往来的书函中亦有，大概率晚年的钱谦益，从富翁到寒士，竟然到了需要朋友帮忙的境地。那么，钱谦益的财产哪儿去了呢？从陈寅恪《柳如是别传》第五章《复明运动》及《钱氏家难》中，可以看出，由于暗中支持复明人士，钱谦益家产用尽。为了扶助死于国难的英雄后人，钱谦益不惜变卖房产，从顾苓的《东涧遗老钱公别传》可见明确的记载。为了还债，钱谦益还不得不请黄宗羲代笔，在十几个小时内完成了三篇文章，然后钱谦益卧视定稿，得到润笔以还债，稍有结余，留办后事。"东涧先生晚年贫甚，专以卖文为活。甲辰夏卧病，自知不起，而丧葬事未有所出，颇以为身后虑。适盐使顾某求文三篇：一为其父云华墓志，一为云华诗序，一为庄子注序，润笔千金。先生甚喜，急倩予外曾祖陈公金如代为之。然文成而先生不善也，会余姚黄太冲来访，先生即以三文属之。太冲许诺，而请稍稽时日。先生不可，即导太冲入书室，反锁其门，自晨至二鼓，三文悉草就。先生使人以大字誊真，从枕上视之称善，乃叩首以谢，越数日而先生逝矣"[1]。钱谦益于康熙三年（1664）五月二十四，在常熟东城故宅病逝，年八十三。斯人已逝，一生波折，亦当有定论了。可是，对于钱谦益的评价，既有公认的部分，亦有争议的地方，寻求一致，已然不能。若能整体观察，客观叙述，已经是难能可贵了。

六、评价说不像

"说不像"当写作"说勿像"，是常熟方言中的常用词，不好说或说不准确的意思，甚至有些负面评价不便说。因为钱谦益是在特定历史环境中生存，对于他的评价，历来褒贬皆有。说起诗文学问，盛赞更多；论其人品，则微词不少。

在明朝，钱谦益真正在仕途的时间甚短，断断续续加起来，不到八年。其他时间，就是处于悲哀的境地，先是守丧十年，然后是被排挤、被关押、被训斥、被革职，险些挨打，又差点被流放。作为弃臣，钱谦益的内心是伤痛的。当然，明王朝有很多伤心的臣子，二百七十八年的时间里出现了多少，难以统计。可以肯定的是，大明的君王惩处大臣，是不顾体面的。仅仅廷杖一项，就足以说明君王的使臣之道了，因而也不能一味地强调臣下的事君之忠了。仅仅崇祯一朝，虽然已经算是很有改善了，对臣下的处罚，也仍是令人开眼。崇祯十三年（1640）四月，黄道周由于多次与崇祯论事不合，又在杨嗣昌夺情的问题上纠缠不清，"帝怒甚，欲加以重罪，惮其名高，未敢决"[2]。清誉高而名声响，居然连皇上也有所顾忌，可见书生的影响力之大。不过，皇上有所顾虑，不等于其他人也有所忌

---

[1] 王应奎：《柳南随笔　续笔》，王彬、严英俊点校，中华书局，1983，第180页。
[2] 张廷玉等：《明史》卷二百五十五，中华书局，1974，第6599页。

悍。事情的后续发展出乎黄道周预料，对立面的连词攻击，终于使黄道周陷入刑部大狱，并连同推荐黄道周的江西巡抚解学龙一起，杖八十，还牵连了陈天定、董养河等一批官员下狱。这样的严惩，并没有震慑住耿直的书生。于是，黄道周门人叶廷秀疏救，杖一百；涂仲吉疏救，杖一百。可书生们就是不怕打，犯颜直谏，当廷挨打，或下狱受杖，谪戍烟瘴，真是光荣至极。所以大臣敢于犯颜直谏，敢于当廷与皇上争吵。詹尔选与崇祯唇枪舌剑一番，当场多数人为之震慑，可也心生敬佩。然而，在皇上与群臣一起意气用事的时候，可曾记得君为臣纲！可曾记得国体！讯杖、廷杖的结果，并没有真正达到惩治大臣或推崇清誉的目的，只是耽误了君国大计，离心朝廷上下，国事愈发不可收拾。

崇祯皇帝最为意气用事的是冤杀袁崇焕，自毁长城，满朝文武的心凉透了，大明王朝的末日也就不远。袁崇焕被杀的原因是多方面的，崇祯皇帝急躁狐疑的性格，更是不可忽略的因素。早在清除阉党势力不久，崇祯的冒进倾向已然显现："上求治颇急，召对群臣，多不称旨，每加诮诘。群臣愈惶悚不能对，惟长山条陈稍捷，上每温颜以优礼之。"[1]惊恐不安的群臣只想保命，安能提出救时安世的良策！而一旦出现失误，杖刑伺候已是家常便饭。黄道周的耿直、叶挺秀的固执之类，杖刑犹是教训。对姜采、熊开元的廷杖，明显就是意气用事。"逮采、开元至午门，并杖一百。采已死，埰弟垓口溺灌之，乃复苏，仍系刑部狱"[2]，几乎要了两人的性命。而对吴昌时的朝堂用刑，着实有些意气之下不顾国体了。吴麟征奏"臣闻祖宗朝刑人不于朝廷，昌时罪无所逃，宜下司寇治，以明国体"，崇祯回答"朕患刑部多所瞻顾，不能尽法耳"[3]。蒋德璟、魏藻德奏"殿陛用刑，实三百年未有之事"，崇祯说"吴昌时这厮，亦三百年未有之人"[4]，吓得二人叩头而退。最终，君王的威势压倒了文人的意气。姜采、熊开元受杖，是明代大臣受杖绝笔。陈田说："廷杖之刑，若专为忠直敢言之士而设，一代之弊法也。"[5]其对士林精神走向的影响，于此

---

[1] 文秉等：《烈皇小识（外一种）》，北京古籍出版社，2002，第21页。
[2] 张廷玉等：《明史》卷二百五十八，中华书局，1974，第6667页。
[3] 李清：《三垣笔记》，顾思点校，中华书局，1982，第70页。
[4] 文秉等：《烈皇小识（外一种）》，北京古籍出版社，2002，第240页。
[5] 陈田：《明诗纪事》辛签卷十七，收入《续修四库全书》第1712册，上海古籍出版社，2002，第181页。

可见。

明王朝在廷杖的惩治下,君臣的郁积之气膨胀扭结,不仅延误军国大计,更造成了不顾朝政、不论是非的争斗。以至君以意气使臣,臣以意气事君,行政中枢疲于应付,国家大事搁置贻误,加速了明王朝灭亡的进程。而廷杖下的士林感受,从触及灵魂的羞辱演变为正直清高的光彩,也成为后人评说分歧甚多的历史怪象。国难当头,时局危难,正需要君臣一心,匡救社稷。然而,皇上不听从臣下的直谏而施以廷杖,群臣固执地坚持礼节道义,却看不到国家的危机。病态的君主和偏狭的书生之间意义不大的争执,在荆鞭上扭结成毒瘤,终于摧毁了明王朝的政治肌体。明代君臣俱失礼仪,难怪乎明亡之际忠臣无多,降臣、逃臣不少。如果用承平时代的标准衡量钱谦益,确有值得反思的地方,那是君上待臣不够体恤厚道,钱谦益也有不够谨慎之处;如果放在明清易代的大背景之下看待钱谦益,那是为臣对君国的忠诚不够,但君上也是很不称职的。因为崇祯实在称不上明君,南明弘光政权的君上朱由崧,无论从哪个角度,也看不出他具有救世的心胸格局。而朱由崧身边一班大臣,更找不出"伊尹""姜尚"。

钱谦益在文学史上的地位可以确定无疑,但怎么评价他这个人是很难的。是意气用事地对其加以全盘否定,还是心平气和地将其放到特定历史环境中考察? 很难用几句话评价钱谦益,也很难做到公允。顾苓的《东涧遗老钱公别传》,或许是一种具有代表性的对钱谦益的评价。"公与人交有终始,会试出高阳孙文忠公之门,文忠殉难,讣至,为位于寝门之内,朝夕上奠,制衰服哭之。与新安布衣程孟阳为诗友,筑耦耕堂与居。孟阳死,论诗必称孟阳。于前后死国之臣,必经纪其家,大声疾呼,罔所顾忌。汲引后进,提耳加膝。然勤于好士,暗于知人,人或畔之,不以为戒。崇祯庚辰、辛巳,闻延儒再召,疑忌未消,公乃寄情声伎,稍以自污。进陈平之妇人,开马融之绛帐。赵德甫校雠金石,不离易安之堂;苏子瞻不合时宜,独出朝云之口。语在《河东君传》。呜呼! 公不死,为东林之门户羞,公死而东林之门户绝"[1]。钱谦益就是这样一个复杂的人,也是一个意气中人,所以才能在明末清初,成为文坛盟主和士林领袖。

[1] 顾苓:《塔影园集》卷一,华东师范大学出版社,2014,第13—14页。

钱谦益是明末清初杰出的学者、文学家、藏书家，学问渊博、泛览史学、文学、佛学，为学林巨擘。钱谦益一生著作宏富，有《初学集》《有学集》《投笔集》《苦海集》等传世，又有《列朝诗集》、《杜诗笺注》(《钱注杜诗》) 等著述。除《列朝诗集小传》《钱注杜诗》单行之外，上海古籍出版社在《牧斋初学集》《牧斋有学集》之外，将其他各种诗文集及著作合并为《牧斋杂著》出版。近年来，对于钱谦益的研究，著作已有三十余部，涉及年谱、诗歌、藏书和钱门弟子等专题；文章逾二百篇，从不同的视角阐述钱谦益的文化伟人地位；另有数十篇硕士、博士论文，从不同的学术视角研究钱谦益，可谓众目集视，佳构可待。

第二节　晚明士林领袖

经过天启年间的沉重打击，东林人士凋零殆尽。即便崇祯清除阉党势力，恢复了多位东林系官员的职务，但是并不是真正重用东林。这批书生能否承担起天下兴亡的重任，另当别论，但至少，都是忠于社稷忠于君王的能臣。而钱谦益，实际上已经成为东林后期的领袖人物，影响力远在文震孟、姚希孟、黄道周、刘宗周之上，因为钱谦益的声望和才华，已经为士林所共知。

然而，好景不长，东林系官员在崇祯年间经过短暂的辉煌之后，很快又沉寂下去，不仅未能发挥更大的作用，处境也变得越来越艰难。在周延儒担任首辅的两年时间里，东林系官员还能在朝堂活动。而温体仁成功挤走周延儒后担任内阁首辅长达六年，用樊树志先生的话说，就是"崇祯遭温"的六年，不仅东林系官员被基本驱逐，与东林关系深厚的复社，一个由基本不沾染大权的大多是在野人士组成的文人社团联合体，也遭遇了前所未有的压制，诸位领袖人物也险遭不测。

复社属于文人社团联合体，也是一个在发展过程中逐渐具备近代政党特性的文人组织，政党化的痕迹比较清楚，甚于东林。在东林学派逐渐萎靡，几乎失去影响力的时候，复社兴盛了。

天启四年（1624）冬，杨彝、顾梦麟、朱隗、周锺、张溥、张采、杨廷枢、钱旃、吴昌时、王启荣、周铨十一人，在常熟唐市的杨彝藏书楼凤基园，成立了一个读书会，名曰"应社"。"应社之始立也，所以志于尊经复古者，盖其志也。是以五经之选，义各有所托。子常、麟士主《诗》；维斗、来之、彦林主《书》；简臣、介生主《春秋》；受先、惠常主《礼》；溥与云子则主《易》"[1]，分工合作，研究经书，是一个标准的读书团体。

可是，随着时间的推移，在周锺、张溥等人的活动下，应社很快发展成为沟通江上下，连贯河南北的广应社，并逐渐扩大，成为实际上的文人社团联合体。可是，叫应社、广应社，都有故步自封的嫌疑，需要换个名称，有明确的目标。正在此时，熊开元担任吴江县令，将张溥请到吴江讲学，进而接触到吴江的文人聚群活动，与之联合起来，成立了复社。复社的基本学术追求——兴复古学；复社的学术方法——经世致用。陆世仪所记录的张溥立规条有言："自世教衰，士子不通经术，但剽耳绘目，几幸弋获于有司。登明堂不能致君，长郡邑不知泽民；人材日下，吏治日偷，皆由于此。溥不度德，不量力，期与四方多士共兴复古学，将使异日者务为有用，因名曰复社。"[2]

复社的规模之宏大、人数之众多、分布之广泛前所未有。作为一个学术与政治合二为一的社团，它的规模和影响力短期内远在东林之上。作为东林继承者、延续者的复社，在晚明众多文人社团中，以其规模之巨、影响之大、活动之频繁而一枝独秀。复社的活动大致可以分为政治活动、学术活动、日常活动三类，但是，复社的政治活动和学术活动由于其成员广布、组织较为松散而表现出强烈的个人色彩，因此，复社中具有组织性的活动主要体现在以集会和选文为主要内容的日常活动中。

明季的文人社盟，一般都会有固定的集会时间和地点。复社虽然由于其组织较为松散的关系，举行集会的时间不固定，但是也有规律。

一种情况，是复社的成员经常借乡试的机会举行集会。自古求取功名便是读书人的追求，因此，无论如何贫苦，都要费尽心思筹措经费参加乡试和在京城举行的会试。而正因如此，在大考之年，北京、南京及各省首府就成了文人志士云集之地，也因此为复社举行集会创造了十分有利的条

---

[1] 张溥：《七录斋诗文合集·存稿》卷三，收入《续修四库全书》，第1387册，上海古籍出版社，2002，第473页。
[2] 陆世仪：《复社纪略》卷一，收入吴应箕等《东林本末（外七种）》，北京古籍出版社，2002，第210页。

件。众所周知,明代北京城是全国的政治中心,由此可知,北京城中的社会控制就相对严格许多,并且,在会试结束以后,榜上有名的学者们皆留在京城待选,而名落孙山者则大多选择返回家乡继续备考,于是本来在京城聚集的读书人很快就各奔东西,因此可以说,北京城并没有供文人士子举行大规模集会的条件。而在乡试、会试前后,南京、苏州两地凭借地理上的优越条件及文化上的影响力,便自然而然成为复社成员举行集会的主要选择地。复社的前三次并且是复社历史上仅有的三次全国性集会,都是借文人参加乡试、会试的时候在南京及苏州举行的。此外,自从崇祯三年(1630)复社的领袖张溥与复社众人举行集会之后,每至乡试科考之际,复社都要在南京集十四郡科举士及诸藩省隶国学者举行重大集会,称为国门雅集。通过这样的集会,文人士子们可以通过彼此间包括文学、政治、学术、制艺等多方面的交流从而进一步扩大自己的知名度,或者广交好友,而他们的这些举动对于日后的乡试、会试,或是即将开始的仕途生涯都有着辅助作用,因此,对于复社的成员来说,在乡试之后举行的复社集会具有极为重要的作用和意义。

另一种情况,是因为某些特殊事宜而举行集会。最常见的就是借由复社成员为父母祝寿或因父母过世而举办集会。崇祯九年杨廷枢母亲寿辰,钱谦益当场撰写祝寿文章,热情洋溢。次年,张溥母亲六十寿辰,钱谦益撰写《太仓张氏寿宴序》:"崇祯丁丑,翰林院庶吉士太仓张君天如之母金孺人年六十矣。是岁十月初度之辰,天如偕其兄弟稽首上寿。于是天如之友张君受先与其及门之徒,合吴、越数十州之士,相与铺筵几,庀羊酒,称觞于孺人之堂下,而请余为介寿之词。"[1]从中可以看出,借由这次寿宴举行的集会参与人数可谓众多。而在崇祯十二年,张溥嫡母离世,前往哀悼的人数超过千人,并且在丧事举办过后于苏州虎丘举行了一场规模浩大的复社集会。除此之外,又如张采母亲寿诞、周锺母亲寿诞、许德先母亲寿诞的时候都有大批复社成员前往恭祝寿辰,进而使得寿宴一次次地变为复社成员的小规模集会。

从崇祯二年到南明初,复社举行大型集会就有十三次之多,并且按照复社的发展轨迹来看,大体上可以分成四个阶段:第一阶段,从崇祯元年

---

[1] 钱谦益:《牧斋初学集》卷三十九,钱曾笺注,钱仲联标校,上海古籍出版社,1985,第1064页。

到崇祯六年六月，此时从广应社到复社，处于稳步向前的发展阶段，在这期间举行的集会共有四次，即崇祯二年的尹山大会、崇祯三年的金陵大会、崇祯六年的虎丘大会、崇祯六年的南京国门雅集。第二阶段，从崇祯六年六月到崇祯十年六月，这一阶段复社的发展进入最为艰难的时期，所以仅有在南京的两次集会，一次为崇祯八年的桃叶渡大会，另一次为崇祯九年的国门广业社大会。第三阶段，从崇祯十年六月到十四年五月，此阶段复社在经历波折之后有了新的转机，于崇祯十年秋在苏州虎丘举行虎丘之会，崇祯十一年发布《留都防乱公揭》公讨阮大铖，崇祯十二年有两次集会，即国门广业社大会及同年张溥嫡母逝后举行的集会。第四阶段，从崇祯十四年五月到南明弘光政权时期，先是复社领袖张溥去世，后来明朝灭亡，南都新立，阮大铖兴大狱，迫害清流，复社名士或死或逃，在一次次的冲击下，复社也就名存实亡了。尽管如此，在这一阶段的复社仍举行过三次规模较大的集会，即崇祯十四年五月张溥去世会吊，次年十月举行的葬礼，送葬者万人，紧接着的虎丘大会，虽是复社最后一次大规模集结，足可见复社势力之大，影响之广。而这一切，京城极为关注，温体仁更不会轻忽。因为复社的政治和学术特性很明朗，是东林的延续和发展。

复社大大小小的集会，似乎看不到钱谦益的影子，只有私人性质的聚会，钱谦益才会参加，这就是他的政治智慧。因为钱谦益很清楚，温党欲置他于死地，私人聚会是友情，公开的复社社集，若钱谦益出现，就更容易被人抓到把柄。但不是说钱谦益与复社无关。原因很简单，复社被视作东林的延续，被称作"小东林"。钱谦益是东林的领袖，又是复社领袖张溥的忘年挚友，关系极深。钱谦益是官员的身份，是探花出身，是政治斗争的中心人物。而复社事实上是一个诸生集团，也就是秀才们的文社联合体，尽管后来参加的人数多了，成分很复杂，但成员主要还是读书应举的秀才。所以，钱谦益的名字，不会出现在复社的花名册上。但他是复社的隐形领袖，是当时真正的士林领袖。究其原因，就是复社与东林不可割裂的关系和钱谦益与复社领袖及复社名流的密切交往，实质上影响了复社的运作。

钱谦益是东林后期的领袖，也就是东林遗孤的前辈，是精神依归。而大量的东林遗孤加入复社，对复社的走向产生了重大的影响。很自然地，钱谦益成为实质上的精神领袖。东林遗孤及师承弟子成为复社重要的组成部分之一,如顾宪成之孙顾杲,高攀龙之孙高永清,左光斗之子左国柱、左国材、左国栋、左国林,周顺昌之子周茂兰,缪昌期之子缪采室,黄尊素之子黄宗羲,陈于廷之子陈贞慧,侯恂之子侯方域等。在温党的眼中,复社是士林的精神家园,钱谦益就是复社魁首。所以,温体仁在整治钱谦益的同时,也将复社领袖一起收拾。崇祯九年(1636)到十年的一场斗争,惊心动魄。钱谦益《丁丑狱志》虽然只记录了其中的部分环节,已足见惊险,"乌程之忮毒,深于逆奄"[1],文字不多,蕴含极深。钱谦益被逮问的同时,温体仁的大网也向复社张开了。这里面,有两个人很关键,一个是太仓的陆文声,一个是太仓的王时敏。前者进京诬告,后者帮助联系,陆文声终于与蔡奕琛、温体仁狼狈为奸了。而蔡奕琛负责教导陆文声怎么诬告,温体仁在背后统筹全局。"文声一见时敏,告以入京之意。前张峨事两张主之,故时敏衔受先甚于天如,乃曰:'相君仇复社,参之正当其机。但相君严重,不轻见人,而主局者惟德清为政,宜就商之。'因导往弈琛。文声面进疏稿,奕琛即袖入示体仁。温意中不知有受先,且素无嫌怨,乃曰:'谁为张采?不过三家村兔园学究耳!乌足渎圣听?今朝廷所急者张溥耳,能并弹治溥,当授官如启新也。'弈琛出为文声述相君语。令削草更进。阅数日,弈琛复述相君言:'张汉儒、许钱瞿,已遣缇骑,此案遽列名,当并得逮江南,一时兴两狱,恐耸上听,反至起疑。不若借端筹饷,历陈奸弊,末后指及党局,姑下地方查覆,俟钱瞿狱竟,乃具第二疏指名究处耳'。袖出疏稿示文声。"[2]好险,若不是崇祯及时发现温体仁结党,让他罢职回乡,而宦官中也有贤者,恐又要酿成一场悲剧。

所以,在温体仁回乡之后,钱谦益及复社领袖们,满怀希望期待朝政向好发展。然而,两年多的时间,理想的局面并未出现,政治斗争虽有所缓和,但国事反而江河日下。于是,崇祯急需一位救时的内阁首辅。"虞山毁不用,湛持相不三月被逐,东南党狱日闻,非阳羡复出不足弭祸"[3]。

[1] 钱谦益:《牧斋初学集》卷二十五,钱曾笺注,钱仲联标校,上海古籍出版社,1985,第804页。
[2] 陆世仪:《复社纪略》卷四,收入吴应箕等《东林本末》,北京古籍出版社,2002,第271—272页。
[3] 吴伟业:《吴梅村全集》卷二十四《复社纪事》,李学颖集评标校,上海古籍出版社,1990,第604页。

在这一背景下,周延儒复出,是正当不过的了。不过,水到渠成,水还是必要的。于是,复社人士与钱谦益有了一系列的活动。如张溥极力做好钱谦益的工作,促成了钱谦益转变态度,原谅了周延儒,支持他出山。同时,张溥又到宜兴,劝周延儒主动与钱谦益修好。于是,周延儒赶到常熟,与钱谦益相见。此次会面的详情当然不可能有记录,但从钱谦益的诗歌《阳羡相公枉驾山居即事赋呈四首》中,可见钱谦益已经放下怨恨。然后,钱谦益又参与了苏州虎丘石佛寺的秘密策划。杜登春于《社事始末》记载了此事:"是时乌程去位,杨、薛相继秉国钧,窥见主上崇儒扶正,深眷娄东,无吹求西铭意之,门下或有私附杨、薛以图显荣者,以故西铭得以逍遥林下,批读经史为千秋事业,而中夜不安,唯恐朝端尚以党魁目之也。彼为小人者,即无吹求之端而窃窃自疑,非起复宜兴终是孤立之局,与钱蒙叟、项水心、徐勿斋、马素修诸先生谋于虎丘之石佛寺,遣干仆王成赍七札入选君吴来之先生昌时邸中。吴先生者,一时手操朝柄,呼吸通帝座之人也。華轂番子,密布于外,线索难通,王成以七札熟读,一字一割,杂败絮中,至吴帐为蓑裱法,得达群要。此得之王成口,最详确,时是辛巳二月事。"[1]于此事可见,钱谦益在复社中的地位非同一般,而复社是天下士林属望所在,钱谦益的士林领袖地位,也就很清楚了。

第三节 明清之际的学界巨匠

对诗的全方位的研究,亦中华文化学术之特色。因为诗歌技法高超,蕴含深刻、表达多样、风格众多、学问深厚、发展快速而变化多端,因而需要有一门专门的学问,叫作诗学。这不是说西方没有诗学,西方也有,如古希腊哲学家亚里士多德就有《诗学》,不过,今天的中译本二十六章可见,其主要论述的是文学理论、戏剧创作与演出及语言问题,与中国诗歌还是不同。中国的古典诗学,有完备的体系和千年传统,既有明确的研究对象,还有整套的研究方法,更有不同的研究路径和研究成果承载形式,是泱泱大国浩瀚文化的组成部分。即使从一个极小的分支去梳理,也可见研究之深,成果之多。到了明清两代,吴地不仅诗歌创作上堪称天下渊

---

[1] 杜登春:《社事始末》,收入张潮等编《昭代丛书》,上海古籍出版社,1990,缩页影印本,第970页。

薮,理论主张与诗歌史研究,亦是时代的标杆。钱谦益,无疑是明清之际诗学研究的大家名家。

一、钱谦益的诗文主张

晚明的文坛,虽说作家不少,作品不少,甚至风格差异也很大,论者将之分成不同的流派加以阐述,这是比较普遍的做法。但是,往往忽略一些实际情况,就是被划分为不同流派的作家,相互间的关系如何？理论主张上是水火不容,还是取长补短？私人之间是互不相干,还是常相往来？事实上,明代后期文人结社成风,相互之间,既有龃龉,亦有合作。张溥之所以为士林所推崇,就因为他能够将各个自有主张的文社结合到一起,形成一个势力庞大的文人社团联合体,对于天下诸生,具有很强的吸引力。文社如此,文人之间,也是如此,虽然有时会有一些争论甚至矛盾,但诗文主张,往往本质区别不大。除非,涉及商业利益,则在考察明季文学流派之间的关系时,应予关注。

就诗歌创作而言,一般认为,钱谦益的诗论主张倾向于杜甫、元稹、白居易,创作上也颇为相似。作为诗文大家,钱谦益是明季继王世贞之后的领军人物,无出其右。易代之后,钱谦益引领了有清一代诗风的形成,是明遗民诗人与贰臣诗人之间的交界点,又是新生代诗人尊崇或效仿的对象。因此,钱谦益在诗歌上的一些看法,会直接影响诗歌创作的风气和走向。在明代后期,"七子"、公安派和竟陵派的影响均比较大,复古思潮盛行之际,追求浅显鄙俚也是一种风尚。而另辟蹊径,则向孤峭幽深演化,缺乏情韵。因此,钱谦益推崇的是"情真""情至",反对模拟,强调诗文的学问思想,摒弃空疏的吟叹。简单归纳钱谦益的诗歌主张,一是辩证地、与时俱进地看待复古思潮,二是注重现实意象与真实情感,三是转益多师,而不限于汉魏盛唐,四是对宋诗有正确认识与客观评价,进而吸取宋诗追求深度和高度的技法。因此,钱谦益对明代中后期的诗坛,颇有见解。如《刘司空诗集序》:

万历之季,称诗者以凄清幽眇为能,于古人之铺陈终始,排比声律者,皆訾謷抹撒,以为陈言腐词。海内靡然从之,迄今三十余年。甚矣诗学之舛也！譬之于山川,连冈叠障,逶迤平远,然后有奇峰仄涧,深岩复壁,窈窕而忘归焉。譬之于居室,前堂后寝,弘丽靓深,然后有便房曲廊,层轩突厦,纡回而迷复焉。使世之山川,有诡特而无平远,不复成其为造物;

使人之居室，有突奥而无堂寝，不复成其为人世。又使世之览山水造居室者，舍名山大川不游，而必于诡特，则必将梯神山，航海市，终之于鬼国而已；舍高堂邃宇弗居，而必于突奥，则必将巢木杪、营窟室，终之于鼠穴而已。今之为诗者举若是，余有忧之而愧未有以易也。今年与刘司空敬仲先生相见请室，得尽见其诗。卢子德水之评赞，可谓精且详矣。而余独喜其渊静闲止，优柔雅淡，意有余于匠，枝不伤其本。居今之世，所谓复闻正始之音者与？使世之学者，服习是诗，奉为指南，必不至悼栗眩运，堕鬼国而入鼠穴，余又何忧焉？史称陈、隋之世，新声愁曲，乐往哀来，竟以亡国。而唐天宝乐章，曲终繁声，名为入破，遂有安、史之乱。今天下兵兴盗起，民不堪命，识者以谓兆于近世之歌诗，类五行之诗妖。敬仲之诗，得著廊庙，庶几御寇子之云，命宫而总四声，庆云流而景风翔矣乎？余将为采诗者告焉。因敬仲寓德水，视如何也？[1]

万历之季，也就是竟陵派活跃的时候，钱谦益没有明说是哪方人士，但意思很明确，就是批评竟陵派那种境界逼仄狭小，诗意孤峭幽深的现象。也就是说钱谦益主张诗歌的境界，是博大雄浑。"某宗伯诗法受之于程孟阳，而授之于冯定远。两家才气颇小，笔也未甚爽健，纤佻之处，亦间有之，未能如宗伯之雄厚博大也。然孟阳之神韵，定远之细腻，宗伯亦有所不如。盖两家是诗人之诗，而宗伯是文人之诗"[2]。文人之诗，气魄境界，则高于诗人之诗。这里提到的冯定远就是冯班，虞山诗派的代表作家，学诗于钱谦益。而程孟阳则是明季诗文大家，在吴地有着巨大的影响力。程嘉燧（1565—1644）字孟阳，号松圆、偈庵、松圆老人、松圆道人、偈庵居士、偈庵老人、偈庵道人等，晚年皈依佛门，释名海能。休宁（今属安徽）人，迁居嘉定，一生科举未遂，学剑未精，刻意诗文，不求仕途，能书善画，为一方文坛名流，寄食于人而不事经营，与唐时升、娄坚、李流芳称"嘉定四先生"。程嘉燧一生沦落而诗文书画艺精名高，一时才子佳人与之交往甚密，故而他的生活并未困顿，然功名未遂所带来的心中失落，在诗文中经常出现，写出的是衰世之下的寒士心声。程嘉燧个性桀骜，心气颇高，但为了生存，又不得不周旋于名流富户之间，内心的痛

---

[1] 钱谦益：《牧斋初学集》卷三十一，钱曾笺注，钱仲联标校，上海古籍出版社，1985，第908—909页。
[2] 王应奎：《柳南随笔 续笔》，中华书局，1983，第19页。

苦，只能发于咏叹之中。于是，江南四时花草、寒士艰难生活、自然凄凉风雨是程嘉燧笔下常有的意象，有时难免幽怨不平，亦是文人怀才不遇的常态。钱谦益评价"其诗以唐人为宗，熟精李、杜二家，深悟剽贼比拟之缪。七言今体约而之随州，七言古诗放而之眉山，此其大略也。晚年学益进，识益高，尽览中州、遗山、道园及国朝青丘、海叟、西涯之诗，老眼无花，照见古人心髓"[1]。虽然稍后的朱彝尊对程嘉燧的诗歌评价不高，那只是因为程嘉燧的诗歌并不符合清初时风而已。而钱谦益对程嘉燧的评论与赞许，无疑是精准的，也体现了他的诗歌主张，是转益多师，而非执着于一家。这个主张，在《嘉定四君集序》《蒋仲雄诗草序》等篇什中，也有类似阐述。《范玺卿诗集序》中，钱谦益明确指出，学诗取径宜广，"异羽之诗，清妍深稳，有《风》有《雅》，出入六朝三唐，不名一家，亦成其为异羽之诗而已。……其为诗终和且平，穆如清风，有忠君忧国之思，而不比于怨；有及时假日之乐，而不流于荒。斯所以为异羽也欤？斯所以为异羽之诗也欤？如必曰此为六朝，此为三唐，寻行数墨，取异羽以追配古人，则异羽之所以为诗者或几乎隐矣。余知异羽之深者也，故于异羽之集成而序之如此。"[2]并不局限于一家之言，而是转益多师，是钱谦益对范凤翼诗歌的评价，也是钱谦益对诗歌的基本理论主张。诚其如此，钱谦益方能在众说纷纭的诗坛，得到诸多诗人的敬重。在《牧斋初学集》《牧斋有学集》中，为他人诗集、文集所作的序言、引、书、跋近一百三十篇，以及《初学集》中的《读杜小笺》《读杜二笺》五卷，可以完整认识钱谦益的诗学倾向，在《列朝诗集小传》中，也可见钱谦益论诗之零玑碎锦。

  作为跨越明清两代的诗文大家，钱谦益的文章亦是引领风潮的。而对于文章风格技巧与学问修为，钱谦益的阐述，也对文坛产生了重要的影响。同样，钱谦益对于前、后"七子"的复古主张，并没有多说什么，然而他明确主张既要学习先秦汉魏的优秀篇章，也要兼取唐宋名家的技法经验，不拘一格，自成风格。明中叶文坛的复古思潮，从文学发展的规律来看，过于泥古，并非有益；但从时代环境的需要来说，也是推动诗文创作的一种途径，理应尊重。明中叶的复古思潮既有成功的地方，也有新的偏

---

[1] 钱谦益：《列朝诗集小传》，钱曾笺注，钱仲联标校，上海古籍出版社，1959，第577页。
[2] 钱谦益：《牧斋初学集》卷三十一，钱曾笺注，钱仲联标校，上海古籍出版社，1985，第911页。

差。时人论述，也多有正见。莫是龙说："凡文章关气运，自是千古定论。方在气运中，人自不觉。及异代观之，毫发不能掩。如唐人未尝不学汉人文章，韩、柳欲力振六朝之衰，今其文置之迁、固间，有可辨者乎？ 唐人未尝不学汉魏诗法，李、杜遂欲凭陵陶、谢。今其诗置之汉魏间，有不可辨者乎？惟宋诸名人于古法多不甚佳句，字摹拟纵，其才具各成一家。至谓迁、固本'六经'，皆虚谈也。惟我朝号为复古，文师《左》《国》、两汉，诗必唐人，铢铢而求，寸寸而度，今以为远驾唐宋矣。不知异代观之，竟作何状。"[1]莫是龙是明代中后期人，走上文坛正是复古思潮盛行的时候，但他并未随时风而动，而是有所保留。包括钱谦益在内，诸多名流对复古思潮存在的不足或偏差，基本上看得清楚，说得明白，但不是严厉批判、全盘否定。当然，也有语气较重的批判，如唐顺之、王慎中的一些批评，比较直接。复古思潮内部，相互间的争论，有时言辞也比较激烈。

比较而言，钱谦益强调文章家需要有学问，也需要有技法，对明季的文章衰靡，很是不满。为此，钱谦益选编了明代优秀文章，初稿基本编成，有六十多册，是钱谦益认为可以传世的篇章。但不幸的是，选稿连同原本，还有钱谦益大量的藏书，毁于火灾。这件事，钱谦益极为心疼。绛云楼图书几乎是钱谦益毕生的收藏，名冠东南，堪比内府，珍本甚多，体量庞大。顺治七年（1650）冬，因为幼女与乳母嬉闹，不慎打翻了烛火，引燃废纸，延烧全楼。这场火灾，是祸是福，钱谦益本人最为清楚。钱谦益认为，"近代之文章，河决鱼烂，败坏而不可救者，凡以百年以来，学问之缪种，浸淫于世运，熏结于人心，袭习纶轮，醖酿发作，以至于此极也"[2]，原因何在？ 在钱谦益看来，是学问功底不足。而导致学问功底不足的，就是经学和史学都出了问题。经学的问题，一是解经问题，对于《诗经》《尚书》《左传》等典籍，随意解说；二是乱经，也就是经书版本凌乱混杂，读者难辨真伪，而一些学者将伪经书说得比真经书还要有价值；三是对经书的污蔑指责，随意诋毁，而实质上对经典的微言大义，并不明了，从而误导后学。在为周亮工所编撰的《赖古堂文选》作序时，已经是顺治十一年（1654），钱谦益七十三岁了，已然对明王朝的成败得失进行了

---

[1] 莫是龙：《笔麈》，收入《丛书集成初编》第2923册，中华书局，1985，第6—8页。
[2] 钱谦益：《牧斋有学集》卷十七，钱曾笺注，钱仲联标校，上海古籍出版社，1996，第768页。

思考。其中对于明代经学,特别是科考书目对经学的肢解,钱谦益很是清楚,但在清初的高压环境中,有些想法当然不能明说。于是,找个借口,说某某的书就是这样,实质上是针对明代学术与科举问题发表看法。经学如此,史学呢,也是一样。一是读史不求甚解,不管始末,不是用心去读,是目学耳食;二是搜集史料凌乱,传说与荒谬的记载抄录很用心,但忽略了史料的前后贯通与完整;三是史书编撰体制凌乱,既非长编,也不同于纪传,没有凡例,缺少选择,不谙典要,史书的价值得不到体现。于是,学识严重不足,也就影响了文章的写作水平。"文章之坏也,始于饾饤掇拾,剽贼古昔;极于骄偾昌披,缅背规矩。"[1]隐然之间,钱谦益实际上是对明中叶后期前、后"七子"影响下的文坛有所不满,而对云间才士的文章,以及他们选编的文集很是赞赏。原因何在? 陈子龙、徐孚远、宋徵璧、李雯、宋存标等人编选的是《皇明经世文编》,五百零八卷,编选者都是松江人,参与编校者一百四十二人,来自全国各地,不仅选文标准具有代表性,编者具有代表性,更是全明文人为编撰文献而进行的一次大规模的聚合。钱谦益称扬云间才士,不仅是其文章主张的体现,也是一种情感的寄托。周亮工与钱谦益相似,也是两截人,也不幸被编入《贰臣传》。其《赖古堂文选》之用意,深可意会,不必言传。钱谦益能够读懂,诸多明遗民亦能读懂,不宣而已。

简言之,钱谦益主张,文章不必拘泥一家,更不应执着于拟古,需要博采众长,但又必须有厚实的学问功底作基础。而学问之来源,又必须是正宗正统的,而不是臆断经书、混编史籍。

钱谦益在诗文上的基本观点,既是对明代诗文存在问题的清晰认识,也是对诗文发展方向的一种探索与拓展,客观上对于清初诗文的兴盛,具有导向作用,引领了清初诗文创作高潮的到来。

二、《列朝诗集》与《列朝诗集小传》

明王朝不在了,但明王朝所承传和创造的文明不能湮灭,中华文化的脉络不能中断。于是,对明代有关史料的搜集整理,在民间相当积极,悲剧也发生了不少。最为著名的,当然是庄廷鑨明史案,空前绝后,中外仅见。相对来说,元灭金之后,元好问就幸运多了,搜集了很多资料,编出

---

[1] 钱谦益:《牧斋有学集》卷十七,钱曾笺注,钱仲联标校,上海古籍出版社,1996,第769页。

了《壬辰杂编》和《中州集》，不仅无灾祸发生，还成为元人修《金史》的功臣。钱谦益绛云楼的大火，毁掉了很多珍贵的典籍，也可能因此保住了包括钱谦益在内的许多人的生命。编撰有关文章、诗歌的选集或总集，往往是统治阶层乐观其成之事，《列朝诗集》，正是这样的一种产物。而钱谦益编撰《列朝诗集》，则另有正大光明的原因，在《列朝诗集序》中，是这样说的：

> 毛子子晋刻列朝诗集成，余抚之，忾然而叹。毛子问曰："夫子何叹？"予曰："有叹乎！予之叹，盖叹孟阳也。"曰："夫子何叹乎孟阳也？"曰："录诗何始乎？自孟阳之读中州集始也。孟阳之言曰：'元氏之集诗也，以诗系人，以人系传，中州之诗，亦全源之史也。吾将仿而为之，吾以采诗，子以庀史，不亦可乎？'山居多暇，撰次国朝诗集，几三十家，未几罢去。此天启初年事也。越二十余年，而丁开、宝之难，海宇板荡，载籍放失，濒死讼系，复有事于斯集。托始于丙戌，彻简于己丑。乃以其间论次昭代之文章，搜讨朝家之史集，州次部居，发凡起例，头白汗青，庶几有日。庚寅阳月，融风为灾，插架盈箱，荡为煨烬。此集先付杀青，幸免于秦火汉灰之余。於乎怖矣！追惟始事，宛如积劫。奇文共赏，疑义相析，哲人其萎，流风迢然。惜孟阳之草创斯集，而不能丹铅甲乙，奋笔以溃于成也。翟泉鹅出，天津鹃啼，海录谷音，咎征先告。恨余之不前死从孟阳于九京，而猥以残魂余气，应野史亭之遗忏也。哭泣之不可，叹于何有？故曰，余之叹，叹孟阳也。"

> 曰："元氏之集，自甲迄癸。今止于丁者何居？"曰："癸，归也。于卦为归藏，时为冬令。月在癸曰极丁，丁壮成实也。岁曰疆围，万物盛于丙，成于丁，茂于戊。于时为朱明，四十强盛之时也。金镜未坠，珠囊重理，鸿朗庄严，富有日新天地之心，声文之运也。""然则何以言集而不言选？"曰："备典故，采风谣，汰冗长，访幽仄，铺陈明朝，发挥才调，愚窃有志焉。讨论风雅，别裁伪体，有孟阳之绪言在，非吾所敢任也，请以俟世之作者。"

> 孟阳名嘉燧，新安程氏，侨居嘉定。其诗录于丁集。余，虞山蒙叟钱谦益也。[1]

---

[1] 钱谦益：《牧斋有学集》卷十四，钱曾笺注，钱仲联标校，上海古籍出版社，1996，第678—679页。

数百字的一篇序言，通篇对话，交代了是书的起源、寄意、凡例等，故国之恋恋，追求之孜孜，皆在其中。《列朝诗集》是钱谦益在明亡之后不久，就着手编撰的明诗汇编。全书八十一卷，选辑了明代二百七十八年间一千六百多位诗人的诗歌作品，于顺治九年（1652）由汲古阁刊行。然而，《列朝诗集》行世未久，即遭禁毁，故而毛晋汲古阁刊本存世不多。这样一部明代诗选，并非朝夕之间可以完成。可见，钱谦益的藏书，可能是分门别类的，经史部分及钱谦益的经史研究工作，是在绛云楼，庚寅（1650）之冬毁于火灾。而诗文创作及诗文研究，可能不在绛云楼。钱谦益著作得以保全留存于世，也是幸运的。

《列朝诗集》上起明太祖朱元璋，下迄明思宗朱由检共十六朝，历二百七十八年，入选诗人近两千家，分为甲乙丙丁四集。但是，四集之外，还有特殊处理，将君王王侯的位置，凸显出来，所以列了"乾集"。僧道、域外、妇女等，单列闰集。而四集的布局，也不是等量的，因为涉及的时间不等。目次如下：

乾集之上：圣制，选了十位皇帝的诗歌作品，最多的是明宣宗四十二首，最少的是孝宗、兴献王睿宗献皇帝、明神宗各一首，建文惠宗让皇帝也没有遗漏，选了三首。乾集之下：睿制，各位封王者诗作。甲集前编：龙凤纪元至吴元年，太祖元末壬辰（1352）起义至丁未（1367）建国凡一十六年，也就是元代末年诗人及其诗作。甲集：洪武开国至建文，两朝三十五年。乙集：永乐至天顺，永乐、洪熙、宣德、正统、景泰、天顺，共五朝六十二年。丙集：成化至正德，成化、弘治、正德，三朝五十七年。丁集：嘉靖至崇祯，嘉靖、隆庆、万历、泰昌、天启、崇祯，六朝一百二十四年。1989 年上海三联书店出版影印本《列朝诗集》。2007 年中华书局出版十二册精装版，这套选本的价值，终于为一般学者所了解。

入选的诗人，似乎并未刻意进行汰减，凡称得上诗人的，尽量收录。入选的作品基本上代表了诗人的创作水平，是诗人的主要诗作。但有部分诗人，称其为诗人，是因为有诗作传世，并非以诗人而体现其价值。如丙集第三中，丘少保濬八首，以下依次选录排列了丘濬的八首诗，这是根据钱谦益自己的标准选出来的八首，《挽伏羌伯》《座中有挡筝者作白翎雀曲因话及元事口占此诗》《得过且过》《行不得也哥哥》《不如归去》《过会通河有感》《客中对月》《金陵即事》。除了《金陵即事》借助六朝宫阙的荒芜，咏叹历史沧桑，有一定的诗意，其余作品较为一般。毕竟丘濬是达官显贵，不是专业诗人。可见，钱谦益的用意在于以人存诗，以诗存人，要在这些人，这些诗中，构筑起一代文明，是为了"存"，是大明艺苑辉煌的组成部分。但是，清四库馆臣对《列朝诗集》却有不同的评价："以记丑言伪之才，济以党同伐异之见，逞其恩怨，颠倒是非，黑白混淆，无复公论"。[1]很有意思，为了说明朱彝尊编纂《明诗综》的必要性，必须贬低一下钱谦益的《列朝诗集》，有意无意间提示后人，还有一部书是钱谦益编的，叫作《列朝诗集》。那两句评价，肯定是不公允的。客观讲，钱谦益对入选诗人的评价，基本上没有门户之见，更没有极端的言论。这其中，也可见钱谦益的基本诗学理论。《列朝诗集》就是钱谦益为诗人做的小传，姓氏里居、出处行实、诗歌成就等，记录在案，不仅是诗人的材料，亦具有很高的史料价值。

康熙三十七年（1698），钱谦益之族孙钱陆灿，将《列朝诗集》中的小传部分析出为一编，单独刊行，名为《列朝诗集小传》，上海古籍出版社1983年版本，最为上乘而易得。

三、《钱注杜诗》

自中唐以后，关注杜诗已然是诗人的一种修养。研究杜诗，也是各个朝代诗坛的常规现象。对于杜诗的注疏解读，在诗坛犹如学界对《论语》《孟子》注疏解读一样，成果极多。杜甫生前，仕途几无成就，生活极度困顿，贫病交加，于大历五年（770）冬病逝于耒阳，遗骨流落他乡四十三年后，方由孙子迁葬河南巩义。可是杜甫的诗歌，却从此成为诗坛的典范，成为至今无人超越的标杆。由于有宋一代王安石、苏轼、黄庭坚、陆游等人对杜甫诗歌价值的挖掘和推崇，杜甫诗圣的地位，为学界公认。对于杜诗的搜集、整理及解说、笺注、校订，成为诗坛的重要工作，形成了诸多杜诗编年、分类、集注等著作。王嗣奭《杜臆》、施鸿保《读杜诗说》、钱谦益《钱注杜诗》（《钱牧斋笺注杜工部集》）、仇兆鳌《杜诗详注》、浦起龙《读杜心解》、杨伦《杜诗镜铨》等，是今天学界研究杜诗不可或缺的依傍。这其中，《钱注杜诗》学界更有专门的研究。

钱谦益之注杜诗，缘于何事？对此，钱谦益自己有清晰的记录，那是

---

[1] 永瑢等：《四库全书总目》卷一百九十，中华书局，1965，第1730页。

崇祯六年（1633）的事情。是年之前，钱谦益自称闲来无聊，经常读读杜诗，有点感觉，就与程嘉燧讨论一下。"归田多暇，时诵杜诗，以销永日。间有一得，辄举示程孟阳。"[1]即钱谦益诵读杜诗与研究杜诗，早已开始了。崇祯六年夏天，钱谦益收到陈无盟转来的德州卢德水的《杜诗胥钞》。卢世㴶（1588—1653）字德水，又字紫房，号南村病叟，天启五年（1625）进士，官至监察御史。入清，以原官征召，以疾不赴，书酒自娱，研究杜诗，亦崇尚陶渊明。陈盟（生卒年不详）字无盟，号雪滩，富顺（今属四川）人。万历四十年（1612）举人，任新安教谕。天启二年（1622）进士及第，历任检讨、国子监司业。陈盟转来的卢世㴶《杜诗胥钞》，请钱谦益作序。钱谦益先后有《读杜小笺》三卷、《读杜二笺》二卷寄达卢世㴶，事在崇祯七年。受到卢世㴶的影响，钱谦益从读杜诗进而注杜诗，直到三十年后，方才成稿，"于是取伪注之纰缪，旧注之踳驳者，痛加绳削。文句字义，间有诠释"[2]，名《草堂诗笺》，可见态度之审慎。

成稿之后，钱谦益仍有不够满意的地方，恰此时吴江朱鹤龄在钱谦益家坐馆，于是请朱鹤龄进行补充修订。等到朱鹤龄将书稿增删一遍之后，钱谦益更加不满意了，于是重新梳理一遍，并未保留朱鹤龄的文稿内容。但是，朱鹤龄作补注，并非欲占为己有，而钱谦益对朱鹤龄的贡献，极为尊重，在《草堂诗笺元本序》中有客观记录。朱鹤龄之注杜诗文稿，后来单独刊行，名《杜诗注》，与金圣叹的《杜诗解》，在清中叶都很流行。钱谦益三十年苦心孤诣，终于基本完成对杜诗的笺注，纠正旧注之误，史诗互证，旁征博引，说明典故，讲清事实，成独家之言。康熙六年（1667）即钱谦益去世三年后，钱曾将书稿整理付梓，季振宜静思堂刊本，就是最早的版本，是为《钱牧斋先生笺注杜工部集》。1958年中华书局上海编辑所以此为基础整理出版，更名为《钱注杜诗》。1979年上海古籍出版社再次整理出版，2009年再版，此为今之通行版本《钱注杜诗》。

《钱注杜诗》共二十卷，前十八卷为古体诗、近体诗，十九卷为表、赋、记、说、赞、述，二十卷为策问文、状、表、碑志，附录少陵先生年谱、唱酬题咏、诸家诗话。

[1]　钱谦益：《牧斋初学集》卷一百六，钱曾笺注，钱仲联标校，上海古籍出版社，1985，第2153页。
[2]　钱谦益：《牧斋有学集》卷十五，钱曾笺注，钱仲联标校，上海古籍出版社，1996，第701页。

《钱注杜诗》问世以后，颇得学者推重。当然，也有人有不同看法，针对具体字词的解释、读音提出自己的看法。这从一个侧面，说明了《钱牧斋先生笺注杜工部集》的影响力。如钱澄之，"钱饮光力诋东涧之注杜诗，见于与方尔止书。其说甚谬，恐贻误后学，为一正之"[1]。王应奎举例杜诗中的中兴之"中"，钱秉镫（改名钱澄之，字饮光）认为应该读平声，但钱谦益注明读去声，引经据典如陆德明《经典释文》等，认为钱谦益的笺注是正确的。由此可见，《钱注杜诗》的学问功底，后学难以企及。

文学之外，钱谦益于经学、史学和佛学的研究，亦有很高的成就。身为诗人而通经史，顺便研究一番，是文化史上的常态，若再加上佛学，就不多见了。钱谦益，就是这样一位大家。他在诗歌中，使用了诸多佛典，足见其佛学造诣。

第四节　吴地诗文巨匠

钱谦益是明末清初杰出的学者、文学家、藏书家，学问渊博、泛览史学、文学、佛学，为东林学术巨擘。作为诗人，钱谦益诗为明诗翘楚，开有清一代诗风。他不满公安派后学的肤浅，但对"公安三袁"的博采众长很是赞赏。他批评竟陵派的幽峭深邃，但也反对将诗歌写成歌谣。他推崇"情真""情至"，反对模拟，是建立在自身学问思想深厚的基础上的。他摒弃空疏的吟叹，然有时也会来一篇似乎没有什么意思的作品。不过，联系当时的实际，结合钱谦益的情感波动，还是可以发现，钱谦益的诗歌，具有很强的时代性与现实性，并不是无聊的呻吟。内容上，钱谦益关注时代的变化和人生活中的大多数场景；体裁上，钱谦益的诗歌诸体皆工、体制完备而无有或缺；艺术上，广泛借鉴而综合提炼自成一家，为明清之际诗坛公认之大家。

《牧斋初学集》凡一百一十卷，其中诗二十卷（实际是二十一卷）、文八十卷、《太祖实录辩证》五卷、《读杜小笺》三卷、《读杜二笺》二卷，其书体例异于一般诗文集，是诗文与学术著作的结合体。《牧斋初学集》是钱谦益入清以前的诗文结集，为明亡前之作。其中的诗歌，分为《还朝诗

---

[1] 王应奎：《柳南随笔　续笔》王彬、严英俊点校，中华书局，1983，第204页。

集》上、《还朝诗集》下、《归田诗集》上、《归田诗集》下、《崇祯诗集》一、《崇祯诗集》二、《崇祯诗集》三、《崇祯诗集》四、《崇祯诗集》五、《崇祯诗集》六、《桑林诗集》、《霖雨诗集》、《试拈诗集》上、《试拈诗集》下、《丙舍诗集》上、《丙舍诗集》下、《移居诗集》、《东山诗集》一、《东山诗集》二、《东山诗集》三和四，总计二十卷，记录了钱谦益在明代生存期间的心路历程。诗文创作的主要内容是对国事的关切，尤其是在座师孙承宗的影响下对朝务、边务及明王朝命运的关切。诗集的取名，寄托了诗人彷徨焦虑的心情和对未来建功立业的期待，也反映了诗人在不同时段的经历与处境。从一个侧面，亦可看出时局的变化与大明王朝命运的变迁。

《牧斋有学集》中的诗歌，多具有很清楚的时间记录，更有助于了解钱谦益的踪迹和心弦。《秋槐诗集》起乙酉年（1645），尽戊子年（1648）；《秋槐诗支集》起己丑年（1649），尽庚寅（1650）四月；《夏五诗集》起庚寅五月，尽一年；《绛云余烬诗》起辛卯（1651），尽一年；《敬他老人诗》起甲午年（1654），尽乙未（1655）秋；《秋槐诗别集》起乙未冬，尽丙申（1656）春；《高会堂诗集》起丙申，尽一年；《长干塔光诗集》起丙申年，尽丁酉（1657）年；《红豆诗初集》起戊戌（1658），尽一年；《红豆诗二集》起己亥（1659），尽一年；《红豆诗三集》起庚子年（1660），尽辛丑年（1661）；《东涧诗集》上，起壬寅（1662），尽一年；《东涧诗集》下，起癸卯（1663），尽一年。有诗歌十三卷。虽然诗集的命名并未明确说些什么，但暮气沉沉中，别有伤感；情意绵绵间，忧思难解。

新版《牧斋杂著》中的诗集是《投笔集》（卷上）、《投笔集》（卷下）、《苦海集》，实际有诗歌三十六卷，虽与前代多产诗人比拟，并非杰出，亦已是罕见高产。诗集的名称，颇有深意而在清初只能意会不能言传。凡与钱谦益交往的诗人，都是看破不说破。所以，明遗民对钱谦益，大多是理解中有微词，叹息中有宽容。归庄说"先生通籍五十余年，而立朝无几时，信蛾眉之见嫉，亦时会之不逢。抱济世之略，而纤毫不得展；怀无涯之志，而不能一日快其心胸"[1]，不仅是知心之论，更是明遗民发自肺腑的痛心之论。

钱谦益万历三十八年（1610）中进士登上仕途不久，即回乡守丧，回

---

[1] 归庄：《归庄集》卷八，上海古籍出版社，1982，第471页。

朝时已经是天启元年（1621），众正盈朝的局面正在形成。然朝中大事，钱谦益还没有关注的机会，却先关注到了东北的边防。《送刘编修(鸿训)颁诏朝鲜十首》《和范致能燕山道中绝句八首》等诗歌，有对东北形势的分析与忧虑，更有对守边将士的关心与激励。《寄东江毛总戎(文龙)》："鸭绿江头建鼓旍，间关百战壮军威。青天自许孤忠在，赤手亲擒叛将归。夜静举烽连鹿岛，月明传箭过罡矶。纷纷肉食皆臣子，绝域看君卧铁衣。"[1]毛文龙作为守卫鹿儿岛一带的明军将领，职责非轻，虽然驻守的是几个主要的岛屿，实则从鸭绿江口丹东到旅顺一带，水陆交通要道、商旅必经之地，同时也是威胁后金政权侧翼的战略要地，均被毛文龙控制。钱谦益虽然没有到过前线，但深知此处的战略价值，故而对毛文龙的战功，不惜壮词；对于毛文龙的作用，不无赞美；对于毛文龙的勉励，出于公心。

也有部分诗文表现了对宦官和权奸的痛恨，如《九月十一日次固镇驿恭闻泰昌皇帝升遐途次感泣赋挽词》等。《和范致能燕山道中绝句八首》之《白沟河》："辽宋分疆一线流，白沟人说是鸿沟。两河三镇全输却，残局休论十六州。"[2]该首诗的小序说，宋孝宗乾道六年（1170）范成大使金，离开淮河开始，以诗歌记录北行的见闻感受，就是《使金纪行七十二绝句》。从白沟到燕山途中，共有八首，所以，钱谦益也和诗八首。这组诗背后是宋辽、宋金之间的长期战乱所导致的国家分裂和严重的民族矛盾，是国家民族的悲剧。可见此时诗人的忧虑不安，是历史悲剧的再演。

钱谦益更多的诗歌作品，是对山水景物的描绘和个人情趣的记录，以及部分唱和应酬作品，如《黄山游诗》。此外，颇以风流自赏的钱谦益，当然也不会忘记在诗中记载其与柳如是的交往，唱和的作品数量可观。简言之，钱谦益诗文题材是多样的，仅仅诗歌，古、近体皆工，并能作百韵以上的排律，继承了杜甫、元稹、白居易的传统。但在艺术风格上，雄伟、奇诡、温婉、瑰丽等融合而无痕迹。从古乐府到唐宋名家大家，规模之并超越之，最终自成一家。特别的是，钱谦益诗歌中善于使用佛典，是自我人生波折在诗歌中的折射。

此外，诗歌中似乎不经意的一些吟叹，却关乎明季的社会政治走向。温体仁倒台之后，继任者张至发、薛国观等人并未达到崇祯的预期，朝政

---

[1] 钱谦益：《牧斋初学集》卷二，钱曾笺注，钱仲联标校，上海古籍出版社，1985，第70—71页。
[2] 钱谦益：《牧斋初学集》卷一，钱曾笺注，钱仲联标校，上海古籍出版社，1985，第26页。

形势不容乐观,唯有周延儒复出,方能改变。而周延儒在与温体仁倾轧失败后归老林下,也在反省自身的成败得失。在复社领袖张溥的游说之下,周延儒亲自前往常熟,拜访了被他打击离朝的钱谦益,相谈甚契。钱谦益有诗《阳羡相公枉驾山居即事赋呈四首》,不唯旧怨全无,且有携手之意,对周延儒的评价颇高。其一曰:"阁老行春至,山翁上冢回。衮衣争聚看,棋局漫相陪。乐饮倾村酿,和羹折野梅。缘堤桃李树,一一为公开。"其二云:"黑头方壮盛,绿野正优游。月满孙弘阁,风轻傅说舟。鸱夷看后乘,戎马问前筹。侧席烦明主,东山自可求。"其三云:"堤柳眠风翠,楼花笑日红。秾华欺冷节,妖艳仗天工。舟楫浮春水,车茵爱晚风。暂时忧国泪,莫洒画桥东。"其四曰:"若问山东事,将无畏简书? 白衣悲命驾,红袖泣登车。甲第功谁奏? 歌钟赏尚虚。安危有公在,一笑偃蓬庐。"[1]以谢安、裴度、孙弘、傅说比拟周延儒,称赞他年富力强,具有救时才能,并希望他能够巧用盐梅调羹鼎鼐,而自己则偃处蓬庐,真诚祝贺。周延儒的常熟之行,不仅是与钱谦益个人修好,更是与整个东林君子和复社领袖修好。就个人关系而言,张溥与周延儒并没有直接深厚的交情,只是周延儒是主考,张溥中了进士,习惯上说,周延儒是张溥的座主,尽管只长张溥九岁,却是长辈。钱谦益长周延儒十一岁,万历三十八年(1610)探花,比周延儒早一科成进士。倾轧之后,同在林下,周延儒放下自尊,亲自上门,已是给足了钱谦益面子。钱谦益与周延儒棋酒攀谈,如此推许,也算是摈弃前嫌的积极表现。得到钱谦益的谅解,可以说周延儒已经得到了东林和复社的支持。而钱谦益能够原谅周延儒,更重要的原因,还在于时局的紧张,不仅仅是钱谦益自己被捕入狱的阴影未能散去,需要周延儒这个被温体仁算计的旧人出山,以清除温体仁集团的负面影响。而从时局来看,周延儒出山存在可能,而钱谦益出山已经没有了可能,眼下内外交困,事事堪忧,东北战局危难重重,钱谦益的恩师孙承宗创下的良好局面,已经丧失一空,甚至后金的军队窜到了京师,形势有多严峻,可想而知。放眼望去,朝中真难找到堪任之人。所以,钱谦益希望周延儒能够出山,能够成为大明的谢安、裴度。前者训练新军,加强国防,科学布局,指挥了淝水之战,稳住了东晋政权。后者主张强化中央集权,削弱地

---

[1] 钱谦益:《牧斋初学集》卷十五,钱曾笺注,钱仲联标校,上海古籍出版社,1985,第539—540页。

方割据,危难时刻运筹帷幄,指挥部署,一举消灭了当时藩镇割据最大的势力淮西吴元济,推动了唐王朝的中兴。属望甚高,但现实不妙,大明王朝还是无可奈何地消失了。

历经心灵煎熬的钱谦益,晚年的诗歌,尽管很用心于佛理禅机,终究苦海无边,无法回头。于是,数年时间里,钱谦益写出了十三组每组八首七律的"秋兴诗",记录了一片伤心,暗中又关联形势的变迁。名曰仿效杜甫的《秋兴八首》,而蕴含绝不局限于个人的失败困苦与悲哀。

杜甫的《秋兴八首》,作于唐代宗大历元年(766)深秋时节,秋露成霜,寒气逼人。而诗人流落夔州,生活艰辛,老境渐至,志气消弭,老病孤舟,晚景凄凉。悲观失望,伤心难受之情萦绕诗人,因而成诗八首,一泻悲凉苦闷的情怀。这组诗写作的时候,杜甫五十五岁。四年之后,诗人去世。钱谦益有感于杜甫的《秋兴八首》组诗而连续写了十三组"秋兴八首",合计一百零四首。在第十二组写完之后的壬寅年(1662)三月二十九日,另有两首诗交代苦闷情怀,所以实际上这组诗是一百零六首,时间从己亥七月初一到癸卯五月(1659年8月18日至1663年6月),也就是钱谦益七十八岁到八十二岁的四年时间里。这四年,诗人在忙些什么呢? 八十左右的高龄老人,又能做什么呢? 令人诧异的是,钱谦益居然奔走于浙江、江苏之间,甚至可能到过崇明,有时行踪清晰,有时极度保密。唯有这十三组诗歌标题下的记时,是十分明确的。为什么这样记录,当然是有时代背景的。在《牧斋初学集》中凡有时间记录,皆是君王年号。而《牧斋有学集》《投笔集》《苦海集》等作品中涉及的时间,钱谦益一律用干支纪年,不是用帝王纪年。诗人之心迹,于此可见。

这四年中,既有郑成功的北伐,甚至一度打到南京城下,还有郑成功的收复台湾。有鲁王政权的苦苦支撑,有桂王政权的西南抗清,有浙东张煌言、张明振等人的坚持抵抗。偶然的捷报令诗人欣喜,连续的噩耗让诗人绝望。随着抗清武装的相继失败,鲁王病逝于福建金门,张明振病逝于浙东海岛,郑成功病逝于台湾,张煌言被捕遇害,桂王朱由榔遇害于昆明,诗人在极为复杂焦虑而伤感的心境之下,写下了这十三组七律。兹录一首,可见全貌。《后秋兴之十三》之二:

海角崖山一线斜,从今也不属中华。
更无鱼腹捐躯地,况有龙涎泛海槎。

望断关河非汉帜，吹残日月是胡笳。

嫦娥老大无归处，独倚银轮哭桂花。[1]

首联写历史的民族的悲剧：崖山之战，南宋最后的流亡政权，包括君主、官员及其家属、十万军民，全部殉国，无一投降。丞相陆秀夫，先驱妻子入海，然后将幼君赵昺绑在身上，投海殉国，悲壮惨烈，不忍叙述。颔联说葬身鱼腹之地也已经没有，孤悬海上的小岛也被控制，是指清王朝不仅完全稳定了全国的局面，更将沿海岛屿也一并纳入管辖，其实是暗写了张煌言抗清失败，在海岛被捕的历史事实。颈联明说了是全国已在清朝的统治之下，毁灭大明的不是别的，是"胡笳"，是清朝勋贵。尾联字面上写的是嫦娥老大孤独，栖居月亮之上，为桂花痛哭，实则写包括自己在内的明代遗老为桂王朱由榔的遇害而痛哭。

所以，这首诗及包含这首诗在内的十三组诗，既是诗人的心绪，也是南明的悲壮历史，是诗人之诗，亦是史家之诗。

作为明清之际的文章大家，钱谦益的文章既不是台阁的官样优雅，也不是"七子"的小家逼仄，是把铺陈学问功底的技巧与抒发思想性情的真诚结合起来，结构纵横曲折，思绪奔放恣肆，是"文人之文"与"学人之文"的结合。规模宏大，是明末清初的文坛旗手。作为文章大家，钱谦益名扬四海。黄宗羲《思旧录》称他是王弇州（王世贞）后文坛最负盛名之人。

钱谦益多为古文，序、跋、碑传，尤其具有史料价值。《牧斋初学集》卷四十七，整卷就是一篇文章：《特进光禄大夫左柱国少师兼太子太师兵部尚书中极殿大学士孙公行状》（简称《孙公行状》），是钱谦益记述座师和至交孙承宗一生的长文。行状是历史人物生平事迹的原始材料，往往弥补了史传的缺漏，研究者对此也格外关注，视之为研究人物的关键资料。但一般的行状，出自至交或后裔，不免避讳或溢美，且结构布局与内容具有程式化倾向，篇幅多在数千字以内。但是，钱谦益为孙承宗写的行状，不仅在篇幅上有极大的突破，达到四万七千多字，冠绝古今。内容上更是记录一人生平，关合历史走向，寄托作者心迹，彰显文武才能，是具有明末历史剪影意义的今古第一"行状"。传主孙承宗，生于明嘉靖四十三年

---

[1] 钱谦益：《牧斋杂著·投笔集》，钱曾笺注，钱仲联标校，上海古籍出版社，2007，第73页。

(1564),万历三十二年(1604)以第二名进士及第,授编修,此时,孙承宗已过不惑之年。按照惯例,就是将来的内阁辅臣人选。但是,能否入阁,取决于个人声望与政治气候,关键还是君王的好恶与需要。事实是,孙承宗立朝刚正,镇守有度,才华卓著,能力超群,精通文武,巡安九边,为大明王朝殚精竭虑;身列阁臣,却不断受到奸佞攻讦。最终告老赋闲,回归故里,在清军秘密进攻高阳之际,率领全族顽强抵抗,以全家三十余人性命,完成了对君国最后的忠义壮举。

万历三十八年的会试,孙承宗主考,钱谦益、傅宗龙、陶崇道、王象春、包鸿逵等中进士,这是钱谦益与孙承宗交往的开始。这一年,孙承宗四十八岁,已近知天命的年纪,看破了这朝野的党争纷扰却仍旧无时无刻不准备着奋战在第一线。钱谦益探花进身,年轻得志,正沸腾着一番热血誓为国家抛头颅而在所不辞。孙承宗于钱谦益,不仅是恩师,也是挚友,既有知遇之恩,也算忘年之交。在与孙承宗交往的二十多年时间里,钱谦益经历了波澜起伏的人生,也看到了孙承宗的浮沉,更看清了关外战局的演变,国家命运的衰微,小人得志的猖狂,王朝肌体的灾殃。而钱谦益鲜衣怒马、仗剑天涯的英雄梦,也随之破灭。所以,《孙公行状》洋洋洒洒四万七千多字,慷慨悲歌。记述孙公的生平经历,关乎国家社稷命运与东北整体战局;盛情赞叹名臣、功臣、能臣的忠烈气节,同时口诛笔伐了奸佞小人的误国误君与害人害物;称颂孙承宗的功绩才干,亦透露了钱谦益的志向与能力。可以说,孙承宗个人沉浮的叙写中寓含王朝盛衰,对忠臣志士的赞美中不乏对佞臣小人的检讨与批判,同时发表自身独到见解,展示了钱谦益治国平天下的志向与能力,是文笔和史笔相结合的行状巨制。作为书生、诗人和学者,钱谦益在《孙公行状》中对东北战局数十年的变迁、战事的成败、边防的轻重、火器兵马粮草与工事布局等方面的记述与分析,既是对孙承宗才华能力与功勋的如实记载,也是其军事才能的呈现。

钱谦益笔下的孙承宗,不是一般的官员,因为他的人生沉浮,与大明江山的兴亡密切相关。浓墨重彩叙写孙承宗的征战经历,透露的是钱谦益对战略全局的认识与谋划,是对大明王朝整体战局溃败的极度忧虑。科学地讲,就是欧阳修《伶官传序》里所说的盛衰之理,虽曰天命,有运气的成分,但人事才是关键。孙承宗的进退,取决于朝廷的政治气候和君王的认知能力，直接关联大明江山命运的东北战局。钱谦益由此着笔叙述孙承宗的生平，采用的是出将入相的视野和全局的思维，亦足见钱谦益的能力才华与心胸格局，远在周延儒、温体仁之上。

作者首先交代了孙承宗的祖籍是河南汤阴，别有用意，人们永远不会忘记，汤阴走出的英雄岳飞。孙承宗天资聪颖，读书刻苦，十六岁时即成为秀才，四十二岁进士及第，可谓大器晚成。其间，孙承宗的主要经历是教书，并在教书的过程中初步掌握了大明北方的边关形势，展露了治军才能。"尝授经易水、云中，杖剑游塞下，从飞狐、拒马间直走白登，又从纥干、青波故道南下，结纳其豪杰，与戍将老卒，周行边垒，访问要害扼塞，相与解裘系马，贳酒高歌。用是以晓畅虏情，通知边事本末。大同兵噪围抚院，鼓声如雷，阃署莫知所为。公教令史书榜示曰：向某道领饷，哗者斩。兵士从门阃中窥之，戁然而散。"[1]这段经历，为孙承宗此后金戈铁马的生涯打下了基础。而孙承宗一生的辉煌功绩，正在于三次以高超的军事才能挽救了大明王朝的危局。但是，又三次遭遇奸佞谗言，最终因君王的愚昧寒心而去。因此，钱谦益为孙承宗扼腕之际，也为明王朝三次放弃天意的眷顾而叹息。

天启二年（1622）二月，东北战局形势急转直下的危难关头，孙承宗被推上了前线。边疆问题，表面看是军事问题，但深层的问题在于混乱的朝政导致的国力衰弱问题。从万历后期到天启年间，明王朝一路下行，没有振兴的迹象。而东北的努尔哈赤势力不断增强，叩关的趋势已经明朗。加之经略辽东熊廷弼的偏执、王化贞的无能等，辽事危急，而今幼主不安，"于是请用公者益亟，以谓不可朝夕待。上亦急东事，不复能留公于讲筵，乃拜兵部尚书兼东阁大学士，以二月十八日入直办事。凡九日，即命以阁臣暂掌部务。辰入阁，午入部，仍以侍郎承旨。"[2]孙承宗初掌朝廷军务，即提出了一系列改革军事体制的建议，皇上一一采纳，说明年幼的朱由校也略知天下形势危急。实际上，孙承宗提出的是涉及深层矛盾的军政管理体制改革措施和军队作战训练问题。对于军政管理体制，孙承宗指

---

[1] 钱谦益：《牧斋初学集》卷四十七，钱曾笺注，钱仲联标校，上海古籍出版社，1985，第1161页。

[2] 钱谦益：《牧斋初学集》卷四十七，钱曾笺注，钱仲联标校，上海古籍出版社，1985，第1165页。

出"年来兵多不练,饷多不核,以将用兵,而以文官招练,以将临战,而以文官指发,以武为备边而日增文官于幕,以边任经、抚而日问战守于朝"[1]。"以文统武,自是敝法。以极不知武之文,统极怕文之武,更属极敝之法。故臣谓今天下当重武吏之权"[2],强调了将领指挥军队的科学性。对于军队的建制,孙承宗认为,"国家京营兵十万,日添文添武以为兵害,而不少添其饷。营兵上等之饷,不当募兵下等之饷,何能为练?当如募兵之法,列饷为三等,而以递升递降之法,简拔清汰,环城为营。每城建三营,营可八千有奇。建营之法,即以阵法为之。令什什伍伍,在营如阵,在阵如营。升其伉健有为亲军,而老弱拊营,姑任之为老家,如宋初升藉之法。不变常,不动众,而阴夺其势,不忧其徒众而易哗也。其大要在先简营将,无以文吏操之,而清其拜座主之费。尤在总协大臣,挈持纲领,勿循格套,以提掇营将之情神,则京兵可强,募兵可省,而外兵屯聚之祸可销也"[3]。这里阐述的是不同军种之间的任务分配与管理方法,简明实用。而关键的问题在于军事部署,孙承宗指出:"永平为陵京重镇,为山海后劲,不可再设巡抚,却不可不设总兵,与山海、蓟镇为铛脚之势,为皇上护此雄关。卢龙、蓟门诸州县,宜略仿各边之法,城各设守将一员,添兵防戍,筑垒于必争之地,使镇戍连接,墩营相望,关西州县,处处设兵,虽为各城防守,其实于东则若以山海之兵分布于各城以为老营,于西则若以京师之兵分布于各城以为突骑,每城择健令及佐贰,团结义民,安插流佣,兵即于本州县招募,器甲粮饷,给以本地钱粮。近畿三百里内,发数万金储米豆为备,备而不用,可平粜以赈民,而官饶其息。一片石而西,戚继光故垒在焉,可按其踪而加修葺。畿南涿、易以及通州,当清理额兵,兼募新兵。抚臣张凤翔议招兵五万,臣谓有一兵当得一兵之实用,无哆口几千几万,不得一兵之用也。天津、北平若京东,皆可屯田,以屯拨辽人,以渠限胡马,以租给军饷,此三便也。"[4]这是对京师

---

[1] 钱谦益:《牧斋初学集》卷四十七,钱曾笺注,钱仲联标校,上海古籍出版社,1985,第1166页。
[2] 钱谦益:《牧斋初学集》卷四十七,钱曾笺注,钱仲联标校,上海古籍出版社,1985,第1167页。
[3] 钱谦益:《牧斋初学集》卷四十七,钱曾笺注,钱仲联标校,上海古籍出版社,1985,第1167—1168页。
[4] 钱谦益:《牧斋初学集》卷四十七,钱曾笺注,钱仲联标校,上海古籍出版社,1985,第1168页。

周边及北方军事防御的整体布局，可谓全局清晰，层次分明。可见，孙承宗长期关注明王朝的北部边防，并有高屋建瓴的筹划。钱谦益详细记述孙承宗规划辽东、抗击后金、壮烈殉国等事迹，但这篇行状更为广而深的内容，是提出了明季党争、君王无识、宦官干政、文武不协等问题，孙承宗因这些问题对朝局充满忧虑，也提出了解决问题的办法，这是孙承宗的办法，何尝不是钱谦益的！所以，这篇行状，可以说也是钱谦益治国理政治军安边的基本方略，可惜没有实现的机会。

即便南明福王、鲁王、唐王政权相继覆灭，钱谦益对复明也未失去希望，还为门人瞿式耜，这位西南永历政权的支柱出谋划策。瞿式耜在《报中兴机会疏》中提到他与钱谦益的书信往来，其中记录了钱谦益对局势的观察判断和对复国的建议。钱谦益认为，如果永历政权上下一心、主贤臣良，还是有一定希望的。当时永历朝所在的西南地区"幅员且半天下"，而钱谦益有一颗"身在房中，未尝须臾不念本朝"[1]的老臣衷心。钱谦益对局势的透彻分析和对军政状况的把握与瞿式耜的想法是非常契合的，对中兴有很大的信心，由此亦可见钱谦益把握全局的能力所在。

《牧斋有学集》，是钱谦益入清以后所作的诗文集，共五十卷，内容也较为丰富。其中诗歌十三卷，序十二卷，其他为墓志铭、题跋、札记、杂文等，不仅可以进一步看到钱谦益晚年在经史学、文学、佛学、版本目录学等方面的见解和成就，更可以看到真实而零散的南明史料。在《牧斋有学集》中，钱谦益对晚明文学思潮的看法，基本符合实际。对清初著名诗人如吴伟业、宋琬、施闰章、王士禛、屈大均、钱秉镫、邢昉诸家的评价，公正允当，客观上推动了清诗的发展振兴，从而看到钱谦益在清初文学和文学理论批评上的地位。正是由于作品中还大量保存了南明时期的史料，寄托了钱谦益对清王朝的真实态度，以及为抗清活动所做的包括宣传鼓动、接济遗孤、揄扬关键人物事迹等秘密活动，故而被列为禁书。

钱谦益的《苦海集》《投笔集》及后人搜集整理的《牧斋晚年家乘文》《钱牧斋先生尺牍》《牧斋有学集文钞补遗》《有学集文集补遗》《牧斋外集》《牧斋集补》《牧斋集再补》九种，由上海古籍出版社 2007 年合并整理出版，称为《牧斋杂著》，是研究钱谦益诗文理论和心绪演变的重要资料，更

---

[1] 江苏师范学院历史系、苏州地方史研究室整理《瞿式耜集》卷一，上海古籍出版社，1981，第 105 页。

是有利于充实甚至更正明清易代之际史料的重要依据。所以,其价值不仅是文学的,也是史学的。其中的不少尺牍、序,可以认识到明清诗歌风格流转的印迹,弥足珍贵。

当然,钱谦益也有格调轻松之文,数量虽然不多,已足见其文笔潇洒妙丽的一面。特别是《牧斋初学集》第四十六卷的《游黄山记》,游踪清晰,写不尽登山下壑之妙趣;画面婉丽,赏不完迎面而来之美景。关于黄山的游记文章,难以计数,游踪美景、气候物产、风土人情,无不详细。钱谦益记游的九段文字,亦是婉转清闲,颇有情趣。但《径山种树记》一篇,别有寄托:

> 径山为天目东北峰,伽蓝在山冢五峰之间,凡有兴作,取材于千里之外。凌大江,冒双溪,历洪流暴涨,然后逆坂而上,缘缏邪许,十里百折,卒徒颠踣,木石腾藉。是故寺不久辄废,废而难复以兴也。闻谷禅师印公语其徒某曰:"盍买山而树之? 树可成材也,百年之内,其可以抡材于山矣乎!"于是买山若干亩,树松杉若干株,循直岭以至三门又若干株,刻其券而三之,以为之守禁。而又曰:是不可以不志也,使某书之于石。《诗》有之:树之榛栗,椅桐梓漆,爰伐琴瑟。此古之邦君建侯营室者之所有事也。印公,学佛之人也,乃能计久远如是。世之君子,虑及于浃岁者亦寡矣,岂或百年? 呜呼! 浮图之昌其教宜矣。其训于有官君子,不尤深切哉? 夫以印公之愿力,后五百年,兹山之飞楼涌殿,当有如苏子瞻之诗,予之言何足以云也。使世之君子,过而视之,则以予言为厉已而已矣。天启四年八月记。[1]

全文三百余字,名曰写径山种树,叙述种树却在其次,重点放在了议论。学佛之人,能为寺庙之建设考虑百年之久,尘世之中,官场之上,朝局之间,能够考虑到一年之间事情的人,已经稀见,能够百年谋划者,又有几人? 身在官场,当为朝廷、为国家、为百姓深谋远虑。

诗人钱谦益,是明清之际的巨匠;文章大家钱谦益,亦是百年难得之奇人。对钱谦益的全面研究和完整观照,尚待学界鼎力。

---

[1] 钱谦益:《牧斋初学集》卷四十二,钱曾笺注,钱仲联标校,上海古籍出版社,1985,第1113页。

第十二章 清代的吴地文坛

尽管清初江南文人遭受了规模不小的杀戮，斯文损失难以描述。然徐枋隐居于邓尉山中，使隐居之所成为遗民的活动中心；钱谦益归居常熟，连接遗老诗人与新生代诗友，形成了清诗繁荣的基础力量集群；钱澄之、阎尔梅等或与南北遗民诗人广泛接触，或与新生代诗人学者探讨艺文；顾炎武的实地考察而有感吟唱，不唯学术研究泽被后人，精神感召亦慰藉侪辈。所以，清代的吴地文坛，既有遗民群体的唱和，也有新生代的及时接续，更有重量级的人物承传。

第一节 虞山诗群

早在崇祯初，钱谦益回到故里，与瞿式耜、冯舒、冯班、钱曾等人唱和，虞山诗派已经形成。其中"二冯"：冯舒、冯班，在虞山诗派中影响巨大，是明季钱谦益身边的两位重要的学者兼诗人。"二冯"的诗歌理论主张与钱谦益相类似，但在批判复古思潮上有所保留，比较强调诗法，注重向汉魏诗歌学习。

一、冯舒

冯舒（1593—1649）字己苍，号默庵，别号癸巳老人，自号孱守居士，常熟（今属江苏）人，明末清初学者，著名藏书家、刻书家。冯舒善口才，性伉直，遇事敢为，不避权势，小人嫉之如仇。崇祯十年（1637），邑民张汉儒诬讦钱谦益，钱被下狱。钱谦益称为"丁丑狱"，冯舒奔走京师，出面求援大学士冯铨，并得到曹化淳的协助，钱谦益得免死放归。顺治年间，常熟县令瞿四达贪赃枉法，有诸生黄启耀等人上告县令贪状。冯舒因揭露邑中漕粮弊端，瞿四达忌之。"会己苍集邑中亡友数十人诗为怀旧集，自序书大岁丁亥，不列本朝国号、年号；又压卷载顾云鸿昭君怨诗有'胡儿尽向琵琶醉，不识弦中是汉音'之句。卷末载徐凤自题小像诗有'作得衣裳谁是主，空将歌舞受人怜'之句。语涉讥谤，瞿用此下己苍于狱。未几死，盖属狱吏杀之也"[1]。冯舒著有《虞山妖乱志》《空居阁杂文》《默庵遗稿》《空居阁集》《诗纪匡谬》等数种，并校定《玉台新咏》等。

冯舒肆力于经史百家，尤邃于诗，真实内心，是以遗民自居，诗歌中多故国之思，或于咏物中别有寄托。如《柳絮四首》：

其二
不著根株到处生，飘为飞雪落为萍。
江流看取千寻阁，占尽还应剩一泓。

其四
漫漫密密逞精神，栖薄何分溷与茵。
却恐章台新雨后，也随马足伴红尘。[2]

冯舒是一个是非分明的人，性格刚正，臧否人物不留情面。这组诗，依据诗意，当作于南明弘光政权灭亡后不久，对钱谦益、柳如是加以嘲讽。诗歌中讥讽的不仅是柳絮没有根基的癫狂，还有臭气熏天的茅坑，不免令人想到柳如是之依附钱谦益的故事。

二、冯班

冯班（1602—1671）字定远，晚号钝吟老人，常熟（今属江苏）人。明末诸生，从钱谦益学诗，少时与兄冯舒齐名，人称"海虞二冯"。长大后，冯班与兄主张有所差异，遂分道扬镳。入清未仕，由于常常就座中恸哭，人们都以为他得了痴症，又因冯班排行第二，所以叫他"二痴"。冯班致力于诗学，自《诗经》以下逐一考订渊源，极见功力。其论诗主张，基本与钱谦益相似，反对盲目复古，批评竟凌派的作法，深受宋诗影响，亦崇尚晚唐风格，讲究"无字无来历"和"文气"，反对严羽《沧浪诗话》的妙悟说。"班学有本源，论事多达物情，论文皆究古法，虽间有偏驳，要所得者为多也"[3]，有《钝吟集》《钝吟杂录》《钝吟书要》和《钝吟诗文稿》《定远集》等。2010年辽宁师范大学龚莹莹硕士论文《虞山派诗人冯班研

---

[1] 王应奎：《柳南随笔 续笔》，王彬、严英俊点校，中华书局，1983，第4页。
[2] 冯舒：《默庵遗稿》卷十，收入《清代诗文集汇编》第7册，上海古籍出版社，2011，第724页。
[3] 永瑢等：《四库全书总目》卷一百二十三，中华书局，1965，第1064页。

究》，2012年河北大学李俊国硕士论文《冯班诗歌研究》，较为全面深切。冯班的诗歌沉丽细密，锤炼藻绘，略有南朝徐陵、庾信的手法，又受到晚唐温庭筠、李商隐的影响。诗中抒发故国悲痛，婉而多讽。《题友人〈听雨舟〉》："篷窗偏称挂鱼蓑，荻叶声中爱雨过。莫笑陆居原是屋，如今平地有风波"[1]，借画面的解读以抒明亡之恨；《余生》在隐居的平静里潜伏着复国的希望；《有赠》："隔岸吹唇日沸天，羽书惟道欲投鞭。八公山色还苍翠，虚对围棋忆谢玄"[2]，托古喻今，以史实和今景的交融写出讽刺南明不能御敌的故国哀思，寄托深沉而含蓄有味。等于说南明政权既缺乏谢玄这样的前线将领，也没有谢安这样精于谋划而调和鼎鼐的贤相，哀婉而无奈。又如《兵后经郡齐门故人废园有感》：

> 雀乱鸦啼燕不回，曲池平后劫成灰。
> 云离巫峡知无定，地失桃源莫再来。
> 蔓草江淹何限恨，青枫宋玉有余哀。
> 故人泉下如相念，白首全生赖不材。[3]

诗人经过苏州齐门，瞻仰了故人的园庭，只见乱缺昏鸦，不见燕子归来，战后荒凉的景象，在首联中已经清晰可见，颇有南宋灭亡之后谢翱经过杭州故宫的心绪。谢翱《过杭州故宫二首》其一曰："禾黍何人为守阍？落花台殿黯销魂。朝元阁下归来燕，不见前头鹦鹉言！"其二曰："紫云楼阁燕流霞，今日凄凉佛子家。残照下山花雾散，万年枝上挂袈裟。"《重过二首》其一曰："复道垂杨草欲交，武林无树着凌霄。野猿引子移来住，覆尽花枝翡翠巢。"其二曰："隔江风雨动诸陵，无主园池草自春。闻说就中谁最泣，女冠犹有旧宫人。"[4] 与谢翱不同的是，诗人将江淹、宋玉的哀恨与自身的遭遇结合，既有繁华都市的毁灭伤痛，也有诗意人生一去不返的幽怨。虽然自嘲"不材"，实乃对前朝的眷恋及清朝南下破坏江南风景名胜的讽刺批判。

---

[1]　冯班：《钝吟集》下，收入《清代诗文集汇编》第20册，上海古籍出版社，2011，第24页。
[2]　冯班：《钝吟集》上，收入《清代诗文集汇编》第20册，上海古籍出版社，2011，第12页。
[3]　冯班：《钝吟余集》，收入《清代诗文集汇编》第20册，上海古籍出版社，2011，第35页。
[4]　谢翱：《晞发集·晞发遗集》卷上，陆大业编，收入《文渊阁四库全书》第1188册，台湾商务印书馆，1986，影印本，第330页。

三、钱陆灿

钱陆灿（1612—1698）字尔弢，号湘灵，又号圆沙，常熟（今属江苏）人。是继钱谦益之后的虞山诗派第二盟主，顺治十四年（1657）举人。钱陆灿好藏书，校检古籍极为用心。一生未入仕途，主要教授于常州、扬州、金陵之间，从游从学者众多。康熙中，曾与徐乾学、尤侗等人在昆山发起耆年会，钱陆灿年纪最大，会中人皆以兄称之。晚居南山，校勘藏书，精审优劣。有《调运斋集》《圆沙和陶诗》《圆砚居诗钞》《常熟县志》。钱谦益遍收明人诗集，成《列朝诗集》，并各附小传。钱陆灿将《列朝诗集》的小传部分抽出，单独为一编刊行，名为《列朝诗集小传》刊行，广受学界欢迎。2012年华东师范大学毛文鳌博士论文《钱陆灿研究》考订、论述颇精。钱陆灿的诗歌，主要寄人生情趣，感慨于自然景观，风格浑厚圆润。如《上巳山中醉归》：

> 禊事初修乐且耽，出游如有味醺醺。
> 吾衰甚矣七十七，天气佳哉三月三。
> 眠柳始花腰旋舞，流莺半语舌犹含。
> 华胥只在人间世，倒载归舟梦寝甘。[1]

三月三，常是文人曲水流觞、吟赏烟霞的日子，大约是孔子门人曾点"莫春者，春服既成，冠者五六人，童子六七人，浴乎沂，风乎舞雩，咏而归"[2]的遗意。诗人此时年纪已经七十七岁，似乎依然兴趣未减。春来之际，风和日暖，水边修禊，舟中醉眠，消除世虑，自得其乐。可是，尾联特地以醉梦作结，用意为何，只有诗人自己清楚。

四、钱曾

钱曾（1629—1701）字遵王，号也是翁，又号贯花道人、述古主人，常熟（今属江苏）人。钱曾是钱谦益同族孙辈，继承父业，是江南重要的藏书家。钱曾年轻时即有志于收藏古籍，访求图书不遗余力，无意仕途。钱曾重视宋元刻本及旧抄本，并认真校书，为古籍存真起了一定的作用。尽管后来与钱谦益产生矛盾，钱曾仍然是虞山诗派的重要成员，有《今吾

---

[1] 王应奎、瞿绍基编《海虞诗苑·海虞诗苑续编》，罗时进、王文荣点校，上海古籍出版社，2013，第14—15页。
[2] 康有为：《论语注》，中华书局，1984，第174页。

集》《笔云集》《怀园小集》《莺花集》《交芦言怨集》《夙兴草堂集》《判春集》《奚囊集》等八部诗集，除《今吾集》有康熙年间的刻本外，民国前其余均未刊刻。谢正光的《钱遵王诗集校笺》，1990 年由三联书店（香港）有限公司出版，2018 年由中华书局出版，共录诗 513 首，对我们认识他在清初诗坛的地位，有一定的帮助。其《悲歌十首》的序言明确了写作的时间、背景与心态。其中《四愁》《七哀》再现汉末国家衰败、战乱遍地的悲惨景象，而历史的悲剧再次上演了。序中的乙酉指 1645 年，南明福王政权于此年五月覆亡，随即清军东进南下，整个江南陷入战乱的灾难之中。"扬州十日"之后，江南锦绣之乡，血流成河，尸骨遍野，惨烈程度，难以想象。江阴地区死亡八十万人以上，昆山、嘉定等地，伤亡惨重。常熟全境，从大户人家到普通市民，多选择逃离城市，避居偏远乡村企求保全性命。正是在避居期间，钱曾写下了这组诗歌。《悲歌十首并序》其四：

> 旌旗缭乱黄云起，夜半炮声城外至。
> 平明胡骑入城中，乱杀居民无处避。
> 生擒妇女到营前，少者拘留老者弃。
> 衣裳垢敝随犬羊，坐卧相牵真断肠。
> 就中多少豪家女，呼天不应天苍苍。
> 忆昔重门闭深院，等闲不许旁人见。
> 绣幕珠帘掩映身，还将罗扇遮娇面。
> 一朝乱起骨肉惊，乡人是处弄刀兵。
> 妾今被虏何惜死，求死不得非偷生。
> 面比桃花胸似玉，可怜竟受胡儿辱。
> 天阴雨湿草头行，月黑风悲马上宿。
> 红颜命薄一至此，早晚应须入鬼录。
> 凭谁传语报家人，不必持金更来赎。[1]

义愤聚于笔端，来不及考虑体裁韵脚，只是一气呵成，写出了战乱中大家闺秀的苦难遭遇，更点明了这名闺阁小姐昔日的尊贵，今朝的踉跄，以及求生不能，一心求死的意志。这名闺阁小姐只是一个典型，代表的是千千万万战乱中的苦难百姓。换个视角，亦可见清军在南下过程中掳掠的

---

[1] 钱曾著，谢正光校笺《钱遵王诗集校笺》，中华书局，2018，第 48 页。

残暴与对江南文明摧毁的惨烈程度。

五、吴历

吴历（1632—1718）字渔山，号墨井道人、桃溪居士，常熟（今属江苏）人。少时学诗于钱谦益，学画于王鉴、王时敏，经学、史学师法陈瑚。虽是虞山诗派中人，但一生主要的事业是绘画，有《墨井诗钞》《三巴集》《桃溪集》《墨井画跋》。其《澳门杂咏》三十首，均写澳门胜迹及相关事件，实为早期澳门重要的文学史料。关于吴历的研究，学界已有较多成果，陈垣《吴渔山先生年谱》最为清晰。2007年中华书局出版章文钦《吴渔山集笺注》，最为完备。2007年首都师范大学沈玮硕士论文《从山水诗到天学诗——吴历诗歌研究》，2008年上海师范大学赵盛楠硕士论文《吴历诗歌研究二题》，2013年苏州大学许亦峤硕士论文《明末清初天主教与江南遗民诗歌之关系——以吴历、瞿式耜为例》，马卫中《桂枝未遂知衔恨 诗草空遗泪眼看——吴历诗漫论》，探讨吴历诗学，甚有功力。《兵过后南阳道中》：

> 林空唯落日，地僻少残春。欲问南阳路，前村未有人。[1]

语言直白，却是字字痛彻肺腑。江山易主，大兵过境的历史大背景，诗人并未涉及，而是选择"问路"这一生活中常有的场景，写出了当地的惨况，天地无色，春光有限，人寰惨绝。《和吊孙太初处士墓》：

> 行到归云高隐地，孤猿野鹤尚哀鸣。
> 晴溪绿满侵难尽，秋叶红稀踏未平。
> 垄上只今惟虎迹，堂前何处有瓢声。
> 持竿白首烟波里，寂寞无人问姓名。[2]

作品写于康熙三年（1664）或四年，吴历两度随从陈瑚到吴兴（今浙江湖州）访学，其间凭吊了布衣诗人孙一元的墓。孙一元（1484—1520）字太初，自号太白山人，籍贯不详，短暂一生，足迹半天下，遍游山水名胜，不以功名为事。正德年间寓居浙江长兴吴珫家，与刘麟、陆昆、龙霓、吴珫唱和，称"苕溪五隐"，卒葬于长兴。因而，孙一元是一位寂寞的

---

[1] 吴历：《墨井诗钞》卷上，收入《丛书集成续编》第125册，上海书店，1994，第578页。
[2] 吴历：《墨井诗钞》卷下，收入《丛书集成续编》第125册，上海书店，1994，第583页。

诗人，很少有人会关注到，唯有朋友、朋友的后学或隐逸同道，方能注意。陈瑚、吴历等人来到湖州，凭吊荒草孤坟，发出了一百多年之后的应和之声。

出自袁枚门下的孙原湘，是清代中叶重要的诗人，与舒位、王昙被称为"乾隆后三家"（前三大家指袁枚、赵翼、蒋士铨）。

六、孙原湘

孙原湘（1760—1829）字子潇，又字长真，号心青，亦署姑射仙人侍者，昭文（今江苏常熟）人。孙原湘幼年聪颖，且勤于《论语》、《孟子》、"三礼"、"三传"。于诗歌尚未留意。与同邑席佩兰成婚后，对诗歌方有关注，自称始学为诗，大约十七八岁。乾隆五十三年（1788）袁枚到常熟，经人介绍，夫妇同拜袁枚门下。嘉庆十年（1805），四十六岁的孙原湘进士第二名及第，官翰林院庶吉士、武英殿协修，不久得疾，返里不出，教习书院，其学生亦多有成就。孙原湘诗歌风格与主张倾向，传承师门，注重性灵，是乾嘉诗坛颇具代表性的诗人之一，在袁枚众弟子中，诗名最著，有《天真阁诗集》《天真阁词集》《天真阁外集》《天真阁文集》《天真阁骈文》等传世。2019人民文学出版社出版了王培军点校《孙原湘集》，完善而使用方便。

孙原湘的诗歌内容，不脱传统，纪行咏怀、吊古伤今、酬赠唱和，部分作品反映街巷百姓疾苦、讽喻时政，受杜诗影响，如《贫女》《猛虎行》《太守来》等，但更多的是对个人情怀与一时一地的感慨的叙写，较好地践行了其师袁枚的诗歌主张。如《得内人书》：

> 鹊声啼上夕阳枝，锦字书来隔月迟。
> 封处尚疑双别泪，开时惟有一缄诗。
> 黄花比瘦灯初觉。翠黛含颦镜独知。
> 应是望予书更切，急弹红烛写乌丝。[1]

在遥远的京城，能够得到爱妻上个月写的一封信，孙原湘很是欣慰。而这封信的内容，诗人没有提及，只是说，是一首诗。孙原湘的妻子席佩兰，江南才女，能诗词且是性灵派的重要女诗人，与孙原湘伉俪相得，诗

---

[1] 孙原湘：《天真阁集》卷二，收入《续修四库全书》第1487册，上海古籍出版社，2002，第539页。

词唱和,情深意切,真正知音。故而,孙原湘能够明白妻子"人比黄花瘦"的状态与心情,所以急急忙忙回应妻子的焦虑,表达对妻子的思念之情。

第二节 吴伟业

与虞山诗派相类似,娄东诗派也形成于明季,多为太仓名公大臣或名流之后,少有布衣。太仓诗人相互间原本唱和不多,吴伟业家居期间,常与诸子唱和往来,故而形成了一个诗群。又由于顾湄出面将太仓十位诗人的作品结集,由吴伟业最终选定,刊行,故而太仓十子形成一个诗歌创作群体,并推吴伟业为领袖。而吴伟业在科举辉煌之后,也有开创诗派成就一代宗师的愿望,由此吴伟业无疑是娄东诗派的领袖人物。

吴伟业(1609—1672)字骏公,号梅村,别署鹿樵生、灌隐主人、大云道人,太仓(今属江苏)人。崇祯四年(1631)吴伟业与其师张溥同榜进士及第之后,张溥为翰林院庶吉士,吴伟业为编修。受朝中周延儒、温体仁倾轧波及,张溥请假回太仓。吴伟业也受到牵连,请假回乡完婚。表面上"伟业以溥门人,联捷会元鼎甲,钦赐归娶,天下荣之"[1],实际上也是一种回避。此后三年多时间,吴伟业居住故乡,与同里诗友唱酬,直到崇祯八年回京师复职。十年,吴伟业为东宫讲读,十二年转南京国子监司业,次年升任太子中允、左谕德,旋回乡守丧。南明弘光政权建立,吴伟业被召到南京任职,仅一月,见马世英、阮大铖弄权,遂请假回乡。清顺治十年(1653),吴被迫应诏北上,次年被授为秘书院侍讲,后升国子监祭酒,顺治十三年底,以奉嗣母之丧为由乞假南归,此后不复出仕。他是明末清初著名诗人,与钱谦益、龚鼎孳并称清初诗坛的"江左三大家"。吴伟业不仅是娄东诗派的开创者与领袖,更由于其在复社中的特殊地位及与陈子龙的密切关系,成为清初娄东诗派与云间诗派实际上的共同领袖,在诗歌史上与钱谦益具有相当的地位。而云间诗派、娄东诗派与虞山诗派,正是明清之际诗坛特别是清初诗坛的主要创作群体。吴伟业的《吴梅村全集》,上海古籍出版社1990年整理出版。另有《绥寇纪略》,上海古籍出版

---

[1] 陆世仪:《复社纪略》卷一,收入吴应箕等《东林本末(外七种)》,北京古籍出版社,2002,第231页。

社1992年整理出版单行本。

  吴伟业首先是个诗人,其诗歌诸体皆工,尤长于七言歌行。其诗律知识,进士及第后方受教于张溥。据方志记载,吴伟业自述,"余初第时,不知诗,而多求赠者,因转乞吾师西铭。西铭一日漫题云'半夜挑灯梦伏羲',异而问之。西铭曰:'尔不知诗,何用索解?'因退而讲声韵之学"[1]。可见吴伟业实际开始作诗的时间较晚,并由中唐诸家入手,主要受到元稹、白居易的影响,擅长歌行体,后自成新吟。明亡之后,吴伟业用歌行体诗歌写作重大历史事件,其《圆圆曲》为代表,以美人遭遇折射历史悲剧,表明诗人的倾向而不露痕迹,学者称之为"梅村体叙事诗",以近体诗的功夫来写长篇叙事诗,影响了有清一代的诗风。后人评价谓"取明季遗事,用王、杨、元、白体咏之,曲折详尽,使人有《黍离》《麦秀》之感"[2]。清代不少诗人善于叙事,作品中隐隐有"梅村体"的影子。四库馆臣评价吴伟业诗为"其中歌行一体,尤所擅长。格律本乎四杰,而情韵为深;叙述类乎香山,而风华为胜。韵协宫商,感均顽艳,一时尤称绝调"[3],不为无见。如《听女道士卞玉京弹琴歌》:

> 鵁鶄逢天风,北向惊飞鸣。
> 飞鸣入夜急,侧听弹琴声。
> 借问弹者谁?云是当年卞玉京。
> 玉京与我南中遇,家近大功坊底路。
> 小院青楼大道边,对门却是中山住。
> 中山有女娇无双,清眸皓齿垂明珰。
> 曾因内宴直歌舞,坐中瞥见涂鸦黄。
> 问年十六尚未嫁,知音识曲弹清商。
> 归来女伴洗红妆,枉将绝技矜平康,如此才足当侯王!
> 万事仓皇在南渡,大家几日能枝梧。
> 诏书忽下选蛾眉,细马轻车不知数。

---

[1] 乾隆《镇洋县志》卷十四,收入《江苏历代方志全书·直隶州(厅)部》第13册,凤凰出版社,2018,第541页。

[2] 宣统《太仓州志》卷二十,收入《江苏历代方志全书·直隶州(厅)部》第13册,凤凰出版社,2018,第1页。

[3] 永瑢等:《四库全书总目》卷一七三,中华书局,1965,第1520页。

中山好女光徘徊,一时粉黛无人顾。
艳色知为天下传,高门愁被旁人妒。
尽道当前黄屋尊,谁知转盼红颜误。
南内方看起桂宫,北兵早报临瓜步。
闻道君王走玉骢,犊车不用聘昭容。
幸迟身入陈宫里,却早名填代籍中。
依稀记得祁与阮,同时亦中三宫选。
可怜俱未识君王,军府抄名被驱遣。
漫咏临春琼树篇,玉颜零落委花钿。
当时错怨韩擒虎,张孔承恩已十年。
但教一日见天子,玉儿甘为东昏死。
羊车望幸阿谁知?青冢凄凉竟如此!
我向花间拂素琴,一弹三叹为伤心。
暗将别鹄离鸾引,写入悲风怨雨吟。
昨夜城头吹筚篥,教坊也被传呼急。
碧玉班中怕点留,乐营门外卢家泣。
私更装束出江边,恰遇丹阳下渚船。
翦就黄绒贪入道,携来绿绮诉婵娟。
此地繇来盛歌舞,子弟三班十番鼓。
月明弦索更无声,山塘寂寞遭兵苦。
十年同伴两三人,沙董朱颜尽黄土。
贵戚深闺陌上尘,吾辈漂零何足数!
坐客闻言起叹嗟,江山萧瑟隐悲笳。
莫将蔡女边头曲,落尽吴王苑里花。[1]

这是一首诗,也是一段史,记述的是歌女遭际,反映的是易代悲剧。作品中的卞玉京,是明清之交的秦淮名妓,本名赛,字云装,"知书,工小楷,善画兰、鼓琴"[2],明慧绝伦,能诗工画,与明季才子有着较为广泛的交往,并与李香、葛嫩娘等一样,具有敏锐的政治嗅觉和正义感。南明

---

[1] 吴伟业:《吴梅村全集》卷三,李学颖集评标校,上海古籍出版社,1990,第63—64页。
[2] 余怀:《板桥杂记》,南京出版社,2006,第17页。

福王政权灭亡后出家做道士，自号玉京道人，流落无锡惠山以终，年仅四十余。杜甫《江南逢李龟年》"岐王宅里寻常见，崔九堂前几度闻。正是江南好风景，落花时节又逢君"[1]所写的宫廷艺人流落民间，还只是一场八年内乱造成的后果。而吴伟业的这首诗，却是对改朝换代与红粉知己流落的双重感慨。在清初著名的诗人中，吴梅村的心路历程是比较特殊的。无限沉痛的家国剧变，魂萦梦系的知己相逢，无法抹去的屈节之辱，都在他的诗里打上了不可磨灭的痕迹，直到用僧装入殓方才了结。《听女道士卞玉京弹琴歌》是他的天才创造，最为淋漓尽致地表达了他的这些复杂难言的情感。

曾经与卞玉京的交往，是吴伟业一生中的重要经历，聚散离合的个人经历，因为明朝的灭亡而具有了浓厚的悲剧意味。历经战乱、亡国以后，吴、卞两人的心情都已不复当年。沧桑之感、家愁国悲与个人的离愁别恨及对往日绮梦的回想交织在一起，已经超越了儿女情长的窠臼，将个人遭遇之痛与家国沧桑之恨融为一体，作品即具备了"诗史"式的厚重。不论是吴伟业，还是卞玉京，均是动荡乱世中的特殊人物。他们的悲欢离合或个人遭遇只是作品的表象。其背后，是政治风烟的变幻和明清易代的伤痛。所以，作品中的主体内容，是卞玉京弹琴诉说自己十年来的悲惨遭遇和心灵伤痛，道出了卞玉京在这十年中遭受的苦难，清军下江南，名妓着道袍，十年两三伴，流落江南路，凄凉境况一言难尽。

值得注意的是，卞玉京除了讲述了自己在江南大乱中的遭遇，还有南明弘光帝荒唐之举。京师沦陷，君王殉国，异族入侵，险象环生的状况下，弘光帝居然置国事于不顾，挑选美女，册封后妃。当时弘光政权尚有近八十万大军驻扎在各个要道，尚有一批将领可以使用，更有期盼中兴的亿万百姓。可是，马士英、阮大铖关注的只是权力，选中了中山王徐达后裔的女儿及祁彪佳和阮大铖等人的女儿，只是为了巩固自己的权势，并非规划北伐收复江山。没料到，美女们未及入宫，弘光朝就灭亡了，她们被清兵一一掠走。清兵大肆抢掠妇女，连教坊妓女也不放过。卞赛化装为道士，逃到苏州，可苏州也一样混乱萧条。近十年来，当年的同伴都凄凉死去，贵戚的千金都难免沦落，更何况风尘女子。所不同的是，弘光政权是

---

[1] 杜甫撰，仇兆鳌注《杜诗详注》卷之二十三，中华书局，2015，第1696页。

"选",清朝贵族是"抢",而其野蛮的本质没有区别。明清易代,妇女的苦难已数不胜数,文人遭遇也在各种史传中俯拾皆是。吴伟业的《悲歌赠吴季子》可见一斑:

> 人生千里与万里,黯然消魂别而已。
> 君独何为至于此?山非山兮水非水,生非生兮死非死。
> 十三学经并学史,生在江南长纨绮。
> 词赋翩翩众莫比,白璧青蝇见排抵。
> 一朝束缚去,上书难自理,绝塞千里断行李。
> 送吏泪不止,流人复何倚?
> 彼尚愁不归,我行定已矣!
> 八月龙沙雪花起,橐驼垂腰马没耳。
> 白骨皑皑经战垒,黑河无船渡者几?
> 前忧猛虎后苍兕,土穴偷生若蝼蚁。
> 大鱼如山不见尾,张鬐为风沫为雨。
> 日月倒行入海底,白昼相逢半人鬼。
> 噫嘻乎悲哉!生男聪明慎勿喜,仓颉夜哭良有以。
> 受患只从读书始,君不见,吴季子![1]

诗歌中的吴季子即吴兆骞。吴兆骞(1631—1684)字汉槎,号季子,吴江(今江苏苏州市吴江区)人。少有才名,与华亭彭师度、宜兴陈维崧号"江左三凤"。顺治十四年(1657)十一月,江南科场案起,为仇家诬陷,无辜遭累。次年四月复试于瀛台,每个考生身边有两个带刀侍卫,森严的气氛,让人犹如进了刑场。吴兆骞战栗未能终卷,遭除名,责四十板,家产籍没,与父母兄弟妻子流徙宁古塔(今黑龙江宁安)。友人顾贞观恳求于纳兰性德,后经纳兰性德之父纳兰明珠营救,得以赎还,然此时距吴兆骞被流放至宁古塔,已经二十三年过去。归后三年而卒。吴兆骞能诗,然二十余年的流放生涯,使他形成了慷慨悲凉的诗风,有《秋笳集》。

吴伟业面对自己的知己好友如此悲惨的遭遇,无法压抑心中的不平与愤慨,更不知道吴兆骞这一去关山万里,路途渺茫,此生还能不能相见。所以,这是一首悲情四溢的送别诗,甚至隐约有死别的意味。

[1] 吴伟业:《吴梅村全集》卷三,李学颖集评标校,上海古籍出版社,1990,第257页。

开篇诗人便点明送别的主题，人生的漫漫路途中，无论千里万里，最让人痛不欲生、黯然销魂的唯有别离一事，更何况是遭受冤屈并受到严厉处罚，去经历生死磨难的离别。诗人活用了江淹《别赋》的首句，奠定了悲凉凄切的情感基调。"白璧青蝇见排抵"句，语出陈子昂《宴胡楚真禁所》："人生固有命，天道信无言。青蝇一相点，白璧遂成冤。请室闲逾邃，幽庭春未暄。寄谢韩安国，何惊狱吏尊。"[1]点明了江南才子吴兆骞的冤屈。对于宁古塔的生存环境，吴伟业只有猜想，然并非无中生有。"生男聪明慎勿喜，仓颉夜哭良有以。受患只从读书始，君不见，吴季子！"寥寥数语，实际上是谴责了清王朝对文人的迫害。

一首送别诗，除了对行者的赞颂眷恋之外，吴伟业看到的是清廷的草菅人命，看到了具有恐吓性的惩罚，实际已经发现了统治者借题发挥，通过严厉惩处以树立威势，从而对江南文人实现精神驾驭的用意。

吴伟业是多面手，他的文章，古风犹存。他的戏剧作品如《秣陵春》，虽是案头之物不宜舞台，但借历史之影，写易代悲愁。吴伟业的诗歌理论，在清初也是旗号。而吴伟业的词，更是得到后人的赞许。陈廷焯评论说："吴梅村词，虽非专长，然其高处，有令人不可捉摸者。此亦身世之感使然"，[2]"东坡词不能学，亦不必学。惟梅村高者，有与老坡神似处，可作此翁后劲"[3]。情意缠绵而愧悔满怀的小词，亦可见吴伟业内心的柔软。如《临江仙·逢旧》：

落拓江湖常载酒，十年重见云英，依然绰约掌中轻。灯前才一笑，偷解衩罗裙。　薄幸萧郎憔悴甚，此身终负卿卿。姑苏城外月黄昏。绿窗人去住，红粉泪纵横。[4]

根据吴伟业仕历及《听女道士卞玉京弹琴歌》等有关作品推断，与卞玉京初遇之时，吴伟业三十一二岁，卞玉京大约二十出头。十年后再重逢，已是江山易主，二人也不复旧时情怀。词中描述了作者十年后重遇卞玉京时的复杂心情，面对曾经的有情人，想到当时因为犹豫而未能结合，心中不禁悲伤叹惋，也表达了作者对卞玉京的歉疚之情。

[1] 彭定求等编《全唐诗》卷八十四，中州古籍出版社，1996，第497页。
[2] 陈廷焯：《白雨斋词话》卷三，杜维沫校点，人民文学出版社，1959，第59页。
[3] 陈廷焯：《白雨斋词话》卷三，杜维沫校点，人民文学出版社，1959，第60页。
[4] 吴伟业：《吴梅村全集》卷二十一，李学颖集评标校，上海古籍出版社，1990，第554页。

第三节 娄东诗派

吴伟业晚年退居故里,成为吴地诗坛领袖之一。吴地社事活动,多有其身影。而太仓本是吟哦之乡,诗家辈出。于是,在吴伟业的影响下,形成一个娄东诗群,史家亦称之为"娄东诗派"。娄东诗派主要诗人的作品,既有个人的专集,更有吴伟业定稿的《太仓十子诗选》,作为娄东诗派标志性产物。"是书采其同里能诗者得十人,人各一集。首周肇《东冈集》,次王撰《芝廛集》,次许旭《秋水集》,次黄与坚《忍庵集》,次王撰《三余集》,次王昊《硕园集》,次王抃《健庵集》,次王曜升《东皋集》,次顾湄《水乡集》,次王摅《步蟾集》。皆其同时之人,前有伟业序,盖犹明季诗社余风也。伟业本工诗,故其所别裁,犹不至如他家之冗滥。特风格如出一手,不免域于流派,是亦宗一先生之故耳"[1]。"十子"分别是周肇、王撰、许旭、黄与坚、王撰、王昊、王抃、王曜升、顾湄、王摅。

一、周肇

周肇(1615—1683)字子俶,号东冈,张溥弟子,参加复社活动。顺治十四年(1657)举人。科场狱起,同考官论死,为之治殓。康熙十年(1671)任青浦教谕,二十一年升新淦知县,未几卒。有《东冈文稿》《东冈集》。《病中元夕有感》:

> 梦入京华怪独醒,孤舟病客鬓星星。
> 逢年谩愧天人策,涉世宁谙长短经。
> 秃笔卖文差可活,庸医乞药总无灵。
> 上元灯火萧条甚,才说宣和已泪零。[2]

诗中的个人飘零沉沦,尚是小事。衰老、贫病、孤独、伤感,也不是十分严重的问题。而诗人不能释怀的,是元夕最热闹的景观,是封存心底的宣和年间上元节的灯火。"正月十五日元夕节,乃上元天官赐福之辰。昨汴京大内前缚山棚,对宣德楼,悉以彩结,山沓上皆画群仙故事,左右以五色彩结文殊、普贤,跨狮子白象,各手指内五道出水。其水用辘轳绞上

---

[1] 永瑢等:《四库全书总目》,中华书局,1965,第1767页。
[2] 吴伟业:《太仓十子诗选·东冈集》,顺治刻本。

灯棚高尖处，以木柜盛贮，逐时放下，如瀑布状。又以草缚成龙，用青幕遮草上，密置灯烛万盏，望之蜿蜒，如双龙飞走之状。上御宣德楼观灯，有牌曰'宣和与民同乐'。万姓观瞻，皆称万岁"[1]。灯火元宵，那是国家兴旺的标志；与民同乐，更是大同世界的理想。而说到"宣和"，诗人已经"泪零"，一种难以言表的心绪，伴随着繁华不再的伤感，透过故事隐隐映射出来。

二、王揆

王揆（1619—1696）字端士，一字芝廛。王时敏次子，王原祁父。幼年承继家学与诸弟学诗，崇祯十二年（1639）举人，顺治十二年（1655）进士。以推官用，不就。康熙间荐博学鸿儒，力辞不赴。工诗，为"娄东十子"之一。有《芝廛集》。《壬辰北归居枫桥别业二首》其一：

> 归来投别业，鸡犬一庭前。雪重千门树，湖吞万井烟。
> 鸥凫寒食庙，虾菜夕阳船。何似燕云路，黄沙猎火天。[2]

王揆出生在一个显赫的家庭，曾祖王锡爵曾是明代大学士，一度担任万历年间的内阁首辅。祖父王衡一甲二名进士，官翰林院编修。父王时敏是明清之际的杰出画家，画法得董其昌指点，并有米芾风格，成为明清之际画坛娄东派的鼻祖。王时敏入清后选择归顺，以游历作画为生，并着力培养儿孙。受到父亲影响，王揆虽在清朝取得功名，但并未出仕。这首诗写于1652年，展示了王揆乐于隐退、甘于自然的心态。可是，眼前的事实是战火遍地，不知何时安生，惊恐之状，如在目前。

三、许旭

许旭（1620—？）字九日，国荣孙。年十二应童子试，补诸生。入清，潜心诗文，无意仕进。范承谟巡抚浙江，聘入幕，章奏皆出其手。及承谟总督八闽，诸所赞画多天下大计。有《闽中纪略》《秋水集》。《过废园有感》：

> 落日苍茫满客心，无端兴废愧登临。
> 到公死后空存石，谢傅亡来久废琴。
> 一代词人归蔓草，百年名苑化祇林。

---

[1] 吴自牧：《梦粱录》卷一，中国商业出版社，2023，第10—11页。
[2] 吴伟业：《太仓十子诗选·芝廛集》，顺治刻本。

> 芙蓉金粟知何处，野水弥弥自古今。[1]

荒废的园林，古往今来比比皆是，难以确定许旭所写园林位于何处。不过，江南园林，明清易代之后，荒废不知凡几，而许旭的足迹，从太仓到郡城，从浙江到福建，游踪甚广，似未必落到实处。然能够被许旭称为一代词人（著名文人）且拥有园林者，明代不多，似可进一步考证。诗中提到的"到公石""谢傅琴"，蕴意值得挖掘。前者来源于《南史》卷二十五的"到溉"，说皇上（梁武帝萧衍）与到溉打赌，赌资就是到溉住宅门前的奇石一块，还有《礼记》一部。结果到溉输了，石头被运到了梁武帝的华林园。诗人说的是到公石所在的园林已是一片荒芜，用意可见。而后者故事来源于《晋书》卷八十一的一个片段：桓伊抚筝歌《怨诗》。说的故事是，谢安虽然对于东晋王朝功劳巨大，淝水之战中以少胜多，保住了东晋的半壁江山。但是到了晚年，因为其女婿的不检点和小人的构陷，皇上疏远了谢安。一次宴会上，桓伊弹筝歌《怨诗》，谢安为之泣下沾襟，因此谢安重新得到皇上的眷顾。根据颔联用到的典故，则园林的主人当是高官并受到皇上的信任，姑且认作王时敏家的旧产，未为不可。尾联所写，是一片凄凉：荷花、桂花之类植物，园中早已不见，唯有野水茫茫而已。

四、黄与坚

黄与坚（1620—1701）字庭表，号忍庵，自幼颖悟，三岁识字，五岁诵诗。年十四，有志于古学，从吕云孚学。顺治十六年（1659）中进士，授知县。康熙十七年（1678），以荐应博学鸿儒，列二等，授翰林院编修，与修《明史》及《一统志》，甲子（康熙二十三年，1684）奉命典贵州乡试，回朝，迁左赞善。后以葬亲辞归，"寓居委巷，寂寞著书，如穷愁专一之士"[2]。有《大易正解》《论学三说》《愿学斋文集》《忍庵集》。黄与坚的诗歌中，也充满沧桑之感。然由于清王朝渐入盛世，社会矛盾逐渐缓和，故而表现得相对含蓄。《野访》一首，似乎没说什么，又隐约间有很多意思，留给读者很大的想象空间：

> 村绿当门口，城南第几家。晚潮鱼籪没，晴店酒旗叉。

---

[1] 沈德潜选编《清诗别裁集》卷十四，吴雪涛、陈旭霞点校，河北人民出版社，1997，第264—265页。
[2] 赵尔巽：《清史稿》卷四百八十四，中华书局，1977，第13357页。

密话随流水，凝眸断落花。不堪回首处，憔悴隔年华。[1]

五、王撰

王撰（1623—1709）字异公，一字大年，号随庵、随闿、随老人、揖山居士、随叟，王时敏三子。工隶书、山水，笔墨超逸，峰峦树石，均以其父为规矩，少创新。年过八十，所作画犹苍厚腴润，但气象格局拘谨狭小。晚岁生活清贫，不以为意，与里中王育、陆羲宾、郁法、宋龙、顾士琏、盛敬、陆世仪、江士韶、陈瑚等唱和论学，学者称为"娄东十老"。有《三余集》《揖山集》《随庵诗》。诗歌冲和闲雅，有香山遗风。《金陵感怀》：

龙关雨色片帆收，白下重来已倦游。
山水昔年乘王气，星文此日应旄头。
西陵风急江云晚，北固潮回海树秋。
千古相传佳丽地，六朝兴废使人愁。[2]

金陵有太多的故事，更令人有太多的兴废之感。诗人虽然笼统说了六朝，读之岂能忽略了不久前的沧桑之变！

王氏一门书画名家，冠绝一时，诗歌文章也享誉吴地。这首诗，即作者望中所感，既有诗情画意，亦有沧桑之感。首联颔联取景清冷，一片孤愁萦绕。颈联尾联写到谢安、白居易，是进退维谷成败两难的尴尬与迷惘，点出了作者内心的苦闷与无奈。

六、王昊

王昊（1627—1679）字惟夏，号硕园，著名文学家王世懋（王世贞弟）的曾孙。幼时聪慧过人，授书一过能记诵。纵笔为诗、古文，如有腹稿。性傲岸，不肯就省试。常年往来江浙间，与诸豪俊交结，家因此益瘠削。顺治十七年（1660），奏销案发，王昊被牵连逮系入京。得免遣归，革诸生功名，而家产已丧失略尽。筑室三楹，寝处其中，研经绎史，授徒自给，有终焉之志。不意康熙十八年（1679）举博学鸿儒，廷试，授内阁中书舍人，未就职而卒，年五十三。有《硕园集》《当恕斋偶笔》及《点苍山》《安

---

[1] 吴伟业：《太仓十子诗选·忍庵集》，顺治刻本。
[2] 吴伟业：《太仓十子诗选·三余集》，顺治刻本。

东阁》《交情见》诸曲。

七、王曜升

王曜升（生卒年不详）字次谷，号东皋，又号茶庵，王昊弟。诸生，与兄王昊齐名。性豪迈倜傥，跌宕文史，尤精音律。顺治十七年（1660）以奏销案除生员籍，悒悒出游。东西南北，唯意所之，暮年客死京师。有《东皋集》《茶庵诗稿》。故国之思，在诗中迭出。《登北固山》：

> 雄峰高枕石城斜，有客登临送晚霞。
> 水气暗吞山顶寺，江云遥护海门沙，
> 天低雁鹜来千里，地迥星河落万家，
> 指点旧朝形胜在，吹愁何处起悲笳？[1]

辛弃疾《永遇乐·京口北古亭怀古》，是对英雄的回顾，是对南宋偏安的不满。王曜升登上北固山，则是听胡笳四起，诉家国覆亡的悲哀。

八、王抃

王抃（1628—1702）字怿民，一字鹤尹，号巢松，王时敏第五子，王撰弟，太学生。天姿英迈，从陆世仪、陈瑚、江士韶学。得师传，然困于场屋。工诗，善乐府体，有《巢松集》《健庵集》《北游草》及传奇四种、杂剧二种。其戏剧作品风格在元明之间，诗歌有子美遗风而更含蓄。《送友还蜀中》：

> 山塘绿酒浮芳菲，杨花作团如雪飞。
> 花前沽酒送君别，别泪簌簌沾我衣。
> 兰桡欲发鼍鼓急，感君握手须臾立。
> 把盏长歌曲未终，月光如水须眉湿。
> 君今掉头万里行，萦纡蜀道多不平。
> 石镜铜梁连剑阁，况复江山阻甲兵。
> 愿君努力长途去，旧住岷江发源处。
> 岷山雪消岷水清，望见锦官城里树。
> 锦城花落更愁人，杜宇啼残滟滪春。
> 武侯庙下苔如绣，先主祠前草似茵。

---

[1] 吴伟业：《太仓十子诗选·东皋集》，顺治刻本。

> 君不见辽东华表归来鹤,城郭人民尽非昨。
> 回首江南千万重,梦里寒鸡村月落。[1]

一首送别诗,蕴意有几重。一是朋友深情,相见甚难,离别不堪。二是天下大乱,甲兵阻道,是清初的现实。三是遥想朋友的旅途与乡关,是蜀中。那里是天府之国,那里有武侯祠、先祖庙,是汉政权的象征,而今已是陈迹。四是抒发隔世之感,其中隐含明清易代的悲伤。华表归鹤,物是人非,蜀中如此,江南亦然,相遇华胥,不禁酸楚。如果说这里的蕴意比较复杂,七律《偶感》则是悲观凝重的情绪宣泄,很明确地说出了对明王朝的思念之情及对历史回顾的绝望之意:

> 铜符拜命下丹霄,雪夜南征旧赐貂。
> 月到朱楼歌乍发,日高锦帐酒初消。
> 双鬟粉黛挡筝待,诸将弓刀载宝朝。
> 尽道元戎移镇处,林烟寥落马萧萧。[2]

易代风雨之中,江南一片清冷。孤舟漂泊乡间,眼前乱草微灯。桃园逃避暴秦,柳下依然汉魂。只恐燕飞楼毁,乌衣无处安生。这是一种绝望的情怀,是易代战乱中的幻灭心态。

九、顾湄

娄东名士顾湄(1633—?)字伊人,号抱山,太仓双凤里(今属江苏)学者顾梦麟荞子。顾梦麟是与杨彝齐名的明末学者,也是江南应社的发起人和复社的主要领导人之一。顾湄少时勤慧,早通经义,从陈瑚学,十二岁作《为上者与民争利论》,宿老异之。受江南奏销案牵连,绝意仕进,致力于诗歌古文和古籍校勘整理。昆山徐乾学尊崇之,延馆于家。慎交、同声社兴,皆以得湄为重。纳兰性德编刻《通志堂经解》,顾湄参与校勘甚多。康熙间,顾湄采撷关于苏州虎丘不同版本的史料及郡邑诸志,芟芜订讹,查漏补缺,编成《重修虎丘山志》,另有诗文集及学术著作《水乡集》《咫闻录》《吴下丧礼辨》。顾湄诗歌中往往感叹深邃,即便年少时,吟叹亦显老成。《感怀》:

---

[1] 吴伟业:《太仓十子诗选·健庵集》,顺治刻本。
[2] 吴伟业:《太仓十子诗选·健庵集》,顺治刻本。

> 石城笳鼓不堪听，烈士天涯散晓星。
> 伏阙陈东还痛哭，登楼王粲独飘零。
> 奔涛夜立鱼龙怒，战血春回草木腥。
> 莫说长江限南北，建康原是小朝廷。[1]

首联先说结果，是石城（今江苏南京）胡笳四起，英雄四散，就是南明弘光政权灭亡，清军占领南京并继续东进南下的场景。颔联用了两个故事：一是陈东伏阙上书，一是王粲流寓荆州。陈东（1086—1127），字少阳，宋润州丹阳（今属江苏）人。徽宗时入太学。宋徽宗宣和七年（1125）率太学生在宣德门伏阙上书，请诛蔡京、王黼、童贯、梁师成、李彦、朱勔六贼，以谢天下。赵桓即位后，靖康元年（1126）二月，陈东又率太学生及京城居民，再次上书于宣德门："李纲奋勇不顾，以身任天下之重，所谓社稷之臣也。李邦彦、白时中、张邦昌、李棁之徒，庸谬不才，忌嫉贤能，动为身谋，不恤国计，所谓社稷之贼也"[2]。钦宗无奈，恢复了李纲的职务。高宗即位后，他又三次上书，揭露主和派黄潜善、汪伯彦等人的罪恶，请求重用李纲，并请高宗亲征，迎归"二圣"，终为高宗所杀。而福王时马、阮秉政，诛戮名流，两淮不守，南都危殆。作者感慨言之，知小朝廷之亡，是预料之中的事情，因为历史悲剧，总是惊人的相似。《阅江楼》：

> 万里长江一望收，高皇亲建阅江楼。
> 云开蓬岛星河曙，月出卢龙天地秋。
> 碧草自生宫寝路，青山仍绕帝王州。
> 凭君莫问当年事，禾黍同归六代愁。[3]

阅江楼，在南京狮子山（又名卢龙山）。朱元璋登上此山，感慨有诗，并命宋濂作记。今狮子山公园，乃是市民休闲佳处。顾湄登上狮子山，赏古迹，叹兴亡，回顾朱元璋的气概，叹息六朝的命运，实乃抒发天地有恒、人事无踪之叹。

十、王撰

王撰（1635—1699）字虹友，号汲园，王时敏第七子。王撰少时受教于

---

[1] 沈德潜选编《清诗别裁集》卷十四，吴雪涛、陈旭霞点校，河北人民出版社，1997，第264页。
[2] 陈邦彦：《宋史纪事本末》卷五十六，中华书局，1977，第577页。
[3] 吴伟业：《太仓十子诗选·水乡集》。顺治刻本。

同乡陈瑚门下。稍长，师从钱谦益、吴伟业，诗法杜甫、苏轼、陆游，诗文风格类似吴伟业。有《步檐集》《芦中集》《金陵集》。2009 年南京师范大学万平硕士论文《王摅研究》，对王摅生平与诗歌创作考评甚详。王摅诗歌，兼容唐宋，早年多故国飘零之感，风格沉稳。"摅幼遭亡国之痛，乙酉覆灭，江南巨室，均罹锋镝。而太仓王氏、长洲文氏则尤著。摅虽才名藉甚，然终抗节不仕，穷愁没世。其诗初期，以久与胜国遗老往还，因多驼棘之感、故国之思。及晚年出游，南逾岭峤，北穷卢龙，又多纪游山川之作，盖与顾炎武郡国遍历，所至有诗，有同慨焉"[1]。《送文介石先生归滇南》：

> 烽烟初息碧鸡关，行色匆匆惨别颜。
> 故国已无三户在，残年犹得一身还。
> 石头亡后衣冠尽，金齿归来道路艰。
> 知与儿孙相见日，几回长恸哭崖山。[2]

王摅虽然在明亡之时方十岁，其家族也得以保全，并没有直接深切的亡国体验，然同辈朋友如吴兆骞的遭遇，前辈遗老如文祖尧的叹息，已经让王摅明白了太仓王氏家族应有的态度。所以，这首送别诗，特别老辣而悲怆。根据诗意，南方的战事已经渐渐停息，也就是清王朝事实上已经基本完成全国的统一。久客他乡的遗老已经准备回家。"三户亡秦"只剩念想，因为"三户"已经不在。迥然一身，文祖尧徒剩一条老命，回归故里。南明弘光政权灭亡之后，江南文明惨遭摧折，江南衣冠基本消失，一把年纪回归，道路艰辛可以想见。归后又能怎样？诗人想象的是，文祖尧回到家中与儿孙相见，只有痛哭南明的灭亡。可惜，文祖尧在回归途中去世了，诗人的想象，并未实现。作者用南宋崖山流亡政权惨痛的历史，比喻南明抵抗政权的失败，沉痛悲壮。

十一、唐孙华

名不列"太仓十子"的唐孙华，是太仓又一位重要的诗人。

唐孙华（1634—1723）字实君，又字东江，太仓（今属江苏）人。少负才名，勤于学而不遇，郁郁不得志。康熙二十七年（1688）进士及第，年

---

[1] 王摅：《芦中集》"出版说明"，上海古籍出版社，1981，影印本，第 1 页。
[2] 王摅：《芦中集》，上海古籍出版社，1981，影印本，第 52—53 页。

五十五。康熙三十三年始得一官，为朝邑知县。未及赴任，以大臣推荐，皇上召见，留任礼部主事，转吏部主事。旋为他人诬告降职，遂告归，里居二十余年，有《东江诗钞》。唐孙华生活在顺治、康熙年间，正是诗坛复苏，新生代诗人与康熙盛世融汇而诗坛清高浮艳之气逐渐形成之时，唐孙华以平静的心态和客观的视角观察生活，反映社会民生，是当时既有官场身份，又有诗人情怀，自具个性的诗人。从诗歌的意象主旨看，不同于神韵说影响下的明艳轻快，颇有苏轼的凝重深沉。《读梅村先生鹿樵纪闻有感题长句六首》：

其一

蕉园遗稿久沈沦，野史丛残纪甲申。
曹社谋成真有鬼，秦庭哭后更无人。
铜驼湮没宫门草，金狄摩挲海上尘。
遗老白头还载笔，百年余恨说黄巾。

其四

一旅谁知扼紫荆，蜩螗聒耳正纷争。
腹书竟伏狐鸣火，手疏频惊鹤唳兵。
直待临危思蔺牧，可应先事戮韩彭？
石头袁粲真堪惜，自坏边关万里城。[1]

吴伟业的《鹿樵纪闻》又名《绥寇纪略》，版本复杂，卷次卷数也很不一致，大致属于纪事本末体史书，但各篇所记事件小而篇幅亦短，记录的是明末李自成起义及明王朝镇压起义的过程，多以三字为题，如《渑池渡》《车箱困》《虞渊沉》等。尽管有不少记载与史实有出入，仍是后人修史及文学创作的重要根据及情节来源。诗人读此书，百感交集，写下了这组诗。

第四节 顾炎武及玉山诗家

明季，昆山诗人的唱和很有规模，不仅朱集璜、归庄、顾炎武、陆世仪等既从事经史研究，又有密集的唱和聚会，交往甚多，时常参加文社活

---

[1] 唐孙华：《东江诗钞》卷三，上海古籍出版社，1979，影印本，第141—142页。

动的王志长、王志庆、盛符升等，在明季清初亦以诗歌有名于时。

一、顾炎武

顾炎武（1613—1682），本名绛，苏州府昆山县千灯镇（今属江苏昆山）人，南明弘光政权覆灭后，因为仰慕文天祥学生王炎午的为人，所以改名炎武，字宁人，亦自署蒋山佣，学者尊为亭林先生。顾炎武十四岁取得诸生资格后，便与同里挚友归庄共入复社。二人个性特立耿介，时人号为"归奇顾怪"。顾炎武以"行己有耻""博学于文"为学问宗旨，治学讲究经世致用，对于复社领袖强调的兴复古学持保留态度。清军下江南，顾炎武遵从嗣母教导，坚决不事异姓，并参加昆山抗清义军。后又参与了吴江惊隐诗社活动，与归庄、潘柽章等人，以诗酒悠游为幌子，秘密联络大江南北英雄豪杰，试图呼应闽广及西南永历政权的反清复明势力。但顾炎武既不能远去西南直接参与抵抗运动，又不能居住家乡，因为或公开或秘密的反清活动，多少与顾炎武有些关联，加之本身家难不断，所以只能在苏南一带流浪，顾炎武为躲避清军的搜捕，一度寓居常熟唐市，与杨彝、顾梦麟等讲学。待局面稳定之后，他离开唐市，漫游南北，访求天下古籍，加以校录；遍览江河山川，成为一代地理大师。但内心深处，他始终以大明臣民自居，曾十次拜谒明孝陵，晚岁继续讲学，游赏北方，与诸多学者、诗人交往，最终卒于曲沃。

顾炎武学问渊博，于国家典章制度、郡邑掌故名胜、天文仪象气候、山川布局与河漕运输、经史百家、音韵训诂之学，都有研究。其晚年治经注重考证，回到了复社兴复古学的学术方法上，成为明清之际最为杰出的儒学大师，开清代朴学风气。作为著名的思想家、史学家、语言学家，顾炎武与黄宗羲、王夫之并称为清初三大儒。"天下兴亡，匹夫有责"一语，足以成为所有中国人爱国的座右铭。顾炎武著作有《日知录》《肇域志》《音学五书》《亭林诗文集》《天下郡国利病书》等，2011年上海古籍出版社出版了整理本《顾炎武全集》，繁体竖排二十二册，是目前顾炎武著作最完整全面的版本。

诗人顾炎武，走遍天下千万里，难忘故园故国情，大量作品是与明遗民的唱和之作，寄托了诗人深沉的悲伤与对朋友的关切。在文字狱频繁发生的清初，顾炎武的诗歌文章，几乎是没有回避的。如《又酬傅处士次韵二首》其二：

> 愁听关塞遍吹笳,不见中原有战车。
> 三户已亡熊绎国,一成犹启少康家。
> 苍龙日暮还行雨,老树春深更著花。
> 待得汉庭明诏近,五湖同觅钓鱼槎。[1]

这首诗作于康熙二年(1663),顾炎武五十一岁,在太原结交了北方著名文人傅山,志同道合,相见恨晚,相互唱和,表达了反清复明的斗志和易代遗民的悲怆。虽然当时清兵已经剿灭了西南的永历政权,控制了大部分国土,但零星的武装反抗,时有发生。然而,毕竟大势已去,反清复明只能是一个理想,诗人为此而愁苦。

首联以"愁听"和"不见"写出当时令人伤感的时局,清朝已统一了全国,曾经遍及江南大地的抗清斗争,在清军严酷镇压下逐渐沉寂下来。尤其是诗人曾经寄予厚望的中原地区,居然没有像样的武装斗争。颔联运用典故,"楚虽三户,亡秦必楚"[2]和少康复国的故事,依然激励人们勇敢地去斗争,要有必胜的信念。颈联写自己虽然年事已高,但在反清复明的大业上,仍然不甘寂寞,愿意为之奉献自己的一切,表现了作者爱国精神的可贵。尾联则亮出了诗人高尚的志气,积极奔走,并非为了功名利禄,只是因为对国家、对民族的担当意识和家国责任。所以,希望得到明君的召唤,为国家的昌盛兴旺作出贡献,然后遨游五湖,飘然而去。用范蠡归隐五湖的典故,表明功成身退的心迹,更能体现顾炎武坚强不屈、光明磊落的气节。"苍龙日暮还行雨,老树春深更著花"暗喻自己"烈士暮年,壮心不已"[3]的壮志豪情,对仗工整,比喻生动,含意隽永,风格高古,充满豪迈的气势,是广为传诵的名句。《赠朱监纪四辅》:

> 十载江南事已非,与君辛苦各生归。
> 愁看京口三军溃,痛说扬州七日围。
> 碧血未消今战垒,白头相见旧征衣。
> 东京朱祐年犹少,莫向尊前叹式微。[4]

[1] 顾炎武著,王蘧常辑注《顾亭林诗集汇注》,吴丕绩标校,上海古籍出版社,1983,第805页。
[2] 司马迁:《史记》卷七,岳麓书社,1988,第78页。
[3] 逯钦立:《先秦汉魏晋南北朝诗》,中华书局,1983,第354页。
[4] 顾炎武著,王蘧常辑注《顾亭林诗集汇注》,吴丕绩标校,上海古籍出版社,1983,第377—378页。

诗人没有任何掩饰，直截了当说出了心中伤痛。江南沦陷十年之后，明代衣冠已然不见。当时的反清复明行动，如今难觅踪迹。尽管自己和这位监纪还能活着回到家乡，心中的痛却没有减弱。映入眼帘的是男人一根长辫在脑后晃荡，脑门前一片闪亮，更激起诗人对烽火岁月的回忆与检点。当时的南明弘光政权，如果能够振作起来，号令天下，反击清军，历史或许会被改写，现在，只能留下深深的追忆。客观来讲，正是当年南明政权集体意志的分崩离析，才使得清军顺利南下统一天下。《精卫》："万事有不平，尔何空自苦，长将一寸身，衔木到终古。我愿平东海，身沈心不改。大海无平期，我心无绝时。呜呼！ 君不见，西山衔木众鸟多，鹊来燕去自成窠。"[1]说出了顾炎武对南明弘光政权覆灭的认识，更点出了明王朝走向灭亡的重要原因。

与顾炎武志趣相投的归庄，实际上也是清初玉山的重要诗人。玉山诗坛重要诗人尚有金露、徐开任、奚涛、吴殳、盛符升、李可汧、叶奕苞、朱用纯、徐乾学兄弟等学者、诗人数十人，成就皆有可观。朱铨、冯登府、潘道根等，潜心学术之余，发为吟咏，亦颇有情致。

二、盛符升

盛符升（1615—1700）字珍示，号诚斋，又号赣石，昆山（今属江苏）人，世居淀湖。少补诸生，与张溥、王志长兄弟、陈子龙、夏允彝等交游，参与复社活动。南明弘光政权失败，夏允彝殉国，盛符升为之营葬，颇得时论称许。入清后，盛符升于顺治十七年（1660）中举，康熙三年（1664）成进士，授内阁中书，不久罢归，复任礼部主事、广西道御史，旋罢归。于是，盛符升后期交游，主要是诗坛新秀。其为诗，初尚魏晋，中年颇欲学杜，然受王士禛影响，诗作意绪偏于恍惚，有《诚斋集》。

三、吴殳

吴殳（1611—1695），又名吴乔，字修龄，本太仓（今属江苏）人，入赘昆山，遂为昆山人。吴殳一生清贫，不入官场。但交往甚多，往来南北，与一些名流往来。吴殳既无家学渊源，也没有明确的师承关系，却是广读奇书，并且著述涉及面亦甚广。只是大多散佚，不见全貌。然《手臂录》可算是奇书之一，出自几乎是农民的文人之手，写的却是武学，包括

---

[1] 顾炎武：《顾亭林诗文集》，华忱之点校，中华书局，1983，第278—279页。

身形动作、拳法、枪法、刀法、剑法等。而《纪效达辞》一书,更是奇特。吴殳二十余岁时,因为坊间所传戚继光《纪效新书》版本不佳,讹误甚多且凌乱,有意重新整理,然遭遇明清易代之变,遂失去兴趣,直到二十余年后才最终完成此书,时年已过半百。

性格使然,吴殳为文为诗也不受任何羁绊,发挥自由。其《围炉诗话》六卷,是清初重要的诗歌理论和评论著作,对汉魏隋唐至明代诸多名家诗篇,吴殳皆有精辟的评价。而吴殳自己的诗歌,存世无多。故而钱泳"以诗存人":

> 吴乔又名殳,字修龄,昆山人。高才博学,尤工于诗。王阮亭尝称之曰善学西昆。陈其年赠诗亦有"最爱玉峰禅老子,力追艳体斗西昆"之句。观其语必沉雄,情多感激,正不仅以妆金抹粉,步趋杨刘诸公而已。所著诗名《舒拂集》,余仅见其七律一卷。《寒食虎丘》云:"王泽潜消帝座倾,黄腰白帜遍神京。金瓯不闭千重险,麦饭谁浇十二陵。一半山光埋朔雪,五分花气落春冰。香鞯宝毂相娱赏,肯信江淮只两层。"《登北固山》云:"渺渺川原坐榻前,村村暝色乱吹烟。江边铁瓮城三里,云外金焦石二卷。今夜且呼京口酒,明朝重泛渡头船。生平不忘中流楫,每到登临便怆然。"《雪夜感怀》云:"酒尽灯残夜二更,打窗风雪映空明。驰来北马多骄气,歌到南风尽死声。海外更无奇事报,国中惟有旅葵生。不知冰冱何时了,一见梅花眼便清。"[1]

仅仅数首,吴殳诗歌风格,也可见大概。尤其是《雪夜感怀》,闪烁其词,似乎寒冬冰雪布满其间,然遗民心迹,却并不含蓄恍惚。

第五节　朱鹤龄与松陵诗群

晚明复社的发展,与松陵有着极大的关系,不仅地方长官熊开元是重要推手,孙淳是主要的联络人,吴䎖等人更是复社活动经费的主要贡献者。复社是要兴复古学的,讲究读书"经世致用"。复社中的大量成员,也是诗文名家。易代之后,在松陵地区的叶襄、吴有涯、张泽、潘凯、包捷等,虽息影林谷,依然吟咏,是松陵一带重要诗人。而随着太湖抗清义军

---

[1]　钱泳:《履园丛话》卷八,收入《清代笔记小说大观》,上海古籍出版社,2012,第140页。

的失败，大量吴地文人惨遭杀害，幸存者匿影林谷，只能私下交往唱酬，以慰藉伤痛的灵魂。随着清初社会局面的逐渐稳定及统治政策的微调，文人间的交往也往往为外人所知。"惊隐诗社"的形成，是个重要的标志。朱鹤龄、吴兆骞等诗人的创作，则将松陵诗文词推向了一个高潮。

一、朱鹤龄

朱鹤龄（1606—1683）字长孺，号愚庵，明季诸生，与顾炎武、归庄等交往。明亡之后，潜心著述，无意世事。朱鹤龄曾两度馆于钱谦益家，多得到钱谦益指点。但两人因为注杜诗而失和。《钱注杜诗》是清代最优秀的杜诗注本之一，长于以史证诗。而朱鹤龄的《杜工部集辑注》注重音韵格律和具体字词的解释，并且注重文献的汇辑，各有千秋。朱鹤龄另有《李义山诗集笺注》《尚书埤传》《禹贡长笺》《诗经通义》《读左日钞》《道德经注解》传世。

朱鹤龄的诗歌，涉及游赏烟霞，更有清初士流的惊恐与对故国的眷恋，易代悲伤之真情，时局严密之状态，百姓生活之艰难，战火灾荒之伤害，常流出笔端。《赠史弱翁》：

> 白日残清晖，宵光安可补。鱼鸟失飞沈，珠玉成灰土。
> 文章不庇身，处晦惟园圃。叹子双鬓斑，羁穷共谁语。
> 惊飙无静柯，飞镝多危羽。旌旗满中原，簦笠适何所。
> 同袍事已违，故琴犹堪抚。安得东皋田，偕子艺寒暑。[1]

从诗题看，这首诗是写给同乡史玄的。史玄（？—1648），也作史元，字灵籁，号弱翁，吴江（今江苏苏州市吴江区）人，居柳胥村。自幼勤学，与吴易、潘一桂、沈自然、俞南史、徐白等交好。入清，困顿以死。能诗，宗杜甫，古体尤工，有《弱翁诗集》《弱翁文集》《吴江耆旧传》《旧京遗事》及传奇《玉花记》，惜多不存。根据史玄的卒年及当时的形势可以推断，这首诗作于丙戌、戊子间（1646—1648），即吴易抗清失败之后。若非知晓易代的伤悲，则难以体会朱鹤龄的情怀。诗中的忧伤意绪，由个人而延伸到家国民族，隐约之间，将清初对文明的毁伤及对文人的摧残，明确无误地大胆写出，有一定的冒险精神，字里行间，还关乎江南的抗清斗争。虽然写到的只是失败，但诗人不与世事的心迹表述，令人敬仰。诗歌

---

[1] 朱鹤龄：《愚庵小集》卷二，上海古籍出版社，1979，第54页。

的最后，诗人想要以王绩为榜样，有长歌怀采薇之意。原因不难理解，朱鹤龄看到了太多的悲剧。《送友人适梁溪》：

> 望亭西去夕烽稠，战垒乌啼恨未休。
> 草覆新阡行处泪，花残废苑几人游？
> 山泉带雨供朝汲，湖阁飞涛赴冥搜。
> 览古不嫌多感激，迟君骚赋慰牢愁。[1]

名为送别，实际写的是易代之后江南的悲惨情状。清兵南下东进，一路上造成的毁坏和伤亡，不计其数。战后的景象，是一片萧条荒凉。朱鹤龄未说这位友人是谁，但一路送别，从松陵送到了望亭，已经到了梁溪（无锡）地界，看清了战火留下的痕迹。所以，首联、颔联，简要勾勒清军占领江南之后的实际情况，凄凉悲伤，充满痛恨。

朱鹤龄的人生，几乎一半在明一半清。从孩提到中年，生活稳定而富足。然后经历丧乱，绝意仕进，是冷静的选择。而同郡的吴兆骞，小朱鹤龄二十余岁。明亡之时，他尚是懵懂少年，没有太多的体会。入清，他奔向了科场。不幸的是受到科场案牵连，流放东北宁古塔。对于吴兆骞的遭遇，朱鹤龄深为同情。《与吴汉槎书》：

> 计尊兄塞北之徙，已二纪于兹矣。关山辽落，鱼雁销沉，每于花飘藻网之辰、月进萝帏之夕，念及尊兄龙沙极目，蛇虺惊心，未尝不惨然魂摇，复凄然泪堕也。古人如蔡中郎、崔亭伯以及韩退之、苏子瞻诸公，无不由贬窜穷荒，万死一生中享大名、成大著作以垂不朽。读尊兄《秋笳集》，此其验矣。自得南还之信，不觉魂舞色飞，旦暮希握手流连，翘跂之，诚以日为岁。而岂意自春徂秋，尚留滞京邸耶！手线情深，倚闾盼久。桂树金英，飞天香于洗腆；鲈鱼玉鲙，进甘旨于盘餐。此真人间之大欢极乐也，尊兄能不眷眷于此耶？
>
> 弟三十年来奄忽无成，始而泛滥诗赋，既而黾勉古文，后因老友顾宁人以本原之学相勖，始湛思覃力于注疏诸经解，以及儒先理学诸书。今粗有成编，谬为识者推许，而神智销亡，两目昏眊无见。炳烛余光，自知无几，长为尊兄之所怜愍耳。今因小婿例入成均之便，先寄拙集一部呈览，

---

[1] 朱鹤龄：《愚庵小集》卷五，上海古籍出版社，1979，第210页。

极知尊兄应酬杂遝，无暇观此，以急欲邀一语之华衮，定百年之品题，故敢冒昧以请。倘南还之策尚稽时月，惟冀乙夜余闲，直言评骘。昔曹子桓云："文之佳恶，吾自知之，后世谁能定吾文者耶？"陈伯玉则念"前不见古人，后不见来者"，至于怆然泪下。鄙人之文，若得尊兄论定，庶可免于不见来者之憾也已。弟雕镌之书，计有三四种，小婿行橐不能多载请正。其未刻者，经学居多，俟尊兄到家时，当布席茆舍，悉出以就权衡，作白牛溪数月讲论也。[1]

虽然是一封简单的书信，但蕴含了诸多信息。吴兆骞被流放宁古塔，时间已经二十四年；朱鹤龄对于吴兆骞的遭遇，极为担忧关切；对于吴兆骞的才华，极为钦佩和肯定，并认为其著作并必将名扬天下，因为有蔡邕、崔骃、韩愈、苏轼等先例；期待吴兆骞早日南还归乡，家乡的深情友人和美味佳肴，在等待着。最后才谈到读书学问，希望自己的著作得到吴兆骞的评点指正。由此可见，朱鹤龄是致力于学问而又是极度谦虚的。

但是，对于是非正邪，朱鹤龄不仅内心清楚，行文中也会不加掩饰地表达出来。《书元裕之集后》：

人臣身仕两姓，犹女子再醮，当从后夫节制。于先夫之事，悯默不言可也。有妇于此，亦既奉槃匜侍巾栉于他人之室矣。后悔其非所也，肆加之以诟詈，而喋喋于先夫之淑且美焉，则国人之贱之也滋甚。吾读裕之集而深有感也。

裕之举金兴定中进士，历官左司员外郎。陷汴京围城中，痛愤作诗，指斥蒙古，不啻杜子美之于禄山、思明也。及金亡，遂不仕，隐居秀容之系舟山，时往来严实万户所，诗文无一语指斥者。裕之于元，不可谓再醮女。然既足践其土，口茹其毛，即无詢詈之理。非独免咎，亦谊当然也。

乃今之再醮者，吾异焉。讪辞诋语，曾不少避，且日号于众，曰安得与吾先夫子同穴乎？或又并先后夫姓氏合为一人，若欲掩其失身之事，以诳国人者，斯又蔡文姬、李易安之所不屑，非徒悖也，其愚亦甚矣哉！[2]

明清易代之后，出仕清朝而又缅怀明朝的人士，不止一二。也许朱鹤龄就是针对这种现象发表的议论，只不过借元好问这个题目而已。文中的

[1]　朱鹤龄：《愚庵小集》卷十，上海古籍出版社，1979，第496—499页。
[2]　朱鹤龄：《愚庵小集》卷十三，上海古籍出版社，1979，第645—647页。

史事叙写及其观点,未必准确得当,然一家之言,不妨保留。大约是议论过于直切,《四库全书》中的《愚庵小集》,就删去了这篇作品。

二、包捷

包捷(1610—1652)字惊几,自号磴庵,吴江(今江苏苏州市吴江区)人,明亡后隐居穹窿山,足迹不入城市,唯有吴易遇害之后,为之经纪后事,到过城市。"包捷,字惊几,吴江人,崇祯壬午举人。性真挚。孙兆奎之死也,哭之内桥。明年,吴易(易)死杭州,收葬之。隐居灌园以终。有西山集。"[1]"既闻草桥门之变(指太湖义军领袖吴易在杭州草桥门就义),复趋杭州,收其尸,枕之股而哭,甚哀,天下义之。"[2]包捷有《包惊几诗》一卷,见于《启祯两朝遗诗》中。

三、潘柽章

潘柽章(1626—1663)字力田、圣木等,有《松陵文献》《观复草庐剩稿》《观复草庐焚余稿》存世。同时代稍后的钮琇,在《觚剩·力田遗诗》中,对其诗才极为敬佩。《虎林军营唱和》:

> 吴愧庵名炎,潘力田名柽章,才望相埒。康熙癸卯二月,同以史事株连,逮系虎林军营。吴有《营中送春》诗云:"一半春光缧绁过,唾壶敲缺待如何。莺声啼老听难到,柳絮飞残扑转多。晼晚斜阳连雉堞,朦胧短梦绕岩阿。不堪往事成回首,总付钱塘东逝波。"潘《漫成四首》,其一:"抱膝年来学避名,无端世网忽相婴。望门不敢同张俭,割席应知愧管宁。两世先畴悲欲绝,一家累卵杳难明。自怜腐草同湮没,漫说雕虫误此生。"其二:"吴关一路作羁累,棘木庭前听五词。已分残形轻似叶,却怜卫足不如葵。下堂真愧先贤训,抱璧几同楚客悲。从使平反能苟活,他年应废《蓼莪》诗。"其三:"圜土初经二月春,薰风又到絷维身。流萤夜度绨袍冷,采蕨朝供麦饭新。敢望左骖归越石,还期长佩拟灵均。多情最是他乡侣,闲谱龟兹慰苦辛。"其四:"阅历风霜只自疑,难将身世问时宜。穷愁只合吾侪事,姓氏羞为狱吏知。见说成书刑铸鼎,不闻有梦召胥靡。南山此去躬耕好,未可重题酒后诗。"吴《怀古》四首,《咏岳忠武》云:"将军野战最知名,半壁河山一力撑。义在《春秋》臣节殚,法过韬略阵云明。

---

[1] 徐鼒:《小腆纪传》卷五十八,中华书局,1958,第644页。
[2] 陈去病:《五石脂》,甘兰经等校点,江苏古籍出版社,1999,第293页。

运移宋历终江海，功就蕲王敢弟兄。痛饮黄龙千载恨，钱塘夜夜有潮声。"《咏伍相国》云："闾阎行歌未死身，一言投契作宗臣。报仇暮日忘荆国，抉眼衰年看越人。罗刹江头潮最怒，姑苏台畔草长新。虫沙猿鹤无穷化，愿向波涛问大神。"《咏苏文忠》云："杭州刺史最风流，箫鼓楼船春复秋。讥诮每撄丞相怒，判书常应老翁求。六桥花柳蒙遗泽，两岸湖山纪胜游。当日怜才岂无意，峨嵋夜月照高丘。"《咏于忠肃》云："开元城外黑云屯，土木营边日月昏。手挟六龙群喙定，身担一线国威尊。战争有几禁南牧，缯币无多返北辕。两字狱成明主惜，高名赢得并乾坤。"《与美生对酌绝句》云："平生恨不学屠沽，输与高阳一酒徒。此日尊前须尽醉，黄泉还有卖浆无？"是岁五月，吴与潘俱磔于杭之弼教坊，同死者二百余人。先一日吴语其弟曰："我辈必罹极刑，血肉狼籍，岂能辨识？汝但视两股上各有一火字者，即我尸也。"闻者无不流涕。[1]

大祸临头，身陷囹圄，后果难料，但从容镇定，吟诗唱和，几忘生死。从两人的心态，也可见他们对清初文字狱有着清醒的认识，对于生存，已经不抱任何希望。而诗歌中，更有以前贤自勉，视死如归的气势。换个角度看，清初的高压政策和泛滥的文字狱，一方面迫害杀戮了文人学者，另一方面，是提高了文人学者的影响力，加深了社会的撕裂，这是决策者未尝预见的。

潘柽章因为"明史案"被处以极刑，而其弟弟潘耒，却参与了清朝主持的《明史》编纂。潘耒（1646—1708）字次耕，又字稼堂、南村，晚号止止居士。六岁丧父，依兄嫂。康熙二年（1663）潘柽章因"明史案"遇害时，潘耒已成年。潘耒少时颖悟，读书甚勤且过目不忘，博通经史、历算、音韵之学。康熙十八年举博学鸿儒，官翰林院检讨，参与《明史》的纂修，著作有《类音》《遂初堂文集》《遂初堂稿》《遂初堂诗集》《遂初堂外集》《遂初堂集外诗文稿》等。潘耒诗文等全面整理正在进行，完璧值得翘首以待。

四、惊隐诗社

随着以吴易为首的太湖义军的失败，清廷对吴地文士的镇压也不断加强。正是这一背景下，大量文人敛迹山林，不敢抛头露面。然而，私下的

---

[1] 钮琇：《觚賸》卷一，南炳文、傅贵久点校，上海古籍出版社，1986，第6—7页。

联系与唱和,并未终止。惊隐诗社(或称"逃社""逃之盟"),就是这一背景下的产物。惊隐诗社是以吴江叶继武、吴宗潜为代表的秘密团体,也是吴门文人在惊恐不安中形成的一个遗民精神家园,"覆盖面远及杭、嘉、湖地区的遗民诗群,成员几乎囊括了三吴之间的所有高士"[1]。虽然详细完整的名单已难寻觅,但在后人看来,当时相互交往的数十位诗人必然名列其中,顾炎武、朱鹤龄、潘柽章、王锡阐、归庄等,皆是重要成员。诗社不仅便于文人间唱酬,还有互通消息、相互救济和安慰的作用,这在明清易代之后特别是清廷残酷镇压下的吴地,对书香传承有着举足轻重的意义。

五、徐釚

徐釚(1636—1708)字电发,号拙存、虹亭,晚号枫江渔父,康熙十八年(1679)入仕,官翰林院检讨,预修《明史》。书未成,乞归,吟咏自适,更专心于诗词研究,有《南州草堂集》《菊庄词话》传世。其《词苑丛谈》十二卷,是清代前期重要的词学著作。是书由体制、单韵、品藻、纪事、辩证、谐谑及外编组成,一定程度上是清前期词苑的风向标。1981年上海古籍出版社,2008年中华书局,均出版有此书单行本,得之甚易。

徐釚能诗词,论诗主张温和平易,实为"毛诗序"精神之继承,而在创作上,也是取向多元而风格温柔敦厚,即便反映民生疾苦,也是和风细雨、款款而出;词作则坚持传统,严守音韵,题材多样,别有格调。

六、其他松陵名家

顾有孝(1619—1689)字茂伦,吴江(今江苏苏州市吴江区)人,致力于诗歌的辑存与编选,自己则不肯轻易下笔,编选的《唐诗英华》《明文英华》《骊珠集》《今诗英华》《丽则集》《全唐近体诗钞》等,具有重要的文献价值。

沈雄(生卒年不详)字偶僧,吴江(今江苏苏州市吴江区)人,论词行家,有《柳塘词》《柳塘词话》传世。

吴兆骞(1631—1684)字汉槎,号季子,吴江(今江苏苏州市吴江区)人。由于特殊的遭遇和巨大的心灵震撼,吴兆骞《秋笳集》中的诗歌有不少篇章描绘东北风光,慷慨悲凉。2009年上海古籍出版社出版《秋笳

---

[1] 严迪昌:《清诗史》,浙江古籍出版社,2002,第262页。

集》,读之甚便。

袁景辂（1724—1767）字质中,自号朴村,吴江同里（今属江苏苏州）人,有《小桐庐诗草》。

王曾翼（1733—?）字敬之,号芍坡,吴江同里（今属江苏苏州）人,有《居易堂诗集》。

钮琇（1644—1704）字玉樵,吴江北麻（今属江苏苏州）人,康熙十一年拔贡生。历任河南项城、陕西白水知县,卒于广东高明县令任上。身后萧然,多年后方得归葬故里。其《临野堂集》有文集十卷、诗集十三卷、词二卷、尺牍四卷。钮琇更为著名的作品是笔记小说《觚剩》八卷及其续编四卷,记述明末清初杂事,具有一定的史料价值。

张士元（1755—1824）字翰宣,号鲈江,有《嘉树山房集》。

尚有诸多诗文词写手,他们的稿本、刻本甚至铅印本见收于江浙等地图书馆、博物馆中,尤以苏州当地收藏为多。而松陵文坛自南社起,则进入了一个新的创作高涨期。

第六节　清代毗陵之诗踪文脉

有清一代,常州地区人才辈出,不唯有影响巨大的常州词派、阳湖派,还有多位诗文名家为盛世点缀风雅,或发出沉重的盛世哀吟,或在经史之外关注更多的国计民生,如人口控制等。而对于骈文之中兴,常州文人的贡献巨大,不仅在创作上,李兆洛等人的评选揄扬,亦极为重要。

一、邵长蘅

邵长蘅（1637—1704）字子湘,号青门山人,武进（今江苏常州）人。康熙中,曾应博学鸿儒之试未成,入太学读书再应试,不遇,后客宋荦幕数年。一生寥落,寂寞以终。邵长蘅纵情山水,擅长古文,诗学晚唐,略有苦吟,后渐倾向宋人,崇尚哲思,著有《青门麓稿》十六卷、《青门旅稿》六卷、《青门剩稿》八卷,编纂有《古今韵略》《阉典史传》《侯方域传》等。康熙三十二年（1693）邵长蘅有自刻本（青门草堂刻本）《邵子湘全集》,极为珍贵。

其《八大山人传》,没有过多叙述朱耷的才艺学术,也没有关注这位怪人的生平经历,而是记载了他的几种狂怪行为,似乎猎奇,但结尾点明世人对八大山人的不解和误会,等于说明了朱耷狂怪的真正缘由。《青门草堂记》《东轩记》《东轩小池记》诸篇,描摹雅致小景之外,不无孤高抑郁之气。六篇《庐山游记》侧重不同,视角转换,表达畅快的同时,亦有遥深的寄托。《游黄州赤壁记》中,虽然对赤壁之战有所考证,注明地址在嘉鱼县。但是,文章的用意值得注意:一是强调了嘉鱼是真正的赤壁之战发生地,反而不出名,而黄州的赤鼻矶因为苏轼被当作了赤壁,名扬天下。二是即便才华能力像苏轼这样,尚不免困顿挫折,何况常人。不遇之叹,洋溢于字里行间。

邵长蘅的诗歌,多有山水姿态与登高怀远之意,也不免寥落叹息,尤其是描绘山峦名胜之时,常有梵音钟声嵌入,《雨后登惠山最高顶》即是。《登吴城望湖亭》:

> 鄱湖湖合赣江流,倚槛江湖望转幽。
> 湖势北摇匡岳动,江声西拥豫章浮。
> 鱼龙昼啸千艘雨,日月晴悬一镜秋。
> 回首战争曾此地,荻花萧瑟隐渔舟。[1]

诗人登高展望,视角开阔,立于江西永修县吴城镇的望湖亭上,震撼于鄱阳湖的浩渺。颈联描绘鄱阳湖在晴与雨环境中的状态变化与气势,尤为传神。

二、赵翼

赵翼(1727—1814)字云崧,一作耘松,号瓯北,又号裘萼、三半老人等,阳湖(今江苏常州市武进区)人。乾隆二十六年(1761)进士,官至贵西兵备道。旋辞官,主讲安定书院。赵翼是诗人、诗论家,更长于史学。论诗推崇杜甫,主张独创,反摹拟,与袁枚、张问陶并称清代诗坛"性灵派三大家"。又与袁枚、蒋士铨合称清代诗坛的"乾隆三大家"。赵翼《廿二史札记》与王鸣盛《十七史商榷》及钱大昕《廿二史考异》,被称为清代三大史学名著。赵翼一生著述宏富,今有《赵翼全集》六册,曹光甫校注本,凤凰出版社 2009 年出版,使用极便。

赵翼的《论诗》,不唯见解新颖,立意高远,语言也富有韵致灵动。如第二首:"李杜诗篇万口传,至今已觉不新鲜。江山代有才人出,各领风骚

---

[1] 沈德潜选编《清诗别裁集》卷十五,吴雪涛、陈旭霞点校,河北人民出版社,1997,第287页。

数百年。"[1]评价前贤诗作,常有警句。《题元遗山集》:"身阅兴亡浩劫空,两朝文献一衰翁。无官未害餐周粟,有史深愁失楚弓。行殿幽兰悲夜火,故都乔木泣秋风。国家不幸诗家幸,赋到沧桑句便工。"[2]岂止是写元好问？几乎经历亡国的诗人,皆有此特色。一首《西湖晤袁子才喜赠》,欣喜之情似乎抑制不住：

> 不曾识面早相知,良会真诚意外奇。
> 才可必传能有几？老犹得见未嫌迟。
> 苏堤二月如春水,杜牧三生鬓有丝。
> 一个西湖一才子,此来端不枉游资。[3]

屈原说"悲莫悲兮生别离,乐莫乐兮新相知"[4],前者不在这首诗里,也不是赵翼要表达的意思,后者才是重要的。到杭州的这一趟,诗人认为最大的收获,就是结识了袁子才,也就是大诗人、大才子袁枚。

袁枚、赵翼,论清诗无人绕道而行,因为不仅是创作,在清代的诗学理论与诗歌评论方面,他们也具有绝对重要的地位。可以说,江南诗人,不仅能够写诗,也能论诗、评诗。袁枚的《随园诗话》是清诗话的杰作。赵翼的论诗诗和诗体评论,学界共尊,其《瓯北诗话》十二卷,前十卷论李白、杜甫、白居易、苏轼等十家诗,后二卷论及韦应物、杜牧等人及诗格、诗体、诗病诸问题。赵翼论诗主性灵,反泥古,强调争新与独创,在诗歌批评的方法上,注重内容和形式的统一,对诗坛人物及其相关事件的考证,极为精准。

三、毕沅

毕沅(1730—1797)字纕蘅,又字秋帆,少时从沈德潜学于灵岩山,自号灵岩山人,镇洋(今江苏太仓)人。乾隆二十五年(1760)进士第一名,授翰林院编修,官至湖广总督。毕沅学识广博,经史小学、金石地理,无所不通。其《续资治通鉴》,得司马光修史精髓,另著有《传经表》《经典文字辨证书》《灵岩山人诗集》等。初中语文课本选有毕沅《岳飞》一段,

---

[1] 赵翼:《赵翼全集》肆,曹光甫校点,凤凰出版社,2009,第510页。
[2] 赵翼:《赵翼全集》肆,曹光甫校点,凤凰出版社,2009,第349页。
[3] 赵翼:《赵翼全集》肆,曹光甫校点,凤凰出版社,2009,第338页。
[4] 洪兴祖:《楚辞补注》,白化文、许德楠、李如鸾、方进点校,中华书局,1983,第72页。

源于《续资治通鉴》：

> 飞事亲至孝，家无姬侍。吴玠素服飞，愿与交欢，饰名姝遗之。飞曰："主上宵旰，宁大将安乐时耶！"却不受。玠大叹服。或问："天下何时太平？"飞曰："文臣不爱钱，武臣不惜死，天下太平矣！"师每休舍，课将士注坡跳壕，皆重铠以习之。卒有取民麻一缕以束刍者，立斩以徇。卒夜宿，民开门愿纳，无敢入者。军号"冻死不拆屋，饿死不掳掠"。卒有疾，亲为调药。诸将远戍，飞妻问劳其家，死事者，哭之而育其孤。有颁犒，均给军吏，秋毫无犯。善以少击众。凡有所举，尽召诸统制，谋定而后战，故所向克捷。猝遇敌不动。故敌为之语曰："撼山易，撼岳家军难。"张俊尝问用兵之术，飞曰："仁，信，智，勇，严，阙一不可。"每调军食，必蹙额曰："东南民力竭矣！"好贤礼士，雅歌投壶，恂恂如儒生。每辞官，必曰："将士效力，飞何功之有！"[1]

三百余字，一代名将的形象，已经十分饱满呈现于读者面前。而岳飞治军、练兵、用兵、养兵、爱兵的背后，是对国家、对君王的一片忠心，而能够成为忠臣的前提，则是孝廉。文章的立意，有一定的针对性。

四、黄景仁

清代常州诗人黄景仁，生当盛世而与盛世无缘，独自发出人生的哀叹与期盼。黄景仁（1749—1783）字汉镛，一字仲则，号鹿菲子，武进（今江苏常州）人。黄景仁四岁丧父，家境清贫，天资聪颖，少年时即有诗名。然命途多舛，功名不遂而生活艰难，不到二十岁即为求生计开始四方奔波，一生穷困潦倒。乾隆四十六年（1781）秋，黄景仁游西安，得到陕西巡抚毕沅帮助，并举荐他为县丞。同年冬即回到京城，到吏部等待任官，官位还没有得到，债主倒是逼上门来了。乾隆四十八年三月，黄景仁带病离开北京，准备再到西安，途中去世，友人洪亮吉为其经纪后事并刊行《两当轩集》。《都门秋思》四首，可见诗人的窘况与复杂的心绪，此处抄录其中两首：

其三

五剧车声隐若雷，北邙惟见冢千堆。

---

[1] 毕沅：《续资治通鉴》卷一百二十四，嘉庆六年刻本。

夕阳劝客登楼去,山色将秋绕郭来。

寒甚更无修竹倚,愁多思买白杨栽。

全家都在风声里,九月衣裳未剪裁。

其四

侧身人海叹栖迟,浪说文章擅色丝。

倦客马卿谁买赋,诸生何武漫称诗。

一梳霜冷慈亲发,半甑尘凝病妇炊。

为语绕枝乌鹊道:天寒休傍最高枝![1]

《其三》一首,京城的交通四通八达,我黄景仁却是无路可走。北邙山本来是洛阳城北的一座山,因为汉代以后不少王侯将相的墓地集中于此,常见于诗人吟咏,唐代诗人孟郊的最后归宿正在这里。黄景仁这里要说的,不仅是对功名富贵的向往,更是人生无常,最后只能归隐北邙。可惜以黄景仁的身份地位和自身条件及当时的环境,葬在北邙山的可能性不大。所以,诗人真正要表达的意思,是尽管眼前繁华无比,最后的结果必然是孤独邙山,这是不可规避的自然规律,也是诗人盛世之下的悲情呈现。颔联的第一层意思,是夕阳美好,景色迷人,但是寒秋严冬即将到来,满含盛世之下的隐忧。同时暗用了典故,是王粲登楼作赋(《登楼赋》),叹息漂流他乡,依靠刘表,才华得不到施展,不如归去的意思。因为在这严酷的环境中,诗人不能适应。颈联是诗人窘况的具体表现,身在京城却无依无靠,极为努力却一事无成,颇有"举眼风光长寂寞,满朝官职独蹉跎"[2]的滋味。尾联直接写出现实的困难,而且是迫切需要解决的困难——寒衣未备,难以过冬。

第四首看起来有点消极,但考虑到诗人的实际处境和生存状态,我们可以理解诗人对生活和人生奋斗的思虑与不满。招贤纳士,广求人才,是统治者的公开声明,可现在,诗人明明才华横溢,却是无处栖止;能力堪比唐代名臣马周、汉代才俊何武,却只能守着老母病妻,艰难度日。曹操说才子能人"绕树三匝。何枝可依"[3],是对人才的渴望与希冀。诗人却说还是乌鹊南飞吧,不要希图攀上高枝。这话虽然消极,还有点愤激,却

---

[1] 黄景仁:《两当轩集》卷十三,李国章标点,上海古籍出版社,1983,第318页。
[2] 白居易:《白居易集》卷二十五,顾学颉点校,中华书局,1979,第557页。
[3] 逯钦立:《先秦汉魏晋南北朝诗》,中华书局,1983,第349页。

是黄景仁经历了多次失败之后的冷静思索，有一定的借鉴价值。

由此看，江南诗人是比较冷静的，对于生活与人世，有着精辟的分析和阐释，并在诗歌中有着多角度的表达。然而每当江南诗人面对宜人之景，身临佳山胜水，内心的激荡也是一览无余的。

五、洪亮吉

洪亮吉（1746—1809）字君直，一字稚存，别号北江，晚号更生，阳湖（今江苏常州市武进区）人，乾隆五十五年（1790）进士第二名，授翰林院编修。因上书军机王大臣言事，论时弊言辞急切，得罪权贵，被发配戍守伊犁。次年释还，从此居家，著书立说。洪亮吉骈文散文俱佳，诗赋亦与黄景仁、孙星衍等比肩，且是近代人口学的先驱。其《意言》二十篇的第六篇《治平篇》，着重谈人口问题，分析了物质生产与人口增长的关系，提出了调节人口规模的想法，大约是最早的计划生育的提倡者了：

人未有不乐为治平之民者也，人未有不乐为治平既久之民者也。治平至百余年，可谓久矣。然言其户口，则视三十年以前增五倍焉，视六十年以前增十倍焉，视百年百数十年以前不啻增二十倍焉。试以一家计之，高曾之时，有屋十间，有田一顷，身一人，娶妇后不过二人。以二人居屋十间，食田一顷，宽然有余矣。以一人生三计之，至子之世而父子四人，各娶妇即有八人，八人即不能无佣作之助，是不下十人矣。以十人而居屋十间，食田一顷，吾知其居仅仅足，食亦仅仅足也。子又生孙，孙又娶妇，其间衰老者或有代谢，然已不下二十余人。以二十余人而居屋十间，食田一顷，即量腹而食，度足而居，吾以知其必不敷矣。又自此而曾焉，自此而玄焉，视高曾时口已不下五六十倍，是高曾时为一户者，至曾玄时不分至十户不止。其间有户口消落之家，即有丁男繁衍之族，势亦足以相敌。或者曰高曾之时，隙地未尽辟，闲廛未尽居也，然亦不过增一倍而止矣，或增三倍五倍而止矣，而户口则增至十倍二十倍，是田与屋之数常处其不足，而户与口之数常处其有余也。又况有兼并之家，一人据百人之屋，一户占百户之田，何怪乎遭风雨霜露饥寒颠踣而死者之比比乎？曰：天地有法乎？曰：水旱疾疫，即天地调剂之法也。然民之遭水旱疾疫而不幸者，不过十之一二矣。曰：君相有法乎？曰：使野无闲田，民无剩力，疆土之新辟者，移种民以居之，赋税之繁重者，酌今昔而减之。禁其浮靡，抑其兼并。遇有水旱疾疫，则开仓廪悉府库以赈之，如是而已，是亦君相调剂之法也。要之治平之久，天地不能不生人，而天地之所以养人者，原不过此数也；治平之久，君相亦不能使人不生，而君相之所以为民计者，亦不过前此数法也。然一家之中，有子弟十人，其不率教者常有一二，又况天下之广，其游惰不事者何能一一遵上之约束乎？一人之居以供十人已不足，何况供百人乎？一人之食以供十人已不足，何况供百人乎？此吾所以为治平之民虑也。[1]

在文章中，作者分析了物质与人口的增量问题，具体计算过程未必符合现代科学，且不无愚昧之处。但大胆提出人口与物质生产协调发展的问题，确属超前。《出关与毕侍郎笺》一文，是一封骈文书信：

自渡风陵，易车而骑，朝发蒲坂，夕宿盐池。阴云蔽亏，时雨凌厉。自河以东，与关内稍异，土逼若衖，涂危入栈。原林黯惨，疑披谷口之雾；衢歌哀怨，恍聆山阳之笛。

日在西隅，始展黄君仲则殡于运城西寺。见其遗棺七尺，枕书满箧。抚其吟案，则阿㜷之遗笺尚存；披其繐帷，则城东之小史既去。盖相如病肺，经月而难瘳；昌谷呕心，临终而始悔者也。犹复丹铅狼藉，几案纷披，手不能书，画之以指。此则杜鹃欲化，犹振哀音；鸳鸟将亡，冀留劲羽，遗弃一世之务，留连身后之名者焉。

伏念明公，生则为营薄宦，死则为恤衰亲，复发德音，欲梓遗集。一士之身，玉成终始。闻之者动容，受之者沦髓。冀其游岱之魂，感恩而西顾；返洛之旐，衔酸而东指。又况龚生竟夭，尚有故人；元伯虽亡，不无死友。他日传公风义，勉其遗孤，风兹来禩，亦盛事也。

今谨上其诗及乐府，共四大册。此君平生与亮吉雅故，惟持论不同，尝戏谓亮吉曰："予不幸早死，集经君订定，必乖余之指趣矣。"省其遗言，为之堕泪。今不敢辄加朱墨，皆封送阁下，暨与述庵廉使、东有侍读，共删定之。即其所就，已有足传。方乎古人，无愧作者。惟稿草皆其手写，别无副本，梓后尚望付其遗孤，以为手泽耳。

亮吉十九日已抵潼关，马上率启，不宣。[2]

这是洪亮吉赶赴山西运城，为不幸去世的朋友黄景仁操办后事的一段

---

[1] 洪亮吉：《洪亮吉集》，刘德全点校，中华书局，2001，第14—15页。
[2] 洪亮吉：《洪亮吉集》，刘德全点校，中华书局，2001，第344—345页。

记录。虽然是一封书信，向毕沅介绍事件的经过，但信中表露出的对毕沅的成人之美及对黄景仁遗稿的敬重态度，足见洪亮吉的君子心胸、悲悯情怀与对朋友的深厚情谊。

六、阳湖派古文

清代古文领域的成就，远胜明代，不唯有桐城数代名公巨匠引领风骚，还有湖湘古文创作的巨大群体。在江苏武进出现的阳湖派，创作成就亦十分可喜。理论上，阳湖派基本受到了桐城古文的影响，但更注重经史百家的学术精神与文章风韵，与湖湘派古文遥相呼应，是清代中后期重要的古文流派。

阳湖派古文代表人物是恽敬、张惠言、张琦、李兆洛、庄述望、庄献可、陈石麟等。他们虽然敬重桐城派的理论，但也有所变通。关于阳湖派详情，可参看中华书局1996年出版的曹虹著《阳湖文派研究》和江苏人民出版社2010年出版的杨旭辉著《阳湖文派研究》。

阳湖派古文诸家不唯继承唐宋古文传统，接受唐顺之、王慎中等人的主张，还注重经史考据。从一定程度上看，受到了乾嘉学派风气的影响，而张惠言等人，本身就注重考据和音韵之学。可以说，阳湖派结合了桐城古文的部分理论与明代唐宋派的观点，形成了自具特色的古文主张，并对骈文有着一定的重视，可谓取径宽而眼界广，今时学界积极研究阳湖诸家，其来有自。

李兆洛（1769—1841）字绅绮，更字申耆，晚号养一老人，阳湖（今江苏常州市武进区）人，清代学者、文学家、藏书家，精于考据、训诂之学，是阳湖派代表作家之一。李兆洛为嘉庆十年（1805）进士，选翰林院庶吉士，充武英殿协修，改凤台知县，以丁父忧去职，后主讲江阴暨阳书院，二十年间，培养人才甚众。其著有《养一斋集》《旧言集》等，选辑刊行的《骈体文钞》，为公认最好的骈文选本，对于骈文复兴并扩大影响，具有积极意义。1990年中州古籍出版社出版的新版本，使用颇便。是书所选作品，上自秦汉下迄隋末文章七百七十四篇，意在追随汉魏精神，并非执着于骈偶四六的体制格式。可见，在李兆洛眼中，骈文并不是一个固定不变的概念，文中只要使用骈偶，即是优美文字，即可认作骈文，而并非通篇骈偶，是有意将骈文散文的界限打通。这样做，对于写作骈偶文的积极作用，应该有正面评价。

第七节　清代的吴地词群

到了明季，正是江南，特别是吴地词坛的创作群体努力的时期，不唯成为明词的最后辉煌，更为清词的中兴，奠定了基础。其中，陈子龙无疑是明词殿军、清词的一代宗师。

陈子龙是云间词人的中心人物，在他的身边，形成了一个词人群体，词史上称为云间词派。云间，亦称华亭，即今上海市松江区。由陈子龙、宋徵璧、宋徵舆兄弟及李雯等几社人物及其亲朋好友门人组成，云间词派间多有共同的兴趣，标榜北宋词风，以婉约为词林正宗，让已经暮气沉沉的词坛，再次呈现勃勃生机。从这个意义上说，云间词派是明词的终章，又是清词的序幕，对于清词的中兴，具有先导意义。而陈子龙，既是云间词派中成就最高的词人，更是以云间词派领袖的身份，被公认为明词最后的辉煌和清词勃兴的先驱。

陈子龙首开其端，江南东部形成了一个词作中心，包括松江、嘉兴、杭州、苏州等地，出现了一批词人。其中嘉善周边的一个词作群体，颇为令人瞩目。代表作家有袁仁、袁黄、钱世贵、戈止、钱继章、曹尔堪、陈增新、魏学渠、魏允枚等，虽然不排除受到花间影响的事实，但入清之后不少词人的作品，隐隐约约还有些故国之思。

一、陈维崧与阳羡词派

入清之后，江南词人几乎是成群涌现，形成几个相对集中的创作中心，也就是词派。清代三大词派，均在江南。先看以宜兴为中心的"阳羡词派"，以陈维崧为代表。

陈维崧（1625—1682）字其年，号迦陵，宜兴（今属江苏）人，明末清初词人、骈文作家，阳羡词派领袖。其父陈贞慧，与侯方域、冒襄、方以智并称"明末四公子"，是复社的领袖级人物。陈维崧十七岁应童子试，被阳羡令何明瑞拔童子试第一，与吴兆骞、彭师度被吴伟业誉为"江左三凤"。明亡后不久，陈贞慧去世，本已不多的家产，几乎耗尽。陈维崧与弟旅食四方，在冒襄的帮助下，陈氏兄弟的故乡生活方才安定下来。康熙十八年（1679），陈维崧举博学鸿儒，授官翰林院检讨，参与《明史》编撰，康熙二十一年卒，年五十八岁。

陈维崧出生于气节文学世家，祖父陈于廷是明朝的左都御史、东林党的中坚人物之一。陈维崧20岁，补为诸生。明朝灭亡后，飘零四方，接触社会面较广。与一时名流如吴伟业、冒襄、龚鼎孳、姜宸英、王士禛、邵长蘅、彭孙遹等交游，并与朱彝尊交往甚多，切磋词学，清初词坛，两大领袖，逐渐为词界所认知。但是，陈维崧及其弟弟、朋友、外甥、侄子等亲友，更倾向于苏、辛。陈廷焯《白雨斋词话》对其词有多条评论："迦陵词气魄绝大，骨力绝遒，填词之富，古今无两。只是一发无余，不及稼轩之浑厚沈郁。然在国初诸老中，不得不推为大手笔。"又曰："迦陵词，沉雄俊爽，论其气魄，古今无敌手。若能加以浑厚沈郁，便可突过苏辛，独步千古。惜哉！"论及陈维崧词的境界，则曰："蹈扬湖海，一发无余，是其年短处，然其长处亦在此。盖偏至之诣，至于绝后空前，亦令人望而却步，其年亦人杰矣哉。"[1]比较公允。陈维崧存词一千八百余首。

在陈维崧的影响下，陈维嵋、陈维岳、蒋景祁、万树等二十余人，不仅作品数量巨大，流传甚广，词学研究亦卓有成效，如万树（1630—1688），字红友，号山翁，宜兴（今属江苏）人，著有《词律》。关于阳羡词派，可参见严迪昌先生《阳羡词派研究》，1993年由齐鲁书社出版。

二、朱彝尊与浙西词派

以朱彝尊为导师的浙西词派，是清代前期存在时间最久的词派，影响深广。其创始者朱彝尊及主要作者都是浙江人，故称之。

朱彝尊（1629—1709）字锡鬯，号竹垞，又号驱芳，晚号小长芦钓鱼师、金风亭长，秀水（今浙江嘉兴）人，清代诗人、词人、学者、藏书家。康熙十八年（1679）举博学鸿儒，除检讨，二十二年入直南书房，曾参加纂修《明史》。在清初诗坛，朱彝尊是继"江左三大家"和遗民诗群之后，与王士禛并起的南方大家，称"南朱北王"，其词作风格清丽，以南宋姜夔、张炎为宗。朱彝尊精于金石文史，购藏古籍图书不遗余力，是清初著名藏书家。朱彝尊著作编纂甚多，有《曝书亭集》八十卷、《日下旧闻》四十二卷、《经义考》三百卷、《明诗综》一百卷、《词综》三十六卷等。2022年浙江大学出版社出版了二十一册的《朱彝尊全集》，精致全面，使用效果颇佳。朱彝尊与李良年（秀水）、李符（秀水）、沈皞日（平湖）、沈岸登

---

[1] 陈廷焯：《白雨斋词话》卷三，杜维沫校点，人民文学出版社，1983，第71—72页。

（平湖）、龚翔麟（杭州）并称"浙西六家"。随着清朝统一全国的局势稳定，社会走向鼎盛，阳羡词派的余响不足，以朱彝尊等为代表的浙西词派及《浙西六家词》，以醇正高雅的和顺之音，播扬上下，绵亘康、雍、乾三朝。其《静志居琴趣》中的作品，很多事写男女爱情，缠绵深婉，不入俗套，欲言又止，独具风韵。

与陈、朱几乎同时但活跃于京师的词人顾贞观，也是江南词人中的翘楚。

三、顾贞观

顾贞观（1637—1714），原名华文，字远平、华峰，亦作华封，号梁汾，无锡（今属江苏）人，晚明东林学派领袖顾宪成曾孙。康熙间，顾贞观官至内阁中书，因受同僚排挤，落职归里，后馆纳兰明珠家，与纳兰性德交契，加上曹贞吉，三人合称词坛的"京华三绝"，曾合力营救因丁酉科场案而蒙冤被遣戍宁古塔的好友吴兆骞，轰动大江南北。不幸的是，一生挚友吴兆骞、纳兰性德的先后病故，令顾贞观悲痛不已，在纳兰性德逝世的第二年即回归故里，在家乡无锡的惠山脚下、祖祠之旁修建了三楹书屋，名之为"积书岩"。一个正兴起的词派，就此夭折。但"京华词坛涌现出为时虽短，却是群雄纷起的新景观"[1]。顾贞观从此避世逸，心无旁骛，日夜拥读。贞观工诗文，词名尤著，著有《弹指词》《积书岩集》，编纂《唐五代词删》《宋词删》。1999年北京出版社、2017年文津出版社出版张秉戍《弹指词笺注》，使用甚便。

顾贞观词，叙写友情甚多，感叹人事变迁亦不少。特别是涉及好友吴兆骞的不幸遭遇的词作《金缕曲》，伤感哽咽，令人动容。

在浙派词不断演化，阳羡词逐渐衰弱的同时，词坛上的学者词人厉鹗及以王昶为首的"吴中七子"，也是不可忽视的创作群体。

四、吴中词群

王昶（1725—1806）字德甫，一字琴德，号兰泉，晚号述庵，青浦（今属上海）人。乾隆十九年（1754）进士，官至刑部右侍郎。王昶曾从沈德潜学，早年即有诗名，与王鸣盛（嘉定）、吴泰来（苏州）、钱大昕（嘉定）、赵文哲（上海）、曹仁虎（嘉定）、黄文莲（上海）合称"吴中七

---

[1] 严迪昌：《清词史》，江苏古籍出版社，1990，第267页。

子",好金石之学,编成《金石萃编》一百六十卷。辑有《明词综》《国朝词综》《湖海诗传》《湖海文传》《青浦诗传》《琴画楼词钞》等。曾参加纂修《大清一统志》《续三通》等书。著有《春融堂集》《琴画楼词》《红叶江村词》等。"吴中七子"大多研究经学,兼及史学、诗学、词学,对词作别集的收搜整理不遗余力,文献学贡献极大。在太仓,尚有王策、王愫、王辂、王嵩、毛健诸家,诗词学问,造诣各有不同,词风则基本上规模两宋,虽无独立风格,但写来春意绵绵,秋气幽幽,技法上值得肯定。

此外,受到浙派词影响而自具风格的吴县(今江苏苏州)词人过春山,值得关注。

过春山(约1722—1775间)字葆中,号湘云,吴县(今江苏苏州)人,诸生。生平事历不详,只知其好游山水,工诗词,与吴泰来、沙斗初、张昆南诸人为友。年二十九卒,有《湘云遗稿》四卷。过春山为人特立独行,为词不讲依傍,自有风格。

此际还有一个以王时翔为代表的太仓词人群,需要关注。

王时翔(1675—1744)字抱翼,号小山,太仓(今属江苏)人,诸生。雍正六年(1728),雍正皇帝重选守令,命中外官各举一人,太仓人沈起元,时任兴化知府,推举王时翔,即授福建晋江知县,王时翔已年过五旬,到任后颇有建树,后升任成都知府,卒于任上。王时翔有《香涛词》《绀寒集》《青绾乐府》《初禅绮语》《旗亭梦呓》等传世,词作多绮丽缠绵之思,既有北宋中叶的情调,也有南宋姜张的含蓄,模仿痕迹较重,纵有《踏莎行》和《绿意》等佳篇,痕迹依然比较明显。

五、常州词派

清中叶后期出现的常州词派,不仅在创作上是词坛的又一次勃兴,也是词学研究渐入佳境的标志,代表词人为张惠言、张琦和周济等。

张惠言(1761—1802),原名一鸣,字皋文,一作皋闻,号茗柯,武进(今江苏常州)人。出身贫寒,年十四为童子师。应富阳县令的挚友恽敬之邀,至浙江富阳县编修县志,并共同研究词学。乾隆五十一年(1786)中举,次年赴礼部会试,中正榜。所谓正榜,就是是从当年会试落第者中挑选优秀者,任命为内阁中书或国子监学等职,以解决衣食问题。嘉庆四年(1799)进士,第七次会试,中二甲进士,改庶吉士,充实录馆纂修官。嘉庆六年散馆,奉旨以部属用。朱珪奏改翰林院编修。嘉庆七年六月,卒于官，年四十二。惠言尝与弟张琦合作辑《词选》，为常州词派开山之作，著有《茗柯文编》。1984年上海古籍出版社出版黄立新检点本，搜罗全面，研究、使用甚便。

张惠言自己的词作，仅存四十六首，数量不多，然皆精心为之，炼字寄情，颇有意趣。《水调歌头·春日赋示杨生子掞》五首，时不我待的急切，人生坎坷的叹息，还有梦想受阻的幽怨交织在一起，怨怨而不怒，以励自己。"皋文水调歌头五章，既沈郁，又疏快，最是高境。陈朱虽工词，究曾到此地步否？ 不得以其非专门名家少之"，并说这五首词"热肠郁思，若断仍连，全自风骚变出"[1]。

张琦（1764—1833），初名翊，又名与权、季鹰，字翰风，又字玉可，号宛邻，又号默成居士，武进（今江苏常州）人，张惠言之弟，常州词派创始人之一。工诗文书法，精朴学校勘，旁通医、兵。文名与其兄张惠言并列，人称"毗陵二张"。张琦五十岁中举人，以眷录议叙知县，六十岁以后方正式出仕，历任山东邹平、章丘、馆陶等县的知县，十余年间县令生涯，清正廉明，德政卓著。张琦有《宛邻诗》《宛邻文》《立山词》及编著多种传世。

周济（1781—1839）字保绪，一字介存，号未斋，晚号止庵，荆溪（今江苏宜兴）人。嘉庆十年（1805）进士，官淮安府学教授。年轻时与同郡李兆洛、泾县包世臣以经世之学相切劘，兼通兵家言，习击刺骑射，后隐居金陵春水园，潜心著述。所著《晋略》八十卷，论者谓借史事自抒猷画，有展现自己军政才能的用意，非徒考据而已。周济论词，承张惠言之余绪，强调词的比兴寄托，但有所修正。又曾从张惠言外甥董士锡共商词学。 选宋词成《宋四家词选》，著有《词辨》，附《介存斋论词杂著》，独具手眼，为世所宗。有《味隽斋词》。

晚清近代的江南词人，著名作者及词学家，尚有宝山蒋敦复、江阴蒋春霖与夏孙桐、金坛冯煦、嘉兴沈曾植、湖州朱孝臧等，均值得专题研究。民国以后至中华人民共和国成立之初，词坛上仍有张尔田、柳亚子、吴梅等吴地文人，既是词人、词学家，还是词学史料搜集、收藏、刊刻印行的杰出贡献者，对江南词学乃至整个词史的研究，厥功至伟。

---

[1] 陈廷焯：《白雨斋词话》卷四，杜维沫校点，人民文学出版社，1983，第101页。

第八节　汪琬等散文家

清代的吴地文章与吴地经史之学，一样辉煌，从清初的陆世仪、陈瑚到清末民初，学者辈出，文章大家亦为天下士林所关注。

一、汪琬

汪琬（1624—1691）字苕文，初号玉遮山樵，后号钝庵，晚号尧峰，长洲（今江苏苏州）人，清初官吏、学者、散文家，与侯方域、魏禧，合称"清初散文三大家"。汪氏性情急躁冲动，坦率直言，不能容人过错，以是人多嫉之，然坦率无城府，光明磊落，立志自重，耿介有守。不喜仕进，惟嗜读书问学，发明经义，精研史学，昌言朴学。顺治十二年（1655）进士，康熙十八年（1679）举博学鸿儒，历官户部主事、刑部郎中、编修，预修《明史》，在馆六十余日，撰史稿一百七十五篇。后乞病归，晚年结庐尧峰山（今苏州城南七子山西侧旺家坞），闭户撰述，不问世事数十年，学者称"尧峰先生"。有《尧峰文钞》《钝翁类稿》。人民文学出版社 2009 年出版了李圣华《汪琬全集笺校》套装共五册，汇集了汪琬存世的各种作品，是一部最完备的汪琬作品的整理本。该书附录极具特色，有五个部分：汪琬的各种传记、三种年谱、各家评论、友朋酬赠之作，以及汪琬弟弟、儿子的两个集子。这些文献凌乱分散，流传不广，整理殊为不易，学界也很少寓目。汇为一集，极大地方便了研究者的使用。

汪琬散文疏畅通达，主张才气要归于节制，行文注重严密性，开阖呼应，操纵顿挫，避免散乱。所以他的文风，受欧阳修影响，又近于南宋诸家。汪琬的散文主要是经史解说之文与小品纪游之文。人物传记如《杨顾两先生传》，记述杨彝、顾梦麟的生平学问，温文而有所取舍。汪琬行文结尾，或有简评或者不见议论，然情感倾向，不加掩饰。如《周忠介公遗事》：

周忠介公顺昌，字景文。明万历中进士，历官吏部文选司员外郎，请告归。是时太监魏忠贤乱政，故给事中嘉善魏忠节公忤忠贤，被逮过苏，公往与之饮酒三日，以季女许嫁其孙。忠贤闻之恚甚，御史倪文焕承忠贤指劾公，遂削籍。

而会苏杭织造太监李实与故应天巡抚周公起元有公有隙，追劾起元，衅公姓名其中,遂遣官旗逮公。公知之,怡然不为动。比宣旨公廨,巡抚都御史毛一鹭、巡按御史徐吉及道府以下皆在列,小民聚观者数千人,争为公呼冤,声殷如雷。诸生王节等直前诘责一鹭,谓:"众怒不可犯也。明公何不缓宣诏书,据实以闻于朝?"一鹭实无意听诸生,姑为好语谢之。诸生复力争,稍侵一鹭,一鹭勃然曰:"诸生诵法孔子,知君臣大义。诏旨在,即君父在也,顾群聚而哗如此?"皆答曰:"岂惟君父,二祖十宗实式冯焉。诸生奉明公教,万一异日立朝,不幸遇此等事,决当以死争之。明公奈何教人谄邪?"巡按御史见诸生言切,欲解之,乃语诸生曰:"第无哗!当商所以善后者。"众方环听如堵,官旗见议久不决,又讶抚按官不以法绳诸生也,辄手银铛摘之地有声,大呼:"囚安在?"且曰:"此魏公命,可缓邪?"众遂怒曰:"然则伪旨也。"争折阑楯,奋击官旗。官旗抱头东西窜,或升木登屋,或匿厕中,皆战栗乞命,曰:"魏公误我。"有死者。巡抚幕中诸将率骑卒至,或拔刃胁众,众益怒,将夺刃刃一鹭。备兵使者张孝鞭卒以徇,始稍定。知府寇慎、知县陈文瑞素得民,复数为温言辟之,众乃解去。或谓:"公盍返私室?"公不可,遂舍一鹭署中。是日也,佗官旗之浙者,道胥门入城,强市酒肉,瞋目叱市人,市人复群击之,走焚其舟,投橐装于水,官旗皆泅水以免。一鹭惧,召骑卒介而自卫,夜要御史上疏告变,檄有司捕民颜佩韦等十余人系之。越八日,公竟就逮。既至京师,下诏狱,坐赃考掠,瘐死狱中。而忠贤复矫旨杀佩韦等五人,杖戍马信等七人,又黜诸生王节等五人。

崇祯元年,忠贤败。公之长子茂兰刺血上书白公冤,诏赠太常寺正卿,谥忠介,予特祠。一鹭亦以忠贤党被罪家居,白昼见公乘舆,佩韦等骑而从,直入坐中堂,一鹭大怖,遂病死。

汪琬曰:亡仲揩九尝私次忠介公事,予以示公之孙旦龄,以为信。乃稍节其冗者,参以殷氏所作《年谱》,授旦龄俾弃之。旦龄字汉绍,年少而文,为吴祭酒所知,从予游,盖能世公之学者也。[1]

阉党的嚣张气焰、小人的丑恶嘴脸、君子的刚正胸襟、朝政的纲纪败坏,就在简单的对话中,表现得明明白白。字里行间,想要说明的是明王朝走向灭亡的根本原因,在于文人精神大厦的崩塌。而在市井乡野和中下

[1] 汪琬著,李圣华笺校《汪琬全集笺校》,人民文学出版社,2010,第737—738页。

层官员中，特别是诸生阶层中，依然还有一份执着。又如《江天一传》：

江天一，字文石，徽州歙县人。少丧父，事其母及抚弟天表，具有至性。尝语人曰："士不立品者，必无文章。"前明崇祯间，县令傅岩奇其才，每试辄拔置第一。年三十六，始得补诸生。家贫屋败，躬畚土筑垣以居。覆瓦不完，盛暑则暴酷日中。雨至淋漓蛇伏，或张敝盖自蔽，家人且怨且叹，而天一挟书吟诵自若也。

天一虽以文士知名，而深沉多智，尤为同郡金佥事公声所知。当是时，徽州多盗，天一方佐佥事公用军法团结乡人子弟为守御计，而会张献忠破武昌，总兵官左良玉东遁，麾下狼兵哗于途，所过焚掠，将抵徽，徽人震恐。佥事公谋往拒之，以委天一。天一辄腰刀帻首，黑夜跨马，率壮士驰数十里，与狼兵鏖战祁门，斩馘大半，悉夺其马牛器械，徽赖以安。

顺治二年夏五月，江南大乱，州县望风内附，而徽人犹为明拒守。六月，唐藩自立于福州，闻天一名，授监纪推官。先是天一言于佥事公曰："徽为形胜之地，诸县皆有阻隘可恃。而绩溪一面当孔道，其地独平迤，是宜筑关于此，多用兵据之，以与他县相掎角。"遂筑丛山关。已而清师攻绩溪，天一日夜援兵登陴不少怠，间出逆战，所杀伤略相当。于是清师以少骑缀天一于绩溪，而别从新岭入，守岭者先溃，城遂陷。

大帅购天一甚急，天一知事不可为，遽归嘱其母于天表，出门大呼："我江天一也。"遂被执。有知天一者欲释之，天一曰："若以我畏死邪？我不死，祸且族矣。"遇佥事公于营门，公目之曰："文石，女有老母在，不可死。"笑谢曰："焉有与人共事，而逃其难者乎？公幸勿为我母虑也。"至江宁，总督者欲不问，天一昂首曰："我为若计，若不如杀我。我不死，必复起兵。"遂牵诣通济门。既至，大呼高皇帝者三，南向再拜讫，坐而受刑。观者无不叹息泣下。越数日，天表往收其尸瘗之。而佥事公亦于是日死矣。

当狼兵之被杀也，凤阳督马士英怒，疏劾徽人杀官军状，将致佥事公于死。天一为赍辨疏，诣阙上之，复作《吁天说》，流涕诉诸贵人，其事始得白。自兵兴以来，先后治乡兵三年，皆在佥事公幕。是时幕中诸侠客号知兵者以百数，而公独推重天一，凡内外机事悉取决焉，其后竟与公同死难。虽古义烈之士，无以尚也。予得其始末于翁君汉津，遂为之传。

汪琬曰：方胜国之末，新安士大夫死忠者，有汪公伟、凌公駉与佥事公三人,而天一独以诸生殉国。予闻天一游淮安,淮安民妇冯氏者,刲肝活其姑,天一征诸名士作诗文表章之,欲疏于朝,不果。盖其人好奇尚气类如此。天一本名景,别自号石嫁樵夫,翁君汉津云。[1]

这篇传记描述了一位致力于学的书生形象。江天一不以贫贱艰辛为意的秉性及以读书为乐的超然心态,从其居处可见一斑。然奇特书生有壮烈的表现,并非不谙世事的书呆子。当左良玉手下哗变为掠时,江天一敢于斩杀,俨然一个悍将。当清军南下时,江天一敢于组织队伍抵抗,就是一位爱国志士。当清廷追捕之时,江天一为了保护他人,挺身而出,从容就义,壮烈情怀感天动地。作者敢于为明清鼎革之际抗清义士江天一立传,并附记抗清英烈金声,也可见其超人的胆气。文章重点叙述了江天一的智谋和失败被捕、慷慨就义的经过,以顺叙为主,间用补叙、插叙,有详有略,笔法灵活有致。然其结尾的补叙,犹然一腐儒之见,不必过誉。写冯氏妇不是重点,赞誉江天一方是主旨。故而刲肝活其姑只是故事,没有科学依据。

但读书读好书,重视记录实用知识的书本,并将书本知识运用于实践,才是对儒学真谛的一种领会。如《传是楼记》:

昆山徐健庵先生,筑楼于所居之后,凡七楹间,命工斫木为橱,贮书若干万卷,区为经、史、子、集四种,经则传注义疏之书附焉,史则日录家乘、山经野史之书附焉,子则附以卜筮医药之书,集则附以乐府诗余之书。凡为橱者七十有二,部居类汇,各以其次,素标缃帙,启钥灿然。于是先生召诸子登斯楼,而诏之曰:"吾何以传女曹哉?吾徐先世故以清白起家,耳目濡染旧矣。盖尝慨夫为人之父祖者,每欲传其土田货财,而子孙未必能世富也;欲传其金玉珍玩、鼎彝尊斝之物,而又未必能世宝也;欲传其园池台榭、舞歌舆马之具,而又未必能世享其娱乐也。吾方以此为鉴,然则吾何以传女曹哉?"因指书而欣然笑曰:"所传者惟是矣。"遂名其楼为传是,而问记于琬。

琬衰病不及为,则先生屡书督之,最后复于先生曰:"甚矣书之多厄也!由汉氏以来,人主往往重官赏以购之,其下名公贵卿又往往厚金帛以易之,或亲操翰墨,及分命笔吏以缮录之。然且裒聚未几,而辄至于散佚,

---

[1] 汪琬著,李圣华笺校《汪琬全集笺校》,人民文学出版社,2010,第719—721页。

以是知藏书之难也。琬顾谓藏之之难不若守之之难,守之之难不若读之之难,尤不若躬体而心得之之难。是故藏而勿守,犹勿藏也;守而弗读,犹勿守也。夫既已读之矣,而或口与躬违,心与迹忤,采其华而忘其实,是则呻占记诵之学所为,哗众而窃名者也,与弗读奚以异哉?古之善读书者,始乎博,终乎约,博之而非夸多斗靡也,约之而非保残安陋也。善读书者,根柢于性命,而究极于事功,沿流以溯源,无不探也,明体以适用,无不达也。尊所闻,行所知,非善读书者而能如是乎?今健庵先生既出其所得于书者,上为天子之所器重,次为中朝士大夫之所矜式,借是以润色大业,对扬休命有余矣,而又推之以训敕其子姓,俾后先跻巍科,取膴仕,翕然有名于当世。琬然后喟焉太息,以为读书之益弘矣哉!循是道也,虽传诸子孙世世,何不可之有?若琬则无以与于此矣,居平质驽才下,患于有书而不能读。延及暮年,则又跧伏穷山僻壤之中,耳目固陋,旧学消亡。盖本不足以记斯楼,不得已勉承先生之命,姑为一言复之,先生亦恕其老悖否耶?"[1]

  传是楼是昆山徐乾学家的藏书楼,落成于徐乾学晚年从京师归来之后。徐乾学(1631—1694)字原一、幼慧,号健庵、玉峰先生,清代大臣、学者、藏书家,顾炎武外甥,与弟元文、秉义皆官贵文名,人称"昆山三徐"。康熙九年(1670)进士第三,授编修,先后担任日讲起居注官、《明史》总裁官、侍讲学士、内阁学士。康熙二十六年,升左都御史、刑部尚书。康熙二十八年被劾罢官,带着康熙皇帝布置的任务回家编书,成《资治通鉴后编》一百八十四卷。康熙三十年又被参劾,遭到革职处分。从徐乾学的经历和汪琬的生平看,本文当写于康熙二十八年至三十年之间,两位学者均已暮年。此时,汪琬得罪上司,辞职归来已经多年。文中首先简要地介绍了藏书楼的情况,着重阐述了藏书与读书、读书与躬行的关系,然后赞扬了徐乾学能运用从书中得到的知识来行事处世。文章说理严密自然,层层深入,语言简练确切。

  汪琬的写景状物短文,婉转条畅,万物姿态与情调同在,人物精神与景致俱佳。如《艺圃后记》:

  艺圃纵横,凡若干步。甫入门,而径有桐数十本。桐尽,得重屋三楹

[1] 汪琬著,李圣华笺校《汪琬全集笺校》,人民文学出版社,2010,第1488—1489页。

间，曰延光阁。稍进，则曰东莱草堂，圃之主人延见宾客之所也。主人世居于莱，虽侨吴中，而犹存其颜，示不忘也。逾堂而右，曰馎饦斋。折而左，方池二亩许，莲荷蒲柳之属甚茂。面池为屋五楹间，曰念祖堂，主人岁时伏腊祭祀燕享之所也。堂之前为广庭，左穴垣而入，曰旸谷书堂，曰爱莲窝，主人伯子讲学之所也。堂之后，曰四时读书乐楼，曰香草居，则仲子之故塾也。由堂庑迤而右，曰敬亭山房，主人盖尝以谏官言事谪戍宣城，虽未行，及其老而追念君恩，故取宣之山以志也。馆曰红鹅，轩曰六松，又皆仲子读书行哦之所也。轩曰改过，阁曰绣佛，则在山房之北。廊曰响月，则又在其西。横三折板于池上，为略彴以行，曰度香桥。逾桥，则南村、鹤柴皆聚焉。中间垒土为山，登其巅，稍夷，曰朝爽堂。山麓水涯，群峰十数，最高与念祖堂相向者，曰垂云峰。有亭直爱莲窝者，曰乳鱼亭。山之西南，主人尝植枣数株，翼之以轩，曰思嗜，伯子构之以思其亲者也。今伯子与其弟又将除改过轩之侧，筑重屋以藏弃主人遗集，曰谏草楼，方鸠工而未落也。圃之大凡如此。

主人为谁？前记所谓贞毅先生是也，以艺名其圃者。主人而命予为之记者，仲子也。仲子名实节，字学在。余悉载前记中，不复著云。[1]

在苏州园林中，艺圃属于袖珍型的，是典型的明代园林建筑。至汪琬作记，已有百年历史，虽历尽沧桑，主体建筑与园林风格未变。可惜的是，汪琬笔下的艺圃景观，现今有些已然不复可见。

汪琬亦能诗，以清丽为宗，成就影响不及其文。《艺圃十咏》组诗，将艺圃内外主要景点一一吟哦，也别有情调。其中《乳鱼亭》："碧流瀲方塘，俯槛得幽趣。无风莲叶摇，知有游鳞聚。翡翠忽成双，撇波来复去"[2]，莲叶游鱼和观赏者形成了情趣的交流，富有禅意。苏州艺圃的乳鱼亭，为明代遗物，是观看幼鱼的地方。汪琬所领会的，亦庄子濠梁观鱼的蕴意。

二、沈复与《浮生六记》

沈复（1763—约1838）字三白，号梅逸，出生于苏州城南沧浪亭畔的

---

[1] 汪琬著，李圣华笺校《汪琬全集笺校》，人民文学出版社，2010，第1485—1486页。"馆曰红鹅，轩曰六松"原书中为"馆曰红鹅轩，曰六松"，"轩曰改过，阁曰绣佛"原书中为"轩曰改过阁，曰佛绣"，原书标点疑有误，故改。

[2] 汪琬著，李圣华笺校《汪琬全集笺校》，人民文学出版社，2010，第1154页。

失意文人之家，然家境尚可。沈复少年随父游宦读书，没有参加过科举考试，而是奉父命习幕，曾在安徽绩溪、上海青浦、江苏扬州、湖北荆州、山东莱阳等地做幕僚，四十余年流转于各地，一度卖画为生，晚年从事小本经营，以维持生计。沈复平时好游山水，工诗善画，长于散文，然作品多散轶，后人难以窥其全貌。蜚声宇内的《浮生六记》，仅存残本四卷（《闲情记趣》《闺房记乐》《坎坷记愁》《浪游记快》）及第五卷（《中山记历》）的主要文字。《浮生六记》以朴实的文笔记叙自己大半生的经历，欢愉与愁苦两相对照，真切动人，仅视之为自传体小说，未免皮相。其中的《坎坷记愁》，是继李清照《金石录后序》、归有光《项脊轩志》、冒襄《影梅庵忆语》之后，稀见的记述夫妇间及家庭生活的长篇文章。仅仅记述爱妻客死他乡的一段文字，足以令人潸然泪下：

余欲延医诊治，芸阻曰："妾病始因弟亡母丧，悲痛过甚，继为情感，后由忿激，而平素又多过虑，满望努力做一好媳妇，而不能得，以至头眩怔忡诸症毕备，所谓病入膏肓，良医束手，请勿为无益之费。忆妾唱随二十三中，蒙君错爱，百凡体恤，不以顽劣见弃，知己如君，得婿如此，妾已此生无憾！若布衣暖，菜饭饱，一室雍雍，优游泉石，如沧浪亭、萧爽楼之处境，真成烟火神仙矣。神仙几世才能修到，我辈何人，敢望神仙耶？强而求之，致干造物之忌，即有情魔之扰。总因君太多情，妾生薄命耳！"因又呜咽而言曰："人生百年，终归一死。今中道相离，忽焉长别，不能终奉箕帚、目睹逢森娶妇，此心实觉耿耿。"言已，泪落如豆。余勉强慰之曰："卿病八月，恹恹欲绝者，屡矣，今何忽作断肠语耶？"芸曰："连日梦我父母放舟来接，闭目即飘然上下，如行云雾中，殆魂离而躯壳存乎？"余曰："此神不收舍，服以补剂，静心调养，自能安痊。"芸又唏嘘曰："妾若稍有生机一线，断不敢惊君听闻。今冥路已近，苟再不言，言无日矣！君之不得亲心，流离颠沛，皆由妾故。妾死，则亲心自可挽回，君亦可免牵挂。堂上春秋高矣，妾死，君宜早归。如无力携妾骸骨归，不妨暂厝于此，待君将来可耳。愿君另续德容兼备者，以奉双亲，抚我遗子，妾亦瞑目矣。"言至此，痛肠欲裂，不觉惨然大恸。余曰："卿果中道相舍，断无再续之理，况'曾经沧海难为水，除却巫山不是云'耳。"芸乃执余手而更欲有言，仅断续叠言"来世"二字，忽发喘，口噤，两目瞪视，千呼万唤，已不能言。痛泪两行，涔涔流溢。既而喘渐微，泪渐干，一灵缥绡,竟尔长逝。时嘉庆癸亥三月三十日也。当是时,孤灯一盏,举目无亲,两手空拳,寸心欲碎。绵绵此恨,曷其有极![1]

人生的困惑与痛苦,或是成败得失的事与愿违,或是贫富顺逆的莫测变幻。人生的坎坷,既有遇与不遇的古老主题,更多是生老病死和悲欢离合。自然规律的循环固然无可奈何,离间误会的打击最为伤人。康熙、乾隆、嘉庆是大清盛世,然盛世下的寒士哀吟,于诗坛是另一风景。扬州诗人群是时代的产物,而沈复的悲剧则肇始于家人。贫贱夫妻百事哀,哀就哀在贫穷的无奈和亲人的伤害,而不是夫妇之间没有爱。沈复的《坎坷记仇》,记录了这对苦难夫妻二十余年的苦难生活和人生悲哀,重点记述的是乾隆乙巳(1785)至嘉庆丙寅(1806)的夫妇生活与家庭变故,充满悲情,令人唏嘘。最大的悲情在于沈复夫妇没有任何过错,却遭遇困苦,并为此付出了惨痛的代价,流离失所,贫病相继,知音之妻殒命他乡,尸骨飘零;可爱娇女提前出嫁,红颜薄命;懂事爱子托付他人,不幸夭折。一对恩爱夫妻,由于闲言碎语的挑拨,失欢于父母;由于生计的窘迫,死别于中道。

记述陈芸病故的这个片段,悲楚无以复加。临终嘱托,点明了陈芸对夫的满意,对生的眷恋,对子的牵挂。言辞之间,处处为他人考虑,何曾有一点过失? 即便明知翁姑偏信偏心导致悲剧的延续,仍然考虑到侍奉双亲,抚养子女,并没有以自己客死他乡为念,无私到了无以复加的境界,字字痛楚,感天动地。

三、薛福成

薛福成(1838—1894)字叔耘,号庸盦,无锡(今属江苏)人,自幼受时代影响,广览博学,重在经世实学,不为诗赋,不习八股。参曾国藩、李鸿章幕,接触洋务。后出任浙江宁绍道台,曾在镇海指挥击退法舰之战。出使英、法、意、比等国,了解西方科技时政,盛赞欧洲君主立宪制,倾向于变法维新。回国途中染病,未及到家,卒于上海。薛福成一生撰述甚丰,今有《庸盦全集》四十七卷传世。《观巴黎油画记》一文,描绘油画发展历史、技法及法国油画成就还在其次,重点也不在于生动记述了一幅油画,而是这幅巨型油画,以平面构图表现立体事件的方式全景式展

---

[1] 朱剑芒编《美化文学名著丛刊·浮生六记》,上海书店,1982,第30—31页。

现了普法战争。同时，薛成福借翻译之口发出了正视失败，发愤图强的主张，法兰西如此，大清国亦当如此，是针对大清的现实有感而作。

第九节　清代吴地才女

明清两代，吴地才女众多，尤其是几大家族中，闺阁唱和风气极盛，并带动亲友女眷加入其中，如叶氏、沈氏、张氏、文氏家族中，才女辈出，造诣深厚，诗文、词曲还有书画，成就喜人。这不仅由于家族内部的感召与传承，还有外溢的辐射效果。更有甚者，不仅名媛数量多，到明季以后，还有不少名士与秦楼脂粉交往而形成文坛的异样风景。加之才女得到才子嘉许或名师指点，进而创作出更多优秀的作品，因而明清时期的吴地闺阁文学，在学界受到了广泛的重视。

一、别有见识的徐灿

徐灿（1612—？）字湘蘋，号深明，吴县（今江苏苏州）人。光禄丞徐子懋女，弘文院大学士海宁陈之遴继妻。陈之遴（1605—1666）字彦升，号素庵，海宁盐官（今属浙江）人，出身名门望族，年轻时与东林、复社名士钱谦益、吴伟业、陈名夏等结交，参与活动。徐灿也是名门之后，与陈之遴的婚姻由其父主导，当在陈之遴丧偶之后，进士及第之前的一二年。时陈之遴在苏州，参与复社活动并与东林前辈交往，为徐子懋所欣赏，择为婿。陈之遴在明崇祯十年（1637）以一甲二名进士授翰林院编修。次年由于其父亲失责下狱继而自杀，陈之遴受到牵连，被革职并永不叙用。顺治二年（1645）陈之遴被清廷征召出仕，官至弘文院大学士，但在满汉官员的倾轧中，遭遇弹劾，加之本身也有不慎之处，被革职流徙辽东，家属随之。徐灿从夫宦游，也随之流浪在辽东戍所。康熙五年（1666）陈之遴病逝，不久其子亦死于戍所，康熙十年方得恩准扶榇南还。此后徐灿布衣素食，长斋奉佛以终。徐灿工诗，尤长于词，词中多故国之思、兴亡之感与人生无奈的叹息。也善属文、精书画，仕女花草，皆有法度，有《拙政园诗余》《拙政园诗集》传世。对夫婿遭遇的扼腕伤感及自己对世事的真知灼见，在词中时有流露，形成了徐灿词幽咽婉转的风格。如《青玉案·吊古》：

伤心误到芜城路。携血泪、无挥处。半月模糊霜几树。紫箫低远，翠翘明灭，隐隐羊车度。　　鲸波碧浸横江锁，故垒萧萧芦荻浦。烟水不知人事错。戈船千里，降帆一片，莫怨莲花步。[1]

"扬州十日"之后的境况，已经无法用言辞来形容，而"误到"一词，点明了是随夫宦游，经过扬州。此次出行，就是一个错误。但词人是大家闺秀，对丈夫的错误选择不能直白批评。所见，皆是荒芜，更不见当年的繁华。而"羊车""横江锁"之类的意象出现，表明作者的目光又停留在金陵（南京），因而可以说，词人思绪飞跃，扫视了孙吴、东晋、宋、齐、梁、陈，似乎吞吐之间，表明了对丈夫的不满。最后的落脚点是"人事错"三字，极为沉痛。这既是指陈之遴仕清的错，更是指南明弘光政权的错，错在人事，是马士英、阮大铖的错，更是朱由崧的错。结句明确宣布，历史的变迁，不能归罪于红颜。弘光选秀只是一场闹剧，覆灭的命运早就由"人事错"决定了。就这首词而言，境界已是极高。"闺秀工为词者，前则李易安，后则徐湘蘋"[2]，就境界视野而言，徐实在李清照之上，词中常见兴亡之感，多有深沉见解。如《风流子·同素庵感旧》：

只如昨日事，回头想、早已十经秋。向洗墨池边，装成书屋；蛮笺象管，别样风流。残红院、几番春欲去，却为个人留。宿雨低花，轻风侧蝶，水晶帘卷，恰好梳头。　　西山依然在，知何意凭槛，怕举双眸。便把红萱酿酒，只动人愁。谢前度桃花，休开碧沼；旧时燕子，莫过朱楼。悔煞双飞新翼，误到瀛洲。[3]

徐灿词大都清新可诵，艺术造诣甚高。由于身经改朝换代，徐灿词中苍凉的兴亡之感很浓重，这是对女性词意境的极大开拓。《青玉案·吊古》一词，已可见徐灿笔力。这首《风流子·同素庵感旧》，面对陈之遴出仕新朝，徐灿忧生患世的情感，难以压抑。徐灿不能阻止丈夫的出仕，也不会正面抗争，"可是心情是矛盾而抑郁的"，在这首词中，"一'误'字下笔沉痛，别见深意"[4]。丈夫降清，明礼而有气节的徐灿既不能抗争，又不能认同，还不得不相随，所以她内心是非常矛盾与寂寞的。"悔煞双飞新翼，

[1] 胡晓明、彭国忠主编《江南女性别集五编》，黄山书社，2008，第298页。
[2] 陈廷焯：《白雨斋词话》卷五，杜维沫校点，人民文学出版社，1983，第134页。
[3] 胡晓明、彭国忠主编《江南女性别集五编》，黄山书社，2008，第307页。
[4] 严迪昌：《清词史》，江苏古籍出版社，1990，第543页。

误到瀛洲",正是幽怨而无奈的叹息。

几经起落的人生境遇,国恨与家愁的叠加,使她不能也不敢放开言辞,其词作呈现出幽咽的特点。如《永遇乐·舟中感旧》:

无恙桃花,依然燕子,春景多别。前度刘郎,重来江令,往事何堪说?逝水残阳,龙归剑杳,多少英雄泪血?千古恨、河山如许,豪华一瞬抛撇。

白玉楼前,黄金台畔,夜夜只留明月。休笑垂杨,而今金尽,秋李还消歇。世事流云,人生飞絮,都付断猿悲咽。西山在,愁容惨淡,如共人凄切。[1]

面对多重的无奈,词人的叹息是深沉蕴藉,顿挫峭折,沉郁苍凉,悲愁难言,吞吐哀怨,蕴含厚重。

二、难觅知音柳如是

杨爱之名,知者不多。而柳如是之称号,人们熟知。柳如是(1618—1664),本名杨爱,字如是,又称河东君,因读辛弃疾《贺新郎》中见"我见青山多妩媚,料青山见我应如是"[2],故自号如是,与马守真、卞赛、李香、董白、顾媚、寇湄、陈圆圆合称"秦淮八艳"。原籍嘉兴(今属浙江),家境贫寒,为盛泽归家院徐佛收养。徐佛原是嘉兴人,能诗书,善画兰,是明末才女,吴江盛泽归家院当红名妓,清军南下时自杀身亡。杨爱在归家院长成,习歌舞,练书画,能诗词。大约十三四岁,被吴江退居官僚周道登买下,为周道登侍妾,颇得宠爱。不久周道登亡故,杨爱被周家赶出来,流落风尘,与当时文坛名家及后起之秀多有交往,并与宋徵舆真心相爱,成为侧室,不久又因不能严守礼教规范,被迫离去。即将再次沦落风尘之际,遇到了陈子龙。两人相处一段时间,且有很多唱和,而杨爱也有意于这样的别室生活。但还是被陈子龙的夫人发现,迫不得已,杨爱离开陈子龙,往来于苏南浙北之间一段时间,二十四岁时,嫁钱谦益为侧室。"定情之夕在辛巳六月初七,君年二十四矣"[3]。钱谦益晚年家境一落千丈,几乎无力延医治病,柳如是不离不弃,为之操持,直到一六六四年农历五月钱谦益去世。然经营丧事尚未结束,钱门族人就向柳如是发

---

[1] 严迪昌:《清词史》,江苏古籍出版社,1990,第543页。
[2] 辛弃疾:《稼轩长短句》卷一,元大德三年刊本。
[3] 顾苓:《塔影园集》,华东师范大学出版社,2014,第16页。

难，逼她交出钱谦益的家产。实际上钱谦益多年救助流落文士，接济烈士遗孤，遭遇回禄之灾，家产已经不多，柳如是实在拿不出银两满足族人的狮口，于同年六月二十八日悬梁自尽。柳如是的作品有《戊寅草》《湖上草》等，后人辑有《柳如是诗集》，上册《戊寅草》，下册《湖上草》及尺牍。2014年文物出版社出版影印本。柳如是生平创作，以陈寅恪《柳如是别传》考证最为详备，上海古籍出版社1980年出版。北京古籍出版社2000年出版刘燕远《柳如是诗词评注》，作品搜集完备。2000年上海古籍出版社出版谷辉之辑《柳如是诗文集》，作品之外，还搜集了主要的传记、评论等有关资料，使用较为方便。

柳如是的诗词作品，留存下来的多是早期成果，但涉及宋徵舆、陈子龙的诗词，大多毁弃没有保留。主要咏叹的是三个方面的内容：早年的萍水生活，充满伤感的无奈；一段刻骨铭心的爱情，主要是与陈子龙的唱和及对陈子龙的爱恋；与钱谦益的唱和及读书生活的记述。尽管与陈子龙相关的作品不便保留，但比较隐晦的篇章还是存在。如《杨花》：

> 轻风淡丽绣帘垂，婀娜帘开花亦随。
> 春草先笼红芍药，雕栏多分白棠梨。
> 黄鹂梦化原无晓，杜宇声消不上枝。
> 杨柳杨花皆可恨，相思无奈雨丝丝。[1]

杨花不像花，没有花的艳丽芬芳。杨花又确实是花，但包含了杨柳的种子，随风飘荡，没有枝头可眷恋，也无沃土护其娇柔，只能恨天恨地恨风雨，悲惨的命运，与自身的遭遇，同样可怜。柳如是与钱谦益结合后，生活相对稳定，唱和之作往往比较明快。如《次冬日泛舟韵》：

> 谁家乐府唱无愁，望断浮云西北楼。
> 汉佩敢同神女赠，越歌聊感鄂君舟。
> 春前柳欲窥青眼，雪里山应想白头。
> 莫为卢家怨银汉，年年河水向东流。[2]

首联表达了对爱情的向往，明确了对风尘生活的厌倦。颔联用汉上游

---

[1] 柳如是：《戊寅草》，收入《清代诗文集汇编》第4册，上海古籍出版社，2011，第269页。
[2] 柳如是：《我闻室剩稿》，收入《续修四库全书》1391册，上海古籍出版社，2002，第568页。

女和《越人歌》诗意，前者表达了自己有过一段失落的情怀，后者说明现在的想法。《诗经·汉广》："南有乔木，不可休思。汉有游女，不可求思。汉之广矣，不可泳思。江之永矣，不可方思。翘翘错薪，言刈其楚。之子于归，言秣其马。汉之广矣，不可泳思。江之永矣，不可方思。翘翘错薪，言刈其蒌。之子于归，言秣其驹。汉之广矣，不可泳思。江之永矣，不可方思。"[1]求爱失败，只能徘徊自恋；期待良人，但不知何时出现。用《越人歌》之意，等于明说了自己要登上钱谦益这条大船。颈联明确宣布年龄不是问题，爱情已经发生。尾联敦促钱谦益，珍惜美好时光，赶紧把握幸福的爱情，并在诗歌中藏有"柳河东君"，即柳如是自题的雅号。年仅二十出头的女性，知识储备之厚实，追求幸福之大胆，表白方式之巧妙，诗韵掌握之准确，难怪钱谦益不能自已了。

然而，挥洒情爱之意，柳如是并非是自由任适的，特殊的经历也郁结了无限的酸楚，一言难尽。唯有放眼自然，驰骋今古，倒是有一吐为快的酣畅，《于忠肃祠》《岳武穆祠》中的敬仰之情与叹息之意，毫不掩饰。

三、凄婉善良董小宛

董小宛（1624—1651），本名白，字青莲，又字小宛，吴县（今江苏苏州）人。或云南京人，依据是冒襄《影梅庵忆语》中称其为秦淮中乐籍奇女。董白本来生活在苏州的一个小康之家，一个开绣坊的小业主家庭。父亲中年患病去世，而母亲原是秀才之女，嫁与小老板颇不合意，故而在董白的父亲去世后，就带着女儿居住到山塘街，绣坊交给伙计打理。不久，绣坊倒闭，债台高筑。生活贫困中母亲病逝，而董白则沦落青楼，十六岁时，已是芳名鹊起，曾经一度到南京卖艺，以小宛为名，与柳如是、陈圆圆、李香君等同为"秦淮八艳"。乡试落第的冒襄到苏州小游，与小宛偶尔在苏州半塘相遇。她对冒襄一见倾心，虽多次向冒襄表示过倾慕，均未得到他的回应。因为冒襄早已属意吴地名妓陈圆圆，并与之订嫁娶之约。然而冒襄第六次乡试再次绕道经苏州重访陈圆圆时，已是人去楼空，加上科场失意，情绪沮丧，遂再访董小宛，两人定情。但董小宛身在乐籍，不能自主。在柳如是的斡旋下，由钱谦益出面给小宛赎身，然后从半塘雇船送到如皋冒襄家中，成为没有身份的侍妾。由于经历兵乱与逃难的颠簸，冒

---

[1]《诗经 楚辞》，孔一标点，上海古籍出版社，1998，第3页。

襄患病,董小宛尽心侍候,劳累过度,香消玉殒,年仅二十八岁。董小宛能诗,但作品存世无多。《绿窗偶成》:

> 病眼看花愁思深,
> 幽窗独坐弄瑶琴。
> 黄鹂亦似知人意,
> 柳外时时弄好音。[1]

虽然人在病中,但有所期待,故而心情不是太糟,是一首明白的少女诗,流露出对人生的期待,对幸福的向往。

四、贤妻才女席佩兰

席佩兰(1760—1829后),名蕊珠,字韵芬,又字月襟、浣云、道华等,昭文(今江苏常熟)人,内阁中书席宝箴孙女,同邑孙原湘妻。擅画兰,诗天机清妙,为袁枚门下女弟子最为杰出者,其师称赏其诗曰:"字字出于性灵,不拾古人牙慧,而能天机清妙,音节琮琤,似此诗才,不独闺阁中罕有其俪也。其佳处总在先有作意,而后有诗,今之号称诗家者愧矣。"[2]是"性灵说"的积极践行者。著有《长真阁诗稿》《傍杏楼调琴草》。

《清代闺阁诗人征略》收女诗人1262名,其中苏州14人,席佩兰是其中佼佼者。《寄衣曲》:

> 欲制寒衣下剪难,几回冰泪洒霜纨。
> 去时宽窄难凭准,梦里寻君坐样看。[3]

裁剪布料,缝制新衣,却因为离别时间太久而难以知道对方现在的体型是肥是瘦,一个简单的动作难以完成。短短四句深含了对离别的怨恨,对他的深切思念。"梦里"根本不存在,实是清醒至极,冥想他坐着的样子。《夏夜示外》:

> 夜深衣薄露华凝,屡欲催眠恐未应。
> 恰有天风解人意,床前吹灭读书灯。[4]

---

[1] 黄秩模编,付琼校补《国朝闺秀诗柳絮集校补》,人民文学出版社,2011,第1611页。
[2] 胡晓明、彭国忠主编《江南女性别集初编》,黄山书社,2008,第433页。
[3] 胡晓明、彭国忠主编《江南女性别集初编》,黄山书社,2008,第439页。
[4] 胡晓明、彭国忠主编《江南女性别集初编》,黄山书社,2008,第469页。

等待了许久，他依然在读书。天气渐冷，却又凝神于黄卷青灯之间，可见他入神，即便几次想到叫他休息，估计也不会答应。正好天意随人，一阵疾风，吹灭了他的读书灯，总算可以睡觉了，俏皮活泼中蕴含深情。

第十节　清代吴地的小说创作

明清时期的叙事文学作品，浩如烟海，迄今也难见其全貌。一个很重要的原因，是大量作品依然散见于全国各地的图书馆、博物馆、方志馆、档案馆等机构，等待整理。尚有数量可观的作品以抄本、写本形式藏于私家而未被发掘。还有很可惜的一方面，就是部分作品被掠夺盗抢，流落海外，至今未被发现或未能引起重视。其实，诸多诗文典籍或方志等，也有如此现象。小说作品，尤其是在创作活跃的吴地，不论文人创作的白话小说还是笔记杂记等文言故事，窖藏甚丰，亟待发掘。而吴地的清代小说写手，奉献的成果，足称冰山一角。

一、褚人获与《隋唐演义》

褚人获（1635—?）字稼轩，又字学稼，号石农、没世农夫等，长洲（今江苏苏州）人，清代小说家。褚人获的生平事历不详，仅知其一生与科举无缘，未有出仕机会。褚人获与明清之际的文化名流尤侗、顾贞观、毛宗岗、洪升、张潮等有交往，虽有多方面的才能，但主要精力放在经史研究和小说创作上，著作颇丰，有《坚瓠集》《读史随笔》《退佳琐录》《续蟹谱》《圣贤群补录》等传世。

《隋唐演义》二十卷一百回，根据明代的《隋唐志传》《隋炀帝艳史》《隋史遗文》等书及民间传说改写而成，是一部兼有英雄传奇和历史演义双重性质的小说。隋唐时期的故事，在宋、元时期就已经在民间广为流传，文人笔记亦多有涉及。而《隋唐演义》正是在此基础上，结合笔记野史和民间传说，加上作者天才的创作组合而成。

小说以史为经，以人物、事件为纬，既对正史的内容加以敷衍，更多是对传说的情节加以整合。虽然叙述一百多年间事情不免芜杂，但颠倒组合中也有逻辑。一方面叙述了隋代的宫廷丑闻，以隋炀帝与朱贵儿为中心，风流旖旎而不免自然主义倾向，香艳情态的背后是荒淫残暴的统治实况，为写隋末社会的动荡准备了条件，实际也揭示了隋朝灭亡的原因。另一方面以草莽英雄个人事迹为主要叙述内容,从秦琼、程咬金、单雄信、徐茂公等人的身上,可以看到正义的力量与游侠的精神,更可以看到,乱世中的英雄也有无奈,何况一般百姓。于是,粗豪英雄与平民百姓的共同愿望就变得一致起来,即呼唤圣主的出现。因而,作者是以小说的形式,展现了儒家对明主贤臣的期待。还有一个方面,就是以唐玄宗与杨玉环的爱情故事为中心,顺便叙说了唐太宗、武则天、上官婉儿、太平公主等人的宫闱传奇故事,具有一定的警示意义。小说体制是历史演义,但写法上是英雄传奇。写历史重在宫闱秘史及其荒唐事迹,置于前后,而以英雄传奇放在中间,内部荒淫混乱、外部英雄迭起的警示用意不言自明。

二、吕熊与《女仙外史》

吕熊,昆山(今属江苏)人,生卒年及生平事历不详,生于明季,功名蹉跎,遭遇易代,流荡南北,年纪稍长,游幕为生,曾经在直隶巡抚于成龙幕中从事书牍事项。

《女仙外史》成于康熙中后期,叙述明朝初年之事,写到建文帝君临天下四载并无失德,但燕王朱棣意在天下,即将祸起。此时,嫦娥下界投身,托生为山东女子唐赛儿,功夫惊人,行侠仗义,精通法术。而燕王朱棣是天狼星投胎,以"靖难"为名发动南征,逼得建文帝逃出京城。唐赛儿聚众起义,建都济南,拥立建文帝复国。无奈天意如此,在朝廷的镇压下,起义归于失败,唐赛儿飞剑诛杀朱棣,返回月宫。作品中既有神仙斗法,又有现实人事运筹,颇受《封神演义》影响,近乎神怪小说。

三、杜纲与《北史演义》《南史演义》

杜纲(生卒年不详)字振三,号草亭,昆山(今属江苏)人,秀才,此后功名不遂,著述自娱。两书分别叙述南北朝时期的历史故事,采用一线多头的结构,类似《三国演义》而得其大概,有一定的可读性。

四、陈森与晚清世情小说

吴地小说在晚清有一个小小的高潮,不仅是吴语小说,还有诸多涉及现实生活的通俗小说,有些甚至有狎邪小说之嫌疑。一方面是这些作家借此获取生活之资,是市场经济的作用。另一方面,也是各种文化冲击下一种文化危亡的迹象。特殊时代环境中的某些特殊地方如上海,此类作品大量产生,陈森及其《品花宝鉴》无疑具有代表性。

陈森(约1797—1870)字少逸,号采玉山人,又号石函氏,常州(今属江苏）人。他科举失意，道光中寓居北京，寄迹梨园，熟悉旧事，以乾隆、嘉庆中优伶生活为题材，写出《品花宝鉴》共六十回。作者以优伶为佳人，狎客为才子，将二者之间写得情意缠绵，实开近代狭邪小说之先河。陈森《品花宝鉴》外，李伯元《海天鸿雪记》（二十回）、韩邦庆《海上花列传》、张春帆《九尾龟》等，其价值追求，亦大致相当。总的来说，艺术价值不高，堪称"晚清小说之末流"[1]，但对于了解晚清的都市生活，有一定意义。

五、李宝嘉与晚清吴地谴责小说

李宝嘉（1867—1906）字伯元，号南亭亭长，武进（今江苏常州）人。李宝嘉擅诗赋和八股文，是晚清秀才，却终未中举，三十岁赴上海，创办了《指南报》《游戏报》《世界繁华报》，是小报界的先驱。其《官场现形记》是一部暴露小说，也是晚清谴责小说的代表作，被公认为"晚清四大谴责小说"之首（另三部是吴沃尧《二十年目睹之怪现状》、刘鹗《老残游记》和曾朴《孽海花》）。李宝嘉另有《文明小史》《活地狱》等，亦是意在暴露谴责。

曾朴（1872—1935），原名曾朴华，字太朴，改字孟朴，笔名籀斋、东亚病夫，常熟（今属江苏）人，二十岁中举，四年后入同文馆学习法文。曾赴法留学，广泛接触西方文学，了解西方文明，为以后的文学翻译奠定了基础。清末，曾参加"立宪运动"，鼓吹改良主义，辛亥革命爆发后加入共和党。曾担任过江苏官产处长、财政厅厅长、财务厅厅长等职务，与友人徐念慈等人创立小说林书社，从事文学创作活动。曾朴极为勤奋，正常工作之外，一边创作，一边翻译法国文学作品，写出了基本完整的长篇小说《孽海花》。

这部小说是近代小说中思想价值和艺术成就都比较高的一部，是清末"四大谴责小说"之一。小说揭露了帝国主义的侵略野心，清政府的无能与腐败，封建士大夫的昏庸与堕落。其思想倾向是进步的，取材是现实的。全书写了两百多个人物，主要形象均是对现实人物的描摹，只是姓名改为谐音字而已。作品涉及晚清三十年主要的内政外交事件及绯闻轶事，以苏州状元金沟发端，并围绕其仕历及出使西洋事务，借助其与身边假冒

---

[1] 阿英：《晚清小说史》，人民文学出版社，1980，第169页。

公使夫人的名妓傅彩云的孟浪事迹,反映了清末上上下下的精神毁灭,透过革命党人的社会活动展示了国家民族的未来希望,特别是揭露最高统治者的奢侈昏庸,具体到慈禧挪用海军军费造万寿山,皇帝既无能又无权等事实,反映的社会生活面相当广。在选材、结构、语言方面都独具特色,"结构工巧,文采斐然"[1],是一部掺杂方言的优秀小说。

六、清代吴地的文人笔记小说

通俗小说与历史演义之外,清代吴地文人还有大量的笔记小说,在文学史上具有不可忽略的影响。主要有褚人获的《坚瓠集》、钮琇的《觚剩》、沈起凤的《谐铎》、独逸窝退士的《笑笑录》、蘧园的《负曝闲谈》等。"中国新闻报纸之父"的王韬,在编辑吟哦之外,尚有笔记《遁窟谰言》《淞隐漫录》《淞滨琐话》《瓮牖余谈》《海陬冶游录》《眉珠庵忆语》等,数量多,特色也明显。

王沄(1619—1695?)字胜时,松江华亭(今上海市松江区)人,少从陈子龙学,有诗名。陈子龙殉国,王沄寻觅其尸身,具棺安葬,并在陈子龙自撰年谱基础上,遵师嘱续写并记录陈子龙身后事,为研究陈子龙提供了重要的史料。王沄的《漫游纪略》是一部纪游笔记,虽仅有四卷,然涉及南北越、闽、两淮、齐鲁山川城郭与风土人情、物产景观等,叙写风格近于《徐霞客游记》,体现了作者别样的情感。江苏广陵古籍刻印社《笔记小说大观》第十七册中录有此书影印本。

褚人获的《坚瓠集》,是康熙年间非常重要的笔记小说集之一。作者以十余年之精力,从历代笔记小说和野史中撷取材料,结合民间传说和歌谣,记述了从帝王将相到市井小民的各种生活琐事,并涉及历朝的典章制度、民情风俗、历史掌故、名人轶事、鬼怪灵异等,甚至还有作者的读书心得和诗文评论,属于综合性的文人笔记。全书正集有四十卷,还有续集、广集、补集、秘集、余集二十六卷,洋洋洒洒六十六卷,在文人笔记中属于巨著。由于多数故事属于摘抄编纂,具有相当的史料价值,尤其是摘录的一些篇章,因原书已不可见,弥足珍贵,颇受学界重视。其中不少篇章的语言是诗性化的,文采飞扬。书中的一些故事情节,也为后世创作提供了素材。如《阎古古》:

---

[1] 鲁迅:《中国小说史略》,中国言实出版社,2020,第241页。

崇贞庚午孝廉徐州阎尔梅，字用卿，又字古古，恃才傲睨，交游不轻许可。遇溧阳陈百史（名夏）于虎丘，独许其必发魏科。癸未，果以会元榜眼及第。鼎革后，百史入内阁，在汉人中，最用事。古古奔走于外，当事物色之，祸将及。乃入都，与百史相闻。一日，百史令亲信至阎寓，谓如肯会试，当以会元相赠。古古笑而不答。其人屡促回音，古古令伸掌，书一吓字于上，云以此复之。盖以鸱枭得腐鼠喻陈，而以鹓雏自喻也。其诗有谁无生死终难必，各有行藏两不如，亦上百史句也。百史见之，不敢复言。[1]

阎尔梅与陈名夏的交往细节，明季清初知者不少，康熙年间关注者已无多。作者仅用了简单的动作描写，就将阎尔梅的气格精神展现出来。一个"吓"字，阎尔梅写得出，陈名夏看得懂，而后居然阎尔梅无事，陈名夏也不生事。因此说，对于陈名夏之流，还应看到其智慧的一面。

钮琇的《觚剩》，是一部独创的笔记小说。全书"正编"八卷，其中《吴觚》三卷，《豫觚》《燕觚》《秦觚》各一卷，《粤觚》二卷，记述明末清初杂事；"续编"四卷，《言觚》《人觚》《事觚》《物觚》各一卷。与一般笔记小说的风格一样，《觚剩》记录各地的名人轶事、风土人情、荒诞传说等，但一定程度上涉及明清之际社会政治状况，源于耳闻目击，颇具史料价值。如《琉球使》：

康熙二年，科臣张立庵学礼、王巢云垓，奉使琉球，册封国王尚质。其所纪入海之舟，为梭子形，上下三层，广二丈二尺，高如之，长十八丈，桅之高如之。桅头有斗，可容数人。舟设水井二口，官司启闭。柁用广西铁力木。入洋有白水一线，横亘南北，谓之分水洋。过此洋，水绿白红蓝，历历如绘，汲而视之，其清则一。行三日后，见一山横于舟前，首尾约长千丈，以镜照之，乃巨鱼也。缁黄赞呗，其鱼渐沈，然鳞鬣矗峙，犹沙屿芦苇然，至晚潜消，舟始得进。又数日，将近伊蓝埠，误泊龙潭，二龙垂天而下，风云四起，恍惚晦冥，舟师大怖。风稍定，急移帆而南，次温镇，抵那壩港，入琉球界矣。凡宴使臣，击鼓而歌者大夫以下等官，舞则十龄幼童，皆贵官子弟为之。考之旧册，大约渡海以夏至前后两三日，归以冬至前后两三日，故使臣之在其国也，有迎风宴，中秋宴，重阳宴，冬至宴，

---

[1] 褚人获：《坚瓠补集》卷一，收入《笔记小说大观》第十五册，江苏广陵古籍刻印社，1983，第434页。原书全为句号，标点为作者自加。

饯别宴。是役于五月启行,十一月始回舟复命。[1]

简短的记载,既有航海过程,也有怪异事项。而更为有价值的是,记录了藩属国琉球的一段历史,两国之间使者往返的礼仪制度,以及琉球国的风土人情,值得治史者珍惜。

沈起凤之《谐铎》,是一部于诙谐中劝人劝世的笔记小说。沈起凤(1741—1802)字桐威,号薲渔,又号红心词客,吴县(今江苏苏州)人。乾隆三十三年(1768)举人,会试屡不第,抑郁不得志,纵情词曲间。所作传奇相传有数十种,风行一时。今存世者,仅有《报恩缘》《才人福》《文星榜》《伏虎韬》四种。杂记《谐铎》十二卷,流传甚广。《谐铎》主要志怪,正集十二卷有故事一百二十二则,另有续集一卷残存。仅从书名《谐铎》,即可知其用意与风格,寓劝诫于嬉笑谑谈中。如《侠妓教忠》:

方芷,秦淮女校书。有慧眼,能识英雄,名出顿文、沙嫩上,与李贞丽女阿香最洽。阿香却田仰聘,屈意侯公子,一日,方芷过其室,曰:"妹侍侯郎,得所托矣!但名士止倾倒一时。妾欲得一忠义士,与共千秋。"阿香哂之。

贵筑杨文骢耳其名,命驾过访。方芷浼其画梅。杨纵笔扫圈,顷刻盈幅。方芷大喜,竟与订终身约。时文骢党马、阮,为戟门狎客,士林所不齿,闻方芷许事之,大惋惜,即阿香亦窃笑。定情之夕,方芷正色而前曰:"君知妾委身之意乎?"杨曰:"不知。"方芷曰:"妾前见君画梅花瓣,尽作妩媚态,而老干横枝,时露劲骨。知君脂韦随俗,而骨气尚存。妾欲佐君大节,以全末路,故奁具中带异宝而来,他日好相赠也。"杨漫应之。

无何国难作,马、阮尽骈首,侯生携李香远窜去。戎马荆棘,万家震恐。方芷出一镂金箧,从容而进曰:"妾曩日许君异宝,今可及时而试矣!"杨发之,中贮草绳数围,约二丈许,旁有物莹莹然,则半尺长小匕首也。杨愕然,迟回意未决。方芷厉声曰:"男儿留芳贻臭,所争止此一刻。奈何草间偷活,遗儿女子笑哉?"杨亦慷慨而起,引绳欲自缢。方芷曰:"止!止!罪臣何得有冠带?"急去之。杨乃幅巾素服,自系于窗棂间。方芷视其气绝,鼓掌而笑曰:"平生志愿,今果酬矣!"引匕首刺喉而死。后李香闻

---

[1] 钮琇:《觚賸》卷八,南炳文、傅贵久点校,上海古籍出版社,1986,第151页。

其事,叹曰:"方姊,儿女而英雄者也。作事不可测乃如是耶!"乞侯生为作传,未果。而稗官野乘,亦无有纪其事者。

铎曰:"儿女一言,英雄千古。谁谓青楼中无定识哉?咏残棋一著之诗,吾为柳蘼芜惜矣!"[1]

故事只是故事,与历史的真实有相当的差距,然意思还是那个意思,英雄儿女应有爱国情怀和气节。需要说明的是,杨文骢并非马士英、阮大铖的同党,只是因为大舅子马士英确实是南明弘光政权的权臣,为弘光政权的建立发挥了重要作用,也为弘光政权的灭亡埋下了祸根。阮大铖就不同了,从来就是奸佞小人。杨文骢奉命率领数百人扼守镇江,与清兵激战。失败后一路撤退到苏州,发动奇袭,杀死降清的苏州知府黄家鼐,开府库,以库存银两之半发给百姓,另一半带走,招兵买马继续抗清,最后兵败浦城,坚决不降,全家三十六人殉国。同时不降被杀的还有兵部职方主事孙临,秦淮歌女葛嫩等。当地人感其忠义,为掩埋。杨文骢与孙临的遗体合葬于大树下,三年后孙临的侄子寻访到此地,尸首已然不可辨,遂将两具遗体一起火化,带回安徽桐城,葬于枫香岭,当地人称为"双忠墓",至今仍在,孙氏子孙年年瞻拜。沈起凤塑造方芷形象,也并非凭空捏造。余怀在《板桥杂记》中,就曾记载了这些歌女的刚烈故事。由此可见,沈起凤对于"方芷"一类的人物,何等敬佩!而对于贪婪无耻的小人、奸人,则不妨调侃一番。如《棺中鬼手》:

萧山陈景初,久客天津。后束装归里,路过山东界。时岁大饥,穷民死者无算。旅店萧条,不留宿客。投止一寺院,见东厢积棺三十余口,西厢一棺,岿然独存。三更后,棺中尽出一手,皆焦瘦黄瘠者,惟西厢一手,稍觉肥白。陈素负胆力,左右顾盼,笑曰:"汝等穷鬼,想手头窘矣,尽向我乞钱耶?"遂解囊橐,各选一大钱予之。东厢鬼手尽缩,西厢一手伸出如故。陈曰:"一文钱恐不满君意,吾当益之。"增至百数,兀然不动。陈怒曰:"是鬼太作乔,可谓贪得而无厌者矣!"竟提两贯钱置其掌,鬼手顿缩。陈讶之,移灯四照,见东厢之棺,皆书饥民某字样。而西厢一棺,上书某县典史某公之柩。因叹曰:"饥民无大志,一钱便能满愿。而四公惯受书

---

[1] 沈起凤:《谐铎》卷四,收入《笔记小说大观》第二十一册,江苏广陵古籍刻印社,1984,第17页。原书全为句号,标点为作者自加。

仪，不到其数不收也。"已而钱声戛响，盖因棺缝颇窄，鬼手在内强拽，苦不得入，绷然一声，钱索尽断，青蚨抛散满地。鬼手又出，四面空捞，而无一钱入手。陈睨视而笑曰："汝贪心太重，剩得一双空手，反不如若辈小器量，还留下一文钱看囊也！"而手犹掏摸不已。陈击掌大呼曰："汝生前受两贯钱，便坐私衙打屈棒，替豪门作犬马，究竟积在何许，何苦今日又弄此鬼态耶？"言未已，闻东厢之鬼长叹，而手亦遂缩。天明，陈策蹇就道，即以地下散钱，奉寺僧为房资焉。

　　铎曰："官愈卑者心愈贪，若辈之丑态何可言也！乃生既如鬼，死复犹人，岂冥中无计吏之条耶？东厢长叹，想已早褫其魄矣！"[1]

　　人鬼对话，如此从容而又义正词严，内容翔实，实是敢于虚构了。不过，用意也极为清晰，若为人贪心不足，最终将一无所有。

　　钱泳《履园丛话》二十四卷，也是清代吴地重要的一部笔记小说。钱泳（1759—1844）字立群，号台仙，一号梅溪，无锡（今属江苏）人。钱泳长期游幕，精于诗词书画，有《兰林集》《梅溪诗钞》《履园谭诗》《履园丛话》等传世。《履园丛话》二十四卷，主要记载清中叶有关典章制度、金石考古、书画篆刻、天文地理、风俗民情、警世格言、笑话梦幻、社会异闻等许多方面的耳闻目击之事，包罗万象，内容庞杂，去取未精。文献价值，不可忽视。

　　独逸窝退士之《笑笑录》。独逸窝退士为谁，一时难以考究，只知道是苏州人，生活在晚清，光绪间编成《笑笑录》。是书六卷，篇幅长短不等，但多数篇目只有数十字，简短精练，风格颇类《世说新语》，笑谈与劝诫并存，用心甚深。

　　王韬（1828—1897）字仲弢，又字紫诠，号天南遁叟、蘅花馆主等，长洲（今江苏苏州）人。幼年即读书勤勉，长大后毕读群经，旁涉诸史，十八岁时考取秀才，后应试不第，又见清廷腐败，化名黄畹上书李秀成，为太平军献策。事泄，王韬逃至香港，此后游历英、法，颇受西方现代文明影响，熟知报纸对社会的重要影响，返港创办《循环日报》。其小说创作与改写，反映了19世纪末中国古典小说在题材选择与审美取向上的一些变

---

[1] 沈起凤：《谐铎》卷八，收入《笔记小说大观》第二十一册，江苏广陵古籍刻印社，1984，第32页。标点为作者自加。

迁,即"狐鬼渐稀,而烟花粉黛之事盛矣"[1],具有一定的认识价值。然文学取向的矛盾性,也比较明显。王韬的笔记小说,主要有《淞隐漫录》《瓮牖余谈》《瀛壖杂志》《淞滨琐话》等。

《淞隐漫录》也叫《绘图后聊斋志异》《后聊斋志异图说》,是王韬追忆几十年来的见闻,既有可惊可愕,也有可悲可叹,字里行间,常有寄托。

《瓮牖余谈》八卷,故事涉及中外,既有境内的愚昧事迹如《孙女割股》《书彭孝女事》《孝媳割股》之类,说明作者的科学知识与社会思想,尚有很大的局限性,也有如《海运说》之类,可见王韬对新知识新技能的科学态度。

《瀛壖杂志》六卷,主要记载上海风物人情及其有关故事,特别是记录了西方人士在上海的居住生活与经商交往情况,为研究近代上海社会提供了丰富的资料。

相较于《瓮牖余谈》《瀛壖杂志》,《淞滨琐话》十二卷,无论是选材上还是叙事风格上,都与传统的文人笔记小说更为接近,但篇幅上更长,容量更大,类似于文言短篇,有唐宋传奇的痕迹。

第十一节　清代吴地的文艺理论与批评

清代的吴地,不仅文学创作的多元成就为世人瞩目,文学理论与文学批评的影响也是独具风骚。诗话词话之外,对小说戏剧的批评与评点,在文学史上也具有不可替代的地位。代表性的人物有叶燮、沈德潜、金圣叹、薛雪、郭麐及毛宗岗父子等。

一、金圣叹的重要贡献

在文学史上,作家的创作固然是构成文学大厦的基础,犹如基建的基本材料。然批评家的点评与推介,对于认知和判断作品的思想和艺术价值所发挥的重要作用,却是作家望尘莫及的。苏州评点家金圣叹,既是优秀的诗人,更是叙事文学作品杰出的批评家与推介者,对于提升叙事文学的地位,引导学者关注小说戏剧研究,无疑有着导师的作用。金圣叹(1608—1661),本名采,字若采,明亡后改名人瑞,字圣叹,别号鲲鹏散

---

[1]　鲁迅:《中国小说史略》,中国言实出版社,2021,第175页。

士,又自称沤庵法师,明末清初吴县(今江苏苏州)人,著名的文学家、文学批评家。2008年凤凰出版社出版了陆林辑校整理的《金圣叹全集》,精装六册,最为完备。

金圣叹出生在书香门第,家境优裕,自幼读书勤奋,涉猎广泛。但父母早逝,家道中落,加之个人性格豪放,不事生产,生活逐渐陷入困顿。然从不以生计为意,继续博览群籍,着意批点,好谈《易》,亦好讲佛,常以佛诠释儒、道,论文喜附会禅理。先后评点小说剧本甚多,称《庄子》《离骚》《史记》《杜工部集》《水浒传》《西厢记》为"六才子书",拟逐一批注,但由于"哭庙案"罹难,仅完成后两种。正是由于金圣叹的评点批注,《西厢记》歌唱的男女情爱受到广泛欢迎自不必说,《水浒传》的研究则增添了许多有争议的话题。其实,金圣叹批点《水浒传》在明季,腰斩水浒,将《水浒传》七十一回以后关于受招安、打方腊等内容删除,增入卢俊义梦见梁山头领全部被捕杀的情节来结束全书,实有其时代背景。是非功过,不同视角,不同时代,自有不同的评说。

金圣叹亦能诗,其《沉吟楼诗选》,1979年由上海古籍出版社影印出版。

二、毛宗岗父子与《三国演义》

毛纶(生卒年不详)字德音,号声山,长洲(今江苏苏州)人,曾批评《琵琶记》,称为"第七才子书"。毛纶居贫自乐,吟啸自适,能书善画,无意仕进。毛宗岗(1632—1709以后)字序始,号子庵,毛纶之子,亦一介寒儒。毛氏父子在文学史上的大手笔,是评点整理了《三国演义》。

我们今天读到的通行本《三国演义》,是学界公认的罗贯中作、毛氏父子评点整理之后,删除评点文字整理出版的,其成书有一个复杂的过程。"三国"故事流行,有两个系列:一是罗贯中名下的《三国志通俗演义》,即"演义"系列,现存最早的刻本是嘉靖本,二十四卷二百四十则,每则前有七言一句的小标题。万历间又有《李卓吾先生批评三国志》,将二百四十则合并为一百二十回,标题由单句变为双句。一是"志传"系列,如《新锲全像大字通俗演义三国志传》《新刻按鉴全像批评三国志传》等。而且,两个系列流行于同一时间段,在嘉靖到天启年间。大致是书商逐利,争相抄刻印行,形成了不同的版本。至于孰前孰后,哪个版本更接近罗贯中原书,很难考证,因而成为学界聚讼的议题。

到了清康熙年间，毛纶、毛宗岗认为评点整理零乱的"三国"故事书变得很有必要。受到金圣叹删改《水浒传》的启发，毛氏父子假托得到《三国志通俗演义》古本，对原著进行删改，在章回之间夹写批语，并参照了"志传"系列进行整理，于是毛氏父子点评整理的《三国演义》逐渐取代了两个系列的旧本广为流行，成为通行的近人所称的《三国演义》。毛氏父子本《三国演义》，相较于旧本，一是对正文进行了较大的修改、增删，文学性大大增强，迷信色彩大为降低。二是增加了评点，既有对内容的提示作用，亦有对故事情节或人物形象的基本判断，强化了全书的正统观念和拥刘贬曹倾向。三是整顿修正回目文辞，将回目的标题对偶化，并与内容更加准确地契合。四是改换了原有诗文，"说话"痕迹基本褪去，提升了作品的文采，艺术性得到明显加强。《三国演义》盛行，是不争的事实，而毛氏父子的功绩，也是有目共睹。

三、叶燮及其《原诗》

叶燮（1627—1703），原名叶世佺，字星期，号己畦，吴江（今江苏苏州市吴江区）人。晚明文学家叶绍袁、沈宜修的第六子。康熙九年（1670）进士，十四年任江苏宝应知县，不久因耿直不附上官意落职，后纵游海内名胜，寓佛寺中诵经撰述。晚年定居苏州西之横山，世称横山先生。由于当时退居家乡的汪琬开馆授徒，名声响亮，叶燮在横山也建茅屋数间，设馆其间，授徒自给，生活清贫。然由于诗文见解的差异，叶燮与汪琬展开了多年的论争，其积极价值，在于推动了清代诗歌理论的繁荣。叶燮的主要论诗文字，名曰《原诗》，附刊《己畦集》中，分内外两篇，每篇分上下两卷，共四卷。内篇上下分卷，为诗歌原理，其中上卷论诗歌源流正变，即诗的发展；下卷论诗歌法度能事，即诗的创作。外篇为诗歌批评，主要论诗歌的工拙美恶，以杜诗为最高境界。《己畦集》中尚有《与友人论文书》等文学论文，宗旨与《原诗》略同。1979年人民文学出版社将《原诗》《一瓢诗话》《说诗晬语》合并出版，2005年再版。

叶燮的《原诗》虽然不是专著，只有内外两篇，各分上下二卷，却是清初自成体系的诗歌理论著作。内篇分别从"理、事、情""才、胆、识、力"强调了诗歌创作中审美主体的能动性，将审美对象与审美主体放在同样重要的地位，并注重两者之间的互生共鸣关系，尊重审美主体的创造力价值。外篇阐述了诗歌的发展，评价了主要的诗人，探讨诗法技巧，明确了继承与发展的关系，反对泥古。因此，《原诗》被认为是继《文心雕龙》之后，我国文艺理论史上最具逻辑性和系统性的一部诗歌理论著作。2008年南京师范大学王霞硕士学位论文《叶燮<原诗>研究》、苏州大学李晓峰博士学位论文《叶燮<原诗>研究》详细阐述了叶燮的理论见解，介绍了时人的观点和学界评价，并对叶燮及清初的诗歌理论与争论提出了自己的看法，甚为公允。兹录《原诗》内篇上卷一段，以见叶氏观点：

> 大抵古今作者，卓然自命，必以其才智与古人相衡，不肯稍为依傍，寄人篱下，以窃其余唾。窃之而似，则优孟衣冠；窃之而不似，则画虎不成矣。故宁甘作偏裨，自领一队，如皮、陆诸人是也。乃才不及健儿，假他人余焰，妄自僭王称霸，实则一土偶耳。生机既无，面目涂饰，洪潦一至，皮骨不存。而犹侈口而谈，亦何谓耶？

> 惟有明末造，诸称诗者专以依傍临摹为事，不能得古人之兴会神理，句剽字窃，依样葫芦。如小儿学语，徒有喔咿，声音虽似，都无成说，令人哕而却走耳。乃妄自称许曰："此得古人某某之法。"尊盛唐者，盛唐以后，俱不挂齿。近或有以钱、刘为标榜者，举世从风，以刘长卿为正派。究其实，不过以钱、刘浅利轻圆，易于摹仿，遂呵宋斥元。又，推崇宋诗者，窃陆游、范成大与元之元好问诸人婉秀便丽之句，以为秘本。昔李攀龙袭汉魏古诗乐府，易一二字，便居为己作；今有用陆、范及元诗句，或颠倒一二字，或全窃其面目，以盛夸于世，俨主骚坛，傲睨今古。岂惟风雅道衰，抑可窥其术智矣！[1]

在叶燮看来，即便才力不逮，也不必依傍古人，而应自领一军，自具特色。皮日休、陆龟蒙等诗人，已经做到了。可到了明代，末流诗人专事模仿，甚至蹈袭，是风雅衰败，诗法湮灭了。

审阅清初论诗诸家，学界首先想到的往往是王士禛，是清代将古典诗论理论体系归纳的第一人。王士禛（1634—1711）字贻上，号阮亭，别号渔洋山人，新城（今山东桓台）人。"神韵说"不仅是王士禛中年以后的观念，其生平亦晚于叶燮。所以说，叶燮的《原诗》不仅是清代第一部有理论体系的诗论，也是清代诗论的先驱之作。

---

[1] 叶燮：《原诗》，收入《丛书集成续编》第156册，上海书店，1994，第122页。

四、沈德潜与《说诗晬语》

沈德潜（1673—1769）字确士，号归愚，长洲（今江苏苏州）人，清代学者、诗人。沈德潜早年家贫，从二十三岁起继承父业，设馆授徒四十余年，乾隆元年（1736）荐举博学鸿儒，乾隆四年进士，曾任内阁学士兼礼部侍郎。沈德潜为叶燮门人六年，论诗主格调，提倡"温柔敦厚"之诗教。其诗多歌功颂德之作，但少数篇章对民间疾苦有所反映，所著有《沈归愚诗文全集》，又编选有《古诗源》《唐诗别裁集》《明诗别裁集》《国朝诗别裁集》等，流传颇广。

沈德潜从二十二岁参加乡试起，总共参加科举考试十七次，中进士时年六十七岁，从此跻身官宦，备享乾隆荣宠，官位日隆，直至加礼部尚书衔。沈德潜七十七岁辞官归里，著书立说，并任苏州紫阳书院主讲，以诗文启迪后生，颇得赞誉。乾隆三十四年，沈德潜卒，年九十七岁，追封太子太师，赐谥文悫，入贤良祠祭祀，后又因为文字之事被追夺封赏。乾隆与沈德潜的遇合离散，颇有戏剧性。

沈德潜的诗学理论，主要体现在《说诗晬语》中，强调为封建政治服务，赞赏儒家的敦厚诗教。在艺术上，他讲究"格调"，所以他的诗论一般被称为"格调说"，是古典诗歌理论四大体系归结论说之一（另三家是王士禛"神韵说"、翁方纲"肌理说"、袁枚"性灵说"）。所谓"格调"，本意是指诗歌的格律、声调，又指由此表现出的高华雄壮、富于变化的美感。结合了严羽的观点和"七子"的论调，主张思想感情是形式格调的决定因素，创作须皈依温柔敦厚的诗教旨趣，以创作出有补于世道人心的"中正和平"的作品，这样的作品就是"格高"，亦就是意蕴高妙。写诗也是有法可循的，以唐音为准，声辨则律清，格律清纯则诗歌的韵律酣畅，读之爽亮，就是"调响"，就达到了"格调"的要求。因其创作多为歌咏升平、应制唱和之类，所以他的诗论具有维护封建统治的色彩，有一定保守性。只是他提倡的"蕴蓄""理趣"等手法，还是符合诗歌创作内在规律的，是具有审美理论价值的积极观点。

五、薛雪与《一瓢诗话》

薛雪（1681—1770）字生白，号一瓢，又号扫叶山人，吴县（今江苏苏州）人，清代温病学家。薛雪早年习举子业，投叶燮门下，后以母病医治久不效，遂弃文从医，成为清代前期重要的流行病学专家。薛雪博学多能，诗歌、书画、医学无不精通。《一瓢诗话》一卷，是薛雪集自己与朋友、弟子议论前人诗歌的谈话，以及自己的观点，经删选抄录而成，论诗上自先秦，下迄宋元，但并不以时代顺序排列。薛雪论诗虽有与叶燮有相合处，但表述方法不同，多以言简意赅、精辟深刻的片段见解取胜，倡导温柔敦厚的正统儒家诗教。而其强调独创、反对模拟的观点，与叶燮一致。薛雪对唐代诗人的评价尤多，对李白、杜甫、白居易、元稹、温庭筠、李商隐、杜牧、刘禹锡、许浑、韦应物、刘长卿、王维、孟浩然等许多诗人，都提出了新鲜独到的见解和评论，他的《一瓢诗话》是清代中期值得注意的诗话作品之一。

六、郭麐论词

郭麐（1767—1831）字祥伯，号频伽，因右眉全白，又号白眉生、郭白眉，一号蘧庵居士、苎萝长者，吴江（今江苏苏州市吴江区）人。郭麐游姚鼐之门，尤为阮元所赏识，工辞章，善篆刻，善画竹石，别有天趣，书法亦佳，有黄庭坚风格。郭麐少有神童之称，乾隆四十七年（1782）补诸生。然春闱失意，遂绝意仕途，专研诗文、书画，好饮酒，喜交游，与袁枚善。晚年迁居浙江嘉善魏塘镇，有《灵芬馆诗集》《江行日记》，编辑《唐文粹补遗》二十六卷。郭麐是清中叶重要的词人，亦能诗，有《蘅梦词》《浮眉楼词》，另有《忏余绮语》。

郭麐论词，有《灵芬馆词话》《词品》。前者遵从姜张，不薄秦柳，跳出正变之分，强调性灵之致。而对苏、辛，则不免微词。实际上郭麐的论词主张受到袁枚诗学的影响，以性灵为第一要着，值张惠言经学入词盛行之际，词风不变，故难以将性灵主张在词中发扬光大。后者其实更为重要，虽然有仿作《诗品》之嫌，不能掩盖其在词史上地位，是词论界"第一部风格分类品评的系统著作"[1]，尽管只有十二则，却将词的风格简明扼要分为"幽秀、高超、雄放、委曲、清脆、神韵、感慨、奇丽、含蓄、逋峭、秾艳、名隽"十二类，每类以十二句四言诗既阐明风格特征，又点明写作注意事项，符合词的风格类型特征。

---

[1] 严迪昌：《清词史》，江苏古籍出版社，1990，第407页。

第十一章　李玉及清代苏州派戏曲文学

清代初年，戏剧创作与演出，实际上保持了明季旺盛的势头，诸多文人吟咏之余，稍有闲情，便从事戏剧创作。于是，舞台剧与案头剧的同样兴盛，便成为清初剧坛的大观。明代吴地剧坛尤其是吴江人或者说昆山人的积极创作并将其搬演于舞台的同时，也有一部分文人将戏剧创作作为一种乐趣，并未将是否适合于舞台演出作为考量标准。因此，清初到清前期，即顺康雍时期，戏剧的活跃程度，与易代的乱局颇不相当，但又事出有因。在搬弄中检点历史，反观存亡，总结明王朝成败得失的经验教训，成为清初吴地剧坛的主旋律。

第一节　清初吴地作者案头剧本的创作

明季吴地剧坛的繁荣，很重要的因素在于经济繁荣与市民阶层的扩大，加之文化下移培育了广阔的市场。易代之后的乱世中，吴中地区的诸多戏剧活动，短暂沉寂。然而，书斋中的戏剧创作，并未中断。甚至此前并未留意戏剧的作家，也从事了案头剧本的创作活动，实则别有寄托，吴伟业、尤侗等是这类作家中的典型。

一、吴伟业的杂剧与传奇

对于戏剧，吴伟业何时突然关注，并不重要。重要的是，他是大诗人，却又有成功的戏剧实践，且与吴地剧坛人士的往来密切，对于戏剧也是颇有研究，尤其是声腔格律。而由于他并非致力于戏剧，偶一为之，更能够突破某些束缚，发挥更大的想象力，以发心中郁闷。现存剧本《临春阁》《通天台》，传奇《秣陵春》，可见吴伟业的心绪。

《临春阁》杂剧四折，是一部完整的杂剧剧本，且写到的是历史人物，借南朝陈霸先、陈叔宝、张丽华、冼夫人的故事，寄托兴亡之感。然而，剧本的故事，基本与史实无关，是虚构的。剧本的基本内容是，南朝陈的岭南谯国夫人冼氏在金陵的皇宫之中，与贵妃张丽华于临春阁宴饮。隋兵南下灭陈，张丽华自尽，冼夫人万念俱灰，入山修道。故事虽取材于《隋书·谯国夫人传》，但与冼氏事迹相去甚远。而剧中以陈后主影射南明弘光帝，写到陈朝文武百官不见忠贞义士，也是明王朝灭亡前后的实际情况。第一折的冼夫人登场，就是烽火连天的背景。"中原逐鹿辨雌雄，谁辨雌雄俗眼同。天使李陵兵败北，不教女子在军中"[1]，就明显表达了对武将不武、文臣不忠的愤慨。

历史上冼夫人与陈朝的建立，确实大有关系。冼夫人是当时岭南俚人（白族分支）最大的部落首领，管辖十余万家。在南朝梁发生侯景之乱的时候，冼夫人看出高州刺史李迁仕聚众练兵，居心叵测。后李迁仕反，冼夫人设计促使其分兵，然后亲率一旅，奇袭高州，平定叛乱。然而，这时候梁朝已亡，金陵一片废墟。梁朝不在了，冼夫人统领的岭南，也不安宁，因为象征朝廷对岭南统治的高凉太守也就是冼夫人的丈夫冯宝病故，整个南越地区即将陷入混乱。于是，"夫人怀集百越，数州晏然"[2]，稳住了岭南的局面。在平定侯景之乱中颇得人心的陈霸先，得到了冼夫人的支持，陈朝因而建立。但陈朝只维持了两代，到陈叔宝就灭亡了。诗词中涉及陈朝，基本上是叹息兴亡而谴责陈后主的荒淫与张丽华的妩媚。杜牧《泊秦淮》："烟笼寒水月笼沙，夜泊秦淮近酒家。商女不知亡国恨，隔江犹唱后庭花。"[3]陈后主是否荒淫，可见史载。但剧本中关于存亡成败的讨论，有个细节，也显示出吴伟业的态度。"（小生）闻得众文武说两个贵妃许多不是。（旦）都是这班人把江山坏了，借题目说这样话儿。"[4]哪班人？冼夫人的话很明白，就是对国家对君王不忠不孝的文臣武将。隋朝的军队南下，陈亡之后，在抵抗还是归顺的问题上，冼夫人也陷入两难。于是，杨坚之子晋王杨广出主意，让被俘的陈叔宝写封信给冼夫人，劝谕归顺。陈叔宝照办了，并附上了早年冼夫人进贡给陈霸先的扶南犀杖及陈朝的兵符。为了岭南数十万百姓的性命，也为了表示对陈后主最后的忠

---

[1] 吴伟业：《吴梅村全集》卷六十三，李学颖集评标校，上海古籍出版社，1990，第1362页。
[2] 魏徵、令狐德棻：《隋书》卷八十，中华书局，1973，第1802页。
[3] 杜牧：《樊川文集》卷四，上海古籍出版社，1978，第70页。
[4] 吴伟业：《吴梅村全集》卷六十三，李学颖集评标校，上海古籍出版社，1990，第1384页。

诚，冼夫人派孙子冯魂，将隋朝的军队迎进广州，时在589年。从184年黄巾起义爆发至此，四个世纪的分崩离析局面结束，全国的大一统终于实现。隋朝追封冯宝为谯国公，冼夫人也就被封为谯国夫人。

"临春阁"即陈朝宫中的建筑，剧本以此为名，怀念旧朝的心迹，已然明了。而借助《隋书·谯国夫人传》《陈书·张贵妃传》点滴事加以虚构，也是吴伟业的别出心裁。剧本中，岭南冼夫人功绩卓著，在她统治下的岭南及其影响下的南方，是陈朝江山的南部屏障，也是陈朝重要的经济来源。所以陈后主赐宴临春阁，并叫来贵妃张丽华相陪，还吟诗助兴，居然促使张丽华与冼夫人相互敬佩。宴会之后，冼夫人陪护张贵妃寺中听经，然后冼夫人南归。不久，闻隋兵攻陈，冼夫人即起兵赴救，但来不及了，隋军已破金陵，俘虏了陈后主，贵妃张丽华也自尽了。冼夫人想起寺中智胜禅师讲经的话语，此时部下又送来了智胜禅师的诗偈，冼夫人遂遣散诸军，入山修道去了。剧本，可以不是历史的演绎，但可以是作者心绪的凝结。入山修道，是吴伟业为冼夫人做的安排，又何尝不是吴伟业为自己做的一种设想。

《通天台》是吴伟业创作的又一部杂剧剧本，属于折子戏，仅二折，也寄托了作者的故国之情。通天台原是汉武帝时代建筑的一座高台，高三十丈，遗址在今陕西省淳化县西北的甘泉山，也就是汉代甘泉宫中，主角是思归的南朝官员沈炯。剧本写的是历史事件，但裁剪发挥很大。

历史上的沈炯是很有影响的南朝梁的官员。沈炯（502—560）字初明，一作礼明，吴兴武康（今浙江湖州市德清）人，南朝官僚、诗人。侯景之乱，梁武帝萧衍饿死，简文帝萧纲遇害，荆州刺史湘东王萧绎却没有忙于发兵平叛，而是坐等机会，然后发兵。什么机会？就是自己也能当上皇帝的机会。终于机会来了，四方臣子劝进，沈炯也是其中之一。萧绎当然不会放过这个大好机会。于是，萧绎即位于荆州，史称梁元帝。而沈炯则封原乡候，邑五百户，官给事黄门侍郎，领尚书左丞。但因萧绎在与西魏的矛盾中处理失当而实力有限，荆州被攻陷，萧绎遇害，沈炯也为西魏所虏。西魏很重视沈炯的才华，授仪同三司。但沈炯怀着深挚的故国情结，加之老母在江东，所以一心想着回归，在长安（西安）时，曾经路过汉武帝所造通天台的废墟，写了表章向西魏皇帝陈述自己的思归之情。不久，他真的被西魏放归。回到梁朝，沈炯历任司农卿、御史中丞，后入陈为通直散骑常侍、御史中丞,不久还乡,常游于吴地,以疾卒于吴中。沈炯原有文集二十卷,已佚。明季张溥《汉魏六朝百三家集》中辑有《沈侍中集》。

吴伟业杂剧《通天台》取材于沈炯的一段经历,讲述沈炯醉哭于通天台和梦中汉武帝为他指明归途的情形。第一折就是表现沈炯流落他乡一心思归的悲苦形象,游走于在茂陵残垣、甘泉废墟之间,百感交集。然后将梁武帝与汉武帝比拟一番,大有感触。梁武帝是局促江左一隅,汉武帝是统领江山万里,两相对比之下,兴亡之感,涌上心头。第二折,沈炯醉梦中与汉武帝相见,他固辞汉武帝的召用,执意辞归。汉武帝强留无果,遂设宴送行,围猎助兴,指点函谷关放沈炯南归。作品神秘虚幻,想象丰富,既有兴亡之感、故国之情,也有于虚幻中寄托难言之隐的用意。

与《临春阁》一样,《通天台》曲词优美高雅,有时不免晦涩难解,案头阅读尚可,舞台演出甚难。剧作于精美优雅的曲词中传达作者的心声,于历史人物形象的塑造中写出喟叹,体现出清初案头剧的共性。

《秣陵春》传奇,是吴伟业戏剧作品的代表作。全剧长达四十一出,以悲欢离合写兴亡之感,是清代此类剧本的先驱之作。作者将故事叙述的背景放在了南唐,并且将南唐后主及大宋皇帝,通过虚幻真实交替的方式,串到一块,很有穿越感。南唐亡国之后,广陵(扬州)人徐适(字次乐)在金陵宫殿遗址游赏。徐适本是南唐名将之后,又是朝廷文臣,有公辅之望,然而不幸南唐亡国,自己已无意仕进,把玩古董,书剑飘零,定居金陵,重返故地,见到曾经繁华的南唐都城一片萧条,黍离之悲油然而生:"澄心堂内,无复故游;朱雀桁边,犹存旧业。"[1]功名事业,已然无望,婚姻嫁娶,也未有踪迹。李后主的宠妃黄保仪,在南唐国亡和李后主身故之后,也追随而去。而徐适住的地方,有位邻居,原是南唐将军,姓黄名济,就是黄保仪的弟弟,曾经是有勇有谋立功淝水的临淮将军,而今作为亡国遗臣,门庭冷落,年老体衰,有小女展娘尚未婚配,很是担忧自己老去而闺女无所依托。他凝思结想,居然成梦,梦中见到李后主与黄保仪一起驾临黄家,告诉黄保仪要为女儿落实婚姻,但尚需等待一年时间,其间不可许嫁。

而徐适与黄展娘,各自在南唐遗物宝镜和玉杯之中,看到了对方的影

---

[1] 吴伟业:《吴梅村全集》卷六十一,李学颖集评标校,上海古籍出版社,1990,第1236页。

像，认定就是彼此的归宿，产生爱情。两人不觉升入天堂，并在天堂中见到了已经成仙的李后主和黄保仪，他们牵线搭桥，徐适和黄展娘达成婚配。剧本第二十二出的展娘生病和第二十三出的虚幻景象，是真幻线索的交叉。故事情节推演到此，似乎可以看到《倩女离魂》和《西厢记》的影子。 好事多磨，挫折还在继续。回到人间，徐适被人诬告，锒铛入狱，幸亏朋友为他上朝辩诬，还其清白，徐适方才松了口气。这时，大宋皇帝又亲自出面，要试探一下徐适的实际才华，命其当场作赋，现场评点，特旨取为状元，并玉成两人的婚姻。而经历这场灾难，徐适对于官场颇为失望，力辞官职，飘然而去。但他对大宋的皇帝心存感激，"谢当今圣主宽洪量，把一个不服气的书生觳觫降"[1]。最后，徐适与黄展娘一起拜谒李后主庙，当年李后主宫中的乐师曹善才弹唱李后主遗事，全剧结束。

  剧本中的一些情节，借鉴了前人剧作或小说，最重要的戏份，却是吴伟业虚构的。而这种虚构，也是有一定的依据。唱词和对白中的不少语词诸如两世通家、旧恩新遇、中官坏事之类，皆有所本且有所指。比如，徐适是否有真才实学，皇帝亲自考察这一情节，就取材于吴伟业自己的经历。崇祯四年（1631）会试，吴伟业中进士，并且是会试第一名，即会元。本来士子参加科考，是正常的进身之途，与朝政不应有直接的关系。然而，吴伟业参加的崇祯四年会试，却有着特殊的政治意味。因为常规情况之下，会试的主考官是内阁次辅。当时的次辅是温体仁，这是一次扩大势力范围的良机，可以壮大以温体仁为首的势力集团。大约有同样的想法，内阁首辅周延儒亲自担任了主考官。而会元吴伟业，又恰恰是太仓人吴禹玉之子，吴禹玉又与这场会试的两个关键人物有过交往。 主考的内阁首辅周延儒，少年时期游学四方到过太仓，受到吴禹玉的盛情款待；房师座主李明睿，年轻时也在太仓与吴禹玉关系不错。这事明明没有错，因为试卷是糊名的，事先也没有互相通气，不存在舞弊的嫌疑。然而，好像又有点牵强附会的理由，可以打压一下。于是，"为乌程之党薛国观泄其事于朝御史袁鲸将具疏参论，延儒因以会元卷进呈御览，烈皇帝亲阅之，首书'正大博雅足式诡靡'八字，而后人言始息"[2]。剧中徐适虽辞官，却又感谢

---

[1] 吴伟业：《吴梅村全集》卷六十二，李学颖集评标校，上海古籍出版社，1990，第1328页。
[2] 陆世仪：《复社纪略》卷二，收入吴应箕等《东林本末（外七种）》，北京古籍出版社，2002，第229—230页。

当今圣上,说明作者有着强烈的避祸心理,并非徘徊于名节与功名、旧恩新遇之间。而以参拜李后主庙作结,明确了与新朝不合作但也不碍事的心态,显示的是可以接受的人之常情。

徐适与黄展娘的小家团圆了,然"则我看世上姻缘,无过是影儿般照。一任你金屋好藏娇,受用笙歌珠翠绕,脱不得这些风流底稿,怎及那仙人鹤背自吹箫"[1]。议论姻缘不过是一种借口,《秣陵春》收场诗才是作者的深情叹息:"门前不改旧山河,惆怅兴亡系绮罗。百岁婚姻天上合,宫槐摇落夕阳多。"[2]岁晚迟暮,惆怅连连,山河依旧,人事已非。姻缘成败,居然与社稷存亡发生了某种关联,实属巧合。剧本的情节安排,虚幻结合;剧本的曲词对白,不唯语词优雅,且关合故事,映照古人,非专业人士,难以读懂。而在舞台上演出,一般观众也很难理解,这是案头剧的通病。而吴伟业作《秣陵春》,并非着意于在舞台上演出,仅为一弹心曲而已。

与吴伟业相似,尤侗的剧本也如此。

二、尤侗的杂剧与传奇

尤侗(1618—1704)字展成,又字同人,号悔庵、艮斋、西堂老人、鹤栖老人、梅花道人等,长洲(今江苏苏州)人,明末清初诗人、戏曲家。其父亲为明代的太学生,但终身未仕。尤侗幼年习读"四书""五经",在祖父、父亲的教导下,打下了深厚的学问功底。尤侗是明末诸生,但此后在明末和清初多次参加乡试失败,清初他以副榜贡生的身份参加会试,未获成功,直到顺治九年(1652)被用为永平推官,算是走上仕途。但因为杖责骄横的旗丁受到处分,降二级候调,尤侗一气之下回乡,寄情于诗文词和戏剧。康熙十八年(1679)举博学鸿儒,此时尤侗已然年过花甲,授翰林院检讨,参与《明史》修撰,二十二年告老还乡,四十三年卒于故里,年八十七,有《西堂全集》《西堂余集》等传世。今有上海古籍出版社2015年版杨旭辉教授点校本《尤侗集》,资料详尽,校勘精湛,使用方便。

尤侗的戏剧创作,纯属偶然兴趣,并非属意于此。杂剧《读离骚》《清平调》《桃花源》《吊琵琶》《黑白卫》,基本上借用历史上的真人真事作为线索,或者取材唐人小说,但裁剪任意,思维跳跃,故事情节与戏剧冲

---

[1] 吴伟业:《吴梅村全集》卷六十二,李学颖集评标校,上海古籍出版社,1990,第1359页。
[2] 吴伟业:《吴梅村全集》卷六十二,李学颖集评标校,上海古籍出版社,1990,第1360页。

突,有着作者明确的情感寄托。尤其是传奇《钧天乐》,更是困厄书生的大声呼号。

《读离骚》四折,是尤侗的一部杂剧剧本,今专家多认为属于北杂剧系统,末本戏,演绎屈原的故事。

屈原(约前340—约前278),芈姓,屈氏,名平,字原,战国时楚国诗人、政治家。根据司马迁的记载,屈原"入则与王图议国事,以出号令;出则接遇宾客,应对诸侯。王甚任之"[1],因为受楚怀王的信任,担任左徒、三闾大夫。政治上,屈原主张彰明法度,改革政治,举贤授能的"美政"。军事和外交上,屈原主张联合抗秦,强化统一战线。但由于楚怀王的过于兼听而缺乏主张,令尹子兰、上官大夫靳尚和楚怀王的宠妃郑袖等人,受到秦国使者张仪的游说,风言于旁,怀王不但改变了联齐抗秦的战略方针,还疏远了屈原。公元前305年,屈原因为反对楚怀王与秦国订盟,被楚怀王逐出郢都,流放江汉。结果楚怀王在与秦国作战中失败,不幸被诱捕,囚死于秦国。楚襄王即位后,屈原继续遭到迫害,虽然一腔忠心,具有治国之才,但最终不得不流浪于湖湘地区。公元前278年,秦国大将白起挥师南下,占领了楚国郢都,屈原感觉到了楚国灭亡的危险而自己却无可奈何,便以死明志,投汨罗江。作为诗人,屈原在文学史上的地位和影响,已然确定,无需赘言。作为政治家和外交家,在特殊的环境中,屈原未能将自己的才华能力发挥出来,不能不说既是个人的悲哀,也是国家的悲哀。尤侗《读离骚》,正是基于这样的思绪,展开了情节的演绎。

《读离骚》开场,就从小人离间,君子失位,展开了对楚国朝廷上下昏暗场景的描绘。通过屈原之口,以《菩萨蛮》《点绛唇》《混江龙》《油葫芦》等曲子,点明了写作《离骚》的用意与情感。后面逐渐展开了战国后期的风云变幻、楚国的衰弱和诗人彻底绝望等情节。作品运用了大胆的想象之笔,将战国风云呈现在舞台上,并且唱词中大量融通《天问》《九歌》《渔父》《招魂》及宋玉辞赋中的相关成句敷衍而成。尤其是屈原被放逐之后的问天行卜、创作《九歌》、自沉汨罗情节,看似是屈原的悲剧,何尝不是楚国的悲哀! 演绎的是楚国的衰败,又何尝不是南明政权和大明王朝的

---

[1] 司马迁:《史记》卷八十四,岳麓书社,1983,第626页。

命运！所以，《读离骚》是特定时代背景下的历史剧，虽然并不完全遵从历史的真实。

《清平调》也一样，以李白的故事为基础，是借他人酒杯，浇自己胸中块垒，是与历史基本无关的历史剧。

李白的诗仙地位，在文学史著述中早已确立。李白的政治理想，是成为一代贤相治国安邦。然而现实是，李白只能成为一代诗人。在剧中，李白等人去参加科考，李隆基居然安排精通音律的杨玉环去主考。杨玉环选中《清平调》作为压卷之作，取为状元，并且对李白极为尊重，美酒招待。戏剧固然是戏说，不过，将天子门生转化为妃子门生，也是作者的想象力体现。是否别有用意，可以商榷。

《桃花源》依据陶渊明的作品演绎而来，主角变成了陶渊明自己。剧中的陶渊明，不满官场的黑暗，辞官归乡，徜徉山林之中。偶到人间仙境桃花源，修道成仙了。因此，在虚构上再虚构，也是一法。

《吊琵琶》演绎的故事，也为人们熟知，是关于王昭君的故事。王昭君事，在班固的《汉书》中只有简略的记载。王昭君本名王嫱，也作王樯，仅仅是掖庭待诏，被当作礼物赏赐给已经内附的南匈奴呼韩邪单于，一名女子的悲剧命运就此开始，也给后世的文学创作留下了极大的空间。范晔《后汉书》中，王昭君已经变成宫女，入宫数年，未得到君王召见，心中悲怨。为后世文学作品中安排负气请行提供了引导。而在葛洪的《西京杂记》中，增加了画师毛延寿，就出现了忠奸斗争的情节。唐宋元明诗词中，王昭君是经常出现的意象，作者也从不同的角度和不同的片段解读王昭君及这一段历史与政治。仅北宋王安石、欧阳修等人的咏叹，就已经具备了丰富的社会蕴含和个人意绪。而元代马致远的《汉宫秋》，融合了史传、小说、传说和作者的发挥，塑造了一个忠君爱国、勇于担当的王昭君形象。尤侗的《吊琵琶》，是一部完整的旦本杂剧剧本，四折一个楔子，楔子在一二折之间。前三折的剧情及楔子的连接，基本上采用了《汉宫秋》的主要情节和结构。第四折表现的是蔡文姬凭吊王昭君，将两个苦命的才女结合起来，是作者的手法高超之所在。剧本中既有对历史人物形象的演绎与评价，更有作者对同病者的共情。更深一层看，此剧是明清易代之后的寄情之作。借蔡文姬之口发出的历史疑问，也可以说透露了尤侗的处事态度。

《黑白卫》的基本情节出自唐人裴铏的小说《聂隐娘》。聂隐娘是魏博大将聂锋之女,十岁时被一尼姑用法术"偷去"。尼姑教以剑术,能白日杀人于闹市,人莫能见。五年后,乃送归其家。身怀绝技的聂隐娘,自择一个仅会磨镜的少年为丈夫。此后二人各跨一驴,一黑一白,故称黑白双卫。情节奇奇怪怪,被称为黑白双卫的两头驴也别有玄机,居然是纸剪的,用时可骑,不用时就不见,象征了文人的行藏出处。尤侗的剧本基本上演绎小说的内容,有所本原,只是演绎,怪奇之外,并无锋芒所指,故而可在舞台上演出。

《钧天乐》是尤侗的传奇剧本,基本情节全是虚构,演绎书生沈白(字五虚)、杨云(字墨卿)人间天上的不同境遇,嬉笑怒骂,纵横开阖,以抒发怀才不遇的愤懑。作品幻想尺度较大,难以在舞台上展示。

其实,尤侗的杂剧、传奇,在创作之初,与清初一些案头剧作家用意几同,借一段故事,写一份情怀,可以有不同的解读。而荒诞奇幻之处,固然有损于舞台价值,然不妨释心中的郁闷。作为案头读物,价值不宜低估。

第二节　李玉生平及其早期剧作

清初的吴地剧坛,作家甚多,作品甚多,舞台演出的盛况,亦可见诸记载,这并不是吴人在歌舞升平,而是将别样的伤痛,以戏剧的形式呈现出来。明季清初,吴地剧坛的领军人物,无疑是既有剧本创作,又有艺术研究和舞台实践的戏剧家李玉。早在明末,李玉已经是戏剧界继沈璟之后家喻户晓的人物。

一、李玉生平

李玉(约1602—约1676)字玄玉,号苏门啸侣,别号一笠庵主人,吴县(今江苏苏州)人。李玉出生在一个特殊的家庭,他的父亲是申时行家的家奴。明代中后期,江浙一带蓄奴之风盛行,情况比较复杂。有的是因为家破人亡,卖身为奴。有的是几亩薄田,生活也算安逸,但需要交税,于是挂名到已经有了功名的人家,称为"家人",就可以逃避交税。于是缙绅之家的奴仆,就越来越多,甚至子孙传承。"一个绅士人家可以养到一两千个听差的,这在社会经济上是极大的问题"[1]。根据谢国桢先生的研究,吴下蓄奴之风最盛,主要是功名与财富相得益彰,缙绅之家具备了蓄奴的条件。但是,家奴与贫困及地位低下,似乎并不是对应关系。"吾娄风俗,极重主仆,男子入富家为奴,即立身契,终身不敢雁行立,有役呼之,不敢失尺寸,而子孙累世,不得脱籍。间有富厚者,以多金赎之,即名赎而终不得与等肩,此制驭人奴之律令也。然其人任事,即得因缘上下,累累起家为富翁,最下者,亦足免饥寒,更借托声势,外人不得轻相呵,即有犯者,主人必极力卫捍,此其食主恩之大略也。"[2]虽然言之未详,也已经说明了基本情况。简单说,即便是奴仆,亦可以衣食无忧,这还是最一般的状况。仆从成为富翁,也不是什么难题,甚至可以成为为祸一方的贼子匪徒。明清易代之际在太仓寻衅滋事、杀人越货的乌龙会,就是如此。

李玉的父亲成为申时行儿子家的家奴,也只是一种身份而已,并不是真正意义上的奴仆。因为吴下绅士之家,对家奴一般都很好,往往也很信任,由此造成的悲剧也不是个例。如张溥的伯父张辅之的家奴,不仅掌握实权,甚至可以挑拨张辅之与弟弟张翼之之间的关系,使他们产生矛盾。通常情况下,主人对"家人"呵护有加,甚至相当依赖。有的缙绅还将家奴的孩子与自己的孩子放在一起读书,认真培养。这主要取决于主子的心胸个性。如申时行(1535—1614),就比较宽容大度。申时行是嘉靖四十一年(1562)的状元,在官场还是有所作为的,尤其是在万历十一年(1583)之后,对于朝政的稳定发挥了重要作用。但是,激进的言官们还是没有放过申时行,迫使申时行辞职回乡,在苏州度过了二十三年。从年龄上推算,申时行是李玉父亲的长辈,也就是李玉的爷爷辈。因为李玉的父亲是申家的家奴,而申家相对宽容善良,李玉也因此受到了良好的基础教育,具备了成为戏剧家的基本条件。崇祯末年,李玉参加了科举考试,或许准备得不是很充分,只是中了个乡试副榜,尚未得到入仕的机会,明朝就灭亡了。入清之后,李玉无意功名,集中精力从事戏剧活动,并且还结交了很多同道朋友,如毕魏、叶时章、朱素臣、朱佐朝、张大复等,一起从事

---

[1] 谢国桢:《明清之际党社运动考》,上海书店出版社,2006,第195页。
[2] 王家祯:《研堂见闻杂录》,收入文秉等《烈皇小识(外一种)》,北京古籍出版社,2002,第305页。

戏剧活动。李玉剧作见于各种典籍著录的有42种之多，仅《一捧雪》《人兽关》《永团圆》《占花魁》《眉山秀》《两须眉》《太平钱》《千忠戮》《清忠谱》《万里圆》《牛头山》《麒麟阁》《风云会》《意中人》《一品爵》《五高风》十六种为全本，另有残本《连城璧》。其他作品仅有几出文字或者只有几支曲子传世，有些作品甚至只有著录，不见介绍，写的具体内容也无法知道。"古本戏曲丛刊"中，收录李玉戏曲作品十三种。2004年上海古籍出版社《李玉戏曲集》不仅收有李玉全部剧作，包括残篇，还有《清忠谱》的吴梅抄本，加上丰富的附录，足见资料详尽，使用颇便。

二、"一笠庵四种曲"

"一笠庵四种曲"即"一人永占"，是李玉早期的成名剧作，是《一捧雪》《人兽关》《永团圆》《占花魁》四部戏。

《一捧雪》即《一笠庵新编一捧雪传奇》，出现在晚明的舞台上，虽不如活报剧那样的及时，也是对当朝事件的大胆演绎，很有现实性。李玉创作的灵感来源，与吴下广为流传的故事有关，即王忬、王世贞父子与严嵩、严世蕃父子及名画《清明上河图》的故事。张择端《清明上河图》是国宝级名画，在辗转收藏的过程中，声望价值日隆。在明代，曾被内阁首辅徐溥、内阁首辅李东阳、兵部尚书陆完等人先后收藏。相传，陆完去世之后，其外甥得到了《清明上河图》。当时的都御史王忬也就是王世贞的父亲得知消息后，便高价买回。王忬本身与严嵩有交往，虽不是同党人士，至少也是工作上有关系。而王世贞跟严嵩的儿子严世蕃关系不错，可以说，两家有点世交的意思。严嵩知道王忬收购了《清明上河图》之后，就想得到，让严世蕃在王世贞面前说些威胁之语。没办法，王忬只得将《清明上河图》送给了严嵩。

严嵩好风雅，真假且不说，至少家里有专门收藏名家书画的地方，名曰"钤山堂"，府上还有专门的裱糊工匠。严嵩倒台之后，抄没家产，仅仅书画作品，足以令人叹为观止。大部分名家书画，文嘉《钤山堂书画记》有记载。严家收藏之富，可以想见。而严府的这位裱糊匠汤臣也来自吴中，严嵩就让他裱糊《清明上河图》。汤臣一眼就看出，这是假画，因为他曾在陆完家见过真实的《清明上河图》，便告诉严嵩。严嵩极为生气，记恨王忬，虽未爆发，但后果可想而知。

其实，王忬并不知道那是赝品，他没见过真迹，也不研究书画，怎能料到是陆完的外甥临摹的作品，而真迹被陆完的儿子卖给了顾鼎臣家。不久后的嘉靖三十二年（1553），杨继盛以"五奸十大罪"弹劾严嵩，结果被嘉靖皇帝和严嵩打入牢房。王世贞与杨继盛是好友，为解救杨继盛四处奔走，岂知严嵩父子对王家也已经仇恨入骨，根本不可能因为王忬、王世贞的面子饶了杨继盛。杨继盛被严嵩处死之后，王世贞又亲自料理其后事。"杨继盛下吏，时进汤药。其妻讼夫冤，为代草。既死，复棺殓之。嵩大恨"[1]。从此，严家父子对王忬父子的报复，也就不可阻止了。不仅王世贞的正常升迁被阻止，一旦稍有不慎，祸且不测。不久之后，因为王忬在前线指挥战事失利，王世贞兄弟百般求情，严嵩父子抓住不放，王忬惨遭杀害。"吏部两拟提学皆不用，用为青州兵备副使。父忬以滦河失事，嵩构之，论死系狱。世贞解官奔赴，与弟世懋日蒲伏嵩门，涕泣求贷。嵩阴持忬狱，而时为谩语以宽之。两人又日囚服跽道旁，遮诸贵人舆，搏颡乞救。诸贵人畏嵩不敢言，忬竟死西市。兄弟哀号欲绝，持丧归，蔬食三年，不入内寝。"[2]害死王忬后，严嵩父子施展手段，终于从顾家得到了《清明上河图》真迹。严嵩倒台之后，王世贞与弟弟王世懋，于新帝即位之初，就进京为父亲申冤。隆庆元年（1567）八月，王忬平反，《清明上河图》也落入了新的权贵手中，此事尘埃落定。

李玉《一捧雪》的故事，与王忬、王世贞父子的遭遇，颇有契合之处，只是《清明上河图》变成玉杯"一捧雪"。剧本中，严世蕃倚仗其父严嵩之势，把持朝政，卖官鬻爵，为夺取一只玉杯，害得莫怀古家破人亡，这在一定程度上揭露了明代统治阶级的贪婪残暴和明季社会的黑暗。"一捧雪"本来就是一个玩物，当然也是宝物，从质地上看，就是新疆和田玉做成的器具，因为放在手里冬天微暖，夏天冰凉，据传酒水置于杯中，用手轻轻摩擦杯壁，就会冒出水珠，如同雪珠，所以称为"一捧雪"。

玉杯"一捧雪"的主人是莫怀古，官拜太常卿，喜好收藏。家里有个管家叫作莫成，一天在街上看到有人流落街头，饥寒交迫，行将毙命，同情心驱使之下，将之带到莫怀古的府上。而莫怀古也是慈悲之人，赶紧将祖传的"一捧雪"拿出来，倒上美酒，让这位饥寒之人暖暖身子。而站在莫怀古身边的侧室雪艳，明艳动人。可以说，莫怀古丝毫没有防人之心。

[1] 张廷玉等：《明史》卷二百八十七，中华书局，1974，第7379—7380页。
[2] 张廷玉等：《明史》卷二百八十七，中华书局，1974，第7380页。

但这位饥寒之人,却并非善类。此人正是裱糊匠人汤勤。不久之后,汤勤的手艺得到莫怀古的盛赞,并将其推荐到严嵩府上,装裱字画。而正是这位汤勤,却谋划着如何得到莫怀古的美妾雪艳,于是,将莫怀古祖传"一捧雪"的事情透露给严嵩,并主动帮其设计莫怀古,以得到"一捧雪"。迫于严嵩父子的淫威,莫怀古不得不献出"一捧雪",但实在不甘。于是,假装需要祭祖祷告,争取时间,制作赝品,送到严府。但是,汤勤是个行家,一看便知赝品,揭穿了真相。严世蕃极为愤怒,命人到莫府索要真杯。莫怀古的管家莫成,将真杯藏起,坚持说已经送到严府。莫怀古知道,真正的大祸虽尚未临头,但也已经快了,三十六计走为上,当下弃官逃走。可是,半路上,莫怀古被捕,严世蕃命蓟州总镇戚继光将莫就地斩首。但戚继光欲救莫怀古,无计可施之际,莫成舍身救主,莫怀古逃往古北口。戚继光将莫成的人头送到京城,又被汤勤识破。锦衣卫的陆炳奉旨调查此事,拘捕了戚继光。严世蕃令汤勤参与审讯,陆炳欲断为莫怀古,汤勤坚持说这是莫成。雪艳暗示陆炳,陆炳终于知道事情的起因,是汤勤要得到雪艳,根源在这儿。唯有将雪艳断给汤勤,让汤勤顺杆而下,才能为戚继光开脱,保住莫怀古。于是,陆炳无奈地将雪艳断与汤勤为妾,汤勤心满意足。洞房之中,雪艳刺死汤勤,然后自刎。为了"一捧雪",莫怀古丢官、弃家、舍妾,莫成舍命。后几经辗转,莫怀古到达豫西南的山村,安居下来,改莫姓为李姓,隐居以终。

《一捧雪》原为昆剧剧本,因具有极大的舞台吸引力,所以,各主要剧种均有演出,但改编往往很大,情节压缩。不过,主要线索与戏剧冲突,变化不大。京剧、徽剧、晋剧、秦腔、汉剧等剧种,演此为传统剧目。《审头刺汤》《莫成替主》《搜杯代戮》《蓟州城》等剧,也取材于此。上海古籍出版社1989年出版"古代戏曲丛书"中有欧阳代发校注本《一捧雪》,用之甚便。"一捧雪"及剧中主要人物的名号,实际蕴含了教诫之意,明明白白在舞台上告诫人们,不要去试图把玩收藏文物,一切皆归于虚无。一捧雪在手,融化了,一无所有。

《人兽关》写桂薪从忘恩负义到幡然醒悟的故事,凡三十三出。剧情的基本情节,源于冯梦龙《警世通言》中的《桂员外途穷忏悔》。而冯梦龙的作品,则取材于邵景詹的《觅灯因话·桂迁梦感录》。剧中,改桂迁为桂薪,演绎他和施济的故事。两人本少时同窗,灯下共读。桂薪家本来有田十余亩,衣食无忧,但一心想发财,受到别人的引诱,将田卖了,去做生意,结果赔了本钱,欠了巨债。穷途之中,在虎丘遇到了前来游玩的施济。施济问明情况,慷慨相助,用三百金保全了桂薪全家,又予其住房、田地,使其安顿下来。桂薪感激流涕,发誓说若今生不能报答,来生当犬马相报。后来在施济家的田地中,桂薪发掘出施济祖上埋藏的巨金,便与妻儿合谋侵吞,并离开苏州迁居会稽,成为当地的富翁。可是施济家,由于不善经营,家道中落,施济自己年老生病,不幸离世,幼子弱妻,无以为继,便想到了桂薪,于是母子前往会稽,请求帮助。可是,桂薪忘恩负义,拒绝帮助。施家母子,狼狈而归。后施济的儿子,踏实经商,积成巨富,而桂薪则上当受骗,贫穷如故。桂薪梦见自己由人而犬的警示及之后桂薪的醒悟,算是一种教诫。其实,国人历来注重忠孝、仁爱、礼义、廉耻,将其视为基本纲常。若有违背,即堕落畜道,或来生不得为人,此为教育的基本手段,即因果轮回。于是,在小说戏剧中,大多采用这样的手段,以教育世人,如《聊斋志异》中的《杜小雷》《三生》《梦狼》等诸多篇目,寓意相类。

《永团圆》三十二出,讽刺喜剧,写江纳的贪富欺贫,也抨击了邪恶势力,表现出作者的正义感。金陵书生蔡文英,生于小康之家,本可衣食无忧,读书应举。在家长的主持下,蔡文英自幼聘江纳之女兰芳为妻。然而蔡父去世,家道中落,江纳嫌弃,图谋赖婚,通过地方乡绅贾金,对蔡文英施加压力,逼其写退婚契。蔡文英持契约告官,遇到了开明的府尹高谊,惩处不守信用的江纳,罚银六百两给蔡文英。江纳本以为花了六百两银子就可以退婚,满心欢喜,回家准备让江兰芳另择高枝。不料江兰芳不愿退婚,投江自尽。而高谊要当面询问江兰芳是否同意退婚,江纳不敢说出女儿投江之事,就将次女惠芳冒充姐姐。更为出奇的是,高谊当堂把江慧芳判给了蔡文英。另一条线,江兰芳投江被人救起,落入黑店,成为婢女。高谊任满回京途中,误入这家黑店,兰芳暗通消息,高谊侥幸逃脱,然后回头铲除黑店,救出兰芳,收为义女。蔡文英则高中状元,高谊又以义父的身份,把兰芳配给了蔡文英,使他们永得团圆。《永团圆》的故事蓝本,似乎与元代后期苏州阊门米行老板有点关系,他将两个女儿薛兰英、薛惠英都嫁给了昆山的一个姓郑的书生。

《永团圆》表达了李玉"圆"的追求,也讽刺了江纳嫌贫爱富的行为,然以蔡文英中状元来收场，也说明古典小说、戏剧对于此种情节处理的类型化倾向。

《占花魁》是根据《醒世恒言》中的《卖油郎独占花魁》改编的剧本，通过卖油小贩秦重和受骗失身的妓女王美娘之间的爱情故事，反映了市民阶层的生活情状和思想意识。

冯梦龙的《卖油郎独占花魁》这故事首先发生在汴梁，也就是当时北宋王朝的首都汴京，今天的河南开封。莘瑶琴出生在汴梁城郊一个开铺子的小康家庭，家中经营米面粮油，附带南北干货。生意平淡，然也衣食无忧。莘瑶琴自小聪明灵秀，十岁便能吟诗作赋，琴棋书画、歌舞女红无所不通。然而"靖康之变"发生，汴梁城破，北宋灭亡，这个小康之家也不复存在。瑶琴随同父母逃难，途中与家人失散，被奸人卖到临安（杭州）做了妓女，改名称作王美，唤作王美娘。才艺容貌惊动临安的王美娘，被誉为"花魁娘子"，院中一晚十两白银，慕名者众；出台收费更高，常应接不暇。王美娘也想过从良嫁人，但一直没有见到合适的人选。临安城外卖油店的朱老板，过继了一个男孩。孩子原名秦重，从汴梁逃难过来，母亲亡故，父亲为了生计，在他十三岁那年，将他卖到油店，秦重被过继给朱老板，遂改名朱重。

朱重为昭庆寺送油，碰巧看见了王美娘，为其美貌所吸引。从旁人口中得知，这就是西湖花魁王美娘，心想若得与这等美人共度一夜，死也甘心。于是日积月累，终于积攒了十两银子，欲与王美娘有一晚相聚。妓院老鸨嫌弃他是卖油的，再三推托。后见他心诚，就教他等些时候，装扮成斯文人再来。好不容易等到可以与王美娘共度春宵，王美娘却喝得大醉，醉中还认为朱重不是有身份的子弟，接了他，要被人笑话。然朱重不以为意，整晚服侍醉酒的王美娘安睡，极为柔情。次日，王美娘酒醒后，深受感动，觉得这是难得的好人，忠厚老实，知情识趣，只可惜不是衣冠子弟。若是衣冠子弟，倒是情愿委身事之。于是，王美娘回赠朱重双倍嫖资，也是真诚，朱重不得不接受。未几，朱老板病亡，朱重接手了店面。而王美娘的生身父母，历尽艰辛寻找女儿，来到临安，到朱家油店讨了份事做。一年之后，王美娘被权贵公子羞辱，云鬓散乱，赤脚而行，举步维艰，流落道途，极为痛楚。恰巧朱重上坟回城，步行经过，忙为王美娘裹脚，雇轿子将其送回。王美娘大为感动，留他过宿并下定决心要嫁给朱重。然后王美娘动用自己攒下的钱财为自己赎了身，嫁给了朱重。到了朱家店中，王美娘认出了在店里做工的亲生父母，一家团聚，恢复本名莘瑶琴。饱经战乱之苦的莘善夫妇经过多年寻找，终于在朱重的小店中见到女儿，一家团聚，翁婿相认，是作者特意安排的美好结局。战乱之中，能这样幸运，又有几人？再加上朱重因为油桶上的"汴梁""秦"字样，在上天竺寺中与生父相认，父子团圆，八年离别之苦，终成过去。这种大团圆的安排，是小说情节的基本套路。

  小说二万五千多字，描写从莘瑶琴到王美娘的过程，亦有近六千字，到了戏剧中，则被省略了。

  除了有昆剧版、越剧版《占花魁》外，还有京剧、苏剧、淮剧、评剧、铁片大鼓、乐亭大鼓《独占花魁》等，所演剧情，基本相似。李玉的《占花魁》，除了将人物名号甚至身份作了改变，如秦重改为秦钟，秦钟的父亲秦良不是小业主，而是武将等。更重要的是戏剧中的社会历史背景变得更加沉重，作者别出心裁，在剧作中用一定篇幅描述朝廷君臣在大难临头之际的心态及其表演。而戏剧情节涉及主角的发端，就已经是在临安（杭州）西湖热闹的地方了，将小说中前段部分情节大为压缩，主要采用补叙的形式交代缘由。后面的戏剧故事，基本沿用了小说的情节。但部分细节，适当精简，以适应舞台的需要。比如王美娘表白要嫁给秦钟的桥段，就放在了王美娘遭到欺凌羞辱而狼狈于湖边，秦钟又恰巧路过并相助的情境中，有良缘天助之意。最后在与老鸨的斗智斗勇中，也得到院中姐妹的帮助，并以人财两空相晓谕，王美娘方得被允许赎身从良，似乎与杜十娘之离开有相似之处，也是对小说情节的部分演绎。一般舞台上，演绎到这段情节，已然实现了团圆，呼应了剧目。今之可以观赏的昆剧《占花魁》演出，多为折子戏。上海昆剧院演出全本《占花魁》甚佳，颇有感人之处。

  无论小说或是剧本，故事情节的发生、发展，有其明确的时代适应性，故而在当时，并非不雅。而今视之，很难称颂其思想价值。唯有朱重与王美娘，也就是秦重与莘瑶琴的爱情婚姻，从相见、相识、相恋到成婚，仍应被正面看待。《四川戏剧》2010年第一期刊载王春晓《李玉<占花魁>传奇研究》，对李玉的再创作及作品中深沉的家国情怀，予以了充分的肯定。

才子佳人、文士歌妓的身影摇曳于舞台之际,吴地的昆剧演出中,也出现了一些特殊的角色如市民英雄等。演绎帝王将相的故事,易于激动人心;展示才子佳人的风韵,勾起美好的向往;展露忠奸斗争的残酷,令人敬佩忠臣。而舞台上的平民英雄,一样有着惊人的情感和艺术魅力。李玉的《万民安》,即是这样的一部戏。

《万民安》取材于真实的事件,就发生在苏州。剧本取名"万民安"者,意为"一人贤"或"一人危"。此贤人本来应该是皇上,君上圣明,百官忠诚,万姓安宁,这是太平盛世。至少,一个地方的父母官贤明,则当地的万民安逸。可是,现实却是,苏州的一位机工贤明,冒着危险保住了万民的安宁。这位机工,就是昆山人葛成。葛成(1568—1630),原是昆山农民,但有着一身的好手艺,尤其是操作织机。于是,到苏州的机户做工了。

明代中叶,苏州的丝织业相当发达,缫丝织锦、纺纱织布、染整成衣等行业,分工明确。尤其是纺织业,已呈现"机户出资,机工出力"的雇佣关系,这是产生了资本主义萌芽的重要标志。由于苏州丝织业的十分发达及其丰厚的利润,引得朝廷关注,在政府财政压力不断加大的前提之下,万历皇帝陆续下派监官收缴苛税,大肆搜刮民脂民膏。当然,不仅是丝织业,还有采矿业。不过,由于丝织业主要集中在城市和大的集镇,人口聚集,容易形成连锁反应。当业主们面对苛捐杂税怨声载道,对税吏的暴行难以忍受之时,抗税斗争终于爆发。

葛成本是江苏昆山人,因有缫丝手艺而到苏州打工。特殊的机缘,葛成被推举为抗税首领。朝廷平定抗税斗争时,葛成为保护抗税同伴不受牵连,主动投案。朝廷迫于民愤不敢杀葛成,于是将他囚于牢笼,关押了十三年后才释放。

葛成出狱后,吴人对他敬若神明。1626年,葛成因敬仰在反对奸臣魏忠贤的斗争中殉难的五位义士,而自愿守护五人墓。崇祯三年(1630)葛成病殁,苏人没有忘记他挺身护民的义举,因此将他葬在"五人墓"侧,让他的英名与五位义士一样流芳千古。

葛成的义举感动了李玉,他将葛成抗税护民的事迹写进了昆剧《万民安》中。由于在题材上跳出了司空见惯的儿女情长的陈旧套路,剧本贴近时代,关注民生,令人耳目一新,因此产生了极大的吸引力。后人称李玉为"苏州派"的领军人物,不仅因为他一生写有二十多部传奇作品,更重要的还是他的剧作大多深受百姓喜爱。当年《万民安》在苏州公演时,万人空巷,可见百姓对义士葛成的崇拜,亦可见市民对于英雄的敬重与呼唤。

《眉山秀》是李玉在明亡前的又一部重要戏剧作品,共二十八出,舞台演出时或改名《女才子》。故事的来源是话本小说《苏小妹三难新郎》和《义娟传》,写北宋时,苏老泉有女小妹,很有文才,才子黄山谷知悉,特地介绍给秦少游。洞房花烛夜,苏小妹三试秦少游,秦少游大为诧异,哪有这样的聪明女子。还是在苏东坡的暗中帮助之下,秦少游方三试过关,进入洞房。而长沙妓女文娟也是甚有才华,仰慕秦少游的歌词,私下联络,以词结交。苏小妹之兄苏东坡反对王安石变法,被贬黄州,与佛印和尚参禅悟道了。而秦少游是苏东坡的亲党,亦被贬郴州,路过长沙时,与文娟相会,订盟而去。秦少游离开之后,苏小妹思念丈夫,女扮男装往郴州寻夫,经过长沙,巧遇文娟。苏小妹自称秦少游,文娟信以为真,以为前面见到了假的秦少游。王安石罢相,苏小妹被召回京城,纂修《古今女史》,秦少游也回到翰林院上班了。苏小妹很体谅文娟的苦情,将她迎归,三人团圆。剧情荒诞不经,只能说是戏剧而已。因为这些人物都是历史上的名人,苏东坡即苏轼,黄山谷即黄庭坚,秦少游即秦观,名号借来一用而已。冯梦龙《警世通言》中已经有《拗相公饮恨半山堂》,《醒世恒言》中有《苏小妹三难新郎》,将前人荒诞的记载与传说合并重编,李玉在此基础上再加上文娟一条线,更加离奇。需要澄清的事实:一、苏轼与王安石变法,关系相当复杂,苏轼并不是因反对王安石变法而被贬黄州。二、苏轼因"乌台诗案"被贬发生在宋神宗元丰二年(1079),哲宗亲政贬斥元祐保守官员在绍圣元年(1094)以后,秦观、黄庭坚等皆在其列。三、黄庭坚、秦观与苏轼的妹妹并无交往,苏轼的妹妹去世时,黄庭坚、秦观与苏轼尚未认识。四、苏轼也没有参禅悟道,元祐年间还官至礼部尚书。五、秦观在元符三年(1100)遇赦归途中卒于广西滕州,并未回到京城。六、秦观于元丰八年中进士,担任过太学博士、秘书省正字、国史院编修等,也没有翰林院任职经历。戏剧情节、小说故事,欣赏之时当重视其虚构的特性。

第三节 《千忠戮》

朱元璋传位于长孙朱允炆,是明王朝历史的重大事件。因为皇长子朱标的英年早逝,朱元璋面临皇位继承人的选择。朱元璋有二十六个儿子,"(孝慈)高皇后生太子标、秦王樉、晋王棡、成祖、周王橚"[1],这些是有资格继位的嫡出皇子。长子朱标既然已经被立为太子,其他人就不能争了,可惜朱标于洪武二十五年(1392)病故,其长子朱允炆被立为皇太孙,也就是法定的皇位继承人。朱元璋的次子朱樉于洪武二十八年三月去世,三子朱棡洪武三十一年三月早于朱元璋三个月去世。朱元璋去世的时候,嫡子仅存四子燕王朱棣、五子周王朱橚。但朱橚的兴趣,在于搜集古书和整理医方,对财富和权力,不感兴趣。不过,朱棣之外,朱允炆尚有诸位庶出的叔父,并不安分。于是,朱允炆即位不久,就开始了削藩,最终酿成了"靖难之役"。燕王朱棣起兵,时在建文元年(1399)七月。从朱允炆即位到此时,已经一年多,朱允炆也已经二十三岁,不是孩提,不应幼稚。且不说朱棣怀有野心,对朱元璋安排朱允炆继位心中不满,在此之前发生的一系列的事情,主要是削藩及多位兄弟的悲惨下场,也足以提醒朱棣别无他法,起兵靖难是唯一的希望。

经过四个年头的交战,朱允炆终于断送了自己的一切。燕王朱棣在南京即皇帝位。朱棣进入南京,当然关注朱允炆的下落,正史记载未详,民间的传说甚多,多缺乏足够的证据。然后,朱棣大肆清理朝臣。曾为朱允炆出谋划策的,不愿意顺从的,有不满情绪的,等等,皆在杀戮之列。齐泰、黄子澄、方孝孺、练子宁、陈迪等,皆在此列。"靖难之役"给明初刚刚恢复的社会经济造成了不小的破坏,更重要的是对文人的精神家园造成了一次毁灭性的摧残。何况按常理说,朱允炆是正统的皇帝,朱棣当皇帝,属于篡位。所以,整个事件及很多的片段,都是后人议论纷纷的材料。以李玉主笔,并得到叶时章等朋友协助的悲剧长篇《千忠戮》,正是写"靖难之役"的剧本。当然,剧本及其舞台演出,不可能千军万马杀声震天,必然选择典型的情节串联起来,充分表现作者对建文帝的同情和对朱

---

[1] 张廷玉等:《明史》卷一百十六,中华书局,1974,第3559页。

棣的谴责。剧情基本是:

建文帝朱允炆听从儒臣齐泰和黄子澄的建议,进行朝政改革,重要的一条就是削弱藩王权力。而拥有重兵的燕王朱棣对此大为不满,他以"清君侧"讨伐齐泰、黄子澄为理由,从北京起兵,一路打到南京,号称"靖难",也就是荡平灾难和清除君国的危难,实质上是要夺取皇位。燕王的军队打进南京即当时的明王朝都城之后,对于建文旧臣不顺从者,均进行屠戮。"千忠戮"之含义,即此。其中有些做法,骇人听闻。景清不肯臣服,被剥皮揎草。齐泰和黄子澄,被凌迟处死。方孝孺坚贞不屈,不肯起草即位诏书,被灭十族——九族之外,加上学生算一族。文学作品的描述,虽与事实有些出入,然也不尽是虚构。当初朱棣从燕都起兵,姚广孝曾请求朱棣要保住方孝孺,"城下之日,彼必不降,幸勿杀之。杀孝孺,天下读书种子绝矣"[1],朱棣并未纳谏。"孝孺之死,宗族亲友前后坐诛者数百人"[2]。一场皇位争夺战,杀人无数,惨不忍睹。剧本采信的建文帝下落是流落异乡,出家为僧。南京城失守之时,朱允炆听从翰林学士程济的建议,削发僧装从地道出走,先是躲到了吴江史仲彬家,后又逃往襄阳,最终在程济陪伴下,栖身于西南贵州、云南、四川等地的寺庙中。直到宣德皇帝继位,推恩天下,朱允炆和程济、史仲彬等被接到北京,受到丰厚的供养,以终天年。

这是朱允炆下落的一种版本,显然与正史记载有出入。正史上记载,京城南京沦陷,皇城发生大火。燕王朱棣进入皇宫,太监指着地上的几具遗体,已经烧焦不能辨认,说这就是建文皇帝和他的皇后、皇子等。于是,燕王就可名正言顺地称帝了。还有版本说建文帝离开南京,流落福建山中,隐居以终,或说一路向东到了吴中,在苏州西南山中为僧,并且后来还是姚广孝一直陪伴,直到圆寂。朱允炆最后的真正结局,或将永远是一个谜。但《千忠戮》采信的版本,也不为无因,并且更符合观众的接受心理。

剧本中的一些著名情节,常在舞台上搬演,如第八出《奏朝》、第九出《草诏》、第十一出《惨睹》、第十八出《捏山》、第十九出《打车》等。而一般是第八出与第九出连演,第十一出则改名为《八阳》,是《千忠戮》

---

[1] 张廷玉等:《明史》卷一百四十一,中华书局,1974,第4019页。
[2] 张廷玉等:《明史》卷一百四十一,中华书局,1974,第4020页。

中最为血腥的一出戏,即使唱的八支曲子收尾均为"阳"字,也改变不了剧情叙述的悲惨阴森的历史。而第八出与第九出,正是表彰千忠的关键场次,突出了以方孝孺为代表的建文帝旧臣,对皇上和对大明江山的忠诚。朱棣逼迫方孝孺起草即位诏书。方孝孺拒绝,大骂朱棣篡位,并且在起草诏书的纸上一连写了三个"篡"字,气得朱棣下令将方孝孺敲牙割舌,但方孝孺"一任你敲牙割舌刑千套,俺只是痛骂千声斧钺摇!"[1]一口鲜血喷向朱棣。朱棣大喊:"可恼,可恼! 这样一个倔强老贼,就剁他为肉酱也不为多,就夷他十族也消不得寡人这口气。咳,论起来,他为建文臣子,礼合尽忠于建文。今日这等铁铮铮拼生舍死,是一个铁汉,是一个忠臣。"[2]结果是将方孝孺诛十族。人尽九族,何来十族? 于是方孝孺的门生徒弟,被凑成一族。诛杀十族,朱棣创造了一个冠绝古今的"壮举"。

剧本中有个片段,写虽然朱棣在建文帝宫中见到几具烧焦的尸体,仍然怀疑建文未死,派人到处打听,居然探听到建文帝逃亡吴江,藏匿在史仲彬家,于是赶紧派兵追击,却一无所获。这不仅是情节的需要,也突出了朱棣的凶狠个性。第十一出《惨睹》(《八阳》)表现朱允炆所见忠臣被杀、家属被发配的悲惨场景,也是舞台上常演的折子戏。建文和程济得到牛景先、吴成学的报信,提前一天离开吴江逃奔襄阳。建文帝僧装出逃,程济一路化缘,历尽艰辛到襄阳,只见城头挂人头,那是不肯归顺忠于故主的臣子。这一出的唱词,不仅具有描述残酷场景的自然性,亦有展示群体悲壮灵魂的深刻性,在清初的舞台上演出,不能不勾起观众的联想。整出戏唱词如下:

【倾杯玉芙蓉】收拾起大地山河一担装,四大皆空相。历尽了渺渺程途,漠漠平林,垒垒高山,滚滚长江。但见那寒云惨雾和愁织,受不尽苦雨凄风带怨长。雄城壮,看江山无恙,谁识我一瓢一笠到襄阳?

【刷子芙蓉】颈血溅干将,尸骸零落,暴露堪伤。又首级纷纷,驱驰枭示他方。凄凉,叹魂魄空飘天际,叹骸骨谁埋土壤? 堆车辆,看忠臣榜样,枉铮铮自夸鸣凤在朝阳。

【锦芙蓉】裂肝肠,痛诸夷盈朝丧亡,郊野血汤汤。好头颅如山,车载

---

[1] 李玉:《千忠戮》,收入朱恒夫主编《后六十种曲》第三册,复旦大学出版社,2013,第385页。
[2] 李玉:《千忠戮》,收入朱恒夫主编《后六十种曲》第三册,复旦大学出版社,2013,第385页。

奔忙。又不是逆朱温清流被祸,早做了暴嬴秦儒类遭殃。添悲怆,泣忠魂飘扬,羞煞我独存一息泣斜阳!

【雁芙蓉】苍苍!呼冤震响,流血泪千行万行。家抄命丧资倾荡,害妻孥徙他乡。叹匹妇,终作沟渠抛漾。真悲怆!纵偷生胧脏,倒不如钢刀骈首丧云阳。

【桃红芙蓉】惨听著哀号莽,惨睹著俘囚状。裙钗何罪遭一网,连抄十族新刑创!纵然是天灾降,消不得诛屠恁广。恨少个裸衣挝鼓骂《渔阳》。

【普天芙蓉】为邦家输忠谠,尽臣职成强项。山林隐甘学佯狂,俘囚往誓死翱翔。空悲壮,负君恩浩荡。罢!拼得个死为厉鬼学睢阳。

【朱奴芙蓉】眼见得普天受枉,眼见得忠良尽丧。弥天怨气冲千丈,张毒焰古来无两。我言非戆,劝冠裳罢想,倒不如躬耕陇亩卧南阳。

【尾声】路迢迢、心怏怏,且暂宿碧梧枝上。错听了野寺钟鸣误景阳。[1]

《千忠戮》不是简单的历史剧,也不是应时的活报剧,更像是两者的结合体,是跨越二百五十多年的精神对话,是对历史的检点,更是对现实的反思。以李玉为代表的清初吴地戏剧家,对于明王朝的成败得失,在《千忠戮》中是悲壮的反思,在《清忠谱》中,就是愤怒的批判了。

第四节 《清忠谱》

朱常洛从掌握实权的万历四十八年(1620)七月二十一,到九月初一五更时分,仅仅一个多月,就成了先帝。所以,对于太子朱由校的岗前培训,几乎空白。所以,从天启四年到六年(1624—1626)的三年中,大明王朝的朝廷之上有多么恐怖,难以描述。"天启六君子""天启七君子"惨祸相继发生,也就不奇怪了。不过,大明虽然不再,反思历史,颂扬先贤,乃是士林本职。李玉为主,多位朋友协助创作并推动舞台上演出的《清忠谱》,除了回望与总结,更真实的蕴意,还在于对故国的眷恋与缅怀。作品问世与登台时,已经是李玉晚年,相对而言清廷的高压政策也有所松动,

---

[1] 李玉:《千忠戮》,收入朱恒夫主编《后六十种曲》第三册,复旦大学出版社,2013,第392—394页。

毕竟即将进入"康乾盛世"了,而江南人民反抗清朝的斗争,基本上已经没有了消息。

参与《清忠谱》创作与舞台实践的吴地戏剧家,也就是李玉的朋友同道,主要是毕魏、叶时章、朱素臣等。而作品所表现的时代,正是晚明最为黑暗的一段历史,即天启后期,东南君子惨遭虐害、相继死亡的四年。

剧本的历史背景,可以简单了解一下。从明熹宗天启三年(1623)起,魏忠贤逐渐成为宫中的实权人物,在朱由校乳母客氏的帮助下,内可掌握皇上的动态喜好,外可结交权臣,影响朝政。随着魏忠贤势力的不断膨胀,投靠魏忠贤的朝臣越来越多,众多地方官也迫不及待地要成为魏忠贤的门人甚至干儿子、干孙子,可以说,士林的精神大厦已经崩塌,徒留一地碎砖残瓦。但是,尚有部分正直的官员,在朝堂之上,努力支撑着士林精神大厦的梁柱;朝堂之外,大量诸生正在为大厦的修复添砖加瓦。前者,就是以东林学派为代表的官员队伍。后者,则是已经波及大江南北黄河上下的文人集团松散联合体广应社。可是,在野诸生一时难成气候,在任官员终究没有逃出阉党的魔爪。天启五年,杨涟(应山)、左光斗(桐城)、魏大中(嘉善)、袁化中(武定)、周朝瑞(临清)、顾大章(常熟)被捕,先后死于狱中,被称为"天启六君子"。次年,阉党逮捕东林学派的高攀龙(无锡)、周顺昌(吴县)、周起元(海澄)、缪昌期(江阴)、李应升(江阴)、周宗建(吴江)、黄尊素(余姚)七人。得知消息,高攀龙在家中投水死。其余六人,均死于狱中,时称为"天启七君子"。同时还有大量正直官员被贬官、发配等,一时大明的统治阶层,几乎不见清流。天启惨案有多惨,吴应箕《东林本末》《熹朝忠节死臣列传》,蒋平阶《东林始末》,黄煜《碧血录》等,记载甚详,可补正史。中学语文教材大多选有一篇课文,方苞的《左忠毅公逸事》,写史可法狱中探望左光斗的情状:"及左公下厂狱,史朝夕狱门外,逆阉防伺甚严,虽家仆不得近。久之,闻左公被炮烙,旦夕且死;持五十金,涕泣谋于禁卒,卒感焉。一日使史更敝衣,草屦背筐,手长镵,为除不洁者。引入,微指左公处,则席地倚墙而坐,面额焦烂不可辨,左膝以下,筋骨尽脱矣。"[1]朝廷命官,在明王朝存亡之秋两度舍命担当的忠臣左光斗,居然遭受阉党如此酷刑,苍天无

---

[1] 方苞:《方苞集》卷九,刘季高校点,上海古籍出版社,1983,第237页。

色，大地蒙尘。李玉等吴地剧作家，写作《清忠谱》，确是耳闻甚至目睹而后心感的结果。

《清忠谱》以周顺昌为中心，牵合了杨涟、魏大中、左光斗等人的遇难事迹，重在表现周顺昌等刚正不阿、宁死不屈的精神。特别是表现苏州市民的斗争精神，反映了晚明社会市民阶层壮大的力量，并初步显示其具有影响的历史特征。

《清忠谱》全剧二十五折，目次如下：第一折《傲雪》，展现周顺昌的刚毅秉性，铮铮铁骨。第二折《书闹》讲颜佩韦等人听书，说书人李海泉讲岳飞故事，颇受欢迎，展现的是颜佩韦、杨念如、马杰、沈杨、周文元等人的生平任侠，意气粗豪。第三折《述珰》侧面写出了魏忠贤及其阉党的气焰。第四折《创祠》既写出了魏忠贤的权势与野心，更表现出明季士林的精神家园毁坏，居然有那么多的大小官员忙着向魏忠贤表忠心，为他建生祠，并且创立了一个搜刮百姓的专有名词叫作"祠饷"，与朝廷的税收名目并驾齐驱，用意之险恶可想而知。第五折《缔姻》，写的是周顺昌得知魏大忠被捕，阉党缇骑四出，天下同忧。而嘉善魏大中就逮，押往京城，道经胥江。于是，周顺昌天天在胥口泊船等候，终于相见，在他人唯恐避之不及的情况下，不仅敢于见面，舟中饯别，还将女儿许配魏大中之孙。第六折《骂像》写的是苏州巡抚毛一鹭居然建成了豪华的魏忠贤生祠，挂像供奉，周顺昌不肯行礼，对着画像痛骂。第七折《闺训》写周顺昌的夫人教育女儿，虽然有些脱离主线，也是周家家风的体现。第八折《忠梦》写梦中实现政治理想，实际上暗示现实的凶险。第九折《就逮》，周顺昌知道大祸即将发生，大义凛然，将生死置之度外。第十折《义愤》写颜佩韦等苏州人民的愤慨。第十一折《闹诏》是整部戏的逻辑高潮，将以颜佩韦、杨念如等五人为首的苏州人民反抗阉党的斗争，轰轰烈烈地搬上舞台，这在戏曲史上前所未有。不论演出之时导演如何处理群众场面，不能忽略多种人物类型的塑造；不论如何表现苏州人民反抗阉党的过程，激烈的程度在观众心目中必然留下深刻的印象。一场轰轰烈烈的反抗阉党的斗争，从差官、校尉对吴县（今江苏苏州）衙役的打骂开始，突显了他们主子的威势。但在人民群众真正奋起反抗之后，这些不可一世的东厂、西厂、锦衣卫捕手，却是这样不经打，躲上房梁，跳进粪坑，跳墙摔死，丑态毕现。但是，毛一鹭阴险狡诈，周顺昌显得书呆子气十足。终于，周顺昌还是被秘密押走了。苏州百姓知道后,已经追不上了。后面的十四折:第十二折《哭追》、第十三折《捕义》、第十四折《荫吴》、第十五折《叱勘》、第十六折《血奏》、第十七折《囊首》、第十八折《戮义》、第十九折《泣遣》、第二十折《魂遇》、第二十一折《报败》、第二十二折《毁祠》、第二十三折《吊墓》、第二十四折《锄奸》、第二十五折《表忠》,基本上就是按照历史的真实加以演绎。周顺昌受尽严刑拷打,身死狱中。在义士宋完天帮助之下,周顺昌长子茂兰方才安葬了周顺昌。苏州市民运动发生的时候,毛一鹭恼羞成怒,飞章进京,请旨屠城。为保护全城百姓,颜佩韦等五义士挺身而出,英勇就义。终于朱由校去世,朱由检登极之后不久,清除阉党,魏忠贤被正法戮尸,群奸论罪处理,阉党分子,从内阁首辅魏广微、兵部尚书崔呈秀到地方的毛一鹭等近四百人,被清除出大明王朝的统治机体。于是,苏州市民欢呼雀跃,涌向山塘街,拆毁魏阉生祠,就地建五人墓,安葬五义士。周茂兰呈上血疏,新君下诏,周顺昌三代荣封。剧中充分表现了周顺昌等天启君子的忠诚,是清忠;苏州人民对朝廷的忠诚,更是清忠。

附带说,五义士安葬之后,复社领袖张溥写有《五人墓碑记》,记载了五义士和苏州人民的壮举。而安葬五义士的主事者,则是苏州地方上的名流贤达,文震孟、钱谦益等,俱有列名,并出钱出力。今义风园中的五人墓,仍然是吴人敬畏凭吊的场所。而记载助葬人名的石碑,隐藏于门后的墙中,很难发现。《清忠谱》历来盛演,评价极高。周顺昌等人的高义,也是吴地剧坛的共同情感取向。吴伟业《清忠谱序》说:"逆案既布,以公(周顺昌)事填词传奇者凡数家,李子玄玉所作清忠谱最晚出,独以文肃(文震孟)与公相映发,而事俱按实,其言亦雅驯;虽云填词,目之信史可也。"[1]

其实,《清忠谱》并不完全拘泥于史实,时序上根据剧情需要,还是有所调整的。如毛一鹭在苏州建生祠,实际是在周顺昌被害之后,剧中安排在被逮前,设置《骂像》一出,是出于表现周顺昌刚正无畏品格的需要。

---

[1] 吴伟业:《吴梅林全集》卷六十,李学颖集评标校,上海古籍出版社,1990,第1216页。

第五节　清代吴地剧坛重要作家

与李玉交往甚密的戏剧作家，不仅参与《千忠戮》《清忠谱》的撰写和修改，不少作家还有自己的作品，在吴地的戏剧史上，有一席之地。清中叶以后的吴地剧坛，虽然历史的反思情结逐渐淡化，故国之思不再强烈，然百花齐放之下，仍然有一种隐隐的酸楚。

一、张大复

如果说生活在明季到清初的李玉、毕魏、张大复与冯梦龙是一个代差，朱佐朝、叶时章、朱㿥等，则年龄更小，实际形成了一个老、中、青聚合的苏州派戏剧创作与研究、演出的群体，在明末清初的吴地剧坛，占有主导地位。

张大复（生卒年不详）字心期，也作星期，号寒山子，吴县（今江苏苏州）人。晚年主要寄居在寒山寺，其他事历不详。需要说明的是，戏剧家张大复生活在明末清初，是吴县人。另有一位生活在明代的学者张大复，生平履历有清晰的记载，需要区分。明末学者张大复（1554—1630）字元长，昆山（今属江苏）人，文学家、学者，"自汉、唐以来经史词章之学，族分部居，必剖根本，见始终，而又能通晓大意，不为章句旧闻所纠缠。其为文空明骀荡，汪洋曼衍，极其意之所之，而卒不诡于矩度"[1]。张大复年轻时曾游历名山大川，见识广泛。后患青光眼，仅凭微弱的视力坚持写作、教学。年四十而失明，加上偏头痛、伤寒、肺炎等疾病缠身，几乎不能正常生活。晚年以口述请人记录整理的方式，完成《梅花草堂笔谈》，作者设馆、作幕、出游的见闻，当时著名人物的言行及家乡风土人情、历史沿革等，书中多有涉及。

戏剧家张大复的生平事历，并未见于传记、墓志铭等，只知其生活在明末清初，活跃于顺治年间，一生作传奇三十余种，有《如是观》《天下乐》《金刚凤》《醉菩提》《海潮音》《钓鱼船》《井中天》《快活三》《獭镜缘》《芭蕉井》《重重喜》《龙华会》《吉祥兆》《双节孝》《双福寿》《读书声》《娘子军》《小春秋》《天有眼》《发琅钏》《龙飞报》《痴情谱》《紫琼

---

[1] 钱谦益：《牧斋初学集》卷五十四，钱曾笺注，钱仲联标校，上海古籍出版社，1985，第1358页。

瑶》等二十余种完成，《智串旗》《三祝杯》《大节烈》《罗江怨》《新亭泪》《金凤钗》等六种未完稿。相传另有《万国梯航》《万家生佛》《万笏朝天》《万流同归》《万善合一》《万德祥源》等作品，今不存。存世作品主要是《如是观》《金刚凤》《醉菩提》《海潮音》《钓鱼船》《快活三》《重重喜》《吉祥兆》《双福寿》《读书声》《紫琼瑶》等十余种，以《如是观》最为著名。

《如是观》写岳飞抗金故事，但并非依据历史。作者突发奇想，颠倒叙述顺序，具有清初时代环境下特有的情感寄托。剧本中，北宋灭亡，吏部侍郎李若水随同徽钦二帝北行，在金营，怒斥金兵残暴，金人背信弃义，践踏中原，最后被金兵残害致死，年仅三十五岁。这一段的基本情节源于史书，真切感人，《宋史》卷四百四十六"忠义"，描述详细，意境悲壮。其实，南明弘光政权覆灭之前，也有类似情形，左懋第出使谈判，被扣留之后，坚决不降，惨遭杀戮。左懋第的事迹在明遗民中广为流传，戏台上演绎李若水忠贞爱国的形象，很容易引起联想。但剧本写到岳飞抗金故事，则有点理想化的安排。在张大复笔下，岳飞敢于拒绝朝廷的命令，重兵在手，掌握兵符，挥师北上，直接打得金兵狼狈逃窜。然后继续追击，一直打到黄龙府，将赵佶、赵桓父子解救出来，送往临安，然后组成混合法庭，审判秦桧夫妇，判处死刑。作者图一时的痛快，并未考虑历史的真实。可以说是对于做人、对秦桧夫妇、对岳飞应作如是观而已。一定程度上，是明遗民情感需要的反映。

《醉菩提》是张大复又一部广受关注的剧本，写的是济颠的故事。济颠是历史上真实的人物，本名李修缘，号湖隐，出家后法号道济，浙江台州天台人，南宋高僧，后人尊称之为"济公活佛"。济颠虽为出家人，但爱好酒肉，从不忌口，破帽破扇，破鞋垢衣，游走市井乡村，貌似疯癫，实则学问渊博，精通医术，救人苦难，积德行善，惩治邪恶，深受百姓欢迎。济公初在天台国清寺出家，后到杭州灵隐寺修行，随后又住杭州净慈寺，似痴若狂中，带有几分任侠情怀。早在南宋时期，济公的故事就广为流传。明末清初的《济公传》及后来的影视作品，将济公的形象送入千家万户，济公几乎成为家喻户晓的人物。该剧基本情节取自《济颠传》《西湖佳话》等小说笔记，兼采民间传说，主要表现济公到杭州灵隐寺出家的过程，以及超度蟋蟀升天、引导娼妓修行、拯救王孝子等情节，虽然情节传奇,却颇有舞台魅力。

而张大复的另一部佛教题材的剧本《海潮音》,因为后世关注较少,影响远不及《醉菩提》。《海潮音》又名《香山记》,写观音菩萨的故事,取材于有关观音的传说。剧本中的观世音本是一个美丽善良的姑娘,名妙善,因不满其父妙庄王蒸食婴儿的暴行,便皈依佛门,于深山中苦心修炼,得道之后大慈大悲,救苦救难,颇有侠义之风。

《金刚凤》是张大复的另一部杰作,叙写了五代时期一位重要人物钱镠的故事。钱镠本是役夫,做粗活的,因为醉酒,打伤了钦差大臣鲁金,只好逃亡山中。流亡中,钱镠得到了村女铁金刚的帮助,遂与之订婚。时任杭州知府李彦贵在鲁金的威逼之下,忍无可忍,起兵造反,自立为王,脱离中原王朝。得知消息的钱镠前往投靠,因为聪明能干,作战勇敢,颇受李彦贵器重,招为驸马。得到消息的铁金刚下山问罪,见李彦贵之女李凤娘与钱镠方是般配的一对,于是成人之美。当然,剧本只是写故事,与历史的真实相去甚远。

张大复的《钓鱼船》,戏剧情节借助于《西游记》"刘全进瓜"片段,情节简单,道佛思想杂糅。唯其热闹,尚有一定的舞台价值。《天下乐》写钟馗的故事,可惜仅存残本。基本内容是,钟馗本是钟南山的一位书生,不信鬼神,排斥佛道,曾打伤僧人,大闹道场。观音大士动用法力,将钟馗改变容貌,使其丑陋无比。本来钟馗已经考中进士,且是会元。但殿试时相貌惊动文武,羞愧自杀。玉帝将之封为神,专除邪恶。虽为神,钟馗没有忘记自己对书生杜平的许诺,设法按照礼法将妹妹送到杜家完婚。故事奇特荒诞,但纵横开阖,颇有意蕴。

《读书声》是张大复戏剧作品中比较奇特的一部,也是戏剧史上比较有特点的作品,将志怪情节融入其中。作品改编自冯梦龙的《警世通言·宋小官团圆破毡笠》,但与小说相比,更多波折和怪异。穷书生宋儒得到一位长者的资助,搭乘戴老大的商船前往京城赶考。在船上,宋儒朝夕读书,读书声引起了戴老大女儿戴润儿的注意。于是,戴老大夫妇训斥女儿不守家规。戴女不堪羞辱,自缢了。戴老大与船工污蔑是宋儒逼奸所致,将宋儒送入海门县县衙。此时戴润儿已经恢复知觉,活了回来,县尹耶律乌梨铁木耳审案,问明缘由,当堂指配,即日成婚。回到船上,宋儒经过这番悲喜,一病不起。戴老大又与船工合谋,将宋儒骗到荒岛,开船而去。宋儒在荒岛上，得到人熊帮助，发现了强盗掩藏的大量珠宝财物。不久，宋儒身体康复，借助另一艘商船，将珠宝金银等物运回，成为富翁。而海门一带的盗贼首领时宜，极为猖狂，公然带领手下，围困海门县衙，以县尹耶律乌梨铁木耳为人质，索取万金。其女茂赚准备卖身救父，以求万金，然不能实现。正巧宋儒经过，得到消息，奉上万金，救出县尹。于是，耶律乌梨铁木耳上奏朝廷，请兵剿灭盗贼，以宋儒为参谋，一举灭贼，立下战功。宋儒此时既富且贵，却装作乞丐，前往戴老大处，一番调侃之后，方现出真相，在读书声中夫妇团聚。而茂赚因为想报答宋儒，愿在戴润儿之下，县尹顺水推舟，将女儿嫁与宋儒为二夫人。荒岛奇遇，得到宝藏的桥段，一个半世纪之后大仲马的《基督山伯爵》中，也可见。此剧以主副两条线并行，脉络清晰；出现人熊形象，颇同志怪；不以妻妾区别二女及门第错位的婚配遐想出现，体现清初家庭婚姻关系的新变。简言之，是社会观念发生了变化。这种社会观念的变化在《快活三》中，亦有体现。

《快活三》剧本，是将凌濛初《拍案惊奇》中的两个故事捏合而成，一篇是《转运汉巧遇洞庭红　波斯胡指破鼍龙壳》，另一篇是《陶家翁大雨留客　蒋震卿片言得妇》，在《拍案惊奇》中为卷一和卷十二。剧本写商人工于算计而又有奇遇，财富积累而社会地位逐渐提高的经历，明中叶以降商品经济繁荣的背景十分明显。商人读书应举，入仕做官，固然是很快活。发家致富之后，可以夫唱妇随，家庭生活幸福美满，也是快活。甚至用大量金钱，还可以买到爵位，叫起来很好听，也是快活。剧本叙述了蒋珍的传奇经历及其三大快活的获取过程，虽有波折，颇为喜庆。

此外，《井中天》《天有眼》《天下乐》《獭镜缘》《喜重重》等剧本，在吴地的戏剧界也很有影响。但求仙问道、游戏三界、因果报应等倾向，也影响了其作品生命力的彰显。

二、毕魏

毕魏（生卒年不详）字万后，或作万侯，号晋卿，自署姑苏第二狂，吴县（今江苏苏州）人。毕魏生于明末，明亡之时当已弱冠之间，沉湎于戏剧，不为无因。毕魏与冯梦龙、李玉、朱素臣等相交往，是清初吴地戏剧圈的重要作家，曾助李玉编定《清忠谱》。自己编有剧本六种：《红芍药》《呼卢报》《万人敌》《杜鹃声》《三报恩》《竹叶舟》，今仅存后二种。

《三报恩》的故事情节，来源于冯梦龙《警世通言》的《老门生三世报恩》，为适合舞台演出，情节更为集中连贯，写的是广西兴安人鲜于同，读书应举，屡试不中而心有不甘，年过五十，再赴县试考场。兴安县令蒯遇，少年得志，任职一方，主持考试，以为必得英俊少年。等到唱名，发现竟然是皤然一老翁，心有不满但不能改变。乡试的时候，居然又是蒯遇主考，正好鲜于同生病了，草草完成答卷。而主考蒯遇以为是少年所为，学问功底不厚，勉强完成，故而特意录取，结果又是鲜于同。到了会试，蒯遇调到朝廷任职给事中，参与阅卷。由于知道鲜于同擅长"三礼"，阅卷时故意避开，改阅"诗"类。凑巧的是，鲜于同的试卷不是"三礼"，而是"诗"，又被蒯遇录取了。后来鲜于同任职刑部主事，而蒯遇直言招忌，被陷害下狱，鲜于同巧于周旋，还其清白。后鲜于同调任台州知府，到蒯遇的家乡担任父母官了，恰巧蒯遇的儿子又因为案件牵连下狱，鲜于同又想方设法为其脱罪。此后蒯遇离开官场家居，而鲜于同则升官了，担任浙江巡抚，将蒯遇的孙子接到身边，与自己的孙子一起读书，请名师授业。戏剧故事主要依据小说演绎，富有传奇性，也得到了冯梦龙的赞许。

《竹叶舟》传奇，源于元杂剧《陈季卿误上竹叶舟》。但是，元杂剧演绎的故事，与唐人小说的故事一致。据《太平广记》卷七十四《陈季卿》记载，江南人陈季卿到长安应试，发誓不取得功名绝不回家。一晃十年过去，仍然无成。一天，到青龙寺去看望一个僧人，正好有位终南山的老人也来看望僧人，但僧人不在。于是，两人攀谈起来，等候僧人。不知不觉，已经很长时间，老人拿出一块药膏，煮水让陈季卿服下，饥寒之苦，顿然消除，而思乡之情，油然而生。"东壁有寰瀛图，季卿乃寻江南路。因长叹曰：'得自渭泛于河，游于洛，泳于淮，济于江，达于家，亦不悔无成而归。'翁笑曰：'此不难致。'乃命僧童折阶前一竹叶，作叶舟，置图中渭水之上，曰：'公但注目于此舟，则如公向来所愿耳。然至家，慎勿久留'"[1]。陈季卿居然乘坐竹叶舟荡漾而归，并且沿路和归家还发生了一系列的事情，且有题诗的雅举。然后回到青龙寺，"宛然见山翁拥褐而坐"[2]。而他的妻子、兄弟却是在家中见到了陈季卿，夫妇、兄弟相聚仅

---

[1] 李昉等编《太平广记》卷第七十四，中华书局，1961，第462页。原书全为句号，标点为作者自加。

[2] 李昉等编《太平广记》卷第七十四，中华书局，1961，第463页。原书全为句号，标点为作者自加。

仅几个小时，到了晚上，陈季卿又上船返回长安了。妻子和兄弟见其行为怪异，一叶小舟飘然而逝，以为陈季卿已经去世。于是，陈季卿的妻子到长安寻访，找到丈夫，将回家的事情讲了一遍，陈季卿才知道自己回过家是真的。但经过这样虚实转换的经历，陈季卿看透功名，中了进士，然后入终南山修道去了。范康的杂剧《竹叶舟》四折，演绎的就是其中主要情节，有《元刊杂剧三十种》本存世。

毕魏的《竹叶舟》，则将事件的主人翁换成了石崇。一天石崇游玩寺庙，与僧人大谈功名富贵。僧人取一片竹叶，做成小船，让石崇坐上去。石崇根本不信，注目之间，不觉身在船上，随意而去，随心所欲，一切功名富贵，心想事成。突然因为绿珠的事情被朝廷处斩，豁然梦醒，见僧人和竹叶舟犹在身边，惊叹不已。当然，戏剧情节，与真实的历史，并非一致。换个角度看，清初文人生死无常的巨变，时有发生；身世浮沉、成败得失的转换，只在瞬间。仅在吴地，亦非个别。因此，戏剧家借题发挥，也是文人常态。历史上存在的此类故事，不论是民间创作或是文人编写，多出现在特定的历史环境中。任昉《述异记》中的种种怪诞故事，陶渊明《桃花源记》的奇想奇趣，干宝《搜神记》中的各类异象传奇故事，多有一定的寄意。石崇是历史上的真实人物，《世说新语》中的十三条与石崇相关的故事，成为后世以石崇为原型的文学作品素材的重要来源。毕魏明知《竹叶舟》故事荒诞，移植到石崇身上，虽不可信，却依然创作出来，也是别有寄托。

三、叶时章

叶时章（生卒年不详）字稚斐，亦作雉斐，以字行，吴县（今江苏苏州）人。其曾祖辈以上，皆居住在太湖洞庭山，因叶时章的祖父叶初春中了进士，入朝为官，后来就迁居郡城。叶初春，字处元，号吴西，万历庚辰（1580）进士，官至礼科给事中，因疏救李献可被黜落回乡，定居苏州。叶时章的父亲叶登仕，名甚好却无功名。到叶时章这一辈，虽然叶家积累颇厚，怎奈人丁甚多而三代游堕，故而家道中落，不可避免。《艺术百家》1992年第1期刊载中山大学教授康保成的《朱佐朝、叶时章评传》，叶时章生平从中可见大略。叶时章是清初重要的戏剧家，不仅将其主要才情用于戏剧，有自己的创作，还协助李玉润色《千忠戮》《清忠谱》及整理曲谱。叶时章的剧本创作，有八种以上，今存有《琥珀匙》《英雄概》二种。

《琥珀匙》二十八出，是一部爱情剧。叙写爱情，一般都是有坏人祸害、小人使绊、时局动荡、天灾水旱等不利因素作怪，然后历尽艰辛，成就一段姻缘，该剧也不例外。少女桃佛奴擅长弹奏乐器琥珀匙，秀才胥塓极为欣赏，定下婚约。桃佛奴的父亲桃南洲因与太湖侠盗金髯翁贸易丝织品，被官府逮捕。桃佛奴卖身救父，不幸落入妓院，后又被束生纳为小妾，受尽折磨。金髯翁得知消息，巧妙周旋，惩治贪官污吏，救出桃佛奴及其父亲，终于父女团圆，有情人成婚。无论晚明官场，还是清初新贵，对于金银财宝有些手段，不是秘密。于是，《琥珀匙》中，就有一个爱情之外的意义，即衣冠中有禽兽，绿林中有豪杰。而特地说明是太湖大盗，既能打家劫舍，也能做生意，还有卓越的才能对付官府中的小人坏人，这还是盗吗？明清易代之际，太湖上最有影响的武装力量，就是太湖义军。即便被清军镇压了，零散的活动并未绝迹。故而，在吴地的舞台上出现类似情节，不能不引起观众的遐想。

《英雄概》是一部历史剧，但并不照搬史书。唐朝末年，朝廷门户纷争，宦官干政，朝政昏暗；地方藩镇割据，战乱不断，生灵涂炭。失意士子黄巢振臂一呼，百姓的反抗风起云涌。于是在镇压黄巢起义的过程中壮大起来的各路军阀，展开混战，一直延续到北宋初年。其中的派系与盟友关系变化，令人眼花缭乱。《英雄概》此剧写的是黄巢因貌丑在科试中受抑，愤而起兵造反，李克用、李存孝父子统兵镇压，黄巢战败。在一僧人点化下，黄巢随之浮水而去。但是，剧中较多的篇幅，是描写李存孝和李存信之间的矛盾，还有李存孝的婚姻波折。李氏父子实际成为剧情的主要人物。作品对黄巢起义当然持否定态度，然对黄巢的个人遭遇，有所同情，亦是失意士子的正常心态。京剧及地方戏的折子戏《祥梅寺》，改编于本剧。

情爱主题，在明季的吴地剧坛，是比较热门的选题。一方面是因为市场经济的繁荣与市民阶层的精神需求。另一方面，文士甚至官僚士大夫的生活轨迹与生活态度，特别是与秦楼楚馆的广泛接触，也对剧坛的意象选择产生了重要的影响。然而到了清初，剧坛的主旋律发生了变化，不唯有对易代的反思与悲歌寄托故国情怀，更有对英雄的呼唤及对未来的期盼，悲情色彩较为浓厚。

四、朱佐朝

朱佐朝(？—1690前后)字良卿，吴县(今江苏苏州)人。生平事历不详，只知道其与毕魏、朱㬎、叶时章、李玉等为好友。其大致经历，康保成教授有考证，见上文。所著传奇三十余种，今传全本及残本有十三种：《渔家乐》(《后渔家》)、《吉庆图》、《艳云亭》、《璎珞会》、《乾坤啸》、《御雪豹》、《血影石》、《朝阳凤》、《轩辕镜》、《石麟镜》、《五代荣》、《夺秋魁》、《双和合》，见于"古本戏曲丛刊"。

朱佐朝的剧作，主要反映他的命运观、功名观和对姻缘习俗与礼仪制度的思考。而这，与当时的社会政治环境有着密切的关系，可以说，是清初高压政策环境中文人的一种选择。明清对吴地文人的镇压和杀戮，史有明载。明初朱元璋对吴地文人的严厉镇压，具有清除张士诚集团影响的用意。不过，杀戮过头，导致了"吴中四杰"之后的吴地文化断层。"因政治原因致死的吴中名士，有高启、王彝、徐贲、张羽、杨基等十余人。这不仅造成吴中文学的急速凋零，而且使得许多幸存者心怀恐惧，极力压制自我以适应新的政治环境。"[1]清初对吴中文人的集体性摧毁，相对于明初，有过之而无不及。在吴胜兆反正事件被镇压之后，清廷对名士进行了一场毁灭性杀戮，以摧毁江南士民的抵抗精神。土国宝"自统舟师，同陈、巴二公往彼搜索余党。松郡士民扳累被戮者颇多"[2]。苏州、松江的名士颇多，多数是复社名士，代表了江南文化名流的精神，岂能幸免！统一天下版图依赖的是武功，而统一天下的思想精神，则需要文治。禁书、文字狱、编选样板书籍推广、规定科举考试科目、强化功名诱惑、招揽天下名流等，均是文治的重要手段。而在三吴地区，借故毁灭性杀戮社会文化名流，则是清初统治者集文治武功于一体的特殊手段。

在吴胜兆事件发生后，清政府大肆搜捕相关名流，即便只是姓名见诸书札，一律捕杀。"脱逃叛党严缉务获"[3]的严令下，败类希图立功受赏，抓捕唯恐其少。复社文人与事件的关系，已如上述，而借此牵连，大兴镇压，不仅多位复社名士丧生，家族妻孥亲友遭难者更难以统计。《明

---

[1] 章培恒、骆玉明主编《中国文学史》，复旦大学出版社，1996，第216页。
[2] 佚名：《吴城日记》卷中，甘兰经等点校，江苏古籍出版社，1999，第229页。
[3] 《清实录》第三册《世祖章皇帝实录》卷三十一，中华书局，1985，第260页。

史》载,陈子龙"事露被获,乘间投水死"[1],但事实远不是这么简略。陈子龙被捕押往苏州途中,趁看守不备,翻身投入跨塘河。捞出陈子龙遗体后,清兵割下头颅,戕害遗体,弃置水间,可见,恨极,亦残忍至极。"先生伺守者懈,猝起投水。卒出不意,大惊群呼,奔流汹涌,令善泅者入水索之,良久乃出,已气绝矣。即舟次殊其元,弃尸水中,时五月十三日也"[2]。因陈子龙曾经到过侯岐曾、顾咸正、顾天逵兄弟和张宽家,与夏之旭过从甚密,又是夏完淳的老师,而夏完淳本身与舟山抗清义军有往来,又牵连到他的岳父钱栴。于是,"朝廷穷治其狱,吴中失职之士多死焉"[3]。"一时株连者,皆天下名士——如陈子龙侯峒曾顾咸正蒋雯阶辈,无不狼藉诛夷,妻孥俘虏"[4]。与妻孥何干,而株连蒙难? 但新政权为了警示时人,故意扩大屠杀规模。不仅杀尽名流,甚至借此敲诈钱财,凌辱妇女。杨廷枢被捕后,"妻女受辱不可言","责令馈千金取赎"[5]。杀害东南君子、凌辱妇女、搜刮钱财,祸及邻里,野蛮无以复加。嘉定侯岐曾身死而家产被抄没,苏州黄服卿家被抄没,"家资一洗而空,妇女大受惨辱。沿及邻家,皆被抢掠,闻者无不痛心!"[6]这是对坚持抵抗和不合作的社会贤达、复社文人进行的从肉体到精神的毁灭性打击,也是清政权南下的一次施威。"古来死君父之难者,自春秋至仇牧以下,代不乏人。若胜朝失国,其臣子之仗节死义,就复社、几社中追数之,已若干姓氏。此外之孤忠报国,死而不传者,又不知凡几"[7],身在清朝的杜登春写得比较委婉,只说殉节,而未涉及清廷对东南文人的毁灭性诛杀。事实上,自南明弘光政权覆灭,到桂王政权失败,文人死亡相继的惨况,不忍诉说。读一读徐秉义《明末忠烈纪实》(1987年浙江古籍出版社出版)一书,可知大概,吴郡、松江等地,名流为之一空,也就不足为怪了。于是,男欢女爱、离情别绪与神仙鬼怪大量出现在吴地文人的诗文

---

[1] 张廷玉等:《明史》卷二百七十七,中华书局,1974,第7098页。
[2] 陈子龙:《陈子龙诗集·附录二》,施蛰存、马祖熙标校,上海古籍出版社,1983,第721页。
[3] 吴伟业:《鹿樵纪闻》卷中,收入彭遵泗等《蜀碧(外二种)》,北京古籍出版社,2002,第342页。
[4] 王家祯:《研堂见闻杂录》,收入《烈皇小识》,上海书店,1982,第266页。
[5] 佚名:《吴城日记》卷中,甘兰经等校点,江苏古籍出版社,1999,第230页。
[6] 佚名:《吴城日记》卷中,甘兰经等校点,江苏古籍出版社,1999,第229页。
[7] 杜登春:《社事始末》,收入张潮等编《昭代丛书》,上海古籍出版社,1990,缩页影印本,第973页。

中，是一种安全的选择，而小说、戏剧中大胆的探讨与表现，也不会引起统治者的反感。即便是反思明朝故事的《清忠谱》《千忠戮》等，因为并未涉及敏感话题，在清廷看来，反而能够暴露明代的恐怖氛围，所以还是默许的。于是，朱佐朝的戏剧作品，关注命运，表现婚恋，感叹功名，自然是稳妥的主题，即使演绎遥远的过去事迹，当局亦多不予过问。

《轩辕镜》二十四出，是一部似乎与历史有关的剧作，也叫《春秋毕》《浑仪镜》，写南朝刘宋权臣徐羡之专权误国，在与北魏交战中，兵败八公山的故事。剧情是，史官王连成据实记录事件，徐羡之横加迫害。王连成被迫离开京城流亡。但是，徐羡之并未放过，派人追杀，追到永安驿，驿卒张恩，原是王连成家的仆人，代王连成而死。未几，北魏再度南下，檀道济领兵出战，徐羡之断其粮草。王连成之妻闻之，极为焦虑，假扮文士，向檀道济献策。终于，檀道济击退北魏的入侵，班师回朝，揭露徐羡之的罪恶，将其处斩。剧本演绎的故事，虽然发生在南朝。然读者不难联想到南明弘光政权中，马世英、阮大铖之流控制朝局而史可法孤军奋战的场景。权奸之误国，历代皆有，实不知君王为何视若无睹。

《艳云亭》三十二出，是朱佐朝写的又一部历史剧。以宋真宗赵恒御驾亲征西夏为背景，演绎书生洪绘与枢密使萧凤韶之女萧惜芬的爱情婚姻波折。麻烦的源头，在于奸臣王钦若的破坏。妨碍了洪绘的婚事还是小事，重要的是王钦若的谄媚误国，几乎毁了宋真宗的军国大业。全剧的基本故事和历史背景，皆是虚构或移花接木。历史上，宋真宗赵恒唯一的一次御驾亲征是在寇准的促成之下对契丹（辽）的战争，时在宋真宗景德元年（1004）秋天。契丹萧太后和辽圣宗耶律隆绪挥师南下，与宋军交战，攻城略地，俘虏将领，宋军处于不利地位，据城死守待援，而朝廷上下一片恐慌，王钦若等甚至有迁都之议。相持不下之时，宰相寇准力请赵恒御驾亲征。宋真宗赵恒勉强动身前往前线，到达三面被围的澶州（今河南濮阳），形势果然危急，因为濮阳距离北宋首都汴京（今河南开封）仅仅一百多公里了。而辽军主力将近十万，皆是能征善战的部队。不过，宋军死守，援军不断到达，对于粮草不继的辽军来说，也是相当凶险。宋军使用火器，击退了辽军进攻，而宋真宗御驾亲至，宋军军威大振，击败辽军，然后签订了盟约，史称"澶渊之盟"。稍微梳理一下清初的剧坛，可以发现一个特殊现象，即历史剧盛行，但未必忠于历史。除了时代环境的原因外，作家检点历史与寄托情怀的用意，更为重要。《轩辕镜》《艳云亭》如此，《渔家乐》亦是。

《渔家乐》与打鱼有些关系，因为重要的一个角色就是渔翁邬先生。写东汉时期大将军梁骥派人追杀清河王刘蒜，刘蒜逃亡途中经过了渔翁邬家，为邬飞霞所救，而渔翁则不幸被射杀。后来邬飞霞潜入梁冀府中，用神针刺死梁冀。刘蒜即位后，封邬飞霞为皇后。

《瑞霓罗》写斗母宫中失去云锦一匹，名叫瑞霓罗，曲阜人夔吉捡到了，将其做成了锦帐。不料咸阳商人陈温故得知消息，诬告夔吉是偷盗而得，于是，夔吉锒铛入狱。但陈温故之女绯桃深明大义，对夔吉的家人呵护备至，保全其家人。后来包拯断案，真相大白，陈温故被处罚，夔吉之子夔容娶绯桃为妻。故事纯属虚构，是非黑白，直接演绎，也是朱佐朝道德观的直接体现。

五、朱㿥

朱㿥（生卒年不详）字素臣，号笙庵，以字行，生平未详，吴县（今江苏苏州）人。他生活在明末清初，是苏州派戏剧的重要作家，剧作甚富，惜事历未见记载。朱素臣毕生致力于戏曲创作和研究，工作曲，著有传奇十九种：《振三纲》《一著先》《锦衣归》《未央天》《狻猊璧》《忠孝间》《通天台》《四圣手》《聚宝盆》《十五贯》《文星现》《龙凤钱》《瑶池宴》《朝阳凤》《全五福》《万年觞》《大吉庆》《翡翠园》《秦楼月》。今传世有九种，以《十五贯》成就最高，影响也最大。

《十五贯》传奇的故事来源，是冯梦龙《醒世恒言》的《十五贯戏言成巧祸》，冯氏编撰的依据，则是宋话本《京本通俗小说》中的《错斩崔宁》。

宋话本《错斩崔宁》的故事，写的是刘贵从岳父家借来十五贯钱，准备次日做生意用。刘贵回家对小妾陈二姐说，这是将她典了得的钱，一时的酒后戏言。陈二姐信以为真，偷回娘家。途中遇到崔宁，结伴同行。不料刘家夜间遭贼，刘贵被杀，十五贯钱不见。邻居报官，官府侦破案件，发现陈二姐不见，于是追捕。此时陈二姐与崔宁正在赶路，被捕获，而崔宁身上正好有十五贯钱。于是屈打成招，陈二姐和崔宁被处斩。其后刘贵的大娘子被土匪掳到山上，才得知作案的是这个山大王。于是刘娘子告官，官府将山大王斩了。作品中除了紧张与有趣的故事情节，很多地方实是经不起推敲的,逻辑上不够合理。虽然也暴露了官府的黑暗腐败、滥杀无辜,但批判性并不明显。根据小说中的叙事背景与提到的历史人物可知,作品出现在南宋。附说一下,典妻习俗,愚昧落后,而在某些地方,还很流行,1930年柔石发表的一篇短篇小说《为奴隶的母亲》描述的,就是这样一个典妻故事,残忍而悲凉。宋话本《错斩崔宁》到了冯梦龙的笔下,情节更为生动,脉络头绪也更复杂,是适合文人案头阅读的白话小说。

朱𦈡据小说将其改编为昆剧《十五贯》,背景、情节与线索,都进行了较大的改动。剧本中的故事发展,放在了明代的苏州,屠夫尤葫芦,从事杀猪卖肉的生意,从皋桥的亲戚家借得十五贯钱。这亲戚人很好,不仅出借了十五贯,还请尤葫芦喝了酒。尤葫芦喝醉了,回家一句戏言,说将继女苏戌娟卖给大户人家当婢女,这是卖她得到的钱。苏戌娟不愿为婢,连夜私逃投亲。当天夜里,恶棍娄阿鼠闯入尤家偷盗,拿走十五贯铜钱,杀害了尤葫芦。第二天早上,邻人发现尤葫芦被害,钱被盗,继女苏戌娟又下落不明。议论纷纷,报官追凶。无巧不成书,客商陶复朱的一位伙计叫作熊友兰,带了十五贯钱到常州办货。途中遇到苏戌娟,二人同行。尤葫芦的邻人和差役正好追到,见苏、熊二人同行,又有钱十五贯,认为证据确凿,加上娄阿鼠乘机诬蔑,差役认定苏、熊二人为凶手。于是熊友兰和苏戌娟被送无锡衙门。无锡的知县过于执(标签化的取名)据此断案,将苏、熊二人以通奸谋杀罪处斩。上级常州知府和江南巡抚,轻信了无锡县判决,草率了事。临刑,居然委派苏州知府况钟监斩,这里较混乱的司法体制,可能是为了舞台的需要。况钟发现案件有疑点,苏、熊二人犯罪事实不清,便连夜求见巡抚周忱,请予缓刑复查。周忱比较保守,循规蹈矩,以为三审定案,部文已下,监斩官是无权过问的,因为越职了,不准所请。但况钟据理力争,并以金印作押。周忱勉强同意,当然也担有一定风险,要况钟半个月内查清实情。况钟冒着极大的风险,奔走于苏州、无锡之间,现场查勘,提审人犯,终于获得凶手作案的线索。然后又乔装打扮,私访民间,将真凶娄阿鼠捉拿归案,案情大白。剧本的另一条线是,熊友兰有个弟弟,叫作熊友蕙,哥哥帮人家做生意。弟弟在家读书,是想光耀门楣。哥哥心地善良,连老鼠也关照。于是老鼠报恩,将隔壁冯家的财宝衔到熊家,因此引起一场案件,熊友蕙也被诬陷,判了死罪。况钟夜梦双熊向他诉冤，醒来后决计查明真相。所以，《十五贯》又名《双熊梦》。昆剧舞台上早年演出此剧，是双线结构。但是，20世纪50年代，对该剧进行改编，删除了熊友蕙这条线，使得剧本的线索更为清晰，情节更为紧凑，舞台演出更加明朗，便于观众理解、接受。于是，新编昆剧《十五贯》广受欢迎，并在北京演出，得到党和国家领导人的好评。《人民日报》1956年5月17日发表了田汉《从"一出戏救活了一个剧种"谈起》一文，昆剧复兴也就从这时开始，至今《十五贯》仍是常演的剧目。

《未央天》也叫《九更天》，二十八出，写书生盐官米新图往秣陵探亲，被兄米新国的小妾桃琰娘诬告，说是米新图强奸了其嫂李氏并杀人灭口。米新图有一位跟班叫作马义，很讲义气，进京击鼓鸣冤，御史闻朗要马义滚钉板，马义毫不迟疑。于是上奏朝廷，朝廷命御史闻朗前往查勘提审。另一方面，米新图已经被处斩监候，定于五鼓行刑。可是，闻朗还在赶路，尚未到达。冤情震动了上天，玉帝降旨延缓他五个时辰，于是天一直不亮。直到九更天，朝廷派来复查此案的闻朗赶到，使冤情昭雪。原来，作案的是桃琰娘与奸夫侯花嘴。于是，两人问斩，昏官褚无良罢官而去。京剧《九更天》，据此改编。

《朝阳凤》传奇，一说为朱佐朝所作。写海瑞的故事。海瑞担任兵部主事，受到张居正排挤，进士陈三谟出谋划策，海瑞还朝，参劾张居正，张被罢官还乡。情节基本为虚构，与史事出入很大。因为张居正担任内阁首辅之时，海瑞年事已高，且两人并无矛盾，明神宗朱翊钧对海瑞也很尊重。因年岁问题，海瑞终于南京礼部右侍郎任上。

《翡翠园》传奇，也是朱㿥影响较大的一部戏，写宁王府长史麻逢之，图谋霸占邻居舒德溥的祖传宅基地，建翡翠园，遭到舒德溥的反抗。于是将舒德溥牵扯进一场盗窃案，捉拿归案。坏人却有个好女儿叫作麻翡英，可怜舒德溥无辜入狱，于是盗出令牌，让舒德溥逃走。中间，还得到了串珠女赵氏及其女儿翠儿的帮忙，另有衙役王馒头行侠仗义。后来由于麻逢之参与了宁王叛乱被捕，加上舒德溥之子舒芬中状元，才将冤案昭雪。皇上也很英明，还分别为麻翡英、翠儿降下御旨赐婚。戏剧故事，既有市民阶层的形象，也有贪官污吏的身影。但此时在任的皇上是朱厚照，历史上有名的胡闹皇帝，似乎根本不会管这些事情，剧作家只是为了舞台上的热闹而已。

《秦楼月》传奇,写妓女陈素素在苏州虎丘的真娘墓题写《秦楼月》词一阕,书生吕贯大为欣赏,多方打听,找到陈素素,结为夫妇。

朱㿥的剧本创作选题基本上与冯梦龙主导下的明季吴地剧坛苏州派作家一致,着眼于公案和婚恋;结局亦多为善有善报,团圆或团聚,一派喜庆气氛。

在朱㿥的剧作中,还有一部富有传奇色彩的《聚宝盆》也很有名,写的是元末明初时人沈万三,因得益于聚宝盆显灵而发家致富,家产亿贯,轻财好施,广交朋友,后蒙冤受害,虽保住性命,但家产散尽的故事。这是历史上真实的人物,其故居今天依然是江南名镇周庄的重要景点。沈万三(生卒年不详),本名沈富,长洲周庄(今属江苏昆山)人。年轻时就出海经商,周转贸易。由于经营技巧高超,善于把握市场行情,迅速聚财,富得流油,是凤毛麟角的暴富户。元代后期,苏州地区手工业相当发达,沈富生活的周庄水系纵横,交通方便。沈富头脑灵活,善于经营,将这一带出产的优质稻米、丝绸、茶叶及工艺品等运往海外,顺带当地特产返回售卖,零售批发兼营,生意兴隆,利润可观。但他毕竟是一介草民,他发家致富的过程,仅见传说,聚宝盆的故事,只是其一。

故事情节曲折奇巧,深受到百姓的喜爱。关于剧本底本、抄本的流传情况,李志远有《现存〈聚宝盆传奇〉三抄本述略》专文介绍,载《淮阴师范学院学报哲学社会科学版》2011年第1期。张红霞《〈聚宝盆〉传奇版本研究》,载《河南商业高等专科学校学报》2015年第2期。张红霞另有《〈聚宝盆〉传奇本事考论》,载《中华文化论坛》2014年第6期。然关于沈万三及其父亲沈佑、弟沈贵等的传说故事,真伪有待分辨。即便正史记载,亦须考索。"吴兴富民沈秀者,助筑都城三之一,又请犒军。帝怒曰:'匹夫犒天子军,乱民也,宜诛。'后谏曰:'妾闻法者,诛不法也,非以诛不祥。民富敌国,民自不祥。不祥之民,天将灾之,陛下何诛焉。'乃释秀,戍云南"[1]。学者对于剧本的文本之流变,已得其详。而《聚宝盆》采信传说成分留下的悬疑,则可看作是艺术的魅力。

六、丘园

丘园(1617—1690)字屿雪,自号乌丘先生、坞邱山人,常熟(今属江

---

[1] 张廷玉等:《明史》卷一百十三,中华书局,1974,第3506页。

苏）人，明清之际画家、戏剧家。据传生平纵情诗酒，豪气纵横，功名蹉跎，寄居苏州。其取号之意，即失位无应，隐处以终。因此，其生平事历与实际创作成就，鲜为人知。2018年扬州大学周宇佳硕士论文《苏州派剧作家丘园研究》，考证论述，为至今所见最详尽之成果。相传丘园有传奇九种，今仅存《党人碑》、《幻缘箱》、《御袍恩》（又名《百福带》）及残缺的《虎囊弹》。丘园剧本多写宋代故事，以忠奸斗争事件为题材，塑造了一批坚定的忠臣形象，这些忠臣为了全其忠义均付出了惨重的代价。

《虎囊弹》写鲁智深仗义救金翠莲等人的故事，取材于《水浒传》片段并加以演绎。剧本中，赵员外被仇人花子期诬告与梁山好汉有交往，被捕入狱。其妻金翠莲申诉，鸣冤于经略种师道。中军牛健下令，凡是诉冤者，要悬于竿上，受一百虎囊弹之毒刑，不惧怕者，方可申诉冤情。金翠莲愿受弹而不惧，牛健方为其投状于种师道。种师道审明实情，赵员外无罪释放。

忠奸斗争，是古典戏剧中常见的主题。基本套路是忠臣遭到奸臣的诬陷迫害，即便妻离子散、家破人亡，仍然矢志不移，坚决斗争，最终扳倒权奸，取得了胜利，最后不忘点出皇上的圣明。丘园的《党人碑》，写的就是北宋的一场忠奸斗争。事件的渊源关系比较复杂，涉及宋神宗时期王安石变法及其引发的朝争。不可否认的是，王安石主导的熙宁变法是在北宋承平百年之后，各种社会矛盾激化和朝廷经济紧张、百姓生活陷入困顿的背景下展开的，目的是解决朝廷和百姓负担过重的问题，以达到富国强兵之理想。实际操作过程中，固然有一定的失误，遭到反对，更重要的，是触犯了一些既得利益者。故而，虽然熙宁变法对于北宋王朝的振兴大有作用，但仍然在各种复杂的朝廷斗争中难以顺利进行。宋神宗去世之后，赵煦继位，年号元祐，是为宋哲宗。哲宗年幼难以任事，太皇太后高氏临朝听政，禁毁新法，恢复旧制。待到太皇太后高氏去世，哲宗亲政，年号改为绍圣，又恢复新法。这时的变法派当中，大多元老已故，尚存者也年事已高。于是，部分投机分子趁机混入其中。宋徽宗赵佶即位之后，对于这群人物及其党羽，予以重用，逐渐形成了一个将北宋王朝送向灭亡的班底。于是，在宋徽宗崇宁间，立了一个"元祐党人碑"在端礼门，也叫"元祐党籍碑"，将司马光、苏轼等所谓旧党三百零九人的名字刻在碑上。实际上是蔡京拜相之后排斥异己的手段，名列其中的远不止主张旧法的官员，主张新法的，没有明确主张的，也在其中。但由于后来的"天象警告"，又将"元祐党人碑"毁掉了。所以，原物今已不见踪迹。不过，党人的后代以此为荣，留有拓片，并根据拓片重刻"元祐党人碑"，南宋遗物，尚有传世。

"元祐党人碑"的内容，没什么值得称道。唯有在书法史上，有一定的价值，可见赵佶和蔡京的书法成就。但到了丘园的《党人碑》中，内容上就有了不一样的价值。剧本中写的是蔡京执政，立党人碑，将司马光、文彦博、吕公著、吕大防、范纯仁、韩忠彦、刘挚、曾布等曾经的执政大臣，还有担任过侍郎以上官职的苏轼、刘安世、范祖禹、朱光庭、姚勔、赵君锡、马默、孔武仲等及其他文武官员甚至内侍等一干人，定性为奸党。形势严峻，侍郎刘逵因上书皇上，反对立"党人碑"，被诬下狱。刘逵之女刘丽娟被迫流亡，而刘逵之女婿谢琼仙，很不甘心，进入汴京，打碎党人碑，也不幸被捕。得到侠士傅人龙的帮助，谢琼仙得以逃脱，流落他乡。蔡京一怒之下，欲斩刘逵，幸亏内官段笏通报太后。在太后的干预下，刘逵方才保住了性命。后来皇上微服出行，遇到四位读书人正在断碑下大骂蔡京、童贯诸人，方才醒悟。于是，刘逵奉命征讨田虎，傅人龙、谢琼仙从军，立有战功，得到封赏，全家团圆。剧本的情节安排与人物形象塑造，有概念化倾向，不甚合理饱满。但是，看完演出或读完剧本，有一种熟悉的感觉，"党人碑"与"同志录"，就是历史悲剧的重演。

同类题材的《御袍恩》和《幻缘箱》也是取材于宋代的忠奸斗争故事，与史实并无契合。前者描绘宋真宗年间河西节度使高琼部将卫擒龙抗击外寇，反而遭到奸臣吕惠卿的陷害。事实上，此时吕惠卿尚未出生。后者写蔡京迫害忠良的故事，塑造孤忠形象。丘园的笔下，写的是宋代故事，但对于明季党争的危害，有一定的认识意义。1991年第2期《艺术百家》刊载的康保成《丘园评传》、2012年第4期《苏州科技学院学报·社会科学版》刊载的顾聆森《论丘园的全本传世传奇》、2018年扬州大学周宇佳硕士学位论文《苏州派剧作家丘园研究》，对丘园及其戏剧创作的论述已然清晰，可慰前贤。

七、杨潮观

清中叶的杨潮观，是吴地戏剧界一位颇具个性并且与苏州派戏剧群体有着重大差异的作家。

杨潮观（1710—1788）字宏度，号笠湖，常州府金匮（今江苏无锡）人。乾隆元年（1736）举人，长期在山西、河南、云南三省担任县令，在四川先后担任简州、邛州知府，七十岁时在泸州知府任上告老还乡。杨潮观一生担任县、府正职十六任，仕途三十余年，为政清廉简约，颇得百姓好评，公事之暇，诗文自适，偶为小剧，必有所指。乾隆三十三年（1768）在邛州知州任上，杨潮观修复了卓文君妆楼。次年修葺官舍，取名小西园，于园中建吟风阁，约集艺人演唱戏曲。乾隆三十九年，杨潮观将平生剧作进行了修订，成《吟风阁杂剧》四卷。乾隆四十五年，杨潮观一度返回故乡休假。次年，以年老辞官，回归故里。乾隆五十三年春，杨潮观赴安徽太平县探亲，半年后病逝于太平县。《吟风阁杂剧》之外，杨潮观还有《林县志》《左鉴》《周礼指掌》《易象举隅》《家语贯珠》《心经指月》《金刚宝筏》《笠湖诗稿》《吟风阁诗钞》《吟风阁词稿》等。

1963年中华书局出版胡士莹校注本《吟风阁杂剧》，上海古籍出版社1983年再版，收录作品分别是：《新丰店马周独酌》《大江西小姑送风》《李卫公替龙行雨》《黄石婆授计逃关》《快活山樵歌九转》《穷阮籍醉骂财神》《温太真晋阳分别》《邯郸郡错嫁才人》《贺兰山谪仙赠带》《开金榜朱衣点头》《夜香台持斋训子》《汲长孺矫诏发仓》《鲁仲连单鞭蹈海》《荷花荡将种逃生》《灌口二郎初显圣》《魏徵破笏再朝天》《动文昌状元配瞽》《华表柱延陵挂剑》《东莱郡暮夜却金》《下江南曹彬誓众》《韩文公雪拥蓝关》《荀灌娘围城救父》《信陵君义葬金钗》《偷桃捉住东方朔》《换扇巧逢春梦婆》《西塞山渔翁封拜》《凝碧池忠魂再表》《大葱岭只履西归》《寇莱公思亲罢宴》《翠微亭卸甲闲游》《感天后神女露筋》《诸葛亮夜祭泸江》。这三十二折单折短剧，多取材于历史故事、神话传说，或者前人小说笔记，详情可参见胡士莹校注本的"说明"部分。偶尔有即兴之作如《大江西小姑送风》，诉羁旅之愁。但多数剧情编排，切中时弊，直指了官场贿赂公行、奢侈铺张的"盛况"，寄托了作者对官风清正廉洁、勤俭朴质的追求，其积极的社会意义值得肯定，短剧精炼紧凑，情节集中，也具有较高的艺术价值，案头阅读甚佳。《吟风阁杂剧》卷首作者的题词，颇能道出其作剧之寄意："百年事，千秋笔；儿女泪，英雄血。数苍茫世代，断残碑碣。今古难磨真面目，江山不尽闲风月。有晨钟暮鼓送君边，听清切。"又说："吟风阁下徜徉。有短笛横吹信口腔。借丹青旧事，偶加渲染，渔樵闲话，粗与平章。

颠倒看来，胡卢提起，青史何人姓氏香。呼僮至，相将好去，细按宫商。"[1]借古喻今，言此指彼，事在前人，甚至神鬼，意在人间，更在眼前。所以，杨潮观的杂剧，多是政治、道德的主题，官场积弊、民间疾苦演绎于台上，颇有教诫警示价值。

八、清代吴地剧坛其他名家

吴地剧坛之盛，不唯名家大家辈出，佳作呈演于舞台，而且剧家众多、戏班众多、剧场众多，值得专题研究。在戏剧史上具有较大影响的吴地剧家，此处作简略介绍。

万树（约1625—1688）字红友，一字花农，号山翁、山农，明末清初常州府宜兴（今属江苏）人，著名诗人、词学家、戏曲家。清初，万树曾游学北京，无成。康熙年间入两广总督吴兴祚幕府，暇时作剧，供吴家伶人演出。万树杂剧和传奇有二十余种，今仅《风流棒》《空青石》《念八翻》三种传奇存世。万树的《词律》二十卷，考订精湛，选词严格，以唐、宋、元名家词格律为规范，收词牌六百六十种，正、别体一千一百八十余种，颇为词界推崇。1984年上海古籍出版社据清末刻本影印出版。《风流棒》《空青石》《念八翻》三剧合称《拥双艳三种曲》，都是描写一个才子同时娶两个美貌女子的婚恋故事，价值不高。然作者文笔诙谐，善于安排巧合误会，甚至指桑骂槐，颇得其舅父吴炳风采。

郑瑜（生卒年不详）字玉粟，无锡（今属江苏）人。出身破落儒门，少年家贫，随兄嫂生活，然为人聪明机敏，"四书""五经"、唐宋诗词触类旁通。著有《鹦鹉洲》《汨罗江》《黄鹤楼》《滕王阁》四杂剧。

盛际时（生卒年不详）字昌期，吴县（今江苏苏州）人。有传奇四种：《人中龙》《胭脂雪》《飞龙盖》《双虬判》，今存前二种，以《胭脂雪》最为著名。

朱云从（约生活在顺治到康熙初），吴县（今江苏苏州）人，有《齐眉案》《灵犀镜》《照胆镜》《人面虎》《石点头》《小蓬莱》《别有天》《龙灯赚》《赤龙须》《儿孙福》《两乘龙》《万寿鼎》等传奇，《龙灯赚》成就最高。

沈君谟（生卒年不详）字苏门，吴江（今江苏苏州市吴江区）人，别

---

[1] 杨潮观：《吟风阁杂剧》"题词"，胡士莹校注，中华书局，1963，第1页。

署鹤苍子，莱泾居士，戏曲家沈自晋同宗后裔。所撰传奇五种：《风流配》《一合相》《丹晶坠》《玉交梨》《绣风鸳》，存抄本《一合相》《风流配》。

嵇永仁（1637—1676）字留山，别号抱犊山农，常熟（今属江苏）人。嵇有《抱犊山房集》六卷，另著有传奇《扬州梦》《双报应》和杂剧《续离骚》。《扬州梦》叙写杜牧在扬州的恋爱故事，《双报应》写知府孙裔昌审理钱可贵、张子俊两案事。《续离骚》四折，写了四个故事：《刘国师教习扯淡歌》《杜秀才痛哭泥神庙》《痴和尚街头笑布袋》《愤司马梦里骂阎罗》，均为抒发满腔悲愤而作。

顾彩（1650—1718）字天石，号补斋、湘槎，别号梦鹤居士，无锡（今属江苏）人。顾彩长年游幕在外，与孔尚任有交往，著作有《辟疆园文稿》《鹤边词钞》《往深斋诗集》等，剧本有《南桃花扇》《小忽雷》《后琵琶记》等。其中《南桃花扇》改变孔尚任《桃花扇》剧本的结局，安排侯方域、李香君团圆，白头偕老，也只是一种理想而已。

黄之隽（1668—1748），初名兆森，字若木、石牧，号唐堂、石翁、老牧，华亭（今上海市松江区）人。黄之隽为康熙进士，历任翰林院编修、福建督学、右中允、左中允等，后被革职，著作有《唐堂集》《香屑集》等。杂剧《四才子》（包括《郁轮袍》《梦扬州》《饮中仙》《蓝桥驿》），每种四折，各自独立，取材于《太平广记》，通过王维、杜牧、张旭和裴航的故事，写出了自己的愤慨。传奇有《忠孝福》。

张照（1691—1745）字长卿，更字得天，号泾南，又号天瓶居士，华亭（今上海市松江区）人。张照为康熙四十八年（1709）进士，授庶吉士，官至刑部尚书，供奉内廷，乾隆九年（1744）十二月，遭父丧，奔丧至徐州病卒，谥文敏。张照是乾隆时大书法家、学者，有《天瓶斋书画题跋》《得天居士集》。传奇作品有《法官雅奏》《月令承应》《劝善金科》《九九大庆》等，均为宫廷搬演而作，歌功颂德，以神仙道化为主，文笔优雅，唱腔绵远。

黄图珌（1700—1771？）字容之，号守真子、蕉窗居士，华亭（今上海市松江区）人。黄图珌曾在杭州、衡州等地担任同知，有剧本《雷峰塔》《解金貂》《温柔乡》《栖云石》《梅花笺》等，另有《看山阁集》传世，其中的《看山阁闲笔》主要是谈戏曲创作与演出，颇有价值。

周稚廉（1651—1681）字冰持，号可笑人，华亭（今上海市松江区）

人，监生。康熙中，其在扬州遇到孔尚任，以诗酬唱，著有传奇《珊瑚玦》《双忠庙》《元宝媒》，另有词集《容居堂词》。

夏秉衡（1726—1774？）字平千，号谷香、谷香子，华亭（今上海市松江区）人。其为乾隆十七年举人，曾任蒲城、盩厔知县，有诗文集《清绮轩初集》，剧本《百宝箱》《诗中圣》《双翠圆》合称《秋水堂传奇》。《百宝箱》写杜十娘的故事，源于冯梦龙小说；《诗中圣》写杜甫忧国忧民的精神及其与李白的友谊；《双翠圆》写浙江总督胡宗宪与名妓王翠翘平定海盗的故事。

曹锡黼（1727—1755）字诞文、旦雯，号菽圃，上海县（今属上海）人。其早岁得第，官行人司司副、员外郎，其他事迹无考，所著诗文词《碧鲜斋诗钞》《无町词余》等皆无全本传世，有剧本《桃花吟》一卷、《四色石》四卷，存国家图书馆。《桃花吟》据崔护《题都城南庄》演绎而成。《四色石》模仿《四声猿》结构撰写而成，分别是：《张雀网廷平感世》也叫《雀罗庭》，写翟廷尉罢职闲居，门庭冷落，张网捕雀以打发时光。后来官复原职，亲朋好友也回头了，奔走其门。《曲水宴》写王羲之、谢安、孙绰等曲水流觞的故事，受《兰亭集序》事迹启发而写人生感慨。《滕王阁》演绎王勃参与滕王阁聚会而显露才情的故事。《同谷歌》写杜甫于兵荒马乱之下生活困顿，寄居同谷，思念亲友，邻居馈赠酒菜，以慰流落悲苦之心。四个短剧各一折，取材有源头，叙述颇扼要。然仅有《雀罗庭》一种，舞台性较强。这些作品，实际上表现的是盛世之下的忧患意识，是寒士的心灵寄托。

周昂（1732—1801）字千若，号少霞，昭文（今江苏常熟）人。周昂少年好武，常与艺人交往，而科举不遂，乾隆三十五年（1770）举人，曾担任宣城司训。周昂精通音韵，亦能诗。著有传奇《玉环缘》《西江瑞》《咒鮁记》《两孝记》等。

钱维乔（1739—1806）字树参、季木、阿逾，号曙川，又号竹初、半园、半竺道人、半园逸叟、林栖居士等，武进（今江苏常州）人。钱维乔是乾隆二十七年举人，嘉庆间曾任浙江遂昌、鄞县知县。钱维乔与袁枚、洪亮吉等交往唱和，有《竹初文钞》六卷、《竹初诗钞》八卷及《竹初未定稿》传世。2018年崇文书局出版杜玄图、马振君点校之《钱维乔集》，用之甚便。传奇《碧落缘》演绎《孔雀东南飞》故事，哀婉动人。《鹦鹉媒》

传奇四十一出，故事源于蒲松龄《聊斋志异·阿宝》，演述孙荆与王宝娘的生死之恋，手法奇特，受到许多江南名士的赏识。《虎阜缘》又名《乞食图》传奇，写张灵与崔莹悲欢离合故事，并穿插唐伯虎等人的事迹，演出时曾轰动一时。

徐爔（生卒年不详）字榆村，号种缘子，吴江（今江苏苏州市吴江区）人。徐有杂剧《游湖》《述梦》《醒镜》《游梅遇仙》《痴祝》《虱谈》《青楼济困》《湖山小隐》《悼花》《原情》等十八种，合称《写心杂剧》，多取材于生活琐事演绎而成，另有传奇《镜光缘》一本传世。

石琰（生卒年不详）字紫佩，号恂斋，吴县（今江苏苏州）人。石琰雅好填词，相传所撰剧本不下二十种，今存五种：《天灯记》《忠烈传》《锦香亭》《酒家佣》《两度梅》，前四种合刻为《石恂斋传奇四种》

朱夰（生卒年不详），初名杏芳，字云栽，后更今名，号公放，又字山樵，号虋稗老人、药府外史、后离垢生、同群道人、小玲珑山人、浮玉北堂道人等，归安（今浙江湖州市吴兴区）人。朱夰精通金石篆刻，且诗才清隽，书画有奇气。寓居扬州时，与金农、郑燮等友善，名虽不列"扬州八怪"，诗词书画风格，颇为相类。传奇作品有《玉尺楼》《宝母珠》《鲛绡帐》。

石韫玉（1756—1837）字执如，号琢堂，吴县（今江苏苏州）人。石韫玉年十八，成秀才，乾隆五十五年（1790）中一甲一名进士，授翰林院修撰，历官重庆知府、山东按察使等，后因事被劾革职，朝廷念其旧劳，授编修。不久其引疾归，主讲尊经书院、紫阳书院二十余年。石韫玉著有《独学庐诗文集》《晚香楼集》《花韵庵诗余》《花间九奏》。《花间九奏》共九个短剧：《伏生授经》《罗敷采桑》《桃叶渡江》《桃源渔父》《梅妃作赋》《乐天开阁》《贾岛祭诗》《琴操参禅》《对山救友》，皆文坛佳话或诗文故事演绎。

陈烺（1822—1903）字叔明，号潜翁，别署云石山人，晚称玉狮老人，阳湖（今江苏常州市武进区）人。陈烺先有《仙缘记》《蜀锦袍》《燕子楼》《海虬记》四种传奇，名为《玉狮堂四种曲》，后又著《梅喜缘》《同亭宴》《回流记》《海雪吟》《负薪记》《错姻缘》六种，合刻为《玉狮堂十种曲》，分为前后二集。另有《悲凤曲》杂剧一种行世。

第十四章 近现代吴地诗文词与小说

当中国社会的性质发生改变，西方列强用现代武器强行打开中国大门的时候，文坛上的新旧更替，不仅在于文体与语言词汇，更在于创作意识与精神境界。吴地诗文词与小说创作，不唯紧随时代出现了近代书写，更有现代文坛化古为今的先行探索。新中国的文坛上，吴地文坛的时代赞歌与新故事讲述，亦在领先的阵营。

第一节　近现代吴地诗坛

鸦片战争以后的吴地诗坛，抵御外敌、救国图存的呼声，与社会改革、百姓生存的愿望同步呈现，是近代文坛一道不可忽视的景观。

一、贝青乔

贝青乔（1810—1863）字子木，号无咎，又自署木居士。吴县（今江苏苏州）人，晚清秀才，杰出的爱国诗人。鸦片战争爆发，投效道光皇帝侄子奕经军幕，参加浙东抗英斗争，写下《咄咄吟》一百二十首绝句。太平天国起义爆发后，先后加入浙西及安徽戎幕。同治二年（1863）应直隶总督刘长佑之聘，卒于途中，有《半行庵诗存稿》八卷。2013年上海古籍出版社出版马卫中、陈国安点校本《贝青乔集》，使用颇便。

贝青乔的诗多写亲身所历事实，具有丰富的现实内容。《过余姚县》《骆驼桥纪事》等，真切地记录了浙东地区的战事和被侵略军战火洗劫的惨象。《咄咄吟》一百二十首绝句，是反映奕经军幕及浙东军事的一组史诗。"从一定程度上讲，贝青乔的诗具有战斗的投枪和匕首作用"[1]。作者将在奕经幕中听睹所及，凡属军中重要举措及所历主要战事，无不摄入诗

---

[1] 严迪昌：《清诗史》，浙江古籍出版社，2002，第1046页。

中,深刻地暴露了清军内部种种不可解的怪相,特别是将领贪生怕死、庸懦愚昧、敲剥地方,致使民不聊生的现实,预示了清朝的覆灭。贝青乔的诗较少传统格调的拘束,风格平易,长于纪事,抒怀直接,骨力坚实,征战的经历与深邃的思虑相融合,为当时所罕见。如《赤津岭》:

> 日落无人境,停鞭借一椽。滩明流月碎,峰黑裹松圆。
> 凄绝猿声里,凉生虎气边。残黎家荡尽,何处哭苍烟。[1]

赤津岭位于浙江衢州龙游县南,而龙游位于浙江中部,可见侵略者的爪牙伸得有多远。经过英、法联军的烧杀抢掠之后,此处只剩下了流水呜咽、猿猴哀鸣。"无人",不是简单的境况,是侵略战争之后古老文明大地上的荒凉景象。

二、柳亚子与南社诗人

文学团体"南社",是在清末资产阶级革命浪潮即将到来之际成立的进步文人组织。它最初酝酿于1907年,正式成立于1909年,发起人为陈去病、高旭和柳亚子。南社成立的"雅集"大会上,十七人中,有十四人是同盟会成员。它以提倡民族气节相号召,响应民族民主革命,反对清王朝的种族压迫和专制统治。南社成立后,于1910年开始出版《南社》杂志,分文录、诗录和词录三部分。到1923年,共出版二十二集。1917年,又出版《南社小说集》一册。辛亥革命前南社社员有二百多人,辛亥革命后剧增至一千多人,是近现代文坛一支不可忽略的创作力量。其中的诗人、词人,更是文体变革前夕旧体诗词的主要作家。南社成立大会召开于苏州山塘街的张公祠,吴地也是南社的活动中心,大量作家亦生于斯,长于斯。

沈昌眉(1872—1932)字长公,号眉若,别署昂青,吴江(今江苏苏州市吴江区)人,与弟沈昌直均为清末民初诗词能手,入社号14。沈昌眉十三岁丧父,沈昌直仅三岁。母亲周孺人含辛茹苦抚育儿子,督促二子读书。十一年后,昌眉考中秀才,又四年,兄弟先后长成,慈母见背。宣统元年(1909),他与兄弟昌直发起建立分湖文社,同年由柳亚子介绍加入南社,在《南社》上发表诗文。沈昌眉曾在黎里小学任教,后到吴江师范学校任教。日军侵占吴江时,到芦墟杀人放火,沈宅被毁,沈昌眉的生平著作焚毁殆尽,现仅存《南社》中的部分诗文和《长公吟草》。1994年社

---

[1] 贝青乔:《贝青乔集:外一种》,马卫中、陈国安点校,上海古籍出版社,2013,第158页。

科学文献出版社出版《吴江沈氏长次二公剩稿》,辑存沈氏兄弟存世作品,研究者使用颇为方便。《一萼红·题颖若梁溪归棹图》:

> 数生平,不对床几载,便尔出门行。两地离怀,全家活计,中宵心绪交萦。况又是、长空雁叫,一声声,送与旅人听。春草吟哦,冬烘潦倒,秋叶飘零。　　最苦雨窗风幕,共药炉茗碗、独客凄清。松径犹存,蒲帆无恙,归欤百事都轻。只奈我暮年乞食,为啼饥弱小总牵情。那得儿时书味,重课寒镫。[1]

这是一首题画之作,既要显示画面的内容,又要揭示画面的蕴意,甚至写出读画的感受。根据题意,当是沈昌直在无锡教书,归来探亲。词中的寒酸景象,易使贫寒者产生共鸣。为了全家生计,他不得不远离亲人,漂流他乡,挣得蝇头小利,养活一家老小,生活的压力真是不小。而孤馆寒窗,凄惶他乡的滋味,除了自己知道,作为兄长的沈昌眉更加清楚。结句回忆少年生活,灯下读书,书味芬芳,那时,父亲尚在,岁月静好。

朱锡梁(1873—1932)字梁任,号纬军,别号君仇,吴县(今江苏苏州)人,以字行,入社号153。朱锡梁很有个性,积极参与反清活动,甚至不免荒唐有趣之事。1903年包天笑等人到狮子山"招国魂",朱锡梁就参与其中,且很积极。他们把中国看作一头睡狮,以求唤醒,在苏州狮子山上竖起白幡,名曰"招魂幡",上绘雄狮狰狞状,意谓睡狮已醒,将一吼惊人也。书年曰"共和纪元第四十六癸卯十月辛亥朔",用意就是不接受清朝的帝王纪年。后东渡日本,接受孙中山革命思想,加入同盟会。1909年南社成立,朱锡梁参加了苏州虎丘的第一次雅集。曾担任过吴县古物保管委员会委员、江苏省古物保管委员会委员等职。1932年在赴甪直公务途中,不幸遭遇沉船事故去世。有《草书探源》《词律补体》等。

朱锡梁的诗歌明显受唐人影响。柳亚子记载了南社第一次虎丘雅集中谈论诗歌的情景,在社友多崇尚宋诗的环境中,柳亚子崇尚唐诗,与众人辩论,"助我张目的只有朱梁任"[2]。《渡江》:

---

[1] 沈眉若、沈颖若:《吴江沈氏长次二公剩稿》,沈有美编,社会科学文献出版社,1994,第113页。
[2] 柳无忌编《南社纪略》,收入柳亚子文集编辑委员会主编《柳亚子文集》,上海人民出版社,1983,第14页。

> 风雨度瓜洲，离家事壮游。横刀征北虏，击楫立中流。
> 诗思军旗冻，乡情腊鼓收。饥寒浑不觉，九世有深仇。[1]

此诗遣词造句与诗境意绪，是中唐边塞诗的风格，但手法上还是有宋人的影子。尤其是诗歌中的典故使用，更有宋人风格。祖逖北伐，击楫中流的典故使用较多，为一般读者熟知。而"九世仇"的故事源于齐襄公为齐哀公报仇灭了纪国，事见《公羊传》，用者较少，比较冷僻，南宋诗人有此用典的取向。

陈去病（1874—1933）字病倩，号佩忍，别号巢南，入社号1，吴江同里（今属江苏苏州）人。他出身于商人家庭，有江湖任侠之气。最初受到康有为、梁启超维新思想的影响，倾向改良。后来转向革命，曾到上海、到日本参加中国同盟会活动，在南社成立前，他就是一个活跃的革命分子。组织过"神交社""秋社"等文学社团。又曾远到岭南进行革命活动。在辛亥革命和护法运动中，都作出了重要贡献。1923年起任国立东南大学（1928年改为中央大学，1949年改名南京大学）中文系教授，曾任江苏博物馆馆长等职，1933年病逝于故乡同里镇。2009年上海古籍出版社出版了《陈去病全集》，张夷主编，精装六册。同年，社会科学文献出版社出版殷安如、刘颖白整理的《陈去病诗文集》三册。2016年上海古籍出版社又出版了张夷标校的《浩歌堂诗钞》。诗作甚多，大多歌颂民族英雄、革命烈士和游侠剑客，抒发革命怀抱，感慨生平。气势豪迈而风格严谨，有时协调欠佳。《中元节自黄浦出吴淞泛海》：

> 舵楼高唱大江东，万里苍茫一览空。
> 海上波涛回荡极，眼前洲渚有无中。
> 云磨雨洗天如碧，日炙风翻水泛红。
> 唯有胥涛若银练，素车白马战秋风。[2]

在"云磨雨洗天如碧"下，诗人自注"烈日中忽遇阵雨"，说明是当时正常的天气变化。诗人自黄浦江出吴淞口，进入大海，是东渡日本途中。诗中听觉、视觉灵活运用，不仅有楼船大江，更有茫茫大海与滔天巨浪，与诗人激荡情怀内外呼应，显示了革命者的胸襟。《金陵杂诗》其一：

---

[1] 柳亚子主编《南社丛刻》第二册，江苏广陵古籍刻印社，1996，第1248页。
[2] 陈去病：《陈去病全集》，张夷主编，上海古籍出版社，2009，第73页。

> 帝京风物信繁华，故国邱墟亦可嗟。
> 欲向钟山去凭吊，午朝门外屡回车。[1]

"他读汉朝霍去病有所谓：'匈奴未灭，何以家为！'自己易名'去病'"[2]，可为此诗之注脚。

高旭（1877—1925）字天梅，以字行，别署剑公、钝剑、哀蝉、江南快剑、变雅楼主、残山剩水楼主人、家祖国者等，可见其对剑的钟爱，金山（今上海市金山区）人，入社号2。高旭出生在封建末世的书香门第，但接触到了新思想，是同盟会早期的重要成员，南社创始人之一。辛亥革命后，当选为众议院议员。后因被卷入曹锟贿选事件，抑郁而终。有《天梅遗集》。2003年，社会科学文献出版社整理出版了《高旭集》，用之甚便。

高旭诗多豪情有气势，长短句也如是。如《应天长》：

> 英雄宝剑佳人镜，未到用时须理整。沙场静，琼楼回，后日功名浑莫定。　　终南原有径，心史休投眢井，众醉屈垒独醒，问天天亦病。[3]

建功立业的愿望与对时局的迷惘交错在一起，故而想起了屈原的痛苦。屈原在众人皆醉的环境中欲拯救楚国，然而最终事情的发展与愿望背道而驰，只能问天。可悲的是，天也病了，没有答案。作者的焦虑与无奈，于此可见。《虞美人》：

> 沉吟夜半灯光绿，酒断愁还续。眼前相见且休言，记取华严楼阁现他年。　　风飘浪打雄心在，此担何时解。海天遥睇暮云深，一任狂涛东卷恨难禁。[4]

在近现代的社会变革中，高旭是积极参与者，创办报刊，组织社团，宣传进步思想。而所面对的，是清末严酷的政治环境。这首词，可见作者的开阔胸襟。

沈昌直（1882—1949）字次公，号颖若，吴江芦墟人，沈昌眉弟，入社号15。光绪二十六年（1900），年仅十八岁的沈昌直到黎里当塾师，与柳亚子为邻，柳亚子常来塾馆与昌直谈诗论文。后来，沈昌直到无锡第三师范

---

[1] 陈去病：《陈去病全集》，张夷主编，上海古籍出版社，2009，第91页。
[2] 郑逸梅编著《南社丛谈》，上海人民出版社，1981，第179页。
[3] 柳亚子主编《南社丛刻》第四册，江苏广陵古籍刻印社，1996，第2269页。
[4] 柳亚子主编《南社丛刻》第四册，江苏广陵古籍刻印社，1996，第2270页。

任教，研究许慎的《说文解字》，编成《文字源流》讲义。抗日战争前，沈昌直辞职回乡，在家设帐授徒。日军侵扰吴江，沈宅被日军放火烧毁，沈昌直所有藏书、稿本也化为灰烬，生活陷入困顿。光华大学教授钱基博曾邀请他到光华任教，被他婉言谢绝。沈昌直以笔耕授馆为生，直到终年。沈昌直长于诗，亦能画。《与内子纳凉谈国事》：

> 不遑絮絮问家常，国势如今大可伤。
> 一样豆棚瓜架底，这回闲话太悲凉。[1]

豆棚瓜架之下，本是清茶闲趣的地方。酷暑纳凉，应是闲话悠哉。夫妇相对，本该家长里短。然而，沈昌直夫妇所谈的，却是国事，而且是伤心的国事。具体为何，诗人没有明说，而诗人的经历已经说明，是军阀混战时期的国势危殆。

顾无咎（1893—1929）字崧臣、退斋，别号悼秋、灵云、老服、服媚、神州酒帝等，室名灵云别馆、服媚室等，吴江黎里（今属江苏苏州）人，入社号161。论年龄他比柳亚子年长，论辈分他是柳亚子表侄，堂兄弟辈中排行第十，柳亚子爱称他"十郎"。顾无咎脸面白皙，犹如敷粉，南社中人把他比作三国时何晏，称为"何郎"。何晏，字平叔，三国时曹魏玄学家，面白而粉嫩，如同敷粉。欧阳修《望江南》咏蝴蝶，有"身似何郎全傅粉"之句。顾无咎家中富有藏书，喜欢喝酒、听琴、观赏庭园小景，能绘画，能唱昆曲，擅长填词、吟诗、篆刻、书法，也善吹笛，好结交文人墨客，自称"平生交游，如柳亚子、胡朴安、王大觉、朱剑芒、周酒痴，狂人之酒也。叶楚伧、陆伯翔，酒人之酒也。沈剑霜、余十眉，诗人之酒也"，自己则在"狂人酒人之间"[2]。可见顾无咎早年着实豪情满怀。然辛亥革命的果实为袁世凯所窃取，紧接着是袁氏的倒行逆施，顾无咎只有长歌当哭，赋诗痛骂了。《醉后适有人持圭塘唱和集一卷投赠者，遂掷之地并占五十六字呈南社诸子》：

> 长醒何如长醉后，我虽醉矣愈于醒。
> 轮囷肝胆醪空泻，摇落河山月半荧。
> 宝剑不曾诛贼桧，神州拼使泣新亭。

---

[1] 柳亚子主编《南社丛刻》第七册，江苏广陵古籍刻印社，1996，第5131页。
[2] 郑逸梅编著《南社丛谈》，上海人民出版社，1981，第244页。

愤来掷碎圭塘稿，便欲从军出井陉。[1]

虽然酒醉，心里清醒，不会做无聊之事。看到无聊之人拿来无聊之诗集，极为气愤，只好痛骂。整首诗气势连贯，胸中怒气、豪气，腾跃于诗句之间，是对袁世凯的愤慨，也是对国事的忧虑与激愤。袁世凯并不擅长诗，居然有人将他的所谓诗歌编辑抄传，名曰《圭塘唱和集》，幻想得到诗界名流的题咏然后印行，顾无咎绝不为之。

柳亚子（1887—1958），原名慰高，字安如，自改名柳弃疾，字稼轩，号亚子，吴江黎里（今属江苏苏州）人，入社号3。他和陈去病同邑，思想经历也相近。最初也受康、梁维新运动的影响，后来转向革命。1903年，柳亚子加入中国教育会，到上海进入爱国学社，认识章炳麟（太炎）、邹容等革命家，革命思想就此确定。1906年，他参加中国同盟会和光复会，1907年游上海，便与陈去病、高旭等酝酿南社。1909年南社成立后，他做了很多实际工作，表现了更多的热情。此后，柳亚子曾任孙中山总统府秘书、国民党中央监察委员、上海通志馆馆长。"四一二"政变后被通缉，逃往日本。1928年回国，进行反蒋活动。抗日战争时期，柳亚子参与抗日民主活动，曾任中国国民党革命委员会中央常务委员兼监察委员会主席、三民主义同志联合会中央常务理事、中国民主同盟中央执行委员。1949年9月，出席中国人民政治协商会议第一届全体会议。中华人民共和国成立后，柳亚子曾历任中央人民政府委员、全国人大常委会委员等，与毛泽东主席有诗词唱和。柳亚子一生创作宏富，诗词作品7200余首存世，有《柳亚子自传年谱》《磨剑室诗词集》《南社纪略》等，并编纂了《南社丛刻》《苏曼殊全集》等。

柳亚子早期的诗，缅怀民族英雄，追悼革命烈士，揭露晚清的黑暗，抒发革命理想，表现出旺盛的革命热情。辛亥革命的胜利果实被篡夺之后，他也不像南社的许多诗人消沉颓丧，而是敢于批判革命党人对袁世凯的妥协，并对后来军阀混战极为愤恨。如《孤愤》：

> 孤愤真防决地维，忍抬醒眼看群尸？
> 美新已见扬雄颂，劝进还传阮籍词。

---

[1] 柳亚子主编《南社丛刻》第七册，江苏广陵古籍刻印社，1996，第5215页。

> 岂有沐猴能作帝？居然腐鼠亦乘时。
> 宵来忽作亡秦梦，北伐声中起誓师。[1]

柳亚子愤怒地斥责了袁世凯的窃国行径，也狠狠地鞭挞了无赖文人"美新"的卑劣。袁世凯当上大总统之后，确实有些文人为他歌功颂德，俨然如同西汉末年颂扬新莽政权一样，令人不齿。诗人与陆游一样，梦中也要北伐，豪情可见一斑。又如《题〈张苍水集〉》：

> 其一
> 起兵慷慨扶宗国，岂独捐躯为故主？
> 二百年来遗恨在，珠申余孽尚披猖。
> 其二
> 北望中原涕泪多，胡尘惨淡汉山河。
> 盲风晦雨凄其夜，起读先生正气歌。
> 其三
> 廿年横海汉将军，大业蹉跎怨北征。
> 一笑素车东浙路，英雄岂独郑延平？
> 其四
> 延津龙剑沈渊久，出匣依然百炼钢。
> 抱缺守残亦盛德，心香同爇谢余杭。[2]

诗人对张煌言参与抗清斗争的勇气极为敬佩，对张煌言失败牺牲的悲剧无比哀痛。诗人赞美张煌言的豪情，敬重他视死如归的气概，是颂扬民族脊梁，也是对国家民族希望的呼唤。

柳亚子是诗人，也是近现代杰出的词人，其词既有历史的纵深，亦有忧虑国事的凝重。如《虞美人·题稼轩祠》：

> 霸才青兕兵家子，读破书千纸。河山半壁误英雄，赢得雕虫余技擅江东。　唐宫汉阙荆榛遍，苦恨铜驼贱。华夷倒置总堪忧，未请长缨孤负汝吴钩。[3]

---

[1] 柳无非、柳无垢主编《柳亚子诗词选》，人民文学出版社，1981，第32页。
[2] 中国革命博物馆编《磨剑室诗词集》，收入柳亚子文集编辑委员会主编《柳亚子文集》，上海人民出版社，1985，第22页。
[3] 柳无非、柳无垢主编《柳亚子诗词选》，人民文学出版社，1981，第199页。

读书写诗固然风雅可人,然山河破碎,神州陆沉之际,雕虫小技不能挽救民族的危亡。唯有长缨吴钩,迎击来犯之敌,方不至于铜驼荆棘。

叶楚伧(1887—1946),原名宗源,字卓书,出生于吴县(今江苏苏州)一个书香门第。楚伧是他从事新闻工作时所用的笔名,《南社丛刻》中署名叶叶,入社号32,是著名的南社诗人,政治活动家。叶楚伧"状貌魁梧,有幽燕气,为文却很秀丽"[1],大约与北宋末年词人贺铸有些相似。早年他加入中国同盟会,参与辛亥革命。此后,长期担任国民党官员和政府高官,并主要从事报刊编辑工作。叶楚伧能诗文,有《世徽楼诗稿》《楚伧文存》等。1988年上海三联书店出版了《叶楚伧诗文集》。诗歌创作多历史感慨。《梦吴江行》中,表达了诗人对明清之际吴江抗清英雄的追怀,烘托了诗人反清和参加资产阶级革命的雄心壮志。《金陵杂咏》诸篇,将历史的变迁与人事成败结合,是作者历史观的体现。《题莫愁像》绝句四首:

其一
六朝金粉旧班头,夫婿当年第一流。
战罢君王新赐酒,凯旋胜利按歌喉。

其二
君臣同在胜棋楼,眼底江山一局收。
天赐佳名成福谶,南朝天子枉无愁。

其三
徐王千古媲韩王,山水钱塘愧建康。
一样英雄儿女事,金山桴鼓负梁娘。

其四
楼外湖光接帝诚,青山红袖两钟情。
夕阳桃叶无人渡,一着佳人便著名。[2]

金陵佳丽地,故事千千万。诗人再三咏,对面难见山。从六朝到南明,有多少事令人唏嘘,又有诸多雅故后世追怀。比如当时南明弘光政权,实力还是相当可观,可是并未善加利用,将平定中原当作首要事务。而在六朝金粉之地,更是歌舞升平,浑然不知敌军已经兵临城下。诗人严

---

[1] 郑逸梅编著《南社丛谈》,上海人民出版社,1981,第111页。
[2] 柳亚子主编《南社丛刻》第一册,江苏广陵古籍刻印社,1996,第619页。

厉批判了只知享乐而不知忧患的小朝廷，又写出了历史演变的无情。

朱剑芒（1890—1972），原名朱长绶，改名慕家，字仲康，号剑芒，后以剑芒名行世，笔名太赤、古狂等。吴江黎里（今属江苏苏州）人，入社号437。早年曾协助表叔陈申伯创办平民小学，资助贫苦子弟读书。后加入南社，具体时间难以确定，应在南社成立之初。平民小学因经费困难而停办，他转而在县内各小学任教，赴上海任教也有数年。其因支持学生运动，遭到迫害，被迫离开教职，转任世界书局编辑，以编辑《三民主义国文读本》驰名，于古籍考订颇有成就。1951年，经柳亚子介绍，朱剑芒到常熟任教。历任常熟政协副主席、人大代表，为市政建设和教育文化事业做了大量的工作，1972年病逝于常熟，有《复泉居士诗文集》《剑庐词存》《南社诗话》《我所知道的南社》等，是研究南社的原始资料。其编纂的《美化文学名著丛刊》搜集十一篇作品，为研究者提供了方便。朱剑芒的诗歌主张与柳亚子相似，但更注重学问。《感怀》《春暮至梅花堰途次口占》等作品中，诗人在展开对历史回顾的同时，表达了对未来的期望。

沈次约（1902—1932）字剑霜，一字剑双，号秋魂，以字行。吴江黎里（今属江苏苏州）人，入社号553。沈次约天资颖慧，在家乡有神童之称，容貌秀美而文质彬彬。父亲早亡，家道中落，二十来岁就开馆授徒为业。沈次约曾在上海文生氏英文补习学校学过英语，曾翻译英国拜伦的诗歌，中文与英文都亲手缮写，字迹秀丽。而为诗歌，亦与其性格相似，多咏景物，如《春日杂诗》《题柳亚子汾湖旧隐图》等，风格颇不类其字号。《吴地道中》：

> 身世浑如春水活，心情堪比野云闲。
> 遥看数点青螺峭，知是江南第几山。[1]

诗人以事事不关己的心态，游赏于山水之间。诗中的江南山峦，居然是"峭"，可见应是苏州西南太湖之滨的山岭。

第二节 近代的吴地散文与小说

一些南社诗人关注国事民生的同时，也有一些吴地学者对于西方自然

---

[1] 柳亚子主编《南社丛刻》第七册，江苏广陵古籍刻印社，1996，第5229页。

科学和社会管理的有益经验投去了欣赏的目光,并在著述中介绍评价,扩充了文学的写作对象。其中,冯桂芬的文学与思想无疑是比较突出的。

一、学者散文家冯桂芬

冯桂芬(1809—1874)字林一,号景亭,吴县(今江苏苏州)人,晚清思想家、学者、散文家。曾师从林则徐,是林则徐的得意门生。道光二十年(1840)进士,授编修。少工骈文,中年后肆力古文,尤重经世致用之学。太平天国定都南京,冯桂芬在苏州兴办团练,为清王朝收复松江府诸城,升右中允,然赴京任职一年即告归。咸丰十年(1860)太平军占领苏州,他逃到上海,参与组织由江浙官绅和英、法、美等国领事组成的会防局,又为苏南官绅写信向曾国藩求援,促使曾国藩派李鸿章率淮军至上海攻打太平军,并参加了李鸿章幕府。清军夺取苏、常后,他请李鸿章奏减苏南田赋。后冯桂芬主讲金陵、上海、苏州等地的书院,是改良主义先驱人物之一,主张洋务运动的"中体西用",强调学习西方先进科技为我所用,一定程度接受资产阶级思想,著有《校邠庐抗议》《说文解字段注考证》《显志堂稿》《弧矢算术细草图解》《西算新法直解》等。

冯桂芬的文章,长于持论,不为浮词,以政论文成就最高,往往思虑周详,议论精细,《校邠庐抗议》四十篇最为突出。冯桂芬在文学主张突破桐城派的樊篱,扩大"道"的蕴含,不仅仅是孔、孟、程、朱的"道统",经济社会、兵马钱粮、水利农事,皆可在文章中出现。《复庄卫生书》:

> 蒙读书为文三四十年,所作实不少。而才力荼靡不能振,天实限之,亦何敢侈口论文?顾独不信义法之说。窃谓文者,所以载道也。道非必"天命""率性"之谓。举凡典章制度,名物象数,无一非道之所寄,即无不可著之于文。有能理而董之,阐而明之,探其奥赜,发其精英,斯谓之佳文。

> 故长于经济者,论事之文必佳,宣公奏议,未必不胜韩、柳;长于考据者,论古之文必佳;贵与考序,未必不胜欧、苏。文之佳者,随其平、奇、浓、淡、短、长、高、下,而无不佳。自然有节奏,有步骤,反正相得,左右咸宜,不烦绳削而自合。称心而言,不必有义法也;文成法立,不必无义法也。

> 反是言之,魏叔子为昭代名家,而序梅氏《历算全书》,不知所云;梅伯言亦近时能手,而序郝氏《尔雅义疏》,开口便错。无他,强以所不知,

困于所不能也。以彼其文,岂不周规折矩,尺步绳趋?佳乎否乎?惟碑版之作,前贤成式具在。身处后代,不宜偭规矩而改错。故金石不妨言例,而他文不可言法。於乎!诂经者以例说《春秋》,而《春秋》晦,必非游、夏一堂之论也;为政者以例治天下,而天下乱,必非唐、虞、三代之法也。操觚者以义法为古文,而古文卑,必非先秦、两汉之作也。瞽论如是,借求是正。如有以发我蒙固,所愿闻耳。执事躬仪黼黻,王路驰驱。际兹国步艰难,方当拨乱反正。别有经天纬地之大文,为同谱光荣,又岂仅区区翰墨为勋绩邪![1]

这是冯桂芬写给庄卫生的复信,也是一篇书信体文论。所论"典章制度,名物象数,无一非道之所寄,即无不可著之于文。有能理而董之,阐而明之,探其奥赜,发其精英,斯谓之佳文",提出了冯氏对文章内容的要求,也阐明了评价文章的标准。文中批评了桐城古文派的"义法"说,提出了"称心而言,不必有义法也;文成法立,不必无义法也"的见解。同时,冯桂芬提出了文体的继承与发展的关系,这对当时解放文体,改革文风起了促进作用。所以,《复庄卫生书》是近代文学批评史上不可忽略的文论名篇。

二、鸳鸯蝴蝶派小说与徐枕亚

晚清社会即将进入动荡转型阶段,在文学创作中最明显的变化就是文人最先向灵魂深处解剖,为最为敏感最为柔弱的部分安排一个可以依托的地方。于是,遁迹山林寻求归隐者有之,谈玄说道求仙问佛者有之,寻求爱情放飞灵魂者有之。适度,则成为一时的创作潮流;过分,很快会淹没在历史长河中。在晚清及稍后的小说界,鸳鸯蝴蝶派的兴起就是一个实例。鸳鸯蝴蝶派源于俞达及其狭邪小说《青楼梦》。俞达(?—1884)字吟香,号慕真山人,常州(今属江苏)人,出身书香门第,性格豪放,嗜酒而好狎妓。中年看破红尘,意欲出家,因事未能遂愿。于是,继续沉湎酒色,患上中风去世。《青楼梦》叙述书生金挹香流连秦楼,娶五位妓女进门,与她们情爱缠绵,乐在其中,最后升仙而去。这样的举动,不仅违背了封建礼教,亦不符合公序良俗和人伦天理,焉得善果。

---

[1] 冯桂芬:《显志堂稿》卷五,收入《续修四库全书》第1535册,上海古籍出版社,2002,第586页。

鸳鸯蝴蝶派发端于20世纪初叶的上海。因多写才子佳人成双成对故事，有如鸳鸯蝴蝶而得名。作家众多，前后有二百余人，分散在江苏、浙江、安徽、江西一带，后来集中到上海、天津、北京等几个大城市。此群体无严密组织，难以称之为一个创作流派，只是一股创作潮流，可以看作是才子佳人小说潮流的一种延续。作品内容驳杂，有艳情、哀情、社会、黑幕、娼门、家庭、武侠、神怪、军事、侦探、滑稽、宫闱、公案等类别。最盛时期在辛亥革命至五四运动之间。一般认为，这是一个病态消极的文学流派。但其中有些作家如包天笑、周瘦鹃、张恨水等，也曾写过有积极意义的作品，如《玉梨魂》《广陵潮》《江湖奇侠传》《啼笑因缘》等。苏州常熟人徐枕亚的《玉梨魂》，无疑是此类小说的典型。阿英说鸳鸯蝴蝶派的形成，"固有政治与社会的原因，但确是承吴趼人这个体系而来"[1]，分析吴趼人《劫余灰》的写情，对这一潮流的影响，也是探其一源。而当时各种出版机构及刊物如"小说林社"、《月月小说》等的刊登传播作用，也不可忽视。在大量写手与广阔市场的共同作用下，鸳鸯蝴蝶派遂风靡一时。

徐枕亚（1889—1937），初名觉，字枕亚，别署徐徐、泣珠生、东海三郎等，常熟（今属江苏）人，近现代小说家，南社社员。早年就读于常熟虞南师范学校，经史之学根基扎实，作诗填词均佳，早年在常熟任教谋生。1912年初，应自由党领袖周浩之聘，与吴双热（《孽冤镜》作者）及胞兄徐天啸同赴上海，并为《民权报》编辑，《玉梨魂》小说即创作于其间，刊布于该报文艺副刊，一鸣惊人，旋即以单行本行世，前后重版三四十次，风行海内外，并被搬上了银幕，由此奠定了徐枕亚鸳鸯蝴蝶派领袖的地位。《民权报》被袁世凯政府强行停刊后，徐枕亚进入中华书局任编辑，1914年改任《小说丛报》主编，因《玉梨魂》备受欢迎，遂将其改为日记体，取名《雪鸿泪史》，在该刊连载，也深受欢迎。后因《小说丛报》报社内部发生意见分歧，徐枕亚于1918年离开该报，自办清华书局，创刊《小说季报》。中年家遭不幸，两次亡妻，加之清华书局营业甚差，百事皆灰，徐枕亚江郎才尽，借酒浇愁，作品渐趋稀少，最后关闭书局，回归故里，衣食无着，穷愁潦倒。1937年11月，日军攻占常熟，徐枕亚抱病逃难

---

[1] 阿英：《晚清小说史》，人民文学出版社，1980，第176页。

至杨园乡下，不幸病逝。

徐枕亚是诗词能手，善书法，擅长骈体文，而以小说名世。其小说不仅以哀感顽艳著称，常以四六文渲染环境，描写人物形象，也是其小说语言显著特点，对鸳鸯蝴蝶派的形成和发展产生过相当大的影响，从而使徐枕亚成为该派的一面旗帜。其著作除《雪鸿泪史》《玉梨魂》外，尚有长篇小说《余之妻》《双鬟记》《让婿记》《兰闺恨》《刻骨相思记》《秋之魂》等十余部，另有杂著《枕亚浪墨》四集、《无聊斋说荟》、《情海指南》、《挽联指南》、《近代小说家小史》及《悼亡词》一百首、《杂忆》三十首、《鼓盆遗恨集》等，此外还编有《无名女子诗》《谐文大观》《广谐铎》《锦囊》等。

《玉梨魂》是一部以骈文为主的书信体小说，需要一定的古文基础和闲情逸致，方能明白。其读者群，应是有闲情有经济能力又有文化的人士，尤其是女性。而小说中的情爱缠绵，正好满足了这些女性替代式的情感享受。因而连载在《民权报》副刊上，使报纸的销量飙升。以至于清末状元刘春霖的女儿沉颖读了小说之后，得知徐枕亚丧妻未久，从北京寻到上海，要嫁与徐枕亚，后经樊增祥说合结为夫妻。但悲剧的是，刘沉颖是有现代意识的女性，而徐母则是老封建，婆媳颇为对立。而徐枕亚在上海工作，没有将妻子带在身边，终致刘沉颖郁郁寡欢，不幸离世。徐枕亚痛失两任贤妻，心情郁闷，身体也就日渐衰弱，事业也渐渐毁灭，终于惨淡而归。

小说《玉梨魂》里，男主角是何梦霞，女主角是一个哀怨美貌的寡妇叫白梨影。何梦霞才气过人，教书认真。白梨影则会写一手艳词，别有思绪，清冷独眠之夜望月兴叹。两人白天拘束礼节，不能交往，只能暗中书信往来。而传信的人就是何梦霞的学生，也就是白梨影的儿子鹏郎。这种热恋，既有月下琴挑的激动，也有隔墙相思的愁苦，更有冲破藩篱的力量，是对封建伦理的公然挑衅。但在封建礼教的重压下，白梨影不敢再嫁，何梦霞忧愁憔悴。为了慰藉自己的最爱，白梨影将自己的小姑筠倩介绍给何梦霞。然而，何梦霞仍然暗恋着可望而不可即的白梨影，使得无辜的筠倩也因此郁郁寡欢而亡。后来白梨影也染上时疫病故，何梦霞含悲忍痛东渡日本学习军事。辛亥革命时何梦霞回国，在攻占武昌的厮杀中阵亡，结束了充满相思之苦的人生。

小说的素材，源于作者自己的生活片段，故而真切可感。因为徐枕亚曾在无锡西仓镇蔡姓的乡绅家担任教师，年轻寡妇也确有其人，所以小说写得十分哀艳动人，情节也曲折多变。受到《玉梨魂》启迪，大量情节类似、质量参差的作品问世，成就了一个鸳鸯蝴蝶派，这是徐枕亚预料不到的。

李定夷（1892—1963）字健卿，别署墨隐庐主，早期作品有《鸳湖潮》《霣玉怨》等。吴绮缘（1899—1949），名惜，字绮缘、起原，有《冷红日记》等。还有程小青、孙玉声、秦瘦鸥等，均是吴地鸳鸯蝴蝶派中有影响的作家。

第三节　现当代吴地文苑

部分吴地文人关注社会改良，也有部分文人希冀儿女成双。社会的进步与人类的发展，是吴地文人关注的重大课题。柴米油盐、衣食住行、山水风烟、文化教育等意象，在吴地文人的笔下，也有辉煌的再现。尤其是现当代社会发展进入加速度状态，新气象的呈现与新故事的叙写，既是社会的需要，也是文人的责任。吴地的写手，有着与时代一致的步伐。

一、刘半农

刘半农（1891—1934），本名寿彭，后改名复，字半侬，又改半农，号曲庵，江阴（今属江苏）人，新文化运动的先驱、文学家、语言学家、教育家。刘半农的人生虽然短暂，但经历极为丰富，参加过辛亥革命，当过专业作家。不到三十岁，刘半农成为北京大学法学预科教师，参与《新青年》的编辑，推动新文化运动的发展。刘半农一度留学英、法，从事语言学研究，回国后担任北京大学国文系教授，讲授语音学等课程。1934年，刘半农病逝于北京。有《扬鞭集》《瓦釜集》《半农杂文》传世。刘半农的随笔杂文思绪纷繁，岭断云连，往往文末数语，方是用意所在。他的新诗作品，大多富有生活情调，甚至乡土色彩。如《山歌》：

郎想姐来姐想郎，同勒浪一片场浪乘风凉。姐肚里勿晓的郎来郎肚里勿晓的姐，同看仔一个油火虫虫飘飘漾漾过池塘。[1]

---

[1] 刘半农：《刘半农与他的诗》，济南出版社，2017，第64页。

用吴语读起来，温馨缠绵，很有画面感。

二、叶圣陶

在中国现代文学史上，有一个重要的文学团体——文学研究会，是新文学运动中最早成立，影响和贡献也最大的文学社团之一，由周作人、蒋百里、郑振铎、沈雁冰、孙伏园、郭绍虞、朱希祖、王统照、瞿世英、耿济之、叶绍钧、许地山等十二人发起，其中的叶绍钧，就是著名教育家、文学家叶圣陶。

叶圣陶（1894—1988），原名叶绍钧，字秉臣、圣陶，苏州人，现当代文学家、教育家、出版家和社会活动家。曾担任教育部副部长、人民教育出版社社长兼总编、中央文史研究馆馆长、民进中央主席、全国政协副主席等职，是第一、二、三、四届全国人大代表，第五届全国人大常委会委员，对新中国的文化教育事业作出了重要贡献。

早在20世纪20年代，叶圣陶就发表了童话作品《小白船》，这是他的第一篇童话，表达的是"爱"和"善"的生活理想。《一粒种子》，是叶圣陶又一篇饶有意趣的童话作品。写了一粒非常特别的种子，全世界仅有这一粒。但奇特之处还不止这个，还有这种子的遭遇。国王、富翁、兵士都拥有过它，但都没有种植成功。到了农民手里，种到了庄稼地里，它发了芽，开了花。并不是国王、富翁、兵士等人对种子照顾得不好，相反，他们对种子的关心无微不至。然而，这些过于关切的措施，反而违背了种子生长的规律。农民就不一样了，该耕地就耕地，该松土就松土，完全顺应了种植的规律，所以种子就发了芽，开了花。《旅行家》虽是童话作品，却是蕴含生活道理的作品。叶圣陶的童话作品尚有《含羞草》《玫瑰和金鱼》《月亮姑娘的亲事》《快乐的人》《古代英雄的石像》《稻草人》等。《稻草人》以稻草人的目光，审视惨痛的世情及不同人的悲惨遭际。然而稻草人对于人间的悲剧，却无能为力，最终只能在内疚感与无力感的交织中倒在田间。

叶圣陶的小说创作，批判与同情共存，暴露与彷徨同在。在小说集《隔膜》《火灾》《线下》《城中》《未厌集》中，有社会的阴暗面，更有作者对生活的无奈叹息。叶圣陶唯一的一部长篇小说《倪焕之》，描绘了社会变革大潮中苦闷的青年倪焕之的人生经历，明显有作者自己的生活痕迹。特别是倪焕之作为小学教师，尝试教育改革等事项，说明叶圣陶此时亦在探索社会进步的途径。

作为我国现代文学的巨擘,叶圣陶的散文文笔细腻,描绘生动,表达清晰,极有吸引力。如中学课本中的《苏州园林》,从构境到建筑,从花草树木的布局到假山、水池、小桥的设计建造,描写面面俱到,读之如畅游苏州园林。又如《无味之味令人心醉的莼菜》中的片段:

> 向来不恋故乡的我,想到这里,觉得故乡可爱极了。我自己也不明白,为什么会起这么深浓的情绪?再一思索,实在很浅显的:因为在故乡有所恋,而所恋又只在故乡有,就萦系着不能割舍了。譬如亲密的家人在那里,知心的朋友在那里,怎得不留恋?怎得不怀念?但是仅仅为了爱故乡么?不是的,不过在故乡的几个人把我们牵着罢了。若无所牵,更何所恋?像我现在,偶然被藕与莼菜所牵系,所以就怀念起故乡来了。[1]

其实,作者思念的莼菜,只是一个引子,真正思念的,是家乡,是亲人。此篇,写出了抹不去的乡关记忆。

三、周瘦鹃

周瘦鹃(1894—1968),原名周国贤,苏州人。现当代杰出作家,翻译家,年轻时是鸳鸯蝴蝶派的重要作家。曾任第三、四届全国政协委员,江苏省人大代表,苏州市博物馆名誉副馆长等职。周瘦鹃的作品,主要有短篇小说《亡国奴日记》《祖国之徽》《南京之围》《卖国奴日记》《亡国奴家里的燕子》等。中华人民共和国成立之后,周瘦鹃出版了散文集《行云集》《花花草草》《花前琐记》《花前续记》等。周瘦鹃的作品版本甚多,各种选辑、精编、珍藏版等十余种,各有特色。作品单行本数十种,主题集中。2011年文汇出版社整理出版了《周瘦鹃文集》四册,收集基本全备,阅读甚便。

> ……蜀葵原产西蜀,别名戎葵、吴葵,又名卫足葵,因为它的叶片倾向太阳,遮住了根部,所以称卫足。叶片很大,像梧桐又像芙蓉,而花朵很像木槿。
>
> ……蜀葵易于繁殖,子落在地,第二年就会发芽生长,并且开出花来,因此园林中到处都有,并不稀罕,而历代诗文中,却给它以很高的评价。……[2]

---

[1] 叶圣陶:《家住苏州》,商金林编,上海三联书店,2021,第190页。
[2] 周瘦鹃:《莳花志》,浙江文艺出版社,2020,第136—137页。

翻开《莳花志》可以发现，周瘦鹃笔下的这些花草，在日常生活中常见，并非名贵品种。有些花草，常人叫不上名字，在这里可以得到知识的补充。而其中的蜀葵，俗称端午花或端阳花，因为它开花的时间多在端午前后，花期也较长，有三个月以上。重要的是，它对生长环境，并没有什么要求，却能够长得枝干壮实，花色艳丽，花瓣妖娆多姿。蜀葵可以长得很高，所以又称"一丈红"。因为它的鲜艳、持久、朴实、坚韧，而且可以入药，因此文人关注，多作诗词赞美。简短的文字，写出的是蜀葵的颜色形态和文化精神蕴含。作者对其如此钟爱，也就可以理解了。

四、沈祖棻

沈祖棻（1909—1977）字子苾，笔名绛燕、紫曼、苏珂，1909年1月29日出生在苏州大石头巷中的一个封建大家庭里。因与父母长期分别，沈祖棻在祖母的呵护下长大，并受到浓厚的家庭文化熏陶。因此，在考取中央大学商学院一年后，转入文学院学习。毕业后继续深造，考入金陵大学国学研究班。研究生毕业后即遇上日本发动了全面侵华战争，沈祖棻流亡各地，从事教学，讲授诗词，并在安徽屯溪与相恋数年的程千帆完婚。随后的数十年间，沈祖棻经历了战乱、流浪、离别、失业、重病等折磨，直到中华人民共和国成立之后，重上讲台，任教于原江苏师范学院，后转入南京师范学院任教。1956年，调入武汉大学任教，时程千帆任教于武大，夫妇终于团聚。此后，又经历了一段特殊的严酷岁月，就在美好的日子到来之际，沈祖棻教授探亲返回武汉，不幸遭遇车祸去世。

作为现代杰出的诗人、词人，沈祖棻教授一生中，承受了常人难以承受的苦难，也有着常人难以达到的坚毅个性与开阔境界。沈祖棻教授去世之后，程千帆教授为爱妻整理文稿，1979年将二人共同编纂的《古诗今选》先行刊印。此后，河北教育出版社、凤凰出版社和陕西师范大学出版社先后出版发行。是书"引言"作于1977年4月，是一部浓缩的中国诗歌史，勾勒了古典诗歌发展的清晰脉络。此后，程千帆先生将沈祖棻遗稿整理编辑，以惠后学。从2000年起河北教育出版社陆续出版了第一卷《涉江诗词集》，第二卷《微波辞（外二种）》（《辩才集》《书札拾零》），第三卷《唐人七绝诗浅释》，第四卷《唐宋词赏析·读诗偶记》。

沈祖棻是当代杰出的女词人，但没有闺阁词人的幽怨与缠绵，更多的是对家国灾难忧患的关注；沈祖棻是白话体新诗格律化的先驱，主张白话新诗与旧体诗艺术上的融通与衔接;沈祖棻是紧跟时代步伐的作家,小说中再现了战乱年代的灾难与痛苦;沈祖棻更是杰出的学者,《宋词赏析》一改前贤的评点提示,通过对作品全篇解读实现与词人的灵魂沟通。《临江仙》其二:

> 经乱关河生死别,悲笳吹断离情。朱楼从此隔重城。衫痕新旧泪,柳色短长亭。　明日征程君莫问,丁宁双燕无凭。飘零水驿一星灯。江空菰叶怨,舷外雨冥冥。[1]

在沈祖棻的少女年代,苏、皖一带虽然相对平静,但战乱也时常发生。而她读书、成长并进行诗词创作的时候,恰是中华民族遭受巨大灾难的岁月。这首词写于作者流落皖南期间,分明可见一颗凄婉流浪的心在流血,孤寂而迷惘。然而,国难当头之际,却又有诸多醉生梦死之徒沉湎于灯红酒绿之间。《浣溪沙》:

> 剩舞残歌尚未休。齐云更莫起高楼。好留西北望神州。　南渡衣冠非故国,新亭涕泪误清流。蜀山相向夕阳愁。[2]

字面上来看,这首词写于抗战时期的大后方,透露出女词人的忧国情怀与犀利目光,担忧时局的同时,亦有词人对历史的检讨与对现实的批判,风格上更近于李清照的《渔家傲》。当然,宁静的环境中,沈祖棻也有着对自然的热爱,对幸福的追求,甚至也有敏感的思绪与惆怅。《临江仙》:

> 楼外阴晴未定,尊前哀乐难排。今年花落旧池台。残春鹃自怨,芳讯燕还猜。　缄恨玉珰休寄,障羞纨扇新裁。同心谁道不须媒。明珠空换泪,香篆易成灰。[3]

五、钱锺书与杨绛

钱锺书(1910—1998),原名仰先,字哲良,后改名锺书,字默存,号槐聚,曾用笔名中书君,无锡人,现代文史学家、翻译家、作家。钱锺书十岁入东林小学,后在苏州桃坞中学、无锡辅仁中学完成中学学习,十九

---

[1] 曹辛华编纂《全民国词》第一辑,浙江古籍出版社,2018,第1537页。
[2] 曹辛华编纂《全民国词》第一辑,浙江古籍出版社,2018,第1627页。
[3] 曹辛华编纂《全民国词》第一辑,浙江古籍出版社,2018,第1598页。

岁被清华大学录取。1933年于清华大学外语系毕业后,到上海光华大学任教。1935年,与杨绛完婚,然后同赴英国留学。1938年,钱锺书被清华大学聘为教授,次年转赴国立蓝田师范学院(1984年改名湖南师范大学)任英文系主任,1941年任教于震旦女子文理学校。1945年抗战结束后,钱钟书任暨南大学外文系教授,兼南京中央图书馆英文馆刊《书林季刊》编辑。1949年,回到清华任教,1953年调到文学研究所工作。"文化大革命"期间,钱锺书受到冲击,学术研究和文学创作搁置多年。1972年回到北京,学术研究巨著《管锥编》逐渐完善,并于1979年出版。钱锺书退休前,曾担任中国社会科学院副院长。

钱锺书的文学作品,主要有《围城》和《写在人生边上》。而《谈艺录》《宋诗选注》《管锥编》等著作,体裁上虽是读书笔记或作品选,自《周易》到《全隋文》各有涉及,但文笔优美细腻,也是颇有理趣的学术散文。

钱锺书《人·兽·鬼》中的《上帝的梦》《猫》《灵感》《纪念》四篇作品,不论语言或情节,与20世纪30时年代内地小说家作品,都是有些差异的。但长篇小说《围城》中塑造的方鸿渐形象,在那个年代也不是个别,或许正是作者生活中有几位熟悉的人有相似的情况,被钱锺书捏合成了方鸿渐。

杨绛(1911—2016),本名杨季康,无锡人,中国著名作家、翻译家。1935年与钱锺书结婚,成为终身的学术伉俪、文学伉俪。2004年人民文学出版社出版《杨绛文集》八卷,二百五十万字,洋洋大观。其中一至四卷为创作部分,第一卷收长篇小说《洗澡》及七篇短篇小说。第二、三卷收散文。第四卷中的《称心如意》《弄假成真》两部戏剧作品,颇有意味。后四卷是译文部分,其中的《堂·吉诃德》被认为是最好的中文译本。

六、金曾豪等吴地当代文坛名家

陆文夫(1928—2005),原籍江苏泰兴,曾任苏州文联副主席、中国作家协会副主席等。陆文夫早年毕业于苏州中学,后就读于苏北盐城华中大学。毕业后在苏北解放区参加革命。1949年渡江回到苏州,任新华社苏州支社采访员、《新苏州报》记者。1955年开始走上文学创作之路,次年发表短篇小说《小巷深处》,一举成名。后调江苏省文联从事专业创作,不久下放农村、工厂劳动,直至1978年才返苏继续从事专业创作,并主编《苏州》杂志。是第六、七、八届全国人大代表，江苏省作协主席。五十年文学生涯中，陆文夫在小说、散文、文艺评论等方面都取得了卓越的成就，他以《献身》《小贩世家》《围墙》《清高》《美食家》等优秀作品饮誉文坛，深受中外读者的喜爱。

金曾豪，笔名田家玉，1946年生，常熟人，出生、成长于江南小镇的中医世家，1965年毕业于江苏省常熟中学。早年是常熟练塘建筑队会计，卫生院会计、药剂员。从事文学创作后，担任过练塘文化站站长、常熟市文化局创作室主任、苏州市作家协会副主席、常熟市文联副主席。有长篇小说《青春口哨》《魔树》《狼的故事》《苍狼》，中短篇小说集《小巷木屐声》《九命树》《迷人的追捕》《黑豹奇遇》《秘方秘方秘方》《独狼》等。中年以后，有感于一代少年精神迷惘的现象，金曾豪想以生动有趣的文学作品引导儿童的精神和心理向着健康阳光的方向成长，遂转向儿童文学作品的创作，获得过中国作家协会第二、三、四、六届全国优秀儿童文学奖。《迷人的追捕》获全国新时期优秀少儿文艺读物一等奖。金曾豪的作品还获得中宣部全国"五个一工程"奖、国家图书奖、全国新时期优秀少儿文艺读物奖、陈伯吹儿童文学奖、冰心儿童图书奖和紫金山文学奖等奖项。

范小青，1955年生，苏州人。1978年初考入江苏师范学院中文系学习，毕业后留校从事文艺理论教学工作。1985年初调入江苏省作家协会从事专业创作。2010年当选江苏省作家协会主席，现任江苏省作家协会名誉主席。2019年7月，获第二届吴承恩长篇小说奖。同年11月，其《角色》获得第三届钟山文学奖诗歌诗评类作品奖。主要作品还有《裤裆巷风流记》《百日阳光》《老岸》《变脸》《一个人的车站》《桂香街》《到平江路去》等。

何建明，1956年出生，常熟人，著名报告文学作家，代表作有《中国高考报告》《国家行动》《共和国告急》《南京大屠杀纪实》。

叶兆言，1957年生，祖籍苏州，现为江苏省作家协会副主席、南京市作家协会主席，主要作品有长篇小说《一九三七年的爱情》《花煞》《别人的爱情》《刻骨铭心》，散文集《流浪之夜》《旧影秦淮》《杂花生树》《陈年旧事》等。

荆歌，1960年生，苏州人，居住吴江。1976年高中毕业后，在照相馆工作。1978年进入苏州师范专科学校学习，毕业后曾在吴江的多所中学任教。1988年调吴江文化馆创作部工作，开始小说创作。有长篇小说《枪毙》《鸟巢》《爱你有多深》和小说集《八月之旅》《牙齿的尊严》等。现为江苏省作家协会专业作家。

陶文瑜（1963—2019），苏州人，曾任《苏州》杂志副主编，中国作家协会会员。早年从事诗歌创作，在《诗刊》《星星》《诗歌报》等省以上报刊发表诗歌三千余首。后从事散文创作，在《人民文学》《散文》等报刊发表散文作品二百余万字，为二十八集纪录片《苏州史记》撰文学剧本与解说词。2019 年 12 月 3 日不幸病逝。

苏童，本名童忠贵，1963 年生，苏州人，1980 考入北京师范大学中文系，现为北京师范大学教授。1983 年起发表作品。1988 年小说《妻妾成群》颇受欢迎，后被改编成电影《大红灯笼高高挂》。作品以财主陈佐千的家庭为中心，描绘妻妾、丫头之间的各种较量及陈府的生活情状，可以说是宫斗大戏的镜子。2015 年，苏童的长篇小说《黄雀记》获第九届茅盾文学奖。短篇小说《茨菰》2010 年获第五届鲁迅文学奖。中篇小说《红粉》《罂粟之家》《三盏灯》，长篇小说《米》《我的帝王生涯》《河岸》，短篇小说《西瓜船》《拾婴记》《白雪猪头》等，业内颇多称许。

车前子，原名顾盼，1963 年生于苏州，现居北京，新时代诗人。1983 年，《青春》第四期刊发了车前子的组诗《城市雕塑》《以后的事》《三原色》《井圈》，附有创作谈《我说我的诗》，对于扩大朦胧诗的影响有一定作用。其散文随笔集《明月前身》《手艺的黄昏》《偏看见》等，颇受好评。2018 年获第五届朱自清散文奖。

叶弥，原名周洁，1964 年生，苏州人，中国作家协会会员，中国作家协会第九届、第十全国委员会委员，江苏省作家协会理事，苏州市作家协会副主席。有中短篇小说集《成长如蜕》《钱币的正反面》《天鹅绒》等，《香炉山》获第六届鲁迅文学奖短篇小说奖。

涂海燕，1965 年 5 月生于江苏海安，南京大学中文系毕业后到苏州工作。1980 年起，在海内外多种报刊发表诗作千余首，获得 2003 年首届滇池文学奖等奖项，系第三代诗人及"他们"诗派代表诗人之一。

戴来，1972 年 10 月生，苏州人，中国作家协会会员。出版长篇小说《练习生活练习爱》《爱上朋友的女友》《甲乙丙丁》等多部，另有小说集《亮了一下》《把门关上》多种及随笔集《我们都是有病的人》《将日子折腾到底》等。

第十五章 吴地民间文学

吴地的文学盛况，不仅存在于吴地文人的华彩文章中，也体现在吴地的无名之辈及他们所创造的繁盛的民间文学中。言及民间文学，似乎与文人的文学创作有着明确的界限而并行不悖。其实，民间文学与文人创作，颇有关联。仅在吴地，陆龟蒙和冯梦龙等作家的作品中，即有印证。

第一节　吴地民间传说

民间传说一般按照内容区分为人物传说、历史事件传说和地方风物传说。苏州大学出版社 2000 年出版的金煦所著《苏州传说》，介绍甚详。20 世纪 80 年代以后，在无锡、常州、湖州、嘉兴等市，对民间传说或民间故事的搜集整理，成果斐然。以常州为例，因历史悠久，传说甚多，已经搜集的民间故事及传说，有近七千则。其他地方，也大致如此。

吴地的人物传说故事内容丰富，涉及面极广，主要有神仙传说、文人传说、巧匠名医传说、帝王将相传说、侠义英雄传说、政治历史人物传说、地名山水与物产传说等。如苏州就有许多关于宗教、历史文化名人、名医等的传说，民间流传甚广。节序民俗之形成，亦与传说契合，顾禄《清嘉录》言之甚详。再如关于康熙、乾隆两位君王南下的故事，不仅传说详细，甚至还有遗迹留存。两千五百多年的时间跨度，涉及的历史事件从泰伯奔吴、干将铸剑、苏州建城、吴越争霸、忠王善政到近代名流，不胜枚举。尤其是文化界人士的故事，如唐寅、祝允明、张灵、文徵明等的事迹中，既有科考失利的叹息，也有诗酒书画的潇洒，更多"点秋香"式的风流，将历史上真实存在的悲剧式人物传成了花样百出的戏剧形象。今天的苏州，依然有干将路、莫邪路、张果老巷等地名，正源于生动的民间传说。此类传说，往往同样的故事，会发生在不同的地方。起源于何处，已经很难考索。某些情节,已然成为文人创作的素材。如吴山五通的传说,就被蒲松龄收进了《聊斋志异》之中。

生公说法,顽石点头的传说:

苏州虎丘有一块平坦的巨石,相传就是晋末竺道生讲经的地方,民间传说"生公说法,顽石点头"故事就发生在这里。生公即竺道生,本姓魏,是巨鹿(今河北平乡西南)人,迁居彭城(今江苏徐州),祖上多为官而善良。道生年幼时聪明异常,有很强的领悟力,然无意仕途,信奉佛教。后来,道生遇到了竺法汰,皈依了佛门,并以竺为姓。一度住庐山,研读佛经和修行长达七年。后云游四方,讲经说法,对《大般泥洹经》多有发挥阐释。竺道生到苏州虎丘讲经,当时听他讲经的人很多,大约有一千个人就都坐在这块石头上,这块大石头就叫作"千人坐"。由于生公说法影响极大,遭到南方士大夫的排挤,于是他们将这些听经人全部赶走了,不准再来听经。生公对此并不灰心,对着听经人留下的垫坐石讲经,他讲了三天三夜,口干舌燥,当他讲到一切恶人皆能成佛时,其中有一块石头突然之间向他微微点头示意,仿佛是说我大彻大悟了,这块石头就是现在池中所看到的一块点头石。生公说法时正值严冬,但池中的白莲花却都竞相开放了,池水也涨满了,所以有"生来池水满,生去池水空","生公说法,顽石点头,白莲花开"的说法。

寒山与拾得的传说:

寒山、拾得本是唐代富有传奇色彩的人物,史料记载也多有龃龉,或说生活在初唐,或说生活在中唐,相去百年,一般认为是唐睿宗年间的高僧。传说两人是文殊菩萨与普贤菩萨的化身。两人的灵异故事很多,多是演绎而成。"国清寺僧厨中有二苦行曰寒山子,曰拾得,多于僧厨执爨,爨迄,二人晤语,潜听者多不体解。亦甚狂颠,纠合相亲,盖同类相求耳"[1]。寒山子善诗文,后人辑为《寒山子诗集》。拾得,本是弃儿,由方丈携入天台山国清寺为僧,故取名为"拾得",与寒山是好友,能诗,后人辑其诗附于《寒山子诗集》中。又,"寒山子者,不知其名氏。大历中,隐居天台翠屏山。其山深邃,当暑有雪,亦名寒岩,因自号寒山子。好为诗,每得一篇一句,辄题于树间石上。有好事者,随而录之,凡三百余

---

[1] 赞宁:《宋高僧传》卷十九,范祥雍点校,中华书局,1987,第483页。

首,多述山林幽隐之兴,或讥讽时态,能警励流俗。桐柏徵君徐灵府,序而集之,分为三卷,行于人间"[1]。

在苏州的传说中,将寒山与寒山寺联系起来,也是民间的一种再创作。因为,寒山寺远远早于寒山,初建于南朝梁天监年间。后毁坏,是寒山到此修行,重建寺庙。唐玄宗时禅师希迁(700—790)在此基础上扩建,题额曰"寒山寺"。

金圣叹的传说:

关于金圣叹,苏州有不少传说故事,均生动有趣,显示了金圣叹的性格,而文人的记载,也有各种版本。相传哭庙事件发生后金圣叹被捕,押往南京,在临行前,他写了封信,内容很简单,说黄豆和咸菜同吃,大有胡桃味道。或者记录成花生米与豆干同嚼,大有火腿味。还要儿子广传此方,勿秘之。写完装信封里,在信封上写了一行字说是给大儿子看的,就是说谁看了,谁就是他的大儿子。狱卒不敢传出来,交给了长官。长官打开一看,是这么一封信,就转交给金圣叹的儿子,丝毫没有想到自己被金圣叹捉弄了。据说问斩的时候,他要求喝酒,说砍头是天下第一痛事,喝酒是天下第一快事。喝完酒砍头,是痛快。相传行刑之后,金圣叹的耳朵里各掉出一个纸团。刽子手打开一看,只见一张纸上写了个好字,另一张纸上写了个疼字。事情未必真实,但符合金圣叹的个性。更重要的是,百姓在传说的过程中,表达了对清初统治者残酷高压政策的不满。对于江南奏销案,清朝统治者也意识到做得太过,所以此事,官方史书绝不记载。详情可参看徐珂《清稗类钞》,有1984年和2010年中华书局版本。

苏州的历史事件传说很多,大凡与重要的历史人物相关的事件、奇人奇缘奇冤的重大事故,都会在民间得到加工流传。苏州盛传的"探花不值一文钱",则明显充满悲慨酸楚。

清兵入关后,通过十几年的征战,终于完成了全国的统一。但江南地区的反抗意识,并没有消除。所以,清廷在江南地区实行了比明代更为严厉的钱粮征收政策。征收的数额直接与官府的业绩挂钩,所以官府催逼极紧。可是,由于征收钱粮的数额超出了这一带的承受能力,拖欠在所难免。由于在政治上民众也还未完全忘怀明王朝,也不能排除少数人有能力

---

[1] 李昉等编《太平广记》卷第五十五,中华书局,1981,第338页。原书全为句号,标点为作者加。

完税但故意拖欠。清政府为了裁抑缙绅特权和压服江南地主，便借口抗粮，制造了奏销案。此案最初只限于无锡、嘉定两县，至顺治十八年（1661）夏乃扩张至四府一县。根据巡抚朱国治的造册上报，清廷将凡是欠粮者，不问是否大僚，亦不分欠数多寡，在籍缙绅除名，秀才、举人、进士之类，凡钱粮未完者，皆被革去功名，现任官员降两级调用。受到处罚的有一万三千多人。其中，不少人被逮捕，械送刑部议处。太仓探花叶方蔼欠一钱，亦被革去功名，故民间有"探花不值一文钱"之说。吴伟业、徐乾学、徐元文、韩炎、汪琬等江南缙绅、著名文人几乎全部被网罗在内。继之，清廷又乘大灾之后民不聊生之际，一次性征收十年租税，使江南缙绅豪强受到沉重打击，平民百姓生存状况更是惨不忍睹。实际上，江南三大案均是统治者有意而为之，目的在于摧毁江南人民的反抗意识，成为清廷的顺民。但杀戮过多，株连太广，负面作用太过明显，故而以后清廷讳言此事，官书没有记载。

关于地方风物传说，苏州也是有很多精彩的故事。如"苏空头"的传说，相传是说苏州人不实在，说空话。据说，以前有一个苏州人，对一个财主极为奉承。经常对财主表达忠心，还说就是为了财主去死，也是心甘情愿的。一天，财主生病了，医生看过后说病得很重，一般的药已经无法治疗，必须用活人脑髓配药，才能有效。财主家人们到处想办法，但无处可得。财主忽然想起了这个苏州人，便派家人立即将这个苏州人叫来，对他说明了要求。这人一听大惊，说使勿得，我们苏州人从来没有脑子。这话的意思就是说我们苏州人脑子里是空的，什么都没有，后来"苏空头"便流传开来。现在，还有不少人说苏州人是"苏空头"，意思也引申为只会说大话，说空话，不实在。"苏空头"的另一个版本，是说苏州人造房子砌墙，竖砌砖头，中间是空的，以节约砖头，就是瓦工说的灌斗墙。从建筑学上来说，这样的墙体不及扁砌墙牢固，很容易打穿。但事实是，很多老房子的墙体不是单墙，而是增加了百分之五十的厚度，即一墙半。内部砖块套叠，对泥瓦匠的技艺有相当高的要求。

轧神仙传说：

轧神仙是苏州的一个传统节日，据说每年农历四月十四是吕洞宾的生日。这一天，在皋桥会有神仙出现，如果有幸撞见，就会幸运一整年。消息传开，人们信以为真，以后每年就形成了这样一个固定的集会。届时，吴地的各种表演、各种小吃、各种花花草草都将一并拿出来交流分享，场面煞是热闹。

其实吕洞宾是唐代历史上真实存在的人，但不是苏州人，是河中府（今山西永济）人，原名吕岩，字洞宾，道号纯阳子，道教丹鼎派祖师，成了民间信仰中很有影响的神仙。苏州阊门内东中市与西中市交界的下塘有神庙奉祀吕祖，俗称神仙庙。据说吕洞宾生日那天要化身乞丐、小贩等，混在人群之中济世度人，因而逢此盛日每个人都可能是他的化身，轧到他身边，就会得到仙气，交上好运，这样你挤我挤的，叫作"轧神仙"。

轧神仙原先只是民间宗教活动，后来变为一年一度的盛大庙会。届时，神仙庙附近小摊林立，各色小吃、工艺品、花鸟虫鱼，应有尽有。由于原来的地方实在太小，拥挤不堪，苏州市政府为保留这个民俗节日，修复了神仙庙，重建了南浩街，将轧神仙的地点转移到南浩街。目前，南浩街已成为苏州传统风味小吃、特色食品、民间工艺品、日用小商品及花鸟虫鱼、古玩绣品等"苏"味极浓的市井文化集萃地，承载了历代苏州的民间传说和历史故事的南浩十八景，吸引了众多中外游客，是苏州旅游的新热点。还有关于铁拐李与狮子林的传说，也很有趣。在苏州众多的园林中，狮子林的假山最出名，游人到此，一旦进入假山山洞之中，往往会迷路，绕不出去，即使同伴近在咫尺，也只闻其声而不见其人，须找到正确的路径才能会合。不要说是凡人，就连仙人铁拐李也曾经为这里的假山所困，并输了一盘棋，留下了棋盘在此并保留至今。

假虎丘真剑池说法：

虎丘是苏州著名的名胜古迹，剑池旁石壁上有"虎丘剑池"四个大字，相传是唐代著名书法家颜真卿所书。很多年后，"虎丘"两个字逐渐湮没，到了明代，苏州太守马之骏命令著名的石刻大师章仲玉将"虎丘"二字重新镌刻，但在后人看来，总觉得"虎丘"二字没有"剑池"二字写得好，不是很符合颜真卿的风格，所以有"假虎丘真剑池"之说。另一个说法是，"剑池"二字销蚀极少，保留了原有的模样，但"虎丘"二字剥蚀严重，是苏轼模仿颜体书写而成。又有传说称"假虎丘真剑池"暗示着阖闾墓的秘密，因为剑池的东西两壁悬崖陡立，是天然形成的，而虎丘的后山则是人工用土垒建而成，目的就是掩盖吴王阖闾的墓。

第二节 吴地民间歌谣

吴地的民间歌谣,与吴地的传说具有同样悠久的历史,自吴地出现社会形态,就已经出现,只是由于年代久远,文字书写不够普及,很多没有流传下来。苏州如此,太湖流域的湖州、常州、无锡乃至嘉兴、松江等,也是如此。到了汉代,因为《乐府诗集》的编订,有些吴地歌谣得以保存下来。而相关史书中的零星记载,也是功不可没。如《吴越春秋》中记录的民歌,即便是越歌,也与吴歌一样,是《吕氏春秋》上说的"南歌"的组成部分。何况"吴之与越也,接土邻境,壤交通属,习俗同,言语通"[1],民间歌谣内容风调较为一致。今见诸史载的最明确吴歌是《吴越春秋》中伍子胥引用的《河上歌》:"同病相怜,同忧相救。惊翔之鸟,相随而集。濑下之水,因复俱流",是典型的吴歌,实际与当时中原地区流行的诗歌体裁完全一致。今学者主张将后四句断为两句,则成为"惊翔之鸟相随而集,濑下之水因复俱流",并不符合先秦时期四言诗流行的状况。而无论是《弹歌》《越人歌》或《河上歌》,均可看作是吴地民间歌谣的先驱。秦汉以后的吴地民间歌谣,从城镇到乡村,不仅作品数量多、质量好,也得到了足够的重视。从《乐府诗集》到《中国芦墟山歌集》等,吴歌的搜集、编辑、出版,成就斐然。大致概括一下,吴地民间歌谣的主要内容,是爱情婚姻、生产劳动、生活情趣与社会问题。其中,涉及爱情婚姻和生产劳动的民歌数量最多,情趣最浓。

早年的吴歌,被《乐府诗集》收录于"清商曲辞"中,有作品 400 余首,其中两晋、宋、齐时期有《子夜歌》四十二首和《子夜四时歌》七十五首,《华山畿》二十五首,《读曲歌》九十四首,主要是对婚姻爱情的咏叹,多以女子口吻演唱。如"始欲识郎时,两心望如一。理丝入残机,何悟不成匹"[2],即是对爱情的渴望。得到爱情之后,女子极为珍惜,"打杀长鸣鸡,弹去乌臼鸟。愿得连冥不复曙,一年都一晓"[3]。1926 年、1928 年,北京大学和国立中山大学分别印行了《吴歌甲集》《吴歌乙集》,

---

[1] 陆玖译注《吕氏春秋》,中华书局,2011,第 864 页。
[2] 郭茂倩:《乐府诗集》第四十四卷,中华书局,1979,第 641 页。
[3] 郭茂倩:《乐府诗集》第四十六卷,中华书局,1979,第 675 页。

1990年上海文艺出版社再版了《吴歌甲集》，收录了存世传唱的主要吴歌作品，对吴歌的保存极有意义。而后由于社会形势的变化，民间能歌者大多不敢演唱，更谈不上集体对歌或进行山歌竞赛了。随着江海湖荡之间的民间歌手纷纷老去，搜集、整理吴地山歌殊为困难。庆幸的是在吴地山歌主要集中歌唱的地方，都进行了这样的努力，终于明确了吴地山歌的六个主要传唱基地：白茆、白洋湾、石湾、芦墟、双凤、河阳。

常熟白茆山歌，传唱于今常熟与太仓之间，以白茆镇为中心。2002年上海文艺出版社出版了常熟文化局与文化馆编辑整理的《中国·白茆山歌集》。常熟白茆是鱼米之乡，勤劳的人们在劳动中的感受、希望、怨艾、爱情，都在不知不觉中被演唱出来。白茆山歌是吴歌系统的组成部分。

白洋湾山歌，承载着白洋湾地区人民群众丰富的情感寄托和对幸福生活的向往，对本土历史文化传统有着独特的见证和认识价值。但随着农耕传统逐渐被现代生活取代，山歌演唱也几近灭绝。为此，当地成立了白洋湾山歌会工作小组，在搜集、采录山歌的过程中，发现了徐招娥、韩兴根、陈巧娥、顾凤珍等一批健在而能歌的山歌歌手，搜集、记录、整理了二百六十余首山歌。

石湾山歌，也是江南水乡特有的产物。2013年苏州大学花千玲的硕士学位论文《常熟沙家浜石湾山歌研究》，是目前对石湾山歌最系统的研究。石湾是常熟沙家浜镇的旧名，原属于唐市镇的一个村，由自然村落发展为大镇。石湾村田多人少，居民世代务农，在农耕劳作中，通过编唱山歌丰富生活，自娱自乐，口耳相传，历经千年。石湾"是名副其实的山歌村"[1]，石湾山歌体裁形式多样，有引歌、盘歌、地名歌、时政歌、节令歌、长工歌、情歌、传说故事歌等，其中以劳动歌和情歌最为丰富，流传最为广泛：如《结识私情亲浪浪》："结识私情亲浪浪，买块绢头送郎君。小白绢头四朵花，朵朵花里有私情。"[2]感情热辣激越而不失礼法，符合乡村姑娘追求爱情的气度。总体上说，石湾山歌风格上委婉细腻，含蓄缠绵，情真意切，演唱的细微处甚至有昆曲韵味。

芦墟山歌，分布于今苏州市吴江区原芦墟镇和环汾湖四周的乡镇及沪浙毗邻地区的乡村。芦墟山歌始于明，盛于清，题材广泛、内容庞杂，主

[1] 张建强主编《沙家浜石湾山歌集》，上海文化出版社，2011，第3页。
[2] 张建强主编《沙家浜石湾山歌集》，上海文化出版社，2011，第167页。

要包含劳动歌、仪式歌、生活歌、历史传说歌、儿歌、杂歌、新民歌等，其中以情歌居多。1982年，由张舫澜、马汉民、卢群搜集整理的长篇叙事山歌《五姑娘》，填补了汉族长篇叙事山歌的空白，引起了国内外的轰动。

长期以来，芦墟演唱山歌的歌手大都是生活在社会底层的贫苦农民、渔民，他们在插秧、耥稻、罱泥、踏车、收割、摇船、采菱、捕鱼等劳动中，边干活边唱山歌，用以抒发内心的情感，又可消除疲劳，调节精神体力。2004年5月上海文艺出版社出版的《中国·芦墟山歌集》，就有已从民间收集到的短山歌一千多首，长山歌十部，全书共一百一十八万字。芦墟山歌以它悠久的历史，众多的歌手，广阔的传唱地域，丰富的作品蕴藏，在我国民间歌谣领域独树一帜。特别是长篇叙事山歌《五姑娘》，堪与壮族的《刘三姐》、彝族的《阿诗玛》相媲美。《五姑娘》的传唱，南到浙北，西到无锡、常州，东濒大海，北达长江，各地传唱的故事情节甚至人名有所不同，但基本剧情一样。民间还有一种演唱简本，是用十二个月的花名形式把《五姑娘》的故事提示一下，有一百多行。浙江作家顾锡东将之改编并搬上越剧舞台，让恋情占据了较多的分量。而芦墟山歌《五姑娘》原版本是长篇叙事山歌，是悲剧，从恶兄杨金大虐待亲妹妹四姑娘和五姑娘的家庭悲剧，演绎到官府草菅人命的社会悲剧，其思想艺术价值极高。《五姑娘》传唱的是真实故事，就发生在芦墟汾湖北岸、三白荡边的方家浜杨家。《五姑娘》在清道光、咸丰年间已经创作成型，今传本是据著名山歌歌手陆阿妹演唱记录而成。原唱作品有四千多行，今《中国·芦墟山歌集》中收录的《五姑娘》已经经过整理，保留了一千六百多行。1984年江苏人民出版社出版了单行本《五姑娘》，也是经过整理，保留有二千九百多行。故事被"改编成苏剧、锡剧、歌舞剧、电视剧、连环画等多种形式"[1]。

芦墟山歌具有非常高的历史价值，反映了作品产生时期的政治、经济、文化状况，是一部在民间广泛传唱、典籍上寻找不到的生动史册。同时，芦墟山歌还是研究社会学的珍贵资料。芦墟山歌的艺术价值在于，它来自民间歌手的口耳相传，是千锤百炼的精品，直到今天，现代作家仍能从中能吸取丰富养料，得到有益的借鉴。

[1] 金煦等编著《中国·芦墟山歌集》，上海文艺出版社，2004，第157页。

双凤山歌,是吴歌的一脉。太仓双凤是著名的歌乡,在东晋南朝时期,双凤山歌就逐步繁荣起来,元末得到了较大的发展。相传元末双凤玉皇阁道士周道禄善写清唱歌词,其词有腔、有韵,颇为动听,流传于民间,丰富了民歌。明清时期,出现了许多优秀的作品。明嘉靖年间,以魏良辅为首的戏曲音乐家,改良昆山腔时,曾从双凤山歌中吸取不少音乐素材。

与石湾山歌、白洋湾山歌一样,双凤山歌主要演唱生产生活中的有关事项。形式上有小山歌和大山歌之分。小山歌结构简单、音域适中、易学易记,是山歌中最基本的一种。内容上,主要有劳动歌、情歌、生活歌和历史传说歌等,可以是独唱,也有对唱、和唱,以独唱居多。大山歌演唱形式比较复杂,是一种以集体组合轮唱或一唱众和为主的对歌形式。双凤山歌以双凤为中心,用双凤方言演唱,山歌较多地反映了双凤地区劳动者的心声。

河阳山歌是今张家港南部凤凰镇河阳山一带的山歌,是千百年来劳动人民自己创造的原生态歌谣。其以凤凰镇为传承中心,分布在河阳山周边地区,是典型的江南水乡山歌,由于位于纯农耕圈内,很少受外来文化的影响而独立存在,得以传承下来,是过去农人自娱自乐的重要形式,具有鲜明的地方特色。在行舟、车水、栽秧、打场和挑担等劳动过程中引吭高歌的形式,代代相传,现代依然如此。今张家港市在河阳山西麓建有河阳山歌馆,已经成为旅游景点。

与芦墟山歌、石湾山歌等不同的是冯梦龙搜集的《山歌》和《挂枝儿》,第十章中已有介绍。对于苏州民歌的搜集和保存,冯梦龙有着特殊的贡献。需要注意的是,冯梦龙搜集、整理并刊行的《山歌》和《挂枝儿》,其传唱范围或者说采集范围,有一定的地域局限性,远远不能涵盖吴地民歌的体式、蕴意与风格。

当然,吴地民间文学品类丰富,远不止传说故事和民歌。小戏及各种曲艺等,亦广受欢迎,作品数量多到难以统计。另外,吴地名胜古迹、名人故居及各处景点的楹联题字等,优雅工整,文学性极强。这些,都需要吴地文学的研究者予以关注,若能进行专题研究,亦甚合理。

征引书目

阿英:《晚清小说史》,人民文学出版社,1980。

白居易:《白居易集》,顾学颉点校,中华书局,1979。

北京大学古文献研究所编《全宋诗》,北京大学出版社,1991。

贝青乔:《贝青乔集:外一种》,马卫中、陈国安点校,上海古籍出版社,2013。

毕沅:《续资治通鉴》,嘉庆六年刻本。

蔡嵩云:《乐府指迷笺释》,夏承焘校注,人民文学出版社,1981。

曹操:《魏武帝集》,收入张溥辑《汉魏六朝百三名家集》,江苏古籍出版社,2002。

曹辛华编纂《全民国词》,浙江古籍出版社,2018。

曹旭:《诗品集注》,上海古籍出版社,1994。

曹雪芹、高鹗:《红楼梦》,岳麓书社,1987。

陈邦瞻:《宋史纪事本末》,中华书局,1977。

陈璧著,江村、瞿冕良笺证《陈璧诗文残卷笺证》,上海古籍出版社,1984。

陈去病:《陈去病全集》,张夷主编,上海古籍出版社,2009。

陈去病:《五石脂》,甘兰经等校点,江苏古籍出版社,1999。

陈寿:《三国志》,岳麓书社,1990。

陈田:《明诗纪事》,收入《续修四库全书》,上海古籍出版社,2002。

陈廷焯:《白雨斋词话》,杜维沫校点,人民文学出版社,1983。

陈衍辑撰《元诗纪事》,李梦生校点,上海古籍出版社,1987。

陈寅恪:《柳如是别传》,上海古籍出版社,1980。

陈子龙:《陈子龙全集》,王英志编纂校点,人民文学出版社,2011。

陈子龙:《陈子龙诗集》,施蛰存、马祖熙标校,上海古籍出版社,1983。

褚人获：《坚瓠集·补集》，收入《笔记小说大观》，江苏广陵古籍刻印社，1983。

戴冠：《濯缨亭笔记》，收入《续修四库全书》，上海古籍出版社，2002。

邓广铭：《稼轩词编年笺注》，上海古籍出版社，1978。

邓之诚：《清诗纪事初编》，上海古籍出版社，1984。

董诰等编《全唐文》，中华书局，1983。

杜登春：《社事始末》，收入张潮等编《昭代丛书》，上海古籍出版社，1990，影印本。

杜甫撰，仇兆鳌注《杜诗详注》，中华书局，2015。

杜牧：《樊川文集》，上海古籍出版社，1978。

杜文澜辑《古谣谚》，周绍良校点，中华书局，1958。

范成大：《范石湖集》，富寿荪标校，上海古籍出版社，1981，2006。

范成大：《吴郡志》，江苏古籍出版社，1999。

范纯仁：《范忠宣集》，收入《文渊阁四库全书》，台湾商务印书馆，1986，影印本。

范晔：《后汉书》，中华书局，1974。

范志新编年校注《徐祯卿全集编年校注》，人民文学出版社，2009。

范仲淹：《范仲淹全集》，李勇先，王蓉贵校点，四川大学出版社，2002。

方苞：《方苞集》，刘季高校点，上海古籍出版社，1983。

方良：《钱谦益年谱》，中国书籍出版社，2013。

房玄龄等：《晋书》，中华书局，1974。

冯班：《钝吟集》，收入《清代诗文集汇编》，上海古籍出版社，2011。

冯班：《钝吟余集》，收入《清代诗文集汇编》，上海古籍出版社，2011。

冯桂芬：《显志堂稿》，收入《续修四库全书》，上海古籍出版社，2002。

冯梦龙：《古今小说》，上海古籍出版社，1992。

冯梦龙：《警世通言》，岳麓书社，2019。

冯梦龙：《醒世恒言》，丁如明标校，上海古籍出版社，1992。

冯舒:《默庵遗稿》，收入《清代诗文集汇编》，上海古籍出版社，2011。

高启:《高青丘集》，金檀辑注，金澄宇、沈北宗校点，上海古籍出版社，1985。

龚明之:《中吴纪闻》，收入《丛书集成初编》，中华书局，1985，影印本。

龚贤疏证《〈剧说〉疏证》，江西教育出版社，2015。

顾笃璜:《昆剧史补论》，江苏古籍出版社，1987。

顾苓:《塔影园集》，华东师范大学出版社，2014。

顾禄:《清嘉录》，来新夏点校，上海古籍出版社，1986。

顾嗣立编《元诗选》，中华书局，1987。

顾炎武著，王蘧常辑注《顾亭林诗集汇注》，吴丕绩标校，上海古籍出版社，1983。

顾炎武:《顾亭林诗文集》，华忱之点校，中华书局，1983。

顾震涛:《吴门表隐》，江苏古籍出版社，1999。

归庄:《归庄集》，上海古籍出版社，1984。

《汉书》，乾隆武英殿刻本。

何文焕辑《历代诗话》，中华书局，1981。

洪亮吉:《洪亮吉集》，刘德全点校，中华书局，2001。

洪迈:《夷坚志》，何卓点校，中华书局，1981。

洪兴祖:《楚辞补注》，白化文、许德楠、李如鸾、方进点校，中华书局，1983。

胡晓明，彭国忠主编《江南女性别集五编》，黄山书社，2008。

胡晓明、彭国忠主编《江南女性别集初编》，黄山书社，2008。

胡震亨:《唐音癸签》，上海古籍出版社，1981。

皇甫汸:《皇甫司勋集》，收入《文渊阁四库全书》，台湾商务印书馆，1986，影印本。

黄秩模编，付琼校补《国朝闺秀诗柳絮集校补》，人民文学出版社，2011。

黄景仁:《两当轩集》，李国章标点，上海古籍出版社，1983。

黄宗羲:《黄宗羲全集》，浙江古籍出版社，2012。

惠洪：《冷斋夜话》，陈新点校，收入惠洪、朱弁、吴沈《冷斋夜话 风月堂诗话 环溪诗话》，中华书局，1988。

计六奇：《明季南略》，伍道斌、魏得良点校，中华书局，2006。

嘉庆《直隶太仓州志》，清嘉庆七年刻本。

江苏师范学院历史系、苏州地方史研究室整理《瞿式耜集》，上海古籍出版社，1981。

蒋一葵：《尧山堂外纪》，吕景琳校，中华书局，2019。

金煦等编著《中国·芦墟山歌集》，上海文艺出版社，2004。

江苏师范学院历史系、苏州地方史研究室整理《瞿式耜集》，上海古籍出版社，1981。

康熙《吴江县志》，收入《江苏历代方志全书》，凤凰出版社，2018。

康有为：《论语注》，中华书局，1984。

况周颐：《蕙风词话》，收入况周颐、王国维《蕙风词话 人间词话》，人民文学出版社，1982。

李昉等编《太平广记》，中华书局，1961。

李清：《三垣笔记》，顾思点校，中华书局，1982。

李雯撰《蓼斋后集》，收入《清代诗文集汇编》，上海古籍出版社，2011。

李逊之：《三朝野纪》，道光刻本。

李延寿：《南史》，中华书局，1975。

李渔：《闲情偶寄》，康熙刻本。

李玉：《千忠戮》，收入朱恒夫《后六十种曲》，复旦大学出版社，2013。

厉鹗辑《宋诗纪事》，上海古籍出版社，1983。

林景熙：《霁山集》，收入《丛书集成初编》，中华书局，1985。

凌濛初：《二刻拍案惊奇》，王根林标校，上海古籍出版社，1992。

凌濛初：《拍案惊奇》，陈迩冬、郭隽杰校注，人民文学出版社，1991。

刘安编《淮南子》，胡亚军译注，二十一世纪出版社，2015。

刘半农：《刘半农与他的诗》，济南出版社，2017。

周振甫《文心雕龙今译》，中华书局，1986。

刘勰著，范文澜注《文心雕龙注》，人民文学出版社，1958。

刘昫等：《旧唐书》，中华书局，1975。

刘燕远：《柳如是诗词评注》，北京出版社，2016。

柳如是：《我闻室剩稿》，收入《续修四库全书》，上海古籍出版社，2002。

柳如是：《戊寅草》，收入《清代诗文集汇编》，上海古籍出版社，2011。

柳无非、柳无垢主编《柳亚子诗词选》，人民文学出版社，1981。

柳无忌编《南社纪略》，收入柳亚子文集编辑委员会主编《柳亚子文集》，上海人民出版社，1983。

柳亚子主编《南社丛刻》，广陵书社，1996。

龙榆生编《近三百年名家词选》，上海古籍出版社，1979。

鲁迅：《中国小说史略》，中国言实出版社，2020。

陆机：《陆机集》，金涛声点校，中华书局，1982。

陆机著，杨明校笺《陆机集校笺》，上海古籍出版社，2016。

陆玖译注《吕氏春秋》，中华书局，2011。

陆世仪：《复社纪略》，收入吴应箕等《东林本末（外七种）》，北京古籍出版社，2002。

陆游著，钱仲联校注《剑南诗稿校注》，上海古籍出版社，1985。

陆游：《老学庵笔记》，三秦出版社，2003。

陆游著，马亚中、涂小马校注《渭南文集校注》，浙江古籍出版社，2015。

陆云：《陆云集》，黄葵点校，中华书局，1988年。

陆贽：《陆贽集》，刘泽民点校，浙江古籍出版社，2013。

逯钦立辑校《先秦汉魏晋南北朝诗》，中华书局，1983。

罗大经：《鹤林玉露》，王瑞来点校，中华书局，1983。

毛泽东：《毛泽东文集》，人民出版社，1999。

《孟子》，杨伯峻、杨逢彬导读、注译，岳麓书社，2021。

《明代笔记小说大观》，上海古籍出版社，2005。

莫是龙：《笔麈》，收入《丛书集成初编》，中华书局，1985。

耐得翁：《都城纪胜》，收入耐得翁、西湖老人《都城纪胜　西湖老人繁盛录》，中国商业出版社，1982。

牛僧孺、李复言：《玄怪录　续玄怪录》，程毅中点校，中华书局，1982。

欧阳修：《欧阳文忠公文集》，上海古籍出版社，1993，影印本。

潘伯鹰：《中国书法简论》，上海人民美术出版社，1981。

潘柽章：《松陵文献》，收入《续修四库全书》，上海古籍出版社，2002。

彭定求：《彭定求诗文集》，黄阿明点校，上海古籍出版社，2016。

彭定求等编《全唐诗》，中州古籍出版社，1996。

彭定求等编《全唐书》，中州古籍出版社，1996。

钱谦益：《列朝诗集》，收入《续修四库全书》，上海古籍出版社，2002。

钱谦益：《列朝诗集小传》，钱曾笺注，钱仲联标校，上海古籍出版社，1983。

钱谦益：《牧斋初学集》，钱曾笺注，钱仲联标校，上海古籍出版社，1985。

钱谦益：《牧斋有学集》，钱曾笺注，钱仲联标校，上海古籍出版社，1996。

钱谦益：《牧斋杂著》，钱曾笺注，钱仲联标校，上海古籍出版社，2007。

钱易：《南部新书》，黄寿成校点，中华书局，2002。

钱泳：《履园丛话》，收入《清代笔记小说大观》，上海古籍出版社，2012。

钱曾著，谢正光校笺《钱遵王诗集校笺》，中华书局，2018。

钱锺书：《宋诗选注》，生活·读书·新知三联书店，2002。

乾隆《震泽县志》，收入《江苏历代方志全书》，凤凰出版社，2018。

乾隆《镇洋县志》，收入《江苏历代方志全书》，凤凰出版社，2018。

秦观：《淮海居士长短句》，徐培均校注，上海古籍出版社，1985。

《清实录》，中华书局，1985。

屈大均：《皇明四朝成仁录》，收入《丛书集成续编》，上海书店，1994。

全祖望撰，朱铸禹汇校集注《全祖望集汇校集注》，上海古籍出版社，2000。

申时行：《召对录》，民国十一年上海文明书局石刻本。

沈德潜选编《清诗别裁集》，吴雪涛、陈旭霞点校，河北人民出版社，1997。

沈德潜、周准编《明诗别裁集》，上海古籍出版社，1979。

沈璟：《沈璟集》，徐朔方辑校，上海古籍出版社，2012。

沈括：《梦溪笔谈》，金良年点校，中华书局，2017。

沈眉若、沈颖若：《吴江沈氏长次二公剩稿》，沈有美编，社会科学文献出版社，1994。

沈起凤：《谐铎》，收入《笔记小说大观》，江苏广陵古籍刻印社，1984。

沈卫新主编，吴江档案局、吴江区方志办编《嘉靖吴江县志》，广陵书社，2013。

沈义父：《乐府指迷》，收入唐圭璋编《词话丛编》，中华书局，1986。

沈周：《沈周集》，张修龄、韩星婴点校，上海古籍出版社，2013。

《诗经　楚辞》，孔一标点，上海古籍出版社，1998。

司马迁：《史记》，岳麓书社，1983。

宋濂等：《元史》，中华书局，1976。

宋懋澄：《九籥集》，王利器校录，中国社会科学出版社，1984。

宋徵舆撰《林屋文稿》，收入《清代诗文集汇编》，上海古籍出版社，2011。

王文诰辑注《苏轼诗集》，孔凡礼点校，中华书局，1982。

苏舜钦：《苏舜钦集》，沈文倬校点，上海古籍出版社，1981。

苏州市文化局、苏州戏曲志编辑委员会编《苏州戏曲志》，古吴轩出版社，1998。

隋树森：《元曲选外编》，中华书局，1980。

孙锐：《孙耕闲集》，赵时远编，收入《续修四库全书》，上海古籍出版社，2002。

孙原湘：《天真阁集》，收入《续修四库全书》，上海古籍出版社，

2002。

谭新红、李烨含编著《周邦彦词集：汇校汇注汇评》，崇文书局，2017。

汤显祖：《汤显祖集全编》，徐朔方笺校，上海古籍出版社，2015。

唐圭璋编《全金元词》，中华书局，1979。

唐圭璋主编《全宋词》，中州古籍出版社，1996。

唐顺之：《唐顺之集》，马美信、黄毅点校，浙江古籍出版社，2014。

唐孙华：《东江诗钞》，上海古籍出版社，1979，影印本。

唐寅：《唐寅集》，周道振、张月尊辑校，上海古籍出版社，2013。

陶渊明：《陶渊明集》，人民文学出版社，1986。

田汝成辑撰《西湖游览志余》，上海古籍出版社，1980。

同治《苏州府志》，收入《中国地方志集成·江苏府县志辑》，江苏古籍出版社、上海书店、巴蜀书社，影印本，1991。

脱脱等：《宋史》，中华书局，1985。

汪辟疆校录《唐人小说》，上海古籍出版社，1978。

汪琬著，李圣华笺校《汪琬全集笺校》，人民文学出版社，2010。

王鏊：《王鏊集》，吴建华点校，上海古籍出版社，2013。

王辟之：《渑水燕谈录》，吕友仁点校，收入王辟之等《渑水燕谈录 归田录》，中华书局，1981。

王步高主编《金元明清词鉴赏辞典》，南京大学出版社，1989。

王夫之：《永历实录》，岳麓书社，1982。

王季思：《玉轮轩曲论新编》，中国戏剧出版社，1983。

王家祯：《研堂见闻杂录》，收入文秉等《烈皇小识（外一种）》，北京古籍出版社，2002。

王克让：《河岳英灵集注》，巴蜀书社，2006。

王临亨：《粤剑编》，凌毅点校，中华书局，1987。

王世贞：《弇州四部稿》，收入《文渊阁四库全书》，台湾商务印书馆，1986，影印本。

王撝：《芦中集》，上海古籍出版社，1981。

王应奎：《柳南随笔 续笔》，王彬、严英俊点校，中华书局，1983。

王应奎、瞿绍基编《海虞诗苑·海虞诗苑续编》,罗时进、王文荣点校,上海古籍出版社,2013。

王穉登:《王百榖集》,收入《四库禁毁书丛刊》,北京出版社,1997。

魏泰:《东轩笔录》,李裕民点校,中华书局,1983。

魏同贤主编《冯梦龙全集》,凤凰出版社,2007。

魏徵、令狐德棻:《隋书》,中华书局,1973。

文秉等:《烈皇小识(外一种)》,北京古籍出版社,2002。

文天祥:《文天祥全集》,北京市中国书店,1985。

文莹:《湘山野录 续录 玉壶清话》,郑世刚、杨立扬点校,中华书局,1984。

文徵明:《文徵明集(增订本)》,周道振辑校,上海古籍出版社,2014。

翁卷:《苇碧轩诗集》,收入徐照、徐玑、翁卷、赵师秀撰《永嘉四灵诗集》,陈增杰校点,浙江古籍出版社,1985。

吴昌绶、陶湘辑《景刊宋金元明本词》,上海古籍出版社,2012。

吴宽:《家藏集》,收入《文渊阁四库全书》,台湾商务印书馆,1986,影印本。

吴宽:《平吴录》,民国二十六年上海涵芬楼景明万历刻今献汇言本。

吴历:《墨井诗钞》,收入《丛书集成续编》,上海书店,1994。

吴梅:《顾曲麈谈 中国戏曲概论》,上海古籍出版社,2000。

吴山嘉:《复社姓氏传略》,中国书店,1990,影印清刻本。

吴伟业:《鹿樵纪闻》,收入彭遵泗等《蜀碧(外二种)》,北京古籍出版社,2002。

吴伟业:《太仓十子诗选》,顺治刻本。

吴伟业:《吴梅村全集》,李学颖集评标校,上海古籍出版社,1990。

吴自牧:《梦粱录》,中国商业出版社,1982。

夏承焘:《姜白石词编年笺校》,上海古籍出版社,1981。

夏完淳著,白坚笺校《夏完淳集笺校》,上海古籍出版社,2016。

夏完淳:《续幸存录》,收入《续修四库全书》,上海古籍出版社,2002。

夏燮:《明通鉴》,同治刻本。

夏媛贞、黄媛介:《黄媛贞黄媛介合集》,赵青整理,浙江古籍出版社,2021。

萧纲:《梁简文帝集》,收入张溥辑《汉魏六朝百三名家集》,江苏古籍出版社,2002。

萧绎:《梁元帝集》,收入张溥辑《汉魏六朝百三名家集》,江苏古籍出版社,2002。

谢翱:《晞发集·晞发遗集》,收入《文渊阁四库全书》,台湾商务印书馆,1986。

谢国桢:《明清笔记谈丛》,上海书店出版社,2004。

谢国桢:《明清之际党社运动考》,上海书店出版社,2006。

辛弃疾:《稼轩长短句》,元大德三年刻本。

辛弃疾:《稼轩集》,徐汉民编校,长江文艺出版社,1990。

辛文房:《唐才子传》,周本淳校正,江苏古籍出版社,1987。

徐贲:《北郭集》,收入《文渊阁四库全书》,台湾商务印书馆,1986。

徐孚远:《钓璜堂存稿》,收入《清代诗文集汇编》,上海古籍出版社,2011。

徐陵编,吴兆宜注,程琰删补《玉台新咏笺注》,穆克宏点校,中华书局,1985。

徐崧、张大纯纂辑《百城烟水》,薛正兴校点,江苏古籍出版社,1986。

徐渭:《南词叙录》,李复波、熊澄宇注释,中国戏剧出版社,1989。

徐釚:《小腆纪传》,中华书局,1958。

许培基、叶瑞宝:《江苏艺文志·苏州卷》,江苏人民出版社,1996。

宣统《太仓州志》,收入《江苏历代方志全书》,凤凰出版社,2018。

严迪昌:《清词史》,江苏古籍出版社,1990。

严迪昌:《清诗史》,浙江古籍出版社,2002。

严羽著,郭绍虞校释《沧浪诗话校释》,人民文学出版社,1961。

严佐之、谭帆、彭国忠主编《归有光全集》,上海人民出版社,2015。

晏殊、晏几道著,张草纫笺注《二晏词笺注》,上海古籍出版社,2008。

杨潮观:《吟风阁杂剧》,胡士莹校注,中华书局,1963。

杨基：《眉庵集》，收入《文渊阁四库全书》，台湾商务印书馆，1986。

叶恭绰编《全清词钞》，中华书局，2019。

叶梦得：《石林燕语　避暑录话》，田松青、徐时仪校点，上海古籍出版社，2012。

叶绍袁：《甲行日注》，毕敏点校，岳麓书社，1986。

叶绍袁原编《午梦堂集》，冀勤辑校，2015。

叶圣陶：《家在苏州》，商金林编，上海三联书店，2021。

叶燮：《原诗》，收入《丛书集成续编》，上海书店，1994。

佚名：《吴城日记》，甘兰经等点校，江苏古籍出版社，1999。

雍文华校辑《罗隐集》，中华书局，1983。

永瑢等：《四库全书总目》，中华书局，1965。

于北山：《范成大年谱》，上海古籍出版社，1987。

余怀：《板桥杂记》，南京出版社，2006。

余嘉锡：《世说新语笺疏》，国祖谟、余淑宜整理，上海古籍出版社，1993。

袁行霈：《中国文学史》，高等教育出版社，2005。

袁易：《静春堂诗集》，收入《文渊阁四库全书》，台湾商务印书馆，1986，影印本。

赞宁：《宋高僧传》，范祥雍点校，中华书局，1987。

湛之：《杨万里范成大资料汇编》，中华书局，1985。

张采：《知畏堂文存》，收入《四库禁毁书丛刊》，北京出版社，1997。

张籍撰，徐礼节、余恕诚校注《张籍集系年校注》，中华书局，2016。

丘迟：《丘司空集》，收入张溥辑《汉魏六朝百三家集》，江苏古籍出版社，2002。

张建强主编《沙家浜石湾山歌集》，上海文化出版社，2011。

张溥著，殷孟伦注《汉魏六朝百三名家集题辞注》，人民文学出版社，1981。

张溥：《七录斋合集》，曾肖点校，齐鲁书社，2015。

张溥：《七录斋诗文合集》，收入《续修四库全书》，上海古籍出版社，2002。

张廷玉等：《明史》，中华书局，1974。

张炎中主编《太仓历史人物辞典》，上海文艺出版社，2010。

张儼：《太古蚕马记》，收入《五朝小说大观》，中州古籍出版社，影印本，1991。

张羽：《静庵集》，收入《文渊阁四库全书》，台湾商务印书馆，1986。

张璋、黄畲编《全唐五代词》，上海古籍出版社，1986。

章培恒、骆玉明主编《中国文学史》，复旦大学出版社，1996。

赵尔巽：《清史稿》，中华书局，1977。

赵晔撰，徐天祜音注《吴越春秋》，苗麓校点，辛正审订，江苏古籍出版社，1999。

赵翼：《赵翼全集》，曹光甫校点，凤凰出版社，2009。

赵尊岳辑《明词汇刊》，上海古籍出版社，1992。

郑敷教：《桐庵存稿》，收入《丛书集成续编》，上海书店，1994。

郑逸梅编著《南社丛谈》，上海人民出版社，1981。

中国革命博物馆编《磨剑室诗词集》，上海人民出版社，1985。

周必大：《文忠集》，周纶编，收入《文渊阁四库全书》，台湾商务印书馆，1986，影印本。

《周礼·仪礼·礼记》，陈戍国点校，岳麓书社，1989。

周密：《齐东野语》，张茂鹏点校，中华书局，1983。

周汝昌选注《范成大诗选》，人民文学出版社，1984。

周瘦鹃：《莳花志》，浙江文艺出版社，2020。

周贻白：《中国戏曲发展史纲要》，上海古籍出版社，1979。

朱长文：《乐圃余稿》，收入《文渊阁四库全书》，台湾商务印书馆，1986，影印本。

朱鹤龄：《愚庵小集》，上海古籍出版社，1979。

朱剑芒编《美华文学名著丛刊》，上海书店，1982。

朱谦之：《中国音乐文学史》，上海人民出版社，2006。

朱彝尊：《静志居诗话》，收入《续修四库全书》，上海古籍出版社，2002。

朱之瑜：《朱舜水集》，朱谦之整理，中华书局，1981。

祝允明：《祝允明集》，薛维源点校，上海古籍出版社，2016。

《左传》，蒋冀骋标点，岳麓书社，1988。

后　记

吴地文学，是一个相对的概念，是指以吴语为主的这一区域的文学。言及吴地，读者大体上能够想象出粉墙黛瓦、小桥流水及与其相伴而生的吴侬软语，以及以吴侬软语为基础的吴地诗词歌谣等。其实，这只是对吴地文学"窥一斑"的认识，是否"见全豹"就需要商榷了。四十年前，笔者曾立志要窥一窥，然而三十多年过去了，也只能稍微窥一个大概。虽然《吴地文学发展史》基本可以"结构封顶"了，能够算是"窥一二斑"了，但还远不是"全豹"，因为吴地文学作家多、作品多、理论多、流派多、品类多、关联多。注目凝视，金光射眼；余光所及，皆熠熠生辉；思绪稍展，即有诸多不舍。而撰写的过程，却是悠长而艰难的。其中首要的原因，还是笔者读书少且底子薄，水平能力跟不上，因而对某些细节的处理或许不是最佳的，如古今地名，还有古今字、异体字的处理等。其次，就是资料难以寻找。不是资料太少，而是笔者的查找途径和手段太少，已经严重落后于时代了。加之徒有崇高理想，未经大家实训，在学术的道路上蹒跚而前。不过，尺寸之间，自有长短相形，取其所需，似不必一律。

于是，在踉踉跄跄中走到今天，终于可以掩卷而思。杜牧曾说，"青山隐隐水迢迢，秋尽江南草未凋"。果然，江南真好。山水之间，城乡街巷，风景无处不在；蒸炒煎炸，煮炖氽焯，美味四处飘荡。然美景寓目中，需有闲暇；佳味留齿间，也费光阴。总想着这些可留着以后享受，反正有的是时间，而不知不觉中，发华齿落，已然衰老。年事不算太高，只留性命半条。就这样，见槽中余草，尚思卷舌；原有空地，还想奋蹄。此为一思。又思，吴地甚好，四季分明，该雨则雨，当晴则晴，真正是人间天堂。然书房逼仄，空间狭小，条件简陋，备受煎熬。夏日骄阳似火，如在烧烤；冬天寒气逼人，似陷冰窟。曾戏谓友人：人间天堂，赞美无数。室内五度，老丁读书。不是虚言。再思，查阅资料，甚是艰苦。图书馆在十公里外，奔赴不分寒暑，数十上百次徜徉其间。疫情期间，更有诸多不便。进入核对材料阶段时，正好是据说有气象记录以来最热的夏天，晨起三十摄氏度，午间四十摄氏度出头，已经算是比较凉快。而在图书馆中，特别是学校的图书馆，因为暑假，少有人到，为了节约，空调未开，异常闷热。能够流汗，已属快事，汗不出而燥热难耐，则危险降临。这还不算痛苦，找不到急需的资料，真是令人寒热交汇，有生死一线之感。又思，天寒地冻，高温酷暑，我们现代人有各种各样的取暖和降温设施，尚且难以忍受，古人又是怎样读书的？以前曾看到一个记载，常熟唐市的杨彝，明季学者，因夏天读书苦热，又有蚊虫叮咬，想出了一个很好的办法，就是用两个空的咸菜坛子，俗称瓮头，里面放半瓮头的水，双脚伸进去，既可降温，又避蚊虫，是个好办法。寒冬又将如何？吴地一带，也有很多办法，脚炉、手炉、汤婆子等。不过，这样的场景，在吴地大概不会经常发生。若是基本的物质生活条件尚不具备，吴地文人又如何生产出那么多优秀的精神产品？近年来，对文化世家、文学世家的研究是个热点，这些世家的共同点，就是从物质到精神均富足。因此，出身世家的文人比寒士更易传承文化并将其发扬光大。不过，吴地的情况似乎又有些不一样。富有的文豪常常与寒士交情匪浅，故而一起吟哦或点染山水人物，并有佳名。富商财主，很愿意将文士请到家中，以香茗珍果、美酒佳肴相待，甚至还有歌儿舞女款款其间。于是，诗文词曲、小说戏剧大量生产出来。甚至大户人家，还会有意识地定向支持。如唐寅在锡山华家，吟诗作画，得到的报酬可以买地造屋，然后有了桃花庵。收住思绪，笼统一说，吴地文学之繁盛，不是仅有文人耕耘其间，是社会环境各种因素共同作用的结果。至于吴地文学的盛况，即使未能取全佳或最佳版本，也可略见大概。吴地文学古今流变的全貌详图，敬待大方之家勠力描绘。

　　回顾写作过程，想要感谢的人很多，令人激动的事不少。感谢苏州市"江南文化专题"立项予以支持，并全额资助出版。曹杰先生、曾文杰先生的热情相助，令人心暖。王卫平先生在本人写作过程中给予的支持鼓励，杨旭辉教授对于本书体例布局的宝贵意见，也让人铭感五内。苏州图书馆、苏州大学图书馆、苏州科技大学图书馆、南社纪念馆、义风园等的工作人员，为是稿之成提供了资料方面的大量帮助。苏州科技大学文学院同人，专家学者路海洋教授、袁麟博士、王见楠博士等，在本人查阅、核对资料及修改的过程中，协助甚多。内人之助，则难以计量。此外，感谢苏州大学出版社的全力支持，编辑人员为尽可能避免差错，提升文稿质量，付出甚巨。前贤先进精辟之论，书中亦多有借鉴，在此一并深表感谢！

《吴地文学发展史》付梓了，能否展示吴地文学的精神蕴含，不敢妄断。限于水平，差池难免；引文近千，未必尽善。封笔之际，恳望大方之家雅正！

苏州科技大学　丁国祥

癸卯六月初二记于点滴斋